AQUILO QUE REALMENTE IMPORTA

C. NAN BIANCHI

Nós corremos atrás de coisas, mas vivemos por MOMENTOS

Aquilo que realmente importa

C. NAN BIANCHI

Copyright © 2017 C. Nan Bianchi
Autoria: C. Nan Bianchi
Capa: Marina Avila
Diagramação: Carolina B.
Vetores internos: Fundo vetor criado por Freepik, Arrow vector criado por Freepik.com, Fundo vetor criado por Freepik (Bússola)

Todos os direitos reservados. Nenhuma parte desta obra pode ser reproduzida ou transmitida por qualquer forma, meio eletrônico ou mecânico sem a permissão da autora.

A violação dos direitos autorais é crime estabelecido na lei nº. 9.610/98 e punido pelo artigo 184 do código penal.

Ficha Catalográfica

Bianchi, C. Nan

Aquilo que realmente importa / C. Nan Bianchi, Rio de Janeiro, 2018

561 p.; 15, 24 x 22,86 cm (6" x 9")

ISBN: 9781718068568

1. Romance Contemporâneo. I – Título, II – Série.

CDD: 869.93

CDU: 821.134.3(81)

"   *Alice pergunta ao Gato:*

— O senhor poderia me dizer, por favor, qual o caminho que devo tomar para sair daqui?

E o gato responde:

— Isso depende muito de para onde você quer ir

— Não me importo muito para onde...

— Então não importa o caminho que você escolha.

— Contanto que dê em algum lugar...!

Ao ouvir isso, o Gato diz: — Oh, você pode ter certeza de que vai chegar... Se você caminhar bastante."

Lewis Carroll, *Alice no País das Maravilhas*

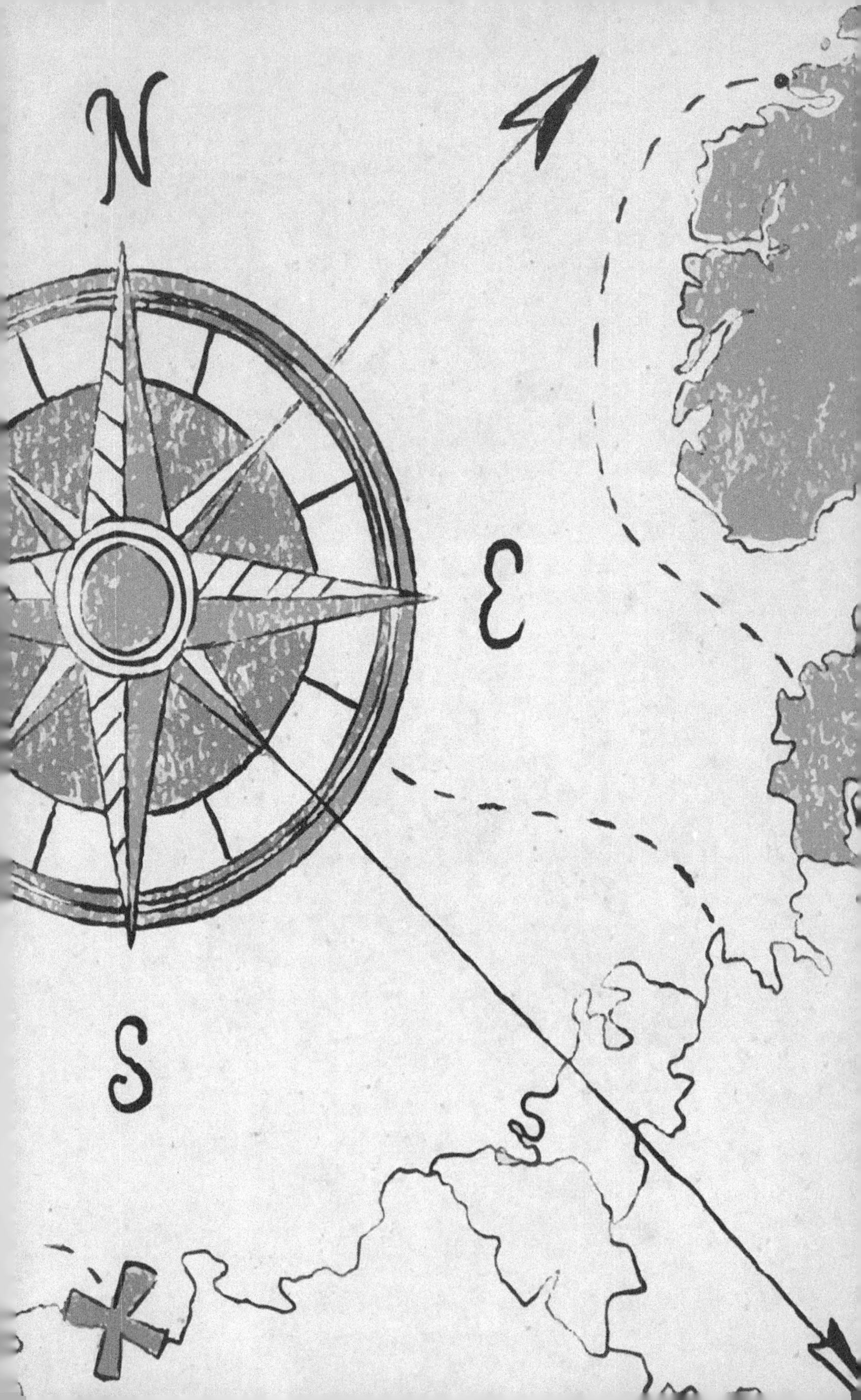
N
E
S

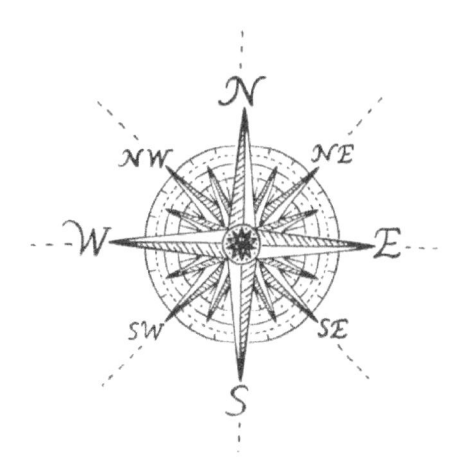

PRIORIDADES

"Hoje é o grande dia."

Me concentro e olho mais uma vez para o enorme closet. São novecentos e oitenta roupas e cento e vinte pares de sapatos, como é possível que eu sempre ache que não tenho o que vestir?

Com frustração, tiro a terceira tentativa de *look* e a atiro mal-humorada sobre a cama. Como já era de se esperar, essa ação provoca uma reação e, a montanha de roupas que cultivei ali durante semanas, desaba.

Bem, lidarei com isso mais tarde.

Agora tenho pressa.

"Aguenta as pontas, falta só mais um pouco." – me convenço outra vez enquanto me troco, sacolejando o corpo para vencer o cansaço. – "Você está só a um passo do sucesso."

E eu estou mesmo. Hoje é o dia em que finalmente minha vida vai mudar, quando todo o esforço e sacrifício que fiz vão começar a valer a pena. Eu apostei muita coisa nisso, anos de dedicação integral, para ser mais exata. Minha vida social foi para o saco, é verdade, mas quer saber? Não importa.

Eu preciso muito dessa conquista para ser feliz.

Olho para o relógio, os ponteiros já marcam sete e meia. Nada de café da manhã hoje de novo, não quero arriscar perder a hora, afinal eu sou conhecida na Sahanna por minha pontualidade. Nunca me atraso, nunca falto e sempre sou a última a sair quando preciso. Profissionalismo é o meu segundo nome, embora minha mãe costume dizer que é *workaholic*.

Pego o elevador já checando as mensagens que chegam aos montes e desço andar da garagem, digitando um email resposta sobre a nova coleção, quar telefone toca, interrompendo a tarefa.

– Alô?

– Vanessa? – A conhecida voz soa do outro lado e sinto a imir "alerta sermão" a caminho.

– Oi, mãe.

conhecer alguém, como você mesma disse, porque para isso é preciso ao menos sair.

"Isso é o que você acha", penso convencida. Victor Diniz é a prova viva de que minha mãe está errada. Que essa promoção pode trazer excelentes resultados para a minha carreira e para o meu bolso e, de tabela, ainda me dar a chance de ficar mais próxima do cara que classifiquei como perfeito para minha vida.

O cara com quem eu quero estar casada antes dos trinta.

Victor é o bam-bam-bam da empresa em que trabalho. Jovem, lindo, inteligente e rico. Com apenas vinte e nove anos, já ocupa o almejado cargo de Diretor de Operações, o braço direito do CEO da Sahanna no país e, certamente, ele não vai parar por aí.

Você pode ter certeza disso só de olhar para ele.

Um metro e oitenta, loiro, bem barbeado, sempre trajando ternos caros e com um perfume incrível que faz qualquer mulher suspirar. Se eu for promovida hoje, além de receber o gordo aumento que minha chefe me prometeu por me matar de trabalhar nos últimos meses, também subirei na hierarquia da empresa, passando à presenciar as reuniões com ele. E daí a ficarmos juntos é apenas o fluxo natural das coisas, claro.

Esse é o plano. O meu plano.

— Mãe, eu estou atrasada para o trabalho.

— E quando você não está? – ela responde com sarcasmo. – Sua vida é o trabalho, Vanessa.

Certo, assim ela me força a usar minha arma infalível.

— Ok, mãe, então vou colocar aqui no viva-voz enquanto dirijo...

— Vanessa Zandrine não se atreva! – ela ralha alto comigo. – Você sabe muito bem que eu acho um perigo! Desvia a atenção, pode até causar um acidente!

— Mas você não me deixa outra escolha! – blefo cínica.

— Ok, Me dê só mais cinco minutos.

— Ok, mais cinco. – concordo e sorrio vitoriosa. *Com essa estratégia, provavelmente encurtei essa conversa em meia hora de lenga-lenga.* E, aproveitando o ditado "o que os olhos não veem o coração não sente", posiciono o celular no suporte, ativando o viva-voz, e ligo o carro.

— Olha, eu sei que você se importa muito com o seu trabalho, Vanessa, mas é o seu avô, você costumava dizer que ele era a sua pessoa favorita no mundo quando era pequena.

— Eu sei, mãe. – concordo manobrando para sair da garagem. – é só que eu tô com tantas coisas acontecendo na minha vida agora que não consegui ter tempo ainda de ir lá. Talvez semana que vem, ou quando ele voltar para casa, seria até melhor, na verdade. A casa dele é perto do meu trabalho, daria para dar um pulinho lá na hora do almoço e...

Minha mãe arfa frustrada do outro lado da linha.

– Você realmente não entende, né? Talvez isso não se trate mais de uma visita, Vanessa. Do jeito que as coisas estão, a qualquer hora pode ser uma despedida.

– Ai, mãe, você é tão melodramática! Da forma que você fala parece até que a culpa é minha. Eu trabalho, as pessoas lá da Sahanna precisam de mim. Estamos em um momento decisivo da empresa e este acordo...

Biiiiiiiiiiiiiiiiiiiiiiiiiiiiiiiií.

Uma buzina cortante me pega de surpresa e eu freio bruscamente, quase batendo em um carro no cruzamento. Meu corpo é impulsionado para frente com força e agradeço a Deus por ter me lembrado de pôr o cinto hoje.

– Babaca! – grito a plenos pulmões pela janela, com raiva do barbeiro psicopata.

– Vanessa! – A voz de minha mãe é afiada como uma navalha. *Ferrou!*

Suspiro já me preparando para a bronca.

– Você está dirigindo, sua mentirosa! Eu te pedi cinco minutos. Só cinco minutos, mas você me nega até isso!

– Foi mal, mãe.– É que hoje eu tô meio sem tempo e...

– Ok, eu já vou desligar. – ela me corta chateada. – Só me diga uma coisa: Você vai visitar seu avô no hospital hoje?

Respiro fundo.

Aghhh, minha mãe nunca desiste mesmo.

– Ok, ok. – assinto, desistindo de discutir com ela. – Vou ver se dá para sair um pouco mais cedo do trabalho e dar uma passadinha por lá.

– É só o que peço. A visitação vai até as nove.

Assim que ela encerra a chamada, puxo a outra que já toca.

– Bom dia, chefe, pode mandar!

Quando chego ao escritório, já respondi a cinco ligações e quatorze mensagens. Trabalho na filial brasileira da Sahanna, a maior rede de moda varejista do mundo. Estar nesse lugar gera certa expectativa nas pessoas. *Tenho que me esforçar todo dia para provar que estou no lugar certo.*

Passo pela recepção luxuosa com passos fortes e logo sou saudada pela secretária.

– Bom dia, Vanessa! – ela me cumprimenta se ajeitando na cadeira para ficar mais apresentável.

– Bom dia, Kátia. – respondo sem desapertar o passo, sendo prontamente seguida por ela, que corre desajeitada em seus saltos altos. – Algum recado?

– Os fornecedores confirmaram a reunião às duas horas, os papéis que você pediu já estão na sala de reuniões e a senhora Constança pediu para ser avisada assim que você chegasse.

– Obrigada, pode avisar que já cheguei.

– Claro! – ela assente, saindo apressada de volta à recepção.

O curioso aqui é que Kátia não é a minha secretária, mas ela está sempre ávida para me paparicar, talvez prevendo que um dia eu seja sua futura chefe. Não é à toa. "Vista-se como se merecesse." era o lema que o professor de marketing da faculdade de administração repetia e que eu levei para minha vida profissional como um mantra.

De fato, tive inúmeras provas até hoje de como isso é real. A verdade é que, se você se veste como um estagiário, será visto e tratado como um estagiário. Já se estiver vestida como alguém bem-sucedida, as pessoas de alguma forma passam a perceber essa sua "aura da riqueza" e te tratam diferente, inferem que você merece mais, busca mais, consegue mais. É como se racionassem: "essa aí já está por cima, ela não se contenta com pouco.". Quando você se veste com o status que deseja alcançar, mostra que não aceita receber menos do que isso.

Do contrário, se você mesma não se leva a sério, quem vai te levar?

Continuo a caminhada confiante rumo à minha sala, mas em questão de segundos toda essa sensação de segurança se esvai como um balão. No outro sentido do corredor, vem ele: Victor Diniz. Lindo, loiro, forte, dentes perfeitos, perfume inigualável embalado num terno chique sob medida.

Ele é tudo o que qualquer mulher nesse mundo pode querer.

– Olá! – balbucio toscamente quando nos cruzamos no corredor, minhas pernas amolecendo feito borrachas.

Fico na expectativa de um mero olhar em resposta mas, como em tantas outras vezes, Victor aparentemente não me ouve. Segue seu caminho inabalável, sem sequer notar minha presença ali no corredor, enquanto checa algo em seu smartphone.

Suspiro pesado.

Me mata essa sensação de me sentir invisível perto dele, eu odeio o fato de não ser vista, de ser irrelevante. Mas isso vai mudar e vai mudar hoje. Se tudo der certo, eu me farei notável. Depois do sucesso dessa reunião, Victor Diniz finalmente passará a me enxergar como alguém à sua altura. Eu me colocarei ao seu nível, pode apostar que irei!

Entro na sala de reuniões determinada a fazer o meu melhor. Mal pego os papéis em cima da mesa e minha chefe entra agitada pela porta, turbinada de prováveis litros de café.

– Amada! A Kátia me avisou que você chegou. – ela saúda elétrica e já emenda sem pausa. – Preciso daquela cotação que te pedi ontem à noite e precisamos rever urgente aquela planilha de custos antes dos fornecedores chegarem e...

– Não se preocupe. Aqui está a cotação pronta e já revi a planilha também. Consertei um erro na parte do operacional e também acho interessante mudar umas coisas no plano de negociação para adequar mais à estratégia da empresa. Tá tudo anotado aqui.

– Boa, amada! – minha chefe dá pulinhos de alegria quando entrego a pasta. Bem magra e com uns cinquenta e tantos anos, ela fuma como um cinzeiro, principalmente quando ansiosa, o que de certo está hoje pelo cheiro acentuado de tabaco no ar. – Você é demais, Vanessa! Minha garota de ouro! Aposto que virou a noite fazendo isso. – insinua me cutucando marota nas costelas.

– Na verdade, foi. – respondo sendo bem honesta. Constança me mandara mensagem às dez da noite de ontem dizendo que era essencial ter isso pronto para quando chegássemos no dia seguinte. Como não era um trabalho rápido, estava implícito, como em tantas outras vezes, que era necessário fazê-lo antes de chegar aqui. Me pedir para fazer horas extras não oficiais e não remuneradas é algo tão habitual em nossa relação que já virou até motivo de piada para minha chefe. – Ah, aproveitando que estamos aqui a sós, Constança, gostaria de lhe pedir um favor.

– Diga. – ela consente casualmente com um aceno de mão.

– É possível eu sair logo após a reunião? – peço de forma cautelosa. – É que eu gostaria de poder visitar meu avô no hospital e, se eu ficar até mais tarde de novo, vou acabar perdendo o horário de visita.

– Ah, entendo. – Ela fica sem reação. Surpresa demais, como se fosse algo além de sua compreensão eu não ficar além da hora um mísero dia. – Bem, vamos ver isso depois da reunião, tá, amada?

– Ok. – assinto de volta sem qualquer sobressalto, já esperava mesmo por uma resposta assim dela. – Tratamos disso depois, chefe.

Passo então a manhã inteira atribulada com o possível acordo, resolvendo detalhes, adicionando melhorias nas projeções de retorno e fazendo diversos ajustes de última hora. Sequer tenho tempo de ir ao banheiro, o que não é muito bom já que bebi quase dois litros de café para me manter ligada depois de outra noite sem dormir. Neste ritmo intenso, acabo tendo que pular a hora do almoço também, comendo só um sanduíche na minha própria sala para conseguir concluir a tempo as novas planilhas auxiliares que, segundo Constança diz, são imprescindíveis. Só que não.

Às duas horas, os representantes dos fornecedores do Grupo Serpia finalmente chegam e, sob a supervisão da alta diretoria da Sahanna, a tão esperada reunião tem início. Acirrada, pesada, difícil, ela se desdobra por horas e horas, mas estou confiante. Eu sei que estamos muito bem preparadas, uma vez que antecipei cada um dos problemas que poderiam ser colocados no caminho dessa negociação. Eu dediquei integralmente meus últimos seis meses, desde que a minha chefe me falou sobre a possibilidade desse acordo, a decorar cada informação sobre este fornecedor em potencial, de modo que o Grupo Serpia já está no papo antes mesmo de saber disso. Se o custo de produção da Sahanna já é baixo, imagine pegando com exclusividade o principal produtor têxtil do mercado brasileiro para si?

A maior concorrente de moda nacional vai ser duramente golpeada.

Passadas cerca de quatro horas de tentativas infrutíferas de Constança em firmar o acordo sob seus termos, ela finalmente muda a tática e a conversa passa a tomar o rumo que eu imaginei. A partir daí, todos os termos de negociação que minha chefe segue fazem parte de um plano que fiz sozinha por intuição de que as coisas não se concretizariam se mantivéssemos a linha estratégica que ela arquitetou.

Como Constança não é uma pessoa que curte que lhe apontem suas falhas, elaborei esse plano todo em casa e o apresentei já pronto à ela semanas atrás como uma possibilidade remota, um plano B de segurança. E, agora, é exatamente esse plano B que está conseguindo ganhar a negociação para nós.

— Bem, acho que não há mais nada a dizer. — o representante pondera derrotado e, se levantando, estende a mão para a minha chefe. — Negócio fechado, Constança, vamos assinar a acordo de exclusividade com vocês.

Para minha completa satisfação, o contrato é fechado sob os exatos termos que previ. Isso vai afetar os lucros da empresa de forma significativa, é uma conquista realmente grande. Me preparo para comemorar a vitória com Constança mas, no instante em que os nossos novos parceiros deixam o local, ela me empurra sem qualquer cerimônia para fora da sala.

— Fique aí. — ela instrui autoritária. — Vou me reunir com alta diretoria lá dentro agora e quero você que me espere aqui até acabarmos.

— Constança... — eu argumento de forma cautelosa. — lembra que te pedi para não ficar até mais tarde hoje?

— Não, — ela nega com a cara fechada. — não me lembro de nada disso.

Olho para o relógio que já marca sete e meia da noite. O horário de visita do hospital vai até às nove. Constança já está fechando a porta, quando resolvo tentar mais uma vez.

— Mas não é possível eu ir agora que a reunião já acabou? Queria tanto poder visitar meu...

— Não. — ela nega inflexível. — NÃO. VÁ. EMBORA. — repete com grosseria e bate a porta com força na minha cara, ignorando totalmente meu pedido.

Me encosto no corredor conformada e cruzo os braços, aguardando. Eu já devia esperar por isso, nem sei porque imaginei que poderia ser diferente. Isso que dá dar ouvidos à minha mãe, levei esse fora à toa.

Teoricamente meu horário de trabalho é de oito da manhã às cinco da tarde, incluindo uma hora de almoço. Mas eu já me acostumei à recorrente extensão dessa carga horária, aparentemente sou sempre necessária aqui, até quando é só para ficar à mera disposição da minha chefe.

Infelizmente, ir embora não é uma opção a considerar.

A realidade é que, se você quer subir nesse tipo de empresa, você não pode recusar trabalho extra, muito menos cobrar por ele.

Profissionais eficientes não negam proatividade e dedicação incondicional ao seu maravilhoso trabalho. Você basicamente tem que viver por ele.

Assim, apesar de já terem passado duas horas do meu expediente oficial, me conformo e fico ali, esperando entediada e sozinha, enquanto os peixes grandes conversam trancafiados na sala. Otimista, calculo que se eles não demorarem muito, consigo chegar em vinte minutos no hospital e ter uma hora com o meu avô, o que tiraria a minha mãe pentelha do meu pé por um tempo.

Todavia não é rápido. Nada rápido, por sinal.

Passam-se exatos quarenta minutos até que a alta diretoria saia e minha chefe me mande entrar na sala com um gesto seco que me preocupa. Quando os executivos viram o corredor nos deixando completamente a sós, Constança desfaz a pose de superioridade e começa a me abraçar em polvorosa, dando gritinhos estridentes de alegria.

– Conseguimos!! Nós fizemos um ótimo trabalho, amada!!

– Ah! – respiro me tranquilizando. – Fico feliz que deu tudo certo, chefe.

– E como não daria?! Nós chutamos a bunda deles com esse nosso plano B! – Noto que agora ela fala no plural, ignorando o detalhe de que o plano foi concebido exclusivamente por mim. – Olha, – prossegue pegando em minhas mãos e mudando para o tom de um segredo. – nós da diretoria estivemos conversando e... – Meu coração palpita forte. – você já deve imaginar, já que não pode ter alguém que tenha se esforçado mais para merecer isso... – TUM TUM, eu posso ouvir alto o som das batidas do meu peito ressoando em minhas orelhas. – ... Aff, deixa eu contar logo! Não estou me aguentando com isso! EU vou ganhar uma promoção!! Finalmente!! EU vou para a filial da Sahanna em Nova Iorque! Não é o máximo?!

"Heim?!?", minha mente embola, dando um nó gigantesco. ELA vai ganhar uma promoção? ELA se esforçou mais para isso? ELA é quem mais merece? Eu não consigo mesmo destravar o sorriso, eu estou realmente aturdida com as últimas novas.

– Ãh... parabéns? Parabéns, Constança. – É tudo que consigo esboçar. – Isso é... ótimo.

Estou passada. Foi para ouvir isso que ela me fez esperar até agora, do lado de fora, sozinha no corredor? Constança me olha como se ainda aguardasse uma reação eufórica como a dela de minha parte.

Me desculpa, não vai rolar. Finalmente entendi o que acabou de acontecer aqui.

Constança foi ardilosa. Me mandou sair da sala naquela hora para poder se gabar pelo fechamento do negócio e colher sozinha os louros com a alta diretoria pelo seu brilhante plano. Ela se apresentou como a única mentora da estratégia que selou o acordo vantajoso e, com a bola cheia, pôde negociar os termos de sua promoção. Somente a sua, claro. A pessoa que mais merecia. Por que seria diferente?

Eu já devia esperar por algo assim.

Vejo que Constança nota minha frustração. Dane-se, eu tenho, sim, o direito de estar frustrada. Fui enganada. Eu fiz esse plano B sozinha e agora ela me vem com essa história que ela que é a rainha da cocada preta, a pessoa que mais merece? Comigo essa não cola.

–Há! – ela grita então, me assustando. – Você não achou que eu iria me esquecer de você, né, amada?

É como ir do inferno ao céu num pulo, meu coração bombeia de novo, esperançoso. Me sinto culpada por ter desconfiado das suas intenções, é claro que ela não se esqueceria de mim. Constança me prometeu uma promoção se eu me esforçasse nesse acordo e eu me esforcei e muito. Ela, mais do que ninguém, está ciente disso.

Minha chefe não seria tão cínica a ponto de desonrar sua promessa.

– Bem, como eu vou ser promovida, não serei mais sua chefe. Logo, amada, você também vai passar por uma mudança, um up grade, digamos assim.

– Jura? – A felicidade volta a me preencher. – Ah, que ótimo! Eu estou sonhando com essa promoção há anos, Constança.

– Bem... como você já deve imaginar, essa sua "promoção" será mais conceitual do que financeira. – Um grande "v" se forma em minha testa ao ouvir essa informação até então inédita. – Você vai para uma equipe de ponta, vai ganhar muita experiência com isso, lidar com os leões! Grrr... – ela faz uma mímica tosca do felino, se divertindo ao rir sozinha.

Vou caindo na real, estou sendo enrolada de novo. Minha chefe sabe muito bem que isso de "promoção conceitual" nunca foi falado, sabe que o que eu espero é receber um novo cargo e um gordo aumento depois de todo esse trabalho, pois foi exatamente isso que ela me prometeu para que eu trabalhasse por várias horas a mais, sem ser devidamente remunerada. Foi por esse aumento que eu me matei nos últimos meses.

– Ok, tudo bem. – eu assinto sem saída. Afinal, o que posso fazer além de aceitar o que ela oferece? – Mas ainda vou ganhar o bônus desse acordo, certo?

– Oh, claro! Com certeza. – ela concorda, cumprindo com pelo menos essa parte de trato. O bônus não é bom como um aumento de salário, mas pelo menos dá para fazer umas boas compras. – Vai estar na sua conta em breve, Vanessa. Farei acontecer, sabe que pode contar comigo.

– Valeu. – agradeço aliviada, mas sem muita animação. Não sei se posso contar tanto assim com ela depois de tudo que acabou de acontecer aqui.

– Na verdade, você tem muito mais pelo o que me agradecer... – ela prossegue presunçosa e cheia de mistério ao notar o retorno da minha cara de decepção. – Eu te dei um prêmio muito melhor do que uma promoção. As suas colegas de escritório matariam por isso!

Esse suspense todo para falar as coisas já está me tirando do sério. Não aguento mais estar nessa gangorra de expectativa e frustração.

– Não entendo aonde quer chegar. O que quer dizer?

Constança pega em meus braços e os sacode como quem quer me contagiar com sua animação afetada.

— Você vai para equipe do Victor Diniz, tolinha! Isso é ou não é uma recompensa digna para o seu esforço?

Meu coração para por um segundo, minha mente absorvendo o significado dessa informação. Eu vou trabalhar com Victor. Com Victor Diniz. Ao meu lado. Todos os dias!

— Isso é sério?!? — eu vibro loucamente de euforia por dentro, o coração acelerado em êxtase. Victor não é o aumento prometido, mas é Victor Diniz, caramba! — Eu vou trabalhar com ele? Tipo, de verdade?!

— Isso mesmo, amada! A partir do próximo mês!

Dou uma gargalhada nervosa, levando a mão ao topo da cabeça. Eu só posso estar sonhando! Victor Diniz ao meu lado!

Faço os cálculos, falta só uma semana depois dessa para virar o mês. Uma semana para eu estar trabalhando lado a lado ao meu futuro marido! Eu poderia gritar de tão nervosa.

— E, por falar nisso, — Constança emenda com um sorriso. — agora vai ter um happy hour da empresa lá na Tumps. A diretoria está promovendo a noite em minha homenagem para comemorar o fechamento do acordo que consegui, não é o máximo?

— Aquela boate aqui da zona sul?

— Sim. — ela confirma para a minha frustração, mas acrescenta imediatamente algo que me faz reconsiderar a ideia. — O Victor Diniz vai estar lá, é uma excelente ocasião para te apresentar a ele. Vamos?

Com esse argumento irrefutável, eu já estou pronta para aceitar, mas então hesito.

Lembro-me de algo.

Em conflito, considero a visita que prometi fazer. Olho para o relógio, já são oito e trinta e cinco da noite. Se eu for agora, mesmo que correndo, eu terei apenas cinco minutos com o meu avô antes do horário de visitação terminar.

Cinco minutos. O tempo de uma música.

Com certeza não valem o esforço.

Cinco minutos não vão fazer a menor diferença mesmo.

— Que seja, vamos nessa.

◁——— ♡ ———▷

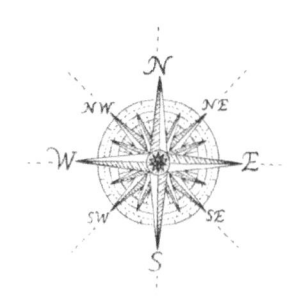

CASTELO DE CARTAS

A Tumps está lotada, a música alta, bastante bebida e aquele clima de azaração no ar. Não existe ambiente no mundo que seja mais desconfortável para mim do que esse. Sentindo-me totalmente deslocada, passo pela recepção e começo a procurar o pessoal na festa, quando ouço meu nome ser dito nas proximidades.

– Já soube que a Vanessa ganhou uma promoção? – alguém diz despretensiosamente. Não há admiração em seu tom, mas despeito.

Busco a direção da voz e encontro à minha direita um grupinho de garotas invejosas do trabalho, inclusive, claro, Mônica, meu maior desafeto na Sahanna desde o dia em que entrei. Essa garota me odeia só por respirar, até hoje não entendi o motivo.

– Zero reais a mais! – Mônica faz chacota da novidade. – Como se isso fosse alguma forma de promoção.

– Mas ela vai trabalhar junto com o Victor agora. – a garota do RH argumenta. – Isso também deve ser levado em conta. Ela bem pode lamber os sapatos dele para tentar tirar o atraso! – ri maldosa seguida das demais, mas dá de cara comigo.

Ela sorri falsa achando que não ouvi.

Eu não sorrio de volta.

– Ih, Mônica, olha só. – indica então com um movimento indiscreto a minha presença ali. – A tal chegou e já está cheia de marra pra cima da gente.

Mônica lança um olhar lânguido na minha direção e bufa ao me ver. – Olha só para ela! Nem disfarça a pouca vergonha. Parece até um vira-lata faminto que acabou de ganhar um osso.

– Não liga para o que ela diz não, Nessa. É só mais uma idiota invejosa.

Tomo um susto ao ver Flavinha, uma leal amiga do trabalho, ao meu lado.

– Eu sei. – digo sem muita convicção, porque ainda assim a maldade alheia magoa. – Que bom que pelo menos você está aqui, Flavitz. Eu vou ao banheiro rapidinho jogar uma água no rosto e já volto, tá?

– Tá, tô te esperando aqui. – ela concorda simpática com suas bochechas rechonchudas e olhinhos pretos miúdos enquanto eu me afasto a passos largos pela multidão. – Não demora não, viu?

Entro no banheiro me sentindo orgulhosa por ter me segurado até aqui. Eu não preciso que ninguém me veja de olhos vermelhos, eu consegui algo bom e não vou deixar nenhuma idiota me chatear logo hoje. Abro a torneira e jogo água fria em meu rosto, me acalmando. Depois, me encaro no reflexo do espelho.

Analisando friamente, eu tenho uma boa altura, um bom peso e traços consideravelmente harmoniosos em um rosto salpicado de malditas sardas agora encobertas pelo poder da santa base. Mas a verdade é que eu me considero basicamente ok. Sem toda essa produção, sou apenas uma garota comum.

E eu odeio a ideia de ser só isso.

Assim, encaro religiosamente a mesma rotina todo o dia. Acordo duas horas antes do meu horário de trabalho só para tomar banho, me vestir, escovar o cabelo e me maquiar até que tudo fique impecável. Mas, por melhor que esteja, me sinto sempre meio sem vida. Eu não tenho aquele brilho no olhar que as outras garotas da minha idade costumam ter, o sorriso despreocupado, às vezes pareço ter mil anos.

De repente, me sinto ainda mais inapropriada sob minha própria pele.

A porta do banheiro se abre e uma mulher com um vestido bandage curtíssimo, saltos finos, maquiagem impecável e peitos maiores do que bolas de futebol entra. Ela para ao meu lado no espelho e ajeita o cabelo loiro lisérrimo que bate na altura da cintura, enquanto me lança um olhar de pouco caso.

Saio do banheiro enquanto ainda tenho algum amor próprio.

Do lado de fora, busco encontrar Flavinha de novo, mas o lugar está cheio, escuro e barulhento demais para facilitar a tarefa. Sinto-me acuada, mal consigo pensar com o volume da música de batida irritante e as luzes neon piscando a cada milésimo de segundo.

Eu paro perdida e olho bem ao redor, buscando achar algum rosto conhecido. Só então percebo que dois homens próximos ao bar me encaram com intensidade, me deixando imediatamente constrangida com sua análise nada sutil. A sensação de ser avaliada desse jeito, como uma carne exposta no açougue, é uma das piores do mundo, mas, no meu caso, nunca dura muito.

Quando levanto os olhos de novo, vejo que eles já não me olham mais. Resolveram, claro, ir caçar em outra direção.

A desinteressante. Bem-vindo à história da minha vida.

– Aqui! – ouço a voz estridente da minha chefe. – Vanessa, venha aqui!

A localizo no meio da multidão e atravesso o salão para chegar onde está, mas de repente meu coração dispara. Vejo que Constança não está sozinha, ela conversa cara a cara com ele: Victor Diniz.

É, essa noite não está completamente perdida afinal.

– Oi... – eu saúdo encabulada quando chego ao local. Como é possível que ele esteja ainda mais lindo do que quando o vi nessa manhã?

— Ah, aqui está ela! Victor, essa é Vanessa! — Constança me puxa para o seu lado afobada. — Como estava te dizendo, já que vou para Nova Iorque em breve, terei que despachar essa moça aqui para a sua equipe.

"Despachar?", isso lá é termo para se usar em relação a mim? Eu me encolho de vergonha. Desse jeito Victor vai pensar que eu sou uma mala, sem alça ainda por cima!

— Olá, Vanessa. — ele cumprimenta vazio, sem qualquer interesse. — Prazer e seja bem-vinda ao time.

— O prazer é todo meu. É uma honra entrar para sua equipe, Victor.

— Ahã. — ele concorda automaticamente, sem prestar atenção no que digo.

Enquanto minha chefe continua a falar pelos cotovelos, percebo decepcionada que Victor olha para os lados, checando o ambiente, visivelmente pouco interessado na conversa. Não tarda muito para se cansar de nós, menos de dois minutos para ser exata, e anunciar a sua deixa.

— Bem, foi ótimo conversar com você...

— Vanessa. — eu repito chateada.

— Isso. — ele assente sem constrangimento algum e, em seguida, indica o salão. — Mas eu preciso ir ali...

— Ah, claro! — forçando uma intimidade, Constança dá uns tapinhas no ombro dele. — Vá lá desfrutar de toda essa juventude, bonitão!

Ele sorri para ela igualmente afetado e dá um leve aceno de cabeça para mim antes de se afastar, me deixando com o coração na mão.

Paciência, não foi dessa vez que consegui conquistar a atenção do garoto de ouro.

Resolvo deixar autolamentação de lado e vou afogar a mágoa com a Flavinha do jeito tradicional: enchendo a cara. Após entornar vários drinks com ela e depois ser capturada por Constança para falar mais de trabalho, resolvo enfim que já passei por uma cota de tortura suficiente por um dia. Talvez por vários.

— Bem, tenho que ir, meninas. — anuncio um tanto alta da bebida.

— Ah!!! Tão cedo? — Flavinha me pergunta triste, bêbada também. Minha amiga, ao contrário de mim, adora esse tipo de lugar. Falou em festa é com ela.

— Não, Vanessa está certíssima! — Constança se mete, cortando o barato dela, que quer me arrastar para a pista de dança de qualquer maneira. — Isso mesmo! Vai para casa e descansa, amada. Amanhã preciso de você logo cedo para dar andamento nas coisas. Tenho que deixar tudo pronto antes da minha mudança para os States!

Ela faz uma dancinha tosca de comemoração e reviro os olhos sorrindo.

— Pode deixar, amanhã cedinho estarei lá.

Me despeço das duas e já estou na porta da saída, quando não resisto à curiosidade. Dou assim um último olhar furtivo para onde Victor se divertia até então com seus amigos, só para descobrir desapontada que ele não está mais lá. Com certeza deve ter arranjado algo, ou melhor, alguém muito mais interessante para entretê-lo essa noite. E, claro, esse alguém não sou eu.

Chega a ser ridículo querer tão desesperadamente que ele me veja. Que, como nos filmes, note que sou especial e se apaixone loucamente por mim. Mas isso não é um filme, é a realidade. E eu seria uma péssima protagonista para começo de conversa.

Eu sigo para o estacionamento vazio e procuro meio tonta da bebida a chave do carro em minha bolsa. A acho lá no fundo, embaixo de uma cartela grande de remédio de enxaqueca. Definitivamente eu precisarei dela amanhã.

De repente, escuto um barulho de algo metálico caindo próximo da onde estou e me assusto. Olho em direção ao som e deparo surpresa com Victor, que procura algo no chão.

— Posso ajudar? — me aproximo.

— A chave caiu. — Victor informa. Tem um sorriso bobo no rosto e posso perceber que, assim como eu, ele está meio calibrado da bebida, a gravata mais solta e a camisa para fora da calça, de um jeito casual.

Ainda assim, ele está perfeito.

— Deixa eu tentar procurar. — ofereço gentil e me abaixo para ver se está embaixo do carro importado dele. Por sorte, eu estou usando calças, então posso fazer isso sem muita cerimônia, já que não estou lá em minhas faculdades normais. Tateio o chão sem enxergar muita coisa por conta da escuridão do estacionamento, quando minha mão bate em um objeto familiar. — Achei! — anuncio orgulhosa erguendo a chave no ar.

— Minha salvadora! — Victor brada feliz pegando a chave e me ajuda a levantar aos tropeços.

— Não foi nada... — limpo as mãos na calça, agora toda suja de graxa.

— Como assim não foi nada? Você salvou o meu dia! Merece até um prêmio.

— Prêmio? — pergunto um tanto confusa. Minha cabeça dói demais.

— Sim, prêmio. — ele confirma e então, sem nenhum aviso, me empurra com força contra o carro e me beija afoitamente.

Eu fico meio atordoada a princípio. O beijo em si é confuso porque ambos estamos bêbados e tem um gosto estranho de cerveja e cigarro. Mas é um beijo de Victor Diniz, meu Deus!

Que garota não mataria por isso?

— Isso, boa menina! — ele diz quando nossas bocas se separam, colocando a mão sobre minha cabeça e dando duas leves batidinhas nela. — Quase fico querendo jogar minha chave no chão de novo só para ver essa sua expressão de novo. – faz piada e eu rio nervosa sem entender o que diz. Isso está mesmo acontecendo comigo?

– Vamos, Don Juan? – uma voz feminina pergunta, me pegando de surpresa.

Me viro assustada e deparo com uma mulher exuberante em um tubinho preto curto aguardando de braços cruzados no capô do carro dele. A mesma loira do banheiro, reconheço zonza.

– Foi mal aí, escoteira. – Victor se desculpa, erguendo os ombros com um sorriso sem vergonha. – Tenho que ir agora, minha motorista chegou.

– É Vanessa! – eu o relembro, me sentindo traída quando ele faz a volta para entrar no carro com ela, lhe entregando a chave.

– Vanessa. – ele repete, abrindo a porta. – Eu certamente não vou me esquecer desse nome.

Eu sorrio aboboda enquanto ele entra no carro e se joga displicente no banco do carona. A mulher se levanta devagar e me olha provocante antes de entrar também e dar partida. Meu sorriso some quando ela me sopra um beijo debochado antes de ir.

Estou confusa. Que merda acabou de acontecer aqui?

Eu tento não pensar muito nisso enquanto dirijo de volta para casa, mas não consigo. A dúvida é mais forte que eu. Victor não me beijaria se fosse dormir com outra logo em seguida, com certeza aquela garota devia ser apenas uma amiga dele que queria me provocar. É nisso que quero acreditar, mas essa incerteza vai me revirando o estômago e, enjoada, eu acelero para chegar mais rápido em casa.

Chego ao meu apartamento à meia noite e corro em desespero para o banheiro. Vomito até não haver mais nada para botar para fora. Todo esse dia foi uma loucura, tudo o que quero é dormir. Minha cabeça e corpo doem.

Me sinto doente.

Mal saio do banheiro e meu telefone vibra dentro da bolsa. O pego e vejo uma mensagem da minha chefe. "Me manda cópia dos arquivos da amostra ainda hoje?"

Ignorando a dor de cabeça latente, saio da mensagem para enviar o arquivo que ela me pediu por email quando vejo que o visor sinaliza dezessete chamadas perdidas. Preocupada, retorno imediatamente a ligação.

– Alô?

– Vanessa?

– Mãe?

– Onde você se meteu, garota? Eu tentei falar com você a noite toda! – Sua voz parece exasperada.

— Eu estava ocupada, mãe!

— Você sempre está, Vanessa.

— Lá vem você de novo com isso! — É muita aporrinhação para um dia cheio e eu descarrego nela a frustração que sinto. — Você fala como se fosse um estorvo, mas não é! E a prova disso, mãe, é que eu sou bem-sucedida! Eu estou fazendo as coisas certas, minhas decisões me levam a algum lugar! — e então cuspo a prova irrefutável com um misto de orgulho e prepotência. — Eu fui promovida hoje, sabia? Eu consegui, mãe! Você pode reconhecer meu mérito agora?

São cinco segundos de mortal silêncio até que ela fale de novo.

— Parabéns, Vanessa. — ela diz sem qualquer emoção, como se isso não mudasse nem um pouco a forma como pensa. Como se não fosse o que realmente quer dizer.

Eu não posso aceitar essa resposta. Foi mal, hoje ela não me é suficiente.

— Não valeu a pena adiar a visita um dia por isso? — eu instigo insatisfeita. Quero que ela assuma que estou certa, que me dê ao menos essa vitória.

— Me diga você. — ela me retorna a pergunta inflexiva.

Eu arfo de contrariedade. Então vai ser assim?

— Sabe, você é tão injusta, mãe! Você deveria estar pelo menos feliz por mim! Feliz! — eu grito profundamente decepcionada com ela.

— Seria difícil me adequar à palavra feliz agora, Vanessa. Feliz é tudo o que não estou nesse momento.

Não aguento mais essa prova de indiferença, estou tão cansada de ser irrelevante. Como uma bomba, eu finalmente explodo, soltando estilhaços para todos os lados. Aos gritos, falo tudo aquilo que quero dizer, tudo aquilo que está preso na garganta por anos.

— A verdade é que você é egoísta, mãe! Não consegue pensar em nada além de você e de suas próprias necessidades! Todo o mundo tem que girar em torno do que você acha importante. Novidade: Você não determina o centro do mundo! Você acha que sabe tanto, mas você não faz a menor ideia do que é importante pra mim!

Ela ri. Um riso sem humor. São dez longos segundos até ela falar de novo.

— Seu avô morreu, Vanessa. Agora há pouco.

Minhas pernas bambeiam.

Eu não esperava por essas palavras. Tão simples, tão diretas, tão irreversíveis e imprevisíveis.

Eu engulo seco e sinto um refluxo amargo subir em resposta pela minha garganta. Meu mundo, que eu achava tão sólido, desmoronando como um castelo de cartas no meio de um tornado.

– O quê? – As minhas pernas estão instáveis demais para me suportar, meu estômago dói como se eu tivesse acabado de levar um murro nele. – Ele... ele não pode...

Balanço a cabeça em negação, isso não pode ser verdade. Eu ainda não o vi, eu não disse adeus. Ele não pode ir embora sem nem ao menos eu ter me despedido dele. As lágrimas brotam dos meus olhos antes que eu possa segurá-las.

Eu não quero segurá-las.

– O enterro vai ser amanhã, às quatro e meia, no memorial de nossa família. Você pode aparecer... se não estiver ocupada. – ela acrescenta e sinto um aperto gigante no peito me engolir.

A minha voz sufoca, a tristeza e a culpa parecem estourar dentro de mim. Eu feri minha mãe, minha mãe que já deve estar muito ferida por sua própria perda. Arrependida, eu quero engolir tudo o que disse, mas descubro que não há forma de fazê-lo.

Podemos falar tudo o que quisermos, mas uma vez ditas, as palavras não podem ser pegas de volta.

– Mãe, eu sinto muito... – balbucio cheia de remorso. – eu fui tão egoísta... eu não queria ter dito...

– Tenho que ir, Vanessa. – ela me corta com dureza ímpar e me pergunto se chora em silêncio do outro lado da linha. – Tenho muitas coisas para resolver agora.

Ela encerra a chamada abruptamente e não consigo sequer reagir quando o celular escorrega da minha mão indo direto rumo ao chão.

Não é só o meu telefone que está em pedaços.

◁——— ♡ ———▷

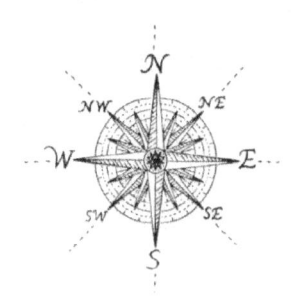

FRUSTRAÇÕES

Quando o despertador toca no dia seguinte, eu já estou acordada. Passei a noite em claro, pensando no meu avô, nas memórias felizes que tenho dele. Como eu gostava daquele homem e de suas histórias mirabolantes, não imaginei como me faria falta até perdê-lo. Que ironia o momento de percepção ser tão inoportuno.

A morte não liga para questões de conveniência.

Com o vô Ângelo eu aprendi a amar viajar. Ele sempre me contava sobre suas aventuras com a minha vó: ele um intrépido piloto e ela uma aeromoça corajosa. Se conheceram entre escalas e viajaram o mundo inteiro juntos. Os dois eram, sem dúvidas, pessoas absolutamente fantásticas. Toda a história de vida deles era inspiradora.

Minha avó costumava ser uma pessoa discreta, mas meu avô não. O vô Ângelo era como a alma da festa, um sujeito falante, do tipo que dá vida, cor e cheiro as suas histórias. Ele era capaz de te fazer sentir parte de suas aventuras, de te motivar a querer mais do que simplesmente existir. Era fascinante ouvi-lo quantas vezes fosse. Eu era a sua maior fã, eu o idolatrava. E, exatamente por isso, algumas perguntas ecoavam insistentemente na minha cabeça:

"Quando foi que isso se perdeu?", "Quando foi que deixei de buscar sua companhia?", "Eu tinha deixado de gostar de suas histórias em algum momento?" Não, isso não é possível. Por mais que eu quisesse negar, a verdade era clara e doía:

Eu simplesmente deixei de ter tempo para isso.

Cinco minutos. A decisão de ontem ainda se repetindo de forma dolorosa em minha cabeça, como o tic-tac de um relógio ruidoso. "Não vale o esforço de uma ida ao hospital por apenas cinco minutos", foi o que eu pensei. "É só o tempo de uma música."

O que ninguém me contou é que, quando essa música terminasse, quem não tivesse dançado teria perdido a chance para sempre. Aquela era a valsa final, o último ato. O momento da despedida que teria com meu querido avô.

Mas eu declinei, tive a chance e não dancei.

Se eu tivesse ido, pegaria suas mãos e ficaria ao seu lado até o fim? Cantaria uma música para que ele descansasse em paz como num sonho? Diria que o amava e prometeria que ficaria tudo bem?

Eu não sei, eu jamais vou saber.

Porque a triste verdade é que a gente só sabe o real valor de cinco minutos depois que eles já se foram.

Sem muita escolha, me arrasto para fora da cama como uma morta-viva e vou tomar um banho, dando início ao meu ritual de beleza diário. Tudo o que desejo é poder me vestir de luto, usar algo que simbolize como me sinto por dentro, sombra e vazio. Eu quero que a minha tristeza esteja vestido de acordo.

Coloco um vestido preto sóbrio e confiro o resultado no espelho. Uma garota deprimida me encara de volta no reflexo. Ela está destruída e parece me culpar por isso. Uma lágrima escorre em seu rosto e eu sei exatamente o motivo: Chora por aquilo que agora está fora de seu controle, fora de seu alcance.

Ela não havia se despedido de seu avô e sabe muito bem que não terá outra chance para isso. O gosto do arrependimento é um dos mais amargos que se pode provar na vida e estou me afogando nele agora.

À minha frente, vejo claramente a imagem de alguém que grita de dor, ferida por dentro e por fora, como se vestida de cinzas.

– Meu avô não gostaria disso. – eu sacudo a cabeça em desaprovação quando a lembrança do homem que ele era me atinge.

Meu avô sempre dizia que acreditava que a morte não deveria ser algo triste. Quando minha vó morrera há catorze anos atrás, eu era uma criança vestida de preto chorando copiosamente ao ir para o seu enterro. Eu não entendia muito bem o conceito da morte, como poderia? Eu tinha apenas dez anos na época.

Com vinte e quatro ainda não o entendo direito.

O fato é que quando chegamos lá, vi meu avô vestido de branco acariciando atencioso os cabelos da minha vó. Ele parecia estar colocando-a para dormir, como quem canta uma doce canção de ninar. E tudo o que eu pude pensar é como ele transformava a morte em um momento bonito. Era tudo tão sereno e tranquilo, não havia gritos de desespero, não havia sinais de dor como haviam me preparado a esperar.

Tudo o que havia ali era a simples e pura demonstração de amor de um companheiro de vida à sua amada.

Durante o velório, vovô contou histórias da minha vó que fizeram todos rirem ou suspirarem pelos seus feitos. E como ele tinha histórias boas para contar sobre ela! Ele sorria e vibrava à cada lembrança feliz e pensei em como devia ser bom poder ser lembrada de forma tão querida por alguém. E, foi justamente nesse instante, em que percebi que aquele, em vez de ser um momento de total tristeza como eu esperava, tornou-se, por causa do esforço dele, um momento de saudade, de homenagem e admiração. Um momento especial.

E eu, na minha completa ingenuidade de meus dez anos, de repente me senti frustrada por, logo ele, se permitir sorrir assim. E então, com raiva, o confrontei:

– Como você pode não estar triste, vovô? A vovó morreu!

E ele, como sempre tão compreensivo, me olhou com carinho e me revelou a bonita verdade que havia em seu coração:

— Eu estou triste sim, querida. Tanto que até dói. Mas hoje não se trata de mim, se trata dela e preciso que sua vó saiba que eu vou ficar bem. Eu preciso que ela siga em paz e não fique presa à minha dor. Porque o amor de verdade, minha querida, liberta. Por mais difícil que seja, quem ama deixa o outro ir embora sem deixá-lo ver derrubar as lágrimas de sua dor. Ele sorri e diz "adeus, vá em paz, eu te amo e nos encontraremos de novo, se Deus quiser".

Com lágrimas nos olhos, eu tiro o vestido preto e visto um azul-céu, a cor favorita do meu avô. Como eu pude ser tão cega? Esse dia não é para mim, é para ele.

E eu não quero ser mais egoísta do que já fui até agora.

───── ♡ ─────

Quando chego ao escritório da Sahanna, percebo que a secretária se espanta com a minha aparência desleixada.

— Vanessa, você está bem?

— Estou sim, Kátia. Obrigada por perguntar.

Sigo firme até a minha sala e fecho a porta atrás de mim, pensando ingenuamente que estou segura lá dentro. Para o meu azar, me viro e vejo que Mônica está ali, sentada de forma prepotente na minha cadeira.

— Vejo que conseguiu aquilo que estava precisando... — ela levanta os olhos, me avaliando com cinismo. — Pelo seu atraso e estado deplorável, julgo que a noitada de ontem rendeu.

— Bom dia, Mônica. — cumprimento formal, sem dar muito papo à ela. — O que faz aqui?

— Nada. Só me divertindo um pouco.

Sem paciência para discutir, sento-me na cadeira oposta e puxo uns documentos da pasta para me ocupar enquanto espero por Constança. Obviamente o recado de 'não estou para brincadeira' não é claro o bastante, pois Mônica prossegue.

— Sabe, eu já esperava mesmo que a preferidinha da chefe fosse ser favorecida de novo. A Constança sempre te colocou num pedestal, você nem precisa se esforçar como o resto de nós para se dar bem.

— O que quer insinuar com isso? — pergunto levantando os olhos do papel e sentindo meu sangue ferver.

— Eu não estou insinuando nada, Vanessa. Eu digo. Você é uma cretina dissimulada que não merece porra nenhuma. Falo mesmo, na tua cara.

Balanço a cabeça aturdida. — O que foi que eu fiz pra você me odiar desse jeito, Mônica?

— Simples. — ele ri debochada. —Você nasceu.

A porta range e, em um milésimo de segundo, Mônica se endireita na cadeira, mudando rapidamente a expressão cretina que tinha em seu rosto para uma de paisagem. Depois ela vem dizer que a dissimulada aqui sou eu. Há, tá bom! Conta outra.

– Oh, amada, que bom que você chegou! – minha chefe entra agitada e puxa a cadeira ao meu lado. – Estou tão animada! Temos tantas coisas para fazer hoje! Preciso que você me passe tudo o que tem de adiantado do setor e faça também algumas coisinhas extras que vou precisar levar comigo para Nova Iorque.

– Pode deixar, vou providenciar tudo. – asseguro e introduzo o tópico que não pode ser adiado. – Constança eu quero conversar com você sobre hoje, é possível?

– Oh, sim. – ela aceita sem dar qualquer relevância ao pedido. – Mais tarde nós fofocamos. Agora precisamos ver esta tabela e uns prospectos do ano que vem. Ah, Mônica! Pega aquela pasta ali para gente... – Constança ordena sem sequer dirigir o olhar para ela e vejo pelo canto de olho Mônica bufar de raiva antes de se levantar e ir pegar a pasta no gaveteiro. – Eu estava te esperando ansiosa, Vanessa! Vamos para a minha sala, quero discutir com você os trabalhos que vou levar como portfólio para Nova Iorque e pensei também em fazermos uma apresentação de eficiência na gestão de insumos para eu mostrar lá. Vou chegar bombando!

– Ok, vou lá. –suspiro fundo. Vou ter que deixar para falar do enterro em outra hora.

– Ok. – ela repete seca e percebo que fechou a cara. – Você também, Mônica. Na minha sala agora. – E, saindo com passadas fortes, bate a porta atrás de si.

A reunião em questão é mais tensa do que jamais havia sido qualquer outra, mas o pior é a angustiante impressão de que essa tensão é toda direcionada à minha pessoa. Constança mantém uma expressão emburrada, levando todo e qualquer comentário que faço sobre os tópicos levantados como um ataque direto à si. Até quando eu pergunto se o material é similar ao anterior, ela revira os olhos com irritação, como se este fosse o comentário mais ofensivo que alguém pudesse fazer na face da Terra.

Me sinto de volta à quinta série.

É impossível ser profissional assim.

– O que houve, chefe, tem algum problema? – pergunto não aguentando mais ficar nesse estresse.

– Me diga você, Vanessa! – ela responde fazendo bico e assumindo um tom acusatório. – É você quem está estranha comigo!

– Da onde você tirou isso, Constança?!

– Hoje cedo você me tratou diferente, toda prepotente, como se quisesse me menosprezar. Como se por algum motivo você pudesse pensar que é melhor do que eu.

– O quê? Que ideia absurda! Eu não fiz nada para te desprezar. Eu... eu só não estou muito bem hoje.

– Então não desconte em mim! – ela rosna entre os dentes e Mônica dá um risinho abafado, se deliciando com a situação.

Então eu paro, me acalmo e tento lembrar de quando ela poderia ter achado que eu estava descontado nela, pois não faço ideia. Eu não me recordo de ter sido grosseira ou indelicada em momento algum, apenas não estou saltitante, o que é perfeitamente justificável em consideração aos fatos. Tomada pelo bom senso, concluo que é melhor deixar o mal-entendido para trás, me concentrando em amenizar a situação para não prolongar mais esse clima péssimo e, no mínimo, contraproducente.

– Me desculpe, Constança... – começo a me justificar sem saber exatamente o porquê estou fazendo isso quando a porta se abre.

– Bom dia, pessoas! Vim trazer... – a voz animada da Flavinha invade a sala e instintivamente olho em sua direção. Nossos olhares se encontram por meros dois segundos.

Isso é mais que o suficiente.

– Vanessa! – Ela se assusta e corre para o meu lado preocupada. – Está tudo bem com você? Você parece tão... triste!

Meu coração se aquece, na presença de minha amiga de repente me sinto acolhida. Minha chefe me olha perplexa, como se fosse incapaz de notar em mim qualquer diferença. Incapaz de ver a tristeza óbvia gravada em meu rosto.

– Acredito que essa cara aí é de ressaca. – Mônica alfineta sem perder a chance e quero socá-la por isso.

Flavinha olha para ela com repreensão. Ela não é boba, conhece a cobra.

– Na verdade, não é nada disso. – revelo o mistério já farta de tantas suposições. – Eu perdi meu avô ontem.

Flavinha me lança um olhar solidário. – Eu sinto muito.

Ela me envolve em seus braços e eu sorrio com seu gesto gentil. Seu abraço é a melhor coisa que recebi nas últimas vinte e quatro horas.

– Obrigada, Flavinha.

Do outro lado da sala, Constança escuta o desenrolar dos fatos com desconfiança. – Ah, então foi isso. – ela diz depreciativa, convencendo-se de que não é uma encenação. – Tudo bem então, Vanessa. Vou esquecer o que houve entre nós há pouco.

"Tudo bem?", eu repito mentalmente. Acabei de contar que o meu avô morreu, como pode alguém dizer que está tudo bem logo em seguida, como se falássemos de algo irrelevante, como um erro de ortografia em um documento?

Talvez até para isso Constança desse mais relevância afinal.

— Ele estava doente? — Flavinha pergunta, sem se inibir com o clima de indiferença no ar.

— Ele já estava internado há algum tempo, com pneumonia. — respondo grata por sua atenção e tento reestabelecer diálogo com a minha chefe. — Lembra, Constança? Ontem eu cheguei a comentar com você sobre isso.

Ela balança a cabeça, como quem não se recorda nem um pouco. Claro que ela não se lembra, não era sobre ela.

— Não me recordo, mas a realidade é assim mesmo, gente de idade morre à toda hora. —avalia com frieza espantável, emendando com um estranho tom animado. — É triste, mas é mais que esperado que aconteça. Então vida que segue, bola para frente, certo?

— Acho que sim. — respondo na dúvida sobre o que penso desse comentário insensível.

Novamente é Flavinha quem intervém ao meu favor.

— Mas isso não torna as coisas mais fáceis, né? — replica em seu tom acolhedor. — É sempre difícil perder alguém próximo.

— É, mas vai passar! — Constança a corta de forma impaciente, se impondo na conversa. — E a melhor coisa a se fazer nesse meio tempo é ocupar a cabeça. Vamos fazer esses cálculos e umas tabelas que você vai ver, já já nem vai se lembrar mais dele.

Ela dá um sorriso afetado, finalizando o assunto, e liga o projetor para prosseguir com a reunião.

"Mas eu quero lembrar", o pensamento aflito me ocorre enquanto a lâmpada aquece.

— Vamos continuar a reunião? — Constança sugere quando a imagem enfim aparece na tela e me recordo do assunto adiado. A hora de falar é agora, senão jamais será.

— Espera. Queria aproveitar, já que tocamos no assunto, para te pedir para sair mais cedo hoje para poder ir ao velório dele.

— Ihh... começou o abuso! — Monica solta venenosa do outro lado da sala.

— Ah, — Constança fica toda melindrosa. — bem, isso não estava previsto... — sinto que vai negar, mas olha para meu rosto triste e titubeia. — Mas vamos tentar dar um jeito. Só não pode virar um hábito, Vanessa. Você sabe, — insinua de forma cínica, se aproveitando maldosamente da presença de Mônica ali. — não queremos que as pessoas falem por aí que você tem privilégios só porque é minha protegida.

— Eu não tenho o que me preocupar com os outros. — digo com confiança e olho deliberadamente para Mônica. — Eu sou plenamente consciente de que conquistei minha posição por meu próprio esforço. Tenho muitas horas extras de dedicação que comprovam isso.

— Ah, sim... — Constança é surpreendida pela minha reação firme. — Ninguém está questionando isso, amada, é só que as pessoas falam...

Vejo aí com absoluta clareza o intuito da minha chefe em ter feito essa insinuação. Ela estava jogando com minha própria confiança, querendo que eu me sentisse insegura em ir por medo dos comentários alheios e assim renunciasse o pedido voluntariamente. Mas isso não vai acontecer, não mesmo. Eu não devo nada a ninguém para me sentir tirando vantagem.

Pelo contrário. Aqui eu tenho crédito de sobra.

— Nesse caso, as pessoas deviam começar a trabalhar mais em vez de falar, quem sabe assim começassem a ser reconhecidas por seu próprio esforço. — respondo sem tirar os olhos de Mônica e então me volto à minha chefe, agora mais composta. — O velório é às quatro e meia da tarde, te agradeceria muito se pudesse ser liberada às quatro para chegar a tempo. Faço hora extra no almoço para compensar e não ficar devendo nada. Pode ser assim?

Sem argumentos, Constança dá um aceno de cabeça, autorizando o pedido e prossegue com a reunião. Respiro aliviada, pelo menos nisso não vou decepcionar minha mãe outra vez.

O dia todo na empresa é bem estressante. A minha mente está dispersa e tenho muita dificuldade em conseguir concluir a tempo todas as tarefas "urgentes e inadiáveis" que Constança me passou logo após nos dispensar de sua sala. São oito horas ininterruptas, incluindo a de almoço, de esforço e dedicação total para que eu não deva nenhuma entrega e nenhuma hora efetivamente à empresa. Eu não quero que ninguém diga que eu estou sendo favorecida. Eu não estou.

Quando o relógio aponta quatro horas, finalizo tudo e, vitoriosa, corro para o escritório de Constança, a fim de lembrá-la de meu pedido de saída mais cedo. Contudo, quando vou fazer a curva no corredor, bato de frente em alguém e papéis voam pelo ar.

— Desculpa! Mil desculpas! — me abaixo rapidamente para recolher os documentos que ainda caem. — Pode deixar que eu cato tudo!

— Merda! — eu ouço embaraçada a pessoa em que bati praguejar alto. Ele se abaixa também para pegar os papéis e posso sentir sua irritação no ar.

— Desculpa mesmo... — repito morrendo de vergonha por ser tão descuidada. Estou cor de tomate quando levanto o olhar para encarar minha vítima e então dou de cara com ele. Justamente ele. Meus olhos faíscam surpresos. — Victor?

— Vê se toma mais cuidado, garota! O escritório não é lugar de correr. — ele diz severo, tomando os documentos da minha mão com impaciência e se levantando.

— Sou eu, — digo ainda abaixada, com um sorriso tonto nos lábios. — Vanessa.

Só pode ser coisa do destino trombar com ele assim.

— Que seja! — ele responde grosseiro, me olhando de cima com indiferença.

É só nesse momento de total embaraço que percebo a verdade: Victor Diniz não faz a menor ideia de quem eu sou. Se virando irritado, ele segue o seu caminho me deixando ali, no chão. Eu demoro pelos menos alguns minutos para que as peças enfim se encaixem na minha mente e eu consiga me levantar. Que verdade mais triste essa.

Trabalhamos há anos na mesma empresa.

Sempre nos cruzamos pelos corredores.

Fomos apresentados diversas vezes.

E ele me beijou. Ontem mesmo.

O fato de hoje Victor sequer se lembrar do meu nome só me mostra o óbvio, aquilo que eu quero tanto poder negar e que dói tanto admitir.

Eu sou completamente invisível para o garoto de ouro. Eu sou irrelevante e não há nada pior nesse mundo do que ser alguém irrelevante.

Olho para o relógio conformada e vejo que já estou atrasada. Sem muita alternativa, me recomponho como posso da desilusão amorosa e, engolindo o meu orgulho ferido, continuo o caminho até a sala da Constança.

– Com licença. – peço cautelosa ao abrir a porta.

– Ah, – Constança me olha sem dar importância. – entra, Vanessa.

Eu avanço com tato, pisando em ovos com o humor oscilante da minha chefe.

– Eu queria te lembrar do meu pedido de sair às quatro hoje.

– Ah, é. Tem isso. – ela olha com descaso para o relógio de pulso. – Já fez tudo que eu te pedi?

Confirmo com um aceno. Ela nem de longe se esqueceu do pedido, eu sei, porque como retaliação tratou de me passar trabalho de um mês para fazer em apenas um dia. No fundo, sei que planejava que eu não conseguisse terminar e acabasse ficando sem jeito de ir.

– Tudo mesmo? – ela pergunta novamente, desconfiada da informação. Nem ela acreditava ser possível terminar as tantas tarefas a tempo.

– Sim, – confirmo orgulhosa do esforço que fiz. – eu usei a minha hora de almoço como disse, assim cumpri as oito horas de hoje direitinho.

Ela me olha. Não impressionada como seria o natural, mas como se estivesse frustrada com o fato de eu ter conseguido. Ela não queria que eu conseguisse, isso é evidente.

Minha chefe torcera contra mim.

– Ah... tudo bem. Vai lá, então. – ela assente com um movimento blasé, embora tenha certa resistência no gesto. – Sinto pelo seu avô, Vanessa. Você sabe que eu gosto muito de você, tanto que já mandei até depositar seu abono como combinado.

– Eu sei, chefe. – forço um sorriso para não desagradá-la. – Obrigada por isso.

Mas por dentro meu coração está apertado e eu sinto que tem algo errado. Será que ela gosta mesmo?

———— ♡ ————

O velório é um mar de cores. Eu contemplo impressionada as vestimentas vibrantes e festivas dos parentes e conhecidos que se agrupam aos montes em torno do padre e percebo que fiz a escolha certa. Não há ninguém de luto aqui. Meu avô definitivamente teria aprovado isso.

Minha mãe para ao meu lado no gramado.

– Você veio colorida. – ela aponta analítica e soa mais como uma pergunta, como se tivesse curiosidade sobre o porquê da minha escolha.

– Eu me lembrei das palavras dele. 'Nada de luto e choro em meu velório', não é isso que ele costumava dizer?

Ela sorri e seus olhos se enchem de lágrimas.

– Seu avô sempre queria ver os outros felizes. Nos enterros dizia que não queria ninguém lamentando ou amaldiçoando Deus por ter lhe tomado alguém querido, mas sim agradecendo por todos os bons momentos que faziam aquela pessoa tão difícil de se deixar partir.

Ela leva a mão frente à boca na tentativa de esconder o choro iminente, o queixo trêmulo. Dói demais presenciar a dor dela. Saber que eu só piorei tudo me sufoca, me engole.

– Mãe, me desculpa pelas coisas que eu disse ontem... – peço com o coração partido ao vê-la frágil assim, mas ela me interrompe com um aceno de cabeça altivo.

–Não se preocupe, eu já esqueci. Vamos indo? – disfarça a tristeza com maestria de quem já passou por muita coisa nessa vida. – O velório já vai começar.

Ao lado dos meus pais, passo a receber anestesiada os pêsames de familiares e amigos em fila diante do caixão. Durante todo o tempo, eu fico incerta sobre olhar ou não para o meu avô ali deitado. A ideia em si me apavora demais. Não sei como me sentirei ao vê-lo imóvel, sem sua estrondosa voz e seu caloroso abraço em cena. Em um duelo mental, decido por fim não olhar, eu não quero estragar a última lembrança que tenho dele comigo.

Em minha memória, meu avô sempre será quente e vívido.

Em minha memória, o meu avô sorri.

Dando sequência ao cerimonial, é aberta a hora dos discursos em homenagem ao falecido e muitos se voluntariam para prestigiá-lo, contando incríveis histórias das quais ele tinha feito parte em suas vidas. Algumas antigas, que eu conheço bem, outras recentes, da quais eu não fazia ideia.

– O Ângelo era um homem muito divertido. – começa um vizinho de longa data do meu avô, Seu Moura. – Há quatro meses atrás, antes dele parar no hospital, estávamos na casa dele e, como vocês sabem, ele nunca foi bom com consertos....

TRIMMM...

O meu telefone toca alto e eu, sem graça por ter causado a interrupção no discurso, olho rápido para o visor quebrado. É do trabalho, ramal da Constança. Encerro a chamada para não atrapalhar os outros e coloco o aparelho no vibratório.

– ... então ele resolveu trocar o cano e...

Digito rapidamente uma mensagem para ela e envio. "Estou no meio do velório. Te retorno daqui a pouco. Beijo."

E então volto a prestar atenção no discurso. Minha mãe aprova a atitude, o que é bom porque eu não quero chateá-la ainda mais.

– ... cismou que era inquebrável...

BRR... o telefone agora vibra na minha mão, me fazendo dar um pulo de susto. É Constança ligando outra vez. Ela não viu minha mensagem? Na dúvida, digito de novo. "Estou no meio do velório, te ligo assim que terminar."

– ... estava tudo inundado e ele...

BRRR...

O celular prossegue insistente, minha mãe só me dá uma olhada bem significativa. Dessa vez ignoro a chamada, já informei que estou no meio de algo importante e, inclusive já passou do meu horário de expediente oficial. O que quer que seja, pode esperar alguns minutos.

– ... eram duas da manhã e ninguém achava...

BRRR...

Tento me concentrar com bastante esforço no que Seu Moura fala, mas a história já não faz muito sentido por tudo o que eu perdi por conta das constantes interrupções.

– ... aí finalmente os bombeiros encontraram o sapo na tubulação...

Sapo? Da onde veio esse sapo?

BRRR...

BRRR...

BRRR...

BRRR...

Eu tiro do modo vibração do celular e coloco no silencioso, mas ainda assim não consigo me concentrar com aquele visor acendendo de minuto em minuto, como um pisca-pisca infernal. Ainda que eu não olhe diretamente para ele, eu não consigo parar de pensar no que pode ser tão urgente assim para Constança não parar de me ligar mesmo depois de todos os meus avisos.

Em desistência, me levanto. Minha cabeça está no limite da sanidade e eu não consigo acompanhar os discursos desse jeito. Sob o olhar frustrado da minha mãe, me afasto do local apressada e confiro o visor do celular. Dezoito chamadas perdidas em dez minutos. Eu me preparo para retornar, mas o telefone pisca antes em minhas mãos.

– Constança? – atendo a chamada.

– Ai, que merda, Vanessa! – ela xinga do outro lado furiosa. – Estou há um tempão tentando falar com você.

Tempão? Ela está tentando falar comigo há menos de dez minutos!

– Eu estou no enterro ainda, chefe. – justifico tentando me manter razoável. – Não recebeu minhas mensagens?

– Eu recebi. É que pensei em uns ajustes que quero fazer nas matrizes que vou levar para minha apresentação em Nova Iorque e temos que solucionar isso já. Você pode fazer isso aí rapidinho e me mandar agora?

Eu simplesmente não consigo acreditar. Pasmo. Minha boca abre escancarada e eu fico tão passada que perco ao mesmo tempo a voz e o raciocínio. É completamente surreal.

Depois de já ter trabalhado intensamente por oito horas hoje e mais de doze horas seguidas ontem sem ganhar um a mais por isso, tudo o que eu pedi foi para sair uma hora mais cedo do meu horário oficial hoje para estar em um enterro porque, como disse à minha chefe, estar aqui é algo importante para mim.

Mas nem isso ela pode me dar. É muito.

– Constança, – eu me esforço para manter o tom mais calmo e diplomático possível – isso que você está me pedindo só vai ser apresentado no próximo mês, quando você for para Nova Iorque. Ainda temos mais sete dias trabalhando juntas para resolver coisas desse tipo. Como você mesma disse, é coisa rápida, não tem razão para essa urgência toda. Temos tempo mais que suficiente de ver isso na próxima semana no escritório, não precisa ser justamente agora.

– Ah, mas você sabe como eu fico nervosa quando não está tudo resolvido. – ela replica mimada me fazendo respirar fundo.

– Sei. – Claro, que sei. Esse é o ponto, sempre é.

Constança, o centro do Universo.

– Vai lá, – ela prossegue como se não estivesse pedindo nada de mais – faz então e me manda ainda agora, tá? Tô esperando aqui, amada. Beijos!

Eu desligo o telefone sem conseguir acreditar ainda. Todas as horas extras não remuneradas que fiz, todas as ligações e mensagens que respondi em horário não comercial, toda a dedicação que dispensei e, quando peço um momento só meu, para ir ao velório do meu avô, ela me liga dezenove vezes seguidas e me pede para resolver rapidinho, justamente hoje, algo que só vai ser entregue daqui a um mês?

Eu abaixo o telefone e, em silêncio, choro sozinha. As lágrimas não são de raiva.

São de pura frustração.

Eu nunca estive tão frustrada na vida com a minha própria desimportância.

Quando deixo o velório algum tempo depois, eu sinto o meu peito comprimido, como se eu estivesse sendo esmagada contra o chão, sendo pisoteada. Minha chefe ligou mais umas doze vezes depois daquela, mas não a atendi de novo. Eu preciso de espaço para pensar, essa é a verdade.

O que ela fez hoje não me parece certo. Ou justo.

Uma coisa seria se Constança precisasse de mim para algo que de fato fosse urgente, outra completamente diferente é fazer esse terrorismo todo no momento mais impróprio do mundo só porque está ansiosa demais para ver seu trabalho pronto o quanto antes.

Isso é egoísmo.

Desde adolescente eu tenho uma válvula de escape para momentos assim. Quando eu estou triste, eu saio e compro sapatos. Por isso, não é nenhuma surpresa que, quando dou por mim, estou dirigindo na direção do shopping mais próximo.

Todos temos nossas estranhas formas de lidar com a dor.

Essa é minha.

Saio da loja de grife com o par de sapatos mais lindo e caro que entrará para a minha coleção na sacola. Aquele que eu admirei na vitrine há meses e que planejava me dar de presente quando finalmente ganhasse a minha tão sonhada promoção, como recompensa pelo esforço descomunal que despendi nos últimos meses.

Sem pestanejar, paguei nele o valor de quase todo o meu bônus.

Quando chego ao meu apartamento um bom tempo depois, já é de noite e estou exausta. Acendo as luzes e, sozinha, vou até o meu closet, onde cuidadosamente posiciono a minha última e preciosa aquisição no centro da estante que abriga minha enorme coleção de sapatos.

Um lugar de destaque como merece.

O lustroso par de scarpans italianos de cor borgonha reluz no meio da profusão de outros calçados, roupas e acessórios guardados ali. Mas, quando me sento na cama para admirá-lo, eu não consigo me sentir feliz tampouco realizada.

O motivo fica evidente e eu sei.

O fato é que nenhum sapato, por mais belo que seja, pode preencher o buraco que se formou em meu peito.

Nenhum sapato no mundo pode substituir meu avô.

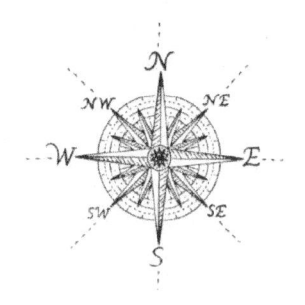

UMA DOSE DE VERDADE

Passo o sábado isolada, vegetativa. Não atendo o telefone, não checo minhas mensagens ou emails. Eu quero dormir até que alguém venha me acordar e dizer que tudo não passou de um pesadelo. Como ninguém vem, simplesmente permaneço de olhos fechados e deixo as horas correrem sem me preocupar em contá-las.

Quando acordo de novo já são duas da tarde de domingo e, apesar de não ter comido nada desde sexta de manhã, eu não tenho a menor vontade de fazê-lo. Eu não quero me levantar, eu não quero comer, eu não quero tomar banho ou socializar.

Eu apenas quero congelar ali, parar no tempo.

Afundo de novo o rosto no travesseiro quando a campainha toca, me despertando. Não costumo receber pessoas em meu apartamento, exceto entregadores e, pelo que me lembro, não tenho nada a ser entregue.

A contragosto, eu me levanto e me arrasto até a porta.

– Quem é?

– Sou eu, sua sumida ingrata. – vem a resposta inusitada e eu reconheço logo aquela voz. – Abre logo essa porta, Nessa!

Giro a chave rápido para saudar essa velha amiga.

– Natalia! – dou um abraço com toda a força do mundo nela.

– Oi, amiga! – ela retribui o gesto com carinho. – Fiquei preocupada contigo e vim te ver. Você está me ignorando há um tempão, sabia?

– Desculpe, eu estava... – começo a me justificar, mas paro. Percebo envergonhada que a minha justificativa é sempre a mesma.

– O quê? – ela me olha avaliativa. Natalia tem sempre esse ar de psicóloga, mesmo quando não está atendendo. Antes mesmo dela se graduar, eu já achava que podia ler com perfeição o que se passava pela minha cabeça.

– Ia dizer sem tempo, – respondo sincera. – mas quanto mais eu penso nisso, mais eu acho que a palavra apropriada seria perdida.

– Eu te entendo, Nessa. – ela assente cúmplice e me dá outro abraço caloroso.

Natalia é a minha melhor amiga; extremamente inteligente, nem um pouco ligada em moda. Apesar da aparência bonita, pele cor de chocolate, olhos amendoados e cabelos crespos cortados na altura do queixo, o seu real potencial atrativo fica praticamente encoberto por um guarda-roupa inusitado, para não dizer, insano. Hoje, por exemplo, ela veste seus inseparáveis tênis de cano alto combinados com um vestido longo floral que parece saído de um filme ruim dos anos setenta.

Eu realmente queria entender o que se passa pela cabeça dela para sair assim.

– Agora me conta, – ela retoma minha atenção, me levando em direção ao sofá. – o que está acontecendo contigo? Você não me parece nada bem.

– Eu não sei. Eu realmente não sei, amiga.

Lágrimas se formam em meus olhos.

– Shhh... Vem cá. – Natalia passa o braço pelo meu ombro e me deixa repousar a cabeça no seu. – Eu estou aqui, você sabe que pode contar comigo. É para isso que amigas servem.

– Eu não sei se mereço isso... Não tenho sido lá o exemplo de uma boa amiga para você. Eu sou uma péssima amiga. Uma péssima filha, uma péssima neta...

– Ei, ei, ei, calma aí! Quem decide isso não é você, certo? – ela me olha de esguelha e me dá uma piscadinha. – Eu não crio expectativas, lembra?

Natalia sempre diz isso. Que ela escolhe as pessoas que ama e não cria expectativa em torno do que esperar delas. Porque o amor é algo que se dá, não que se cobra.

Nós duas somos melhores amigas desde o colégio e, apesar de ficarmos algum tempo sem nos ver, sempre que nos encontramos de novo parece como se nunca tivéssemos nos afastado de fato.

Para a Natalia eu definitivamente não sou desimportante.

– Obrigada. – sorrio aquecida.

– Pode falar, – ela me incentiva batendo em meus joelhos. – o que foi que houve contigo?

Eu fungo forte para conseguir limpar a voz.

– Ah, amiga... aconteceram umas coisas, coisas que me fizeram parar e pensar. E agora eu fico me perguntando o que é que eu tô fazendo com a minha vida, entende?

–Espera, vamos por partes. Que coisas aconteceram?

– Meu avô morreu. – eu conto direta e sinto uma pontada de tristeza em meu peito só por dizer isso em voz alta. É uma dor que atinge as entranhas, corrói. Sufoca.

Natalia suspira alto. Ela conhecia o vovô há anos, das minhas muitas festas de aniversário da infância e adolescência, dos passeios de final de semana, das noites de filmes e pipoca. Eu sei que ela era afeiçoada a ele também.

– Sinto muito, Nessa, ele era uma pessoa realmente incrível.

– Eu fui uma neta horrível, Nati.

– Não, amiga. Você sabe que coisas assim ninguém pode controlar, é a natureza da vida. Você não pode se culpar por seu avô ter morrido, não faz o menor sentido.

– Eu não estava lá. – argumento entre soluços. – Meu avô ficou internado por quase três meses em estado grave e não faltaram avisos da minha mãe da importância de visitá-lo. Mas eu simplesmente não conseguia ouvir, Nati, eu estava surda. Ou estúpida, não sei qual a palavra certa para isso. Eu ainda não entendo como pude ignorar uma das pessoas mais importantes da minha vida por... por sei lá o quê. Não parece fazer nenhum sentido agora. Mas fazia na hora. Eu juro que fazia!

Eu a encaro com olhos tristes, angustiados. Natalia não esboça nenhuma palavra, mas eu posso afirmar que ela está segurando algo que deseja falar por conta da expressão que faz.

– O que foi? – pergunto sem nenhum senso de autopreservação. – Em que está pensando?

– Bem, eu já tinha notado isso. – ela revela com cuidado para não me magoar, percebo. – Já tinha inclusive te alertado de formas sutis e outras nem tanto, mas você parecia não ouvir. A verdade é que quando você foca em algo, ninguém consegue te fazer olhar para outro lado. Você simplesmente não vê mais nada, nem ninguém. Você se esquece de todo o resto.

– Me desculpa, tenho mesmo sido uma amiga ausente...

– Não, não tenho nenhum problema quanto à sua ausência, não é essa a minha questão. Citei só para te mostrar que já faz algum tempo que você está diferente, que sua vida profissional passou a definir tudo o que você é, tudo o que você quer, tudo que te importa. E isso não é saudável, amiga. Não mesmo.

– Eu me sentia bem-sucedida. – balanço os ombros confusa. – Importante.

– Para quem? – ela questiona de forma severa.

A pergunta paira no ar.

– Você está tentando se provar a todo custo, mas é sempre para as pessoas erradas, Nessa. Pessoas que sequer se importam verdadeiramente contigo. Você atendia sua chefe até quando estava no banho porque ela não podia esperar por vinte minutos, entende o que eu digo?

Ela tem razão, eu era incapaz de dizer não a Constança, pelo menos até a última sexta.

– O salário é bom. – tento justificar minha postura permissiva. – Eu preciso do dinheiro.

– Nessa, com todo o perdão, agora eu vou ser bem sincera contigo quanto a isso. Você tem um closet de fazer inveja à muitas amigas minhas, mas deixa eu te fazer uma pergunta: Quando foi a última vez que você usou qualquer uma dessas coisas que não fosse para seu próprio trabalho? – eu balanço a cabeça, sem conseguir lembrar de nenhuma ocasião recente. – Viu? O fato é que sua vida social e profissional se fundiram de uma forma perigosa e isso está te consumindo sem que você perceba. Você lembra o que me disse quando te chamei para passar o feriado prolongado na praia no ano passado?

A memória não me vem de imediato.

— Você disse que não podia ir porque tinha que arrumar seu closet. — Natalia responde sua própria pergunta com descrença.

— É, mas eu arrumei mesmo! — me apresso em me defender ao recordar do fato.

— É, e eu não duvido disso, Nessa! — ela concorda e percebo então a armadilha. — E é justamente esse o problema, você se mata de trabalhar quase o tempo todo para ganhar dinheiro. Então pega esse dinheiro e compra um monte de coisas, roupas, sapatos, maquiagens e etecetera e, quando tem algum tempo mínimo que seja para aproveitar o que seu trabalho duro te fez conquistar, você o usa, em vez de para si mesma, para arrumar as coisas que você comprou! Coisas que vai acabar usando no próprio trabalho.

Eu a encaro, a boca aberta, completamente aturdida.

— Falando assim parece bem ruim.

— Me diga você se eu estiver mentindo.

Não ouso, sei que ela está certa.

Eu sei que comprar virou meu entretenimento. Como uma recompensa para aguentar, ou melhor, para justificar todo o resto. Eu ganhava mais para comprar mais e depois me entretinha olhando e arrumando tudo o que tinha comprado até achar de novo que já não era o suficiente. Então comprava mais e outra vez e assim por diante.

Eu sou uma consumista compulsiva?

— Como foi que fiquei assim? — pergunto sentindo a frustração emergir dentro de mim com a percepção acerca de quem sou. — Onde foi que eu errei?

Ela endireita os ombros e me olha séria antes de falar.

— Olha, você não é minha paciente, então não encare o que vou dizer agora como uma sessão oficial, mas, sim, como um conselho de amiga. Pense nas suas metas, amiga, em todas as metas de vida que você tem e sei que você as tem aos montes. Ter o emprego mais cobiçado, um closet de dar inveja, casar com o cara sonho de consumo de toda mulher... Você consegue ver o radical em comum a todos esses objetivos? A quem você está tentando satisfazer com essas metas? Olha bem os complementos que você costuma usar. — ela sugere. — Mais cobiçado, de dar inveja, de toda mulher. Me diga, afinal, o que é que você ganha com uma promoção em uma empresa que é conhecida por sugar de canudinho à vida de seus funcionários e que, claramente, te faz infeliz?

— Sei lá, status, um salário maior?

— Viu? Nem você parece saber ao certo! Status para quem, Vanessa? Seus verdadeiros amigos ligam para que posição você ocupa dentro da Sahanna? Sua família liga se você é gerente, analista ou padeira? Não, essas pessoas só querem te ver feliz e feliz é tudo o que você não é lá. A verdade é que você vive para a opinião dos outros, você vive para alcançar expectativas alheias. E vou te contar um segredo, as expectativas alheias são inalcançáveis. Me diga, e eu sei que você sabe a resposta, só quem sabe e liga para sua posição na Sahanna são?

– As próprias pessoas do meu trabalho. – eu admito derrotada. Natalia levanta uma sobrancelha indicativa e eu entendo bem o recado. – Mas também tem o dinheiro. – tento argumentar inconformada com a verdade vergonhosa que ela descortina à minha frente. – Um salário maior é sempre bom.

– Ah, claro! O dinheiro. – ela assente juntando as mãos e sinto na hora que deveria ter ficado quieta. – Deixa eu ver se entendi: então, por se matar de trabalhar, você ganharia um salário melhor, certo? Agora, me conta, para que você usaria esse dinheiro a mais?

– Para pagar as contas...

– E...?

– Comprar coisas? – eu arrisco, mas já posso prever onde isso vai dar. Caí na cilada de novo.

– Roupas, sapatos, maquiagem, bugigangas inúteis, um apartamento de dois quartos para alguém que vive sozinha, carro zero que só usa para ir ao trabalho, manicure toda semana, quer que eu continue ou já tá bom? – eu balanço a cabeça, já entendi bem o argumento dela. – Você o usa inteiro em uma ostentação exagerada. "De dar inveja", não é esse o termo? – ela recorda minha expressão anterior. – E eu te pergunto, dar inveja para quem? Eu não conheço um décimo das marcas que você usa. Seus pais, idem.

Ela me olha, esperando que minha ficha caia. Nati está certa, eu já sei a resposta, ela parece ser sempre a mesma.

– Para as pessoas do meu trabalho.

– Agora me diga, cara amiga, porque você gasta a sua saúde, a sua juventude, seu tempo, suas relações importantes, seu dinheiro e sua felicidade em função de um grupo de pessoas que sequer tem consideração por você?

– Eu não sei se posso falar assim, – os defendo automaticamente. – eles gostam de...

– Ora, por favor, Vanessa! Eles te ligam de madrugada, enquanto dirige, nos fins de semana! Fizeram você desmarcar três vezes seu exame preventivo porque você era "insubstituível", como se isso fosse um elogio, caramba! Eles não se preocupam com você, Vanessa, eles não te respeitam como profissional, nem como ser humano. Eles te sugam porque você é útil para que eles alcancem seus próprios objetivos, mas eles não te humanizam. Você é tipo uma máquina de resultados para eles. Eles não consideram sua vida, eles a consomem, percebe a diferença?

Ouvir isso é pior que um soco no estômago, porque eu sei no fundo que é verdade. Mas, ainda assim, é difícil de aceitar.

— Mas tem a Flavinha...

— A Flavinha não conta, — ela veta de cara, percebendo minha tentativa de negação. — ela era sua amiga desde a faculdade e não é da sua equipe, vocês só se veem de vez em quando. Estou falando dos outros, aqueles com quem você lida diariamente. Você é apaixonada há cinco anos por um cara do trabalho que nem sabe o seu nome.

— Isso não é verdade... — eu contesto tentando manter algum vestígio orgulho. — Eu fiquei com ele essa semana.

Ela se surpreende com a notícia. — Sério? Bem, isso é realmente um avanço...

— Na verdade, não. — admito envergonhada, afinal, a quem eu estou tentando enganar? — Victor ainda assim não sabe meu nome, sequer se lembra de ter ficado comigo.

Minha amiga me olha chocada e eu levanto a bandeira branca, totalmente rendida. Natalia está absolutamente certa. Eu me julguei importante para eles, mas será que em algum momento eles me viram assim? Recordo a cara que a minha chefe fez quando pedi para não ficar até mais tarde para poder visitar meu avô no hospital, quando ela me tratou mal só porque eu estava tendo um dia ruim, das insistentes ligações durante o velório...

Não, eu não sou nada importante para eles.

— O que foi? — Natalia pergunta apreensiva quando míngüo ao seu lado no sofá. — Aproveita que eu tô aqui, desabafa.

— Isso tudo é tão frustrante! — despejo, me sentindo esgotada. — Eu convivo com Constança mais do que com a minha própria família, de oito a quinze horas por dia, dependendo da necessidade dela. Da conveniência dela. Eu a ajudo em tudo, Natalia. Tudo! Eu só esperava por uma palavra de consolo ou um abraço quando contei que meu avô tinha morrido, no mínimo um momento de privacidade para fazer minha despedida no velório dele, mas não, ela não podia me dar isso. Ela ignorou absolutamente todas as minhas necessidades enquanto eu, trouxa, vivia em função das dela.

Natalia respira pesado e, compreensiva, faz carinho nas minhas costas.

— Ela te diz que é sua amiga, mas na verdade é só sua chefe. — me explica a diferença com serenidade. — Todo esse jogo de "gosto muito de você" que encena é só para te convencer a fazer as coisas que seu contrato não cobre. Quantas vezes você ficou além da hora a ajudando?

— Muitas.

— E, em quantas, você foi devidamente recompensada por isso?

Eu balanço a cabeça em negativa, sempre uma promessa, nunca uma coisa concreta, como a tal promoção com um gordo aumento de salário, que no fim se tornou uma "promoção conceitual". Constança me mantém por perto porque precisa de mim para fazer tudo aquilo que ela colherá os louros depois, sozinha.

– Você tem razão. – reconheço, levando a cabeça aos joelhos em posição fetal.

– Queria não ter.

– Eu sei... - Pego uma almofada e fico puxando os pelinhos de sua franja. Quando percebo, estou me abraçando a ela protetoramente. – E o que eu faço, Nati?

– Bem, amiga, essa é uma pergunta que só cabe a você responder.

– É, mas não é nada fácil.

– Olha, lembra quando eu te digo que, ao deparar com um problema, muitas vezes temos que nos afastar e olhar a situação por outro ângulo? Então, vamos usar isso agora. Em vez de pensar no que você deve fazer, pensa no que gostaria de fazer. – ela enfatiza a distinção entre os verbos. – Tire essa ideia de obrigação que você sempre impôs para si e descubra que na vida tudo é uma questão de opção, nada está gravado em pedra no seu futuro. A única responsável por construir a sua felicidade é você mesma.

– Como assim? Ai, me ensina direito, Nati! Eu não sei fazer essas coisas evoluídas sozinha, você sabe disso.

Eu uso meus olhos suplicantes e Natália sorri. Ela sempre cuidou de mim, como uma irmã mais velha, apesar de termos a mesma idade. Não me deixaria na mão logo agora.

– Tá bom, vamos lá. – ela afrouxa a postura, cedendo ao pedido. – O conselho que te dou é repensar suas metas e ficar só com aquelas que contribuem para te tornar feliz, tudo o que te põe para baixo você reconsidera e parte para outra. Simples assim.

Uma interrogação se forma em minha testa. Isso não tem nada de simples.

– Certo, vamos com calma então. – ela sugere, achando graça da minha expressão. – Tire seus limitadores, imagina que você pode tudo, te sobra dinheiro, te sobra saúde, te sobra tempo. O que você faria da sua vida?

A pergunta sacoleja forte minha mente, eu nunca pensei desta maneira antes.

– Viajar. – a palavra sai tímida da minha boca. – Eu viajaria pelo mundo como os meus avós.

– Muito bem, amiga. O quê mais?

– Passaria mais tempo com a minha família e amigos.

– Bom, continue.

– Ajudaria outras pessoas... – vou me soltando à medida que falo e noto que Natalia sorri discreta. Olho para ela querendo entender o motivo da graça.

– Você percebe a ironia disso?

– Sim. – Aturdida, finalmente entendo o seu ponto.

Eu trabalho mais tempo para ter mais dinheiro para comprar mais coisas quando meu real desejo é completamente diferente disso. Eu só quero ter mais tempo para mim e para as pessoas que me são importantes. Simples assim.

– Ótimo! – Natalia parece satisfeita com o meu progresso. – Então você percebe que em momento algum você falou em dinheiro, promoções, status? Não falou porque esses são meios, não fins, Nessa. E, por serem somente meios para se chegar aos seus verdadeiros objetivos, você nunca pode colocá-los acima deles.

Estou chocada. Quando minha amiga do parquinho do jardim de infância se tornou tão sábia?

– Eu entendo o que quer dizer. – assinto com o olhar perdido, minha mente funcionando a mil.

– Promete que vai pensar sobre isso então? Que vai passar a pensar mais em você daqui para frente? Não no que é importante para os outros, mas para si mesma?

Eu penso por dois segundos e dou um aceno positivo com a cabeça.

Ela me abraça com orgulho.

– Certo, então minha missão aqui está cumprida. – anuncia se levantando. – Tenho que ir agora visitar meu pai. Vê se dá sinal de vida de agora em diante, heim, mocinha! Nada de hibernar de novo e me deixar preocupada contigo.

Eu rio enquanto caminho com ela até a porta.

– Obrigada, você ter vindo aqui significou muito.

Ela me dá um abraço apertado em despedida.

– Eu te amo, Nessa. – diz com carinho ao se separar de mim. – E isso sempre foi suficiente para eu querer seu bem, mas já está na hora de você começar a se amar também, porque isso é algo essencial e só você pode fazer por si mesma.

Fico em silêncio. Eu não sei nem por onde começar.

– Você sempre fica me dizendo aquele mantra em que acredita tanto: "vista-se como se merecesse". Então te deixo hoje com uma versão um pouco mais profunda dele para que repense daqui para frente: Ame-se como se merecesse, amiga, porque você merece. Só falta você perceber isso.

E, com essas palavras no ar, ela me dá um último sorriso de apoio e vai embora, me deixando a sós com os meus pensamentos e com a nova consciência que adquiri sobre mim.

Autoconsciência pode ser algo realmente assustador.

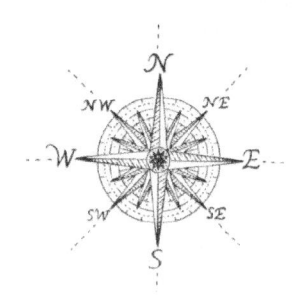

REVIRAVOLTA

Após um final de semana cheio de insights, decreto que é chegada a hora de colocar a minha vida em ordem. Me visto como uma mulher determinada e respiro fundo antes de sair de casa. Decido que, a partir de hoje, deixarei claros os limites da minha vida pessoal e profissional. Não posso mais permitir a forma abusiva que venho sendo tratada, os telefonemas e emails fora de hora, frequentemente sem a hora do almoço ou mantida na empresa até mais tarde sem ganhar nenhuma retribuição por isso.

Hoje estou resoluta a não aceitar pior tratamento do que aquele que mereço.

"Ame-se, como se merecesse", nervosa, eu repito a versão da Natalia do meu lema como um mantra durante todo trajeto até o escritório da Sahanna, ignorando propositalmente as várias mensagens que chegam insistentes em meu celular antes do horário oficial de trabalho.

— Bom dia, Kátia! — eu saúdo a secretária da forma mais descontraída possível quando passo por ela na recepção.

— Bom dia, Vanessa! — ela se levanta ligeira e me acompanha pelo corredor com a expressão tensa. — A Constança está louca atrás de você. Está te aguardando desde cedo lá na sua sala.

Assinto com um gesto calmo e, mentalmente, repito mais uma vez o mantra.

Coragem, agora não é hora de vacilar.

— Obrigada, Kátia. Estou indo para lá.

Cruzo o corredor com o coração já disparado e respiro fundo antes de abrir a porta da minha sala. É chegada a hora de ter pulso forte. Giro a maçaneta decidida a mudar as coisas de uma vez por todas e entro.

Como era esperado, Constança já me aguarda ali, sentada em minha cadeira com a cara totalmente descompensada.

Possessa para ser mais precisa.

— Ah, e não é que ela resolveu dar as caras? — ela ironiza fula da vida se levantando.

— Bom dia, Constança. — respondo formal, tentando manter a cordialidade entre nós.

— Eu fiquei esperando você enviar aquele arquivo o final de semana TODO!

— Eu sei, — e não consigo evitar a ironia na resposta. — você deixou isso bem claro nas suas trinta mensagens seguidas.

– As quais você não respondeu! – ela acusa irada, como se fosse absurdo de minha parte e não da dela.

– Eu estava em um velório. – a relembro, sem conseguir acreditar no tamanho da sua mesquinhez.

– Na hora do trabalho!

– Sério isso? Já eram cinco e vinte da tarde quando você me ligou, Constança. Já tinha até passado do meu horário oficial de trabalho, que é só até as cinco, caso você não se lembre.

– Eu não quero saber! Você tem que estar sempre disponível quando EU quiser! EU ainda sou sua chefe! EU que mando!

Não aguento e, pela primeira vez na vida, desço do salto no trabalho. Tá na hora de armar o barraco.

– Escuta aqui, – disparo irritada. – você vive me pedindo para ficar além da hora, me ligando fora do expediente, me fazendo pular o almoço para te ajudar e não me dá nem um tostão a mais por isso. Mas quando eu te peço para sair mais cedo um dia, menos de uma hora antes do horário oficial, uma mísera hora, para eu ir a um enterro, um ENTERRO, você me inferniza! E eu paguei por essa hora, você sequer me deu de graça! Cara, nem foi por algo urgente que você me encheu, Constança, foi por picuinha. – acrescento frustrada. – Você é a pessoa mais egoísta que conheço! Você só quer, você nunca dá.

– Egoísta, eu? – ela ri com deboche, visivelmente irritada. – Não é como se você fizesse seu trabalho por caridade a mim, Vanessa. Você é paga para isso, não faz mais que sua obrigação. Seu salário é depositado todo mês que eu saiba.

– Meu salário é relativo à oito horas diárias, meu bem, você me suga quase quinze! Você é minha chefe sim, Constança, não minha dona!

Ela me olha com desprezo.

– Todo esse drama só porque te mandei algumas mensagens fora da hora. Aff, me prendam, que crime absurdo! Acorda pra vida, amada, esse é o mercado. Tá na chuva é para se molhar!

– Algumas? – eu rio sem acreditar em como Constança diminui descaradamente sua parcela de culpa na situação. – Sabe o que é o pior de tudo? Você nem percebe o mal que me faz, você nem percebe o quão errado isso é!

– Acho que ter sido promovida subiu sua cabeça. – ela insinua de forma cruel.

Beleza, se ela quer entrar nessa briga, ela vai ter o que quer.

– Promovida? – rebato então furiosa, estalando o pescoço. – Você me fez dar minha alma para o trabalho nos últimos meses, me prometendo uma promoção com um gordo aumento de salário e no final foi só você que colheu os louros do meu esforço, eu fiquei com o prêmio de consolação! Como foi mesmo que você chamou? Ah! Promoção conceitual! Brilhante sua criatividade, não, Constança? Você ganha Nova Iorque e, como não quer que a sua próxima substituta tenha o mesmo "desempenho excelente" que você, me despacha malandramente para outro departamento. Não, Constança, pelo contrário! Ser "promovida" aqui só me fez perceber quanto isso tudo não me faz feliz em nada! Eu estou cheia disso na verdade.

– Pois saiba, sua ingrata, que tem mais de cem atrás dessa promoção! – ela dispara presunçosa, tentando me ferir como pode.

Mas não, ela não vai mais me ferir. Não posso permitir que continue com isso.

– Que façam bom proveito! – rebato e, em um impulso, aceno em despedida com uma continência e começo a juntar minhas coisas, jogando-as sem cuidado numa grande caixa de rascunhos.

– O que você está fazendo?! – ela me olha atônita tacando tudo o que me pertence ali, sem hesitar. Destemida. Determinada.

– Eu me demito. – anuncio sem pausar o que faço. O som das palavras é lindo, libertador.

– Você não pode! – ela grita com autoridade e eu a ignoro. – Você não pode!!! – ela berra de novo e sua voz soa mais estridente.

– Ah, mas eu posso sim! – afirmo dando um sorriso desafiador e jogando o último objeto na caixa.

– Não, você não pode! – ela está descompensada, totalmente fora de si. – Não pode porque eu te despeço antes!

Eu não posso me conter, uma gargalhada estoura sonora pelos meus lábios.

– Nossa! Você não percebe mesmo o quão mimada você é, né? Você sempre quer ter o controle de tudo e de todos, Constança! Quer saber a verdade? Você não tem! Você não pode me controlar, não mais. Eu estou me livrando de você de uma vez por todas!

Eu pego a caixa e, com um sorriso de vitória estampado no rosto, saio dali me sentindo imensamente mais leve por ter desabafado tudo isso.

– Vanessa, volte aqui!!! – Constança grita do portal da minha sala a plenos pulmões, atraindo olhares curiosos. – Eu mandei voltar!!

Eu sigo o corredor e aperto o botão do elevador sem olhar para trás. Eu estou orgulhosa de mim, eu fui corajosa como nunca sonhei conseguir ser. A porta do elevador se abre e Victor Diniz sai por ela, dando de frente comigo.

– Com licença, – peço entrando no elevador obstinada, sem nem me abalar com a sua presença. Hoje nem ele pode roubar a cena. Hoje eu sou o foco.

Confuso, Victor libera a porta automática enquanto me observa estático do corredor, provavelmente chocado demais com a estranheza da situação. Os gritos histéricos da minha ex-chefe ecoam do outro lado, mas não me importo com nada disso.

Eu fecho os olhos, suspirando fundo e aperto o botão do térreo sorrindo.

E estou livre.

Já estou no meio da Rua Presidente Vargas quando a adrenalina do momento vai passando e percebo enfim a dimensão do que aconteceu. Eu acabei de pedir demissão, não foi um sonho. Eu realmente tive coragem e fiz isso.

Atônita, eu pego o celular com uma mão e, carregando a minha caixa de pertences com a outra, sigo rumo ao estacionamento discando para Natalia.

— Amiga! Que bom que você atendeu! Eu meio que acabei de fazer uma loucura agora.

— Ai meu Deus! — ela arfa preocupada do outro lado. — O que foi que você fez agora, Vanessa?

— Eu me demiti. Ou fui demitida, sei lá, não ficou claro, foi uma confusão só a coisa toda. — explico, atropelando as palavras. — Mas fui eu quem tomou a iniciativa! Ah, se foi! Falei para a minha chefe tudo o que ela tinha que escutar e mais um pouco.

— Putz...

— Putz? — eu repito o comentário inconformada. — Isso é tudo que tem para me dizer? Desculpa aí, mas você vai ter que ser mais expressiva que isso, Nati! Eu meio que estou precisando de muitas palavras para me acalmar. Cadê a verborragia sem fim de ontem?

Ela ri.

— Me diga, Vanessa, — e então ela faz uma pausa séria. — o que exatamente baseou a sua decisão? Por que você decidiu se demitir logo hoje?

— Eu não sei o que deu em mim, na verdade. De repente, nada daquilo fazia mais sentido, ou melhor, de repente, tudo fazia sentido. Eu percebi o quanto aquilo tudo me suga, o quanto aquelas pessoas não ligam para mim e o quanto eu não amo mais aquele lugar. E simplesmente decidi deixar de dar mais valor a eles do que me davam. Eu cansei de ser a parte desimportante da relação.

— Uau, então sua ficha caiu mesmo! — ela exclama agora com alívio e admiração. — Estava preocupada de você ter agido impulsivamente por conta do que te falei; esse tipo de coisa tem que partir de você, do fato de você não se sentir feliz, não porque eu ou qualquer outro te diz que algo é certo ou não para você. Fiquei com medo de ter te influenciado.

— Desculpa, amiga, mas nem vem que não vou te dar esse crédito. Por mais que você tenha me aberto os olhos, essa reação hoje foi cem por cento minha, sou esquentada, você me conhece. Foi maravilhoso, sabe? Parecia até que eu estava tirando um peso do meu corpo. Você não me fez agir dessa forma, eu fiz. E agora que está feito, eu vejo que precisava disso há muito, muito tempo.

— Caramba, você finalmente acordou e tomou as rédeas da sua vida de volta! — ela constata orgulhosa. — Vamos ver o que vai fazer com elas agora que está no controle de novo, Nessa. Você vai tirar de letra, tenho certeza que vai!

Eu paro de andar ao som dessas palavras, me sentindo repentinamente insegura. Natalia tocou num ponto chave. Algo importante que eu não parei para pensar até esse momento.

— E o que é que eu faço agora, amiga? — sinto o medo das consequências finalmente se alastrar dentro de mim. E, só então, que me dou conta do que aconteceu, surtando atrasada. — Ai meu Deus! O que foi que eu fiz? Estou desempregada, Nati! Como é que eu vou viver assim?! Eu tenho contas para pagar!

Me exaspero real. As pessoas que passam por mim na rua me olham com ressalva, devem estar pensando "lá vai a louca da Presidente Vargas". Talvez estejam certas, nesse momento duvido da minha própria sanidade. Eu me demiti da Sahanna, a maior rede de varejo de moda do mundo e eu não tenho um plano B na manga. Por acaso eu sou alguma idiota?

— Calma amiga, respira fundo que não é o fim do mundo! — Nati se apressa em me tranquilizar. — Existem outros empregos por aí. Tudo bem que foi tudo meio que de repente, sem planejamento, mas não foi um erro, nem de longe. Você não podia continuar em um lugar que descobriu que odeia só porque tem medo de ficar desempregada, certo? É nisso que a maioria dos empregos sanguessugas te faz acreditar, que você não tem opção melhor, mas acredite, você tem. Todos têm outras opções, é só procurar que a gente acha.

Ao mesmo tempo em que penso que ela tem razão, que não é mesmo o fim do mundo, me condeno por não ter me planejado melhor para fazer as coisas direito: arranjar outro emprego e só depois largar o meu.

Isso teria sido tão mais esperto!

— Eu devia ter me planejado melhor. — concluo me sentindo burra pela minha afobação.

— Bem, Nessa, assim é a vida. Nem sempre dá tempo para fazer planos. Entretanto, isso bem que pode ter acontecido num momento oportuno...

— Como assim? — pergunto ansiosa. — Desembucha logo essa treta, vai!

— Não tem treta, é que lembrei que conheço uma pessoa que vai lançar uma marca de sapatos agora e ela comentou por alto que está precisando contratar alguém para fazer a gestão do negócio dela.

— Isso é ótimo! — a esperança se reacende no meu coração. — Fale-me mais sobre ela! Conta tudo!

— Eu não sei muita coisa na verdade, nós só fazemos yoga juntas e papeamos um pouco depois das aulas. Mas não vejo mal algum em comentar que conheço alguém competente da área que está procurando.

— Isso é bom! Você consegue marcar uma entrevista pra mim? Por favor? Diz que sim?!

— Claro, vou tentar com certeza! E Vanessa?

— Diga.

— Parabéns!

— Ãh?!?

— Eu só queria dizer que estou orgulhosa e muito feliz por você.

— Feliz por eu perder o emprego? – questiono confusa. Talvez minha amiga não bata tão bem assim das ideias, sempre ouvi dizer que todo o psicólogo é meio pirado mesmo.

— Não isso, – ela elucida com sorriso na voz. – estou feliz por ver que você finalmente percebeu que merece mais do que aquela vida podia te dar. Isso me parece o começo de uma bela história de amor.

"Coitada!", penso agora totalmente convencida de sua falta de lucidez, "A pobrezinha deve ter batido mesmo a cabeça em algum momento do dia.".

— Não sei se você entendeu direito, amiga, mas não teve nenhum príncipe encantado nessa história não.

— Amor próprio, Vanessa. – ela me explica com paciência. – Talvez a forma mais importante de amor que exista.

— Ah... – eu exclamo surpresa ao finalmente entender o que ela quis dizer.

— O meu paciente chegou aqui na clínica, tenho que ir. Mas escuta, vai dar tudo certo, tá? O pior já passou.

— Assim espero.

— Te adoro e te ligo mais tarde. Beijo, se cuida!

— Beijo.

Eu desligo o telefone e paro em frente ao meu carro.

"E agora, o que eu faço?", penso completamente desorientada com a minha nova liberdade. São nove horas da manhã e eu estou aqui, desempregada, no centro da cidade, com uma grande caixa de pertences nas mãos e totalmente sem rumo. Estive tão condicionada a só ter tempo para trabalhar que me surpreendo ao perceber que não me lembro de qualquer outra coisa que eu goste de fazer no meu tempo livre, exceto comprar. E ir às compras agora, recém-desempregada, é evidentemente uma péssima ideia.

A realidade é que se tornou tão fácil me acomodar e deixar os outros decidirem por mim que, como resultado, perdi minha essência. Eu queria o que os outros queriam, eu gostava do que os outros gostavam. Eu não conheço a fundo a minha própria vontade, acabei me tornando uma Maria-vai-com-as-outras.

Tento obstinada vasculhar minhas memórias para descobrir algum lugar em que eu possa ir para acalmar meu coração ainda agitado da discussão com Constança. Não um lugar para aonde se vai quando se está triste, como o shopping é para mim, mas um lugar que me faça sentir segura, que possa me trazer paz nesse momento difícil.

E então me lembro com um sorriso.

Existe um.

◄──── ♡ ────►

O primeiro a aparecer é um garoto de uns seis anos, correndo em direção a quem acredito serem seus avós, que estão ajoelhados de braços abertos, ansiosos para recebê-lo. A criança se joga na vó, fazendo com que ela se desequilibre para trás, tamanha a saudade que tem dela. Seus pais vêm logo atrás, puxando as malas e sorriem ao ver a cena tocante.

Já a adolescente com uma mochila gigante nas costas corre com dificuldade para abraçar seus pais que a aguardam ansiosos atrás da faixa. Ela está absolutamente exultante! Embora deva estar cansada, consideradas as bolsas sob seus olhos e a envergadura dos joelhos e ombros por carregar tanto peso, há uma energia notável em seu corpo que guardou especialmente para poder contar aos seus ansiosos ouvintes todas as incríveis histórias que viveu em seu mochilão pela Europa.

O casal de meia idade, por sua vez, sai abraçado, ainda suspirante em seu retorno de uma viagem romântica à Paris, como a etiqueta em sua mala me indica. Ele carrega as bolsas dela e ela o olha com a expressão mais feliz do mundo. É como ver um filme.

Tem algo mais encantador no mundo do que duas pessoas apaixonadas?

Eu fico ali, sentada, observando o desembarque dos passageiros com curiosidade e fascínio. Desde pequena eu sempre amei aeroportos. Ao contrário da maioria das pessoas que odeia esse lugar de trânsito, para mim ele tem um significado especial.

Representa um lugar de encontro.

Por muitos anos em minha infância fui ao portão de desembarque internacional esperar meus avós chegarem de suas escalas. Eu ficava ali, extasiada ao observar as pessoas que saíam daquele portão mágico: Pessoas que foram para longe e retornavam cheias de experiências vividas e pessoas de fora que chegavam aqui, repletas de expectativas e ávidas por viver novas emoções.

Eu sorrio saudosa com a lembrança.

Na verdade, sorrio por causa do meu avô, que era um homem tão incrível.

Nesse instante, desejo simplesmente esquecer de tudo e pegar um avião rumo a qualquer lugar do mundo. Seria uma aventura, sem dúvidas. Mas sendo sã e realista, eu não tenho tanto dinheiro assim para poder chutar o balde e viver viajando, ainda mais agora que estou desempregada. Preciso primeiro botar os pés no chão e tratar de fazer as coisas direito dessa vez.

Sem afobação.

Sem trocar os pés pelas mãos.

Analisando a minha realidade atual, o quadro é desinspirador. Desempregada, mas alugando sozinha um apartamento de dois quartos na zona sul e mantendo um carro zero cuja bebida é mais cara que a minha. De reserva, tenha cerca de sete mil reais guardados na poupança e só. É irônico pensar que eu estou há cinco anos trabalhando na maior empresa de moda do mundo e tudo que consegui juntar neste tempo foi isso.

Tudo bem que comecei como estagiária aos dezenove, virei trainee aos vinte e um e fui efetivada aos vinte e dois quando me formei. Mas nos últimos dois anos meu salário era bom, caramba! Como foi que meu dinheiro evaporou dessa forma?

"Coisas", eu me lembro da conversa com Natalia. Eu definitivamente preciso parar de comprar mais coisas. Um closet lotado e um monte de quinquilharias espalhadas pela casa não é lá um patrimônio seguro para investir tanto do meu dinheiro.

A primeira coisa que preciso para botar minha vida nos eixos é um emprego. Um bom emprego dessa vez. A Nati ficou de ver uma entrevista, mas não devo me fiar só nisso. E se ela não conseguir? E se a tal mulher não me contratar?

Como sou a pessoa dos planos "B"s de negócios, não posso deixar de fazer igual com minha própria vida. Tomando minha decisão, atualizo meu currículo no smartphone e o envio para todas as empresas concorrentes da Sahanna das quais eu consigo me lembrar.

Então está feito. A sorte agora está lançada.

E, embora eu e Natalia tenhamos dado uma ajudinha, a partir de agora será aquilo que Deus quiser que seja.

◁─── ♡ ───▷

No caminho de volta para casa, meu celular toca. Ansiosa, o atendo o mais rápido que posso.

– Oi, amiga!

– Oi, Natalia! – saúdo animada reconhecendo sua voz. – E então, novidades?!

– Sim, falei com ela. – ela conta e comemoro feliz, batendo no volante do carro. – Isis disse que gostaria de fazer uma entrevista com você amanhã às nove, pode ser?

– Sério? – eu mal posso acreditar no que ouço. – Mas já?!

– Ela só ia começar a selecionar no mês que vem, mas quando entreguei seu currículo, ela achou que poderia ser interessante abrir uma exceção para você. Sentiu só a moral?

Eu fico radiante com a notícia.

– Muito obrigada mesmo, amiga! Não sei nem o que dizer, você salvou minha vida!

– Calma, garota, não exagera! É só uma entrevista, ok? Eu apenas dei seu currículo, agora é contigo. Não tenho como garantir que ela vai te contratar.

– Não, eu sei, claro. – assinto me contendo. – Mas só pela chance já é maravilhoso.

– Ok, então só tenho a te desejar boa sorte. Te mando o endereço por mensagem mais tarde, combinado?

– Beleza.

Eu não posso evitar dar gritinhos quando desligo o telefone. Graças a Deus está tudo dando certo. O trem da minha vida descarrilhou loucamente, mas já está prestes a voltar aos trilhos de novo.

E, dessa vez, eu serei a maquinista.

Quando chego em casa vinte minutos depois, o celular dá um bip e eu sei que é a Natalia me mandando o endereço do escritório.

"Certo.", penso comigo mesma me colocando à frente do meu closet. "Agora preciso decidir a roupa que eu vou usar amanhã".

Eu olho para toda aquela infinidade de peças e fico pensando na primeira impressão que quero causar, mas então atino que a peça mais importante, a que definirá todo o resto, é evidentemente o sapato. Tenho que começar por ele, afinal estou me candidatando à uma marca de calçados e a dona é uma designer. Eu sei que impressioná-la neste quesito será mais do que um ponto ao meu favor.

Tendo uma ideia, eu abro a sapateira e pego confiante a minha última aquisição. O scarpan italiano borgonha, chique, alto, caríssimo. O sapato que eu desejei durante meses e que me custou uma pequena fortuna. Se existisse um prêmio dos sapatos, ele certamente venceria de disparada. Sorrio radiante ao constatar que ele e o conjunto de roupas sofisticadas que escolho combinam perfeitamente.

Perfeito. Não há a menor chance de eu não causar uma boa impressão nesses saltos.

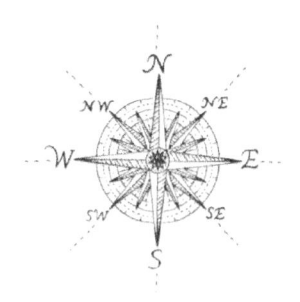

LINDA, ELEGANTE E SINCERA

Tenho que acordar muito cedo, pois o escritório onde farei a entrevista fica na Barra da Tijuca, no outro canto da cidade, para ser mais exata. Ansiosa, bebo pelo menos um litro de café antes de sair, o que me preocupa, porque café demais geralmente me faz ficar elétrica e falar pelos cotovelos.

Chego ao local turbinada como um coelho. Descubro que o escritório fica dentro da ala comercial de um shopping e tenho que me controlar para não sair saltitando direto para as lojas. Me pergunto se é mesmo uma boa ideia trabalhar aqui, meu salário pode acabar nem deixando esse prédio.

Na ausência de um porteiro ou campainha, simplesmente abro a porta dupla de vidro onde letras pretas de vinil formam o nome Isis Co. Nas laterais da antessala do escritório, vejo que estão duas mesas aparelhadas com modernos computadores, uma de frente para a outra. Em uma delas, está sentada uma garota de cabelos azuis e piercing na orelha. Ela me olha curiosa assim que entro.

– Oi! – me saúda simpática. Noto que seu cabelo é cortado com uma franja bem curta na testa e ela tem um jeito descolado de se vestir.

– Oi, sou Vanessa, tenho uma entrevista marcada com a Isis Toledo agora.

– Ah, verdade. É logo ali, pode entrar. - a garota indica a porta entreaberta à frente de um jeito casual, sem qualquer formalidade ou acompanhamento.

– Não é melhor anunciar a ela que estou entrando?

– Ah, sim! Mas acho que a Isis vai te perceber antes mesmo que você o diga. A chefe é bem esperta!

A garota de cabelos azuis pisca marota para mim e sorri ainda mais largo, antes de voltar a se concentrar em seu trabalho. Apesar de ficar surpresa com sua resposta inusitada, não a acho nem um pouco ofensiva, pelo contrário.

Vindo dela parece super *cool*.

– Ok, vou lá então.

"Deseje-me sorte", penso comigo mesma indo em direção à porta e me arrepio toda quando ouço a garota dizer "boa sorte" atrás de mim.

Entro na sala com hesitação e me deparo com uma mulher negra, alta e esguia, trajando um elegante conjunto de calça e taier branco com um corte enviesado moderno. Ela está sentada em uma cadeira de couro atrás de uma mesa de acrílico e tem uma expressão gentil no rosto.

– Com licença, – peço inibida. – bom dia!

– Olá, entre! – a mulher sorri calorosa e vejo como ela é bonita, seu rosto bem definido é perfeitamente adornado por brincos longos de raios prateados e o cabelo curto, quase que raspado, lhe dá uma aparência ainda mais forte e decidida. – Bom dia, Vanessa! Seja bem-vinda! Meu nome é Isis.

– Obrigada por me receber, Isis.

– Não há de quê. Sente-se, por favor. Fique à vontade. – Isis indica gentil a cadeira à sua frente e eu acato sua sugestão. – Bem, Vanessa. Devo admitir que Natalia não exagerou em nada, seu currículo é bem impressionante para alguém da sua idade.

– Obrigada. – Tenho que me lembrar de dar um presente incrível de agradecimento à minha amiga por ter me indicado para essa entrevista.

– Não tenho dúvidas de que você é alguém bem capaz, mas quero te conhecer melhor, entender suas escolhas. Como por exemplo, – ela me olha com curiosidade. – porque escolheu trabalhar na Sahanna desde o início? Vi que está lá desde o seu primeiro estágio.

Nem hesito na resposta.

– Porque é a empresa top de mercado no ramo de moda.

– Entendo. – ela se ajeita na cadeira. – Então você é o tipo de garota que sempre persegue as trends mais badaladas?

Eu rio e confirmo a suposição. – É, pode-se dizer que eu sou esse tipo de garota.

– Então por que você saiu de lá logo depois de conseguir uma promoção?

Eu congelo no lugar.

Eu não coloquei essa informação no currículo. Ou Natalia abriu a boca demais, o que eu duvido muito porque ela é discretíssima, ou Isis verificou o meu histórico com a minha antiga chefe. Em qualquer uma das circunstâncias a minha situação não é nada boa. Como conseguir explicar o que houve sem sequer ter me preparado para isso?

Ok, "seja honesta, mas vaga", penso comigo mesma antes de prosseguir.

– Bem, eu senti que a Sahanna não era mais a empresa certa para mim. – respondo evitando seus olhos. – Estou buscando algo diferente.

Isis se inclina para frente.

– E o que você está buscando agora? – continua o fluxo da entrevista normalmente e suspiro aliviada por me safar tão fácil da saia justa.

– Algo que me faça feliz. – a resposta sai espontânea.

– Boa meta. – Isis assente e então retoma a postura avaliadora de momentos atrás. – Vou reformular assim a minha pergunta anterior então, Vanessa. Você não se sentia feliz trabalhando na Sahanna?

Eu a olho nos olhos e vejo que já sacou tudo, Isis é alguém bem perspicaz. Estranhamente, ao mesmo passo em que percebo isso, sinto também que posso ser absolutamente sincera com ela.

Por mais imprudente que seja, a pessoa à minha frente inspira honestidade.

– Não. Não me sentia. – confesso.

– Por quê?

Eu relaxo um pouco mais na cadeira enquanto penso sobre isso.

– Porque percebi que eles desconsideravam o básico sobre uma relação de duas partes.

– Que seria?

– A outra parte.

– Nossa! – ela se impressiona com a resposta sincera e certeira. – Isso é bem sério.

– Desculpe, eu não pretendia falar sobre isso em uma entrevista. Mas já que você abordou, decidi ser o mais sincera possível. Para falar a verdade, eu não quero mais mentir sobre como eu me sinto. Eu já fiz isso demais comigo mesma.

– Você não precisa mentir, Vanessa. Afinal o ponto de uma entrevista não é justamente te conhecer melhor?

– É verdade. – eu assinto sem muita certeza de que outros recrutadores concordariam com esse tipo de sinceridade.

– E posso perguntar como descobriu que você não era considerada nesta relação?

Ok, se ela quer ir por esse caminho eu não tenho mais nada a perder.

Eu serei sincera até o fim.

– Porque não havia mais limites saudáveis entre minha vida pessoal e meu trabalho. – eu me abro a respeito. – Era perfeitamente aceitável o trabalho invadir minha vida pessoal com hora extras, ligações e mensagens fora do horário, tarefas que não estavam na descrição do cargo, ordens disfarçadas de favores. Mas quando eu precisei pela primeira vez de algo para mim, uma hora apenas, eles agiram como se isso fosse algo absurdo, como se eu estivesse pedindo demais. Eles não respeitaram as minhas necessidades, quando priorizavam tantos as próprias.

– Uma via de mão única. – ela deduz quando termino.

– É, – concordo achando o termo que ela usou para definir perfeito. Uma via de mão única. – foi assim que percebi. E com dezenove ligações em menos de uma hora, acho que isso também me ajudou a abrir meus olhos.

Rio com a ironia e me repreendo logo em seguida. Eu não deveria estar sendo tão sincera assim numa entrevista. Sincericídio é um perigo conhecido.

É estranho eu estar à vontade a ponto de cometê-lo.

– É verdade, – Isis inclina a cadeira para trás, girando-a levemente. – a tecnologia, smartphones e emails fizeram todos ficarem mais próximos, mas ao mesmo tempo possibilitam essas quebras de limites nas relações de trabalho. Como você está sempre conectado, alguns confundem isso com a ideia de que você está sempre disponível. Acaba que alguns chefes acham que têm o direito de te cobrar coisas quando bem entendem. Mas você é um ser humano e tem que ter uma vida além do trabalho. É mais do que um direito, é uma necessidade.

Eu coço a cabeça embaraçada sob seu olhar.

— É, agora eu percebo isso. — me recrimino internamente pelo meu atraso em perceber algo tão óbvio.

— Devo dizer que eu não sou workaholic. — ela retoma a palavra agora olhando as próprias mãos. — Mas estaria mentindo se te dissesse que não amo muito o meu trabalho. E porque o amo, eu me dedico bastante a ele e espero que minha equipe faça o mesmo. Mas é uma balança, sabe? Eu não tiro mais do que coloco, eu quero que todos fiquem felizes com o que é feito aqui.

Eu a estudo atentamente e percebo que está sendo honesta. Isis parece ser um tipo de pessoa bem transparente e direta. Um tipo raro de gente.

— Isso parece justo.

— Porque é assim que deveria sempre ser. — ela responde com um sorriso caloroso. — Mas me diga, porque acha que você seria uma boa escolha para gerir o lançamento da minha marca?

Ela ainda me considera uma opção depois de tudo isso? Eu me jogo na resposta que mais quero dar desde que essa entrevista começou.

— Ah, você não faz ideia! Fora ter know-how para isso, eu absolutamente amo sapatos, eu sou tipo uma viciada em sapatos! Tenho mais de cem pares, de todas as cores e modelos. Esse aqui, por exemplo, — estico a perna para mostrar meu scarpan luxuoso. — eu comprei na semana passada. É o hit do momento, todo mundo está louco por um desse. Eu bati o olho e vi que precisava dele na minha coleção.

Isis olha o sapato que eu exibo orgulhosa com uma expressão indecifrável. Eu não sei dizer se ela ama ou odeia.

— É um belo sapato. — ela comenta por fim e me alivio.

— Não é? — concordo me sentindo ainda mais confiante. — Então, neste aspecto tenho certeza de que não vou te decepcionar, Isis! Eu sou definitivamente a pessoa certa para sua marca, uma verdadeira amante de sapatos, consumidora compulsiva deles. Eu posso te dizer direitinho como a cabeça de mulheres como eu funciona, como uma vitrine pode levar embora um salário inteiro. Ah, disso eu sei bem! Posso pensar em estratégias incríveis para que seus sapatos sejam um sucesso e as pessoas os comprem em pencas!

Isis ri discreta, se divertindo com a minha resposta passional. O que posso fazer? Eu amo sapatos!

Ela ajeita a postura e fala complacente:

— Bem, acho que nesse sentido, tenho que te atualizar sobre a proposta da minha marca, porque ela é um pouquinho diferente das outras. O foco dela, Vanessa, é a alta qualidade, alta durabilidade e sustentabilidade do negócio. Meu conceito é fazer as mulheres perceberem a importância em investir mais nesses fatores do que na quantidade e no modismo na hora de comprar. Se concentrar em ter poucos pares ótimos ao invés de muitos desnecessários. A minha meta é vender sapatos que durem uma vida, como aqueles que nossos avós têm até hoje, impecáveis, por conta da sua qualidade, só que trazendo um visual mais moderno e, principalmente, versátil. Quero formar um público consciente de que não é possível ter todos os sapatos do mundo, logo o melhor que podemos fazer é investir nosso dinheiro naqueles que valem à pena.

Meu sorriso desaba. Eu acabei de falar para ela que eu era justamente o oposto do seu conceito encarnado. "Uma consumidora compulsiva", "mais de cem pares", "vão vender em pencas", relembro com amargura os termos que usei para ilustrar o meu discurso. Se eu não tinha me ferrado antes, agora eu tenho certeza que acabei de vez com as minhas chances.

— Bem, é uma proposta muito legal. — reconheço. Isis parece mesmo alguém com o potencial para fazer diferença no mundo da moda. — Sinto muito não ser exatamente aquilo que procura. Obrigada pelo seu tempo. — me levanto consciente da derrota e disposta a sair da forma mais digna possível.

— Ei, espere. — Isis acena para que eu pare onde estou e congelo. — Sente-se, por favor.

— Sério? Eu meio que confessei ser tipo o anticristo do seu conceito agora há pouco.

Ela ri, se divertindo com a forma exagerada como eu coloco a coisa.

— Sim, você está certa, Vanessa. Você não tem nada ver com quem já usa a minha marca.

— É, eu meio que percebi isso. — concordo irônica e seu sorriso alarga.

— Mas o meu público fiel, eu já tenho, minha cara. Você, por outro lado, é exatamente o meu público-alvo, aquele que eu quero passar a conquistar com a expansão da minha marca. E se você conseguir entender a minha proposta e projetar esse negócio de um jeito que mulheres como você também sejam apresentadas a este conceito, quem sabe essas mulheres também não virem minhas clientes? Você na Isis seria uma excelente forma de ter meu público-alvo criando bases factíveis para o seu próprio envolvimento com a Isis Co.

Meu cérebro dá um nó, ela está falando o que eu acho que ela está falando?

— Você está dizendo que vai me dar o emprego? — pergunto sem conseguir acreditar.

Ela inclina a cabeça de lado com um sorriso.

— Sim, Vanessa. O emprego é seu se quiser. — Meu coração quase sai pela boca de tanta emoção ao ouvir essa confirmação. — Mas tem uma condição.

– Claro, diga!

– Mantenha essa sua sinceridade. Eu não sou do tipo de pessoa inclinada à falsas bajulações, então só me diga que entendeu o conceito quando de fato entender, combinado? Só se fizermos isso de forma honesta vai funcionar. – ela me estende a mão. – Entendidas?

– Entendido. – dou o aperto selando o acordo.

– Bem, – ela estala o pescoço e se levanta da mesa de forma altiva. – espero que seus sapatos lindos sejam igualmente confortáveis, pois vou te apresentar tudo que precisa conhecer. Pronta para um tour?

Entusiasmada, eu a sigo e descubro da pior maneira que eles não são sapatos tão incríveis assim. Ao meio dia, bolhas brotam doloridas nos meus pés. Nesse meio tempo, já visitamos o ateliê e a butique, o que foi suficiente para destruir meus pés por gerações.

Isis me olha com um sorriso de canto quando me ouve gemer baixinho de dor.

– Você pode tirá-los. –indica os caros sapatos com os olhos enquanto andamos de volta para o escritório.

– Não, está tudo bem. – minto para não perder a pose frente à minha futura chefe. Uma boa profissional não desce do salto, literalmente.

Isis dá uma risada gostosa.

– Prometeu não me enrolar, Vanessa.

Frente ao seu irrefutável argumento, eu cedo, deixando a armadura cair.

– Ok, – confesso aliviada. – esses malditos sapatos estão me matando! Estou rezando para tirá-los há horas!

– Fique à vontade. – ela aguarda tranquila junto à coluna oposta à entrada do escritório.

Eu me apoio na parede e tiro meu torturador. – Ahhhhh! – não posso evitar o gemido enquanto estico meus dedinhos massacrados – Isso é tão bom!

Isis ri e segue para a sua sala, abrindo o armário na parede da direita.

– Aqui, toma essa. – ela me entrega uma linda sapatilha preta de couro cheia de recortes vazados. – Essa é uma das peças da minha nova coleção. Pode ficar.

– Oh, não! Eu não posso aceitar, você sequer lançou essa linha ainda...

– Pega, Vanessa. – ela insiste me empurrando de volta o calçado. – É um presente.

Avalio sua convicção, Isis parece determinada a me fazer aceitar, não para se impor, mas porque está sendo verdadeiramente atenciosa comigo. Isso é algo novo para mim.

– Ok, – aceito encabulada a sapatilha e seu gesto gentil. – Obrigada. É muito linda.

– Não há de quê. – Isis sorri satisfeita. – Depois me conte se gostou.

É claro que seria depois, agora não vai dar para ter muita ideia já que meu pé está todo estropiado do outro sapato assassino. Mas, surpreendentemente, quando eu calço a sapatilha, sinto um conforto enorme apesar dos machucados. Ela é toda acolchoada por dentro e tem uma palmilha que faz uma suave massagem com suas elevações.

É melhor do que estar descalça, é como ter travesseiros nos pés.

— Nossa! — me impressiono com a qualidade do sapato. — É tão confortável!

— Esse é modelo mais básico da minha coleção.

— Básico? Esse sapato é absolutamente fantástico! Ele é perfeito!

Ela ri da minha defesa extremada.

— Fico feliz que tenha gostado dele.

— Não mais feliz do que meus pés estão! — contesto arrancando gargalhadas dela.

Isis se senta na mesa com graciosidade ímpar. — E então? O que achou de tudo?

— Eu confesso que achei sua ideia ótima, como consumidora é muito bom saber que um produto vai durar. Mas, — acrescento trocando de pé. — como comerciante não é complicado pensar em sapatos que duram a vida toda quando você precisa de um volume constante de vendas para ter lucro?

Ela me olha com um sorriso contido.

— Ops, olha eu e minha boca grande de novo! — me repreendo na mesma hora. Por que diabos eu estou me sabotando a cada cinco segundos hoje? — Às vezes eu meio que falo demais, Isis. Desculpa questionar isso.

— Pelo contrário. Sempre questione seu trabalho, Vanessa. Isso te faz crescer, como profissional e como pessoa.

Eu sorrio para Isis, gosto do jeito inovador como ela pensa.

E acho que finalmente encontrei os sapatos certos.

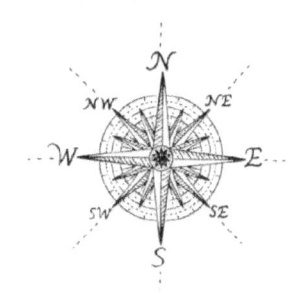

COVARDE

Nos acertos finais com Isis, fica combinado que começarei a trabalhar só na semana que vem. Enquanto volto para casa, penso um pouco sobre o andamento das coisas. Essa é minha vida agora:

Eu, que trabalhava na maior empresa de moda varejista do mundo, em um dos edifícios mais luxuosos do centro da cidade e com um salário invejável, agora passarei a trabalhar numa *start-up* de calçados, localizada em um modesto escritório na ala comercial de um shopping na zona oeste, com salário muito mais modesto.

É óbvio que uma redução considerável de renda como essa requer uma mexida significativa no meu padrão de vida. Vou ter que encarar mudanças e a primeira, claro, será o lugar onde moro. Da zona sul à Barra é quase uma hora e meia de carro no horário de rush.

Calculo que posso economizar ainda mais se alugar um apartamento de um quarto. Mas, para isso, será necessário me desapegar. Eu não posso mais me dar ao luxo de bancar um cômodo exclusivo só para as minhas coisas. É duro, mas tenho que dar adeus à ideia de ter um closet.

Quando chego ao meu apartamento, sigo determinada para o meu segundo quarto. Já gastei muitos fins de semana nessa insanidade: arrumando, empilhando, admirando toda a profusão de coisas, roupas, sapatos, caixas, bijuterias e maquiagens que acumulei. Meus dias são sempre tão cheios e corridos que não faz nenhum sentido que, ao tentar escolher uma roupa, quinze acabem jogadas. O lugar é uma zona de guerra constante, tanto que até já me acostumei a dormir somente na metade da cama. Na outra faixa, habita a bagunça a qual eu só tenho tempo de arrumar no fim de semana. São horas a fio gastas nessa tarefa exaustiva.

E, na semana seguinte, começa tudo de novo.

Eu olho com preguiça para o desafio à minha frente, já prevendo todo o trabalho que dará. Mas dessa vez será diferente, penso otimista, dessa vez a arrumação será definitiva. Arregaço as mangas e parto determinada para a batalha.

Reúno a roupa que está espalhada por todo canto e levo para a mesa da sala a fim de avaliar peça por peça, quando meu celular toca. Olho para o visor, é um número desconhecido. Atendo com curiosidade.

– Boa tarde. – a voz não familiar saúda do outro lado. – Vanessa Zandrine, por favor?

– É ela.

— A senhorita mandou recentemente um currículo para a M.J e a coordenadora de RH, Leonor Martins, gostaria de marcar uma entrevista amanhã para uma vaga em aberto.

Fico estática, por essa eu não esperava. A M.J é a multinacional concorrente direta da Sahanna no varejo de moda. É tão badalada quanto ela, ainda que esteja em segundo lugar nas vendas. — Posso perguntar mais detalhes sobre a tal vaga?

— Desculpe, maiores detalhes somente serão informados na entrevista. Posso confirmar agenda para amanhã, às oito?

Fico em conflito interno por um segundo.

Eu já me comprometi de boca à trabalhar para a Isis, ela foi tão legal comigo hoje. Mas ao mesmo tempo eu ainda não assinei nenhum contrato e essa oportunidade na M.J sequer existia. Não é como se eu pudesse ignorar algo assim fácil, essa é uma chance clara para manter meu estilo de vida sem mudanças. Figurativa e literalmente.

— Senhora? — a voz insiste do outro lado da linha.

— Sim, — eu respondo em um mix de culpa e excitação. — confirme a entrevista para amanhã.

Desligo o telefone agitada e tento me convencer de que isso não é uma traição à Isis. Eu só vou na entrevista ver qual é, oras. Talvez eu sequer aceite, cogito a hipótese sabendo culposamente quão remota é. A ideia de retornar à confortável vida que sempre levei é tentadora demais.

Culpada, ligo a tv e tento abstrair um pouco a cabeça vendo um programa ruim. Eu estou terminando a minha fabulosa refeição de hambúrguer de microondas, quando a campainha toca de repente.

— Oi, mãe! — saúdo confusa ao atender a porta e vê-la por ali. — Que surpresa.

— Desculpa vir sem avisar. Se estiver incomodando, eu posso...

— Não, não. É só que eu não esperava sua visita. Você não incomoda de forma alguma.

Ela me fita ironicamente, uma sobrancelha erguida.

— Tá, você tem razão em desconfiar. Eu meio que andei sendo uma idiota mesmo nos últimos anos.

— Não, idiota não. — ela discorda com um sorriso. — Apenas um tanto desnaturada.

— É, é isso aí. — rio aceitando a brincadeira com fundo de verdade. — Vamos, entra, mãe. Como estão as coisas com você e meu pai?

— Estamos bem. Levando, né. A morte do papai foi bem difícil para nós. Durante anos ele foi a rocha dessa família.

— É, eu sei.

Vovô sempre foi o apoio de todos nós nos momentos mais difíceis. Agora que ele partiu, todo mundo ficou meio bambo.

— Já que estamos falando nele, — ela retoma o discurso se sentando no sofá. — isso me leva ao assunto que me trouxe até aqui. Essa tarde nós fomos à leitura do testamento do seu avô.

Testamento? Eu estranho o tópico que ela aborda. O que isso pode ter a ver comigo? Mamãe é filha única, a única herdeira direta do vovô. O testamento dele é todo sobre ela.

— Algum entrave na liberação do patrimônio? — pergunto incerta. — Ouvi dizer que inventários são complicados.

— Não, nada disso. Seu avô deixou tudo encaminhado, ele era uma pessoa bem organizada.

— Então...? — minha expressão é de total incompreensão.

— Bem, o fato é que ele também era uma pessoa muito espirituosa e deixou um pedido inusitado em seu testamento. Algo que diz respeito a você.

Fico mais confusa ainda. Pedido inusitado a ver comigo?

Isso não pode ser bom.

— Vai, me conta. — me preparo para receber alguma bomba. — Qual é o problema?

Minha mãe ri jocosa da minha reação, balançando a cabeça.

— Eu não disse que era um problema.

Eu me permito sorrir também, porque de fato ela não disse. Tornou-se um hábito pensar assim porque limitei tanto o contato com meus amigos e parentes que, quando eles teimavam em falar comigo, eu podia ter certeza que o assunto era grave. E, bem, minha mãe está na minha casa, à noite. Eu só posso associar isso à uma catástrofe.

— Verdade, — admito reconhecendo a falha. — você não disse mesmo. São os velhos hábitos.

— É difícil se ver livre deles, não?

— É. — eu reconheço isso agora. — Mas não impossível.

Minha mãe sorri e então se ajeita no sofá.

— Revelando o mistério, eu vim aqui porque seu avô deixou algo para você e ele fez questão de incluir isso bem explícito em seu testamento.

— Ele não precisava, eu não posso aceitar... De verdade, eu não acho que eu mereço nem um centavo...

— Calma, não pira, Vanessa. Não foi dinheiro ou algo assim que ele deixou para você se preocupar tanto. Seu avô era uma pessoa não convencional, ele te deixou algo sim, mas cujo valor é puramente sentimental.

— Como assim?

— Ele lhe deixou o seu sofá.

Ela sorri. A informação me deixa perplexa. Eu perco meu chão por um segundo e me sinto zonza a ponto de ter que me sentar também para não cair.

— O sofá-mala? — pergunto sentindo meus olhos queimarem e meu queixo tremer.

— Sim, esse mesmo. Aquele azul que vira cama.

Lágrimas pendem densas dos meus olhos antes que eu possa evitá-las e um sorriso de gratidão se desenha em meu rosto. Meu avô era um homem curioso de fato, ele se lembrava de coisas que ninguém lembraria nos fazendo sentir especiais com seus pequenos gestos.

Eu era apaixonada por aquele sofá. Um malão de viagem antigo adaptado para um móvel, meu próprio avô o fizera. Era nele que eu ficava toda vez que meus pais me deixavam dormir na casa dos meus avós. Eu insistia tanto para poder dormir lá.

Porque aquele era o meu lugar feliz. O mais feliz de todos.

Saudosa, eu me lembro de passar vários dias ali na minha infância, assistindo filmes, comendo pipoca, brincando de mímica, vendo álbuns de fotografia das viagens deles, ouvindo suas histórias entretida. E, quando a noite caía, nós três puxávamos a cama embutida de dentro dele e dormíamos todos apertadinhos ali, vovó, vovô e eu.

— O que foi, filha? — mamãe pergunta preocupada. — Por que está chorando assim?

— Não são lágrimas de tristeza, mãe. — explico entre soluços. — São de alegria. Eu amo esse sofá e tudo o que ele representa. Eu não poderia pedir herança melhor.

Eu caio no choro incapaz de me conter, uma gratidão imensa me tomando. Minha mãe me ampara com carinho.

— Fico feliz que tenha gostado, querida.

— Eu amei. — tento me controlar, secando as lágrimas com o dorso da mão inutilmente. — De verdade, mãe. Eu amei muito.

— Bem, — ela anuncia então, se levantando. — tenho que ir agora. Prometi à tia Guilhermina que ia pegar o Gui no judô hoje.

Eu me recomponho como posso e a acompanho até a porta.

— Obrigada, mãe. Pelo recado e pela visita.

— Você não precisa me agradecer, Vanessa. Embora você se esqueça às vezes, eu sou sua mãe. — alfineta divertida e olha por cima do meu ombro. — Arrumando seu closet de novo?

Percebo que fala da mesa abarrotada de roupas na sala.

— Algo assim. — assinto sem jeito.

Mamãe olha com carinho para mim, quase que com dó, e então passa a mão pelos meus cabelos. – Seu pai e eu podemos passar aqui um final de semana desses para deixar o sofá, se quiser.

– Eu adoraria.

– É só me dizer quando, querida. – Ela me dá um pequeno sorriso se virando para ir embora.

– Mãe! – eu a chamo com a voz aflita, o coração de repente apertado no peito.

Eu quero contar à ela que me demiti, eu quero contar as coisas pelas quais estou passando, pedir desculpas pela forma como tenho agido com ela e o papai por anos, admitir que fui uma idiota por não ter ido ver o vovô no hospital e que ela estava mesmo certa sobre tudo.

– O que foi, Vanessa? – ela pergunta voltando-se para mim com os olhos cheios de preocupação.

Eu quero, mas não consigo.

Não ainda.

– Nada não, mãe. Desculpa. E obrigada mesmo por vir.

Eu ainda sou covarde.

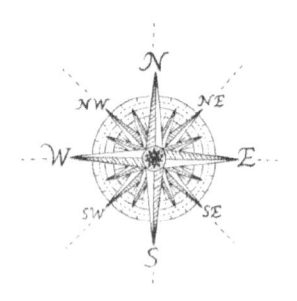

ESCOLHAS

No dia seguinte, acordo e me preparo para ir à M.J. A entrevista no amplo escritório com vista panorâmica para o centro da cidade é exatamente como eu previra: Um dejavu da Sahanna.

Eu fico travada boa parte da conversa e omito as reais razões de minha demissão. A verdade é que não me sinto nem um pouco à vontade para discutir detalhes sobre a perseguição da minha antiga chefe com a tal Leonor Martins. Na verdade, ela até se parece um pouco com a Constança. E me diz que estou pronta para nadar com os tubarões. Estremeço com a ideia de um bis.

Após encerrarmos a entrevista, sigo exaurida de volta para casa. Eleonor me manda uma mensagem confirmando a generosa proposta, mais até do que o que eu ganhava na Sahanna. Uma escolha difícil, tal como optar por um peso de ouro ou um peso de felicidade. Apesar de na teoria ser muito fácil falar "escolha aquilo que te faz feliz", na prática é infinitamente mais difícil tomar essa decisão.

Eu olho para as minhas coisas, minhas preciosas coisas espalhadas no meu querido closet e considero acerca do meu atual estilo de vida. Se eu escolher a M.J eu não terei que mudar nada, tudo pode continuar igual, terei até um pouco mais de grana. Porém, eu sei que o ritmo de trabalho ali será bem parecido ou até pior do que o da Sahanna, posso ter certeza disso só pela forma como o corpo de Leonor ficou tenso ao atender uma ligação de seu chefe.

Já se eu tomar um rumo desconhecido e escolher a Isis, acredito que possa ter uma experiência de trabalho completamente diferente, mais tranquila, mais realizadora. Mas isso, claro, implicará em dar uma chacoalhada forte em minha vida, com direito a várias mudanças. E, sendo sincera, eu estou realmente preparada? Mudar não é brincadeira.

Essa é a importante questão aqui: permitir-me mudar ou manter tudo igual?

Eu sei como é fácil querer manter as coisas como estão, mas qual o sentido de continuar igual se tudo vai mal? A realidade é que se eu continuar a levar essa vida provavelmente entrarei em colapso nervoso antes dos trinta e perderei todos os acontecimentos importantes da minha família e amigos. O idiota é querer que as coisas mudem agindo sempre da mesma forma.

Me sinto perdida e meu olhar recai distraído em uma das minhas muitas caixinhas de relógio. Há um tempo atrás, eu comprei um estojo grande para guardá-las, mas nunca o usei porque sou incapaz de jogar essas caixinhas com as logos das marcas famosas fora. É como se não bastasse o fato dos relógios serem bons ou úteis, eu tenho que ter algo que prove que eles são de marca, originais, caros. Algo que ninguém vê, mas que eu preciso, como uma forma de afirmação social.

Estou me afirmando pra quem?

Então, atino surpresa que faço isso com outras coisas, como as malditas etiquetas. Não importa que elas piniquem como o inferno, mesmo estando do lado de dentro das peças eu sou incapaz de cortá-las fora. Racionalizar sobre isso me faz perceber como não faz o menor sentido colecionar tantas coisas se elas são inúteis ou incômodas. Natalia estava certa, ter para os outros, para se provar para os outros, é algo bem louco.

Uma ideia ambiciosa me surge e, obstinada, parto para enfrentar o meu maior titã: Meu closet. Penso que se eu for capaz de reduzi-lo, mostrarei que consigo viver com menos coisas, em um espaço menor e com um salário mais modesto. Se eu conseguir fazer minhas coisas cederem espaço no meu mundo, sobrará mais espaço para mim na minha vida. É uma batalha sobre o que é mais importante e eu me percebo determinada a provar que sou eu.

Estendo um lençol no chão e, ousada, tiro tudo dos cabides e gavetas jogando sobre ele. Decido que só vai entrar nesse closet de novo aquilo que me deixa bonita, confortável e que tem real utilidade pra mim. Todo o resto vai embora.

A tarefa não é fácil nem prazerosa, mas depois de horas de suado autocontrole, chego enfim à última peça: Um vestido de seda lilás com bordados delicados no corpete.

Meu coração palpita. Esse vai ser o mais difícil.

Quando vi esse vestido na vitrine de uma estilista anos atrás, eu imaginei que era algo digno de ser usado por uma princesa, parecia ter sido tirado de um conto de fadas. Foi amor à primeira vista e eu o comprei sem pestanejar.

Ele é confortável e fica absolutamente lindo em mim, mas pega justamente no terceiro critério: eu simplesmente não tenho para onde ir com ele. Essa roupa pede um evento de gala num cenário cinematográfico e, sendo bem realista, eu não frequento lugares e eventos assim.

Ou não frequentava, pelo menos.

Com esse pensamento inspirador, bato segura o martelo e decido ficar com ele. Como um símbolo, um lembrete para mim mesma de um momento mágico pelo qual eu anseio e devo buscar viver:

O meu momento Cinderela.

Satisfeita com as minhas decisões, declaro orgulhosa o fim da tarefa e contemplo o resultado, agora bem expressivo. Eu não imaginaria que, de tantas coisas naquele closet, tão poucas passariam nos três critérios. Olho para aquele grande e novo vazio, mas não me sinto menos cheia. Tudo o que está ali, distribuído de forma espaçada, me completa, me representa tão bem como eu nunca poderia prever. Tudo combina, tudo serve, tudo é prático e bonito. As roupas que eu buscava toda vez que queria me sentir melhor estão todas aqui. É aconchegante poder vê-las tão facilmente ao invés de procurá-las num mundaréu de tralhas.

Então sorrio, percebendo que essa quantidade de itens cabe fácil em um armário normal, não será mais necessário ter um closet só para abrigá-los. A realidade é que eu nunca fui boa em escolher, sempre preferi acumular: tarefas, coisas, frustrações. Mas nessa tarde algo mudou, me lancei um desafio e percebo que o superei. E, dessa superação, nasce uma decisão segura:

Eu escolherei a mim, não ao dinheiro. Eu aceitarei o emprego na Isis e aprenderei a viver com menos supérfluos e mais essência.

Sei muito bem que todo esse esforço não adiantará de nada se eu acordar amanhã e me arrepender, por isso encho o carro de bolsas e dirijo até o bazar de caridade mais próximo. Presencio tocada a imensa alegria de uma jovem recebendo uma roupa que para mim era só mais uma. E entendo que para ela talvez meu supérfluo seja essencial. E, nesse instante, algo dentro de mim se quebra.

Eu sou mimada, sempre fui.

Tive uma vida repleta de oportunidades, mas continuava querendo algo além, nunca satisfeita, achando que os outros tinham mais, que a vida era injusta. Sim, a vida é injusta, mas não sou nem de longe a mais injustiçada. Tem gente com problemas maiores do que os meus, situações muito mais graves do que a minha e eu passei a vida até então totalmente indiferente a isso. Que aquilo que me sobra, falta a alguém. E que a falta que eu sinto talvez seja muito mais de perspectiva do que de coisas.

Às vezes você tem que virar seu mundo do avesso para poder ver claramente. E, quando finalmente vê, percebe quanto tempo perdeu correndo atrás das coisas erradas.

Volto para casa pensando nisso sem parar. Sinto crescer em meu peito uma necessidade urgente de entrar em contato com minhas origens. Assim, mais uma vez nesse dia, eu tomo coragem para fazer algo que me apavora: Ligo para a minha mãe e conto a ela que me demiti.

Espero que tripudie, espero que deboche, mas ela não o faz.

Para minha surpresa, apesar de chocada com a notícia, minha mãe não fala "eu te disse", ou nada assim. Não há nenhum sermão sobre ter razão, nenhum dedo em riste apontado. Ela só me ouve e me apoia, como eu devia imaginar que faria. Eu estava tão enganada sobre suas intenções. Ela, no final das contas, só queria o meu bem. Como pude ser tão cega?

Conto a ela que arrumei um novo trabalho e que vou me mudar em breve para a zona oeste. Ela prontamente se oferece para ir comigo procurar um apartamento, o que aceito de bom grado. Assim que desligo o telefone, sinto uma paz interior tão grande que, inspirada, abro o armário querendo me desapegar de algo mais.

E descubro que a riqueza é uma questão de perspectiva.

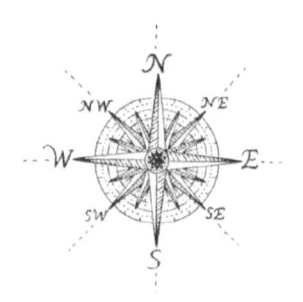

MUDANÇAS

Na quinta-feira, me encontro logo cedo com a minha mãe. Depois de algumas horas de visitação de imóveis, a prospecção não é nada animadora: nenhum apartamento que vimos parece ser o certo.

Já estamos retornando para casa com a ideia de continuar a busca em outro dia, quando vejo algo que me chama atenção. Em um bucólico prédio saindo do Jardim Oceânico, logo depois da ponte que o liga ao Itanhangá, uma placa de "Aluga-se" se destaca na janela.

— Ei, olha. — paro o carro, apontando o local para minha mãe. — Tem um apartamento ali para alugar. E tem telefone. Se importa se eu ligar?

— Claro que não, filha. — minha mãe incentiva. — Liga aí.

Pego o celular e disco o número sem entender porque estou tão eufórica. Agendo a visita com Marcos, o corretor, e dez minutos depois ele chega ao local.

Eu e minha mãe saltamos do carro ansiosas e o seguimos pela rua calma em direção ao prédio. Quando nos aproximamos do portão, ele me surpreende ao tirar uma chave do bolso.

— Ué, não tem porteiro?

— Não, aqui cada morador tem sua chave.

— Mas e as encomendas? — É claro que em menos de um segundo eu tinha que considerar esse ponto importante. Minha mãe me lança um olhar de reprovação, mas a ignoro. Tenho que ser realista. — É que eu trabalho em horário comercial, então como faria para receber minhas compras sem um porteiro?

— Ah, quanto a isso fique tranquila! — Marcos sorri. — A dona Josefa recebe.

— Quem?

— A dona Josefa. — ele repete tranquilo e se explica melhor quando um "v" se forma em minha testa. — Ela é uma moradora antiga aqui do prédio, uma senhorinha bem simpática que gosta de receber as coisas para os outros moradores. Ela tá sempre por aqui, os carteiros até já conhecem e ligam direto para o apartamento dela. Aqui, ó. — aponta o painel do interfone e eu vejo que onde deveria estar escrito "Apartamento 101" tem um papelzinho com letras garranchadas, onde se lê "Entregas".

—Você está me dizendo que se eu morar aqui uma estranha vai receber as minhas coisas? — pergunto já sentindo uma certa aflição só com a ideia.

Isso não me parece nada seguro.

— Te garanto, — Marcos afirma confiante. — dona Josefa não será uma estranha para você se vier a morar aqui. Não tem como conhecê-la e não gostar dela, a danada é mesmo uma vizinha exemplar!

Assimilo a garantia um pouco receosa. Não sei se me sinto à vontade com a ideia, mas como isso é algo para se pensar adiante, dou de ombros. Preciso ver se esse lugar me convence para o posto de minha nova casa primeiro.

Então prosseguimos com o curso da visita, subindo até o primeiro andar, onde o corretor nos guia ao apartamento 102 e abre a porta, nos dando passagem.

—Aqui está, senhoras! Por favor, fiquem à vontade para olhar.

O interior do apartamento é minúsculo em comparação ao meu. Uma pequena sala, cozinha americana com área de serviço integrada, banheiro e uma porta ao final, que é provavelmente onde fica o quarto. Ele todo não tem mais que cinquenta metros quadrados.

— Ah, esse com certeza esse ela não vai querer! — minha mãe já prevê cruzando os braços frente ao peito. — Aqui é um ovo, não cabe nem um quinto das coisas dela.

— Sério? — Marcos arfa surpreso olhando para mim, provavelmente tentando ver a acumuladora por detrás da garota normal, mas eu não estou mais prestando neles. Curiosamente estou encantada demais com esse pequeno e mágico lugar.

Claro, arejado, tranquilo, simples. Não tem nada do que eu normalmente procuraria, mas ainda assim me faz sentir que tudo o que preciso está ali. Me sinto à vontade. Me sinto bem-vinda.

Me sinto em casa.

Na parede oposta à porta, uma grande janela formada de vitrais retangulares me desperta a atenção. Me aproximo e observo fascinada a luz que insurge dela. É incrível, absolutamente inspiradora, quase quero tocá-la. A paisagem que vejo através da vidraça não abrange nenhum ponto turístico em especial, mas ainda assim é perfeita.

Eu poderia olhá-la por horas.

Alheia à conversa dos meus acompanhantes, eu prossigo desbravando o local. Passo pela cozinha e áreas equipadas, pelo pequeno banheiro de azulejo floral antigo e sigo rumo à porta mais ao fundo. Sinto que minha mãe e o corretor me acompanham sem dar um pio, provavelmente intrigados com o meu comportamento indecifrável.

A verdade é que eu também estou surpresa com minha reação.

Abro a porta e me deparo com um pequeno cômodo de mais ou menos dez metros quadrados. A janela à esquerda dá para uma bonita área verde e bate ali o suave sol da manhã. No canto, um pequeno armário embutido. Além dele, caberiam nesse espaço apenas minha cama de casal e um criado mudo, não mais do que isso.

E assim o tour está encerrado. O minúsculo apartamento visto por completo.

Eu me giro animada para eles.

– Eu gosto! – declaro com um sorriso enorme para completa surpresa da minha mãe e contentamento do corretor. – Eu realmente gosto muito daqui!

– Tem certeza, Vanessa? Não parece... bem, não parece ser seu gosto. – minha mãe argumenta meio melindrosa.

– Não é, mas olha só, mãe, aqui tem tudo que preciso. O local é seguro, é próximo do trabalho, fica pertinho da estação do metrô e do BRT, e, fala sério, é um charme! Você viu aquela vidraça?

– E as suas coisas? – pergunta receosa o óbvio.

– Relaxa, eu doei mais que a metade ontem.

Ela me encara como quem vê um E.T. na sua frente, deve estar em pânico, pensando "Quem é você e o que fez com a minha filha?".

– O proprietário está louco para alugar o quanto antes para não ter que ficar pagando o condomínio de um apartamento vazio. – Marcos nos coloca a par da situação. – Acho que consigo fechar já para o mês que vem, se você estiver disposta.

– Isso é depois de amanhã! – me surpreendo.

– Isso aí.

– E quanto ao valor?

– Essa é a melhor parte. – Marcos sorri como quem guarda um trunfo nas mangas e sinto a emoção da mudança me percorrer.

Sábado de manhã, eu acompanho o entra e sai acelerado dos rapazes da empresa do frete até que o meu antigo apartamento fique completamente vazio e o caminhão de mudanças pronto para partir. Eu bem que poderia me acovardar com a brevidade disso tudo, mas não é hora de dar para trás.

Se não for assim, não será de jeito nenhum.

Ao chegar ao meu novo endereço, a equipe de mudança passa a descarregar tudo ali. Caixas e caixas se amontoam na pequena sala até que tenham terminado o serviço.

Quando finalmente me vejo sozinha no apartamento, me sento em uma delas e olho ao redor, para o espaço desproduzido.

"Uma aventura.", digo para mim mesma. Juro para mim mesma.

Respiro fundo e me preparo para começar a desempacotar tudo aquilo, quando a campainha toca. Abro a porta e me deparo com uma simpática velhinha já meio curvada da idade, trajando um vestido longo listrado e chinelinhos de tecido nos pés. Seu cabelo, pintado de um loiro meio alaranjado, tem o corte Joãozinho e percebo que seu rosto, ainda que castigado pelo tempo, é sorridente.

– Arre, vizinha! – ela saúda toda animada abrindo os bracinhos.

Não é difícil adivinhar quem é a minha ilustre visitante.

– Ah, você deve ser a dona Josefa! – suponho simpática retribuindo acanhada o abraço.

– Euzinha. – ela confirma contente. – Vejo que tô falada por essas bandas.

O jeito como ela fala isso, toda orgulhosa, a faz parecer ainda mais fofa. Inexplicavelmente, quero apertá-la.

–Acho que está mesmo. Me contaram também que você é uma vizinha exemplar. É verdade?

– Nada. Tudo história desse povo...

Eu faço meu olhar de descrença e ela dá risinhos encabulados com isso.

– Sou Vanessa. – aproveito a chance para me apresentar.

– Ah, já sei quem tu é, menina. O menino Marcos me avisou tudinho. Estava aqui arretada esperando pra te conhecer, visse?

– Nossa, informada a senhora, heim! Bem, agora que já nos conhecemos, preciso voltar a arrumação. A senhora fique à vontade para me chamar se precisar de algo, tá bom?

– Ah, tu é pau pra toda a obra, é? – ela pergunta achando graça da minha oferta. Percebo que seu sotaque é diferente, nordestino talvez. – Mirradinha desse jeito?

– Eu tento. – rio com gosto. Pelo visto a baixinha não tem papas na língua.

– Vambora, então! – Ela pega no meu braço e vai me puxando para fora. – Não se avexe não, menina. Venha!

– Ir para onde, Dona Josefa? – eu pergunto já sendo arrastada pelo corredor. Essa senhorinha é estranhamente forte para a sua idade.

– Almoçar, arre égua! Tem que engordar esses gambitos finos aí para aguentarem o tranco!

– Que isso, Dona Josefa! Eu não quero incomodar. E também tenho que arrumar todas essas caixas...

– Não incomoda nada, bichinha. E as caixas podem esperar um cadinho, não se aperreie não, que nenhuma vai fugir.

– Tá certo. Se a senhora insiste... – sem muita saída, jogo a toalha e me deixo ser levada.

Ela sorri satisfeita e juntas adentramos no apartamento cento e um. Curiosa, eu olho ao redor e vejo que o lar de dona Josefa parece ter parado no tempo. Os móveis são de décadas atrás, as molduras dos quadros e fotos são antigas e lascadas, os eletrodomésticos amarelados pelo tempo, mas tudo nele é muito bem conservado e limpo.

Dona Josefa é uma pessoa simples, mas inegavelmente cuidadosa.

– Entra, sinta-se em casa. – ela convida encostando a porta atrás de si. – Nesse cafofo é tudo véio, mas limpinho. Que nem eu! – acrescenta e ri com gosto da própria piada.

A risada me escapole. – É bem bonito o seu apartamento, dona Josefa.

– Num é? – ela concorda enquanto pega uma travessa do forno e coloca sobre o balcão da cozinha americana. – Dá uma olhada nessa bóia cheia de sustança que fiz pra gente, menina. Me diz se não tá pai d'égua?

Não sei o que é pai d'égua, mas o cheiro que sai da travessa é fantástico!

– Que delícia, dona Josefa! O que é?

– Minha especialidade: baião de dois!

Me aproximo do balcão e confiro os ingredientes que compõe o prato: Arroz, feijão, carne seca e queijo coalho.

– Parece incrível! – minha boca enche d'água.

– Então não se avexe, não! – a baixinha bate de leve na minha mão com travessura, me entregando um prato. – Se sirva aí e vambora encher os buchos! Vê se capricha que tu tá muito magrinha, visse?

– Nem pensar, primeiro a senhora. Me dê o seu prato.

Hesitante, ela me entrega.

– Nesse caso não exagera não, que o médico briga...

Eu rio com a fofura dela.

– Tá bom, pode deixar que eu vou botar só um pouquinho.

Eu maneiro na quantidade que coloco para ela como prometido e, em seguida, me sirvo, me sentando ao seu lado no sofá.

– Nossa! Isso está divino, dona Josefa!

Ela fica toda satisfeita ao ouvir o elogio. Nesse momento, fico curiosa em saber um pouco mais sobre essa velhinha tão simpática.

– A senhora mora aqui há muito tempo?

– Oxe! Pra mais de vinte anos.

– Caramba! Isso é bastante tempo.

– Se é! Cê já tá sabendo que sou eu que recebo as coisas por aqui? – pergunta toda vaidosa.

– Ah, sim, o Marcos comentou comigo. Mas não é muito trabalho para a senhora?

— Nada, eu gosto! Eu que me ofereci, botei até aquele papelzinho lá embaixo para os carteiros já saber e me chamarem.

— Esperta, heim! — rio cúmplice. — Desculpe a pergunta indiscreta, mas quantos anos a senhora tem?

— Oitenta e nove anos muito bem vividos. E senhora nada, que senhora tá no céu e eu tô vivinha aqui, na flor da idade.

— Com certeza, oitenta e nove são os novos vinte. — entro na brincadeira. — E mora mais alguém aqui contigo?

— Mora não. — vejo que o sorriso dela vacila um pouco. — Eu vivo sozinha, sou pra lá de independente, pode ficar sabendo.

Sem saber o que dizer quanto a isso, levo outra garfada para ocupar a boca. Dona Josefa tem quase noventa anos, por mais independente que seja, certamente não deveria estar morando sozinha nesta idade avançada. E se ela cair ou se machucar? Quem vai vir acudi-la?

— Deixa que eu lavo. — ofereço rápido quando ela se levanta para colocar os pratos na pia.

— Solta, menina, não se aperreie, não. — ela me dá tapinhas no braço quando tento tirar a louça dela. — Deixa que eu cuido disso depois!

— De forma alguma. — insisto conseguindo pegar os pratos e alcanço rápido a esponja. — Você fez o almoço, o mínimo que eu posso fazer é lavar a louça para senhora.

— Arre... — ela revira os olhos e dá um pequeno sorriso resignada enquanto eu ensaboo os talheres e pratos usados. — Então tu é teimosa igual eu, é?

— Dizem que é porque sou do signo de áries. — pisco para ela divertida.

Quando termino de lavar a louça, seco tudo e guardo dentro dos armários.

— Estava uma delícia, dona Josefa. — elogio tomando suas mãos frágeis nas minhas. — Muito obrigada pelo almoço.

— Não há de que, menina. Tu é bem-vinda aqui sempre que quiser, visse?

— Agradeço. Agora tenho que voltar para a minha arrumação. As caixas não vão fugir, mas também não vão se arrumar sozinhas.

— Aí é querer demais. — ela ri como esperado da piada. — Vá lá então. Qualquer coisa, não se avexe, é só me chamar que eu vou. Tô sempre por aqui.

Eu aceno em despedida para a minha nova vizinha e, muito bem alimentada, volto para o meu apartamento para começar a desempacotar as coisas. Pelo visto Marcos tinha razão, vou gostar muito da distinta moradora do apartamento cento e um.

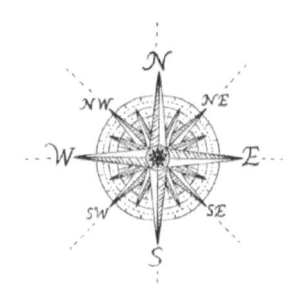

A ESTRADA E A MALA

Às onze horas da manhã do dia seguinte, eu continuo a pleno vapor na arrumação. Tento instalar com grande dificuldade o suporte da TV, quando o interfone toca avisando que tenho visitas.

Abro a porta do apartamento e vejo meus pais saírem do elevador. Meu pai arrastando o gigantesco malão fechado e minha mãe segurando os dois almofadões do assento para ele.

— Aqui! — faço sinal agitada da porta e corro para ajudar meu pai.

Juntos, levamos o malão até o interior do meu apartamento e o posicionamos um pouco afastado da vidraça.

— Entregue! — meu pai declara ofegante — Aqui está bom para você, Vanessa?

— Está perfeito, pai.

Dou um abraço de agradecimento nele e olho bem para o meu amado sofá-mala, matando a saudade. Visto desse jeito parece apenas um malão com pernas de madeira, mas essa é a mágica dele: Ele é inesperado. Eu me aproximo e o abro, revelando o encosto acolchoado no interior de sua tampa e o vão no assento que esconde o colchão dobrado. Pego as almofadas do assento das mãos da minha mãe e lá está ele de novo, exatamente como me lembrava.

Almofadas azuis sobre um malão duro de couro marrom cheio de adesivos de viagem colados e etiquetas de diferentes destinos presas à alça. No seu interior, embutida, está a estrutura metálica que quando esticada o transforma em um confortável sofá-cama. Meu avô mesmo fez a adaptação. Ele sempre foi um cara tão criativo!

Vendo-o, percebo que era justamente o que faltava nesse ambiente, como a cereja do bolo. Com o sofá do vovô, de repente esse lugar ainda novo para mim se torna oficialmente um lar.

O meu lar.

— O que está fazendo? — meu pai aponta curioso para o meu progresso na instalação do suporte. A parede parece uma peneira de tantos furos que já fiz.

—Não tô conseguido colocar o suporte. Esse lance de pregos não é comigo mesmo.

— São parafusos, Vanessa, não pregos. — ele se diverte comigo. — Me dá aqui, deixa que eu te ajudo.

Entrego a maleta de ferramentas que dona Josefa me emprestou gentilmente essa manhã.

— Se você insiste. –Se depender dos meus dotes de faz-tudo, no final vou acabar martelando um prego na parede e tentando pendurar a TV como um quadro.

— Senta, mãe. – aponto então cordialmente o sofá e ela aceita a sugestão cansada do esforço. – Não reparem na bagunça, ainda não tá tudo organizado. Vocês aceitam água, refrigerante?

— Aceito uma água. – meu pai responde já atracado com as ferramentas.

— E você, mãe?

— Para mim nada, obrigada.

Vou até a cozinha e, escondida, aproveito para pedir comida pelo celular. Resolvo fazer uma graça com eles antes de contar a notícia. Volto com a água do meu pai e a entrego casual.

— Vocês aceitam se juntar a mim para degustar essa deliciosa lasanha congelada? –mostro um dos pacotes que escondo atrás das costas e a cara que a minha mãe faz é hilária.

— É essa porcaria que você vai comer hoje?!

Eu sorrio.

— Isso ou macarrão instantâneo. – mostro travessa a outra mão escondida.

É o suficiente para minha progenitora surtar.

— Eu não acredito que você conseguiu sobreviver tanto tempo comendo só isso, Vanessa Zandrine! Até parece que não teve mãe para te ensinar nada.

— Sou uma mulher do século vinte e um, mãe. Não uso fogão, só o micro-ondas.

— Ai, Deus! – ela bate inconformada na testa. – Comida de verdade não nasce em uma caixinha, sabia?

— Há controvérsias.

— Consegui! – meu pai declara do outro lado da sala chamando nossa atenção.

Eu me aproximo dele e checo o resultado boquiaberta.

— Caramba, muito obrigada, pai! Tá perfeito.

Além de ter instalado o suporte, meu velho já colocou até a Smart TV nele.

— Não foi nada. – ele disfarça, modesto como sempre foi. Em seguida, olha para minha mãe ansioso. – Vamos indo, Beth? Com todo esse trabalho e vocês falando de comida, me bateu uma baita fome!

— Relaxa, pai. Eu pedi comida escondido pelo celular quando fui à cozinha. Mineira, sei que você ama. E...– mostro a garrafa que trouxe da minha última viagem à Argentina. – Tenho um ótimo vinho aqui para acompanhar.

— Mas você não estava guardando essa garrafa para uma ocasião especial? – minha mãe recorda certeira. Sério, mães têm memória de elefante.

— Mais especial que isso? – aponto para nós e ela sorri tocada.

Com gosto, nós então comemos, conversamos e bebemos vinho até o cair da noite. Já são quase dez horas quando minha mãe se empertiga no sofá.

— Já está tarde. Temos que ir, Lucio.

— Mas vocês beberam, papai bebeu! — protesto quando meu pai se prepara para levantar. — Você sempre diz que é perigoso dirigir sem atenção, mãe!

— É verdade, vou chamar um táxi. — meu pai decide prático, puxando o celular do bolso. — Amanhã passo por aqui para pegar o carro...

— Não! — eu recuso com veemência.

Quero dizer que não estou disposta a aceitar sua partida ainda, mas não é isso que ele entende. Quando me dou conta, vejo que meu pai me observa com ressalva, como se surpreso, mas ainda assim já preparado para essa minha reação.

Rejeição.

Eu os afastando da minha vida, é isso que ele pensa que eu estou fazendo agora. Que não quero nem que volte para buscar o carro. Perceber isso me dói, compreendo finalmente que já magoei tanto meu pai que ele até já se acostumou a receber esse tipo de tratamento horrível.

Já espera por isso.

— Quero dizer... você não precisa. — me corrijo rápido, tentando expressar melhor meus sentimentos. — Vocês podem dormir aqui, sabe, são mais do que bem-vindos.

Ambos são pegos de surpresa. Aparentemente eu ser legal com eles os surpreende mais do que eu ser uma completa idiota. Os dois se entreolham calados sem saber como lidar com a proposta.

— Não queremos dar trabalho. — meu pai responde, se esquivando. Sei que está tentando se proteger, tentando não se magoar de novo caso eu mude de ideia. Não o culpo por isso.

A culpa é toda minha.

— Não dão, estou tão feliz de vocês terem vindo hoje.

Ele olha para minha mãe, desorientado com a reviravolta.

— Eu tenho tudo o que precisam, toalhas, pijamas, roupa de cama... — acrescento tentando ajudar na decisão. — Podemos ver um filme no sofá do vovô, não seria legal? Eu pago essa assinatura de tv a cabo e quase nunca uso, vamos fazer esse dinheiro valer a pena!

Faço a minha melhor cara de pidona.

— Se você realmente insiste, acho que podemos ficar, certo, Beth? - ele pondera balançando a cabeça.

— Se ela insiste. — minha mãe dá de ombros, rindo discretamente do pânico do meu pai. — Mas, por Deus, Vanessa. Dá o seu jeito, mas eu não vou jantar aquela lasanha!

— Não tem problema, ainda tenho a opção do macarrão instantâneo.

Ela dá uma risada alta e ficamos mais um pouco ali, os três apertadinhos no aconchegante sofá do meu avô. Eu tinha até me esquecido de como era bom ficar assim com eles. Meus pais. Me assusto em pensar que quase transformei as duas pessoas que me geraram, criaram e amaram em dois estranhos. Percebo que a única coisa que mantém as relações de amor é o esforço, o contato. Que se não cultivamos isso, mesmo que alguém nos ame imensamente, sempre nos sentiremos sozinhos no mundo.

O amor só consegue entrar onde a porta está aberta.

⇐ ♡ ⇒

Às seis da manhã, eu já estou de pé preparando o café. Tenho dentro de mim uma serenidade nova, uma sensação de que não estou sozinha, que tenho uma base sólida e confiável sob meus pés.

Pela primeira vez em muito tempo sinto como se não estivesse a um passo de cair.

— Dormiram bem? — pergunto à minha mãe que vem sonolenta em direção à cozinha, os mesmos cabelos rebeldes que herdei. Meu pai dobra o lençol na sala, metódico como sempre.

— Surpreendentemente, sim. É incrível como esse sofá é confortável.

— Eu sei, ele é meio que mágico. As melhores noites de sono que tive na vida foram nele.

— O que está fazendo? — ela pergunta xeretando a bancada em que trabalho.

— Café. Aceitam uma xícara?

Minha mãe coça a cabeça, disfarçando muito mal sua incerteza, e meu pai finge estar ocupado, retraindo o colchão para dentro do sofá. Eles estão com medo de beber o meu café.

— Ah, vamos! Me deem algum crédito! Café é a minha especialidade!

Eles me olham ainda mais receosos.

— Ok, — meu pai toma coragem, se aproximando como quem está disposto a arriscar a própria vida para não ferir meus sentimentos. — também não é para tanto. Vamos dar uma chance a ela, certo, Beth?

Minha mãe concorda com um aceno tímido. Ela é bem cética acerca das minhas habilidades na cozinha e não é para menos, em geral, sou um horror. Só que com café é diferente, café é uma questão de sobrevivência.

Eu sirvo duas canecas cheias e entrego a eles confiante. Ambos parecem crianças hesitando frente a um copo de remédio amargo.

— Vamos, — incentivo achando graça. — só um golinho!

Meu pai é o primeiro a correr o risco.

— Humm... gostoso!

Minha mãe arrisca só depois de confirmar que o meu pai sobrevive à prova.

— E não é que é bom mesmo?

— Vocês parecem surpresos. — aponto me divertindo com suas reações de incredulidade. — Eu disse a vocês que café é a minha especialidade.

Ela dá o braço a torcer tomando toda a xícara e a repousando vazia em cima da bancada. — Obrigada, estava delicioso. Agora vamos nos arrumar, Lucio. Não queremos que a Vanessa se atrase logo no primeiro dia do emprego novo.

Meu pai concorda e em poucos minutos eles se ajeitam para ir.

— Obrigada por me trazerem o sofá e pela visita. — me despeço deles na porta. —Prometam que vão voltar mais vezes.

— Voltaremos sim. E venha nos visitar também, você sabe que é sempre bem-vinda em casa, filha.

— Eu sei, vou aparecer mais daqui pra frente.

Eles se preparam para ir embora, mas minha mãe para, se lembrando de algo.

— Ah, quase me esqueci! Tome aqui, — ela mexe na bolsa e me entrega um envelope bonito. — seu avô deixou essa carta para você.

Meu coração acelera. Como assim meu avô me deixou uma carta? Meu avô morreu.

— Sabe, é incrível. — ela balança a cabeça, os olhos repentinamente marejados. — Seu avô era um homem muito sábio, Vanessa. Até mesmo depois da morte ele conseguiu uma maneira de te trazer de volta à família.

Eu sorrio com a percepção de que isso é verdade. Se ele não tivesse me deixado o sofá, esse momento, essa noite, jamais teriam existido.

— Desejo que corra tudo bem no seu novo emprego. Te amamos muito.

— Eu também amo vocês.

E amo mesmo. Agora eu sei.

Eles vão embora e fecho a porta já sentindo saudades. Foi tão bom revê-los que sinto meu coração aquecido, renovado. Mas, se por um lado meu corpo está sereno, minha mente fervilha. Sigo até o sofá e me sento ali, angustiada, buscando estar o mais próxima possível *dele* nesse momento.

Com as mãos trêmulas, abro o envelope marfim. A bela caligrafia do meu avô me salta os olhos. Por mais tremida que esteja por conta da idade, sua letra é inegavelmente elegante. Respiro fundo, porque sei que as palavras escritas ali são as últimas dele para mim. Que mensagem foi reservada para a nossa despedida?

Apreensiva, eu leio.

"Minha querida Vanessa,

Eu sei que nos últimos anos você andou bem ocupada. Então, se não tivermos nos visto antes de eu partir, quero que saiba que está tudo bem. Por favor, não sofra demais por isso. Tenha a absoluta certeza de que não levo nenhuma mágoa e que, de onde eu estiver, continuarei acompanhando seus passos e comemorarei contigo quando eles te levarem para algo que realmente te faça feliz.

Isso é algo que eu definitivamente queria ter visto, você feliz. Eu sempre torci por isso, minha querida. Mas te digo, nunca é tarde para correr atrás dos seus sonhos, de tentar algo diferente, de fazer novos amigos. Eu fiz tudo isso muitas e repetidas vezes até os meus últimos dias. E faria de novo, porque vale a pena.

Essa é uma das mais preciosas verdades que aprendi na minha breve passagem por aqui.

Bem, deixei de herança para você algo diferente e sei que, se está lendo essa carta, já deve tê-lo recebido, provavelmente deve estar sentada nele agorinha mesmo. Você sempre gostou tanto desse sofá que não pude imaginar deixá-lo com outra pessoa. Acho que nunca soube, mas tem um porquê especial de tê-lo feito dessa forma, ele é como um lembrete.

E é curioso que essa seja justamente a última das histórias que vou te contar.

Eu sempre gostei de pensar que quando a gente vem à vida recebe uma estrada desconhecida à frente e uma mala de viagem. E, exatamente por isso, é muito fácil acreditar que o objetivo de estarmos aqui é encher a mala ao máximo, como se isso fosse a prova irrefutável de que a viagem foi um sucesso.

Assim passamos a jornada nos preocupando em acumular posses e, percebemos aflitos que a mala nunca fica cheia o bastante. Então continuamos insistindo e a enchendo mais e mais e não notamos que com isso ela vai se tornando cada vez mais pesada e difícil de carregar. Quando nos damos conta, estamos a arrastando pelo caminho e perguntando por qual razão estamos tão cansados.

A verdade é que há um truque nessa mala, querida: No final da estrada, descobrimos que ela não segue viagem conosco. A gente pode tentar preenchê-la com o que quiser, mas quando acaba a temporada aqui, tudo o que podemos levar é o resultado das nossas ações. A gente só leva da viagem a consciência da viagem que se fez.

Todo o resto fica.

A mala não é o objetivo, Vanessa, a estrada é. Você pode aproveitar o caminho, ou se arrastar por ele. É uma questão de escolha.

E eu realmente espero que escolha bem.

Com muito amor,

Vô Ângelo

Eu seco meus olhos que derramam lágrimas pesadas sobre o papel delicado, meu corpo todo tremendo tocado pela emoção irrepreensível.

São as últimas palavras mais lindas do mundo.

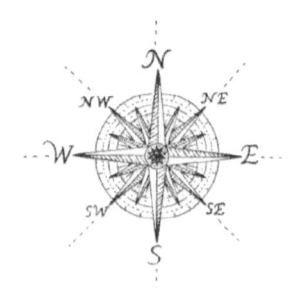

NOVATA

Após me recompor da emoção de ler uma carta que nunca pensei que pudesse existir, sigo motivada para o primeiro dia de trabalho. Calço os sapatos certos e respiro fundo. Tenho uma estrada nova e desconhecida à minha frente e nunca estive tão ansiosa para percorrê-la.

Ao chegar ao escritório, avisto através da porta de vidro a garota de cabelos azuis. Ela está tagarelando animada com um rapaz de cabelos castanhos claros, bem magro e alto sentado na mesa em frente.

– Com licença. – peço tímida ao abrir a porta e entrar.

– Vanessa! – Isis me saúda calorosa, saindo de sua sala justamente na hora. – Bom dia, seja bem-vinda! Deixa eu te apresentar à equipe. – ela me puxa animada até o centro da sala. – Gente, essa é a Vanessa, Vanessa esses são Magô e Soles.

– Margô? – eu repito o nome da garota sem entender direito.

– Não, é Magô mesmo. – ela explica toda descolada. – Abreviação de Magali Goulart.

– E eu sou Felipe. – o garoto de cabelos claros retifica estendendo a mão para mim. – É que essas duas aí cismam de me chamar só pelo sobrenome.

– O que podemos fazer se você é "soles" das nossas vidas. – Magô se diverte enquanto eu retribuo o cumprimento dele segurando o riso.

– A Magô é a nossa maga da comunicação e marketing. – Isis explica abraçando a garota. – Mídias sociais, site, veículos, catálogos, isso é tudo com ela.

– Precisou de uma hashtag é comigo mesma. *Hashtag* causei.

– Já o Soles cuida da parte administrativa, RH, financeiro... – ela complementa, voltando-se para o rapaz.

– O cara do dinheiro. – Magô faz piada e ele revira os olhos tímido.

– Já eu, como deve imaginar, lido com o designer, escolha de materiais, temas, a parte criativa do produto. – e então Isis aponta para mim e dessa vez fala para eles, me apresentando. – A Vanessa é a nova integrante do nosso time, gente. Vai ser a pessoa responsável por cuidar da gestão e planejamento do lançamento da marca, certo? – meus novos companheiros de equipe assentem. – Ótimo! Agora que todos sabem pelo que são responsáveis e o que os demais fazem, vamos botar as mãos e mentes à obra. Aqui é uma microempresa, então a política que eu adoto é a de portas sempre abertas. Se precisar de mim, da Magô ou do Soles não precisa fazer cerimônia, Vanessa. Aqui todo mundo se ajuda, é só pedir.

– Eu te dou uma mão se quiser trocar sua mesa de lugar. – Soles oferece gentil.

– E eu ajudo a personalizá-la. – Magô sugere por sua vez e reparo que a mesa dela é toda estilizada, com painel de pop-art estampado no tampo, murais diferentões e esculturas de gatinhos de todos os tipos.

– Obrigada. – pisco agradecida para eles. Caramba, que simpatia de equipe, cadê os olhares de raiva e indiferença? A competitividade? A pressão psicológica?

Aqui não é a Sahanna, me lembro e sorrio aliviada.

Não mesmo.

– Certo, Vanessa. – Isis conclui satisfeita com nosso rápido entrosamento. – Apresentações feitas, agora você vem comigo que trabalho é o que não falta por aqui. Vou te atualizar acerca das suas novas tarefas.

Sigo minha nova chefe com prazer.

Nessa primeira manhã, passo a maior parte do tempo dentro da sala de Isis recebendo os documentos e orientações necessários para começar o meu trabalho. Isis dá uma saída lá pelas nove horas para um compromisso e me deixa ali, totalmente à vontade para pegar o que preciso.

Aproveito a chance para me ambientar com a papelada da empresa, conferindo o que a Isis já fez e no que é preciso dar andamento. Ao meio dia, ainda estou atolada nos papéis quando a cabeça de Magô se mete no vão aberto da porta.

– Ei, novata! – ela chama bem-humorada. – Hora do almoço.

– Ah, obrigada. Eu só vou terminar de revisar essas planilhas aqui e...

– As planilhas podem esperar. Vamos comer no shopping.

– Vocês costumam fazer muito isso?

– Isso o quê?

– Sair para almoçar.

– Só as segundas, afinal nem sempre dá para se almoçar fora, às vezes a coisa fica apertada.

– Sei bem como é. A Isis também faz vocês pularem refeições para terminar o trabalho a tempo? Minha antiga chefe sempre fazia isso comigo.

– Não, nada disso! – ela balança a cabeça, me olhando perplexa. – Quando não comemos fora, simplesmente trazemos comida de casa e esquentamos no micro-ondas daqui, a Isis não prende ninguém. Que doidcira essa tua ex chefe aí!

– Não prende? – fico por um momento confusa. – Mas então por que você disse que não dá para comer no shopping sempre, que às vezes fica apertado?

– Por que é caro e não sou rica? – ela responde como se fosse óbvio. – Fora isso, a Isis é bem ocupada e a gente só vai no dia em que ela pode.

– Então ela pede para vocês só irem quando ela for?

— Mas é claro que não! — Magô parece chocada com as minhas perguntas. — A gente espera porque gosta de almoçar com ela, dã!

Eu a olho com desconfiança, a ideia de almoçar com a chefe parece tudo, menos agradável. Pelo menos a lembrança de almoçar com a Constança não é nada boa. A obrigação de só ouvir sobre ela, de falar de trabalho o tempo todo, de nenhuma pausa para o meu cérebro...

— Ô, criança traumatizada! — Magô ri, provavelmente da minha expressão de pânico. — Relaxa! Eu não sei pelo que você passou no seu outro trabalho, mas a Isis é legal. Dá uma chance à ela e verá.

Eu olho para cara completamente inocente de Magô e considero a questão. Talvez eu esteja exagerando mesmo na desconfiança. — Ok, você me convenceu, garota de cabelos azuis.

Juntas, nós partimos para o restaurante acompanhadas por Soles. Não se passam nem quinze minutos e minha nova chefe chega ao local esbaforrida.

— Oi, gente! — ela vai logo tirando a bolsa para apoiar na cadeira. — Desculpe o atraso, fui levar o Téo para tomar vacina.

— Relaxa, nós acabamos de chegar aqui. — Magô a tranquiliza.

— E aí, Vanessa? Conseguiu achar tudo o que precisava?

E bingo! Lá está justamente o que eu temia: O assunto trabalho na hora do almoço. Por mais que eu quisesse me desvencilhar de certas práticas insalubres, algumas já estavam enraizadas demais no ambiente empresarial para se ter esperança. Era um caso perdido tentar só almoçar hoje em dia.

— Sim, Isis. Peguei vários documentos lá para dar início, mas faltaram dois que não consegui encontrar de jeito nenhum. — respondo já sabendo que essa refeição será uma hora extra de trabalho.

— Pode deixar, quando voltarmos te ajudo a achar. — ela diz e, mudando de assunto completamente, pergunta. — E aí, vocês já sabem o que vão pedir hoje?

Eu fico tão, mas tão chocada com a forma como Isis abstrai a conversa de trabalho em menos de cinco segundos que não consigo sequer me pronunciar.

— Pensamos em pedir aquele frango marroquino que vimos da outra vez, — Magô informa. — mas como é a primeira vez da Vanessa aqui acho legal que ela decida.

— É justo. — Isis concorda, voltando-se para mim. — Vanessa?

— Eu?

— Isso mesmo. Nós criamos essa tradição de toda a segunda irmos a um restaurante diferente e pedir um prato bem exótico para experimentar. Como você é nova, está sendo convidada para fazer às honras.

Sinto como se estivesse acontecendo uma revolução na minha cabeça e não é por conta do prato.

Por sorte, a minha escolha ousada não é um desastre e todos comemos muito bem. O almoço é descontraído, nós rimos e conversamos bastante. Me impressiono ao perceber como uma mudança de rumo pode quebrar convenções e até mesmo coisas muito mais profundas em nós. Antes eu costumava relaxar somente quando chegava em casa, às vezes nem mesmo assim, mas aqui, nessa pausa no meio do expediente de uma segunda-feira, me esqueço que é um dia normal de trabalho.

Me sinto leve, me sinto bem.

Acabo compreendendo que a pergunta inicial de Isis fora somente uma maneira gentil de ver como eu estava indo em meu primeiro dia de trabalho. Um cuidado. Descubro dessa forma que a minha chefe é, além de tudo, uma pessoa atenciosa. Quando voltamos ao escritório, ela não só me ajuda a procurar aquilo que precisava como me passa seu número caso eu precise de algo enquanto ela sai para resolver outros assuntos da marca.

E, assim, sem estresses e picuinhas, o tempo passa voando e quando percebo já são quatro da tarde. Olho pela janela e vejo surpresa que o sol ainda brilha lá fora.

Eu nunca saía do trabalho com sol a postos. Meu horário de saída na Sahanna era às cinco, mas eu sempre ficava a mais, por conta das demandas extras que Constança costumava me passar de última hora. Fui acostumada a pensar que bons profissionais ficam sempre até mais tarde. Provavelmente por essa razão, ainda que já tenha dado a hora combinada, sinto que é muito cedo para simplesmente pegar minhas coisas e ir embora.

Antigos hábitos são difíceis de mudar.

De repente, Magô mete de novo a cara na porta da sala, me dando um baita susto. Ela já está de mochilinha nas costas, pronta para ir embora.

– Ei, novata! Pega aí.

Ela me atira um objeto pesado e eu o agarro de mau jeito no ar. Perplexa, vejo o que é e faço careta.

– Mas o que é isso? – pergunto sem conseguir acreditar na peça de museu à minha frente. – Isso só pode ser piada! Não é possível que esse seja...

– Seu celular empresarial. – ela confirma minhas suspeitas e não posso deixar de notar que a safada se diverte com isso.

– Ei, chega para lá, eu quero ver a cara dela! – ouço a voz ansiosa de Soles e ele se espreme no portal para ver minha reação também.

– Vocês só podem estar de sacanagem!! – exclamo indignada olhando o tijolão ancestral laranja em minhas mãos. – Esse celular é jurássico! Tipo, nem meu avô usava isso!

– Ele liga, ele recebe. – Magô dá de ombros provocando. – Isis disse que era tudo o que precisava. Ela me deixou livre para escolher o modelo do telefone nessas condições, então devo confessar que o laranja fashion e o modelo vintage são por minha conta, de nada.

– Fala sério! Essa coisa não tem nem mp3, são toques polifônicos! E nem possui aplicativos! Você sabe a fortuna que se economiza com aplicativos de mensagem hoje em dia?!

– Na vida pessoal sim, – Isis retorna à sala, me pegando de surpresa e noto que ela também se diverte à veras com a situação. – mas acho que você não deve se preocupar quanto a isso, Vanessa. Não sou podre de rica, mas posso pagar por algumas ligações de vez em quando.

Ela pisca para mim e Magô me fita divertida como se aguardasse por algo.

E então a ficha cai. O celular jurássico não é uma coisa para me embaraçar, é algo para me preservar. Isis se lembrou do que eu havia contado em minha entrevista, das ligações, das mensagens insistentes fora do horário do expediente, de como eu me sentia por não haver limites estabelecidos. Esse trambolho é para o meu bem, entendo. Mostra que Isis me ouviu e se importa comigo.

E que Magô é uma palhaça sádica, claro.

Sorrio com apreço para ela e olho para o celular monstrengo até com um pouco mais carinho. Só um pouco, porque a coisa, ainda que tenha sido comprada com a melhor das intenções do mundo, continua sendo horrorosa. – Obrigada.

– De nada. – ela responde com uma sutil inclinação de cabeça. – Mas, veja bem, Vanessa, trate de usá-lo com moderação, eu não quero receber contas astronômicas de internet por sua causa.

Há, dessa eu tenho que rir.

– Sério!? Internet, Isis!? Essa coisa nem tem Bluetooth!

Todos caem na gargalhada.

É verdade, meu celular é medonho e fora de moda, mas o clima é leve e descontraído. Perfeitamente saudável.

Isis coloca a bolsa no ombro.

– É, pessoas, deu a hora. Vamos, então?

– Partiu! – Soles a segue porta afora. – Tchau, garotas, até amanhã!

Fico pasma. Essas pessoas são tão diferentes das do meu antigo trabalho, mal posso esperar para chegar em casa e ligar para meus pais e para Natalia para contar como foi incrível esse primeiro dia aqui.

– Você vem também, novata? – Magô pergunta me esperando no portal.

Decidida a largar antigos hábitos, tomo coragem e saio com ela.

E fico feliz em notar que do lado de fora ainda é dia.

Dia a dia eu vou me apaixonando mais e mais por meu novo trabalho. Eu me envolvo de forma tão verdadeira que a minha semana simplesmente voa. Apesar de ter trabalhado todos os dias com afinco, não estou me sentindo cansada tampouco estressada. Sem as mensagens, emails ou ligações após o expediente, estou tão em paz que mal percebo quando chega à sexta-feira.

Estou pegando uns documentos na sala de Isis para fechar as tarefas do dia, quando cinco minutos antes das quatro, Magô surge na porta do escritório acompanhada por Soles.

– É, Soles, – ela comenta de forma teatral. – não tem jeito! Está na hora de fazer a iniciação da novata.

– Eu sabia que estava bom demais para ser verdade. Vai, pode mandar a bomba! Vou ter que fazer serão sexta à noite, né?

– Ai, garotinha traumatizada! – Magô ri da minha reação pessimista. – Nada disso! Vamos te levar para sair e comemorar sua entrada no time, nós vamos para Lapa!

– Mas eu não vim de carro. - Logo hoje fui tentar fazer o trajeto de ônibus para ver o quanto demorava.

– Vamos no meu, então. – Isis sugere animada entrando na sala. – Essa noite meu marido fica com o Téo até mais tarde. Posso dar uma esticadinha com vocês.

– Por acaso eu tô sonhando? Minha chefe vai mesmo nos levar para a Lapa numa sexta?!

– É, amiga. – Magô bate em meu ombro, me guiando até a porta. – Acostume-se a esse novo e fascinante mundo de gente fina e descolada.

◁——— ♡ ———▷

A conversa durante o trajeto é bastante animada. Conheço um pouco mais sobre Teo, o filho de Isis. Ele tem cinco anos e, pelo que todos dizem, é uma gracinha. Descubro que Isis é casada com um fotógrafo há dez anos e começou sua carreira como modelo aos dezesseis, quando descobriu seu amor por sapatos. Aos vinte e dois começou sua primeira confecção artesanal que colocou à venda em sistema de consignação e, aos vinte e cinco, abriu sua primeira boutique até resolver agora, aos trinta e cinco, investir na própria marca.

Soles tem trinta anos, apesar de aparentar com essa carinha de bebê ter, no máximo, vinte e cinco. Está solteiro há dois anos e mora com o pai porque está economizando dinheiro para comprar seu imóvel próprio à vista. Ao contrário de mim, ele parece ser bem organizado com suas finanças, não é à toa que o cara trabalha com isso.

Magô, por sua vez, é a que tem a idade mais próxima à minha, vinte e cinco anos. Mora sozinha com sua gata, chamada Corel, que segundo ela é a gata mais caprichosa e mimada do mundo. E, sobre sua atual vida amorosa, em suas próprias palavras está "trágica à moda shakespeariana".

Já eu, me vejo surpresa em compartilhar várias coisas íntimas. Conto do meu antigo trabalho, da visita maravilhosa dos meus pais que recebi no último domingo e revelo também sem qualquer constrangimento que fui apaixonada durante cinco anos por um cara que, apesar de lindo e perfeito, sequer notava minha existência, mesmo depois de ficar comigo.

Acabamos chegando cedo demais ao Centro e, por sugestão da Magô, resolvemos visitar uma exposição que está em cartaz antes de partir para o barzinho na Rua do Lavradio. A ideia da exposição é maravilhosa e tenho que admitir que o bar que Soles escolheu também me agrada bastante. Não é um ambiente de paquera opressiva, barulhento e escuro como a Tumps, é um local casual que se vai para conversar e beber com amigos.

Me sinto confortável.

Sentamos em uma mesa ao fundo, pedimos os nossos drinks e aperitivos e animados comentamos sobre a exposição, sobre a vida, sobre música, filmes e livros e rimos de nós mesmos a torto e a direito. Me divirto tanto que mal noto a hora passar, não teria sequer percebido se não fosse por Isis se levantar algum tempo depois.

– Tenho que ir, pessoas. – ela anuncia, deixando uma grana na mesa. – Vocês querem uma carona? Posso levar todos em casa.

– Não, não precisa. – Magô nega educada. – Quero ficar um pouquinho mais. Vamos ficar, né, gente?

– Se a patroa tá dizendo. – Soles ergue os ombros.

– Pensei que a patroa era eu! – Isis argumenta divertida.

– Não numa mesa de bar. – Magô provoca divertida. – Numa mesa de bar eu sou a mandachuva da parada. Foi mal aí, Isis. Você bebeu chá gelado, tipo, não tem conversa.

– Ok, mandachuva. – Isis concorda achando graça. – Vanessa?

– Não, obrigada, Isis. Vou ficar mais um pouquinho. – recuso ao lembrar que ela mora na zona sul e eu na oeste. Pegar uma carona a faria ir totalmente na contramão.

– Tem certeza? Eu posso te levar, sem problemas.

– Absoluta, depois eu pego o metrô, ele me deixa do lado da minha casa. Vou aproveitar mais essa noite maravilhosa com esses dois aqui.

– A novata nos ama! – Magô afirma convencida. – Aceite isso, somos os preferidos dela.

Isis me avalia por um momento.

– Sei... Olha, toma cuidado e me manda mensagem dizendo que chegou bem, tá bom?

– Sim, senhora.

– Soles? – ela se volta para ele com voz de advertência. – Cuide bem dessas duas.

– Deixa comigo, chefinha!

Isis dá um abraço em todos e parte, deixando os três animados membros de sua equipe continuarem a sua noitada no bar. Eu espero passar um tempo razoável depois de sua saída para anunciar à minha deixa, pois, ao contrário dos meus dois companheiros de mesa que moram por perto, eu ainda terei que atravessar a cidade esta noite.

– Bem, gente. – comunico me levantando. – Acho que vou indo.

– Ahhhhhh!!! – Magô protesta como se estivesse sendo traída. – Você também, Vanessa?!

– O que posso fazer? Eu moro longe e o metrô fecha cedo, tenho que chegar até meia noite para fazer a transferência.

Magô me avalia séria para ver se estou blefando. Mantenho minha expressão segura, pois não estou exagerando quando digo que tenho que ir. Se não sair daqui logo, acabarei ficando sem transporte para voltar para casa.

– Aff, – ela cede derrotada. – temos que entender nesse caso, Soles. Vanessa é uma Cinderela moderna, mas ainda assim Cinderela. A moça tem que sair da festa para embarcar até meia-noite em sua carruagem-metrô.

– Sendo assim, está perdoada, Cinderela. – Soles concorda e se levanta da cadeira com uma reverência. – Permita que eu te leve até a sua carruagem...

– Não, nem pensar! – o impeço rapidamente, o empurrando de volta na cadeira. Sinto que Soles tem uma quedinha por Magô e eu que não quero cortar seu barato. – Eu vou sozinha, é aqui pertinho.

– Mas está tarde! – ele contra-argumenta receoso. – É perigoso andar por aí sozinha.

– Que nada! É sexta à noite, a Lapa tá cheia.

– Eu faço questão... – ele ameaça se levantar de novo.

– Não, fica! – eu o empurro de volta na cadeira determinada a não melar suas chances e ele gargalha alto com a minha persistência. Decido usar o argumento perfeito. – Não vai deixar a Magô aqui sozinha esperando, vai?

Ele titubeia.

– Não seja por isso, – Magô decide se levantando intrépida. – eu vou junto.

– Nada disso! Vocês não vão encerrar a noite mais cedo por minha causa. Vocês ficam! – ordeno categórica. – Eu sou grandinha, sei muito bem me virar. Beijo, fui!

— Af! Isso é tão típico de Áries! — Magô suspira alto me zoando e eu quebro a pose dando risada. — Ok, teimosia! Vai lá direitinho, segue teu caminho. Nos vemos na segunda.

Ela me abraça carinhosa, seguida por Soles.

— Manda mensagem para dizer que chegou bem. — ele pede.

— Pode deixar! E obrigada pela noite, adorei meu rito de iniciada, gente.

E deixando minha parte da conta na mesa, saio para encarar a noite carioca.

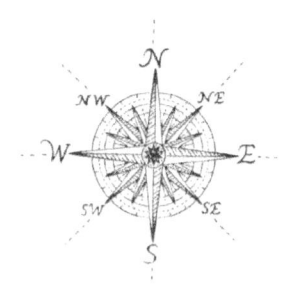

UM ENCONTRO INESPERADO

O clima está agradável, fresco. As ruas da Lapa estão cheias, muitos bares tocando suas músicas, atraindo grupos de jovens que ficam nas calçadas ou circulando ali no entorno, no burburinho. Eu visto um casaco leve por cima do vestido e subo distraída pela Rua do Lavradio, admirando a beleza da Catedral iluminada à noite.

Eu visitei esse local diversas vezes com a minha mãe na infância e me lembro de ter ficado perplexa com a beleza das luzes que invadiam o interior cônico da igreja toda vez que os raios de sol tocavam seus vidros coloridos. Deveria ir lá visitar de novo algum dia desses.

Faço a curva na Rua dos Arcos e vejo de um lado o histórico edifício que abriga a Fundição Progresso, um centro cultural onde são realizados diversos shows e espetáculos e, do outro, o famoso Circo Voador, em sua tenda de lona em forma esférica, com letreiro luminoso. Essas duas casas de espetáculo são sem dúvida os points dos jovens da cidade, não importa a atração que tragam, sempre estão lotadas.

De repente, um batuque forte se sobressai no meio da multidão de sons da rua despertando minha atenção. Parece a batida de um tambor. Não, não um, vários. E ouço flautas, trompetes, pratos e tubas também. Como o som de uma banda antiga.

Busco ao redor curiosa pela origem do som e sou surpreendida quando um homem de mais de três metros e meio de altura, com roupas esvoaçantes, passa por mim como se flutuasse. Ao seu encalço, vejo uma trupe de uns dez dançarinos, todos usando pernas de pau e roupas de época, dançando de forma encantadora ao som de uma banda marcial que vem logo atrás no cortejo. Eles fazem malabarismo com swing poi de fitas e de fogo e eu fico ali, fascinada, assistindo o estonteante espetáculo de rua passar bem diante dos meus olhos.

Algo surreal e mágico que só se vê aqui, nas ruas dessa cidade maravilhosa.

De repente uma garota aparece bem na minha frente, me despertando a atenção. Noto que seu cabelo castanho claro combina com o tom de sua pele dourada de sol.

– Ei, oi! – ela sorri para mim, me chamando. – Desculpa, mas por acaso você não viu por aí um cara escalando as paredes, pulando pelos telhados, viu?

– Heim?! – eu faço careta hilária. Imagino o quanto essa garota deve ter bebido para delirar assim. – Por acaso você não está procurando o homem-aranha, está?

– Não, – a garota ri. – é que ele...

Sei que ela ainda está se explicando porque escuto um leve zumbido ao meu lado, mas no instante seguinte eu não presto atenção em mais nada do que diz. Meu olhar capta algo que faz meu coração acelerar, o pavor instalando-se em cada célula do meu corpo. Um homem está de pé no pavimento superior dos Arcos da Lapa, a cerca de dezesseis metros de altura e, pelo que eu posso avaliar, ele planeja pular dali.

Ele não está usando nenhum equipamento de proteção.

– Ai meu Deus! – minha voz sai em um sussurro esganiçado e vai aumentando vertiginosamente com o horror. – Aquele homem vai se jogar dos Arcos! Socorro, alguém ajuda! Ele vai pular!

Em completo pânico, eu já me preparo para correr e buscar por alguma autoridade, quando a garota ao meu lado se vira para onde eu apontara e exclama exultante.

– Ah, você o achou!

Não posso deixar de notar que a estranha sorri. Ela conhece o suicida e não está nem um pouco surpresa por ele querer se jogar. Olho novamente para a direção do homem e meu coração para por alguns segundos quando o vejo saltar.

◄——— ♡ ———►

O que se sucede é tão surreal que demora alguns segundos para eu compreender o que realmente está acontecendo diante dos meus olhos. O homem pula dos arcos, mas com uma agilidade surpreendente se agarra a um pedaço da construção como um gato e desliza por ele, fazendo pequenas acrobacias e rolamentos no processo.

É absurdamente lindo ver seus movimentos contra as luzes nesse belíssimo cenário.

– É um exibido. – a garota acusa sorrindo enquanto assiste ao show do meu lado.

– Então esse é o cara? – pergunto curiosa.

– O próprio. Ele é praticante de Le parkour e, como pode ver, às vezes ele se empolga um pouco.

– Um pouco? O cara é quase um ninja! Onde você conheceu uma figura dessas?

– Ele é meu hóspede.

– Então você tem uma pousada?

– Não, não. – ela repudia a ideia achando graça. – É algo diferente. Eu faço parte de uma comunidade, um site onde quem se cadastra passa a fazer parte de uma rede de viajantes de diversas partes do mundo.

– Nossa, eu nunca ouvi falar em algo assim antes.

— É bem legal, eu já conheci muita gente maneira desse jeito, tanto hospedando quanto sendo hospedada. A gente acaba fazendo amigos em todo lugar, do Brasil e do mundo.

— Oi! — o cara se aproxima de nós após terminar sua traquinagem perigosa. Ele fala em inglês, mas percebo que tem um sotaque distinto. Suas feições também são bem diferentes, maxilar quadrado, olhos claros e cabelo ruivo cacheado e curto.

— Ô, seu louco! — a garota ralha com ele também em inglês. — Avisa quando for sumir por aí!

— Desculpe. — ele pede sem jeito, mas noto que tem um sorriso maroto de quem não se arrepende tanto assim. — Vi esse lugar e fiquei inspirado a fazer umas manobras.

— É, mas aqui não pode. Você por acaso quer ir preso?

— Não. — Ele abaixa a cabeça culpado dessa vez. — Desculpa, vou ficar de boa agora.

— É uma excelente ideia! Vem, tem um lugar aqui que não vai ter problema você praticar. — ela informa retornando a andar e acrescenta em português para mim. — Ele até que é tranquilo, mas hoje esse sueco está terrível!

Eu rio quando ela balança a cabeça e, apesar de notar que vai na direção contrária à estação da Cinelândia, decido acompanhá-los para ouvir um pouco mais sobre essa estranha comunidade de que ela fala, uma curiosidade imensa me tomando.

— Mas não é estranho receber alguém desconhecido em sua casa? — pergunto caminhando ao seu lado.

— Nem um pouco, você se acostuma com a ideia mais rápido do que imagina. — ela conta. — Para mim, o Johan é como eu quando viajei para fora pela primeira vez, alguém que vê tudo ao seu redor com olhos encantados. Olhos de turista.

— Mas e se você der azar e acabar recebendo alguém perigoso ou algo assim? Tipo, não dá para saber se o cara é um serial killer pela internet.

Ela ri.

— Não acho que um serial killer se daria o trabalho de viajar até aqui para me matar, mas a comunidade tem sim alguns mecanismos de segurança para checar a procedência de cada membro, tal como ser linkada às redes sociais e ter um sistema de depoimentos públicos, então acaba sendo bastante seguro. Não cem por cento seguro, porque nada na vida é, mas se você fizer as coisas direitinho, a chance de ter problema é muito menor do que ser sequestrada andando por aqui à essa hora.

A garota para de andar e percebo que chegamos à escadaria Selarón, uma verdadeira obra de arte feita toda de azulejos arrumados em fantásticos mosaicos, idealizada pelo artista chileno Jorge Selarón.

— Pronto. — ela anuncia se sentando em um dos degraus. — Aqui pode à vontade, Johan.

Como pinto no lixo, o cara corre os degraus acima para dar início às suas piruetas, saltos, agachamentos. Ficamos cerca de vinte minutos observando fascinadas as acrobacias do rapaz enquanto conversamos sobre a tal comunidade.

— E como se entra nessa rede? – pergunto curiosa. – Você pode fazer por si mesmo ou tem que ser convidado por alguém? E você só recebe ou se hospeda também? E sendo anfitriã, você tem que receber sempre que te pedirem ou pode negar se não estiver a fim?

— Opa, opa, quantas perguntas! – ela se diverte com a minha afobação. – Vamos lá, uma por uma. Você deve primeiro fazer seu perfil, não precisa de convite para isso. É só colocar quem você é, o que gosta de fazer, o que não gosta. Quanto mais específica for nessa parte melhor, isso evita muitos desentendimentos futuros.

— Faz sentido. – concordo acompanhando o raciocínio. Quanto mais explícita a pessoa for sobre si e como as coisas devem ser em sua casa, menor a chance da experiência dar errado.

Ela continua a explicação.

— Ainda na criação do perfil você decide se quer receber alguém ou se está procurando hospedagem. Essas opções são mutáveis, ou seja, você pode trocar a hora que quiser. Quando não tenho a perspectiva de viajar, marco que estou recebendo, quando tenho, marco que estou procurando hospedagem. É bem simples, sacou?

— Acho que sim...

— E você não é obrigada a receber ninguém. – ela esclarece por fim. – Você escolhe se quer ou não aceitar cada pedido. A decisão é sempre sua.

— Mas não é perigoso? Não que a pessoa vá ser um serial killer como disse, mas não deixa de ser um estranho. Não sei se tenho essa coragem de confiar em um estranho tanto assim.

— Mas não somos nós todos estranhos até que nos conheçamos? – ela me pergunta de volta. – Você é uma total estranha pra mim e olha eu aqui conversando contigo. Você bem que pode ser uma psicopata.

— É verdade, posso mesmo. – entro na brincadeira. - Ainda mais considerando que eu sou uma estranha que faz muitas perguntas, é quase um milagre você não desconfiar de mim.

— Não desconfio. – ela sorri simpática. – Me chame de louca.

Eu rio.

— Você é bem confiante.

— Você já foi também, posso te garantir, só se esqueceu de como é. Você ficou nove meses dentro de uma bolsa sem conhecer ninguém antes de vir ao mundo, e então abriu os olhos e conheceu sua mãe, seu pai, seus tios, seus avós, sua melhor amiga, seu primeiro namorado, seu professor, seu chefe. As relações não nascem com a gente, nós as fazemos. O problema é que os anos vão passando e vamos nos tornando cada vez mais desconfiados com tudo.

Eu nunca parei para pensar dessa forma. É mesmo verdade, a gente nasce completamente sozinho, sem conhecer ninguém. Todo o meu atual círculo de conhecidos é fruto de minha interação com estranhos, estranhos que me foram estranhos até deixarem de ser. Como a pessoa ao meu lado.

– Faz todo o sentido. – admito. – Mas nem toda a pessoa que conheci era legal. Um visitante pode ser um mau caráter assim como qualquer outro.

– Sim, é claro. – a garota concorda comigo sem hesitar. –Tem pessoas que você amou conhecer em sua vida? Sim. Tem outras que você não gostou tanto assim? Também, evidente. Nessa comunidade é a mesma coisa, não é uma ciência exata. Mas o legal é que com o tempo você passa a não mais se sentir em um mundo de estranhos e, sim, em um mundo de tantos possíveis e improváveis amigos. E essa é a mágica, ver a beleza onde os outros não veem.

Eu olho ao redor, me sentindo inspirada com o mundo que me cerca e percebo como é irônico termos esse papo justo ali. Curiosamente, a escadaria Selarón é composta por azulejos provindos de mais de sessenta países, muitos deles presentes recebidos pelo artista de fãs e turistas do mundo inteiro, de modo que o cenário é tão globalizado quanto à nossa conversa.

De repente, o sueco para o espetáculo e vem em nossa direção.

– E aí? Cansou? – ela pergunta quando ele se senta exaurido ao lado dela no degrau.

– Yeah! Deu por hoje. – o gringo admite a derrota ofegante.

– Para casa então. – ela anuncia se levantando. – Vamos que você tem um show amanhã a noite e fui encarregada de não te deixar se arrebentar antes dele. – e aí se volta para mim, os ombros levantados. – Bem, nós temos que ir agora.

– Tudo bem. – recebo a notícia com repentina tristeza. – Eu também tenho que ir antes que eu perca o último metrô para Barra. – adiciono, mais para me conformar do que qualquer outra coisa. Eu perderia fácil o metrô se fosse para ouvir mais um pouco sobre a tal comunidade.

– Ah! – ela exclama de repente, se lembrando de algo e meu coração palpita quando me entrega um panfleto. – Amanhã tem esse encontro da comunidade lá no Centro, se quiser aparecer, é uma boa para conhecer o lance. E a propósito, – acrescenta com um sorriso. – eu sou Fernanda, mas pode chamar de Nanda.

– Muito prazer, Nanda! Eu sou Vanessa.

– E o saradão louco aqui é o Johan. – ela dá soquinhos leves na costela dele que não fazem nem cócegas no grandalhão.

– Olá. – eu o cumprimento em inglês e ele aperta a minha mão simpático.

– Bem, nós temos que ir agora, Vanessa. Espero ver você por lá amanhã!

– Vou tentar ir, sim. Tchau, Nanda! Tchau, Johan! Foi um prazer conhecê-los.

E foi mesmo. Eu assisto com dó eles se afastarem da escadaria e, conformada, rumo para a estação da Glória para pegar o metrô de volta para casa. Por sorte, chego a tempo na estação Cantagalo e consigo entrar no último carro para a linha quatro. É meia-noite quando embarco nele e me sinto como uma Cinderela que acaba de voltar de uma noite realmente mágica.

No metrô vazio, com apenas poucos gatos pingados voltando de serões do trabalho ou da balada, me recosto confortavelmente em um banco e pesco meu celular na bolsa, digitando o assunto que não sai da minha cabeça para buscar mais sobre essa intrigante comunidade de viajantes que Nanda havia me apresentado. Fico tão imersa na minha pesquisa que só me dou conta quando já estou na estação final e as luzes do vagão se apagam. Desço mandando mensagens para Isis e Soles e sigo direto para cama. Mas ao deitar, demoro a dormir.

A noite foi tão extraordinária que é difícil pregar os olhos.

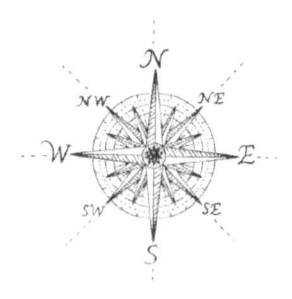

O SOFÁ VIAJANTE

Acordo por volta de dez horas da manhã, a cabeça ainda cansada da noite anterior. Reúno toda a coragem que tenho e tomo um banho gelado para conseguir despertar. Já estou saindo pela porta quando dou de cara com dona Josefa parada no portal.

– Arre égua, menina! – ela reclama e percebo que carrega uma pilha de encomendas nos braços. – "Cê" demorou pra voltar ontem da farra, heim! Tava aperreada que tu num voltava! Esqueceu onde mora, é, farreira?

– Desculpa, dona Josefa, é que sai com o pessoal do trabalho ontem...

– Sei... Pega aqui tuas encomendas, tá tudo aí direitinho. – diz me passando os pacotes. – Pode conferir se quiser, visse?

– Nossa, não precisava se incomodar. Quando for assim, pode deixar na minha caixa de correio que eu pego. Não precisa trazer esse peso todo aqui pra cima.

– Aquela joça tá quebrada, não serve pra nada. – ela fala com uma pontinha de algo que eu não consigo identificar direito. – E não é incomodo não, que eu sou pra lá de parruda! Consigo muito bem carregar esses miúdos aí.

Não posso evitar sorrir, se tem alguém no mundo que não é a imagem de forte esse alguém é dona Josefa. Ela me parece tão fragilzinha que poderia quebrar com um vento mais forte. De parruda definitivamente não tem nada.

– Tô vendo. – eu não a contrario, porém, deixando a pilha de encomendas em cima do rack. – Olha, me desculpa, mas agora tenho que sair para um compromisso.

– Ah, – ela assente surpresa e um cadinho decepcionada com a notícia. – tá certo então. Quando voltar, vá lá em casa que eu passo um cafezinho pra tu.

– Vou sim. – fecho a porta e saio rumo ao elevador. – Valeu, dona Josefa! Guarda o meu café, viu?

Meia hora depois, chego ao endereço indicado no panfleto que Fernanda me entregou, um galpão na zona portuária da cidade que costuma sediar eventos diversos. Logo na entrada, uma menina simpática entrega folders a quem chega. Pego um e vejo que se trata de um breve descritivo da comunidade.

Estou lendo distraída quando alguém chama meu nome.

– Vanessa, você veio! – reconheço a voz vibrante e me viro de imediato.

A garota de cabelos castanhos claros se aproxima sorridente.

– Oi, Nanda! – a cumprimento com um abraço. – Vim sim, estou impressionada com o tanto de gente que tem por aqui.

– É, esses nossos encontros costumam bombar.

– Eu li bastante sobre a comunidade ontem. – confesso um pouco envergonhada. – Fiquei bem curiosa com tudo o que você me contou sobre ela.

– Ih, que bom! Então teremos em breve outro membro?

– Quem sabe? – faço suspense. – Quero saber um pouco mais antes de me decidir, tem tanta coisa que eu ainda tô por fora. Tipo como posso participar se não tenho nenhuma indicação? Se ninguém nunca me avaliou não dá para saber se sou confiável, eu poderia não ser. Vai que não sou? – provoco de brincadeira.

– Ainda tentando me fazer acreditar que você é uma psicopata, Vanessa? – Nanda responde com um sorriso de lado. – Relaxa, é por isso que você está aqui hoje, para conhecer alguns membros da comunidade e para que eles possam te conhecer também. Como eu, por exemplo, posso vir a ser uma referência sua se quiser.

– Mas como pode ser minha referência se me conhece tão pouco?

– É simples! Nos conhecemos.

– Aqui, agora? – pergunto surpresa com a proposta.

– Por que não? – ela sorri e me estende a mão amigável. – Oi, meu nome é Fernanda, mas todo mundo me chama de Nanda.

– Oi, Nanda! – aperto sua mão fazendo piada. – Você me parece meio familiar...

Assim, de uma forma leve e descontraída, pouco a pouco, começamos a nos conhecer. Fico sabendo que Nanda mora sozinha em Copacabana, mas que sua família é toda de Curitiba, que ela era skatista profissional, mas que machucou o joelho há alguns anos atrás e agora trabalha como fisioterapeuta em um grande clube e, em menos de duas horas, já sabemos tanto da vida uma da outra que percebo que Nanda já nem me parece mais uma estranha.

Ela não mentiu quando disse que se nos permitimos confiar, descobriremos amigos em completos desconhecidos.

Entusiasmada, sou inteirada sobre as regras, as dicas e outras coisas interessantes sobre a comunidade e me encanto cada vez mais com esse grupo distintos de viajantes despachados.

– E como conheceu essa rede? – questiono por fim, depois de uma bateria interminável de perguntas.

– Acho que eu tinha uns dezoito anos. – Nanda relembra saudosa. – Na época eu morava num alojamento em Lima dividido com mais dois estudantes e tivemos a ideia de entrar nessa comunidade para conhecer gente nova e poder viajar pela região nos feriados. Eu não esperava... Ei, Johan! Não é para subir aí, seu doido! – Nanda grita de repente e vejo que Johan está fazendo arte de novo, subindo nos canos do armazém. – Desculpa, Vanessa, tenho que ir ali rapidinho.

– Claro, vai lá segurar o sueco indomável.

Ela se afasta apressada e eu sigo para uma mesa com refrescos para ocupar meu tempo enquanto espero que volte. Pego a jarra do suco de caju e me preparo para servir um copo.

– Vai por mim, você não vai querer provar esse.

Olho na direção da voz mansa e vejo um simpático rapaz moreno de olhos cor de mel.

– Não?

– Não mesmo, está cica pura.

Eu faço uma careta.

– Eca, odeio cica. Obrigada por me salvar.

– Disponha.

– Prazer, Vanessa. – estendo a mão.

– Bruno.

– Já pude perceber que é baiano.

– O sotaque entrega, né?

– Bastante.

– Você está hospedado com alguém daqui?

– Não, me mudei para o Rio há pouco tempo, mas até ano passado eu costumava ser hóspede daquele cara ali. – ele aponta para um tipo surfista conversando num grupo animado. – Vinha da Bahia passar alguns feriados na casa dele e aproveitava para pegar umas ondas.

– Legal, e o que está achando de morar na cidade maravilhosa?

– Maravilhoso. – o trocadilho me faz rir.

– Oi, estou de volta! – Nanda anuncia se aproximando da mesa e dá de cara com Bruno ao meu lado. Seus olhos brilham como estrelas frente ao moreno saradão.

– Ei, Nanda, deixa eu te apresentar: esse é o Bruno. Acabamos de nos conhecer.

– Oi, Bruno. Muito prazer. – ela cumprimenta toda fascinada. – Nanda.

– Prazer, Nanda! Beleza?

Eles trocam dois beijinhos no rosto e percebo algo no ar. Faíscas.

– A Nanda estava me contando sobre a comunidade, já que sou nova nisso tudo. – explico criando assunto entre os dois. – Você tem alguma dica para me dar também, Bruno?

– Humm... Acho importante dar uma boa lida no perfil das pessoas que tiver intenção de receber ou visitar, assim você conhece um pouco sobre a pessoa e meio que já fica sabendo o que esperar.

— Boa, — Nanda concorda com ele. — e também é sempre bom olhar os depoimentos, porque mostra a visão de quem já conheceu a pessoa.

— Verdade. Mas o principal conselho que te dou é fazer as coisas ao seu tempo, sem pressa. Quando for receber pela primeira vez, escolha alguém que vá ficar pouco, porque aí você vai vendo se dá pé ou não. Se não gostar da sensação, foi só um final de semana. Agora se funcionar legal, você cai dentro.

— Ok, acho que peguei a ideia. — eu anoto mentalmente todas as recomendações que me deram. — Se informar sobre a pessoa, checar referências, começar devagar.

— Isso aí! — Nanda e Bruno confirmam juntos e se entreolham surpresos pela coincidência.

— Poxa, agora tenho que ir... — ele nos comunica sem jeito quando o seu amigo lhe chama. — Combinei de ir pegar umas ondas com o cara ali.

— Podemos trocar contatos? — proponho astuta e Nanda, que já estava muxoxa ao meu lado, abre um sorriso enorme. — Não é sempre que se encontra um cara que te salva da cica de suco de caju por aí.

— Ah, claro! — ele ri com isso. — Ótima ideia.

Bruno saca o celular do bolso e nós fazemos o mesmo, trocando nossas redes sociais e telefones.

— Ótimo! — guardo o aparelho no bolso. — Boas ondas pra você, Bruno.

— Valeu, gente. Vou lá, paz!

Ele vai de encontro ao amigo e Nanda o observa fascinada.

— Ô, Bahia, terra de Deus pai. — suspira quando ele se afasta o bastante. — Um homem desses chamo até de meu rei e embalo na rede.

Dou risada.

— Menina, — ela continua chocada. — não é que você me salvou o dia? Fiquei tão abestalhada que até perdi a deixa!

— Considere que estamos quites. — Eu pisco para ela.

Nisso, Johan passa correndo por nós todo atento em direção às pilastras.

— Acho que é melhor eu ir também, Vanessa. O sueco que faz Le Parkour, mas sou eu quem está quase subindo pelas paredes aqui. Você tem meu telefone e meu nome de usuário na comunidade, então caso resolva entrar, não deixe de me ligar. Terei prazer em te ajudar no que precisar.

— Pode deixar, Nanda. Adorei te reencontrar.

— Digo o mesmo.

Nos despedimos já mais íntimas e sigo para casa com a cabeça fervilhando de ideias. Quando chego ao meu apartamento, desabo cansada no sofá e abro o pacote com o cheeseburger do meu fast food favorito, dando uma mordida nele. Ligo o notebook e, instigada, fuço um pouco mais sobre a comunidade, até me ver encarando fixamente a página de cadastro de novo usuário do site.

Por mais louco e incerto que possa parecer, pressinto que essa comunidade trará algo de muito bom, inimaginável para minha vida. Eu posso sentir essa certeza correndo dentro das minhas veias, queimando. Olho para o sofá-mala em que estou sentada e me sinto ainda mais motivada. Reunindo coragem, tomo uma decisão: se é pra fazer, faremos isso juntos.

Pego o celular e tiro uma foto.

E então faço o meu perfil.

No dia seguinte, fico surpresa ao descobrir que Nanda e Bruno já me adicionaram na comunidade, Nanda inclusive postou um depoimento sobre mim. Fico contente por ela ter dedicado seu tempo a falar coisas tão simpáticas ao meu respeito, nada exagerado, tudo simples e sincero. Rio sozinha ao ler o comentário de que eu parecia menos azul pessoalmente, uma clara brincadeira em referência à foto que usei para ilustrar meu perfil.

É a imagem do sofá-mala do meu avô ilustra a capa, não a minha.

Colocar essa foto ali me fez sentir como se de alguma forma meu avô estivesse participando dessa aventura comigo. Talvez, no fundo, ele estivesse mesmo, afinal o sofá que receberia os visitantes era dele e o texto que usei para introduzir o meu perfil era justamente um fragmento da carta que ele tinha me deixado, a bela metáfora sobre a estrada e a mala.

Tiro um tempinho para escrever em resposta um depoimento sobre Nanda. Depois de algumas pequenas correções, lá está o texto perfeito para representar o que senti quando essa garota tão especial cruzou o meu caminho.

"Eu ouvi falar pela primeira vez dessa comunidade em uma noite mágica na Lapa. Uma garota procurava seu hóspede que escalava os Arcos como uma cena de cinema, fazendo um espetáculo de piruetas e acrobacias que eu nunca tinha visto igual.

Nós duas éramos completas estranhas, mas conversamos mesmo assim. E o papo foi tão interessante que despertou a minha curiosidade em saber mais sobre a tal rede de viajantes que ela falava. Quando dei por mim, tinha passado da minha estação de metrô, mas não me sentia nem um pouco perdida.

Uma forte sensação me dizia que encontrei algo completamente diferente daquilo que procurava. Algo novo, inesperado e intrigante.

Obrigada, Nanda, por não me fazer sentir mais em um mundo de estranhos e sim em um mundo de tantos possíveis e improváveis amigos. Comecei bem a experiência, conheci você."

Satisfeita com o meu primeiro depoimento, me visto apressada e saio à rua para comprar as coisas para o open house de mais tarde.

Às três horas em ponto, a campainha toca e eu corro animada para abrir a porta.

– Ô de casa!!! – ouço a conhecida voz da Flavinha do outro lado.

– Abre a porta, senão vou soprar até derrubar sua casa! – Natalia provoca imitando o lobo mal que me amedrontava na infância.

– Bem-vindas!! – as recebo com um sorriso enorme no rosto. – E eu moro num apartamento, não numa casa, seu lobo. Vai ter que ter muito ar nesse pulmão aí pra derrubar o prédio todo.

Natalia ri com gosto do meu novo bom humor. Há um bom tempo eu não fazia graça assim. – Oi, amiga! – ela me dá um abraço caloroso. – Você parece tão bem!

– Trouxemos vodka para as caipirinhas! – Flavinha anuncia, levantando a garrafa.

– Maravilha! Eu planejei um dia de amigas com tudo que tem direito: ali tem uns queijos, torradinhas, pães, pastinhas e docinhos e... tantatataram... adivinhem só o que temos aqui? – mostro o DVD de nossa comédia pastelão favorita.

– Arrasou! – Flavinha bate palmas. – Adoro esse filme.

– É mesmo um clássico! – Natalia concorda enfática.

– Mas primeiro, deixa eu mostrar a vocês o apartamento. É bem pequeno, mas eu gosto muito dele, então espero que gostem também.

E assim dou início ao que vai ser um curtíssimo tour.

– Esta é a minha sala... – começo.

– O sofá-mala do seu avô! – Nátalia grita surpresa, me interrompendo.

– Ele mesmo! Acredita que o vô me deixou de herança?

– Que lindo! O Seu Ângelo sempre foi tão espirituoso. – ela diz emocionada tocando o móvel com saudade.

Antes que a lembrança dele me atinja forte também e me faça chorar, eu dou continuidade à conversa acrescentando a revelação bombástica. – E, bem, a novidade é que, inspirada nele, eu me inscrevi em uma comunidade de viajantes. Decidi abrir minha casa e ceder meu sofá para receber visitantes do mundo inteiro. Pensei que o vô gostaria que o seu sofá servisse a esse propósito.

– Que maneiro isso, Nessa! – Natalia, assim como Fla, adora a notícia. – Tenho certeza de que ele iria aprovar a ideia. E você sempre gostou de viajar, quem sabe assim não é capaz de rodar o mundo sem sair do lugar, viajando pelas pessoas? O sofá viajante! Seu avô teria adorado!

Eu sorrio feliz e concordo com ela.

– É, ele realmente teria amado.

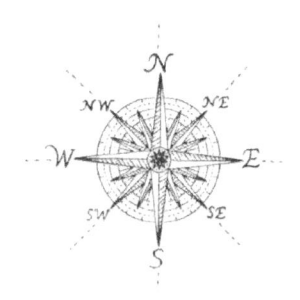

ZONA DE CONFORTO

Passa outra semana tranquila no trabalho, dando algumas esticadas no shopping depois do expediente e gastando o meu novo tempo livre vendo tv e navegando na internet. Na sexta, arrumo a casa que já está uma zona de novo e passo o sábado lavando, estendendo e passando a montanha de roupas que se acumulou durante essas duas semanas.

No domingo, encaro que não tem mais jeito, tenho que vencer meu sedentarismo e ir mesmo ao mercado. Já não resta nem macarrão instantâneo, nem lasanha para contar história, mas o pior de tudo e que torna a tarefa inadiável, é o fato de que acabou de vez o café.

E eu vivo até sem comida, mas não sobrevivo um dia sem meu amado café.

Quando saio do estacionamento do supermercado, deparo com a visão de dona Josefa andando pela rua com o sol a pino e carregando três pesadas sacolas em seus braços frágeis. O peso das sacolas faz o plástico das alças esgarçar, formando uma fina correia que parece cortar a sua circulação.

Percebendo que esse e é sem dúvidas um esforço muito grande para alguém de sua idade, emparelho o carro junto à calçada.

– Ei, dona Josefa! – a chamo pela janela.

Ela me avista e sorri.

– Arre, se não é a menina Vanessa! – exclama contente ao me reconhecer.

– Vem cá, deixa eu lhe dar uma carona, dona Josefa. – ofereço descendo do carro. – Está quente e tem muito peso aí com a senhora.

– Nada, eu sou parruda, te disse. – ela argumenta sem perder a pose. – Mas se bem que esse sol tá de rachar o coco... então tá, vou aceitar esse bigu aí.

– Beleza! – acho graça de seu jeito autossuficiente. – Deixa eu colocar essas bolsas no porta-malas para senhora.

– Senhora tá no céu. – ela contesta de novo e dou risada. – Pode chamar de tu mesmo que eu não mordo não, visse?

Pego as sacolas dela e percebo que estão realmente pesadas, deve ter uns nove quilos pelo menos ali. Fico incomodada dela estar carregando todo esse peso sozinha, nesse calor e com essa idade. Não me parece nada certo, na verdade.

Boto tudo na mala do carro e abro a porta do carona para ela, dando a volta para ocupar o banco do motorista. Ligo a seta para sinalizar que estou voltando à rua enquanto ela coloca bonitinha o cinto de segurança ao meu lado.

— Dona Josefa, está muito quente para senhora sair assim, sozinha, com esse peso todo. Por que não esperou alguém te levar no mercado se queria alguma coisa?

— Tá doida, é? Vou esperar quem?

— Sei lá, um filho, neto... – eu chuto sem saber qual é o caso, mas certa de que tem alguém. – Não sei quem normalmente te leva.

— Arre, sou eu mesma! Tenho perna e braço pra quê? Faço isso toda semana.

Fico completamente chocada e tenho que me atentar para não perder a direção. Eu não posso acreditar que essa frágil senhora faz sozinha esse enorme percurso cheia de pesos quatro vezes por mês.

— Mas por que um parente seu não te leva? Seu filho, por exemplo.

Ela dá de ombros, sem dar importância.

— O cabra tá sempre atolado de trabalho. É muito ocupado ele. – responde conformada e sinto um ódio imenso daquele ser desprezível que larga sua mãe idosa à própria sorte.

— Dona Josefa, a partir de agora a senhora não vai mais ao mercado sozinha.

— Como não, menina? – ela acha graça. – As compras agora vão aparecer do nada na minha casa, é?

— Não. A partir de agora eu te levo.

Pega completamente de surpresa pela oferta, dona Josefa fica sem jeito, mas percebo que está imensamente contente por eu ter me oferecido.

— Oxente! Mas eu não quero te dar trabalho não...

— Não dá. Vamos juntas, aí aproveito e faço minhas compras também. O que acha?

Ela dá risinhos contidos como se eu tivesse lhe dado um presente caro, quando tudo o que lhe ofereço é uma simples carona ao mercado.

— Tá firmado então, menina! – ela resolve batendo no meu braço animada. – Vamos pras compras, você mais eu!

— Vamos definir quando? – sugiro para poder me organizar. – Sábado nem sempre eu posso... O que acha de irmos um dia de semana, depois do meu trabalho? Chego quatro e meia e posso tocar no seu apartamento.

— Segunda. – ela se adianta antenada. – É o dia do hortifruti, chega tudo fresquinho, pode dar fé, é danado de bom!

— Então segunda será. – fecho o acordo. – A partir da semana que vem?

— Certo. – ela confirma toda empolgada. – Vou te esperar prontinha, visse? Prometo que não vou te atrasar nenhum cadinho!

Quero dizer que não me importo se ela se atrasar um pouco, mas me pego apenas contemplando a felicidade dessa senhora por algo tão simples. Depois de ajudá-la a subir e guardar suas compras, sigo para o meu apartamento me sentindo contente por meu café ter acabado justamente hoje. O acaso é sempre algo curioso. Nunca acho que é sem propósito.

À tarde, resolvo checar meus e-mails e descubro que recebi uma mensagem nova na comunidade. Fico eufórica ao constatar que se trata de nada mais, nada menos do que meu primeiro pedido de hospedagem. É espantoso como isso foi rápido!

O visitante em potencial é um japonês, de Quioto. Seu nome é Toshiro Oomori. Ele tem dezenove anos e vai começar o primeiro ano da faculdade de engenharia eletrônica, em Tóquio. Como hobby possui os animes, mangás e fotografia, exibindo uma série de fotos de paisagens, pessoas, objetos e animais exóticos em seu perfil. Elas são realmente boas.

Em sua mensagem, Toshiro conta que planeja uma viagem pelo Brasil para comemorar o seu ingresso na faculdade, fazendo paradas em diversos estados daqui. Ao pesquisar o perfil de usuários da cidade do Rio de Janeiro, acabou clicando no meu justamente por conta da foto peculiar. O sofá-mala de meu avô capturou de cara seu olhar de fotógrafo.

Agradeço mentalmente ao vovô pela ajuda.

Vejo que todas as suas referências são de amigos locais, já que é a primeira vez que ele pede para se hospedar com alguém da comunidade. Me divirto com isso, os novatos então se encontraram. Gosto de todas as coisas que consigo ler sobre ele, e sim, conseguir é o verbo correto porque boa parte dos seus depoimentos está em japonês.

Fecho a tela e considero objetivamente a ideia. Incerta, pego o telefone e recorro à única pessoa que pode me dar uma luz nesse momento.

– Oi, Nanda! Aqui é a Vanessa da...

– Oi, Vanessa! – ela nem precisa de complemento. – E aí, tudo bem contigo?

– Tudo ótimo! Estou te ligando porque hoje recebi meu primeiro pedido de hospedagem, um japonês, de Quioto.

– Que maneiro! Conta mais.

–Bem, ele quer ficar por três dias e tem boas referências. O que acha? Recebo ou não?

Ela apenas ri.

– Ora, Vanessa, você já sabe o que quer fazer, então apenas faça.

Eu sorrio com a resposta simples, porque ela tem completa razão. Eu já sei o que quero mesmo.

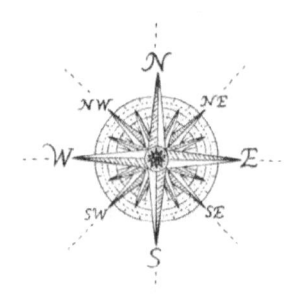

PRÉ-CONCEITOS

Passo a semana muito ansiosa. Toshiro informou que chegaria de viagem na quinta, às dezoito, e partiria no domingo, às dezessete. Assim, quando o dia finalmente chega, pode-se imaginar como estou pilhada.

— Opa! — salto da cadeira quando o relógio marca quatro em ponto. — Tenho que ir, galera.

— É hoje que chega o tal japonês, né? — pergunta Soles se espreguiçando na cadeira.

— Isso aí! — confirmo pegando a bolsa. Eu contei para eles sobre a minha peripécia e eles estão tão curiosos quanto eu para saber como vai ser.

— Então vai lá, garota! — Magô ordena, me empurrando pela sala até a saída. — Não se esqueça, quero saber de tudo amanhã, heim! Timtim por timtim!

— Se ela estiver viva, claro. — Soles acrescenta implicante.

— Ai, Soles! — Magô o reprime com uma careta. — Isso lá é hora de brincar? Não vê que a pobre Vanessa já está quase surtando de tanta ansiedade?

— Foi mal aí, Nessa. Relaxa que vai dar tudo certo.

— E se não der e eu for sequestrada, peço para ele cobrar o resgate de você. Conto o quanto você tem guardado na poupança e volto dos mortos para te assombrar caso não pague.

Soles se arrepia todo ao ouvir a ameaça e eu seguro o riso. Ele é tão impressionável que ainda acredita em assombração com trinta anos de idade!

— Vira essa boca pra lá! — fala apavorado e eu e Magô caímos na gargalhada.

Me despeço e sigo apressada para casa. Encontro com dona Josefa no corredor do nosso andar, ela tem nos braços um monte de encomendas, como de costume.

— Arre égua, como tu compra, heim, menina! — ela censura me entregando os vários pacotes. — Como é que cabe toda essa muamba aí nesse apartamentinho?

É uma pergunta válida, porque na verdade não cabe. As duas malas iniciais já se transformaram em quatro e meu quarto minúsculo já está praticamente todo tomado por elas.

— Anos de experiência. — eu brinco ao dar a resposta. — Obrigada por receber para mim, Dona Josefa.

— Não há de que, é minha tarefa mesmo... — ela dá de ombros orgulhosa. — Nosso passeio tá confirmado na segunda?

— Claro! – sorrio sem hesitar. – Bem, eu agora tenho que correr para poder arrumar a sala. Vou receber um convidado lá em casa hoje.

— Convidadooo? – ela repete ressaltando o "o" e me dá uma cutucada nas costelas – Danadinha tu! Tá de cacho e não me contou, é, bichinha?

— Não, nada a ver dona Josefa! – eu me apresso em esclarecer enrubescendo. – Não é cacho nenhum, é só um... – eu procuro a palavra certa, mas seria muito complicado explicar direito agora. – um... um amigo.

Ela me olha com desconfiança.

— Amigo? Sei... Se esse amigo aí aprontar alguma coisa, tu grita que eu tenho uma peixeira do meu falecido marido lá em casa. Capo logo os troços dele!

— Calma aí, dona Josefa! Acho que não vai ser preciso capar nada de ninguém por enquanto.

— Nunca se sabe...

Balanço a cabeça rindo, mas no fundo fico feliz em saber que alguém estará a postos para me socorrer caso algo dê errado, ainda que esse alguém seja dona Josefa e a peixeira de seu falecido marido.

Às seis e meia, eu já roí todas as minhas unhas de nervoso e conferi inúmeras vezes se está tudo no lugar quando a campainha finalmente toca. Faço o sinal da cruz pedindo proteção e me adianto para atender.

— *Ohayō!* – um rapaz novo de grossos cabelos pretos, nariz achatado e olhos puxados me cumprimenta com uma inusitada reverência. Ele veste uma curiosa combinação de camisa de manga curta branca com algo que parece um frango mutante desenhado e calça quadriculada em amarelo e preto.

— Olá! – eu o saúdo em inglês. – Você deve ser o Toshiro.

— *Hai*! Eu, Oomori, Toshiro. – ele confirma em um inglês meio enferrujado. – Você, Zandrine-san?

— Zandrine-san? – eu estranho a forma como ele me chama pelo sobrenome. – Não, não. Zandrine é sobrenome. Pode me chamar só de Vanessa.

Ele cora e fica em jeito.

— O que foi? Algum problema com Vanessa?

Toshiro se encolhe e fica ainda mais vermelho.

— No Japão chamar pelo sobrenome é mais respeitoso. – ele explica embaraçado. – Chamar pelo nome é muito... muito íntimo.

Meu Deus! E pensar que eu estava com medo dele a momentos atrás. O garoto à minha frente ficou cor de pimentão só pela ideia de me chamar pelo nome, com certeza ele está muito mais apavorado comigo do que eu com ele.

— Está tudo bem. – eu o tranquilizo. – Aqui no Brasil, nós chamamos todo mundo assim. Ninguém vai interpretar mal se você me chamar pelo nome, ok?

Ele parece tentar se convencer disso, receoso. Por fim, concorda com um aceno de cabeça. – *Hai*!

– Bem, então vamos lá, Toshiro. – digo dando passagem para que ele entre e, me abaixando, complemento. – Deixa eu te ajudar com a mala.

– Não, não, não! – ele recusa rápido, puxando a mala para trás e fazendo um gesto para eu ir na frente. – Eu posso carregar sozinho.

– Como quiser. – assinto ao ver que tenta ser cavalheiro. – Vamos, entre! Aceita uma água, um chá?

– Uma água, se não for incômodo.

– Aqui. – entrego o copo e vejo que ele ainda aguarda na porta. – Não vai entrar?

– Obrigado e vou sim, só tenho que trocar os sapatos antes. – Vejo que tira da mochila chinelinhos de tecido, parecidos com as pantufas que dona Josefa usa. – A rua é suja, sua casa é limpa.

– É tem razão. – me dou conta. – Mas e aí, me conta. Como foi de viagem?

– Foi muito... – ele começa a responder enquanto entra mas, de repente, um brilho se acende em seu olhar quando avista algo. – O sofá-mala!

– Sim, ele mesmo! – eu assinto orgulhosa ao ver sua alegria. – Foi meu avô quem o fez, acredita?

– *Sugoi*! – ele exclama, se abaixando para ver melhor e, apesar de não entender o que significa a palavra, entendo de imediato que é algum tipo de elogio. Empolgado ele saca a câmera da bolsa.

– Posso? – pergunta respeitoso antes de qualquer coisa.

– Claro! Manda a ver, fotógrafo.

Toshiro sorri de orelha a orelha e então tira algumas fotos, buscando diferentes ângulos e enquadramentos, completamente encantado com o design diferente do móvel. Em seguida, guarda o equipamento, e se aproxima para ver mais de perto as etiquetas e selos pregados no malão.

– Quer dizer que você é de Quioto, mas agora está de mudança para Tóquio? – pergunto.

– *Hai*!

Entendo como sim.

– E está animado para se mudar para lá? – continuo curiosa.

– *Hai*. – ele concorda novamente com um aceno, fascinado demais com o que vê à sua frente para se concentrar em qualquer outra coisa. Imagino que ele deve estar se perguntando o quanto o dono desse malão viajou, considerando o grande número de etiquetas e adesivos de diferentes destinos reunidos ali.

– E é a sua primeira vez viajando para fora? – instigo a conversa.

— Isso, primeira!

— E por que escolheu logo o Brasil?

— Porque é... diferente. — ele tenta explicar com dificuldade. — Pessoas calorosas.

Eu sorrio satisfeita porque esse foi o máximo de palavras que consegui fazer ele dizer de uma só vez desde que comecei a puxar conversa.

— Bem, Toshiro, vamos conhecer o apartamento então? Você já conheceu o mais importante, o sofá onde você vai dormir. Olha, ele abre e vira cama. — eu demonstro como se faz e ele observa com fascínio de criança. — Deixei lençol e travesseiro aqui no rack para você. Ali é o banheiro, a torneira de água quente é a da esquerda. Reservei uma toalha de banho e uma de rosto no suporte e tem sabonete líquido no box. A cozinha e a área são aqui em frente, se quiser usá-las, fique à vontade, é só deixar arrumadinho depois de usar, ok? — ele assente com um movimento de cabeça obediente. — Eu durmo no quarto, naquela porta ali. Como pode ver, o apartamento é bem pequeno. Não tem como se perder.

— *Hai*! — ele declara confiante, assimilando todas as informações e concluindo que vai saber se virar. — Obrigado, Zandrine-san!

— Você já sabe o que vai visitar amanhã?

— Vou visitar o... — um bocejo o corta e vejo que ele esfrega a testa tentando recuperar o fio da meada. Agora que presto atenção, Toshiro parece cansado. Muito cansado, aliás.

— Meus Deus! Onde eu estou com a cabeça te enchendo de perguntas?! Você deve estar exausto, Toshiro!

— Não, não. — ele responde educado, balançando as mãos e a cabeça em negativa como se não fosse nada.

— Claro que está! Ouvi dizer que é mais que um dia de voo. São três escalas de lá para cá, certo?

— Hai. — ele confirma tímido. — Trinta horas de viagem.

— Caramba! Vou deixar você descansar agora. Durma bem e seja bem-vindo ao Rio, Toshiro!

— *Arigato*, Zandrine San! — ele diz agradecido e faz uma pequena reverência pra mim.

Que coisa bonita saudar os outros com tanta entrega.

Tocada, me preparo para deixar a sala quando o interfone toca. Me dirijo à cozinha para atendê-lo, enquanto Toshiro pega em sua mala uma muda de roupas limpas para se trocar.

— Tudo nos conformes por aí, menina? — reconheço a voz preocupada e ao mesmo tempo corajosa da minha vizinha do outro lado da linha.

Não posso evitar o riso.

— Sim, tô viva aqui, dona Josefa. – respondo a tranquilizando e, fazendo graça com a situação, acrescento. – Pode guardar a peixeira por hoje.

◁ —— ♡ —— ▷

Acordo no dia seguinte surpresa por ter dormido tanto. Eu estava tão exausta ontem à noite que apaguei na cama e nem me preocupei com o fato de que havia um estranho dormindo em meu sofá. Certamente Toshiro se mostrou tão inofensivo que meu cérebro se permitiu desligar, me possibilitando ter uma relaxante noite de sono.

Quando sigo até a sala para tomar meu café, vejo que meu convidado já está acordado, sentado no sofá, a roupa de cama toda dobrada em uma perfeita pilha. Respiro aliviada ao saber que Toshiro é bem organizado. Gosto de continuar sendo a única bagunceira dessa casa.

— Bom dia, Toshiro! – o cumprimento animada.

— Bom dia, Zandrine San!

— Já tomou café? – pergunto indo rumo à cozinha.

— Não, estava te esperando.

— Vem, então. Eu faço o café para nós dois.

— Não precisa! – Toshiro se apressa em erguer os braços em seu habitual gesto educado de recusa. – Não quero dar trabalho...

— Não é incômodo nenhum. – eu o ignoro colocando pó de café no coador para duas pessoas. – No meu perfil mesmo eu já digo que não cozinho nem um ovo frito, mas que café faço com prazer. – brinco lembrando da minha descrição inusitada. – Tem biscoitinhos no armário, pode pegar o que quiser.

— Espere um minuto. – ele faz um gesto com o dedo e, mexendo em sua mala, tira uma bolsa cheia de potinhos coloridos. – Aqui. Um para você.

Eu olho para a embalagem do produto cheia de desenhos fofos e ideogramas japoneses e reconheço a figura com olhinhos em destaque.

— Pudim? – pergunto surpresa.

— Eu adoro pudim! – ele confirma com um sorriso feliz.

— Beleza, pudim então. Como é mesmo que vocês dizem? – pergunto abrindo a embalagem.

— *Itadakimasu*. – ele me ensina, juntando as palmas com uma leve reverência. – Quer dizer "obrigada pela refeição".

— Ok, vamos lá. *Itadakimasu*! – repito imitando o gesto e, com uma colherada, provo o pudim. – Doce! – exclamo impressionada com o nível de açúcar contido naquilo e bebo um gole de café para limpar o paladar.

— Sim! — Toshiro concorda, contente demais comendo seu próprio pudim. — Eu amo doces.

— E o que você planeja fazer hoje?

— Ver o Rio, tirar fotos.

— Ok. — tento ser mais específica na pergunta. — Onde exatamente você pensou em ir?

Ele tira um papel do bolso com um planejamento perfeito. Pelo que posso entender, seus vinte dias de viagem estão todos organizadinhos ali, embora eu não entenda nenhuma palavra de sua programação, somente as datas no topo de cada quadrante.

— Dona Marta. — ele responde com sotaque após estudar por poucos segundos o papel.

— Você diz na favela?!

— Hai, isso! — ele concorda feliz por eu ter entendido sua pronúncia. — Favela!

— Não, não! — eu repudio a ideia na hora como se fosse loucura. — Isso é perigoso, Toshiro! Você não pode sair entrando na favela assim sozinho, de jeito nenhum!

— Não, olha só! — Ele tira uma impressão do bolso e me entrega tentando me acalmar. — É seguro.

Eu pego o papel e vejo que ele contratou um guia de turismo para um tour no morro.

— Onde você achou isso?

— Na internet. — ele responde e eu me sinto ainda mais com o pé atrás. — A gente vai de carro até lá e depois tem guia. É seguro... olha. — ele bate no papel de novo como se ele fosse alguma prova irrefutável de que está tudo bem.

— Não sei não... Tem certeza, Toshiro? Você não conhece nada por aqui, não fala o idioma. Quer mesmo se meter em uma favela? Você não faz ideia de como é uma favela.

Para falar a real, nem eu sei direito. O noticiário sempre nos alerta de casos de pessoas de fora que entraram em comunidades por engano e foram baleadas ou pior.

Sem chance de eu deixar Toshiro correr esse risco desavisado.

Infelizmente, meu hóspede não tem os meus instintos de autoproteção, ele parece determinado a ir nesse passeio. Analisando agora, é bem irônico eu ter tido medo dele antes de conhecê-lo, Toshiro tem o potencial de se meter em bem mais apuros do que eu.

— Sim, tenho. — ele confirma. — O guia fala. O guia ajuda.

É, pelo jeito ele não vai mudar de ideia.

— Olha, hoje eu tenho que ir trabalhar, mas antes eu vou com você até o ponto de encontro com esse guia para saber se está tudo bem mesmo. — ele já balança os braços como se isso fosse totalmente desnecessário, mas eu o ignoro decidida. — Vou ficar aflita se não for, Toshiro

Se ele é teimoso, eu sou mais. O japonês não tem outra saída a não ser encolher os ombros conformado.

— Ok, ok. — murmura decepcionado consigo mesmo por ter me dado trabalho. — Mas não precisava...

Isso é o que ele pensa.

Terminado o nosso café, dou uma carona a ele até o ponto de encontro marcado. Quando chegamos em frente ao mercado, avisto um homem com camisa chamativa verde-limão que indica claramente que é o tal guia. Ao lado dele, mais ou menos uns cinco turistas estrangeiros e brasileiros aguardam ansiosos a saída do tour.

— *Ohayō!* — Toshiro se adianta na minha frente indo em sua direção. — Oomori, Toshiro. — ele se curva em apresentação e entrega o voucher de sua compra.

— Oi, Oomori! Bom dia! — o guia saúda de volta simpático. — Eu sou o Marcelo, estava justamente te aguardando. E você é? — me pergunta confuso, olhando para sua lista de chamada.

— Vanessa. E não, não estou na lista do tour, só vim checar se é mesmo seguro meu amigo fazê-lo. Sabe, ele não conhece nada por aqui, nem fala o idioma, não acha meio perigoso ele se meter num lugar que não conhece?

O homem sorri compreensivo com a minha preocupação.

— A comunidade em si não é perigosa, Vanessa. A maior parte de quem mora nela é gente de bem...

— Desculpa, eu sei disso é que...

— ... mas você não está de todo errada em ficar apreensiva. — ele continua antes que eu possa me justificar. — Quando estranhos entram sem aviso podem, sim, acabar se envolvendo em confusão, tem muito mercenário nesse mercado que só quer lucro e não pensa na segurança do cliente e do guia. Por isso é importante fechar com alguém de dentro, que saiba como está o cenário local, que avalie bem a situação e seja sincero e advirta o turista. E, nesse caso, esse sou eu, guia credenciado nascido e criado na favela Santa Marta. Conheço tudo e todos, de cabo à rabo. Te garanto, lá está de boa, Toshiro vai ficar bem comigo.

Suspiro fundo me tranquilizando, Marcelo parece confiável, passa credibilidade.

— Desculpe se eu pareci preconceituosa ou coisa assim. — reconheço minha falta de tato inicial envergonhada. — Sei que na favela vive gente de bem, a grande maioria, na verdade. Mas, como carioca, eu sou meio ressabiada por tudo o que ouço. Nunca imaginei que alguém pudesse fazer turismo lá de forma segura.

— A favela tem muitas coisas lindas, mas que nem todos estão dispostos a ir ver e eu entendo o porquê, pois conheço o outro lado de perto, toda a violência que rola. Mas se você dá uma chance e faz as coisas de forma responsável, pode se surpreender com o que vai encontrar. Tem muita riqueza que é escondida por detrás da fachada de violência que passa nos noticiários. A favela não é só pobreza, a favela é rica de muitas formas que o próprio carioca desconhece.

— Você tem completa razão, fico mais tranquila de saber que Toshiro está em boas mãos. — e então tateio em minha bolsa, tirando dois cartões de contato e entregando um para ele. — Bem, aqui está o meu número de celular, Marcelo. Qualquer coisa, me liga, tá?

— Pode deixar! E venha um dia fazer uma trilha comigo. — ele sugere simpático me entregando o próprio cartão. — Você com certeza vai se impressionar com o que verá, faço caminhadas nos finais de semanas em diversos pontos da cidade.

— Legal, vou tentar sim. — considero guardando o cartão na bolsa e apertando sua mão.

Em seguida, me volto para Toshiro.

— Esse é meu celular. — explico a ele em inglês, entregando o segundo cartão. — Não hesite em me ligar se acontecer qualquer coisa.

— *Hai!* — ele assente obediente. — *Arigato*, Zandrine san!

— Até logo, Toshiro! Se divirta.

E, mesmo mais segura após a conversa com o guia, vou embora com o coração na mão.

Como é possível se preocupar assim com um completo estranho?

◁———— ♡ ————▷

Passo o dia no trabalho checando meu celular de dez em dez minutos. Magô, Soles e Isis, após serem colocados a par de tudo, me sacaneiam, dizendo que estou agindo como uma mãe preocupada com o filho que não voltou da balada.

Quando vai se aproximando das quatro horas, vou ficando ainda mais apreensiva, me perguntando como será que meu visitante está se saindo sozinho nas ruas da minha cidade. Saio do trabalho e sigo direto para casa, mas então, claro, algo acontece.

Não com Toshiro. Comigo.

Eu estou tão distraída pensando no bem-estar de meu primeiro hóspede que mal noto quando uma maldita Kombi me corta bruscamente, arrancando meu retrovisor na ultrapassagem forçada.

— Merda! — grito com o susto que tomo com o impacto.

O motorista da velha Kombi não para. Desonesto, ele foge do local do acidente à toda velocidade. Dou seta para direita e, com irritação, paro para anotar a placa do carro, apesar de saber que não vai adiantar muita coisa.

Sem retrovisor, sigo direto para uma oficina.

Duas horas mais tarde, finalmente consigo resolver tudo e pego um ônibus lotado para voltar para casa. Mas é só quando desço do elevador que me dou conta do que havia me esquecido com toda essa confusão.

Sentado com a cabeça apoiada na parede do corredor, Toshiro está apagado, provavelmente morto de cansado do passeio e ainda sofrendo do jet leg. Dona Josefa está ali, ao seu lado, olhando curiosa para o meu convidado desfalecido.

Não sei onde enfiar a cara de tanta vergonha.

– Menina, – minha vizinha fala baixinho, aliviada quando me vê chegar. – teu amigo arriou os pneus aqui.

– Ele chegou faz tempo?

– Ixi, bota umas duas horas! Até acordei o cabra para ele ir tirar um ronco lá em casa, mas ele num entendeu foi nada do que eu disse.

– É que ele é japonês, dona Josefa, não fala nada do nosso idioma. Desculpa ter feito você se preocupar com isso, é que tive um contratempo e acabei me atrasando.

– Tu tá bem? – ela me olha com preocupação.

– Sim, comigo está tudo bem. – "Já com o meu carro...", penso, mas não falo para não me aborrecer ainda mais com esse assunto hoje. – Pode deixar comigo agora, vou acordá-lo e levá-lo para dentro.

Minha vizinha assente sem deixar de dar uma boa estudada em mim antes de ir. Ela está avaliando se eu consigo lidar com isso sozinha. Posso com uma coisa dessas?

Quando ela entra em seu apartamento, eu me abaixo e toco o braço dele.

– Ei, Toshiro. – minha voz é baixa quando ele desperta, sonolento. – Desculpa eu não queria te acordar.

– Não, não. Tudo bem. – ele diz, se recompondo imediatamente, o rosto todo amassado de sono.

– Desculpe você ter ficado me esperando aqui fora, eu me atrasei um pouco.

– Está tudo bem? – ele pergunta também me estudando.

– Está, foi só um acidente de trânsito estúpido.

Ele se empertiga na parede ao ouvir isso, muito mais consciente agora.

– Você se machucou?!

– Não, eu estou bem. Graças a Deus foi só o carro que se machucou. – Ele assente mais tranquilo com minhas palavras, ainda meio zonzo por ter acabado de acordar. – Sinto muito por ter te deixado esperando do lado de fora.

– Não se preocupe, – ele diz com um sorriso gentil no rosto. – eu que cheguei cedo.

– Vem, – eu estendo a mão para ajudar esse cavalheiro a se erguer. – vamos entrar.

Abro a porta e Toshiro entra cambaleando um pouco, mas tem a preocupação de tirar os sapatos antes. "Educado até sonâmbulo", penso admirada. Ele se senta no sofá enquanto eu me viro para pegar a roupa de cama para ele em cima do rack.

– E como foi seu passeio? – pergunto retornando.

– Incrível. – ele responde, o corpo mitigado, mas os olhinhos radiantes. – Olha só!

Ele me estende a câmera e, deixando as coisas sobre no sofá, eu pego e vejo encantada as belas e inesperadas fotos que ele tirou no Morro Dona Marta. A subida por um bondinho em um plano inclinado, uma estátua de Michael Jackson de braços abertos, as casinhas coloridas aglomeradas como uma pintura, a vista panorâmica do Rio que inclui o Cristo Redentor, o Pão de Açúcar, a Praia de Botafogo e a Lagoa Rodrigo de Freitas, uma feijoada num boteco, uma lojinha cheia de artesanatos lindos.

– É realmente incrível. – eu exclamo impressionada.

O guia falou mesmo a verdade, a favela pode ser surpreendente. Desconhecimento muitas vezes gera o preconceito, o medo do desconhecido. "Quantas coisas maravilhosas nessa vida eu já não perdi pelo medo?", me pergunto sensibilizada.

Me viro para devolver a câmera ao intrépido aventureiro e parabenizá-lo pela coragem e lição, mas descubro que já apagou de novo. Sorrindo, pego o travesseiro e o coloco na ponta do sofá, guiando a sua cabeça que pende dos ombros desconfortável para lá. Ele eleva os pés se encolhendo e, carinhosamente, o cubro com um lençol.

– Boa noite, Toshiro. – desejo baixinho, apago a luz da sala e o deixo descansar depois desse dia tão cheio.

E, com isso, vou dormir admirando o fato de que mesmo franzino e inocente, Toshiro se provou muito mais corajoso e ousado do que eu hoje, me fazendo ver aquilo que eu estou perdendo com o meu medo.

O mundo reserva surpresas incríveis para quem tem coragem.

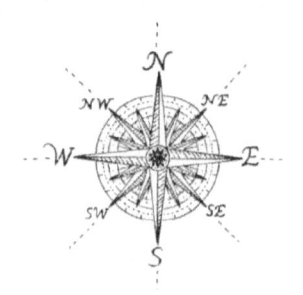

DIFERENÇAS CULTURAIS

Na manhã seguinte, olho pela janela e vejo que o sol brilha forte. Está um sábado lindo de verão e quero aproveitá-lo bem com o meu hóspede. Me ofereço para acompanhar Toshiro na programação do dia, que segundo sua planilha não é nada mais, nada menos do que a praia de Copacabana. O lugar é uma referência, um dos cartões postais mais famosos da cidade. Não dá para um turista vir aqui e não querer passar por lá.

Com o carro ainda na oficina, seguimos para a praia de metrô. O vagão que pegamos está lotado, como é de se imaginar pelo dia e horário, mas não é isso que incomoda Toshiro. Para a minha total surpresa, o meu visitante japonês fica bastante alterado é quando uma garota tosse próximo de onde estamos. Isso mesmo: tosse.

— Vocês não usam máscaras aqui? — ele pergunta em tom de reprovação quando ela tem uma nova crise, cobrindo a boca com a mão.

Dou risada.

— Mas é claro que não, Toshiro.

— Mas como não?!

— Ué, não usando. — me impressiono com o exagero da medida que propõe. — Não é como se fosse uma doença terminal, é só uma gripe.

— Mas ainda assim é uma doença, é um transtorno.

— Relaxa, não precisa se preocupar., Toshiro Você não vai pegar, estamos longe.

Viro para o outro lado e tento focar em outra coisa, mas ele insiste no assunto, me deixando sem graça.

— Ainda acho que é necessário, assim vai acabar ficando todo mundo doente. Usar máscaras impede isso tão fácil.

Na verdade não me parece nada coerente todo mundo sair por aí usando máscaras com medo de pegar germes e vírus dos outros, como costumo ver em fotos do Japão, no que me parece ser uma grande paranoia coletiva. Mas resolvo não discutir essas questões culturais com ele. Não quero me indispor com meu convidado por um assunto tão bobo.

Quando chegamos à Copacabana, nós andamos tranquilos pelas ruas do bairro. Passeamos pelo famoso calçadão de Copacabana, projeto de Burle Marx, e Toshiro fica encantado com o lugar, fotografando com entusiasmo tudo o que vê pela frente. O passeio em si tem tudo para ser ótimo, mas não posso deixar de notar que, enquanto andamos pela orla, meu convidado recolhe cada garrafa e embalagem que vê jogada pelo caminho, falando algo inteligível em japonês, que soa como uma reclamação.

É sério isso? É um dia lindo, a praia está majestosa. Ele tem que se ater a detalhes tão insignificantes como cada lixo que encontra por aí?

— Ei, Toshiro. Posso ver a câmera? — eu peço quando ele cata mais um papel de biscoito, me deixando louca. Por acaso foi contratado pela prefeitura para o serviço e não me contou?

Toshiro me entrega o equipamento, totalmente alheio à minha frustração e eu me sento na areia para ver a sequência de fotos que tirou hoje. São todas tão lindas!

— Você é realmente um artista. — elogio sincera, chegando a esquecer o estresse anterior. As fotos dele têm vida.

Toshiro fica todo sem graça, encarando os próprios pés.

— Que isso, é só hobby. Eu sou amador.

— Não se faça de modesto, eu vi em seu perfil suas fotos. Você é bom, Toshiro! Tem um olhar diferente, não fica devendo em nada a um fotógrafo profissional.

— *Arigato*. — ele inclina a cabeça encabulado.

— E eu vou querer essas fotos depois, heim? Tenho que saber se retratou a minha cidade direitinho e o meu sofá, principalmente. — provoco bancando a exigente.

— *Hai!* — ele responde sem hesitar e posso ver que leva o pedido a sério. — Vou te mandar todas, Vanessa-san.

Eu sorrio para ele, devolvendo sua câmera. Toshiro finalmente me chamou de Vanessa, o que deve significar algo bom. Somos íntimos agora?

Nos levantamos e voltamos a caminhar pelo calçadão, quando sinto o meu estômago remexer vazio. Já deve passar de duas horas da tarde.

— Onde vai querer almoçar? — pergunto e ele puxa o planejamento do bolso para dar uma olhada.

— Churrascaria? — arrisca a leitura do nome do estabelecimento em português.

— Agora sim nós estamos falando a mesma língua, japonês.

◁——— ♡ ———▷

Quando abro os olhos no domingo, lembro desapontada que é o último dia de Toshiro no Rio, o tempo passou tão rápido que não deu para quase nada. Sei que precisamos fechar essa visita com chave de ouro, de forma que quero muito saber o que a planilha do meu amigo asiático reserva para hoje.

— E aí, qual a programação da vez? — pergunto entrando na sala e vendo ele comer feliz o seu pudim matinal na bancada.

– Tenho que pegar o voo às cinco, – ele conta, puxando o papel do bolso. – mas tem um lugar aqui perto que eu gostaria de conhecer antes, se for possível.

– Aqui perto? Alguma praia da Barra?

– Não. – ele balança a cabeça. – Chama-se Ilha da Gigóia. – lê o nome com dificuldade. – É bem bonito, olha só!

Ele puxa o celular do bolso e, na tela do aparelho, visualizo imagens incríveis de um lugar que desconheço totalmente.

– É bonito mesmo. Como se chega lá?

– Acho que tem que pegar um barco, mas eu não sei ler português. Pensei em pedir ajuda para você.

– Claro, deixa eu dar uma lida aqui.

Procuro na internet informações sobre o local. Encontro tudo o que preciso em poucos minutos, o lugar em questão é bem pertinho de casa e para chegar lá precisamos ir até um píer localizado na Avenida Armando Lombardi e pegar um barco ou uma balsa rumo à ilha.

Devidamente preparados, seguimos até o local e negocio com um dos barqueiros, que pede singelos dois reais por pessoa pela travessia até a Ilha da Gigóia. No caminho, me impressiono com a minha mais recente descoberta. As águas verde-esmeralda da Lagoa da Tijuca em que navegamos são lindas, a folhagem selvagem que recai sobre ela passa uma sensação de tranquilidade indescritível. Ao longe, é possível ver despontar a famosa Pedra da Gávea, imponente. Uma vista incrível, um recorte inédito da cidade maravilhosa.

– Não acredito que nunca vim aqui antes. – confesso admirada.

– E você mora tão perto. – Toshiro comenta, igualmente fascinado com o lugar.

É verdade. Há pouco tempo atrás eu não morava na zona oeste, mas mesmo assim, em comparação a ele, que viera do Japão, eu sempre estivera aqui do lado. Percebo como às vezes somos um pouco ingratos, sempre achando que não temos nada para fazer, julgando que nossa vida é um tédio, que temos pouco. Dois reais me fizeram entrar em um lugar tranquilo, inesperado e realmente fantástico e, apenas mais dois reais, me levariam de volta à agitação da cidade.

Meu avô estava absolutamente certo. O mundo é um convite para viver aventuras, mas em geral ficamos sempre tão distraídos com nossas malas que não olhamos atentamente para todas as possibilidades que estão ao nosso alcance. O que importa é a estrada, me lembro de seu ensinamento.

Pode acreditar, vô. Eu nunca estive tão atenta ao caminho como agora.

Na pequena ilha, nós passeamos um pouco e, inclusive, almoçamos por lá. Quando terminamos nossa visita, pegamos o barco de volta à cidade, e me despeço já sentindo saudades daquele refúgio incomum no meio da cidade.

Ao desembarcamos do outro lado, na Avenida Armando Lombardi, percebo surpresa a existência do barulho. Trânsito, motores, máquinas, sons aos quais eu já estou tão acostumada que já nem sou mais capaz de identificar. Essas poucas horas em um ambiente tranquilo e selvagem me fizeram mais atenta à sua presença.

Eu escuto.

A natureza tem um poder incrível sobre a gente. De nos silenciar e nos fazer ouvir.

Sem palavras, nós dois caminhamos até a estação do BRT e, com dó no coração, chegamos na parada do seu ônibus. Como pode o tempo passar tão rápido?

— Bem, é aqui que eu me despeço. — levanto os braços sem saber se o abraço ou não, pois sei como o meu visitante é tímido. — Trate de manter contato, viu?

— Eu vou. *Arigato*, Vanessa-san. — Toshiro se despede também, fazendo aquela respeitosa reverência que me toca.

— *Saionara*, Toshiro-kun. — respondo retribuindo o gesto com carinho.

Ele sorri curvado e há um momento de silêncio entre nós.

Eu respeito esse garoto. Mesmo o conhecendo tão pouco, sei que vou sentir falta dele.

Toshiro se endireita e, dando o último adeus, embarca no ônibus. Eu fico ali na pista até que o veículo saia, acenando para ele em despedida. Que experiência mais intensa essa que une estranhos tão rápido.

O ônibus arranca e eu abaixo a mão. E, assim, me despeço saudosa do meu primeiro visitante.

Me preparo para voltar para casa quando o meu telefone toca.

— Oi, Vanessa!

Reconheço a voz de imediato.

— Nanda, há quanto tempo!

— Não é? E aí, estou super curiosa para saber como foi a experiência!

— Ah, foi bem legal! Acabei de deixar o Toshiro na estação do BRT aqui do Jardim Oceânico.

— Você tá ainda na estação? — ela se surpreende do outro lado da linha. — Porque eu estou pertinho daí. Quer me encontrar agora para falar da sua experiência?

— É só me dizer onde!

— Aqui! — Nanda me saúda com um aceno quando me aproximo da entrada do simpático bistrô. Vou até ela com um sorriso.

— Oi, Nanda! — a cumprimento com os usuais dois beijinhos no rosto típicos dos cariocas. — Tudo bem contigo?

— Tudo, ótimo! Bebe alguma coisa?

— Um mate, por favor.

Fernanda sinaliza para o garçom e faz o pedido.

— Vai, agora me conta! Estou doida para saber como foi a sua primeira experiência recebendo alguém.

Posso ver que ela está mesmo cheia de expectativas. Eu relaxo na cadeira e tento pensar em tudo o que vivi nos últimos dias. Foi bem pouco tempo, é verdade, mas também foi marcante justamente por ser tudo tão novo e diferente.

— Bem, eu ainda estou processando a coisa toda, Nanda. Por um lado foi totalmente incrível, Toshiro foi muito educado e eu saí bastante da minha rotina.

— Sei bem o que quer dizer. — ela confirma experiente. — Mas e pelo outro lado?

— Bem, pelo outro lado — eu me ajeito na cadeira desconfortável. — foi tudo meio intenso. Ainda é um pouco difícil para mim essa coisa toda de confiar nos outros. Para começar, o óbvio, a ideia de um estranho dormindo no meu sofá me apavorou terrivelmente nos dias anteriores à chegada dele — eu rio ao lembrar do alívio que senti pela existência da peixeira do falecido marido de dona Josefa. — Mas isso passou totalmente depois que conheci Toshiro melhor.

— Eu disse que essa insegurança ia embora rápido.

— É verdade. — e faço uma confissão entre risos. — Toshiro era tão ingênuo que acabei me achando até mais perigosa do que ele. Fiquei protecionista, Nanda! Quase vetei um passeio de tão preocupada com a segurança dele, vê se pode isso?

— É, garota! É bem fácil se preocupar com eles. — ela acha graça. — Mas, fora isso, rolou mais algum estresse?

— Bem, rolaram duas situações que me incomodaram um pouco. — revelo sendo bem honesta. — O Toshiro me surpreendeu ao agir de forma totalmente exagerada quando uma garota tossiu perto da gente no metrô, me perguntou até se aqui as pessoas não usavam máscaras. E na praia fiquei um pouco chateada também porque, em vez de se concentrar na beleza do lugar, ele ficou recolhendo todo o lixo que achava pelo caminho. O garoto encheu uma sacola, Nanda! Achei isso o cúmulo, é tipo uma visita chegar na sua casa e resolver fazer a faxina, entende?

Me sinto bem mais aliviada pela confissão, ao passo que Nanda apenas ri.

— Vanessa. — ela fala com carinho. — Uma coisa que você deve sempre ter em mente é que a visão de mundo é diferente para cada um.

— Não entendi.

— Você sabia que no Japão não tem gari para tirar o lixo que é jogado nas ruas? — ela conta e minha boca se abre surpresa.

— Mas como não?!

— Não tendo. Os próprios moradores se organizam para coletar o que aparece. Como eles têm leis e multas severas para quem descarta lixo de forma indevida, quase não tem sujeira desse tipo por lá. A limpeza da cidade é responsabilidade de cada um e, por isso, de todos.

Eu balanço a cabeça aturdida.

— Nossa, eu não fazia ideia...

Nanda dá de ombros, reforçando seu ponto.

— Provavelmente Toshiro só estava fazendo aquilo que aprendeu a vida toda: sendo responsável pelo bem do conjunto. E quanto ao episódio do metrô, temos aí mais uma questão cultural. Você deve entender que a sociedade japonesa é bem diferente da nossa. Lá a importância da comunidade supera a do indivíduo, pensa-se mais no bem-estar geral do grupo do que no pessoal. Você acha que eles usam máscaras com medo de ficar doentes, certo?

— Não? – pergunto sem estar mais tão certa assim.

— Não. – ela responde certeira, quebrando mais um preconceito meu. – Lá é normal que as pessoas que estão doentes usem máscaras para evitar que os outros se contaminem. É uma questão de respeito para com os demais.

— Sério? – fico boquiaberta. – Eu achei que eles saiam mascarados porque eram meio paranóicos com a ideia de pegar algo.

Ela balança a cabeça. – A questão maior não é o medo de pegar doenças dos outros e, sim, o de passar para os outros. No Japão, aprende-se desde cedo, como te falei, que o indivíduo não deve prejudicar o coletivo. Na visão de mundo de Toshiro, se aquela menina usasse uma máscara enquanto está gripada, ela evitaria tossir na mão, segurar na barra do metrô ou na porta e contaminar outros tantos com sua gripe. Ele aprendeu que um, ao ser consciente, resguarda a saúde de muitos.

— Então a máscara é uma forma de consideração com o outro e não uma proteção própria? Não é paranoia, é cuidado? – questiono, aturdida com o entendimento.

— Isso aí, Nessa.

Um mundo novo se descortina à minha frente.

E que mundo mais bonito de se conhecer.

—Obrigada, Nanda. Foi muito bom conversar com você hoje, mudou meu pensamento sobre muita coisa nessa experiência e até sobre mim mesma.

— Que isso... não é para isso que as amigas servem?

Uma alegria verdadeira me invade, Nanda já me considera sua amiga. Que sorte eu tenho por ter topado justamente com essa garota que vem abrindo tanto os meus horizontes. Eu fiz certo em entrar para essa comunidade, sair da inércia e buscar fazer coisas diferentes pode nos revelar um mundo novo bem ali ao lado. Pode nos revelar que nossas ideias ficaram ultrapassadas e que é preciso renová-las.

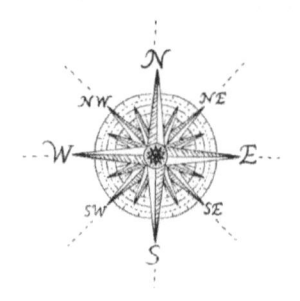

BALANÇA

Após sair de um dia de trabalho atribulado na Isis, eu só penso em chegar em casa logo e tomar um banho. Faz mais de quarenta graus na cidade e eu estou pingando mesmo com o ar condicionado do carro ligado no máximo.

Ao parar em frente ao prédio, já sonho com a sensação da água gelada batendo em meu corpo, quando me deparo com ela. Sentada no sofá da portaria, visivelmente maquiada e toda bonitinha com sua bolsinha de palha a tiracolo, dona Josefa parece esperar por alguém. E esse alguém sou eu, atino dando um tapa na minha testa. Como pude me esquecer do nosso combinado às segundas?

Decido, entretanto, que minha vizinha jamais saberá do meu esquecimento, ainda que eu tenha que sacrificar o meu desejado banho para isso. Sem demonstrar nenhuma alteração, desço do carro e, simpática, caminho até ela.

-Ah, menina! – ela arfa contente ao me ver. – Eu não disse que não ia te atrasar nem um cadinho? Estou prontinha aqui, ó! – ela dá uma voltinha e eu não posso evitar sorrir, a danada colocou até um saltinho!

– A senhora está mesmo muito elegante, dona Josefa! Tudo isso é só para ir ao mercado?

Ela fica toda encabulada.

– Tenho que ficar nos trinques para o nosso passeio, arre!

"Passeio", a palavra ganha destaque em meus ouvidos. Ela considera nossa simples ida ao mercado um passeio, percebo. Fico comovida com isso, com a importância que algo tão simples possa ter para essa senhora tão sozinha que até me esqueço do banho. Decido que isso é infinitamente mais importante.

– Vamos lá? – sugiro oferecendo-lhe o braço e simpática a acompanho até o carro, abrindo a porta do passageiro.

– Vambora, menina. Pode botar essa carroça pra correr!

A viagem é mais do que hilária. Dona Josefa, entusiasmadíssima, fala pelos cotovelos durante todo o trajeto, me pergunto há quanto tempo ela não deve conversar com alguém assim. Ela me conta com riqueza de detalhes do seu falecido marido, que era gerente; do seu trabalho como secretária em um banco no Ceará, onde o conheceu; de quando tiveram que se mudar para o Rio de Janeiro e deixar a família para trás; do filho que era inteligente e tinha feito faculdade como o pai.

– Hoje seu filho faz o quê? – pergunto contendo a raiva desse ser egoísta que deixa a mãe totalmente desamparada desse jeito.

Dona Josefa se empertiga toda orgulhosa para falar do meliante.

— Ele trabalha na bolsa de valores, uns troços difíceis aí. O cabra ganha bem, tem um casarão e uma esposa danada de bonita, mas vive aperreado o coitado!

"Coitado?", penso irritada. Coitado uma ova, ele é um desnaturado, isso sim! Ah, se eu encontro com esse mané, ia ouvir poucas e boas...

— Tu tem namorado, Vanessa? — minha vizinha troca de assunto me pegando de surpresa com o tópico escolhido.

— Tenho não, dona Josefa.

— Vixe! Há quanto tempo?

— Dona Josefa! — eu arfo sem jeito. — Isso lá é pergunta que se faça?!

— Arre, tô aqui contando minha vida toda, não achei que tu fosse ligar de eu perguntar um cadinho da tua...

Eu tenho que concordar, não tem problema algum dizer a verdade.

— Há três anos. — confesso tímida.

— Três anos?! — ela dá um pulo no assento perplexa. — Menina, tu tá mais encalhada que jegue velho na estrada!

Irrompo em risadas.

— Dona Josefa! — fico vermelha ao mesmo tempo que gargalho. — Para, nem é tanto tempo assim...

— Na sua idade? Tu tá quase dando o segundo tiro na macaca, menina!

— Como é que é?!

— Arre, mas tu não sabe? O primeiro tiro na macaca é quando uma moça faz vinte anos e já toma-lhe um aviso dizendo que o tempo de colher dela tá passando. Já com vinte e cinco, ela dá o segundo tiro e suas chances de arranjar um marido bom vão ficando mirradas. Mas se fizer os trinta, aí deu pau de vez, é o último tiro na macaca, menina. A previsão é feia, de ficar encalhada para sempre!

— Ai, mas que horror! — dou risada chocada. — Vira essa macaca para lá, dona Josefa!

Ela se diverte com o meu pânico de ficar para a titia.

— Tu tá na flor da idade, tem mais que botar a jiripoca pra piar! Dar uns quebras, botar pra moer, me entende?

— Na verdade, não faço ideia do que isso tudo quer dizer. — confesso achando graça.

— Não se aperreie não, que eu vou dar um jeito nisso! — ela comunica decidida. — Vou te apresentar o Alcides do quarto andar, ah, se vou! Isso vai dar um caldo bom, escuta só o que tô te dizendo.

— O Alcides, logo ele, dona Josefa?

— Qual o problema? É jaburu demais pra tu?

— Não, dona Josefa, longe disso... — tento ser o mais sutil que posso. — É que o Alcides tem outras preferências, ele não curte a fruta, entende?

Ela revira os olhos. — Ah, isso é miolo de pote, menina! Se não curte fruta, come legume que dá no mesmo. O importante é ser cabra macho para poder dar no couro que é disso que o povo gosta!

Quase faço xixi de tanto rir. Como por Deus eu estava perdendo isso? Essa é a melhor ida ao mercado de todos os tempos!

Quando chegamos ao estabelecimento, eu e minha parceira de compras seguimos juntas pelos corredores, começando pelo de massas. Aproveito e coloco logo uns quatro pacotes de macarrão instantâneo no carrinho para garantir a janta da semana quando percebo dona Josefa me olhando de canto, cabreira.

— É prático! — me apresso em alegar em defesa.

— Já vi que tu é do tipo que não dá um prego numa barra de sabão! — ela diz revirando os olhos e pega um pacote de macarrão parafuso para colocar em seu carrinho.

— Eu não sou muito boa na cozinha. — admito olhando distraída um pacote de yakissoba instantâneo e me lembrando saudosa de Toshiro.

— E o que é que tu sabe fazer? Além dessa gororoba aí, claro.

— Ah, eu também sei fazer lasanha. — respondo orgulhosa quando fazemos a curva para o próximo corredor. — E torta de legumes, frango à parmegiana, quibe de forno.

Dona Josefa balança a cabeça surpresa pela variedade.

— É, num tá ruim não! — ela admite impressionada. — Até que tu é moça prendada.

Fico toda satisfeita com o elogio até que passamos no meu setor favorito: o de congelados. Me animo e jogo vários pacotes no carrinho.

— Arre, sua marueira! — ela exclama indignada ao ver a lasanha, o quibe, o frango à parmegiana e a torta de legumes que mencionei ali, todos ali reunidos. — Essa gororoba congelada aí num conta!

— Ué, por que não? — me faço de desentendida, brincando com ela. — Sou eu quem os cozinho, dona Josefa. Coloco tudo no micro-ondas sozinha.

— Tu vai ficar é desmilinguida comendo assim. Essa carne de minhoca aí não é pra gente em fase de crescimento que nem tu.

— Eu já passei da fase de crescimento faz tempo, dona Josefa.

Ela bota as mãos na cadeira.

— Ah, é? Pois aguarde bem que tu vai crescer é pros lados comendo esses troços.

— O que posso fazer? Sou uma garota moderna, dona Josefa, não sei nem fritar ovo.

— Tu fala isso toda aprumada, né? Bem que se vê essas artistas da TV tudo desnutrida com os gambitos finos de fora, esse povo num come direito. Parece até que nunca viu farinha na vida!

— Mas eu como, dona Josefa, só não sei cozinhar, ué. E, para falar a verdade, nunca me fez a menor falta, sobrevivi muito bem assim até hoje.

— Mas tá! Espera só até ver o teu colesterol na minha idade, vai ser danado de bonito!

Acho graça.

— Ainda bem que falta muito até lá, Dona Josefa. Enquanto isso. – pego alguns pacotes de batata frita enquanto ela observa indignada. – aproveito as praticidades da vida moderna.

— Arre, mas tu não tem jeito não, menina!

— Eu nunca disse que tinha.

Aproveito que estamos ali para já comprar os alimentos não perecíveis que prometi levar para o natal na casa dos meus pais.

— Para que tanto arroz e feijão, menina? – minha vizinha pergunta espantada quando me vê colocar vários sacos de cereais no carrinho. – Tá dando cria, é?

— É pra doar no Natal, dona Josefa, é uma tradição da minha família.

— Faz bem, então bota mais coisa aí. – ela opina me ajudando a pegar outros produtos. – Capricha que metade é por minha conta, faço questão de ajudar.

Então, juntas, nós enchemos três carrinhos com produtos diversos, desde os mais básicos até as guloseimas. A verdade é que sempre achei esse hábito dos meus pais bonito, mostra que o Natal não é uma data para pedir e ganhar e, sim, para dar e agradecer.

Confesso que durante a minha infância me revoltei um pouco com isso, não entendia porque Papai Noel só mandava mantimentos ao invés de me dar as bonecas que eu queria. Bem, agora entendo. Minha mãe me educou com valores, ao invés de mimos.

E essa compra que faço aqui tem um valor inestimável.

◁ ───── ♡ ───── ▷

A semana no escritório é bem tranquila. Às vésperas das festas de final de ano, o pessoal do trabalho combina de fazer um amigo oculto no dia vinte e quatro. Para minha felicidade, tiro justamente minha querida Magô no sorteio.

Eu percorro o shopping à procura do presente ideal para ela, ao mesmo tempo que tento fugir das tentações que me chamam sedutoras nas vitrines. Tenho mesmo que evitar comprar mais tralhas, meu pequeno apartamento já está começando a ficar intransitável.

Por sorte, o presente certo me acena rápido na busca: Uma gatinha rechonchuda com chifre de unicórnio e rabo de arco-íris grita aos meus olhos numa loja de pelúcias. Está decidido, a Magô com certeza vai surtar com o nível de fofura desse presente.

Quando me preparo para voltar para casa, minha mãe telefona para me convidar para o Natal. Aceito e comunico ambiciosa que vou levar um prato para ceia, causando com a notícia inédita. Dona Josefa vai ver só se não consigo cozinhar quando quero!

Uma hora antes do fim do expediente do dia vinte e quatro, eu e o pessoal do trabalho nos reunimos para almoçarmos juntos e fazermos a troca de presentes em um restaurante do shopping.

Começando a brincadeira, Magô presenteia Soles com um vinil antigo autografado e Soles, por sua vez, dá para Isis uma ida a um spa que arranca gargalhadas de todos. Eu fico tão envolvida com o astral do momento que até me desligo do fato de que sou a única opção possível quando Isis me chama para entregar o seu.

— Aqui, seu presente. — ela me entrega um embrulho pesado. — Para que você não se esqueça de atribuir sempre o peso certo a cada coisa em sua vida.

Eu olho para ela com curiosidade e abro a embalagem. Em seu interior, encontro uma bela balança decorativa e diversos pesinhos de tamanhos diferentes onde se lê as palavras amor, dinheiro, trabalho, amigos, família, sucesso.

— Isso é lindo. — meus olhos se enchem de lágrimas de repente.

Isis me abraça e fala em meu ouvido.

— Para que você nunca deixe de buscar o equilíbrio.

— Obrigada. — sorrio emocionada e a abraço forte, grata por tudo o que essa mulher maravilhosa vem me ensinando desde o dia em que a conheci.

Isis se senta e sei que é a minha vez de falar. Me recomponho para continuar a brincadeira e, com leveza, começo a anunciar meu amigo oculto. — Bem, a minha amiga oculta...

— Já sabemos quem é. — brinca Soles.

— A minha amiga oculta... — eu tento falar de novo, já rindo.

— Tem cabelos azuis... — Isis implica também.

— Ei, me deixem terminar, tenho certeza que ninguém vai adivinhar. A minha amiga oculta é...

— Sou eu! — Magô grita eufórica e eu jogo os braços para o alto desistindo e dou um abraço apertado naquela linda.

— Sim, é você! — confirmo bagunçando o cabelo espevitado dela. — A hipster mais impossível e fofa do mundo!

Ansiosa, ela pula para tentar pegar o seu presente.

— Meu! – grita quando o afasto dela, implicando. – Me dá!

— Toma aqui. – eu cedo entre risadas, entregando o embrulho. – Acho que você vai curtir, achei a sua cara.

Em polvorosa, ela rasga a embalagem sem a menor cerimônia e para em choque quando vê o que contém.

— Oh. Meu. Deus! – seus olhos ficam esbugalhados, a boca escandalosamente aberta. – É um gato pusheen unicórnio arco-íris!!

— Um o quê?!? – Soles e Isis perguntam chocados. Isis chega se engasgar com o chá gelado no processo.

Magô os ignora totalmente, vibrante de felicidade. – Vanessa, esse é o melhor presente do mundo ever!!! – ela não sabe se me abraça ou pula de tão eufórica e me divirto com isso. Eu sabia que ela iria amar.

— Esse troço tá cagando arco-íris? – Soles implica tomando a pelúcia de sua mão quando ela dá uma bobeira.

— Quieto! Me devolve isso! – ela toma o gato de volta em um pulo. – Não fala do que você não entende, mané. Isso é arte!

É irresistível, caímos todos na gargalhada. Que confraternização mais peculiar.

Magô estava errada, o gato não é o melhor presente do mundo.

As pessoas são.

Quando o encontro termina e me preparo para deixar o shopping para dar início aos preparativos para a festa na casa dos meus pais, meu celular toca. Olho quem é no visor e atendo animada.

— Vanessa, feliz natal!

— Oi, Nanda! Feliz natal pra você também!

— Vai passar o dia no Rio?

— Sim, na casa dos meus pais. E você?

— Também com os meus pais, só que eles moram em Curitiba. Pego o voo hoje e só volto no dia trinta.

— Ah, então você vai passar o ano novo aqui no Rio?

— Isso mesmo. – ela confirma animada. – E foi por isso que liguei. Não sei se você sabe, mas eu moro em Copacabana e, justamente por isso, recebo o pedido de várias pessoas de fora para passar o Réveillon lá em casa. Aí resolvi dar uma grande festa no meu apartamento para poder convidar todo mundo de uma vez. Estou ligando para te chamar, adoraria que você viesse!

– Mas que honra! Claro que aceito. Devo levar alguma coisa?

– Ficou combinado de cada um levar uma bebida e um prato, tem uma lista lá no meu perfil, depois você dá uma olhada. E também tem meu endereço e outros detalhes, mas o mais importante é confirmar a sua presença! Você vem?

– Pode ter certeza que estarei lá! Fico muito contento pelo convite, Nanda.

– Que isso! Eu é que fico feliz com sua confirmação. Nos vemos dia trinta e um?

– Sim, combinadíssimo. Feliz Natal pra você e pra sua família!

– Pra você também, linda! Beijo.

Desligo o telefone e, olhando a hora, entro no carro e sigo para o mercado mais próximo para comprar um peru. Ave comprada, rumo direto para casa, pois tenho um fogão para encarar ainda essa noite.

Quando desço do elevador, encontro com a minha vizinha no meio do corredor.

– Oi, dona Josefa! Tá fazendo o que aqui fora?

– Fui dar uma rebolada no mato rapidinho. – ela responde casual e franzo as sobrancelhas.

– Perdão, a senhora foi o quê?!

– Rebolar no mato. – ela aponta para a lixeira como se fosse óbvio. – Tá mouca, é?

Tenho que rir. Aparentemente jogar o lixo fora e rebolar no mato são sinônimos para dona Josefa e eu é que sou mouca (surda) por não entender isso de cara. Expressões nordestinas são mesmo as coisas mais maravilhosas da vida.

– Tô mouca não, senhora.

– Que bom porque eu tenho um troço porreta pra te contar. Sabe o Alcides?

– Sei... – respondo com ressalva, esse é o vizinho gay que ela queria me apresentar.

– Num vai rolar tu mais ele não. – ela comunica taxativa. – Falei com ele e o cabra é baitola, tem namorado firme e tudo!

– Sério? – finjo surpresa, engolindo o riso. – Não me diga!

– Ah, mas digo! – dona Josefa afirma efusiva. – E o homem dele é muito do bem apessoado, visse? Num tá pra pouca coisa o cabra não, me apresentou hoje, um pitéu!

– Jura?

– Ah, se juro! E vou te contar, se fosse o Alcides também escolhia ele...

– Dona Josefa! – arfo em censura. Ah, que maravilha! Agora eu sei que meu possível pretende vizinho gay além de ter namorado, tem um namorado muito do bonito. Macaca, se prepara que lá vem o tiro. – Eu te disse que a coisa estava difícil, a senhora que não acreditou em mim. – faço piada da situação conformada. – Olha, agora deixa eu entrar que isso aqui tá pesado pra burro.

— Arre! — ela exclama surpresa notando só então a ave em meus braços. — Tu vai cozinhar, é?

— Isso mesmo! Vou mostrar para você que se eu quiser eu consigo sim, senhora.

Ela me olha descrente.

— Quero só é ver!

— Verá! — anuncio confiante e entro no apartamento.

Coloco meu desafio na pia e o encaro. Ok, talvez um peru temperado com timer não possa ser chamado propriamente de desafio, já que vem já temperado e literalmente te avisa quando está pronto. Mas ainda assim é algo que eu nunca tentei fazer antes e que com certeza vai fazer bonito na mesa da ceia.

Pré-aqueço o forno à duzentos graus e abro a embalagem de plástico, colocando o peru em uma travessa. Quando o forno já está quente o suficiente, coloco-o lá e ligo o timer para duas horas. Missão cumprida, aproveito para lavar a roupa que acumulou durante a semana e, depois do ciclo completar, estendo tudo no varal.

Quando o timer apita, corro para conferir o resultado e fico bem decepcionada. O peru quase cintila, branco como vela, nem um pouco parecido com o modelo douradinho e apetitoso da embalagem. Resolvo deixar por mais tempo no forno e coloco o timer para mais dez minutos, que passam para vinte, depois trinta e finalmente quarenta. Só então constato, pela janela do fogão, que ele ficou com resultado desejado, uma cor legitimamente dourada, suculenta e crocante. "Arrasei!", penso orgulhosa pegando as luvas de calor, quando o telefone toca na sala.

Fecho a porta do forno e deixo as luvas sob o balcão para poder atender.

— Vanessa?

— Oi, mãe! O que foi?

— Onde você está? — Minha mãe sempre acha que eu vou dar o cano.

— Acabei de assar o peru agora e vou me aprontar.

— O quê?! Você ainda não se arrumou? — ela arfa aflita. — Ah, meu Deus, vamos acabar tendo a ceia do natal no ano novo! Era só o que me faltava!

— Calma, mãe. Por que ela tem que ser sempre tão dramática? — Eu não vou me atrasar. Relaxa um pouco, é natal!

— Você sabe que demora mais de duas horas se arrumando, Vanessa.

— Em minha defesa, eu tenho me arrumado bem mais rápido depois que fiz a limpa no meu guarda-roupa, em uma hora no máximo eu estou aí. Juro!

— Sei... Estamos te esperando aqui. Não demora.

— Tá bom, tá bom! Já tô indo.

Desligo o telefone e aproveito que estou com ele em mãos para mandar mensagens de feliz natal para Natalia e Flavinha. Depois corro para o banheiro e tomo meu banho, seco o cabelo e me maquio lá mesmo, aproveitando a melhor iluminação da casa.

Quando abro a porta para sair, porém, sou atingida por um cheiro conhecido que empesteia todo o lugar.

— Merda!! — corro como um raio em direção à cozinha. — Só pode ser brincadeira, eu sou mesmo tão idiota a ponto de ter me esquecido de desligar o forno? Droga, sou sim! — xingo tirando o peru carbonizado e jogando-o dentro da pia.

Abro a torneira e nuvens de vapor se formam, enevoando toda a cozinha.

Eu quase consegui dessa vez.

Determinada a não pagar o mico de admitir o que aconteceu e ser motivo de piada para os meus pais por todo esse natal, me enfio em um vestido, calço minha querida sapatilha e saio correndo porta afora. Eu tenho que dar um jeito nisso urgentemente e, de preferência, sem testemunhas.

Porém, é só botar a cara no corredor que encontro logo com ela.

— Mas que diacho de futum de queimado é esse? — dona Josefa está fungando o ar do corredor ainda sem saber de onde vem.

Sequer preciso contar, minha cara já entrega a derrota. É o tempo dela olhar para mim para compreender o que houve e dar uma risada.

— Pode dizer 'eu te disse'...

— Pra que tripudiar se tu já sabe? — ela diz caridosa. — Na padaria aí do lado eles vendem o peru já assado.

Minha vizinha dá uma piscadinha e fico surpresa com a dica.

Ela está mesmo me salvando?

— Muito, mas obrigada mesmo, dona Josefa! — agradeço segurando em suas mãozinhas e tasco um beijo em sua bochecha enrugada. — Um feliz natal pra senhora!

Ela cora tímida pelo gesto e eu saio correndo para pegar o elevador e, claro, um peru não tostado.

◁——— ♡ ———▷

Parada em frente à porta de entrada, segurando a enorme bandeja em meus braços, não posso deixar de admirar a decoração do lugar. A casa dos meus pais é sempre tão linda nesse feriado! Luzes pela fachada, falsos bonecos de neve pelo gramado, pisca-pisca nas árvores. Tem uma certa mágica na habilidade da minha mãe em tornar eventos assim especiais, ela sabe criar um clima de festa.

– Olá, tem alguém em casa? – pergunto enfiando a cabeça pelo vão da porta. Meus pais têm esse péssimo hábito de deixar a porta destrancada como se não houvesse perigo algum pelo mundo.

– Vanessa! – minha mãe vem depressa ao meu encontro. – Entre!

– Eu trouxe o peru. – mostro a ela a forma de papel laminado com um belo peru adornado de abacaxis, cerejas e fios de ovos. – E as bolsas das doações estão no carro.

– Não acredito! – meu pai aparece ao lado da minha mãe xeretando o prato. – Foi você quem fez essa belezura?

– Só coloquei no forno e decorei. – respondo de forma modesta, não quero fazer grande alarde da minha trapaça.

– Mas que isso! – meu pai pega a travessa de minhas mãos para me ajudar e a levanta orgulhoso ao entrar na sala. – Olhem só, a Vanessa fez o peru!

– Ela fez?! – meu priminho Gui de treze anos, uma verdadeira peste, pergunta chocado.

– Sim! – meu pai confirma todo satisfeito. – E sozinha!

– Oh, não, vamos todos morrer! – o pestinha corre aflito em círculos com as mãos para o alto. Aparentemente fazer drama é coisa de família.

– Guilherme! – minha tia Guilhermina ralha da mesa, chamando sua atenção.

– Relaxa, tia, eu resolvo isso aqui. Ô, chatinho? – chamo o implicante. – O peru já vem pré-pronto, eu só coloquei no forno e decorei. Tá bom assim para você?

– Viu só, Gui? É totalmente seguro. – minha tia ri aliviada com a explicação e penso se antes ela estava preocupada em comer a minha comida. – É um peru, Gui! Não tem como errar, já vem até com apito! É só botar no forno, né, Vanessa?

– É, não tem como errar. – eu concordo, me sentindo ainda mais humilhada. Aparentemente eu consigo essa façanha. Decido que devo acrescentar aprender a cozinhar em minha lista de resoluções de ano novo. É chegada a hora de tomar vergonha na cara e aprender nem que seja o básico para me virar.

– Ufa! – Gui respira de forma teatral. – Aí tudo bem. Sabe como é, nada contra você prima, é só que pedi uns jogos novos e quero sobreviver para poder jogar.

– Engraçadinho! – eu bagunço seu cabelo e ele faz careta.

– Não implique sua prima, Gui! Vanessa se esforçou muito para fazer essa comida maravilhosa para a ceia.

– Tá tudo bem, tia! Eu sei me defender desse chatinho.

E, dizendo isso, pego meu primo de surpresa e o encho de cosquinhas até ele não aguentar mais de tanto rir. Para mim, vingança é um prato que se come quente.

Me sentindo em casa, me acomodo na sala, converso com os adultos, jogo um pouco de videogame com o Gui, ajudo minha mãe a colocar as travessas e, quando dá dez horas da noite, nos sentamos todos ao longo da mesa comprida que era do meu avô e agora faz parte da mobília dos meus pais. Respeitando a tradição da data, todos damos as mãos para fazer uma oração em agradecimento antes de começar a ceia.

– Por favor, Lucio, faça as honras. – minha mãe pede.

Meu pai se empertiga, tomando postura e começa a prece.

– Deus, agradecemos hoje pela fartura que temos à nossa mesa, pela nossa família reunida e por toda alegria que esse momento nos traz. Pedimos, por favor, que guarde todos aqueles que não têm a mesma sorte e que lhes dê carinho e amparo hoje e sempre. E saudamos também ao seu Ângelo, um homem tão bom que já deve estar aí ao seu lado...

Eu abro os olhos sentindo-os queimar e vejo que minha mãe chora ao meu lado. Seguro sua mão ainda mais forte enquanto meu pai prossegue.

– ... Hoje é com honra que me sento em seu lugar, e faço seu papel de anfitrião, com toda a certeza de que não te substituo, mas sim te represento aqui entre nós. Que a sua alegria sempre esteja presente nessa casa. Sei que hoje com certeza está.

Meu pai encerra a prece e minha mãe desdá as mãos para secar as lágrimas que lhe tomam todo o rosto. Carinhoso, vejo ele dar um beijo no topo de sua cabeça. A cumplicidade de meus pais sempre foi algo que admirei.

Nós soltamos as mãos e damos início à nossa refeição.

– Uau! – meu primo exclama atracado com a enorme coxa do peru que supostamente eu fiz. – Até que isso aqui está bem gostoso, mãe.

– Eu não disse que a prima Vanessa tinha feito direitinho, Gui? – Ela o cutuca marota, mas acho que não estava tão segura assim até provar um pequenino pedaço antes de servir para ele.

– É verdade... – ele assente se convencendo, mas então olha para frente e congelo. Vejo que Gui repara na etiqueta do preço da padaria que eu me esqueci de tirar da lateral da forma. – Mas o que é...?

Num gesto desesperado, eu pulo sobre a mesa e estico o braço para arrancar num só puxão o adesivo antes que alguém veja. – É o preço da forma. – minto rápido quando minha tia me olha assustada pela atitude impulsiva. – Esqueci de tirar, que feio, né?

– Ah, acontece! – Ela aceita facilmente a lorota e percebo feliz que meus pais, que comem, sequer prestam atenção em nós. Infelizmente meu priminho terrível não cai na mentira assim tão fácil, pois aperta os olhos com desconfiança.

– Fica na sua ou eu tomo essa coxa de você. – ameaço baixinho.

– Vinte pratas e esquecemos o assunto. – o chantagista sussurra de volta.

– Feito. Mas vou ficar com as suas rabanadas. – acrescento para me sentir por cima na negociação com o extorsionário mirim. – Todas elas.

Ele dá de ombros. – Por mim, tá beleza. Nem gosto de rabanada mesmo...

Após um jantar sem mais turbulências e oito rabanadas de sobremesa para compensar a chantagem de Gui, nos sentamos na sala de estar para jogar conversa fora. Juntos, relembramos histórias antigas, rimos, trocamos abraços calorosos e palavras gentis.

— Sabe, eu sinto falta de vocês. — confesso meio emotiva por conta do vinho. — Por que não fazemos mais encontros assim? Vovô gostaria disso... Ele sempre gostou de reunir todo mundo.

Com sua simples menção, vejo um sorriso nascer tímido nos lábios de cada um dos presentes. As lembranças dos almoços animados na casa do vovô aflorando em nossas memórias, trazendo saudade. Trazendo calor.

— É... — minha mãe concorda emocionada. — Seu avô gostaria disso sim, minha filha.

— Então, vamos! — proponho inspirada com o momento. — São trinta dias por mês, não é possível que a gente não possa reservar apenas um para nos vermos de vez em quando.

— A Vanessa tem razão, — tia Guilhermina intervém ao meu favor, se levantando da cadeira. — nós podemos fazer isso. Basta nos organizarmos direitinho que dá.

— Eu estou de acordo. — meu pai declara orgulhoso de mim. — Beth?

— Mas é claro que sim! — minha mãe afirma contendo lágrimas de alegria.

— Então está combinado! Um encontro de família por mês. O próximo será lá em casa, né, Gui? — minha tia sugere animada.

— Beleza. — meu primo concorda arteiro. — E, Vanessa? Pode trazer mais desse peru aí que *você* fez se quiser... Tava inacreditavelmente bom.

Eu sorrio, revirando os olhos para o pequeno chantagista e selamos o compromisso com um brinde. Penso que se meu avô pudesse nos ver nesse instante, ele ficaria muito feliz. Família afinal tem um grande valor na nossa vida.

É importante criar tempo para ela.

◁——— ♡ ———▷

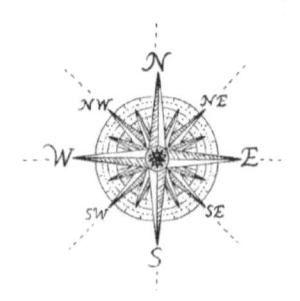

REINVENÇÃO

No dia trinta e um de dezembro, o burburinho em Copacabana é intenso, shows de música ao vivo rolando na praia, milhares de pessoas ocupando as ruas em comemoração. Hoje o bairro é, sem dúvida, o lugar mais concorrido da cidade.

Subo até o apartamento informado e toco a campainha, carregando uma garrafa de champanhe em uma mão e um manjar branco na outra. Dessa vez, tive o bom senso de comprar tudo pronto para não correr qualquer risco.

— Vanessa! — Nanda dá um pulo animada quando abre a porta e me vê parada ali. — Vamos, entra! Fique à vontade, já chegou quase todo mundo aqui.

Ela passa o braço por dentro do meu e me carrega para o centro da sala, onde anuncia em alto e bom som minha chegada:

— Galera, essa é a Vanessa, uma amiga da comunidade.

As pessoas, mais de trinta, me recebem com diferentes saudações, tanto nacionais quanto internacionais. Vejo que o interior do apartamento dela é bem amplo e está todo decorado com faixas de feliz ano novo escritas nos mais diversos idiomas, acompanhadas de uma profusão de serpentinas prateadas e bandeirinhas brancas. A mesa da sala de jantar é um atrativo à parte, nela estão dispostas diversas iguarias, desde às tradicionais à outras realmente exóticas.

— E aí, como está a festa? — pergunto.

— Uma loucura, claro! É tanta gente aqui que eu já nem sei mais quem é quem, nunca vi tanta diversidade cultural reunida! Tem brasileiro de tudo que é canto, americano, argentino, alemão e até finlandês, acredita?

— Caramba, você se superou dessa vez!

— Nem me fala! Tô torcendo para os vizinhos não surtarem com o barulho.

— Relaxa, eles devem estar na praia. E como foi com seus pais em Curitiba?

— Ah, foi ótimo! É uma pena morarmos tão longe, ficar com a família é tão bom! E, por falar nisso, como foi o seu natal, Nessa?

— Bem, tostei o peru que ia levar e tive que contrabandear um da padaria. E, claro, depois acabei tendo que subornar o meu primo para ele não me dedurar para os meus pais e comi oito rabanadas só para compensar o drama todo. Fora isso, foi ótimo.

— Você é tão ruim assim na cozinha? — ela pergunta se divertindo com a história.
— O troço meio que já vem pronto. Tipo, não tem como errar!

— Vai, me zoa! — rio embaraçada e, em seguida, emendo. — Agora me conta, quem são seus hóspedes?

— Os americanos. Aqueles ali, ó! — ela aponta para um canto da sala e grita. — Hey, Tom! Hey, Michael!

Dois rapazes de uns vinte e cinco anos se viram ao som do chamado e acenam simpáticos para nós. Não posso deixar de rir, um deles usa uma cartola estrelada e jaqueta azul igual ao famoso pôster de presidente americano.

— Nossa, eles são altos! — deixo escapar o comentário em tom impressionado. Não é exagero, os caras devem ter quase dois metros de altura.

— São jogadores de basquete da pequena liga, umas figuras! O Tom, aquele de cartola, está me azarando desde que chegou aqui, crente que vai se dar bem. Ah, por falar nisso, olha só quem veio.

Ela me leva até o outro canto da sala, onde três rapazes conversam animados.

— Bruno! — reconheço o moreno de cabelos cacheados de cara. — Tudo bem contigo?

— Vanessa! — ele me abraça simpático. — Há quanto tempo!

— É mesmo, não é, Nanda? — cutuco ela discreta.

— Na verdade, a gente se viu outro dia, — ela revela encabulada. — encontrei o Bruno na praia. Você tem que vê-lo surfando, Vanessa, é sensacional!

— Que nada... — o baiano fica todo sem graça. — A Fernandinha aí que me dá muita moral...

Ela sorri para ele toda boba e percebo o que está rolando: Nanda está mesmo caidinha por esse cara. Bem, ela tem bons motivos para isso, o baiano à nossa frente é maneiro, tem uma presença tranquila e esbanja simpatia.

— Vamos ali na mesa deixar esse manjar? — ela pergunta já me carregando para longe antes mesmo da resposta. — Aproveita a festa aí, Bruno.

— Beleza!

Enquanto andamos, não consigo conter o sorriso.

— O que foi? — ela pergunta inibida com o meu olhar acusatório.

— Acho que tem alguém muito interessada no cara de fala mansa ali.

Ela abre um sorriso enorme.

— Provavelmente.

— Ok... então deve ser um bom indicativo ele estar te acompanhando com os olhos agora.

Nanda espia na mesma hora e dá de cara com Bruno a olhando.

— Um ótimo indicativo! — ela concorda animada ao se virar de volta e comemoramos baixinho.

Nós então colocamos o manjar sobre a mesa já abarrotada de iguarias e passo a esquadrinhar melhor o ambiente. Tem bonecos de porcos e limpadores de chaminé espalhados por toda a casa, cebolas penduradas e até um enorme balão em forma de maçã preso no teto.

– O que é tudo isso, Nanda?

Ela dá de ombros.

– Eu pedi para cada um dos convidados trazer algo típico da comemoração de ano novo em seu país. Os colombianos trouxeram as malas, os alemães trouxeram os porcos e limpadores de chaminé, os russos muita bebida, os gregos um pão chamado vasilopia com uma moeda dentro e as cebolas, os americanos aquela maçã cheia de doces, o finlandês chumbo derretido, não me pergunte o porquê e por aí vai.

– Nossa, que maneiro!

– É, é sim. Mas andei tendo que vetar algumas das tradições inesperadas. – ela revela para rindo. – Aparentemente os porto-riquenhos ali gostam de jogar baldes de água pela janela na cabeça de quem passa e os dinamarqueses consideram um ato de demonstração de amizade quebrar pratos na porta das pessoas que gostam. Basicamente quanto mais pratos espatifados na porta de alguém, mais querido ele é. Tive muito trabalho em explicar para eles que meu simpático vizinho advogado criminalista não ficaria nada contente com eles quebrando pratos na porta do apartamento dele de madrugada.

– Que loucura! Mas o que eles vão fazer então?

– Bem, agora eles se contentaram com a ideia de subir em cadeiras à meia noite para afugentar os maus espíritos e atrair boa sorte. – ergue os ombros. – Dos males o menor.

– Pelo menos assim você ganha uma sessão de limpeza espiritual gratuita. – provoco, arrancando gargalhadas dela. – E a nossa tradição brasileira, o que planeja mostrar a eles?

– Você vai ver! – ela dá uma piscadinha e eu posso apostar que vai ser bom. – Deixa eu te apresentar uma galera aqui. – Ela se aproxima de um grupo de sete pessoas sentadas em roda no chão. – Gente, essa é a Vanessa, ela é nova na comunidade. Vanessa, esses são amigos meus de longa data, Tessália, Malu e JP e seus atuais hóspedes, Luna, de Recife, Claire, da França e Vince, da Finlândia.

Me sento e bato um papo animado com eles enquanto Nanda vai receber mais convidados. A conversa flui fácil e só me afasto do grupo depois de algumas horas para pegar uma bebida.

– Opa, desculpa! – esbarro em alguém a caminho.

– *Guten Abend*. – o rapaz de cabelos castanhos e maxilar forte ao meu lado responde com um sorriso e boio totalmente. – Relaxa, – ele complementa achando graça da minha expressão de pânico. – Eu falo inglês também.

– Que bom, ou teríamos uma interessante noite de mímicas rolando aqui, meu amigo!

Ele ri.

— Christian, de Frankfurt, Alemanha. — se apresenta com um cumprimento educado. — Então, Vanessa, você é brasileira?

— Sim, daqui mesmo do Rio.

— E qual o seu time? Flamengo, Vasco?

Eu dou de ombros. — Na verdade eu não sou muito fã de futebol, não tenho um time.

— O quê?! — ele fica chocado. — Como assim você não gosta de futebol?

— Bem...

— Mas você não é brasileira? — questiona ainda mais encucado.

— Sim, sou.

— Então? — ele me olha em expectativa.

— E o que uma coisa tem a ver com a outra? — eu dou risada e meus colegas brasileiros que estão próximos me acompanham nessa.

— Sei lá, — ele fica meio confuso. — achei que todo o brasileiro amasse futebol.

— Nada disso. — me divirto com o pensamento. — Brasileiro não tem essa de estereótipo definido, Christian. Eu, por exemplo, sou uma brasileira que não gosta de futebol, não sei sambar e tenho a mistura de, pelo menos, umas três etnias diferentes no meu sangue, mas nem por isso sou menos brasileira que qualquer outro.

— É, você está certa, — dá o braço a torcer, concordando. — mas numa coisa o estereótipo que ouvi estava certo.

— Em quê? — pergunto num impulso, curiosa.

— Que toda brasileira é linda. — ele responde olhando tímido para mim. — Nisso ele acertou em cheio.

Eu coro sem jeito e sou salva pelo gongo nessa hora. Do outro lado da sala, Nanda bate palmas, pedindo a atenção de todos.

— Gente, tá chegando a hora! — ela anuncia em inglês aos convidados. — Faltam dez minutos para a queima de fogos na praia! Vambora descer?

A galera se anima e começa o rebuliço para deixar o apartamento. Nanda se apressa e me puxa pela mão, pescando Bruno com a outra e, juntos, corremos pelas escadas. Saímos do prédio todos em mutirão até chegar à praia lotada, onde nos concentramos em um local na areia um pouco mais vazio e distante do palco. A música do show da virada é alta e empolgante, a multidão pula eufórica em celebração. Rindo, reparo que os colombianos trazem com eles suas malas e os dinamarqueses duas cadeiras de plástico.

— Três minutos! — Nanda avisa olhando para o relógio e serve nossas taças de acrílico com champanhe.

O americano com cartola e casaca aberta, em um momento de inspiração, sobe na cadeira de um dos dinamarqueses e anuncia com toda pompa de apresentador:

— Senhoras e senhores! Como sabem, estamos chegando ao momento mais importante da noite! – ele levanta os braços e os convidados urram em resposta. – Quando a contagem chegar ao zero segundo a tradição americana vocês devem ter alguém para beijar ou senão passarão o próximo ano na maior seca! Então, meus caros, abram seu coração e fechem os olhos porque o amor... o amor está no ar!

— Heim?! – eu exclamo chocada me virando para Nanda. – Quanto esse cara bebeu?

— Tom está falando dessa contagem há dias! – Nanda revela rindo. – Ele está louco se acha que eu vou cair nesse papo furado e ficar com ele.

O rapaz pula da cadeira sob uma salva de aplausos. E, assim, a contagem regressiva tem início.

"DEZ!" – a multidão entoa junto.

"NOVE" – a areia vibra sob meus pés.

"OITO" – as nuvens no céu se abrem como cortinas, revelando o céu negro.

"SETE" – sinto uma ansiedade crescente no peito

"SEIS" – minha taça borbulha.

"CINCO" – os convidados se agitam.

"QUATRO" – eu olho ao redor e percebo que todos se viraram intencionalmente para alguém.

"TRÊS" – o americano vem na direção de Nanda e pelo que vejo acho que o alemão também.

"DOIS" – percebo surpresa que é na minha direção que o alemão vem.

"UM" – e, então, esse segundo parece se desenrolar em câmera lenta.

Tom se inclina na direção de Nanda ao mesmo momento em que Nanda se vira para Bruno e o beija, pegando o baiano totalmente de surpresa. Nossa, tenho que admitir, essa garota sabe mesmo o que quer. O americano, sem deixar cair à pose, dá um rodopio e beija a francesa como nos filmes, jogando o seu corpo para trás. E, a minha frente, percebo que está Christian. Ele sorri.

— *Gutes Neues Jahr*. – sussurra para mim. Sei que quer me beijar, sei que sim, mas dessa vez eu paro e penso: E o que realmente eu quero?

Decido rápido o surpreendendo, me surpreendendo. Em vez do rosto, ergo a taça para brindar com o belo alemão quando os fogos de artifício estouram no céu. Decido que este ano quero mais do que ficar com um cara bonito, eu quero alguém para amar. Quero algo real. Eu preciso de mais verdade na minha vida.

— Feliz ano novo, Christian. – desejo quando minha taça toca a dele.

Ele retribui o brinde de maneira cordial, respeitando minha resposta como um cavalheiro.

— Vem, Vanessa! — Nanda me puxa apressada. — Vamos dar o primeiro mergulho do ano!

Eu corro com ela em direção ao mar mais viva do que jamais me senti.

— Recusou o gato alemão, parceira? — ela pergunta divertida sem parar de correr ao meu lado. — Por essa eu não esperava!

— Nem eu, garota! Nem eu!

Damos risada cúmplices e, então, meus pés tocam na água fria do mar e, antes que eu possa raciocinar direito sobre isso, mergulho submergindo todo meu corpo, cada centímetro dele sendo despertado pela sensação gelada, eletrizante. Emerjo como se energizada, os cabelos fazendo um arco cristalino de água quando lançados para trás. Me sinto renovada, lavada, renascida. Esse ano será um novo começo e eu estou pronta para ele como nunca estive.

Esse será o ano de correr atrás das coisas certas, me prometo.

Dando as mãos, nós duas pulamos sete ondinhas como crianças e saímos de frente para o mar, em respeito à tradição. Ao longe, avisto os barquinhos com oferendas à Iemanjá, a rainha do mar, avançando para o horizonte em caravana. A chuva cintilante de prata corta o céu e desce em cascata, seguida de uma explosão de cores e sons de champanhes sendo estouradas.

Que noite mais linda. O Rio é mesmo uma cidade abençoada.

Olho para o lado e vejo que Bruno abraça Nanda pela cintura. De repente, sinto uma leve presença perto de mim e noto que não estou sozinha. Christian está comigo. Ele sorri e, como novos amigos, ficamos lado a lado admirando o belo espetáculo, alheios ao fato de que há dinamarqueses pulando de cadeiras, colombianos arrastando malas, gregos partindo um pão em busca de moedas, argentinos dando o primeiro passo com o pé direito juntos e americanos quase sendo presos por comportamento obsceno em público.

◁ ——— ♡ ——— ▷

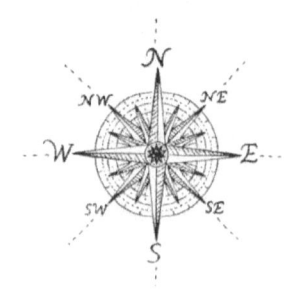

PROTAGONISTA

A semana seguinte começa bem intensa no trabalho, mas aproveito as brechas que encontro para colocar em prática minha resolução de ano novo: Pensar a nova mulher que quero ser daqui pra frente.

Começo mapeando as coisas que costumo fazer com o meu tempo livre e, para minha surpresa, esse exercício se mostra bem revelador sobre o que ando fazendo com a minha vida pessoal. Descubro que, de forma geral, gasto todo o meu tempo livre de três formas alarmantes. São elas:

Vendo algo tosco na TV que eu não gosto de verdade, só assisto por assistir.

Arrumando, guardando ou cuidando das milhões de coisas que tenho.

E, o mais doentio de todos: Na internet, acompanhando site de compras e feeds de outras pessoas nas redes sociais. Descubro aturdida que isso ocupa dezenas de horas na minha semana. É algo realmente louco e me pega de várias maneiras:

Recebo um email de promoção de uma loja e clico para ver. Quando percebo, já passei noventa e quatro páginas de modelos e coloquei no carrinho um monte de coisas aleatórias. Detalhe, eu nem estava querendo nada até ver o email e depois de vê-lo eu simplesmente acho que não posso mais viver sem tudo aquilo. É surreal. É viciante. É preocupante.

Dona Josefa está certa, eu realmente tenho problemas com o consumo.

Já com os feeds, a coisa é igualmente deprimente. Eu fico lá, olhando por horas a fio a vida de pessoas que não conheço, e me vejo desejando as coisas que elas têm, ir para onde vão, fazer o que fazem, estar com quem estão. Parece que elas vivem no topo do mundo, curtindo, enquanto eu estou aqui, estagnada, presa à uma realidade insossa e desinteressante. Como se os outros fossem os reais protagonistas e eu uma mera figurante.

Mas peraí, o mundo também é meu, não é justo eu ser plateia a vida inteira. Eu quero mais que isso. Todos nós precisamos ser mais que isso.

Determinada e conhecendo melhor os meus vícios, monto a minha estratégia para a mudança: Primeiro, decido banir de vez a caixa de spam e suas propagandas, assim como parar de entrar com frequência em sites de produtos e marcas que só me incitam a consumir diariamente. Comprar não deve ser uma forma de abstrair as minhas frustrações, comprar deve ser uma forma de suprir necessidades reais.

Da mesma forma, resolvo parar de viver vidrada nessas várias redes sociais que existem, não é saudável me martirizar todo dia com comparações desnecessárias. A meta agora é investir mais do meu precioso tempo em mim, no meu bem-estar, do que em tentar parecer incrível para os outros ou me espelhar naqueles que eu jamais serei. Eu sou eu, ponto final. Já está mais do que na hora de aceitar isso e fazer do fato um motivo de orgulho e não de frustração.

O próximo passo é me desapegar de tudo aquilo que é excessivo e ocupa meu tempo em demasia. O número crescente de coisas em meu minúsculo quarto é algo inaceitável. Assim, pego tudo o que não uso e jogo dentro de caixas. Se eu não me lembrar da existência delas e tirar no prazo de um mês, decido que irei doar sem arrependimentos.

A minha última ação nesse plano é montar um planejamento como o que Toshiro fez para sua viagem ao Brasil. Com ele, posso me organizar para aproveitar melhor o meu tempo livre. Tá certo que eu goste de assistir TV e navegar na internet, mas não dá para fazer só isso da vida e não me sentir frustrada em algum momento. O ser humano precisa de desafios e novidades para se manter motivado e nada disso cai pronto no nosso colo.

É preciso descobrir o que te dá satisfação e ir atrás.

Nesse sentido, defino uma lista de coisas nas quais gostaria de investir meu tempo. Me desafio ao propor novas atividades, me tiro da minha zona de conforto, me baseio naquilo que eu desejo somar à quem sou, naquilo que me leva a construir a minha melhor versão, a versão que me deixaria orgulhosa.

Chego à conclusão de que gostaria de aprender a cozinhar, fazer uma atividade física, voltar a estudar francês, manter a casa em ordem, sair de vez em quando, e, claro, assistir minhas séries e filmes favoritos. Além disso, também desejo ter tempo para me reunir com minhas amigas, visitar à família e ler pelo menos um livro por mês. Parece muita coisa, eu sei, mas não corro do desafio. Com paciência tento encaixar tudo na minha agenda. Melhor, tento encaixar na minha vida.

Depois de muitas versões e revisões, sorrio satisfeita com o resultado. No meu novo planejamento, às segundas irei ao hortifruti com Dona Josefa e, em seguida vou tentar aprender a cozinhar, já nas terças estudarei francês, nas quartas correrei, nas quintas assistirei minhas séries e filmes, na sexta cuidarei das tarefas de casa e depois fico livre para sair, ver uma exposição, uma peça, ler um livro... o céu é o limite.

Fora isso, tenho oito dias de final de semana por mês, dos quais decido dedicar um exclusivamente para a família e um para rever minhas amigas. E, caramba, ainda me sobram seis!

Entendo assim que só quando colocamos as coisas visíveis e organizadas, temos uma verdadeira noção daquilo que dispomos, exatamente como ocorreu com meu guarda-roupas depois da arrumação. Agora eu posso claramente ver que eu não tenho falta de tempo como costumava pensar, eu tenho em excesso.

O que me faltava eram prioridades.

Uma vez que cada coisa foi colocada em seu lugar, sem o trabalho invadir a minha vida pessoal como antes, descubro que com apenas um pouco de planejamento posso fazer tudo aquilo que quero e mais.

Não posso ter tudo o que quero, mas posso trabalhar com tudo o que tenho a meu favor.

É emocionante descobrir que temos sim o poder de redefinir nossas próprias vidas.

Implantar a minha estratégia foi bem mais gratificante do que eu poderia imaginar. Após apenas um mês nessa nova rotina, eu fiz mais por mim do que costumava fazer em um ano. Meus dias de semana se tornaram tão ricos e estimulantes como os fins de semana. Me exercitei, vi séries, li, aprendi um pouco de francês e saí com os amigos para me divertir. Até as partes mais chatas, como arrumar a casa e lavar a roupa, foram infinitamente mais fáceis, uma vez que tendo menos, o esforço demandado também era menor.

É verdade, entretanto, que nem tudo foram flores. Cozinhar tinha se revelado bem mais difícil do que eu imaginava. Definitivamente precisaria de um professor para me orientar nessa missão e esperava poder falar com dona Josefa em breve sobre isso.

Quando chega o último domingo do mês, resolvo ficar de molho em casa para descansar da agitação do churrasco na casa dos meus tios. De bobeira, checo o meu email e descubro animada que recebi diversas notificações da comunidade. Várias pessoas que conheci na festa de Réveillon na casa de Nanda tinham me adicionado por lá: Tessália, JP, Malu, Claire, Luna e até o alemão Christian, todos agora faziam parte do meu grupo de referências.

Com o coração palpitante, vejo também que recebi um novo pedido de hospedagem. O nome do solicitante em questão é Ravi, de Nova Delhi, na Índia. Pela sua foto de perfil é possível ver que ele é jovem, tem uma bonita pele caramelo e compridos e fartos cabelos escuros, mas o que mais me chama atenção nele é o seu simpático sorriso, quase que solar, que ilumina de forma bela o seu retrato. Imediatamente vou com a cara dele.

Eu gostaria de ser amiga de alguém que consegue sorrir desse jeito.

Em seu pedido, ele diz:

"Olá, Vanessa.

Me chamo Ravi, sou indiano e um grande fã de seu país. Vou passar dez dias em sua cidade no período do Carnaval, acompanhado por dois grandes amigos, Kantu e Fareed. Busquei algumas pessoas nessa localidade, mas quando vi seu perfil achei que seria perfeito nos conhecermos. Li o texto que colocou na capa de seu perfil e aquela é uma das mensagens mais lindas que já vi na vida.

A gente vem ao mundo sem nada e morre sem levar nada, mas quando estamos aqui, vivendo, a gente quer se agarrar a tanta coisa como se fosse vital que se esquece que, na verdade, precisamos de muito pouco e, que podemos ter esse pouco sem precisar deixar de ser feliz. Esse tal de Ângelo Rocha está mais que certo, a estrada é o mais importante. E eu estou mais que pronto para botar os pés nela mais uma vez.

Gostaria muito de ter o prazer de conhecê-la no meio desse caminho. Namastê."

Curiosa, fuço o perfil dele e descubro que, além de tudo, Ravi é fã de Jane Austen assim como eu. Fico logo empolgada com a ideia de recebê-lo, afinal não é todo dia que se conhece um cara que lê romance de época! Mas então me freio, lembro que ele menciona vir acompanhado e o fato de que meu sofá, por mais mágico que seja, só tem a capacidade de acomodar dois deles.

Sendo realista, percebo que não tenho como receber devidamente Ravi e seu grupo.

Então, com enorme tristeza no coração, recuso seu pedido:

"Olá, Ravi!

Fiquei muito feliz ao receber sua mensagem e adoraria mesmo te conhecer e discutir um pouco mais sobre nossa autora favorita e outras coisas da vida. Contudo, meu sofá-cama só comporta duas pessoas e seria impossível receber vocês três ao mesmo tempo. Sinto muito por isso.

Espero que não fique chateado e, se desejar, podemos inclusive marcar para fazer algo enquanto estiver na cidade, bater um papo, sei lá, fico à disposição. É só me dizer. Um abraço!"

Envio a mensagem já cheia de dó. Três segundos depois a tela do chat pisca.

Ravi está online.

"Oi, Vanessa! Prazer em conhecê-la primeiramente."

"Oi, Ravi! O prazer é todo meu. Foi mal pela recusa, eu realmente não teria como acomodar você e seus amigos aqui."

"É, eu li sua mensagem agora. Mas você se incomoda se eu der outra sugestão?"

"É claro que não! Por favor, diga."

"Bem, eu tenho um colchão inflável de solteiro e poderia levá-lo comigo. Isso resolveria o problema da acomodação?"

Considero objetivamente a sugestão. Olho para a minha sala para medir o espaço e só então me dou conta das muitas caixas que ainda ocupam o lugar desde a minha faxina de ano novo. Um mês depois, eu ainda não tinha mexido nelas, nem me recordava mais o que tinha ali dentro. Isso era um claro lembrete de que não conseguimos administrar bem tudo o que acumulamos. Que, na maior parte do tempo, ter é só um verbo que nos faz sentir falsamente poderosos, porque se o que temos não é necessário ou sequer memorável, não é vantagem alguma possuir.

"Mas é claro, é uma ótima ideia." – assinto com convicção, essas caixas vão todas embora.

"Então resolvido o problema." – Ravi comemora do outro lado. – *"Olha só, vamos ficar dez dias no Rio, mas se for muito tempo, podemos revezar com um hotel."*

"Que isso, será um prazer recebê-los aqui durante toda a sua estada." – arrisco tendo um bom pressentimento acerca da visita.

"Maravilha, não vejo a hora de nos conhecermos pessoalmente, Vanessa. Algo me diz que nos tornaremos bons amigos."

E, por algum motivo, acredito que ele está certo nisso e sorrio.

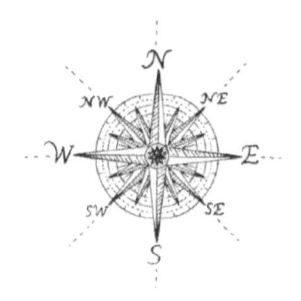

EXPERIMENTO

Na segunda-feira, passo no meu prédio na volta do trabalho para levar minha adorável vizinha ao mercado.

— Ok, você ganhou, dona Josefa. — admito quando ela entra no carro toda emperiquitada. — Eu sou a maior negação da história dentro de uma cozinha.

Ela dá um risinho satisfeito com a minha confissão.

— Foi aquele peru tostado que te fez dar fé nisso, é?

— Aquilo foi só um erro de cálculo.

— Mas tá! Deixa de história, menina! — ela dá um tapinha no meu braço. — Tu sapecou o pobre coitado todo, só sobrou fuligem do bicho.

Dou risada.

— Tá, é verdade, foi um completo desastre! Minha casa ficou defumada de ave por uns três dias, dona Josefa!

— E eu não sei? Dava pra sentir o futum até do meu cafofo!

— O que quero saber é se sua oferta ainda está de pé. Você pode me ensinar o básico na cozinha para eu saber me virar só um pouquinho?

— Ixi, menina! — ela bota as mãos nas cadeiras decidida. — Mas eu vou é te ensinar é tudo, visse?

— Calma aí, dona Josefa, que eu não sou aspirante a top chef, não. Nem vá criando muitas expectativas comigo...

— Arre, deixa comigo, danada! Tu vai cozinhar de matar o guarda.

— Dona Josefa! — eu arfo ofendida. — Minha comida já é ruim e tu vai fazer ficar ainda pior? Eu não quero matar ninguém com ela, não, poxa!

Dessa vez é ela quem ri. Pelo visto matar o guarda é algo pra lá de bom no Nordeste.

— Não se aperreie, não, menina. — diz toda confiante retocando o batom rosa chiclé no espelho do retrovisor. — Cola na minha que tu vai fazer bonito! Ô, se vai!

E como não acreditar nessa fofura?

Ao chegarmos ao mercado, minha vizinha se encarrega de patrulhar o meu carrinho, tirando dele todo o congelado que eu tento colocar e substituindo por legumes, folhas, farinhas, cereais e carnes cruas que eu nunca me imaginaria comprando na vida.

– Dona Josefa, não se empolga muito não que se o projeto aprendiz der errado, eu vou morrer de fome. É melhor levar uma lasanha só por garanti... ai! – ela bate na minha mão quando tento pegar uma embalagem sorrateira no setor de congelados.

– Nem vem de trambique pro meu lado, menina, que eu sou da Paraíba e não sou boba não, tá me entendendo?

Meu Deus, eu criei um monstro!

– Tá bom, tá bom. – desisto obediente, dando adeus à minha lasanha companheira. – E quando é que vamos fazer a minha primeira aula?

– Quando tu quiser. – ela responde cheia de atitude, pegando uma coisa amarela que eu nem sei se fala e jogando no meu carrinho. Choro internamente, vou morrer de fome com certeza.

– Eu tinha pensado em tentarmos hoje, na volta do mercado, porque aí vai estar tudo fresquinho ainda, certo?

– Vixi, tá aprendendo, heim, menina sabida! – ela elogia, orgulhosa do meu esdrúxulo conhecimento que veio dela mesma. – Tá certo, então. Deixa eu pegar um contrafilé bem encorpado para dar aquela graxinha boa.

Depois de pegarmos tudo, seguimos de volta ao nosso prédio. Ajudo dona Josefa a guardar suas coisas e, quando terminamos, ela vem ao meu apartamento, ansiosa para dar a minha primeira lição.

– O que vamos fazer? – pergunto curiosa e, ao mesmo tempo, apreensiva.

– Arroz, feijão, bife e ovo. – ela responde determinada.

– Ah, dona Josefa! Que sem graça.

Definitivamente eu esperava aprender algo bem mais emocionante.

– Menina, tu não sabe nem fritar um ovo e quer começar com buchada, é?! Assenta o facho aí e aprende, agoniada!

– Tá certo, tá certo. – Eu aceito o argumento, me calando. Não quero nem imaginar algum dia ter que fazer uma buchada, um bife já está mais do que de bom tamanho.

Seguimos juntas até a bancada da cozinha e Dona Josefa começa altiva a me dar as instruções. – Comece aprontando a cebola e o alho.

Faço um carão e finjo saber o que estou fazendo quando pego os ingredientes e os manejo desastrada. Minha farsa não dura nem dez segundos.

– Mas que diacho tu tá fazendo, menina?! – minha vizinha se abisma e tira a faca da minha mão quando me vê descascar a cebola igual à uma laranja. – Tu corta as pontas fora e depois puxa a pele do meio. Assim, visse?

– Ahhhhh! – exclamo quando ela demonstra a maneira correta. Realmente, parece bem mais fácil do jeito dela.

Ela balança a cabeça inconformada. – Agora tu pica ela em pedacinhos. Picar tu sabe, né?

Eu assinto confiante, picar tem que ser fácil, só pode. Pego a faca e com vontade começo uma luta contra a cebola, acertando diferentes golpes nela e estraçalhando-a em pedaços. Ninguém pode dizer que não estou fazendo picadinho dela.

Dona Josefa apenas observa boquiaberta, balançando a cabeça descrente do que vê.

De repente meus olhos começam a arder. Não só arder, na verdade, eles queimam. Eu não imaginei que poderia ficar tão triste assim para me debulhar em lágrimas só porque não sei cortar um maldito tubérculo.

— Desculpa, eu devo estar de TPM, — me justifico para ela sem jeito quando as lágrimas começam a cair incontroláveis. — tô sensível, não consegui me segurar...

Dona Josefa cai na risada. — TPM nada, isso é a cebola, menina! Tá ardida da peste essa aí que tu pegou.

Eu olho chocada para a aparentemente inofensiva cebola. Essa desgraçada minúscula é que está fazendo meus olhos queimarem desse jeito?

— E vocês fazem isso todo o dia?!! — questiono incrédula.

— Eu não desço esse aguaceiro! — ela ironiza. — A gente acostuma, os olhos já são tudo calejado.

— Ah, me perdoa aí, dona Josefa, mas nunca ouvi essa de que olho caleja não. Isso é tortura!

Ela não se aguenta e cai na gargalhada de novo. A safada tá tirando sarro de mim.

— Que bom que te divirto. — bufo indignada, cruzando os braços.

— Deixa de bico, menina! Venha aqui que vou te ensinar um truque.

— Então ensina.

Ela pega dois palitos de fósforo e bota na boca.

— Tu faz assim que não vai chorar mais.

— E por que imitar vampiro vai me fazer parar de chorar? — desconfio nada convencida da ciência por detrás daquilo.

— Não sei, mas que funciona, funciona! Vá, deixa de história e tenta logo.

Jogo o orgulho no lixo e faço a vampirinha como ela diz. Curiosamente, quando retomo a cortar a cebola, paro de chorar. — E não é que funciona mesmo?!

— Te disse. Agora espreme esse alho aqui.

— Com a mão? — pergunto na dúvida.

— Arre, mas não! — ela me olha como se eu fosse louca. — Com o espremedor, menina!

Quando acabamos o refogado do arroz e do feijão, colocamos os ingredientes e fechamos as panelas, dona Josefa declara que é hora da pausa. Ligo o timer só por precaução e nos dirigimos para a sala.

— Qual programa a senhora gosta de ver? – pergunto indo com ela em direção ao sofá.

— Eu só assisto novela.

— Ixi, novela não tem aqui não, só tem série. Mas tem uma de época que estreou ontem que talvez a senhora goste. Topa tentar?

— Ah, se é de época deve ser boa! – ela aprova já se acomodando bonitinha no sofá. – Adoro ver o povo falando tudo cheio de pompa! Me escangalho toda de rir.

— Pois, então, se prepare para ficar escangalhada! – a implico ligando a tv.

Dou o play na série e dona Josefa assiste a coisa tão atenta que nem pisca. Passados quinze minutos, o mocinho, um pirata gostosão do século passado, causa impacto aparecendo sem camisa com seu tanquinho à mostra, e vejo dona Josefa arregalar os olhinhos ao meu lado. De tão atenta que está à série, ela que nem escuta o timer apitar. Me levanto e desligo a panela do arroz antes que eu provoque outro estrago.

Volto para o sofá e assistimos juntas o tal pirata fazer uma fuga espetacular, usando apenas um remo e a tábua solta do seu navio destruído. Navegando sobre as águas agitadas do Pacífico, ele consegue chegar à praia mais próxima em plena segurança.

— Tem um esporte que é assim, stand up paddle. – eu comento com ela inspirada pela cena. – Sempre quis fazer isso, deve ser tão relaxante.

— Ué, e não faz por causa de quê?

— Porque eu tenho senso do ridículo?! – respondo irônica. Dona Josefa tem cada ideia! – Vê se eu vou me prestar a tentar aprender isso em público nessa idade.

— Deixa de história, menina! – ela bate na minha perna marota. – Vai deixar de fazer as coisas porque fica avexada, é?

— Bem, se fazer as coisas significa tomar vários tombos e caldos na frente de uma praia lotada, acho que a resposta é sim, vou sim, senhora.

— Arre! – dona Josefa revira os olhos impaciente e aponta para tv. – O gostosão ali não arreda com esses medinhos bobos, não.

Eu bufo achando graça. – Mas é claro que não, ele é um personagem de televisão, dona Josefa! Se fosse de verdade, aposto que estaria se tremendo todo de medo por remar numa tábua em um mar infestado de tubarões e piranhas comedoras de madeira.

— Tava nada! Num tá vendo que o moço aí é porreta? Pega o tubarão e as piranhas tudo na unha.

Eu cubro o rosto com as mãos para não rir. Pelo visto, o pirata gostosão ganhou uma fã fervorosa e, quando dona Josefa encasqueta, é ainda pior do que eu.

Trinta minutos depois, quando o episódio finalmente termina, é a deixa de que o feijão está pronto também. Juntas voltamos à tarefa e frito os bifes e os ovos sob sua supervisão, me sentindo extremamente feliz quando consigo tirá-los com a espátula ainda intactos, sem estourar as gemas.

– Terminei?! – pergunto sem acreditar, quando desligo a frigideira.

– Pode se estrebuchar toda pra comemorar que tu fez tua primeira boia, menina! Tá prendada de dar gosto agora.

Eu comemoro dando um abraço apertado nela. – Arrasou, dona Josefa! Muito obrigada por me ajudar, viu?

Ela fica toda desconcertada com isso.

– Eita pega, mas não foi nada... Pelo menos tu já não morre mais de fome, nem de lasanha congelada. – ela provoca e rio. – Agora deixa eu ir que tenho que encher o bucho também.

– Nananininão! Nem pense nisso, dona Josefa. Você me ajudou e agora vai almoçar comigo. Ou você acha que eu vou arriscar comer logo a minha comida sozinha? Sem chance! Vai que eu morro?

– Vixe, até parece! – ela contesta com um sorriso enorme no rosto. – Tá tudo nos trinques aí, menina, num passa mal nada! Te garanto.

– Nunca se sabe. E, além disso, como eu posso ver o próximo episódio da série sem a senhora?

Seus olhinhos piscam interessados.

– Ô, isso é verdade! – ela se apressa em concordar voltando para o sofá ansiosa.

Qual não é o poder de um pirata gostosão nessa vida?

Com grande prazer, nos sirvo com fartura e me sento com ela para comermos juntas. Para a minha surpresa, fico feliz quando provo a comida que fizemos. É simples, mas gostosa e caseira. Me lembra da comida da minha mãe que cozinha tão bem. Ao contrário do gosto já enjoativo da lasanha de todo o dia, essa comida é saborosa de um jeito novo. De um jeito meu. Ao meu lado, dona Josefa come sem nem piscar, atenta demais ao que acontece na tela com o protagonista que roubara-lhe o coração.

– Obrigada de novo por me ensinar, dona Josefa. É bom saber que agora consigo me virar de algum jeito quando quiser.

– Arre, já disse que não foi nada. – ela cora envergonhada com o agradecimento. – E não se aperreie não. Se quiser saber mais, pergunta que sabendo te ensino, visse?

– Combinado! Eu não vou mais largar do seu pé agora.

Ela fica toda feliz ao ouvir isso e até desvia os olhos da tela.

– Tá certo então, meu chulé.

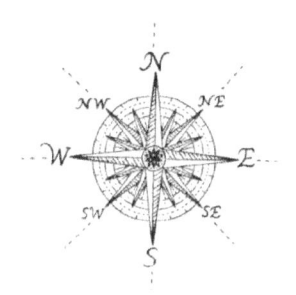

GRATIDÃO

Na sexta-feira de manhã, eu já estou vestida para ir ao trabalho quando a campainha toca e meu coração dá um pulo. As semanas passaram voando e é chegada a hora de conhecer meus novos visitantes.

Eu não poderia estar mais ansiosa por isso.

– Olá, rapazes, sejam bem-vindos! – abro a porta, recepcionando o distinto grupo com um sorriso de orelha a orelha.

– Obrigado, Vanessa! – diz um deles estendendo sua mão para mim e o reconheço de imediato. – É um prazer finalmente conhecê-la. Eu sou Ravi.

O rapaz de estatura média e cabelos cheios negros sorri ao pegar a minha mão e se inclinar, dando um beijo cavalheiro nela.

– Fareed. – se adianta o segundo, tomando o seu lugar e repetindo o gesto. Esse é mais alto que Ravi e traja roupas bastante coloridas.

– E eu, Kantu. – se apresenta o terceiro em um inglês mais difícil. Ele, por sua vez, usa óculos e é mais cheinho.

– Que convidados mais cavalheiros eu tenho! – elogio impressionada. – Bem, entrem, sintam-se à vontade. A casa é de vocês.

– Só um momento, por favor. – Ravi pede educado e ele e os rapazes param no portal para tirar seus sapatos. Lembro na hora de Toshiro, meu convidado japonês. Mesmo morando em lugares tão distintos, meus visitantes têm o mesmo hábito.

– Podem botar os sapatos aqui, rapazes. – eu indico feliz a sapateira que comprei depois da partida de Toshiro. – Bem, vocês vão ficar nessa sala. Dois no sofá e... ah, vocês trouxeram o tal colchão inflável?

– Claro! – É Ravi que responde, levantando uma bolsa estufada que carrega nos ombros. – Está aqui comigo.

– Ótimo! Vocês podem armar ele onde quiserem.

– Legal, faremos isso mais tarde.

– Vocês já sabem o que vão fazer hoje?

– Vamos visitar o Cristo! – Kantu responde animado, abrindo os braços em uma imitação da famosa estátua carioca.

Fareed se aproveita de sua distração e, em um gesto rápido, abaixa suas calças, deixando-o somente de samba-canção que, diga-se de passagem, é tão espalhafatosa e comprida que mais parece um bermudão de surfista.

– Seu *ulu*! – Kantu grita todo envergonhado, levantando as calças e correndo atrás dele.

– Sinto muito por isso. – Ravi pede sem graça. Ele parece ser o mais velho e maduro dos três. – Eles estão elétricos desde que saíram do avião. – confessa rindo.

– Não, tudo bem. – Até eu estou dando risada. – Quantas horas de voo vocês fizeram?

– Acho que mais de cinquenta.

– São duas escalas da Índia pra cá? – me surpreendo.

– Isso, Londres e São Paulo, mas não chegamos a ficar muito tempo nelas. Fizemos só uma conexão rápida, estenderemos na volta. Estávamos ansiosos demais para chegar logo aqui.

– E depois de toda essa viagem eles ainda estão assim? Com essa energia toda? – me divirto apontando para os dois que agora se engalfinham pela casa. – Haja saúde, Deus!

– Você não tem ideia!

– Acho que vou ter!

Nós rimos cúmplices e, então, percebo o repentino silêncio no ambiente. Kantu e Fareed pararam a brincadeira e, agora, noto que Kantu nos observa curioso.

– O que foi? – pergunto sem entender a razão de sua repentina atenção.

– O inglês de Kantu não é tão fluente quanto o meu. – Ravi esclarece. – Às vezes, ele sente dificuldade em entender ou se comunicar nessa língua, por isso está tão atento. Quer saber sobre o que estamos falando.

– Ah, claro. – eu já tinha percebido pela pronúncia dele que seu inglês era o mais travado. – Relaxa, estamos só jogando conversa fora.

– Desculpe, cueca. – Kantu fala sem graça, puxando as mangas da blusa.

– Sem problemas, vi que não foi culpa sua, certo, Fareed? – lanço um olhar repressivo para o verdadeiro culpado que cora sem jeito.

– Foi mal aí... – ele abaixa a cabeça envergonhado.

– Tá tudo bem, está perdoado. E você me avise se ele aprontar de novo, ok? – acrescento para Kantu que se anima quando pisco cúmplice para ele.

– Tá! – Vejo que ele quer falar algo mais, mas não encontra as palavras.

– Relaxa, Kantu. Se ficar difícil podemos tentar falar em gestos, sou boa nisso.

Seu rosto se ilumina feliz com a minha sugestão.

– Posso banho? – ele imita o gesto de ensaboar.

– Claro! O banheiro fica na primeira porta à esquerda. Fiquem à vontade para usarem o que precisarem, deixei uns lanchinhos no rack e bebidas na geladeira.

Kantu assente e segue todo feliz para o banho, enquanto Fareed se distrai abrindo sua mala à procura de algo.

– Olha, – me viro para Ravi. – eu tenho que trabalhar agora, mas volto mais tarde para fazer companhia a vocês. Aqui está a chave do apartamento para que possam entrar, se resolverem voltar mais cedo.

– Não, que isso! – Ravi se adianta em recusar, constrangido. – Não precisa nos dar chave, nós esperamos você voltar para entrar.

– De forma alguma. – insisto empurrando a chave na direção em sua direção. – Quero que se sintam em casa. Toma.

– Eu não quero abusar...

– Olha, Ravi, eu encontrei o meu primeiro convidado dormindo no corredor todo torto porque acabei tendo um contratempo e me atrasei; me senti bem mal com isso. Sei que a intenção de vocês é aproveitar todo o tempo passeando pela cidade, mas vocês estão cansados, pode ser que queiram voltar antes para casa ou que eu me atrase. Se isso acontecer, quero que possam entrar e dormir tranquilos, entende?

– Mas aqui é sua casa, tem suas coisas. – ele argumenta testando minha convicção. – Não que tenha a intenção de pegar algo, de jeito nenhum, mas não quero que se sinta de forma alguma insegura com a nossa presença aqui.

– Eu não me sinto insegura, de verdade, Ravi. Ultimamente eu tenho desapegado de muitas coisas, fora o sofá que acredito que ninguém vá sair por aí carregando nas costas, não tenho mais objetos de valor que possam fazer com que eu me preocupe ou que me impeçam de confiar. Eu não quero mais viver assustada, perdendo tanto pelo meu medo de perder. Você leu em meu perfil aquele texto sobre a estrada e a mala, certo?

– Sim, lindo texto. – ele confirma sorrindo. – Ângelo Rocha. Fiquei curioso a respeito do autor, o procurei na internet, mas não encontrei nada.

– Nem poderia. Ângelo não é um escritor, é o meu avô. – explico com orgulho, o surpreendendo. – Esse trecho que publiquei em meu perfil foi tirado da carta de despedida que ele me deixou, minha mãe me entregou logo após ele morrer. As coisas que ele escreveu ali me fizeram repensar muito, rever minhas concepções. A verdade é que a gente atribui um valor absurdo às nossas coisas até que percebe que pouquíssimo daquilo nos faz realmente falta. A maioria de nós vive como uma criança em um quarto dos sonhos, cheios de brinquedos, mas impedida de fazer bagunça para conservá-lo assim, perfeito. A melhor parte da vida é feita de experiências, não de coisas. Não se trata dos brinquedos, se trata de brincar.

– Não poderia concordar mais. – Ravi diz balançando a cabeça. – Nós corremos atrás de coisas, mas vivemos por momentos. Você é uma pessoa rara, Vanessa. – ele aceita a chave de minhas mãos e se curva em uma pequena reverência. – *Namastê*.

– *Namastê*, Ravi. – retribuo o cumprimento com respeito, imitando o seu gesto e paro no portal antes de sair. – Nos vemos mais tarde?

– Se Brahma quiser e ele há de querer! – Ravi confirma com um sorriso solar.

Ah, ele com certeza há de querer sim.

◁——— ♡ ———▷

Chego ao trabalho e já começo a adiantar as coisas. Eu costumo pensar melhor pela manhã, então aproveito que meu cérebro está a todo vapor para fazer o mais difícil primeiro.

— E aí?! — Magô entra na sala logo e já vai logo se apoiando em minha mesa. — Como são seus novos convidados?

— Eles parecem bem legais! — conto entusiasmada. — Fareed e Kantu são umas figuras, elétricos e se divertem com tudo, já Ravi, bem, Ravi parece ser mais maduro do que a idade que tem, ele é meio... não sei explicar, só sei que parece ser uma pessoa com quem vou aprender muito.

Magô suspira fundo.

— Ahhh, que inveja de você, mulher! Você tem uma vida tão divertida. Quisera eu ter coragem de me aventurar assim.

— Sério, Magô? — eu a acuso com a sobrancelha erguida. — Você é um poço de ousadia, se esqueceu, garota de cabelos arco-íris?

— Ah, isso é diferente! Minha coragem é só em relação a mim, eu ainda sou muito insegura em relação ao que esperar em relação dos outros.

— Você poderia tentar... — sugiro casual e vejo que ela considera.

Então Isis chega junto com Soles apressada e convoca a todos para uma reunião em sua sala. Olho para Magô para ver se sabe do que se trata, mas ela apenas balança a cabeça em negativa, mostrando que também não faz ideia do que seja. Dou de ombros, é a Isis afinal. Nunca espero nada de ruim dessa mulher incrível.

— Bom dia, gente! — ela nos saúda assim que entramos na sala. — Chamei vocês aqui hoje para fazermos um brainstorm. Vou começar a nomear os produtos da minha linha e tenho algumas ideias a respeito, mas como vocês são parte da marca, quero ouvi-los também antes de tomar qualquer decisão.

Pisco aturdida. Conheço o mundo da moda e sei muito bem que designers gostam de reservar para si toda a parte criativa do produto, mas Isis me surpreende e faz diferente de novo. Ela acha que ouvir opiniões dos outros enriquece o todo.

Isis não é só discurso, ela me prova mais uma vez que é prática.

— Bem, vamos lá. — nossa chefe abre uma enorme caixa de papelão e começa a tirar os conhecidos modelos de sapatos de sua linha e colocar em cima da mesa: a sapatilha, a bota de cavalaria, o tênis, a rasteirinha, o scarpan, a sandália, a anabela. — Esses são os sapatos da minha primeira coleção. Eu fiz um quadro aqui com as minhas referências e inspirações para vocês basearem suas sugestões de nomes para eles.

Olhamos para o quadro branco na parede e lá estão todas aquelas palavras de que tanto falávamos ultimamente: Sustentabilidade, qualidade, durabilidade, versatilidade, consciência.

– E aí? – ela pergunta com expectativa para a gente. – Quem vai começar dando ideias?

– Humm... – Magô pega o tênis pensativa. – Quando olho para esse aqui eu penso em conforto, em dar uma volta por aí à tarde.

– Boa vibe, mais o quê? – ela incentiva.

– Ah, esse vermelho eu penso numa garota toda produzida para um encontro. – Soles opina, corando em seguida.

– Interessante sua imaginação, Soles. Vanessa?

Estico a mão, pegando a sapatilha preta igual a minha.

– Eu amo essa aqui, tenho usado tanto a que me deu. Ela combina com tudo, vestido, calça, saia, colorido, estampado... É super versátil, super coringa. – avalio sincera. – É como um pretinho básico.

– Uh!! Pretinho básico! – Magô grita ao meu lado me assustando. – Tudo a ver, adorei!

– Curti também. – Soles concorda empolgado.

– Pretinho básico... – Isis repete avaliando o som. – Taí, é perfeito!

– Sério?!

– Sim, – ela confirma entusiasmada. – soa clássico e multiuso. É bem *cool*.

– E tem força na divulgação. – acrescenta Magô, safa em sua área de conhecimento. – Podemos trabalhar nessa linha de curingas eternos.

– Isso! Esse pode ser até o nome da linha. – Isis concorda gostando do rumo da ideia. – Curingas eternos é um ótimo nome!

– O vermelho pode ser o 'encontro perfeito'. – sugere Soles, conectando seu pensamento com a ideia.

– Tô curtindo... Mais, mais?

– O tênis pode ser 'leve para uma volta'. – Magô entra na onda.

– E com a bota podíamos fazer uma brincadeira. – sugiro por minha vez. – 'Bota no dia de chuva'.

– Adorei! – Iris ri com gosto, anotando todos os nomes no seu caderninho. – Eu nunca, mas nunca mesmo, poderia imaginar nomes tão perfeitos assim sozinha! Sério, tem tudo a ver com a coleção! Vocês são ótimos, colocaram as minhas ideias anteriores no chinelo!

Sorrio. O fato de Isis admitir isso de forma tão natural é algo incrível sobre ela. Vejo que ela não liga a mínima de não ser a autora dos melhores nomes, pelo contrário, ela está extremamente feliz e satisfeita por sua equipe ter ido além do que ela pensou, porque, no fundo, é isso que significa trabalhar em equipe: Valorizar a ideia do outro com a mesma sinceridade que valorizaria à própria. Isso é mais difícil do que parece, mas Isis faz parecer fácil. Fácil como respirar.

– Está decidido, galera. – ela bate o martelo orgulhosa depois de fecharmos a lista toda. – Esses vão ser os nomes dos carros-chefes da coleção de lançamento.

– Da hora! – aprova Soles.

E eu e Magô temos que concordar com ele, são mesmo.

Saio do escritório às quatro e vou para casa super feliz. Quando chego ao apartamento, descubro que meus convidados já estão lá. Fico aliviada por ter tomado a decisão de deixar a chave com eles, Fareed e Kantu estão pregados, dormindo abraçadinhos no sofá. Ravi, por sua vez, está sentado no chão em posição de lótus, com as mãos sobre os joelhos e olhos fechados, o colchão já inflado e coberto com um lençol ao seu lado.

Tento não fazer barulho para não interromper sua reza, entrando na ponta dos pés.

– Olá, Vanessa, seja bem-vinda de volta. – ele percebe a minha presença sem sequer abrir os olhos, me fazendo dar um pulo do chão.

– Oi! – eu o cumprimento sem jeito ao ser pega no flagra. – Desculpe entrar assim na surdina, não queria atrapalhar sua oração.

– Não atrapalhou. – ele abre os olhos e me dá seu sorriso solar. – Como foi no trabalho hoje?

– Ótimo! Criamos o nome da linha e dos modelos desta coleção. E vocês no Cristo?

– Achei que teria que amarrar esses dois para não caírem lá de cima. – ele conta divertido. – Eles ficaram loucos com a vista, é lindo.

– Tenho que voltar lá algum dia, não vou ao Cristo desde os meus doze anos. – relembro saudosa me sentando ao seu lado no chão.

– Sério? Então você tem que voltar mesmo. Não é à toa que ele está entre as sete maravilhas do mundo.

– É verdade. Quais são as outras seis mesmo?

– Não sei todas, mas sei que o Taj Mahal na Índia está entre elas. – pisca orgulhoso pra mim. – Deixe me consultar aqui.

Com os dedos rápidos, Ravi digita a busca no celular.

– Achei! – ele lê satisfeito. – Coliseu, na Itália, Chichén Itzá, no México, Cristo, no Brasil, Machu Picchu, no Peru, Taj Mahal, na Índia, Ruínas de Petra, na Jordânia e a Muralha, da China. Viu só, Vanessa? Somos pessoas de grande sorte, ambos temos o privilégio de ter uma maravilha do mundo em nosso jardim.

Eu rio da forma como ele diz isso, "no nosso jardim" soa tão bonito.

– É mesmo, Ravi, somos uns sortudos. Prometo que vou rever em breve a maravilha que guardo em meu jardim. – olho para Kantu, que se remexe dormindo no sofá-cama. – Bem, eu não quero acordá-los, então...

– Por favor, fique. Eles não vão acordar até amanhã, acredite em mim. A pilha dura muito, mas quando acaba, eles dormem como pedras!

Rio. – É justo, tanta energia tem mesmo que acabar alguma hora. Me desculpe à intromissão, mas posso perguntar para que Deus você estava orando agora há pouco?

– Claro! Eu oro pra Brahma.

– Brahma. – eu repito tentando puxar o nome pela lembrança. –Você disse esse nome de manhã. Perdoe a ignorância, mas Brahma é o Deus de qual religião?

– Hinduísmo. – ele sorri simpático. – Conhece?

– Pouquíssimo. – confesso honesta. De fato, eu não sei muito sobre outras religiões. Apesar de ter sido batizada como católica e ter feito primeira comunhão, eu nunca fui uma pessoa de ir à igreja. Conheço algumas características de uma ou outra crença, mas tudo bem superficial. Nunca trabalhei minha fé em nenhum molde, apenas acredito na existência de algo maior.

– Bem, me deixa ver... – ele pensa um pouco em como me explicar. – Nosso livro sagrado se chama Vedas, acreditamos no dharma e no karma...

– Karma eu conheço! – interrompo animada sem qualquer cerimônia. – Aqui se faz, aqui se paga, certo?

– É por aí, sim. – Ravi concorda achando graça de minha repentina felicidade por saber algo a respeito e aproveito a abertura para emendar mais uma dúvida.

– Notei outra coisa hoje, mas que não sei se tem muito a ver. Não ria de mim se eu estiver viajando, ok? – ele concorda com um aceno de cabeça paciente. – É impressão minha ou a forma como você ora lembra a uma posição de yoga?

– Não tem o que rir, você está certíssima, Vanessa! – ele confirma com um sorriso. – No hinduísmo, assim como no budismo, acreditamos na prática do yoga para nos conectar com a divindade em nosso interior.

– Sério? Hindus fazem yoga?! Juro que não sabia dessa, pensei que só os budistas faziam. Apesar de que eu devia ter percebido quando você disse aquela palavra hoje cedo... Qual foi mesmo?

– *Namastê*. – ele me ajuda com a lembrança.

– Isso! Quem faz yoga sempre fala essa palavra e faz esse gesto. A Nati e a Isis falam, pelo menos, e já vi, vez ou outra, em alguma cena de TV também.

Ele ri, provavelmente das minhas referências toscas.

– E você sabe o que ela significa?

Nego. – Taí, sempre ouvi isso, mas não faço ideia do que significa.

– Significa "o Deus que está em mim saúda o Deus que habita em você".

Me surpreendo. Como pode um significado tão bonito caber numa palavra tão pequena?

– Que lindo, Ravi.

– É, – ele concorda. – essa expressão é uma maneira de reconhecer que Deus vive em todo ser existente, pois somos todos criações *dele*. E, se eu amo a Deus, eu devo amar também a parte dele que reside no outro.

– É um belo ensinamento.

– Belo, mas difícil. – ele relembra com sabedoria. – É fácil esquecer que o outro é nosso irmão. Somos uma família bem temperamental aqui embaixo.

– É verdade... E como você reza? – me interesso em saber mais. – São versos decorados como o Pai Nosso, Ave Maria ou um mantra?

– Não, – ele balança a cabeça rindo. – está mais para uma conversa, com Brahma e comigo mesmo. Uma conversa em que ora falo, ora apenas escuto. E, principalmente, agradeço, me demonstro grato por tudo que tenho, amo e sou.

Eu admiro profundamente Ravi nesse instante. Ser grata nunca foi algo natural para mim, sempre tive muita dificuldade em reconhecer as minhas bênçãos.

– Seria bom eu aprender algo assim. – confesso envergonhada a ele. – Na maioria do tempo sou muito ingrata, vivo reclamando de barriga cheia. O cara lá de cima já deve estar até de saco cheio de mim.

Ravi apenas sorri. – Não, não está, Vanessa. Posso te assegurar disso.

– Vai por mim, Ravi, as vezes sou uma mala sem alça. Tem solução pra isso?

– Tem, claro que tem. E é muito fácil, na verdade. Todo o dia, tire um tempo para agradecer a Deus, qualquer que seja o seu Deus, por pelo menos dez coisas boas que existam em sua vida. Essa prática vai te fazer perceber quantas dádivas você possui, mas que se esquece de dar valor no dia a dia. Te garanto que se fizer isso, quando for dormir, em vez de se lamentar por tudo aquilo que te falta, você vai ir para cama se sentindo até mais rica. – e me dá o seu sorriso solar. – Quer tentar?

– Quero sim. – aceito o convite inspirada e endireito minha postura, me arrumando na mesma posição em que Ravi estava quando cheguei. – Desse jeito?

– Isso mesmo, posição de lótus.

– E agora?

– Primeiro esvazie a mente. – ele instrui e fecho meus olhos, buscando paz dentro da bagunça que é o meu pensamento. – Esqueça-se dos problemas, de cada coisinha que te incomodou nesse dia ou em qualquer outro, essa é a parte mais difícil. Só quando conseguir, aí sim, passe a se concentrar naquilo que te faz bem, no que te faz sorrir, no que te faz feliz, nas oportunidades que existem por aí aos montes mundo à fora. E agradeça, agradeça do fundo do coração por tudo isso existir.

Eu tento esquecer do motorista do ônibus que me irritou nessa manhã, da conta que eu me esqueci de pagar, da frustração que sinto por não ter feito maior reserva de dinheiro durante os anos que trabalhei na Sahanna, de ainda estar solteira com vinte quatro anos, de ter perdido tanto tempo longe dos meus pais, de não ter visitado meu avô naquele dia.

Só depois de um grande esforço e muito foco, consigo aos poucos suavizar os pensamentos que gritam na superfície, dando chance para me concentrar em tudo de bom que tenho em minha vida. E, assim, começo a identificar minhas bênçãos, pouco a pouco, como gotas de uma chuva que ainda vai cair forte. Muito forte.

Tenho saúde.

Um emprego que amo.

Um lar em que posso ser quem sou e fazer o que quero.

O sofá que meu avô me deu com uma mensagem tão linda.

Meus pais, minha família, Natália, Flavinha, Nanda, Isis, Magô, Soles, dona Josefa e, claro, meus visitantes de longe, Toshiro, Fareed, Kantu e Ravi, pessoas que me ensinaram tantas coisas novas, diferentes e inesperadas, inclusive, em uma lição maior, a ser grata.

Me surpreendo com a importância que as pessoas têm em minha vida e agradeço imensamente a Deus por elas existirem e terem cruzado meu caminho.

Agradeço pela nova chance de ser feliz e pelos infinitos milagres em meu dia a dia.

Pela Natália não ter simplesmente desistido de mim quando não a atendi e, sim, ter vindo ao meu encontro para ver como eu estava.

Por eu ter visto, por acaso, a placa de aluga-se nesse prédio e ter resolvido ligar, tendo a chance de conhecer a vizinha mais fofa do mundo.

Pelo dia em que meus pais foram à minha casa e nos reaproximamos.

Por Nanda ter aparecido na minha frente naquela noite mágica na Lapa me fazendo conhecer essa comunidade apaixonante.

Por eu ter tido a coragem de desapegar, de mudar, de me reinventar e, por ainda estar tentando, buscando a felicidade sem medo, sem me acomodar.

"Obrigada Deus, muito obrigada", eu penso reunindo toda a gratidão do mundo em meu coração.

E, abrindo os olhos, ciente agora de tudo que tenho, me sinto alguém muito abençoada.

Há riquezas inestimáveis escondidas bem debaixo de nossa vista.

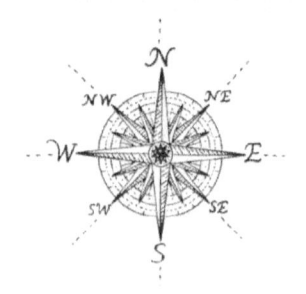

CASAMENTO ARRANJADO

Na manhã seguinte, acordo me sentindo leve como uma pluma. Fui me deitar tão despreocupada e serena na noite anterior, que dormi profundamente. A paz interior era tamanha que até sonhei com meu amado avô.

No sonho, ele se sentava no meu, ou melhor, no nosso sofá, e passávamos horas conversando sobre a vida, sobre o mundo, sobre como era o outro lado. E, então, antes que eu acordasse, ele me dizia com a voz cheia de carinho:

"Vanessa, nunca se esqueça que este sofá é também uma mala. Quem dorme nele acaba deixando um pouco de si e, quando parte, torna a mala sempre mais cheia, mas não mais pesada. Essa mala se torna a mais fácil do mundo de se carregar, porque amigos, minha querida, amigos tornam tudo mais leve na vida."

Eu não posso evitar sorrir porque meu avô é demais até mesmo em sonhos! O toque do telefone me tira de meus devaneios, me fazendo levantar para atendê-lo.

– Oi, Vanessa!

– Fala, Nanda! Tudo bem contigo?

– Tudo ótimo! E aí? Como são seus novos convidados?

– Ah, incríveis, Nanda. – respondo me derretendo toda. – Não consigo nem descrever, ontem tive uma conversa tão legal com um deles.

– Que maravilha, fico feliz em ouvir isso! Olha, eu e o Bruno estamos indo para a praia da Joatinga, aí na zona oeste, e como a sua casa é caminho, pensei se gostaria de pegar uma carona com a gente para lá.

– Mas estamos em quatro aqui, não é muita gente para um carro só?

– Nada, relaxa. Eu chamo o carro do Bruno de caçamba por isso mesmo, cabem até sete pessoas.

– Então acho ótimo, mas vou ter que perguntar para eles primeiro. Posso ver e já te ligo?

– Ok, tô esperando. Beijo.

Quando chego à sala, parece que estou adentrando uma zona de guerra. Apesar de tudo arrumado, dois dos meus convidados travam uma batalha com seus travesseiros.

– Olha só o que vocês fizeram! – Ravi acusa, segurando a barriga de tanto rir. – Acordaram a Vanessa.

– Desculpa, Vanessa! – Kantu se curva extremamente sem jeito.

— Tenho um palpite de que não foi você quem começou isso, Kantu. Na verdade, posso até apostar qual indiano atentado foi quem começou a batalha. Fareed?

— Tá, eu confesso. – ele se curva ao seu lado culpado. – Fui eu, *muzhe khed hai!*

— Heim?!

— Sinto muito ter te acordado, Vanessa. – ele diz agora em inglês para que eu compreenda.

— Tá perdoado, Fareed. Por sorte não foi dessa vez que você conseguiu me acordar. – eu brinco puxando sua orelha. – Rapazes, é o seguinte: uma amiga minha está indo para praia e nos ofereceu uma carona. O que acham?

— Praia?! Tô dentro! – Fareed concorda logo, recuperando o ânimo.

— Praia! Praia! – Kantu puxa o coro igualmente entusiasmado. Parecem até crianças!

Eu olho para o único que ainda não pula ou canta. –Ravi, é contigo!

Ele dá de ombros sorrindo.

— Praia, sem dúvidas.

— Beleza. – concordo, pegando o celular para avisar a Nanda que estamos dentro. – Trinta minutos para todos ficarem prontos, ouviram?

— Oh, droga! – Kantu corre desesperado para o banheiro, como se fosse questão de vida ou morte.

E, juntos, nós caímos na risada.

Trinta minutos depois, Nanda e Bruno chegam na portaria do prédio para nos buscar. Nanda não exagerou, o carro de Bruno é mesmo enorme. Nos acomodamos nele sem problemas e a viagem até a praia segue em clima de festa, os indianos arrancando muitas risadas dos meus amigos pelo caminho. É impossível não se contagiar com a energia desse trio maravilhoso.

Quando o Bruno estaciona na praia, Kantu é o primeiro a sair todo afobado.

— *Are Baba*! Olha, o mar! – ele arfa embasbacado ao ver as belas águas azuis da praia da Joatinga.

— Eu vou primeiro! – anuncia Fareed correndo na sua frente e sendo perseguido aos berros.

— Ei, esperem! Vocês não acham melhor tirar a bermuda e camisa antes? – sugiro aos gritos, mas é totalmente em vão. Eles entram na água com roupa e tudo.

— Relaxa, amiga. – Nanda se aproxima achando graça da minha preocupação. – Eu trouxe toalhas para todos.

Ela dá uma piscadela e, enquanto Bruno está ocupado tirando as pranchas do carro, aproveito a chance para perguntar sobre como anda a relação dos dois. – E o namoro, como está?

– De vento em popa! – Nanda tem a expressão mais linda no rosto ao dizer isso. – O que eu tenho de agitada o Bruno tem de tranquilo. Ele me equilibra, sabe, me deixa em paz.

– Que bom, amiga, fico feliz em saber disso.

– O mundo é muito louco, né? – ela comenta com o olhar perdido no horizonte. – Quando as coisas têm que ser, não tem jeito, elas simplesmente são. Nunca deixo de pensar que eu topei com você por acaso na Lapa e você esbarrou com o meu futuro namorado logo em seguida, nos apresentando. O acaso não existe, Nessa, a gente é que não sabe o plano da vida. Nada que acontece aqui é a toa.

Bruno se reaproxima de nós com as pranchas a tiracolo.

– Vamos lá surfar, sereia?

– Vamos sim, amor. – ela responde animada pegando a prancha dela. – Você vem com a gente, Vanessa?

– Vão vocês, vou ficar por aqui mesmo e fazer companhia para o Ravi.

– Beleza, até logo!

– Até! – grita Bruno, correndo com ela para onde as ondas estão melhores.

Admiro um pouco os dois, eles fazem mesmo um casal muito bacana. Contente por eles, que encontraram um ao outro, dou alguns passos à frente e me sento na areia ao lado de Ravi, que observa com tranquilidade o mar.

– Não vai entrar?

– Estou curtindo só olhar por agora. – ele responde totalmente relaxado. – É bem bonito aqui.

– É sim, o Rio tem praias lindas.

– Vocês cariocas têm muita sorte.

– Temos. Vou me lembrar de agradecer por isso também em minhas orações.

Eu arranco um sorriso dele. Um sorriso solar.

– E, por falar nisso, como se sentiu ontem ao dormir? – pergunta atencioso.

– Você tinha absoluta razão, Ravi. Me senti muito mais do que satisfeita, com esse exercício me descobri feliz com tudo o que tenho. Com certeza vou incluir essa prática na minha rotina.

– Que bom, fico feliz em ter ajudado. – sorri e, em seguida, aponta a cabeça em direção ao mar. – Você costuma vir muito à praia?

– Não muito. Eu era do tipo rata de escritório até pouco tempo atrás, vivia sem tempo para essas coisas.

– E o que mudou?

– Vi que tempo a gente faz para aquilo que importa. Eu meio que passei por um período sabático de revisão de prioridades este ano.

– Sei bem como é. – ele ri sem jeito, riscando o pé distraído na areia.

– Sério? Mas você me parece tão bem resolvido, Ravi.

– Pode acreditar, estou num desses momentos de virada agora, no limite da fronteira para a próxima etapa da minha vida.

– Que seria?

– Casamento.

Essa me impressiona de verdade. Olho para ele boquiaberta.

– Como assim você vai se casar?! Eu nem sabia que estava noivo, Ravi!

– E não estou. – ele revela se divertindo com a minha reação e então fica sério. – Mas eu me comprometi a escolher uma esposa assim que retornar dessa viagem.

– Não entendo. Como assim "escolher"?

Ele se senta mais à vontade na areia.

– Na Índia, casamento é algo muito importante, Vanessa. Um homem sem esposa é um homem sem pescoço, como diz a minha mãe. – ele ri com a frase, baixando os olhos com embaraço. – Meus pais dizem que já passou da hora de eu achar uma boa esposa e acho que eles têm razão em achar isso.

– Passou da hora?! – repito incrédula. – Que loucura, Ravi! Você é tão novo! Tem só um ano a mais que eu.

– Na Índia nós casamos até mais novos do que isso, Vanessa. Na minha sociedade existe um estigma muito forte em estar solteiro depois dos vinte. Meus pais me deixaram fazer todas as minhas vontades antes de firmar compromisso. Eu fiz faculdade, viajei pelo mundo, tive minhas experiências, fiz tudo o que queria. Mas concordo com eles que chegou a hora, não dá mais para adiar.

– Caramba! Mas como é isso? Você nem tem uma noiva. Como é que vai se casar logo quando voltar? Não é tão fácil assim, não é possível que seja, Ravi.

– Na verdade, é bem simples, sim. Eu vou escolher entre as candidatas.

– Heim?! – meu cérebro dá um nó. Por acaso Ravi tem algum tipo de harém esperando por ele? Pensava que isso era coisa de árabe ou errei de novela?

– Eu optei por procurar minha esposa usando um site de casamento. Eles são muito populares na Índia.

– Site de casamento? – minhas sobrancelhas se erguem em surpresa e desconfiança.

Ravi dá uma risada e me explica melhor.

– Antigamente, quando uma família queria casar um filho na Índia, ela se reunia com famílias de mesmo status e decidiam tudo entre elas, muitas vezes os noivos só se conheciam no dia do casamento. Mas, de um tempos pra cá, as coisas estão mudando bastante. Hoje em dia, muita gente opta por esses sites casamenteiros porque eles tornam possível encontrar várias pessoas com determinado perfil e marcar encontros para se conhecerem direito antes de oficializar a coisa toda.

Minha cara deve ser hilária. É isso que chamam por aí de choque de realidades?

– Ah, vamos! Não é tão estranho assim. – Ravi ri ao ver minha expressão de total assombro. – Você usa seus critérios de busca e a outra pessoa também, o site cruza tudo e aponta os perfis compatíveis. É pura matemática!

– O amor não é matemática.

– O amor age das mais diversas formas. – ele aponta sabiamente.

– Mas como que se define critérios para sua esposa? Tipo, eu não consigo nem imaginar fazer isso. Definir critérios para o meu marido? Meu Deus, eu não saberia sequer por onde começar!

– Bem, a maioria das especificações foram feitas pela minha família, o que facilita bastante. – ele conta só para aumentar meu espanto.

– Sua família decidiu a maioria dos critérios do seu casamento? – eu friso bem o "seu" para que fique bem clara a minha questão.

– Sim. – a resposta dele é certeira. – Mas também não abri mão de ter os meus próprios critérios a respeito. Não sei se você sabe, Vanessa, mas na Índia, quando um homem se casa, ele continua morando com a sua família, é a esposa que se muda para a casa dos pais dele. Nesse caso, a família se compromete tanto quanto o casal, então nada mais justo do que terem voz ativa na decisão.

Justiça é uma questão relativa. Eu não estou achando isso nada justo.

– Entendo. – reconheço, porém a validade do argumento. Apesar de parecer loucura para mim, sua explicação tem lógica dentro das tradições e culturas de seu país. Não existe uma única verdade, me relembro do importante ensinamento de Nanda. – E quais foram os critérios que eles definiram?

– Minha família tem algumas ressalvas quanto a contatos, religião e outras coisas assim. Tipo, *firanghi* nem pensar. – ele ri consigo mesmo e não entendo a piada.

– O que é *firanghi*?

– Significa estrangeira. Isso é um medo bem comum, muitos indianos têm pavor de verem seus filhos casados com estrangeiros.

– E você não se importa com essa restrição?

– Não me incomoda porque nunca foi um desejo meu, amo muito as indianas. Mas, cá entre nós, se fosse, talvez eu me rebelaria. – ele fala em tom de conspiratório dando uma piscadela que me faz rir.

– E quais são os seus critérios para encontrar a mulher indiana dos sonhos, potencial rebelde?

– São cinco em especial. – ele me sorri erguendo a mão para contar. – O primeiro é que ela me escolha também. Eu não quero uma mulher obrigada pela família a se casar comigo, quero alguém que me queira de livre e espontânea vontade.

— Bom, nada mais justo. O que mais?

— Em segundo, desejo que possua uma vida além de mim, uma profissão, um hobby, pode ser algo simples ou complexo, tanto faz. O que eu quero mesmo é estar ao lado de uma pessoa realizada em todos os aspectos, porque acho pessoas assim muito interessantes de se conviver.

— Legal também. — Gosto de saber que Ravi não deseja uma mulher que viva em função dele, mostra que ele não é um machista que se julga o centro do mundo. — E os outros?

— O terceiro é que gostaria de encontrar uma esposa falante, porque a voz de uma mulher enche uma casa de alegria, o quarto é que saiba dançar e, o quinto e último, é que goste de cozinhar, porque acho muito romântico comer algo feito com amor.

Repenso melhor minha opinião anterior.

— Sério, Ravi? Uma mulher que goste de cozinhar? — o olho de esguelha. — Isso é meio machista.

— Não, ele me corrige seguro de sua opinião. — Machista seria se eu falasse que queria uma mulher só para cozinhar pra mim, mas não foi isso que eu disse. Eu disse que gostaria de encontrar uma mulher que goste de cozinhar. É completamente diferente.

— Para mim parece a mesma coisa.

— Não. — ele balança a cabeça resistente. — Pensa só: Se você falar, por exemplo, que adoraria conhecer um homem que gosta de fazer massagem é a mesma coisa que dizer que quer um homem só para fazer massagem em você?

— Humm... — essa é difícil. Admito, ele tem um ponto a se considerar.

— Você gostar de uma aptidão em alguém, fazer massagem ou cozinhar, é diferente de você ver isso como obrigação dela. Querer encontrar uma esposa que tenha características e habilidades que eu aprecie é natural, todos buscamos coisas que gostamos em nossos parceiros. Minhas pretendentes também vão me encontrar através das características e habilidades que desejam e as quais possuo. Por exemplo, em meu perfil também consta que eu sei cozinhar.

— Sério? — me surpreendo com a revelação.

— Sério. — ele confirma com orgulho disso.

— Sei lá... É que é meio difícil acreditar que em pleno século vinte e um ainda existam casamentos arranjados.

— Ué, mas aqui no ocidente vocês não fazem parecido?

— Mas é claro que não! — repudio a ideia com veemência. Como ele pôde ter tido uma ideia tão estapafúrdia?

Ravi me olha com ironia.

– Ah, não? Vocês não têm esses aplicativos de namoro de celular, em que você faz um perfil, vê diversos outros e, se ambos se gostarem, vocês marcam para se encontrar?

Eu fico olhando para ele boquiaberta, sem saber o que falar. Surpresa demais com a coerência do argumento dele para poder rebater. Eu nunca pensei desse jeito. Mas sim, nós temos.

É justamente como quase todo mundo se conhece agora.

– É verdade. – admito, reconhecendo seu argumento. – Mas ao mesmo tempo é totalmente diferente. A gente não casa, só fica.

Ravi se diverte com a minha teimosia.

– Então está me dizendo que a diferença entre nossos métodos é que quando encontramos alguém que bate com nossas expectativas e que gostamos de verdade, nós casamos em vez de ficar? O que te incomoda, Vanessa, é a intensidade com que nós indianos estamos dispostos a nos comprometer?

Ele sorri para mim. Touché.

– Er... é que é tudo muito rápido pra vocês. – eu rebato incomodada dele ser tão bom em achar o "x" da questão. – O amor não nasce assim tão rápido. É preciso tempo.

Ele imposta a voz e recita com elegância:

– "Não é o tempo nem a oportunidade que determinam a intimidade, é só a disposição. Sete anos seriam insuficientes para algumas pessoas se conhecerem, e sete dias são mais que suficientes para outras."

Maldito indiano esperto! Como pôde usar argumento tão simples e irrefutável?

– Jane Austen. – eu reconheço a frase de minha autora favorita. – Razão e Sensibilidade.

– Vai me dizer que não acredita nas palavras da sua romancista favorita? – ele me pergunta em provocação, jogando o corpo para trás, apoiado nos cotovelos.

É, ele me colocou uma sinuca de bico com essa. No fundo, sou uma romântica à moda antiga, eu realmente acredito nessa história de amor à primeira vista, na verdade, até sonho com isso.

– É, você tem razão. – admito a derrota. – Não é impossível um amor nascer assim.

– Viu só? Já estamos avançando pelas nossas diferenças culturais! – ele comemora com seu sorriso solar. – É claro, não vou dizer que na Índia tudo sobre casamento é perfeito porque não é. Temos por lá ainda problemas gravíssimos nesse sentido. Não na minha família e em muitas outras que já são mais conscientes, mas não é incomum ver coisas que não considero corretas acontecendo.

– Que tipo de coisas?

– Bem, ainda acontecem muitos casamentos forçados, por exemplo. – ele conta com frustração, atirando um punhado de areia para longe. – Veja, forçado é bem diferente de arranjado. No casamento arranjado as famílias orquestram a melhor união possível para elas. Já no forçado, tudo é imposto aos noivos, sem dar a eles o direito de dizer não. Eu odiaria a ideia de estar casado com alguém que não me quer, que foi obrigada a estar ali. Mas acontece, e é uma merda que isso ainda exista.

– É, é surreal mesmo. – concordo pensativa. – Acho que confundi um pouco as duas coisas, agora percebo que quando você disse casamento arranjado na minha cabeça eu já associei logo a ideia de casamento forçado.

– Não, não. – ele afasta a hipótese como fumaça. – Meus pais não me forçariam a nada. Nem todo o casamento arranjado é um casamento forçado, mas todo casamento forçado é um casamento arranjado, entende?

– Acho que agora sim. – meneio a cabeça absorvendo a informação e em silêncio, nós encaramos o mar. O mundo é tão grande e tem tanta coisa desconhecida que chega a assustar.

– Vanessa. – Ravi me chama depois de vários minutos.

– Sim?

– Você acha que meu perfil vai causar na web?

Eu rio quando vejo que ele faz piada da própria situação.

– Claro que vai, Ravi! Quem não te amaria afinal?

Ele me dá seu sorriso solar em resposta e sorrio junto. Ravi não vai ter nenhum problema quanto a isso. Me distraio ao ver que Fareed está fazendo uma escultura de rabo de sereia nas pernas de Kantu à nossa esquerda. Contando ninguém acredita, esses dois parecem até crianças!

– Cara, quantos anos eles têm? – pergunto à Ravi abismada com a criatividade e peraltice sem fim dessa dupla.

Ele sacode os ombros rindo. – Não sei bem... as vezes eu penso que uns dez.

– Vocês se conhecem há muito tempo?

– Desde pequenos. Nossas famílias são vizinhas, é praticamente como se fossemos parentes.

– Deve ser bom ter amigos que são quase que irmãos

– É sim. Eu adoro esses dois, já passamos por poucas e boas juntos.

– Isso porque o Ravi sempre nos mete em roubadas. – Fareed sugere irônico surgindo atrás dele. Ele se aproximou tão discretamente de nós que nem percebemos que escutava nossa conversa.

– Ahã, *eu*. – Ravi se diverte com a acusação infundada. – *Eu* sempre nos meto em roubadas. – ele frisa o "eu" olhando com ironia para Fareed e percebo a indireta.

– Olha só, o rapaz já ficou nervosinho. – Fareed implica arteiro. – Mas é tudo cena, Vanessa. Esse *ulu* galante aí não é de nada!

— Ah, é?

Sem dar aviso, Ravi se levanta e dispara a correr atrás de Farred que, em fuga, passa por cima de um Kantu sereio, espalhando areia para tudo quanto é lado.

— Oh, não, Fareed! — o mais fofo do trio geme ao ver seu rabo destroçado.

— Há, bem feito!

— Vem, Kantu, vamos dar um jeito nele!

Kantu se invoca e, sacudindo a areia, se une a Ravi na caçada. Em poucos minutos, cercam Fareed.

— Ei, caras. Vamos conversar...

— Não há conversa com traidores. — Ravi responde justiceiro. — *Ulucapatá*, seu julgamento terá início.

— Vanessa, me ajuda? — Fareed implora, voltando-se para mim com as mãos erguidas.

— Desculpe aí! — rio levantando os ombros impotente. — Foi você quem começou isso, meu bem.

— Atacar! — Kantu brada e então os dois pegam Fareed com um mata-leão e o tacam na água. Me contorço de tanto rir com a cena.

— Pronto, trabalho feito! — Ravi anuncia batendo as mãos para limpá-las, enquanto retorna para o meu lado satisfeito.

Nanda e Bruno também retornam, se juntando ao grupo.

— Vejo que andaram se divertindo por aqui. — ela insinua olhando para Fareed que volta com o rabo entre as pernas do mar. — E aí, vamos almoçar agora? Eu e Bruno estamos varados de fome.

— Tô mesmo. — Bruno concorda sacudindo o cabelo molhado. — Surfar é bom, mas dá uma larica sinistra depois.

— Por mim, beleza, estou faminta. E vocês, rapazes? Com fome?

— Muita! — confirma Ravi. — O que sugere?

— Bem, levei meu último hóspede a uma churrascaria e ele adorou.

— Churrascaria? — Ravi pergunta sem entender o termo em português.

— Sim, é um restaurante só de carnes. — explico entusiasmada. — Tem cada picanha nesses lugares que só provando para...

Percebo que ele está fazendo uma careta engraçada. Nanda, por sua vez, apenas ri tampando a boca.

— O que foi? — pergunto sentindo que sou alvo de alguma piada que não entendo. — Falei alguma besteira?

— Não comemos carne, Vanessa. – Ravi me explica gentil – Vacas são sagradas na Índia. Lembra que te falei eu que era hindu? Então, na minha religião isso é totalmente proibido.

— Ahhhhhh... – eu nem tinha ligado uma coisa à outra, mas é verdade. Já ouvi falar sobre isso antes, inclusive vi imagens de vacas perambulando livremente pelas ruas da Índia em algum documentário. – Foi mal, Ravi, me esqueci totalmente disso.

— Tem um bar aqui pertinho que vende um aipim frito com dadinhos de queijo coalho da hora, o que acham? – Bruno sugere, me surpreendendo com o seu jogo de cintura.

Os rapazes se animam e assim está decidido o menu.

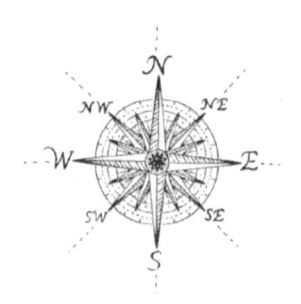

LIBERTADA

No dia seguinte, Ravi, Fareed e Kantu me contam animados seus planos para o domingo. Eles desejam ir ao último ensaio de uma famosa escola de samba do grupo especial do Rio de Janeiro e querem minha companhia em sua incursão.

Eu conheço de ouvir falar esse tipo de evento. São as tradicionais feijoadas, promovidas para arrecadar dinheiro para complementar os custos do desfile e fazer um aquecimento prévio para ele. Sempre lotam e reúnem muita música, dança, cerveja e aquele clima de paquera coletivo que me causa tanto desconforto.

Eu definitivamente não gosto desse tipo de situação.

— Ah, *tchalô*! — Fareed insiste atrás de mim. — Você tem que ir com a gente, Vanessa!

— Vai ser divertido! — alega Kantu se debruçando no balcão para me encarar pidão.

— Não é minha praia, mas agradeço o convite, gente. — recuso educada servindo um copo d'água sem encarar os imensos olhos de chocolate derretido que me encararam.

— Por favor... — implora inconformado. Percebo que ele realmente gosta da minha presença, provavelmente porque o defendo direto das traquinagens de Fareed.

— Foi mal, mas eu não curto lugares de aglomeração assim, Kantu.

— Por que não? — dessa vez é Ravi, que só estava escutando, quem pergunta. Ele me olha com curiosidade do sofá onde está sentado.

— Ah, sei lá... Eu me sinto desconfortável em ambientes assim, sabe, de pegação.

— Mas não estamos indo para pegação, estamos indo para o samba.

— Eu sei, Ravi, mas os caras ficam olhando e eu me sinto estranha. É coisa minha, não dá para explicar.

— *Are*, nós vamos ser seus guarda-costas! — Kantu sugere fazendo muque e não posso evitar a risada.

— Gente, é sério. Eu me divirto pra caramba com vocês, mas não sou muito chegada nesse tipo de ambiente, eu fico me sentindo um bife no açougue.

— Já se esqueceu da lição número um sobre nós, Vanessa? — Ravi pergunta brincalhão se levantando. — Para nós indianos as vacas são sagradas.

— Como?

Ele ri ao ver minha confusão e se explica melhor.

166

– Quero dizer que se alguém te fizer sentir como um bife no açougue hoje, vai ter um problema muito sério conosco. É uma questão cultural, lembra?

– Há há há, engraçadinho! – eu bato em seu braço de leve ao entender o trocadilho.

– Ei, – ele se defende de meus ataques dando risada. – foi você quem se chamou de bife! E não foi uma ofensa, pelos menos não para gente. Ser uma vaca na Índia é um elogio, sabia? Vacas são seres altruístas e pacíficos, características muito admiradas por meu povo, não tem nenhuma conotação negativa em ser chamada assim. É uma honra ser comparada com uma.

– Eu sei. – admito conhecendo agora o contexto cultural que nos difere. As palavras no fim têm somente o poder e significado que damos à elas. – Afff, vocês são terríveis!! – acuso balançando a cabeça, sem conseguir acreditar no que vou dizer. – Tá bom, vocês ganharam. Eu vou para quadra!

– Uhaaaa!! – Fareed e Kantu comemoram, ambos pulando como cangurus pela sala.

Ravi abre um sorriso.

– *Tchalô*, Vanessa! – ele chama gentil, abrindo a porta para que eu passe primeiro.

Tomando coragem, eu respiro fundo e sigo adiante.

E espero mesmo que essa vaca não se torne alcatra em promoção hoje.

Ao chegarmos à quadra, encontro exatamente o que suspeitava encontrar. Apesar de me surpreender com o fato de haver muitas famílias presentes, com crianças e idosos, estão lá os homens bebendo suas cervejas enquanto observam as mulheres dançando, tais como gaviões à espreita do ataque.

Quando meus supostos seguranças, Fareed e Kantu, saem correndo sem qualquer decoro para se divertir no meio daquela muvuca, percebo com ansiedade que estou sendo medida por esses olhares também. A sensação de segurança vai toda por água abaixo.

Me encolho.

– Por que você está tão travada? – A voz de Ravi ao meu lado me pega de surpresa. Astuto, ele percebe rapidamente minha apreensão.

– Não tem jeito, eu não consigo me sentir confortável nesse tipo de ambiente.

– Por que não? – ele olha ao redor e não encontra o que vejo de errado. Claro que ele não encontra, boa parte desse pânico acontece apenas dentro da minha cabeça. Para maioria dos jovens da nossa idade, essa situação é absolutamente normal e esperada.

– Porque nesse tipo de evento parece que estão me avaliando, esses olhares me deixam tão insegura, Ravi. Eu não sei o que estão pensando de mim, eu não sei como devo agir. Eu me sinto deslocada, eu sinto como se eu fosse invisível, entende?

– Você quer saber o que eu realmente penso? – eu olho para ele curiosa e confirmo com um aceno de cabeça. – Eu acho que você se esconde, Vanessa. Eu vi o que você faz. Você abaixa a voz, encolhe o corpo e diminui sua presença. Você diz que não gosta de lugares assim porque se sente deslocada e invisível, mas não acho que esse seja o problema. Você é linda, muita gente olha para você, mas a mensagem que seu corpo e atitude passam deixa claro o recado para qualquer um. A realidade é que você não quer ser vista. Desde que entrou aqui você fez absolutamente tudo para não chamar atenção, você sequer levanta os olhos direito para olhar as pessoas nos olhos, você parece ter medo desse contato. Minha teoria é que você se esconde sem sequer perceber, porque, lá no fundo, você acredita que ninguém em um lugar assim vai conseguir te ver de verdade, que vão te julgar só pela aparência. Ser vista, realmente vista, é importante demais para você, então você se nega a ser julgada de outra forma e se auto sabota.

Eu o olho espantada, minha boca ligeiramente aberta. Ravi conseguiu me entender, mais do que eu mesma já fui capaz de fazer durante toda a minha vida. O que ele diz faz completo sentido, eu não quero que ninguém goste de mim pela minha fachada, eu tenho medo que a percepção da minha aparência seja o critério para o julgamento de quem sou, assim eu me escondo, me encolho.

– Na verdade, isso é bem irônico. – percebo que Ravi se diverte com algo.

– Por quê?

– Nada, – ele disfarça rápido. – é só que você me lembra muito a um amigo meu. Vocês dois têm essas mesmas opiniões peculiares. Acho que seriam altamente compatíveis.

– Então trate de me apresentar a ele. –brinco. – Porque se não o fizer, é capaz dessa garota aqui ficar para titia dado o comportamento esquizofrênico.

– Isso jamais aconteceria, Vanessa. Você não combina com gatos e casacos de lã.

– Gatos e casacos de lã juntos por si só já seriam uma péssima ideia, seu bobo!

Ele dá risada sacudindo a cabeça.

– Minha querida, – bota as mãos em meu rosto me fazendo olhar pra ele, só para ele. –Você está pensando demais. Olhe esse cara, aqui do lado, por exemplo, – ele indica com um gesto discreto de cabeça um homem qualquer. – você se vê namorando ou casada com ele?

– Não. – eu estranho a pergunta inusitada.

– Então por que você se importa com o que ele está pensando sobre você? Por que está se escondendo dele e de todo o resto? Pare de se intimidar. Levanta esse olhar, aumenta essa voz, deixa sua presença ser a alma da festa! Se alguém resolver te julgar de forma superficial, dane-se, o importante é você estar consciente de quem é. E você é linda, Vanessa, por dentro e por fora.

Eu fico momentaneamente sem palavras.

– Cara, você acabou de resolver um complexo da minha vida. – eu confesso atordoada quando consigo falar novamente. Eu estou dando aos outros um poder que eles não têm. De me julgar, de me medir.

– Estou aqui pra isso. – Ravi se curva brincalhão. – Bem, agora que você já sabe a verdade do mundo, divirta-se. – ele me estende a mão, me tirando para dançar. – Dance como quem não se importa se está sendo ridícula, dance sem medo de parecer boba, porque são esses poucos que se permitem ser bobos aqueles que mais aproveitam a vida.

Ele me gira com graça e eu sorrio me sentindo livre, leve e despreocupada.

– E já que estou aqui, me deixe ser bobo com você. – acrescenta me rodopiando mais vezes. – Permita que nós sejamos sua corte hoje.

– Mas eu não sei sambar. – argumento rindo entre as voltas, completamente tonta.

– Nem eu. – ele dá de ombros indiferente. – Mas veja só se isso me impede.

Ravi bate três palmas, pisando forte e começa a dançar uma perfeita coreografia indiana, cheia de gestos e poses. Fareed e Kantu se unem a ele, acompanhando animados o ritmo e é tão divertido vê-los dançar com tamanha euforia que eu, contra qualquer probabilidade, resolvo também entrar na onda.

Me jogo.

Liberta dos meus medos, sigo seus passos, sem me preocupar em estar fazendo direito ou bonito e rio, rio feliz, rio com eles, rio de mim, rio da vida que é tão séria. É incrível como toda preocupação parece boba quando você se desliga dela e se diverte pra valer.

Eu estou me divertindo como nunca.

Noto que as pessoas ao redor começam a se aglomerar para nos observar. O "estranho grupo de doidos", eles devem estar pensando, "Dançado essa dança esquisita ao invés de samba". Porém, surpreendentemente, dessa vez eu não me incomodo nem um pouco com o que pensam ao meu respeito, nenhum olhar tem mais força para me fazer parar. Eu estou me divertindo tanto que não ligo para a opinião alheia, se estamos sendo ridículos ou não eu não sei, mas Ravi, Fareed e Kantu sorriem felizes e minha barriga chega a doer de tanto rir. Isso compensa os holofotes indesejados.

Isso faz valer a pena.

Ignorando todo o resto, eu me concentro neles, os meus três novos amigos indianos que têm o mágico poder de me fazer sentir segura, confiante e energizada. De me fazer sentir bem em minha própria pele. Fareed me puxa para uma sequência de rodopios rápidos e eu me entrego, como uma bailarina, leve como uma pluma.

Quando ele para e eu me recomponho, me surpreendo com a voz de Ravi junto ao meu ouvido.

— Viu? Eu disse que você conseguia. — ele está bem atrás de mim. — Olha só o que acontece quando você se deixa ser como é.

Quando levanto o olhar para ver do que ele fala, percebo que a pessoas ao nosso redor sorriem, batem palmas ou nos imitam. Nós viramos uma espécie de espetáculo à parte e não, ninguém está nos achando ridículos ao que me parece, as pessoas estão gostando, entrando na mesma dança, na mesma sintonia.

É como se a energia que me contagiou, tivesse contagiado a todos ali.

— Que galerinha magia é essa que está causando frisson no meu ensaio? — Um homem baixo e gordinho cheio de purpurina no rosto e vestido com a camisa da escola se aproxima de nós, atravessando a multidão que nos cerca.

— Magia!! — Fareed repete eufórico sem sequer saber o que significa, puxando sem cerimônia o homem para dentro da nossa roda de dança.

— Menino, calma! — o homem ri e ofega entre os pulos que Fareed o faz dar. — Quanta energia eles têm! — exclama encontrando meu olhar cúmplice.

— Se têm! — afirmo me divertindo com a situação.

— Onde aprenderam a dançar desse jeito?!? — pergunta curioso a Kantu, mas ele, que não entendeu nada, se resume a continuar dançando, levando-o junto no ritmo.

— Eles não falam português. — explico solidária entre as voltas que damos.

— Ah!! E de onde eles são?!

— São da Índia. — respondo enquanto danço com Ravi. — Vão ficar aqui por mais alguns dias. Se chamam Ravi, Kantu e Fareed. Eu sou Vanessa. — me apresento estendendo a mão em sua direção.

— Muito prazer, Vanessa! — ele retribui o aperto e rodamos juntos, trocando de pares. — Que grupo mais peculiar esse o seu!

— Se é! — concordo com ele. Esses três são incríveis.

Quando a música acaba, Ravi e os rapazes fazem uma reverência para mim e para o homem, agradecendo pela dança. A galera aplaude em polvorosa ao nosso redor.

— Upalelê! Vou respirar senão morro! — o carnavalesco arfa recuperando o fôlego, as mãos ainda apoiadas nos joelhos um minuto. — Deixa eu me apresentar também, eu sou Jorge Canto, carnavalesco chefe dessa escola.

— Jura?! Que máximo! — sou pega de surpresa com a informação e trato de traduzir para meus amigos que ficam ainda mais eufóricos em saber que estavam em tão ilustre companhia.

— Eles estão falando parabéns! — traduzo de volta para Jorge, que olha curioso nossa interação em inglês. — Disseram que é tudo muito lindo aqui! Estão adorando o ensaio.

– Esperem só até ver na Avenida, com todas aquelas plumas e paetês ao vivo! Vão perder a cabeça!

– Ah... é que nós não vamos assistir ao desfile na Sapaucaí. – revelo sem jeito.

– Mas é claro que vão! – ele afirma categórico, sem dar brechas à discussão. – Vocês são meus convidados de honra!

– Está falando sério?! – fico chocada sem conseguir acreditar no que estou ouvindo. Jorge apenas confirma com um polegar apontado para cima.

– Seríssimo!

Conto a novidade e o trio aí sim fica louco de alegria. Antes que eu possa impedi-los, eles já pegaram o carnavalesco e o lançaram ao ar três vezes em comemoração.

– Calma, calma, rapazes! Assim eu infarto! – Jorge grita entre risadas e eles o botam no chão de novo. – Meus Deus, haja saúde!

Eu rio acompanhada de meus amigos indianos que, embora não entendam uma palavra do que ele diz, estão bem cientes da arte que fizeram.

– Bem, Vanessa, – Jorge recupera a compostura. – o tema da escola esse ano é a diversidade e tem uma ala em que você e seus amigos seriam perfeitos!

Sei que é um risco, mas acho melhor avisar o óbvio para que não o decepcionemos mais tarde. – Jorge, nós não sabemos sambar.

Ele dá risada.

– Eu meio que percebi isso, diva. Mas fique tranquila, não será preciso, é só fazer exatamente o que fizeram aqui. – ele faz menção à multidão que se formou ao nosso redor. – Energia assim é coisa rara, acende o espírito da arquibancada, não tem juiz que não se dobre por uma apresentação sincera, cheia de vida como essa! Toma, fique com o contato do meu assistente, Joel. Ele vai dar a fantasia de vocês hoje e mostrar onde vão ficar no dia do desfile.

Eu pego o cartão e, muito simpático e exuberante, Jorge continua nos contando várias curiosidades sobre o Carnaval carioca e eu e os rapazes ficamos encantados em saber tantos detalhes deste grandioso evento da cidade naquela tarde. Aprendo com ele que o carnaval tem uma raiz muito grande na comunidade e gera uma economia importante para ela, vendo de perto o amor que todos ali têm pela escola.

Quando a fome finalmente bate, os rapazes descobrem que a feijoada não é para eles e, sem qualquer frustração, optam por comer arroz, couve, laranja e vinagrete. Admiro o desapego, para esses três não existe mesmo tempo ruim.

Recarregados, voltamos a dançar e me divirto tanto que nem percebo quando anoitece e já é hora de deixarmos a quadra. O dia passou voando.

– Eu não acredito que vamos desfilar na Avenida. – comento ainda aérea com Ravi enquanto voltamos para casa, Kantu e Fareed apagados no banco de trás do meu carro.

— Eu te disse que você era incrível. — ele aponta como se fosse perfeitamente justificado. Como se eu pudesse ter causado isso e não eles.

— Fala sério, Ravi! — dou uma cotovelada leve em suas costelas sem tirar a mão do volante. — Vocês que são incríveis! Nada disso aconteceria sem vocês aqui, vocês são tipo a alma da festa.

Eu rio, mas Ravi apenas me observa em silêncio, um sorriso misterioso em seu rosto.

— O que foi?

— Ah, Vanessa. — ele suspira balançando a cabeça. — Quando você vai começar a se enxergar de verdade...

Eu faço graça.

— Ah, vai ser difícil! Talvez só quando você parar de meter o Fareed em problemas.

Ravi dá uma risada e durante todo o trajeto percebo que mantém um sorriso nos lábios.

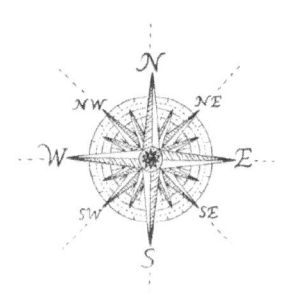

CRITÉRIOS

Na segunda, eu chego em casa depois do trabalho cheia de sacolas do mercado. Minha prendada vizinha, companheira de compras, tratou de me dar mais dicas preciosas na arte da culinária, tais como o preparo de legumes cozidos e a lavagem correta de frutas e folhas.

É, acredite, eu ainda estou nesse nível da coisa.

Deixo as compras na bancada e, depois de uma boa ducha, limpa e vestida com meu moletom favorito, sigo para cozinha e começo a lavar e guardar as verduras, legumes e frutas quando, enfim, ouço a chave ser engatada na porta.

— Voltamos! – anuncia Fareed entrando todo sorridente.

— Sejam bem-vindos de volta! – os saúdo com alegria, quando percebo chocada que Kantu está um desastre, todo sujo de folhas, terra e barro.

— Onde foi que você se meteu? – pergunto impressionada com o nível excepcional de sujeira dele.

— Foi um acidente! – ele argumenta sem jeito, mas Fareed e Ravi caem na gargalhada. – Foi um acidente sim! – ele reafirma genioso, mas a gargalhada dos outros aumenta mais ainda no fundo.

— Ahã! Vamos chamar assim... – Fareed alfineta implicante.

— O que houve afinal?!

É Ravi quem começa a narrar os fatos.

— A história começou mais ou menos assim, estávamos indo visitar a Igreja da Penna, na Freguesia, mas no meio do caminho o Kantu viu uma mulher tentando trocar o pneu do carro dela. Então, cavalheiro como pode imaginar que é, ele resolveu parar e oferecer ajuda...

Eu ergo uma sobrancelha confusa, até aí nada de mais, Kantu é mesmo gentil, claro que ia se oferecer para ajudar a moça.

— Só que o detalhe é que Kantu nunca trocou um pneu na vida. – ele acrescenta rindo.

Fareed continua, implicante como sempre. — O mané aí ficou todo cheio de si e disse que não precisava da nossa ajuda, passou uma vergonha danada fingindo saber o que estava fazendo só para não ter que admitir.

— Resumo da ópera, - Ravi retoma a condução do relato. — no meio da tentativa de troca, nosso caro Kantu aqui deixou o pneu escapulir por um segundo e o troço saiu rolando ladeira abaixo. Sim, isso mesmo, Vanessa. Estávamos no alto de uma ladeira. Na verdade, de um morro, o Morro da Penna. Foi o pneu rolando e Kantu correndo e gritando que nem um louco atrás e o troço foi parar no meio de um matagal!

– Ai meu Deus, que situação, Kantu! – eu me solidarizo com ele, apesar de querer rir também imaginando a cena.

– Tá tudo bem... – ele diz conformado, os ombros baixos de tanta vergonha. – Vou tomar um banho, tá?

– Vai, sim! Já passou.

– Se esfrega direito, heim! – grita Fareed quando ele segue cabisbaixo para o banheiro. – Para ver se consegue apagar a mancha da vergonha gravada em você.

– Tá bom, tá bom. – ele vai resmungando como uma criança de castigo. Que dó dele.

Quando ficamos só os três na sala, Fareed se joga no sofá.

– Posso ligar a TV?

– Claro. – respondo apontando o controle em cima da mesa. – Tem um perfil de visitante.

Ele liga em um filme e eu volto para a cozinha para pensar na receita que farei hoje. Inspirada na dieta vegetariana dos meus visitantes, comprei muitos legumes, mas "legumes com o quê?", me pergunto e, sem ideias, abro o livro de culinária básica que comprei para tentar achar inspirações para minhas experiências.

– O que é isso? – Ravi se aproxima da bancada olhando para o meu livro.

– Meu material de culinária.

– Quer dizer que você resolveu aprender a cozinhar? – ele se diverte com a informação. – Em seu perfil diz que você não sabe nem fazer um ovo.

– É verdade, – confirmo embaraçada. – mas tenho feito umas experiências e não é que aprendi alguma coisa com a dona Josefa? Antes tarde do que nunca.

– Onde eu vivo a maioria das mulheres aprendem a cozinhar desde meninas, é meio que uma tradição passar esse conhecimento de mãe para filha.

– Sabe como é, garota moderna. – eu o provoco. – Eu sempre abominei a ideia de cozinhar, achava meio opressora essa expectativa de que mulher tem que saber cozinhar, de que mulher tem que ser a responsável pelas tarefas da casa, de que mulher "tem que" esse bando de coisas. Eu costumava dizer desde pequena que meu marido teria que saber cozinhar ou íamos ter que nos contentar com nuggets e lasanhas congeladas todos os dias.

Ele dá uma risada.

– Tá rindo de quê?

– Você acabou de falar algo ainda pior do que falei antes. – ele aponta maroto. – Você afirmou que seu marido tem que saber cozinhar para alimentar vocês dois. Quem é a opressora agora?

Sou obrigada a dar o braço a torcer, mas seguro o riso.

– Ah, dá um desconto, Ravi! Eu era uma criança.

– Você mudou de ideia por acaso? – ele pergunta divertido.

Sou tentada à ideia de um homem de avental me servindo guloseimas. Gosto bastante.

– Bem, devo confessar que ainda seria uma característica muito apreciada...

– Então nada de desconto para você. – ele cutuca minha costela me fazendo gargalhar alto. – Sabe, a graça é que eu aposto que você se casaria com alguém que só fosse capaz de fazer uma gororoba. Fala isso só da boca pra fora porque você, Vanessa, é uma romântica no final das contas. Ambos somos, temos Jane Austen em comum como prova.

– É verdade, talvez cozinhar não seja um critério tão importante assim pra mim.

– Talvez não seja para mim também. – ele concorda cúmplice. – Agora me diga, quais seriam os seus verdadeiros critérios para escolher o seu futuro marido?

Eu penso um pouco. Como seria o homem com quem que eu gostaria de estar?

– Acho que você estava certo sobre aquilo que falou antes, eu quero alguém que goste de mim pelas razões certas. Um bom senso de humor também seria ótimo, afinal, eu sou meio irônica e é bom estar com alguém que compartilhe isso. E, claro, curto caras companheiros e acho incrível quando alguém me surpreende de verdade, sinto até o meu coração bater mais forte dentro do peito.

– Então você é do tipo que gosta de surpresas?

– Amo! Gosto muito dessa coisa do inesperado, dos finais de livros cheios de reviravoltas, daquele tipo de mocinho que é bem mais profundo do que aparenta ser, mas nem crio altas expectativas com isso, Ravi. Eu não tenho muita sorte nesse campo, Sr. Darcy é coisa rara nesse século. Já vai ser muito se eu conseguir alguém, é sonho demais querer que esse homem ainda me surpreenda. Taí, talvez o auge da surpresa seja justamente o cara aparecer na minha vida, o que, sejamos sinceros, já seria quase que um milagre.

Ele balança a cabeça.

– Ai, Vanessa...

– O quê?

– Sabe, a vida é muito engraçada.

– Você acha? – brinco com ele.

– Cada vez tenho mais certeza disso. Ah, lembrei de uma coisa! – ele diz de repente deixando a cozinha. – Nós trouxemos algo para você.

– Pra mim?

Ravi vai até a sua mala e retorna com uma caixinha colorida, toda decorada com motivos indianos.

– O que é isso? – sinto um aroma diferente vindo dela. – Cheira tão bem!

– Abra.

Acatando a sua sugestão, abro a caixa e descubro que dentro dela tem diversos vidrinhos das mais variadas formas. Eles são tão aromáticos e coloridos!

– Temperos?

– Isso. Temperos indianos. – Ravi confirma avaliando minha reação com curiosidade.

– Obrigada, eu adorei.

Dou um abraço nele pelo presente carinhoso.

– E que temperos você costuma usar em suas experiências? – pergunta.

Faça uma careta. – Sal?

– Sim e...?

– Sinto te decepcionar, Ravi, mas isso é tudo que eu tenho.

Ele me olha absorto, como quem não consegue acreditar no que digo.

– Ah! – me lembro triunfante de algo e corro para pegar na geladeira. – Peraí, tem mais! Às vezes eu uso o tempero de macarrão instantâneo para temperar as coisas. É ótimo, dá um super gosto!

Acho que o comentário não impressiona Ravi em nada, pois tudo o que ele faz é dar um tapa na testa ao ouvi-lo.

– Isso não conta, Vanessa! – balança a cabeça revoltado entre risos e tira o pacotinho prateado da minha mão. – Isso nem deveria existir.

– Mas já vem prontinho, é tão prático... – argumento me divertindo com sua expressão incrédula e tentando pegar o meu pacote mágico de volta.

– Sem chance de eu te devolver esse veneno. Já vi que meu presente veio mesmo a calhar.

– Mas você tem que admitir que foi bem ousado na escolha. – aponto a verdade já que estamos sendo sinceros.

– Eu sei. – ele confessa com um sorriso malandro. – Vi que você era completamente avessa à ideia de cozinhar em seu perfil, mas pensei que, já que você estava abrindo a cabeça para tantas coisas nessa vida, seria legal incentivá-la a quebrar mais um tabu. Você dizia que nunca tinha cozinhado nem um ovo, como poderia afirmar com tanta certeza que odiava fazer algo que nunca havia tentado? Sei que faz questão de ser uma garota moderna, mas você não é moderna se deixa de fazer as coisas porque não quer ser estereotipada. Uma garota moderna pode tudo. Às vezes, a gente só precisa do estímulo certo para arriscar tentar fazer coisas novas.

– É nessa hora que você diz 'Prazer, estímulo.'?

– Me zoe, mas um dia você ainda vai me agradecer por te trazer o novo à sua vida. Agora eu entendo, eu não cruzei o seu caminho por acaso, Bhrama tinha um propósito muito especial quando me fez encontrar seu perfil.

— Tinha? – faço graça, me divertindo com seu ar premonitório. – Que misterioso isso!

— Não é a vida um mistério? – ele brinca de volta. – Uma coincidência é só uma coincidência até deixar de ser. – argumenta e sinto um arrepio percorrer todo o meu corpo.

Ravi é alguém tão intuitivo que chega a assustar às vezes.

— Agora me diga, Vanessa, – ele retoma o tom descontraído sem dificuldade alguma. – dona Josefa é mesmo uma boa professora?

— A melhor! – nem hesito em responder essa. – Só ela ter paciência comigo já é incrível. Você não viu, mas fui realmente um desastre em minhas primeiras tentativas, considero ela quase uma santa por não ter desistido de mim logo ali.

Ele se inclina no balcão. – E o que aprendeu até agora?

— Bem, até agora só o básico do básico. – ele cruza os braços desconfiado. – Sério, Ravi, eu não sabia fazer absolutamente nada na cozinha, o básico já é muito. Tipo, sei cozinhar arroz, feijão, bife e ovo, e hoje ela me ensinou a fazer legumes e lavar as folhas da salada da maneira correta.

— Você saber fazer *curry* indiano?

— Cara, não me zoa! Acabei de te falar que eu tô aprendendo a lavar salada da forma correta e tu me vem com esse papo de *curry* indiano?

Ele ri. – Então, *firanghi*, fica do meu lado que eu vou te ensinar umas coisas novas. Vou te mostrar como se prepara o verdadeiro tempero da Índia!

—Vamos lá, mostre-me suas habilidades, senhor guru das especiarias.

Ele vem para o meu lado do balcão.

—Vamos lá! Para se fazer um bom *curry*, você tem que usar seus sentidos, dosar bem as quantidades de temperos, entende? – assinto sem pestanejar e Ravi começa a pegar punhados de cravo, cominho, pimenta, cardomomo, canela e açafrão e jogar dentro de um potinho. – Uma porção disso, uma pitada daquilo, um tanto desse, está acompanhando? Acho que assim já está bom. – decide, parecendo saber muito bem do que está falando e, então, mistura tudo com uma colher e levanta a tigela. – Sinta.

Eu cheiro a mistura e, apesar de forte, acho o aroma agradável, instigante. Identifico uma certa picância nele, mas também tem um toque adocicado da canela e cardamomo numa combinação rica e exótica que funciona, desperta o interesse.

— É bem aromático. – admito impressionada. Ravi é mesmo bom nisso.

— Bem, Vanessa, esse é o *curry*, o ingrediente principal do *curry* indiano.

— Ah, então esse *curry* ainda não é o *curry* indiano? É o quê então, paraguaio?

— Não, – ele ri. – o *curry* é apenas um ingrediente do *curry* indiano.

— E como se faz o tal *curry* indiano?

— Para isso, – ele se ajeita e olha ao redor procurando pelos ingredientes. – deixe-me ver, precisamos de couve-flor, abobrinha, cebola, alho, gengibre, extrato de tomate, leite de coco, coentro fresco...

— Ok, — respondo pegando os ingredientes que ele cita e os colocando sobre a bancada. — Acho que tenho tudo aqui. E agora?

Com paciência, Ravi me ensina o passo a passo da receita e descubro que ele é um ótimo professor e cozinheiro. O som do musical indiano que Fareed assiste na TV é o único barulho além das nossas facas batendo na tábua de cortar. Olho para tela e me alegro ao ver que é uma versão indiana de Orgulho e Preconceito, com direito à muita dança, claro. A bela protagonista de cabelos longos e escuros traja uma singular roupa rosa toda bordada de pedrarias.

— Acho essas roupas tão lindas. — comento distraída enquanto pico a abobrinha.

— O *saree*? — Ravi pergunta levantando os olhos para a TV.

— É, acho que é esse o nome. Amo essas cores vibrantes, esses tecidos todos bordados. É tão único, tão diferente.

— Eu também gosto muito, acho que deixa as mulheres bem bonitas — ele revela sem jeito. — Não é uma roupa que revela muito, pelo menos não como as ocidentais que estamos acostumados a ver, mas tem uma sensualidade misteriosa que me encanta. Você ficaria bem em um.

— Quem sabe um dia eu tente?

— Nunca diga nunca. — ele se diverte com a possibilidade.

Depois de cortamos tudo, seguimos grelhando legumes, incorporando os outros ingredientes e, por fim, adicionando o tempero que ele fez no início.

— E agora é só misturar tudo e tchazam! — Ravi abre os braços satisfeito para anunciar o resultado. — Eis aqui o seu primeiro *curry* indiano, Vanessa!

Eu pego uma colher e provo curiosa a mistura, sentindo no mesmo instante uma explosão de sabores envolver minha boca. O gosto é tão exótico! É como fazer uma viagem gastronômica numa prova. Fantástico!

— Uau, você é mesmo bom nisso, Ravi!

— Para falar a verdade, eu só sei o básico. — ele diz modesto.

Eu coloco as mãos no quadril e o olho de esguelha com sarcasmo.

— Ok, um pouco além do que o seu básico. — ele corrige entendendo a acusação silenciosa e eu rio junto a ele.

— Você vai cozinhar para sua esposa? — pergunto de forma espontânea, colocando a louça que sujamos na pia.

— Sim, — Ravi responde orgulhoso e posso ver um traço de alegria ali. — e, como te disse, espero que ela também cozinhe para mim de vez em quando.

— Como obrigação? — levanto a sobrancelha o testando.

— Não, — ele balança a cabeça com um sorriso. — como forma de carinho, da mesma forma que fiz esse prato para você.

Eu sorrio. — Isso é justo. Obrigada, está realmente uma delícia, Ravi. Janta comigo?

— Obrigado, mas já comemos na rua. Aproveite sua obra-prima, cara chef.

E, aproveitando que Kantu sai do banho, Ravi segue para ir se lavar. Coloco outra colherada na boca e me sinto embarcando para longe.

Eu posso sentir o gosto da Índia se descortinando em minha boca.

◁——— ♡ ———▷

Na terça-feira, Kantu me vê estudando francês e cisma que vai me ensinar a falar híndi, o idioma oficial de seu país. Eu não fazia a menor ideia de quão difícil era aquela língua até então, nem que possuía um alfabeto completamente diferente do meu, letras desenhadas tão indecifráveis como grego. Não, pior que grego!

Pago tanto mico tentando aprender que, depois disso, Kantu não se inibe mais em falar inglês comigo, ainda que errando algumas coisas no processo. O mais engraçado é que quando ele perde a sua inibição de errar, nossa comunicação flui muito melhor.

O medo é o maior limitador de nossos acertos.

Quando retorno do trabalho na quarta, Kantu e Fareed estão dormindo no sofá, completamente mortos após sua visita aos estádios da cidade. Imagino que devam ter ficado loucos, correndo de um lado para o outro nas arquibancadas. Os três indianos são fissurados por futebol e sabem mais sobre o nosso time do que muito brasileiro por aí (Indireta para mim mesma.).

Como Ravi ainda está acordado e bem-disposto; decidimos sair juntos para um passeio de bicicleta entre a Barra da Tijuca e São Conrado. Segundo meu planejamento, quarta é dia de correr, mas pedalar é uma atividade física, então considero a alternativa mais do que válida.

Pegamos emprestadas umas bikes de um projeto de sustentabilidade ambiental da prefeitura e fazemos o tradicional percurso pela ciclovia Tim Maia, beirando a orla da praia. Pelo caminho, conversamos bastante e me abismo com a desenvoltura de Ravi. Apesar de tão jovem, ele tem um ar de quem já viveu várias vidas. É fascinante ouvi-lo falar.

— Olha, aqui tem uma vista bem legal. — aponto quando chegamos ao mirante à entrada do túnel do Joá. — Vamos fazer uma parada?

Ravi concorda e nós descemos das bicicletas, ficando ali, com os cotovelos apoiados na cerca, admirando a paisagem fantástica à nossa frente. O arquipélago das Ilhas Tijucas e o bairro de São Conrado vistos de um ângulo único.

— Como foi o trabalho hoje? — ele pergunta interessado, bebendo um gole de seu isotônico para repor as energias.

— Foi ótimo! Fizemos uma visita aos nossos fornecedores, foi bem legal conhecê-los.

– Vi nas suas redes sociais que você trabalhava na Sahanna. Gostava de lá? Deve saber que muito da produção deles é feita na Índia.

– Eu sei. – e lamento saber, na verdade. – Tenho total consciência de que eu trabalhava na maior sanguessuga trabalhista do mundo. Eu sabia disso desde o início, confesso, só que ignorava o fato. Como eu não lidava diretamente com essa parte, era bem fácil fechar os olhos.

Que hipocrisia é a vida. Eu costumava pensar que tinha o emprego dos sonhos, um cargo legal em uma marca mundialmente famosa da indústria fashion. Mesmo ela sendo constantemente alvo de notícias de exploração de mão de obra, eu não me importava com nada disso. Eu só me importava com a aparência. Só hoje, depois de conhecer a Isis e trabalhar com ela dentro de sua política de sustentabilidade, de valorização da cadeia produtiva, eu sou capaz de entender como aquilo era injusto, como aquilo era errado.

Eu vejo o todo.

– Mas você se arrepende da troca? – Ravi prossegue curioso. – Porque querendo ou não a Sahanna tem um status dentro do universo da moda, a Isis ainda é uma marca bem iniciante pelo que me contou. No seu currículo deve fazer diferença, não?

– É irônico, mas eu não tenho nenhum arrependimento. O salário é menor, é verdade, mas estou tão bem agora que nem ligo. Eu, que sempre dei tanta importância para o status, hoje, se me fizer feliz, posso até trabalhar plantando batatas e ordenhando vacas em uma fazendinha sem nenhum destaque que não vou nem ligar.

Nesse instante, Ravi se engasga com a bebida, cuspindo-a toda ao explodir em uma gargalhada.

– Já tá pensando besteira só porque falei em ordenhar vacas, né? – pergunto me divertindo com a sua reação e provoco. – Pensei que você era mais maduro que isso e, principalmente, que indianos respeitassem as vacas, Ravi! Que decepção...

– Não, não é isso. - ele se justifica recompondo-se, mas mantendo um sorriso no rosto. – O que quero dizer é que estou impressionado com o que acabou de dizer. Então você não tem mesmo medo de encarar coisas novas se achar que valem a pena?

– Acho que medo eu tenho. Mas acredito que sou mais corajosa agora. Coragem é isso, né? Fazer apesar do medo. Hoje eu posso dizer que tenho me arriscado mais, saído da minha zona de conforto. Não é fácil, sempre faz meu coração bater mais forte, mas se ele está batendo mais forte é a prova de que eu estou viva, né?

– Com certeza. E posso saber quem andou te inspirando a ter tanta coragem?

– Muitas pessoas, mas acredito que a Isis teve um papel importante. Ela é tão forte.

– A sua chefe parece mesmo ser uma mulher interessante.

– Nem vem, que ela já é casada. – faço piada.

– Ai de mim, meus pais me matariam! *Firanghi* nem pensar, lembra? – Ravi brinca levantando as mãos e dando risada. – Mas agora falando sério, fico pensando que ela foi uma excelente influência na sua vida. É bom trabalhar com pessoas que nos inspirem a ser melhores.

— Com certeza. Trabalhando com a Isis eu racionalizo mais, me preocupo com o resultado. Não que na Sahanna eu fizesse corpo mole, pelo contrário, eu dava minha alma de tanto trabalhar, mas é muito diferente o sentimento envolvido. Eu amo o que eu faço na Isis e quero que dê certo porque acredito na proposta, eu acredito na Isis.

— Dizem que ao se trabalhar com o que ama nem parece trabalho, é essa a sensação?

— Não e sim... — eu tento, então, me explicar melhor. — Porque eu me orgulho que este seja o meu trabalho, respeito a Isis como uma chefe e me dedico como alguém que recebe por isso. Mas isso não invalida o fato de que eu gosto do que eu faço e tenho amizade de verdade por ela, logo é mais como uma união do melhor dos dois mundos.

— Deve ser bem estimulante.

— É sim. — concordo. — E você, Ravi? É minha vez de perguntar agora.

— Fique à vontade. — ele se volta para mim, receptivo às minhas perguntas.

— Em que você trabalha?

Ele joga o cabelo negro para trás e responde com orgulho.

— Minha família tem uma loja de tecidos em Nova Delphi. Graças a Brahma tem sido um negócio próspero há gerações.

— Sua família toda trabalha lá?

— Boa parte dela. Eu, meu pai, meu tio e um primo.

— E as mulheres não?

— Não. Minha mãe e minha avó não trabalham fora, cuidam do lar. Já a minha tia desenha joias, que vendemos em consignação na loja, e a esposa do meu primo trabalha em uma agência de turismo.

— Legal. — gosto de saber que a nova geração de mulheres indianas já está mais atuante no mercado. — E você gosta do seu trabalho na loja?

— Cara, de início, achei que odiaria. É complicado isso de você já nascer sabendo que vai herdar o legado de seu pai, é meio como se tivessem construído muros nos outros caminhos possíveis, entende? Mas, com o tempo, eu fui gostando, fui admirando mais meu pai, dando o devido valor ao esforço dele. Meu pai é para mim o que a Isis é para você. Alguém que me inspirou a gostar do meu trabalho de verdade.

— Então seu pai é seu ídolo?

— Pode se dizer que você está correta. — ele concorda encabulado.

— Deve ser um grande homem para inspirar alguém como você.

— Ele é sim. — concorda abrindo o seu sorriso solar.

Olho para o horizonte e vejo o sol se pondo ao longe.

– Você me lembra o sol. – digo sem pensar.

Ele se diverte com a comparação.

– Qual a graça? – rio junto sem entender a piada.

– Esse é o significado do meu nome. Ravi, significa "o sol".

– Nossa! Seus pais não poderiam ser mais certeiros na escolha.

– Que bom que pensa assim. Na Índia a escolha dos nomes tem grande importância.

– Sério? – eu me ajeito melhor para ouvi-lo.

– Seríssimo! Quando uma criança hindu nasce, geralmente os pais mandam fazer o mapa astral dela para ver os nomes mais adequados em função do momento exato do seu nascimento. E, onze dias depois, na cerimônia de nomeação, o nome decidido é sussurrado ao ouvido do bebê pela primeira vez. É algo bem bonito de se ver.

Eu fico extasiada com a informação. O mundo é mesmo um lugar fascinante.

– Vocês são como uma faculdade, me fazem aprender tanto sobre tantas coisas. É inspirador ter conversas assim.

– A melhor escola que temos na vida são as pessoas, Vanessa. Cada um tem sua história, um ponto de vista único a partilhar. Ninguém pode viver tudo, é preciso saber ver e ouvir.

– Esses ouvidos e olhos sempre estarão sempre à sua disposição. – brinco com ele.

– Assim como os meus estarão sempre à sua, minha cara.

– E pensar que quase perdi a chance de te conhecer por conta de um lugar a menos.

– Ainda bem que eu sou prevenido e sempre carrego um colchão extra. – ele faz piada me fazendo rir.

– Assustadora sua astúcia! As vezes eu me pergunto se você é algum tipo de vidente.

– Vidente? – ele faz careta. – Vidente não, mas devo admitir que tenho lá os meus momentos de guru.

– Ah, se tem! – concordo com ele e o arrasto pelo braço de volta às pedaladas. – Vamos trabalhar essas canelas, guru, tem muita ciclovia pela frente.

– Taí, canelas fortes! Mais uma coisa para acrescentar em meu perfil.

– Desse jeito você vai tornar a concorrência desleal, Ravi! O que será dos outros solteiros do site assim?

– Deles eu não sei, mas que minha esposa vai curtir essas canelinhas definidas, ah, vai!

Claro que vai. Ravi é o pacote completo.

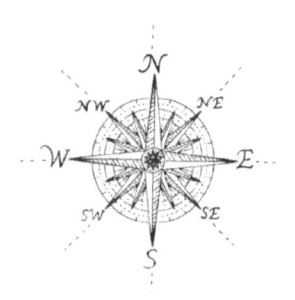

ASAS

Na quinta-feira, os rapazes avisam logo de manhã que vão voltar tarde de um show. Aproveito, assim, para chamar a minha querida vizinha para uma maratona completa da série do pirata gostosão, o que rende boas risadas e um excelente fim de tarde.

Já na sexta, depois do expediente, Magô e Soles me acompanham até em casa para levar uns inquietos Kantu e Fareed para conhecer a noite carioca. Depois de ouvirem várias recomendações de segurança de minha parte, eles partem rumo à Lapa e me solidarizo com o coitado do Soles. Com a euforia desse trio, a noite dele vai ser longa.

Ravi decide ficar e descansar um pouco. Ele assiste um pouco de TV enquanto eu lavo minha roupa e, depois, nos sentamos juntos na sala para conversar. A companhia dele é algo realmente maravilhoso, parece até que já o conheço há anos. Seu palpite inicial estava correto, nos tornamos amigos tão rápido que chega a assustar. Estranhos continuam a me surpreender e eu não poderia estar mais feliz com isso.

No dia seguinte, finalmente é sábado e estou cheia de disposição para passar o dia inteiro com os meus convidados. Como eles querem fazer algo diferente, me lembro de Marcelo, o guia que levou Toshiro para conhecer o Morro Dona Marta e, achando o seu cartão, resolvo ligar para ele.

Descubro que fará uma trilha até o pico da Floresta da Tijuca com um grupo de turistas. Falo com os rapazes e, como todos se animam com a ideia, consigo nos incluir de última hora no passeio. Correndo para não nos atrasar, vestimos nossas roupas e tênis, enchemos as mochilas com água para partir para a aventura.

Chegando ao local combinado, avisto fácil Marcelo com sua camisa verde neon nada discreta parado junto a um grupo de umas oito pessoas, de diversas idades e condicionamentos físicos.

– Opa, Vanessa. – ele se aproxima simpático ao me ver. – Que bom que você veio!

– Eu não disse que viria? – brinco com ele. – Você pode ser muito convincente, rapaz. Trouxe novos convidados comigo esta vez, estes são Ravi, Kantu e Fareed.

– Sejam bem-vindos ao grupo, garanto que vocês vão amar o passeio. Agora, galera, atenção aqui! – Marcelo convoca a todos e fazemos uma roda em torno dele. – Antes de começar vamos repassar as nossas três regrinhas de ouro para uma aventura segura, ok? – e então começa a contar erguendo um a um os dedos da mão direita. – Um: Sempre faça trilhas acompanhado, ter um companheiro por perto pode te tirar de enrascadas das quais você pode não conseguir sair sozinho.

– Kantu se coloca preocupado entre eu e Ravi. – Dois: Avise sempre a um amigo onde está, porque se algo acontecer, ele irá procurar por você e pelo grupo. Três: Respeite seus limites, se julgar que é demais para você, nos avise e paramos todos juntos. Quatro: Nunca, mas nunca mesmo, faça nada idiota ou perigoso, pois pode assim colocar a sua segurança e a dos demais em risco. – Ravi, Kantu e eu só olhamos de canto para Fareed, que entende o recado na hora. – E, por último, cinco: Não seja arrogante em subestimar a natureza, assim como ela é bela pode ser igualmente perigosa. – ele fecha a mão concluindo a contagem. – É basicamente isso, entendido?

– Sim! – todos gritam em coro, inclusive eu, a mais animada.

De repente, me sinto ansiosa demais para começar. Nem suspeitava que tivesse esse espírito desbravador dentro de mim, o máximo que já me aventurei na vida foi no trepa-trepa do parquinho e eu tinha menos de dez anos na época, nem sei se isso conta.

– Então vamos lá! – Marcelo decreta satisfeito e damos início à nossa aventura.

E não dá outra! Descubro que fazer trilhas é algo realmente desafiador. Nós subimos a pé pela longa Estrada da Cascatinha e percorremos por diversos caminhos sinuosos, visitando de uma vez só a maior queda d'água da Floresta da Tijuca, que abastece várias comunidades da região, a Mesa do Imperador, literalmente uma mesa de pedra usada pela família real no século XIX e a famosa Vista Chinesa, um mirante de arquitetura oriental muito bonito com uma vista de tirar o fôlego da floresta.

Mas o mais legal é que chegar nesses lugares não é fácil, como tudo o que é verdadeiro na vida requer esforço, vontade. Trabalhamos nossos corpos, exigimos mais deles para chegar adiante. Bebemos litros e mais litros d'água e suamos todos eles, mas não ligo para o estado da minha aparência. A natureza é libertadora, não exige perfeição. É fantástico saber que estamos mesmo dentro do que Marcelo narra ser a maior floresta urbana do mundo. Para onde quer que olho há verde, há vida.

A beleza é absurda. Minha cidade nunca para de me surpreender.

Nós aproveitamos muito o passeio. Curtimos a vista, subimos em raízes como Mogli, tomamos banho gelado na Cachoeira do Chuveiro e tiramos muitas fotos incríveis. Às duas da tarde, estou exausta, mas ridiculamente feliz. A sensação de superação por ter chegado até o final é maravilhosa.

Mas a principal recompensa que levamos é a memória. Essa, fica para sempre.

– E aí, Vanessa? – Marcelo me pergunta curioso na descida de volta ao bairro Jardim Botânico. – Gostou de fazer a trilha?

– Eu amei. Estou pensando até em tornar isso um hábito.

Ele se diverte com o meu entusiasmo, mas o que digo é a mais pura verdade. Eu não posso mais viver sem essa emoção agora que a conheço. E eu que pensava que sapatos eram aquilo que mais me dava satisfação nesse mundo.

Não são. O mundo tem tesouros muito mais preciosos a me oferecer por aí.

◁——— ♡ ———▷

No domingo, todos nós acordamos uma pilha de nervos para o desfile. Eu coloco o celular para tocar o samba enredo da nossa escola no volume máximo e Fareed e Kantu cantam no ritmo em alguma língua que nem de longe se parece com o português, dançando empolgados enquanto escovam os dentes.

— Eles acham que estão falando português? — pergunto me divertindo com a cena para Ravi, que se apoia ao meu lado no balcão da cozinha enquanto nos sirvo uma boa dose de café.

— Fluentemente! — ele assente com um aceno de cabeça sério e ambos caímos na risada. — E aí, me diz, está preparada para o show?

Eu respiro fundo. — Nervosa, mas vamos que vamos!

— Para quem não gosta de caras te encarando, você até que está bem confiante, Vanessa. Considerando que serão mais de cem mil pessoas te acompanhando desfilar ao vivo, mais as milhares que assistirão de casa, claro.

— Nossa! — tento não me engasgar com o café ao rir da provocação descarada dele. — Você sabe mesmo como motivar uma pessoa, heim, Ravi!

— O que posso fazer? — ele pisca maroto para mim. — Só estou tentando te preparar para a realidade.

— Na qual eu estou ferrada?!

— Mais ou menos isso... — ele implica, mas emenda em seguida atencioso. — Não, você sabe bem o que eu quero dizer. Só quero que saiba que você é incrível e que não deve nada a ninguém. Divirta-se e deixe que olhem. Seja a estrela da Avenida hoje.

— Acho que esse é o papel da madrinha de bateria, mas prometo que vou fazer o meu melhor, amigo.

— Vanessa! — Kantu chama animado nos interrompendo. — Olha só o que eu aprendi.

Ele coloca as mãos no joelho e dá uma rebolada hilária. Cubro a boca para segurar a risada, que me escapole de qualquer maneira.

— Eu não sei o que você acha que está fazendo, mas isso certamente não é samba, Kantu!

— Não? — ele estranha, envergonhado e confuso. Atrás dele Fareed não se aguenta e cai na gargalhada, se deleitando pelo sucesso de mais uma das suas traquinagens.

–Fareed, seu *ulu* maldito! – Kantu finalmente percebe que foi trolado e corre atrás dele, que, astuto, se tranca rapidamente no banheiro. – Eu vou te pegar! Eu estou cansado de ser enganado, sua cobra traiçoeira!

– Agora falando sério. – Ravi chama minha atenção para si novamente. – Você está bem com isso de desfilar? Não precisamos ir se você não se sentir bem, Vanessa. De verdade. Fico contigo aqui se quiser, sem pressão.

– Relaxa, eu estou bem, Ravi. – pisco o tranquilizando e, batendo as mãos no rack, anuncio aos demais. – Vamos lá, gente? Tá na hora. Fareed, acho bom sair já desse banheiro ou vai ter que desfilar daqui, muso do Carnaval do box!

E, tomando coragem para fazer mais uma vez aquilo que eu tenho medo, sigo em frente.

◁──── ♡ ────▷

Como foi informado que a melhor forma de chegar à Marquês de Sapucaí seria via metrô, seguimos a pé até a estação Jardim Oceânico. Decidimos já ir vestidos com as nossas fantasias para poupar tempo e porque, claro, não existe ocasião mais apropriada para sair na rua espalhafatosamente e sem medo do julgamento alheio do que o Carnaval.

Chegando à estação, descobrimos com muita alegria não sermos os únicos fantasiados. Uma multidão de outros foliões também já caracterizados nos recebe de braços abertos, batucando em seus tambores e pandeiros, com os rostos pintados de tintas multicoloridas. A cidade toda está agitada e em clima de festa.

O vagão em que embarcamos se torna um verdadeiro bloco à parte, com direito à muita música, energia e empolgação. Ravi, Kantu e Fareed, com sua irreverência, em menos de um instante, se tornam a atração da composição e tenho que praticamente os arrastar para fora quando chegamos ao nosso destino.

Pisamos na Avenida Presidente Vargas que fervilha; um mar de cores, carros alegóricos, fantasias e música tomando o espaço que chega a estontear de tão rico visualmente. Buscamos ansiosos pela formação da nossa escola e conseguimos, quase que por milagre, encontrar Joel no meio daquela multidão.

Ele prontamente nos encaminha até a nossa ala e, na concentração, percebo que não é só meu corpo que treme, é o chão inteiro. Vibrando como um vulcão prestes à entrar em erupção. Começo a entrar em pânico.

Eu só posso ter batido a cabeça para ter topado embarcar nessa loucura.

– Moçada maravilhosa! – o grito próximo de uma voz conhecida me faz virar. Jorge Canto se aproxima de nós, todo purpurinado como uma diva, o terno adornado de plumas azuis. – Vanessa, querida!

– Jorge!! – gritamos em coro, indo animados cumprimentá-lo.

– Vamos, meninos, aprumem-se. – ele pede arrumando a fantasia dos rapazes com determinação. – Quero ver vocês soltando a franga nessa avenida! Energia, muita energia, viu linda?! – pede carinhoso quando chega a minha vez de passar pela conferência de seus olhos de águia, ou melhor, pavão. – Arrasem nessa Avenida, ouviram bem? Todo mundo divando na passarela!

– O que ele disse? – Ravi sussurra em meu ouvido me fazendo rir quando Jorge se afasta atribulado para conferir outros integrantes da escola.

– Eu realmente não sei traduzir, mas, basicamente, ele quer que a gente arrase.

Ravi sorri confiante. – Beleza, isso a gente tira de letra!

Ele me estende a mão e eu a seguro. E, então, o som estridente de uma sirene ecoa por todo o local, me fazendo estremecer da cabeça aos pés. Esse é o primeiro alerta, avisando que o último componente da escola que desfila à nossa frente ultrapassou a linha do início do desfile.

– Atenção, atenção! – grita Jorge agora em cima de um palanque. – Vamos começar a organizar! Todos em seus lugares, moçada. Vamos avançar mantendo as posições até o portão principal.

Nós seguimos em silêncio até a área de armação, o coração fazendo mais barulho nos meus ouvidos do que qualquer outra coisa. Eu estou tão nervosa que posso até infartar. Talvez eu ainda infarte, a noite só está começando mesmo.

– Todos na posição? – o responsável da ala pergunta conferindo e gritamos "uhaa" levantando nossas mãos unidas em resposta. – Quando passarmos por aquela linha amarela eu quero ver sorriso estampado no rosto e muita alegria, entendido?

E, então, soa o segundo toque, um toque duplo ensurdecedor que avisa que a escola precedente já ultrapassou a faixa que delimita a metade do desfile. A hora está chegando, me arrepio toda. Está perto, muito perto.

– Bateria, aquecer! – Jorge comanda e eu posso sentir lágrimas em meus olhos de tanta euforia. Que loucura, Deus, eu estou tremendo!

Ravi segura minha mão e eu seguro a de Fareed que segura a de Kantu. Posso sentir nossos corações batendo exaltados a mesma batida, a batida que começa a ser entoada pela bateria logo à nossa frente em um som crescente, alto, poderoso. Um sincronismo intenso que retumba dentro de nós, que nos toma no aquecimento para esse gigantesco evento.

– Tá na hora. – eu sussurro para eles, o coração disparado, o corpo trêmulo.

– Deixe o show começar. – Ravi declara e aperta minha mão mais forte.

E, assim, a terceira sirene vem com tudo, o toque triplo que avisa que chegou a hora. A voz do puxador da escola é amplificada pelo microfone agora ligado, enchendo o lugar, enchendo toda a Avenida.

– Olha o samba enredo aí, gente!!

A letra já tão conhecida por nós começa a ser tocada e nós a cantamos alto, cada um ao seu jeito, sem pudor, sem receio ou medo de errar. No meio da profusão de vozes, nem dá para reparar que a língua estranha que Fareed, Kantu e Ravi cantam não é o português. É exatamente como Ravi dissera antes, eles, ali, no meio da multidão, parecem fluentes, fluentes na linguagem do samba! E com que animação eles cantam!

Kantu e Fareed entoam empolgados os versos a plenos pulmões e Ravi exibe nos lábios um sorriso que ilumina quilômetros, potente como um sol. Eu sorrio também e canto desimpedida, com orgulho, com paixão.

– Vaiiiiiii!!! – Jorge dá o sinal e começamos a andar rumo à entrada da Sapucaí.

A emoção e energia vão ao extremo quando cruzamos a linha amarela e vemos as arquibancadas lotadas, as pessoas nos aplaudindo eufóricas, a alegria em nos saudar e apontar para os carros alegóricos, para as fantasias e os adereços mágicos que vão surgindo na Avenida. A nossa emoção é um estandarte a parte e nós somos capazes de transmiti-la com louvor. Nós não assistimos à um espetáculo, nós somos o espetáculo.

E somos o espetáculo mais lindo do mundo.

Isso é carnaval brasileiro.

Em clima de festa, eu e os rapazes dançamos com grande euforia os exóticos passos indianos ao som da bateria que embala majestosa o samba-enredo. Eles, percebo, não ligam se aquilo combina ou não, isso é totalmente irrelevante agora, considerando que o ritmo que nos guia é o da mais completa alegria. Quem vê o quarteto tão eufórico, entra também na brincadeira, esboçando, contagiados pela nossa energia, alguns passos de uma antiga novela indiana que passara por aqui. Batem palmas, levam a mão atrás da nuca e o outro braço para frente em oscilação.

Reparo extasiada que todos riem, então reparo que minha alma também sorri, eu estou dançando algo que pode estar extremamente ridículo na visão das pessoas que eu julgava tão importantes antes, mas não ligo a mínima para o que vão pensar de mim agora. Ser tosco é bom, se importar menos com os outros é bom, me sentir à vontade comigo mesma é realmente maravilhoso.

Sorrindo de ponta a ponta eu atravesso a Avenida livre e desimpedida.

Corajosa como nunca fui antes na vida.

Quando cruzamos a linha de chegada, eu estou exausta, pingando de suor, sem voz e com os pés doidos. Que bagunça eu devo parecer, mas por outro lado, que alegria! Que alegria há dentro de mim por ter vivido essa experiência fantástica e louca! Eu quero rir e chorar, dançar e gritar, eu estou tão viva, tão plena! Eu ergo os braços e fecho os olhos rodopiando sobre meus próprios pés feliz, não me importando com o cabelo suado que cola em meu rosto ou com o caos que eu devo estar. Nada disso faz a menor diferença, me sinto tão leve que poderia voar.

Quando abro os olhos parando o rodopio, vejo que Ravi empunha uma câmera que acabara de disparar, o flash ainda cintilando em meus olhos como mini estrelas no céu.

– Agora eu te vejo. – ele diz com um enorme sorriso enquanto abaixa a câmera sobre o peito. – A verdadeira você.

Eu sorrio grata a Ravi, que me ajudou a vencer meus medos, e ele ergue a mão para me chamar para uma nova dança. Uma dança de comemoração. De vitória. De superação. Eu mereço essa dança. Então, sem medo de ser feliz, aceito seu convite.

E, mais uma vez nessa noite mágica, me permito. Me liberto. Não sei se danço ou flutuo.

A gravidade definitivamente não é a mesma quando se está feliz assim.

Eu, que sempre me julguei uma péssima dançarina, descubro nesse dia que dançar depende, muito menos, de saber uma coreografia e, muito mais, de um estado de espírito. Quando nos abrimos para o mundo, deixamos a música entrar e guiar nossos passos.

E a beleza desses passos é que vêm de dentro.

Não existem passos mais lindos no mundo do que esses.

◁——— ♡ ———▷

Acordo no dia seguinte como se estivesse de ressaca, o despertador do celular tocando insistentemente na minha mesinha de cabeceira. Eu sei que tenho que me levantar, mas me recuso. Estou plenamente ciente que se fizer isso terei que encarar a realidade de que hoje é segunda-feira e chegou o momento de me despedir dos meus três novos e incríveis amigos.

Continuo ali deitada, tentando me convencer de que é tudo apenas um sonho, que ainda é domingo e temos um dia inteiro pela frente para nos divertir. Mas o som da bateria retumbando em meus ouvidos é um claro lembrete de que a noite de ontem aconteceu sim e foi totalmente mágica. Mesmo chegando exaustos em casa, ainda cantávamos, pulávamos, nos abraçávamos e chorávamos. Eram tantas emoções juntas que se tornou impossível acomodá-las sem euforia dentro de nós, foi muito difícil conseguir dormir essa noite.

Quem diria que seria ainda mais difícil querer acordar?

Eu me esforço para levantar da cama e, cabisbaixa, me arrasto até a sala. Vejo que Ravi, Kantu e Fareed já fizeram suas malas e isso só aperta mais meu coração. Parece que todo o ambiente ficou menos colorido sem as coisas deles espalhadas por ali, dá uma certa angústia vê-lo assim, desbotado.

Quando me veem despontar no corredor, Fareed e Kantu correm e me abraçam com tanta força que não posso evitar sorrir e me emocionar mais uma vez.

— Eu adoro vocês. — sussurro para eles com carinho e uma lágrima rola de meus olhos. É possível já sentir saudades antes mesmo de partida?

Ravi se aproxima de nós e, envolvendo a todos em um abraço, apenas diz: — Nós adoramos você também, Vanessa.

Não são precisas mais palavras. Ficamos assim por alguns minutos até que seja inadiável a partida. Então me visto, pego o carro e os levo para a estação do BRT, o silêncio no trajeto evidenciando a tristeza de todos. Sei que o combinado é levá-los até ali, mas não consigo cumprir o trato. Sou teimosa, Magô já havia me alertado sobre isso. Coisa de signo, não tem jeito.

Sobre os protestos efusivos de Ravi, troco o caminho, indo direto rumo ao aeroporto.

Acho irônico Ravi alegar no meu ouvido que não quer me dar trabalho, porque isso que estou fazendo nem de longe pode ser considerado trabalho. Eu só quero ficar com meus amigos o máximo de tempo que posso, ainda que isso seja literalmente até o último segundo deles aqui.

Em frente ao portão de embarque, depois deles despacharem as malas, me despeço de cada um deles com o coração apertado.

— Kantu, — começo por ele. — Você é a pessoa mais pura e inocente que já conheci na vida. Você é gentil e sem maldade. Vou sentir muita saudade sua e dessa sua ingenuidade rara.

Ele fica sem palavras e me abraça forte, já chorando.

Sigo para o próximo.

— Fareed, — eu olho para ele, agora meio cabisbaixo. — o que falar de você? Você é tipo um irmão caçula que levanta o astral de qualquer lugar. Eu espero que nunca envelheça e se torne previsível e chato. Se cuida, viu? — Ele sorri e eu tasco um beijo inesperado em sua bochecha, o deixando vermelho. — Se implicar com Kantu, pode saber que vou atrás de você, não importa onde esteja. — ameaço brincalhona.

— Pode deixar, — ele ri com gosto. — vou tratar de implicá-lo todos os dias então!

Eu balanço a cabeça divertida e, assim, respiro fundo, me preparando para a mais difícil das despedidas.

— E você, Ravi? — sorrio calorosa para ele. — Seu nome não podia ser mais certo, você é mesmo como um sol. Você brilha, ilumina, aquece a vida daqueles que o rodeiam. Obrigada por ter insistido em vir, você foi uma verdadeira lição de vida para mim. Admito que estava certo em citar que não é tempo que define a importância que alguém possa ter em nossa vida, o que vale é diferença que fazem nela pelo tempo que ficam. E você, Ravi, você fez muita diferença. Eu te adoro, meu sol.

— Eu te adoro também. — ele me abraça carinhoso. — E te desejo todo o bem desse mundo, Vanessa. Você é uma das pessoas mais lindas que já conheci na vida. Linda não só aqui, mas principalmente aqui. — ele aponta com um sorriso para o meu coração.

Eu fico envergonhada e nego com um aceno tímido. Eu não sou tão linda.

— Você ainda não se percebe como deveria. — Ravi acusa rindo ao notar minha negação em aceitar seu elogio. — Você, por acaso, faz ideia do que seu nome significa, Vanessa?

— Borboleta. – eu respondo dando de ombros. – Bem tosco, né?

— Nem um pouco. – ele nega, balançando a cabeça com um sorriso. – Vanessa significa "como uma borboleta", ou seja, aquela que nasce lagarta, mas que evolui e se transforma em algo infinitamente belo. Essa é você, Vanessa, é a história da sua vida. Alguém que passou por uma grande transformação, mas que ainda se vê como lagarta, incapaz de perceber sua própria beleza. Você esteve presa em si mesma por muito tempo, só precisava de asas para poder voar. E agora, minha querida, você as tem. Eu as vi! Quando você se permite ser quem verdadeiramente é, coisas incríveis acontecem. E muitas ainda vão acontecer no seu caminho. Não tenha medo, a pessoa certa vai te ver pelo que você é e vai se apaixonar por isso. Posso apostar que um cara incrível ainda vai bater à sua porta, você não merece menos do que um conto de fadas. Porque você é especial, minha cara amiga. Você é rara.

Meus olhos se enchem de lágrimas por suas palavras tão gentis. Eu lhe dou um forte abraço, totalmente emocionada.

— *Namastê*, meu amigo.

— Namastê, *priy titalee*.

— Não se esqueça de mandar notícias! – eu grito quando eles se afastam em direção ao portão de embarque.

— Eu vou! – Ravi promete com seu sorriso solar e meu coração se aquece.

— Tchau, Vanessa! – Kantu e Fareed gritam em coro meio chorosos.

Eu dou o último aceno e fico observando até que tenham ido de vez.

Todo mundo segue seu fluxo, a vida segue seu curso.

E, por um instante, apenas desejo ter asas de uma borboleta para poder voar com eles.

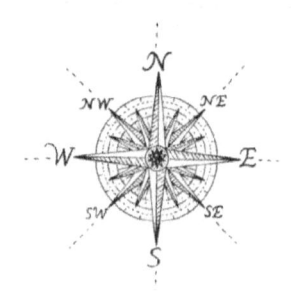

INGLÊS MISTERIOSO

Graças a Deus, eu tenho a tradicional ida ao mercado para aliviar a saudade que a partida dos indianos me deixou nessa segunda-feira de carnaval. De acordo com a espirituosa dona Josefa, eu não posso me queixar porque, ainda que a turma do "*Are Babá*" tenha ido embora, eu ainda tenho à minha disposição a vizinha do "Arre égua".

Como não desanuviar e rir com a genialidade desse argumento?

No dia seguinte, me encontro com a Natalia para ajudá-la a decorar o consultório próprio que finalmente conseguiu montar e que será inaugurado já na semana que vem.

– Que quadro lindo! – ela exclama encantada ao desembrulhar o presente que levo.

– É uma réplica, – conto, me sentando em seu novo divã. – chama-se Girassóis Amarelos. Van Gogh o fez especialmente para colocar no quarto de hóspedes de sua casa, dizia que os girassóis eram flores fascinantes, uma vez que contornavam a escuridão ao voltar sua face sempre ao sol. – dou de ombros singela. – Achei apropriado que nesse consultório, onde as pessoas vêm tratar de seus problemas mais profundos, tenha a mensagem de que, mesmo que haja sombra, podemos sempre buscar a luz em nossas vidas.

– Ah, amiga, que lindo! – Nati se emociona, me dando um abraço. – Eu realmente amei.

– Eu espero que você ajude muitas pessoas aqui, amiga. Assim como você me ajudou.

– Que isso, eu não fiz nada demais...

– Ah, você fez sim. – eu não permito que sua modéstia lhe tire o devido crédito. – Eu só tenho a te agradecer, sabe? O conselho que você me deu foi o melhor que eu podia ter recebido na vida. Se você não tivesse me dado aquela sacudida, talvez eu ainda continuasse a mesma pessoa triste e perdida de antes. Você me fez ter coragem de mudar e eu lhe agradecerei eternamente por isso.

– Eu fico muito feliz ao ouvir essas coisas, mostra que eu não escolhi a profissão errada no fim das contas. – ela brinca, se sentando ao meu lado.

– Isso lá é hora de ter dúvida, sua louca? É seu nome está na porta dessa sala.

Eu pego o champanhe que trouxe em minha bolsa e, juntas, estouramos a rolha com estrondo, fazendo um brinde em comemoração.

– Ao seu sucesso, Nati. – proponho orgulhosa. – Que você sempre faça a diferença nas vidas que tocar. Tenha certeza que fará.

Com o tilintar das nossas taças, nós ficamos ali, relembrando nostálgicas as histórias de nossa infância e adolescência, dando risadas de todas as nossas aventuras juntas ao longo desses vinte anos de amizade. Uma parceria sólida, consistente. É incrível que eu ainda tenha uma amizade tão forte assim, que nem o tempo, nem a distância conseguiram abalar.

Eu tenho tanto pelo que ser grata...

Quando chego em casa à noite, descubro feliz que Ravi me deixou um novo depoimento, agradecendo sua estadia aqui e tudo o que fiz por ele e seus amigos que tornara a sua viagem ao Rio inesquecível. Mais uma vez, ele usa lindas palavras que me arrancam um sorriso.

Junto com a mensagem, ele me envia também a foto que tirou de mim no dia do sambódromo, aquela que tirou sem aviso, sem pose. Fico boba ao ver que, apesar de bagunçada, eu estou completamente fascinante naquele clique. Tem uma luz em mim, um brilho nos olhos e algo em meu sorriso que nunca vi antes. Eu pareço viva, realmente viva.

E gosto de ser essa pessoa que sente o que transparece. Isso é tão raro hoje em dia!

A saudade bate forte no peito. Imediatamente, desejo ver Kantu e Fareed fazendo arte pela sala e Ravi, com seu jeito todo sábio, resolvendo tudo, me dando seus conselhos maduros. Mas escuto ao redor e tudo é silêncio, isso me inquieta.

A casa parece tão vazia agora.

Já estou prestes a fechar o computador, quando recebo uma mensagem no chat privado da comunidade. Alex Summers, eu desconheço o nome, mas acho graça. A foto dele é uma cadeira.

"Oi, você."

"Oi, você." – Respondo em retorno sorrindo.

"Gostei da sua foto."

"A sua também não fica para trás."

"Se você pode ser um sofá em seu perfil eu posso muito bem ser uma cadeira." – ele brinca espirituoso.

"Não poderia ser mais justo."

"Permita me apresentar, eu sou Alex Summers, da Inglaterra."

"Olá, Alex da Inglaterra. Nome de marca interessante para uma cadeira."

"Engraçadinha. Vanessa também é bem curioso para um sofá, se quer saber a minha humilde opinião."

"Verdade." – gosto de suas sacadas rápidas. – *"E como me encontrou? Por acaso a comunidade resolveu fazer um feirão de móveis e estamos no mesmo lote?"*

"Nada disso, eu só vi sua foto e fiquei curioso a respeito. É uma imagem bem intrigante."

"O tom de azul realça minhas almofadas, certo?" – lembro da frase que Nanda usou antes.

"O que dizer? Não posso entregar minhas impressões iniciais assim tão fácil!"

"Justo, mas aviso logo que este é um sofá de família, figurativa e literalmente."

"Ah, é? E posso perguntar a história desse respeitável sofá?"

"Ele era do meu avô, ele mesmo que o fez. Recebi de herança quando se foi."

"Não sabia que pessoas deixavam sofás de herança."

"Não deixam que eu saiba, mas meu avô não era uma pessoa lá muito tradicional."

"Isso é algo bom, acho. Pessoas imprevisíveis costumam ser as melhores."

"Concordo, o inusitado é sempre bom. Como essa foto, por exemplo, ela é inesperada, mas acho que exatamente por isso desperta a curiosidade das pessoas."

"Sem dúvidas. Fiquei tentado a saber mais assim que a vi. E não costumo ser nada curioso, diga-se de passagem, o que torna isso um grande feito."

"É, o meu sofá tem esse poder incrível de atração sobre as pessoas, meu caro. Fora a inegável maciez, evidente."

"Esse detalhe eu vou ter que averiguar pessoalmente. Se você permitir, lógico."

"Para isso você vai ter que me convencer bem antes, mostrar suas intenções direitinho, afinal, como lhe disse antes, este é um sofá de família. Não é qualquer um que pode dormir com ele não."

"Entendo, não esperava que fosse diferente. Para a sua tranquilidade, comunico que nós ingleses somos bem respeitosos nesse sentido, madame."

"Devo deduzir então que você está procurando um sofá para ficar no Rio de Janeiro?"

"Na verdade, ainda estou considerando a ideia de viajar. Para mim não é assim tão simples pegar uma mala e sair por aí, tenho algumas responsabilidades a zelar."

"E a que viria ao Rio?" – me interesso em saber. – *"A negócios, a passeio?"*

"Posso responder com 'para uma confirmação'?"

"Meio misterioso. Gravidez? =P"

"Informo que para isso temos testes de farmácia aqui na Inglaterra." – ele brinca em resposta. *"E o último que fiz deu negativo, só para constar."*

Gargalho alto. Eu não parei de sorrir desde que essa conversa louca começou. Curiosa, eu fuxico o perfil de Alex em busca de uma foto, mas não encontro nenhuma outra, além da cadeira. Descubro que ele também não tem nenhuma rede social associada, apesar de ter listados mais de cem comentários positivos sobre ele na comunidade, todos como anfitrião, nenhum como hóspede.

"Você não tem nenhuma foto em seu perfil." – eu aponto direta.

"Despertei sua curiosidade, madame?"

"Um pouco."

"Bom saber. Bem, tenho que ir agora."

Meu coração se aflige com a ideia dele não aparecer outra vez.

"Nos falamos depois?" – pergunto incerta.

"Sem dúvidas."

Dou um sorriso enorme de alívio.

"Boa noite, Alex."

"Durma bem, Vanessa."

Fecho o computador, mas mantenho o sorriso nos lábios. Ouço a campainha tocar e me levanto para abrir a porta.

– Ih, tá rindo toda besta, é? – minha adorável vizinha insinua ao me ver. – Que bicho foi esse que te mordeu, heim?

– Bicho nada, foi só um cara da comunidade com quem estava conversando agora há pouco. Ele achou meu perfil e foi divertido falar com ele.

Ela me olha desconfiada e um sorrisinho brota em seu rosto enrugado.

– Mas tu num perde tempo, heim, danada!

– Que isso, dona Josefa! Eu não fiz nada...

– Arre, sei... – ela me provoca. – Quem não te conhece que te compre, assanhada.

– Olha só quem fala! Aposto que você veio aqui querendo ajuda para colocar a série do pirata gostosão. A senhora tá viciada, sabia?

Desde que conheceu a tal série, dona Josefa ficou tão empolgada que comprou até uma smart TV só para assistir em sua própria casa quando quisesse. A maníaca estava devorando um episódio após o outro.

– E não é que tu é sabida mesmo? – ela admite sem vergonha. – Vambora lá em casa que empacou na melhor parte!

– Ele ia tirar a camisa de novo, né?

Ela torce a boca, pega no flagra.

– Venha logo, arre égua! Mas pra que tanta pergunta?

Eu vou mas, ao contrário dela, nem ligo para o pirata sarado que se exibe na tela.

Estou distraída demais pensando num inglês misterioso que despertou minha atenção.

Na quarta-feira de cinzas, Flavinha me liga chamando para um bloco de carnaval na zona sul da cidade. Ela tirou uma semana inteira de férias da Sahanna e está a fim de curtir ao máximo cada um dos dias longe daquele inferno. Sabendo bem como é a vida naquela empresa, encaro que ela merece mesmo se esbaldar.

Na cara e na coragem, parto para o bloco, com tiara na cabeça e tudo. Juntas, nós duas pulamos, bebemos e, para minha própria surpresa, nos divertimos como loucas. A energia da Avenida ainda reverberando em meu corpo, me deixando curtir sem ressalvas a folia ao lado da minha fiel amiga.

Depois de várias horas pulando na rua, Flavinha me comunica exasperada que precisa fazer um xixi urgentemente.

– Calma aí, unicórnio, nada de correr pra moitinha, não! – brinco zoando o arco fofo de chifre que minha amiga usa na cabeça. – Vamos entrar num bar, que pelo menos tem banheiro limpo, beleza?

– Sim, majestade! – ela aceita sem hesitar, sacaneando o meu adereço de princesa e, apertadíssima, me arrasta em direção ao primeiro bar que vê.

Entro no local que, reparo, é bem elitizado. Uma caipirinha aqui não deve sair menos que trinta reais. Já estamos no meio do salão, quando minha amiga estanca petrificada, como se tivesse levado um susto. Um baita susto, na verdade.

– Olha. só. quem. está. aqui. – ela arfa boquiaberta.

– Quem? – olho ao redor, tentando identificar uma razão significativa para fazê-la esquecer até do seu xixi iminente.

– Victor Diniz! – ela revela o nome conhecido e sinto uma onda de pânico percorrer por todo o meu corpo. – Meu Deus, ô, homem gato! Não é justo alguém ser tão perfeito assim. Fala sério! O que são aqueles bíceps?

Então, finalmente o vejo. Sentado numa mesa mais ao fundo, ele está rindo descontraído com seus amigos, tomando uma cerveja cara, colarinho desabotoado ao invés da gravata sempre perfeitamente posicionada que estávamos acostumadas a ver no escritório. Ainda assim, Victor parece como um modelo de anúncio de perfume caro. As garotas ao redor olham para ele desejosas, torcendo pra que ele as veja, mas claramente Vítor não nota ninguém exceto ele mesmo.

– Bem, – chamo minha amiga fascinada de volta à realidade. – vamos seguir com a vida e achar um banheiro e uma mesa pra gente, Fla. Victor claramente não precisa de mais plateia do que já tem.

– Chata! – ela acusa dando língua, mas não contesta. De repente, relembra que está apertada. – Vou lá, me espera aqui, heim?

– Beleza! Vou ficar paradinha, unicórnio.

Ela corre em direção ao banheiro, se contorcendo toda, e sigo rindo em direção ao bar.

– Oi, tudo bem? – saúdo simpática o barman que me sorri do volta boa-praça. – Pode me ver duas caipirinhas e, se possível, uma mesa livre?

— Claro, vou providenciar aqui para você, gata. — ele assente prestativo, chamando um garçom para passar o pedido da mesa e, em seguida, preparando nossos drinks.

Desde que aprendi a não fugir dos olhares de pessoas desconhecidas, percebo que passei a receber muito mais sorrisos em retorno. Distraída, brinco com o porta-copo à minha frente enquanto aguardo a preparação da bebida.

— Oi!

Sinto uma mão pesada em meu ombro e me viro assustada para encarar meu interruptor.

E, na minha frente, vejo ninguém menos do que Victor Diniz.

— Oi... — eu gaguejo confusa quando noto que ele sorri extasiado para mim.

— Eu conheço você. — Victor insinua com um sorriso convencido, me olhando com extrema curiosidade.

— Sim, é possível. — me remexo desconfortável no banco quando ele se senta ao meu lado. — Trabalhávamos na mesma empresa. — "Eu sou a garota que você deu uns beijos naquele estacionamento há uns meses atrás e esqueceu no dia seguinte", parece um tanto ressentido para dar início a uma conversa casual.

— Cacete! Então é você mesma! — ele arfa eufórico, batendo no balcão e meu coração fica a mil quando penso que ele finalmente se lembrou de mim. — Você, você é a garota da caixa!

Uma ruga enorme se desenha em minha testa. A agitação indo toda por água abaixo.

— Desculpe, como?!

— Eu cruzei com você no elevador um dia, — ele se explica agitado. — você estava carregando uma caixa.

Eu rio. Ah, claro, isso.

Evidente que, com a minha sorte, só poderia ser algo assim. Aquele não era momento apropriado para me notar, quanto mais para ser o único em que Victor se lembra de mim.

— Sim, é verdade. — confirmo embaraçada a informação. — Nos esbarramos mesmo no dia em que pedi demissão da Sahanna.

Ele coloca a mão no rosto e balança a cabeça como quem não consegue acreditar que sou eu mesma, um sorriso de gato ganhando seus lábios.

— Você me deixou realmente intrigado, sabia? Fiquei querendo saber quem você era por semanas, até que uma garota me contou que você tinha se mudado para Vancouver.

"Vancouver?!", minha mente dá um nó. Isso só pode ser piada!

Procuro pelas câmeras escondidas, mas não encontro nenhuma.

— Bem, isso é tudo bastante irônico. – digo sem me preocupar com decoro.

— Por quê?

— Para começo de conversa, eu meio que trabalhei na mesma empresa que você durante cinco anos, Victor. E, durante esses cinco anos, te cumprimentei todas as vezes que nos cruzamos nos corredores sem ter resposta, inclusive já fomos apresentados e conversamos cara a cara, se não se lembra. – aponto direta. – Dito isso, é muito engraçado que, a única vez que você tenha me notado de fato, tenha sido justamente no dia em que eu estava indo embora. Bem, isso pelo menos me revela algo sobre você.

— Que você me ama? – ele sugere convencido, se apoiando no balcão e me dando um sorriso que antes fariam meus joelhos bambearem.

— Não, – respondo firme. – que você é insensível e narcisista e só nota alguém quando esse vai para longe do seu alcance.

— Outch! – ele arfa falsamente magoado, levando a mão no peito. – Essa foi dura.

— Foi mal, você meio que mereceu. – justifico sem qualquer arrependimento.

— Bem, talvez eu só goste de um bom desafio.

— Eu não sou uma espécie de charada para você resolver. Sendo assim, passo, obrigada.

— Ah, é? Mas eu bem acho que te resolvo. – ele se aproxima e toca meu cabelo. – Eu realmente me sinto bem atraído por você agora.

— Fala sério, Victor! – eu afasto sua mão boba sem a menor paciência. – A gente ficou e você sequer se lembra!

— Sério? – ele parece realmente surpreso com essa informação. – Eu não me lembro mesmo disso!

E ri. Esse cara é inacreditável! Eu reviro os olhos e me preparo para ir embora dali.

— Espera, eu tô falando sério. – Victor entra na minha frente, bloqueando o caminho. Na minha visão periférica, vejo que Flavinha retornou e observa boquiaberta nossa conversa. – Eu não me lembro mesmo! Você não pode me culpar por ser sincero, pode?

— Você sequer sabe meu nome! – eu disparo irritada.

— E por que você não me diz? – ele desafia em retorno. – Me fala, eu quero ouvir tudo sobre você. – puxa uma cadeira e se senta ao contrário, me olhando em um misto de expectativa e provocação, os braços apoiados sobre o encosto.

Se ele quer jogar...

— Bem, já que insiste. – entro no jogo dessa vez para ganhar. – Meu nome é Vanessa Zandrine, ex-colega de trabalho e eventual peguete em uma de suas noites de amnésia. E, a propósito, essa aqui parada ao meu lado é a Flavinha, que trabalha ainda na mesma empresa que você e te cumprimenta todo dia, mas acho que você não reparou nisso também, certo, senhor acima de tudo e de todos?

Ele olha para onde Flavinha está com curiosidade, como se tivesse dado conta da existência dela pela primeira vez na vida.

– Oi, Flávia, é um prazer conhecê-la. – cumprimenta polido, sem de fato olhar para ela, e volta-se para mim. – Pronto, falei. Satisfeita agora?

Eu não aguento e dou risada.

– Por que você está rindo? – ele pergunta desorientado com a minha reação.

– Porque um dia eu já te quis muito. – Essa é a triste verdade.

– Acho que isso é um bom começo.

– Não, Victor. – eu corto a onda dele depressa. – Não é. Porque agora eu finalmente percebo o quanto eu era carente de atenção. Eu sempre queria a consideração daqueles que tinha que me desdobrar para ter. Mas eu amadureci, sabe? Não preciso mais disso. Vamos, Flavinha. – viro a caipirinha num gole e coloco uma nota em cima do balcão. – Foi um prazer revê-lo, Victor.

Eu aceno em despedida e me viro para partir com minha amiga.

– Ei, espera! – Victor me segura forte pelo pulso. – Eu só acho que você podia me dar uma chance. – insiste visivelmente inconformado com a minha rejeição. – Eu estou curioso a seu respeito, você é... diferente das outras garotas e eu gosto disso em você.

Eu cruzo os braços frente ao corpo na defensiva.

– Você sabe, por acaso, dizer o que me torna diferente agora da pessoa que correu atrás de você por cinco anos? Daquela garota que você beijou há poucos meses atrás num estacionamento e se esqueceu por completo no dia seguinte?

Ele paralisa, surpreso com a pergunta, e eu me preparo para ir embora de novo, quando ele finalmente reage.

– Olha, eu não sei dizer, a verdade é que não me lembro de você antes, sinto muito. Não me ache um babaca por dizer isso, mas talvez aqueles não tenham sido encontros memoráveis. – abro a boca chocada. Como assim ele tem o disparate de dizer isso na minha cara? – Mas, – ele continua. – a mulher que vi naquele dia e agora, me deixa curioso e estou louco pra conhecê-la melhor. – solta a gravata e a joga para mim sedutor. – Pode até me prender se quiser, juro que a minha atenção é toda sua essa noite, gata.

Ele estende os pulsos para frente e me encara com um sorriso pretencioso.

Chocada, eu olho dentro de seus olhos verdes e vejo que fala sério. Essa cena, em qualquer outro momento da minha vida, seria o ápice de tudo aquilo que eu sempre quis, um homem lindo e perfeito desses querendo se atar a mim por uma noite inteira. Estou totalmente ciente de que várias mulheres ali acompanham a nossa interação se derretendo por dentro, mas eu não sou mais uma delas. Agora, sou eu mesma.

E, como disse, eu nunca me senti tão à vontade sob minha própria pele.

Repenso bem em como Victor me tratou até hoje e sorrio enquanto dou um nó na gravata dele, transformando-a em uma coleira.

– Tome. – digo atirando-a de volta para ele. – Talvez seja mais útil desse jeito, já que você não quer uma namorada e, sim, um cachorrinho para implorar por sua atenção. – e, antes de me virar para ir embora, acrescento. – E, a propósito, meu nome não é gata, é Vanessa. Talvez agora finalmente você se lembre disso de uma vez.

– Toma-lhe!!! – o barman grita e muitos caras aplaudem ao redor.

– Eu não acredito que você mandou essa para o Victor Diniz! – Flavinha dá gritinhos enquanto nos afastamos do local. – Arrasou, amiga!

– Deve ter sido efeito da caipirinha. – eu rio modesta, mas por dentro eu vibro.

Eu nunca mais serei mais aquela garota boba.

Eu me recuso a ser invisível de novo.

◁ ——— ♡ ——— ▷

Chego em casa e abro o computador para relaxar um pouco, a adrenalina do meu momento ousado ainda percorrendo em minhas veias. Entro no site da comunidade e decido fuçar o perfil de Alex Summers para ver se descubro mais alguma coisa sobre esse inglês misterioso que despertou tanto a minha curiosidade.

Constato nos depoimentos que leio, que a impressão sobre ele é meio que unânime: todas as pessoas que se hospedaram com Alex o adoraram. "Simples e gente boa", "Divertido e modesto", "Trabalhador e muito apaixonado pelo que faz", o inglês coleciona uma lista interminável de elogios rasgados. Dos vinte últimos depoimentos deixados para ele, todos são extremamente positivos.

Mas na minha investigação, noto também a frequente repetição de outro nome: Blake. "Blake é o máximo", "Que dupla formam Alex e Blake", "a risada de Blake é a melhor.". Me sinto levemente incomodada, uma pontinha inexplicável de ciúmes me atinge quando suponho que a tal Blake seja sua namorada.

Justamente nesse momento, recebo uma mensagem de Alex no chat.

"Hey, você."

"Hey, você."

"Me procurando por aqui?" – ele provoca, indicando o fato de eu estar online.

"Mais ou menos." – entro na brincadeira. – *"Estava lendo os seus depoimentos."*

"Sério?" – ele se surpreende com a notícia. – *"E descobriu algo importante?"*

"Descobri sim, na verdade." – faço um suspense proposital.

"E o que seria?"

"Você não hospeda mulheres." – Isso é algo que também notei em minha rápida pesquisa e me intrigou bastante. Todos os vinte depoimentos que li até agora são de homens, imagino que o restante deles também siga o padrão.

"Ah, isso... Bem, é verdade."

"Por quê?"

"Quero evitar complicações."

"Por causa de Blake?" – arrisco, agarrada à uma pontinha de esperança de estar errada.

"É. Por causa de Blake." – ele confirma e lá se vai a minha esperança.

"Entendo." – Não sei porque saber disso me deixa tão decepcionada, mas deixa.

"Eu li seus depoimentos também." – ele confessa em seguida, me surpreendendo.

"Leu?"

"Sim. As pessoas gostam de você."

"Não acredite em tudo o que lê por aí na internet, eu posso ter comprado algumas opiniões."

"Duvido muito."

"Ah, é? Por qual razão?"

"Porque eu também tenho uma boa impressão a seu respeito."

"Humm... mas será que tem mesmo? A beleza da foto do meu sofá bem que pode estar influenciando no seu senso de julgamento."

"Eu não acho que seja isso."

"Por quê não?"

"Porque sofás, minha cara, por mais legais que sejam, não sabem escrever."

Eu sorrio. Para a minha sorte não sabem mesmo.

◁──── ♡ ────▷

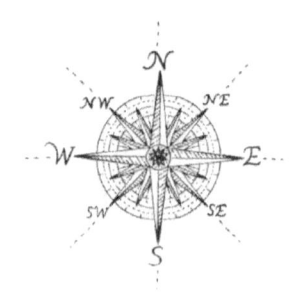

CONFIDÊNCIAS

O restante da semana de carnaval é bem lento no trabalho. Como Flavinha, muitas outras pessoas tiram férias nesse período, o que torna inviável o contato com fornecedores, parceiros e associados. Ao que se parece, muita coisa nessa cidade só volta a funcionar direito quando essa semana chega ao fim.

Assim, aproveito o marasmo para pôr as coisas em ordem no escritório. Quando chega sexta e já não sobra mais nada que eu possa adiantar, coloco a conversa em dia com Magô que, a essa altura, já está tão entediada quanto eu.

– E aí, gatona, como foi de carnaval? – pergunto quando Soles sai para fazer uns pagamentos. – Rolou alguma coisa em especial?

– Ai, Nessa, uma derrota só! A seca foi braba, deu até tristeza. – ela conta dramática, se sentando no tampo da minha mesa.

– Ah, fala sério, Magô! Não acredito nisso, você não estava de rolo com aquele carinha do cursinho de web design?

– Nem me fala daquele tosco! – ele revira os olhos sob as pálpebras. – Decepção total!

– Como assim?! O que houve?

– Ele disse que odeia gatos. Como, me diz como, eu posso amar alguém que odeia gatos? Tipo, onde fica a Corel nisso tudo? Se muda para gatópolis, por acaso? Naaaão, ele que chegou depois, ele que vaza. Ponto final, caso encerrado. Bye bye, baby.

– Se você diz... – não discuto, erguendo as mãos como uma bandeira branca. A verdade é que, nesse campo, torço mesmo é por Soles.

Sorte a dele que tem a Corel a postos para eliminar o resto da concorrência.

– E você? – é a vez dela de perguntar. – Conheceu alguém interessante por esses dias?

– Bem, eu meio que conheci um cara interessante.

Em minha mente vem ele, Alex Summers, o inglês sem rosto com quem conversei todas as noites nessa última semana. Eu não sei o porquê, mas me sinto ansiosa com ele, torcendo secretamente para receber mais uma mensagem sua toda a vez em que checo minha caixa de entrada.

– Uhhhh!! Quero saber de todo os detalhes sórdidos, danadinha!

– Calma, não é bem assim. – eu coro sem jeito. – Nós só conversamos, nada mais.

– Amiga, hoje em dia se um homem conversa contigo é motivo para ficar empolgada. Você sabe bem como as coisas estão rolando nesses clubes, né? As pessoas se comportam quase como Neandertais. É oi, oi, língua, prazer, garganta.

Eu rio, Magô e suas pérolas espetaculares.

– É que nesse caso é diferente, a gente se conheceu pelo site lá da comunidade e sequer vi o rosto dele até agora, é só conversa mesmo. Mas eu sinto... sei lá, eu sinto algo diferente quando falo com Alex. É natural, fácil, eu simplesmente não penso, só me abro, sem medo. E isso é muito libertador e estranho ao mesmo tempo, entende? Como posso me sentir assim tão à vontade com um completo estranho?

Ela ajeita a postura pensativa.

– Bem, talvez vocês não sejam tão estranhos assim, talvez tenham muito em comum, por isso a conversa flua tão fácil.

– É, pode ser isso...

– Mas pinta uma atração? – ela emenda a pergunta indiscreta. – Tipo, já rola uma paquera explícita entre vocês dois?

– Não, não mesmo! – fico toda sem jeito com a ideia. – A comunidade é um lugar para fazer amigos e trocar experiências, Magô. Nós não paqueramos, apenas conversamos sobre nossos países, nossas vidas, o tempo... E ele tem namorada, então nada a ver mesmo. Alex simplesmente me deixou curiosa a seu respeito, só isso.

– Sei. Bem, aguardarei as cenas dos próximos capítulos para poder opinar melhor.

Dou risada.

– E eu lá sou novela para você me acompanhar, sua louca?

Ela gargalha comigo e, animadas, continuamos a nossa conversa até dar a hora de irmos embora. Quando chego em casa, estou completamente pilhada. Percebo o quanto ainda estou curiosa com esse inglês de quem sei tão pouco. Sinto crescer dentro de mim uma súbita vontade de saber um pouco mais sobre ele e não a refreio.

Ligo o computador e, dessa vez, não espero. Sou eu quem digita primeiro.

"Hey, você."

Segundos depois, a tela pisca.

"Hey, você." – Alex responde, me fazendo sorrir. – *"Como foi no trabalho hoje?"*

"Foi meio parado. Semana pós-carnaval é um tanto morta mesmo."

"E já tem planos para o final de semana?"

"Vou visitar meus pais no sábado e talvez saia com a minha vizinha no domingo." – conto e, então, emendo audaciosa. – *"Pronto, acho que já me perguntou o bastante. Agora é sua vez de me responder, senhor misterioso."*

"Se você diz. Estou ao seu total dispor, madame. O que quer saber?"

A resposta que dou me surpreende. *"Tudo."*

"Isso é mesmo muita coisa." – ele brinca me fazendo rir. – *"O que me diz de começarmos por algo mais específico?"*

"Ok, me conte sobre Blake." – eu toco logo na ferida. Preciso saber mais sobre ela.

"O que posso dizer? Ele é a pessoa que mais amo no mundo!"

"Ele?!" – Minha boca abre escancarada. Por essa eu não esperava mesmo. Alex é gay?

"Sim, ele. Por quê?"

"Não, nada. É só que eu pensei que Blake fosse uma mulher." – confesso. – *"Fui meio tendenciosa na dedução."*

"Como assim 'tendenciosa'?"

Quero morrer de tanto embaraço. Ele precisa mesmo que eu seja mais explícita?

"Foi mal, Blake é um nome unissex e interpretei errado." – admito sem jeito. – *"Eu não sabia que você era gay e supus o óbvio."*

"Gay?!? Do que diabos você está falando mulher?!"

"Blake não é um homem e você não o ama? Um mais um igual a..."

"Igual a nada! Blake é meu irmão caçula, não meu namorado, Vanessa!"

"Ohhhhh... opsssss, foi mal aí, Alex."

"Eu não acredito que você pensou que eu fosse gay!"

"Quem manda me deixar totalmente no escuro? Minha imaginação é fértil."

"Tô vendo, é mesmo um perigo o que essa sua cabeça aí pode imaginar, me colocou num incesto gay em questão de segundos!"

"Culpa sua, repito." – acuso sorrindo, ao mesmo tempo em que sinto um inexplicável alívio no peito. – *"Então, Alex, para que eu não pense mais besteiras, que tal me contar mais sobre Blake, o seu irmão?"*

"Bem, para começar, ele não é uma mulher e nem meu namorado."

Gargalho alto.

"Acho que essa parte eu já entendi."

"Acho bom deixar bem claro, só por precaução." – ele alfineta e dou outra risada. – *"Ele tem dezesseis anos e é a pessoa mais importante do mundo para mim. O garoto adora receber gente em casa, foi por causa dele que entrei nessa comunidade há alguns anos atrás."*

"E seus pais ficaram de boa com isso de sair recebendo gente de fora?"

"Eles já se foram, na verdade. Os dois. Primeiro a minha mãe, de câncer quando eu ainda era muito novo, e depois meu pai, de uma doença rara do coração há uns cinco anos atrás. Somos só eu e Blake desde então."

"Sinto muito."

"Não sinta, nós ficamos bem com o tempo. Não se pode ter tudo, certo?"

"Não, mas ainda assim dói perder os pais tão cedo."

"É, mas não reclamo demais. Tem gente com vidas muito mais difíceis do que a nossa."

"Existir dores maiores no mundo não faz com que a sua doa menos, ela é tão legítima como qualquer outra."

Alex demora um minuto inteiro para responder.

"É verdade."

"Deve ter sido difícil."

"No início foi mesmo. Assustador." – ele me confessa. – *"Eu não estava preparado para perder minha mãe tão cedo. Acabei me tornando agressivo, brigava por tudo."*

"Brigar não costuma ser a melhor saída para lidar com as coisas."

"Agora eu sei disso, mas tive que aprender da pior maneira. Um dia um garoto ofendeu minha mãe na saída do colégio e foi o estopim, eu só parei de bater quando a polícia chegou, tinha dezessete anos na época. Meu pai ficou furioso, brigou feio comigo e disse que eu tinha que tomar juízo. Eu, claro, não quis ouvir. Quando fiz dezoito anos, peguei minhas coisas e fui embora para a cidade. Nesse meio tempo, só quis saber de festas, bebida e bagunça. Quando a gente é jovem e tem um mundo inteiro pela frente, é meio idiota, acaba achando que pode tudo."

"É verdade, nós nunca escutamos no primeiro aviso, sempre achamos que sabemos o que é melhor pra nós." – concordo calejada. Eu já passei pela mesma situação.

"A verdade é que a gente não faz ideia." – Alex completa meu pensamento. – *"Dois anos depois, meu pai sofreu um infarto e os médicos constataram que ele estava com um quadro avançado de uma doença rara, chamada cardiomegalia. A situação já era irreversível."*

"Caramba! Que triste."

"É, foi terrível. Blake me ligou apavorado para dar a notícia e eu larguei tudo na cidade e corri como louco para o hospital em que ele estava. Quando entrei no quarto, já estava esperando que fosse colocada uma correia na minha vida, que meu pai me pediria para voltar para a fazenda, para cuidar do meu irmão e tomar juízo de uma vez por todas, mas me surpreendi quando ele não me pediu nada. Absolutamente nada." – Alex enfatiza. – *"Ele apenas disse que sentia muito à distância entre nós e que me amava. Muito. E me abraçou. Meu pai nunca abraçava, Vanessa."*

Eu respiro fundo com a emoção de ouvir essa história tão íntima, tão pessoal. Imagino o quanto foi duro para Alex encarar essa situação. Às vezes, você receber uma demonstração de amor de alguém, ao invés da patada que espera, pode ser ainda mais desconcertante.

"Eu saí de lá destruído, Vanessa, nunca fiquei tão mal assim na vida. Percebi que era um péssimo filho e que tinha perdido o que havia de mais precioso nesse mundo: tempo com o meu pai. E tempo não volta, sabe?"

"Eu sei bem, o tempo é algo frágil." – reconheço seu ponto por experiência própria. – *"E o que você fez?"*

"*Não tinha muito jeito, encarei a realidade da coisa de forma prática. Respirei fundo, tomei coragem e fui outra vez ao hospital para contar a minha decisão ao meu pai: eu voltaria para a fazenda, pararia com a farra e cuidaria do meu irmão quando ele não estivesse mais por lá para fazê-lo. Então, o meu pai sorriu para mim e agradeceu meu gesto com alegria, mas não me satisfiz só com isso. Tive que perguntar a ele porque não havia me pedido nada. Eu tinha que saber o motivo dele ter deixado nas minhas mãos decidir algo tão importante."*

"E o que ele te respondeu?" – questiono com ansiedade.

"Ele disse exatamente as seguintes palavras: 'Porque eu confio em você, filho, você é um bom homem, só esteve assustado demais para deixar os outros perceberem isso. Mas eu te olho e sei a verdade, sei que tudo vai ficar bem quando me for porque você estará lá quando o momento preciso chegar, como está aqui, agora, antes do fim, ao meu lado. Você veio, não tenho dúvidas que ficará.' Eu fiquei, é verdade, mas sempre achei que meu pai tinha depositado muita confiança em mim. Eu nunca fui um bom homem, Vanessa, apenas tive que fazer o que as circunstâncias exigiram."

"*Você sabe que isso não é verdade, Alex, você tinha escolha e escolheu ficar.*"

"Não fiz mais do que a minha obrigação"

"*Não, Alex. Você fez a coisa certa e essa nunca é mais fácil a fazer, é preciso coragem. Eu não estou dizendo que você é perfeito, ninguém é, mas você é, sim, uma boa pessoa. Aceite isso.*"

Demoram alguns minutos para que ele digite a resposta e penso no que pode estar sentindo nesse instante. Por muito tempo, Alex se deixou acreditar que não era merecedor da confiança de seu pai, deve ser uma crença bem difícil para ele de se libertar.

"Obrigado, Vanessa." – ele escreve enfim, me comovendo. – *"Ouvir isso significa muito, especialmente vindo de você."*

"Por que 'especialmente vindo de mim'?"

"Porque você é especial." – ele explica fazendo todos os pelos do meu corpo se arrepiarem. –*"Tudo o que sei sobre você até agora me leva a crer nisso. A forma como você encara a vida, as coisas que escreveu em seu perfil, os depoimentos dos seus amigos. Você provoca mudanças positivas nas pessoas."*

"Porque elas provocaram em mim primeiro. Assim como você, eu não sou perfeita, Alex. Até algum tempo atrás eu era totalmente alienada com essa ideia de perfeição, buscando desesperadamente ser alguém inatingível. Mas a verdade é que eu sou cheia de defeitos e imperfeições, e isso não me impede de ser feliz. Isso é o que me torna real."

Então, abro o coração sem medo de julgamento, dividindo com ele a minha história sem cortes, passando pela pessoa deslumbrada e fútil que eu era, a triste perda do meu avô que me fez acordar para a vida e buscar ser uma pessoa um pouco melhor e como eu, ainda hoje, continuo nessa batalha, porque não é simples refrear meus impulsos, no final das contas. Mudar é um exercício diário. É uma batalha constante.

Quando o relógio bate em três da manhã, nós ainda estamos conversando, trocando confidências e palavras de apoio. É tão fácil ser verdadeira com Alex, é tão fácil entendê-lo. Por um lado, porque passamos por situações bem parecidas, ambos levamos um grande susto da vida para finalmente despertar para as coisas importantes, mas, por outro, porque é simplesmente natural e bom.

Eu gosto de falar com Alex porque ele é Alex, seja lá o que isso quer dizer.

"Eu acho que já está tarde, você quase não vai conseguir dormir hoje." – aponto considerando que na Inglaterra deve passar das sete da manhã. Alex virou mesmo a noite comigo.

"Eu não mudaria em nada," – ele responde me arrancando um sorriso. – *"cada segundo dessa conversa valeu muito a pena."*

Eu não poderia estar mais de acordo com ele.

"Boa noite, Alex."

"Durma bem, Vanessa."

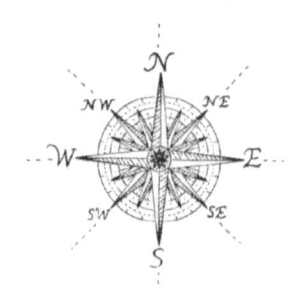

PERSISTENTE

Quando o final de semana chega, aproveito o sábado para ir ver meus pais e tiro o domingo para fazer um dia de garotas com dona Josefa. Pego um monte de tranqueira de embelezamento que comprei e que ficava sempre esperando um momento especial para usar e tiro tudo do armário. Juntas, eu e minha vizinha fazemos hidratação no cabelo, máscaras de rejuvenescimento e pintamos as unhas de vermelho, tudo regado a suco de graviola feito na hora por ela e a variação da série do pirata gostosão que finalmente acabou: o protagonista de vez é, ninguém menos, que o advogado malhadão.

Dona Josefa tem, de fato, um gosto peculiar para escolher suas séries.

E, então, a segunda finalmente dá as caras e o carnaval fica oficialmente para trás no calendário, o fluxo de trabalho retornando com força total. Passo a manhã inteira compenetrada em minhas tarefas, que parecem ter dado cria nesse meio tempo, vindo todas à tona de uma só vez.

Após responder um email que chega de última hora, saio do escritório atrasada para o nosso tradicional almoço no shopping. Aperto o passo para encontrar o pessoal que já me espera no restaurante quando, no meio do caminho, meu celular toca.

– Oi, Flavinha! – saúdo simpática após ler seu nome no visor, sem parar o meu trajeto. – Curtiu bastante as férias?

– Curti sim, obrigada. Mas escuta, tenho o maior babado para te contar! Você não vai acreditar quem me sondou a manhã inteira para saber de você. – ela desafia animadíssima.

– Quem?

– Victor Diniz! – ela exclama completamente eufórica e estanco onde estou, chocada.

– Como assim, Fla?!

– Isso mesmo o que você ouviu, juro por Deus! Fiquei sabendo que ele andou sondando por aqui para saber quando eu retornaria de férias. – ela conta, claramente lisonjeada com o fato. – E hoje, quando finalmente voltei, ele veio até a minha sala e insistiu por um bom tempo para que eu falasse mais de você para ele.

– Falar sobre mim?! – pergunto atônita. – E você?

– Fui insondável, não disse nada, claro! Ou quase nada...

– Como assim "quase nada"? – Flavinha é minha amiga, mas não é lá uma pessoa de segurar a língua dentro da boca.

– Bem, – ela começa em tom de justificativa e já espero a bomba. – ele disse que não ia embora sem que eu desse o seu telefone...

– E...?

– Eu dei, caramba! Não sou de ferro, né, amiga!

– Flávia Monteiro! – eu contesto traída. – Por que você fez isso, mulher?!

– Porque ele é o Victor Diniz! – ela responde como se isso já fosse uma explicação razoável por si só. – Ainda que ele seja um narcisista egocêntrico, você tem que admitir, o cara é perfeito.

– Fraca. – eu a acuso sem dó. Como ela pôde se render tão fácil assim para aquele ser arrogante?

– Não me julgue, você também já fez parte do fã clube. – ela aponta com verdade e tenho que dar o braço a torcer.

Me preparo para pegar mais leve na bronca, quando o telefone dá um suave apito no meu ouvido.

– Droga! Tem alguém na chamada em espera, Fla, peraí. – afasto o celular do ouvido para ver o visor. – É um número desconhecido. – noto confusa.

– É ele! – Flavinha dá um gritinho emocionado. – Só pode ser ele!

Meu corpo trava em pânico ao entender a quem o pronome "ele" se refere.

– E o que é que eu faço? – pergunto completamente despreparada para lidar com isso.

– Ué, você atende!

– Ok. Falo com você depois.

– Sem dúvidas! Vou querer saber de tudo.

Reviro os olhos e desligo a chamada. Em seguida, puxo a outra, meu coração batendo forte contra as costelas.

– Eu disse que não desisto fácil. – a conhecida e convencida voz do outro lado comprova que nossas suspeitas estavam certas.

– Oi, Victor. – cumprimento sem alterar minha entonação. – É, você disse sim, só esqueceu de mencionar também a parte em que você assedia minhas amigas para pegar o meu número.

– O que posso dizer? Eu não estou discutindo meus métodos.

– O que você quer? – vou direto ao ponto.

– Quero te ver. – ele manda a real, igualmente rápido. – Hoje, depois do trabalho, eu não aceito um não como resposta

Azar o dele.

– Não.

– Qual é! Por que não? – orgulhoso, ele se surpreende com a minha negativa.

– Porque hoje eu tenho compromisso.

– Que compromisso?

– Vou ao mercado com a minha vizinha e depois planejo cozinhar.

– Resolvido. - ele determina todo cheio de confiança. – Eu te levo para jantar, desse jeito você não vai ter que encostar um dedo do fogão.

– Eu não cozinho por obrigação, é um lazer, Victor. Um hobby.

– Sério isso? Você não pode deixar para outro dia?

– Não é questão de poder, eu posso fazer o que eu quiser. – explico paciente.

– E posso ir então? – ele sugere sem pudor.

– Ir aonde? Na minha casa?

– Evidente.

– Não sei se isso é uma boa ideia, não. – pondero um pouco a respeito e parece ainda mais estranho. – Eu mal te conheço...

– Você mesmo disse que trabalhamos juntos por cinco anos. – Victor argumenta usando ao seu favor algo que usei para ilustrar justamente o contrário. – E nós até ficamos, pelo que você me contou...

Ele é tão cara de pau de usar isso, assim, fora de contexto?

– Mas nós nunca conversamos de verdade durante todo esse tempo, Victor, nem antes, muito menos depois de ficarmos.

– Eu matei alguém? Você soube de algum escândalo de assédio no meu departamento? Eu não sou esse tipo de monstro que você está pensando.

– Não, não é isso. - percebo bem aonde ele quer chegar com o argumento. – Eu não tenho problemas com estranhos, eu sou capaz até de receber pessoas desconhecidas em minha casa. É só que, por incrível que pareça, é mais esquisita a ideia de você lá do que de qualquer outro.

– Essa doeu de novo.

Eu respiro fundo.

– Eu não quero parecer difícil nem nada assim, é só que eu não acho que isso seja uma boa ideia. Sinto muito, não vai rolar, Victor.

– Eu insisto.

Victor, pelo visto, não é do tipo de pessoa que desiste fácil.

– Já percebi que esse é seu forte. Olha, eu tenho que desligar, estou atrasada para um almoço.

– Ok, te vejo às dez. – ele comunica sem parecer dar ouvidos a nada do que disse antes.

– Não, eu... – tento ser mais clara, mas sou surpreendida pelo tum tum tum do telefone. O convencido já havia dado a sentença final e desligado.

Pode alguém ser mais presunçoso do que isso?

Um tanto irritada, sigo o meu caminho até o restaurante. Quando chego ao local, Soles e Magô já me aguardam com impaciência.

– Demorou, heim, bonita! – ela acusa brincalhona. – Esse email era tão grande assim ou atacou de workaholic de novo? Olha que ligo para sua mãe e te caguetou!

– Nada, foi outro lance aí. – finjo desimportância, sem querer levantar o assunto agora.

Não adianta nem por um segundo.

– Outro lance? – Magô se ajeita na cadeira curiosa. – Manda aí, quero saber de tudo.

– Jura? – ela confirma o interesse com um aceno de cabeça enfático e me vejo sem saída. Me sento ao seu lado. – Ok. Lembra que eu te contei que saí com uma amiga lá do meu antigo trabalho na quarta-feira de cinzas?

– Lembro sim.

– Então, acontece que, depois que saímos do bloco, nós entramos em um bar para ela ir ao banheiro e acabou que encontramos alguém da Sahanna por lá.

– Safada, nem me contou essa parte! – Magô reclama injuriada. – E quem era?

– O cara que por quem fui perdidamente apaixonada há um tempo atrás.

– O tal de Victor? – ela lembra facilmente do nome e me surpreendo dela ter gravado a informação depois de tanto tempo. – O babaca do estacionamento?

– O próprio. – assinto envergonhada.

– E aí? – ela quase pula sobre a mesa de tanta curiosidade. – Foi lá e largou um esculacho nele?

– Bem, na verdade sim, mas foi ele que veio falar comigo primeiro. – revelo e ela arregala ainda mais os olhos. – E me chamou de "a garota da caixa".

Magô fica totalmente confusa, assim como eu fiquei na hora.

– E o que diabos isso quer dizer?

– Bem, aí veja a grande ironia da coisa: aparentemente nesses cinco anos em que trabalhamos na mesma empresa e cansamos de nos cruzar pelos corredores, inclusive depois de termos ficado naquele dia no estacionamento, eu sempre fui invisível para o todo poderoso Victor Diniz. O único momento em que o cara me notou, acredite ou não, foi no dia em que eu estava indo embora e cruzei com ele no elevador. Eu tinha acabado de pedir demissão e estava carregando uma caixa com os meus pertences.

– Ah... – Magô compreende bolada. – daí a garota da caixa?

– Isso.

— Caramba! — ela balança a cabeça aturdida. — E o que ele te falou?

— Que ficou louco pra saber quem eu era, mas que ninguém que ele conhecia sabia quem era a tal garota da caixa. Ah, e que a garota que parecia me conhecer disse que eu tinha me mudado para Vancouver.

— Heim??! Como assim?!

— Provavelmente a Mônica, aquela louca da qual lhe falei, lembra? Ela não gostava de mim, não ia deixar eu sair da empresa e levar o Victor Diniz de tabela.

— Nossa! Que viborazinha, heim!

— Não é? — dou de ombros rindo, porque as maldades dela parecem tão sem importância agora que nem valem o estresse. — Enfim, o fato é que Victor achou que não tinha mais jeito e deixou pra lá. Mas aí calhou de me encontrar no bar e cismou que queria me conhecer. Ele disse conhecer, Magô! Como se nunca tivesse me visto na vida!

— Que loucura! — ela exclama sem parar de sacudir a cabeça, totalmente incrédula.

— E o que você respondeu para ele? — é Soles quem pergunta, entrando na conversa. Ele fica quietinho só ouvindo, mas é outro noveleiro dos bons.

— Que não, claro. Afinal, quem não te nota por cinco anos é realmente capaz de se apaixonar por você em um minuto? Parece bem falso!

— É... — Soles concorda analítico. — é complicado mesmo.

— Aí hoje ele me ligou. — emendo a fato que nos levou a iniciar essa conversa. — Fiquei sabendo que Victor sondou essa minha amiga lá da Sahanna para conseguir meu número e agora cismou que quer me ver. A questão é que eu não me sinto nada segura com esse súbito interesse dele. Sei lá, ele me deixa... desconfiada. Sou louca?

— Meu... — Soles pondera com pé atrás. — não vou negar, o cara é bem volátil.

— Tem total motivo para essa desconfiança, Nessa. — Magô concorda com ele. — Você não tá viajando, não. Tá sendo racional.

Isis finalmente chega ao local e se senta à mesa conosco.

— Boa tarde, gente! Desculpe o atraso, fui deixar o Teo na creche.

— Não precisa se desculpar, estávamos aqui tricotando. — Magô diz simpática.

— Qual o papo de hoje? — nossa chefe se arruma na cadeira e se volta para nós.

— Ex-crush gato perfeito platônico do antigo trabalho ressurgiu das cinzas como fênix e quer uma chance com a gatinha aqui.

— Uhhhhhh... — Isis brinca me cutucando marota nas costelas. — E qual a problemática?

— O cara não a notou durante cinco anos na mesma empresa, mesmo cruzando com ela nos corredores todo dia. Eles até foram apresentados formalmente e, inclusive ficaram numa noite, por iniciativa dele, mas de forma perturbadora o cara nem se lembra do fato.

— Ei, eu me lembro dessa história! Victor, certo? — ela acerta astuta. Sério, qual o imã com esse nome? — Humm... difícil, heim! O que vai fazer a respeito, Vanessa?

— Não sei. — respondo honesta. Eu não faço a menor ideia mesmo.

— Nesse caso, gostaria de te dar um conselho, se me permitir. — eu balanço a cabeça concordando. — Esse cara só te quis quando viu que você estava fora do alcance dele, daí eu tiro duas possibilidades: talvez ele seja extraordinariamente distraído ou talvez seja um verdadeiro controlador, que quer ter domínio de tudo ao seu redor. Se for este o caso, ele apenas te quer porque você escapou do domínio dele. De qualquer forma, ainda que tope sair com ele, não permita que exerça controle demais na sua vida. Esse tipo de homem pode ser bem perigoso.

— Boa ideia. — Magô aprova a sugestão.

— Tem razão, — assinto concordando. — vou manter isso em mente. Valeu, chefinha!

— Disponha. — ela sorri gentil e levanta o cardápio. — Bem, vamos botar a mão na massa. Ou melhor, a boca. Quem vai escolher o prato da vez?

Após um almoço perfeitamente agradável, a tarde de trabalho prossegue intensa. Na volta, passo no meu prédio e pego dona Josefa para fazermos nossas compras semanais. Em seguida, faço uma sopa gostosa, janto e congelo o restante em porções para a semana. Estou ficando cada vez melhor nessa história de cozinhar. É como diz o ditado, a prática leva a perfeição, ou no meu caso, a uma comida não tostada.

Me sento no sofá e ligo distraída o computador. Sorrio feliz quando vejo que recebi uma nova mensagem de Alex.

"Hey, você."

Me recosto e digito a resposta.

"Hey, você."

"Como foi hoje?"

"Meio intenso. E você?"

"Normal, então é melhor voltarmos para o seu dia. Me conta, o que aconteceu?"

"Bem..." — hesito. — *"um cara do antigo trabalho ressurgiu do nada e agora está atrás de mim."*

"Basicamente, arrasando corações?"

"Não sei se posso dizer assim, Alex. Eu meio que fui apaixonada por esse cara por um tempão e ele nem aí para mim. Agora me vem com essa? Não acho que seja confiável."

"Então diga isso para ele."

"Eu disse, mas, aparentemente, ele não sabe ouvir não."

"*Quer ajuda para ser mais explícita? =P*"

"*Acho que vou conseguir me virar, mas obrigada pela oferta!*"

"*Disponha, madame.*" – e acrescenta curioso. – "*Vi que você trabalha numa loja de sapatos em seu perfil, estou certo?*"

"*Na verdade, não é uma loja.*" – corrijo. – "*Trabalho na gestão da Isis Co, uma marca de sapatos sustentáveis.*"

"*Interessante, eu gosto de marcas sustentáveis! Sou fã de produtos ecologicamente corretos.*"

"*Confesso que desde que conheci a Isis também me interessei muito por esse universo. É bem legal entender a cadeia de produção e pensar organicamente para fazê-la operar.*"

"*Olha só, uma garota consciente!*" – ele me provoca.

"*Como eu disse, é tudo muito recente. Sou mais uma garota em aprendizado.*" – digo modesta. – "*E você, Alex, me conta, o que faz para viver?*"

"*Eu crio cavalos.*"

A informação me surpreende.

"*Que diferente isso! E como teve essa ideia?*"

"*Humm... acho que foi quando eu tinha oito anos e ganhei um cavalo do meu pai. Ele era meu melhor amigo, cuidava dele sozinho.*"

"*Caramba, mas não é muita responsabilidade para um garoto de oito anos ter um cavalo?*"

"*Era mesmo, mas eu amava cuidar dele. E, honestamente, eu precisava de uma ocupação, por isso o meu pai me deu o cavalo. Ele queria que eu focasse em algo construtivo. Um homem esperto, sem dúvidas.*"

"*Então, quando cresceu, você resolveu investir nisso como carreira?*"

"*É. Pensei: 'porque não me dedicar a algo em que sou realmente bom e gosto?'. Aí me formei em veterinária e, com o dinheiro do seguro que recebemos quando meu pai faleceu, transformei a fazenda em que moramos em Surrey em um haras. Foi um risco enorme, mas eu estava disposto a tentar porque acreditava que ia dar certo. E deu.*"

"*Deve ser emocionante.*"

"*Eu amo meu trabalho.*"

"*Eu gosto de ouvir sobre você.*" – as palavras escapolem espontâneas demais para que eu veja qualquer segunda intenção nelas, quando percebo já dei o enter.

"*Eu gosto de ouvir sobre você também.*" – ele confessa com a mesma naturalidade me alegrando em retorno. – "*Ainda que você seja meio embaraçoso saber que você escuta pop dos anos noventa. =S*"

Fico vermelha quando percebo que ele andou fuçando minhas redes sociais. Maravilha, agora Alex sabe do meu fanatismo por *boy bands*.

"*Há há há, muito engraçadinho você. É fácil falar quando a sua cara não está à tapa também. Por que não coloca sua foto no perfil e linka aí suas redes sociais para eu poder fazer chacota contigo?*"

"Não é uma boa ideia. Minha aparência só atrapalha as coisas toda vez."

"Até parece. Do jeito que fala aposto que é bonito."

"Por que essa dedução tão contundente?"

"Porque caras confiantes são sempre bonitos. E você, Alex, é bem confiante!"

"Isso não é exatamente verdade. Eu li uma matéria que fala que as pessoas mais confiantes são assim porque tiveram que desenvolver sua segurança para compensar a falta de beleza e conseguir melhores oportunidades."

"É... faz sentido também." – admito.

"Sim, faz. O jornalista fez sua pesquisa, vamos dar algum crédito a ele."

"Então você não se acha bonito?"

"Bem, eu não quero me gabar, mas minha mãe costumava dizer que eu era um charme. Mas você sabe o que dizem, a tal história lá da coruja, mãe não vale." – ele faz piada, me fazendo rir. – *"Mães sempre enchem nossa bola e aliviam para o nosso lado."*

"Ah, isso porque você não conhece a minha!" – eu contra-argumento divertida.

"Como assim?! Vai me dizer que ela te dizia que você era feia??"

"Não, não isso. Mas ela não tem problema nenhum em me mandar a real. É tudo na lata mesmo."

"Acho que isso é bom, é legal ter alguém de confiança que nos diga boas verdades. Às vezes, é tudo o que precisamos."

"Você tem razão." – concordo com ele. Minha mãe estava certa, eu era uma workaholic que precisava muito de ajuda. – *"Acho que você puxou ao seu pai, pois é também um cara muito esperto, Alex Summers."*

"Eu aprecio seu elogio, madame." – ele brinca cavalheiro. – *"Mas me conte, estou curioso. Quanto a beleza importa para você em um homem?"*

Eu penso sério sobre a questão. Beleza sempre me atraiu muito, mas aí me lembro de tudo que passei com Victor e vejo que é algo que não importa mais tanto assim. Eu quero um cara legal agora.

"Não muito."

"Sei... Está me dizendo que um cara bonito não teria mais chances do que um feio?"

"Não vou mentir, acho que ainda ficaria com um cara bonito por ser bonito, mas, para namorar, eu preciso de mais que isso, eu preciso de um cara que valha a pena. Então ser só bonito não significa nada. Pelo menos não para ser de verdade."

"Entendo."

"E para você, Alex?" – agora sou eu quem quero saber. – *"Aparência importa?"*

"Confesso que me sinto atraído por mulheres bonitas, mas nunca consegui namorar com nenhuma delas."

Nessa hora, fico inclinada a acreditar que a citação da matéria sobre pessoas feias que desenvolvem sua autoconfiança não foi feita por acaso. Se Alex nunca conseguiu namorar com uma mulher bonita até hoje, imagino que ele não deve ser nenhum Don Juan. Ele não deve ser bonito, pelo menos não dentro dos padrões que existem.

A verdade é que já estou farta desses padrões.

"Tem características muito mais importantes que a beleza para se estar com alguém." – eu digo.

"É nisso que eu quero acreditar... Me desculpe, Vanessa, mas agora eu tenho que anunciar minha partida." – Alex avisa me deixando triste com a notícia. – *"Já é tarde aqui e amanhã tenho um parto."*

Olho para o relógio e vejo que já são vinte para às dez, pelos meus cálculos, deve ser quase meia noite na Inglaterra, considerado o horário de verão.

"Claro, vai lá. E parabéns, mamãe."

"É de uma égua, não meu, chatinha. ¬¬" – ele rebate e eu rio alto.

"Eu sei, bobinho. XD Boa noite, Alex."

"Durma bem, Vanessa."

Eu sorrio desligando o computador, é incrível como Alex mexe tanto comigo. Me sinto leve quando me deito na cama e me cubro confortável, pronta para dormir. Nesse instante, meu telefone toca agudo na mesa de cabeceira, fazendo com que eu me levante assustada.

Pego o aparelho que apita nervoso e vejo que é um número privado. Atendo.

– Nosso jantar está de pé?

Ah, Victor de novo, não! Por que esse cara não desiste logo de uma vez?

– Na verdade, eu já jantei. – confesso sem culpa, afinal não marquei nada mesmo.

– Tá de sacanagem?! – ele parece irritado do outro lado da linha. – Nós combinamos de jantar às dez!

– Não, nós não. – eu o corrijo no ato. – Você. Você veio com essa de ter a palavra final e não me deixou falar. Se tivesse me consultado direito, eu teria te dito que janto cedo. Durante a semana, durmo às dez para acordar bem para o trabalho pela manhã.

– Ah... – ele arfa decepcionado quando seus planos não saem como o planejado. – Não podemos sair então agora para tomar uns drinks?

Drinks numa segunda-feira à noite?

– Como eu disse, Victor, eu durmo cedo durante a semana. Foi mal, não vai rolar.

— E qual o seu endereço? – ele pergunta, claramente ignorando meus sinais. – A sua amiga me contou que você se mudou quando eu ameacei pegar seu endereço no cadastro de RH da empresa.

— Você o quê?!

— Eu já disse, eu não discuto meus métodos. – ele responde simplesmente. Acima de tudo e todos.

— Eu moro longe agora. Olha só o trabalho para você, Victor. Melhor deixar isso para lá...

— Eu gosto do trabalho. – ele insiste irredutível. – Quanto mais difícil melhor, já te disse.

Essa frase me faz considerar ainda mais seriamente o que Isis me disse no restaurante, de que talvez Victor só me queira agora porque não me tem mais ao seu alcance. Baseada no conselho da chefinha, resolvo ser firme. Curta e grossa, para ser mais exata.

— Olha Victor, está tarde e eu quero dormir. Não estou afim, beleza?

— Pelo menos um café na hora do almoço? – ele persiste.

— Eu trabalho do outro lado da cidade.

— Que seria?

— Na Barra.

— Hum... na Tozlo?

— Não, – eu nego a contragosto ao ouvir o nome de outra empresa sanguessuga do ramo de fast fashion. – na Isis!

As palavras saem mais rápido do que eu possa pensar. Eu bato na testa com força. Que idiota! Eu não acredito que falei demais justamente para esse cara.

— Isis? – ele repete curioso o nome que deixei escapar. – Não conheço. É do varejo de moda internacional também?

— Não, Victor. Olha, eu tenho que ir. Foi muito bom falar com você, é só que não acho que isso vai...

— Sei, sei. – ele me corta sem a menor cerimônia. – Beleza, nos falamos depois.

"Que depois?", eu penso aturdida, mas já é tarde. Novamente ele desliga sem me deixar falar.

Esse cara sempre quer ter a palavra final.

Azar o dele, pois dessa vez, ah, meu bem, ele não terá de jeito nenhum.

◁——— ♡ ———▷

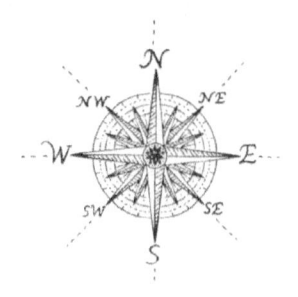

EMBOSCADA

Quando chego para trabalhar no dia seguinte, lá está ele. Encostado na parede, os cabelos loiros curtos, trajando terno cor de chumbo, camisa cinza e gravata azul marinho. Eu não posso acreditar que Victor descobriu o endereço do meu trabalho assim tão rápido. Esse cara está mesmo obstinado a tentar me tirar do sério.

Magô chega de supetão atrás de mim.

— Pelos bigodes de Corel!! — ela arfa surpresa ao ver o que vejo. — Não me diga que esse é o tal Victor?

— O próprio. — confirmo me escondendo atrás de uma pilastra e levando ela junto comigo.

— E o que você planeja fazer? — ela pergunta sussurrando para mim. — Se esconder aqui o dia inteiro?

— Tem essa opção?

— Acho que não.

— Droga!

— Fala sério, Vanessa! — ela me recrimina dando uma nova espiada. — O cara é um pedaço de mau caminho! Que mal pode fazer dar uma chancezinha para ele?

— Eu não sei. Meu coração se sente aflito só de pensar nisso, Magô. Não sei explicar. É como se ele já soubesse que não é uma boa ideia.

— Seu coração definitivamente não tem olhos. — ela acusa claramente impressionada com a figura indefectível à sua frente. Victor tem mesmo esse efeito de deslumbramento sobre as mulheres ao seu redor.

— O que eu faço? — pergunto completamente desorientada. Magô está certa num ponto, eu não posso me esconder ali para sempre.

— Vai lá e paga para ver. — ela sugere audaciosa. — Você é uma garota forte e independente, Vanessa. Se achar que é uma fria, você vaza, simples assim. Não é como se estivesse assinando um contrato vitalício com ele por dar uma palavrinha.

Eu penso a respeito. Isso é verdade, eu não sou obrigada a fazer nada que não queira. Ainda que Victor seja determinado, ele não pode decidir por mim. Sou dona do meu próprio nariz.

— Você tem razão. — eu afrouxo a postura menos tensa. — É só um medo bobo.

— É, — ela assente me passando confiança. — vai lá! Mostra para ele o poder feminino.

Respirando fundo, eu tomo coragem e saio detrás da pilastra confiante e, com isso, Victor nota minha presença, ajeitando o terno.

— Bom dia! – ele me cumprimenta com um sorriso perfeito e convencido.

— Bom dia. – respondo com ressalva. – O que faz aqui, Victor?

— Eu disse que nos falávamos depois. – ele vira o relógio caro para mim e aponta. – Viu só? Já é depois.

— Entendo. – não dou muita corda para sua gracinha. – Você não tem trabalho hoje?

— Disse que estava em uma reunião externa. Não deixa de ser verdade, essa é uma reunião e estamos fora da empresa.

— Isso não vai dar em confusão?

— Só se você não aceitar sair comigo hoje. – ele responde jogando charme.

— Olha, normalmente eu estudo francês nas terças.

— Perfeito, te levo para jantar em um restaurante francês. – sugere sem dar muita brecha para uma recusa. – Você pode ficar treinando com o menu, se quiser.

— Acho... acho que tudo bem então. – assinto insegura, meu coração se sentindo apertado. Internamente eu quero negar, mas me convenço que é melhor aceitar logo o convite e ver onde isso vai dar.

— Ok, – seu sorriso cresce com a resposta afirmativa. – te pego às dez.

Ele me dá um beijo na bochecha e vira satisfeito para ir embora. Eu fico meio aboboda pelo contato inesperado e demoro mais que o normal para recobrar a consciência.

— Ei, – eu grito quando percebo o meu erro. – espera! Eu durmo cedo durante a semana!

Mas vejo que já é tarde demais.

Victor Diniz já foi embora levando com ele o meu sim.

Passo o dia tentando manter a calma e não surtar com o encontro de mais tarde, mas falho miseravelmente na tentativa. Magô tem que fazer uma espécie de terapia zen budista comigo na hora do almoço para que eu não pegue o telefone e ligue desmarcando tudo. Quando chego em casa, tento treinar um pouco do meu francês antes do jantar para ocupar a mente, mas não consigo. Estou agitada demais para conseguir me concentrar em qualquer coisa direito.

Desisto, um dia de estudo não vai fazer tanta falta assim.

Me jogo no sofá e minha mente então viaja, formulando mil questões acerca dessa noite: O local escolhido, o que devo vestir, o que esperar de Victor. Deus do céu, a quem eu estou tentando enganar? Encarar esse encontro com casualidade é um suicídio social. O cara é Victor Diniz, caramba. Não dá para ser casual com Victor Diniz.

Ou você está preparada para ele ou não está.

Com isso, percebo em pânico que nada do que tenho em meu guarda-roupa parece bom o bastante para a ocasião e, como uma louca, me vejo correndo para o shopping mais próximo. Entro em uma famosa loja que custa os olhos da cara e compro um vestido preto elegante e sapatos altos que, juntos, custam quase a metade do meu salário.

Prendo a respiração e mando dividir tudo no cartão de crédito.

Não é para situações como essas que ele existe?

Em seguida, rumo para o salão de cabeleireiro, pois não tem a menor condição de usar esse vestido com o meu cabelo todo desgrenhado como está. Faço uma escova e, como já estou ali, por que não, as unhas e uma maquiagem fatal completa?

Chego em casa quase quatro horas depois, imaginando que agora vou ficar mais relaxada, já que tudo foi devidamente providenciado. Mas aí, me sento no sofá e me assusto ao ver o meu reflexo na TV desligada. Percebo que estou parecendo uma verdadeira boneca, cabelo perfeito, sapato perfeito, vestido perfeito, unhas perfeitas, maquiagem perfeita. Totalmente impecável.

Eu nem me pareço comigo mesma.

Esse pensamento perturbador me faz parar e perceber a loucura que estou fazendo. Por que todo esse desespero? Eu estava plenamente satisfeita comigo mesma nos últimos meses. De onde veio essa súbita mudança na maneira de agir? O que, por Deus, detonou minha autoconfiança dessa forma extrema?

Victor. Essa é a resposta, claro.

Victor faz com que eu me sinta insegura comigo mesma, sempre fez.

Perto dele, me sinto invisível. Irrelevante.

– Não, não vai ser mais assim. – afirmo determinada e corro para o banheiro. – Eu me recuso a me julgar irrelevante de novo por conta da opinião de alguém.

Na frente do espelho, trato de desfazer sem dó o cabelo escovado perfeito e tiro o excesso de maquiagem que me faz parecer outra pessoa. Depois, troco o sapato e o vestido que comprei por algo que já tenho em meu guarda-roupa, que é bom o bastante, sim, para Victor ou quem quer que seja.

Ele é bom o suficiente para mim, que é o que mais importa.

E, assim, me considero devidamente pronta. Agora eu consigo olhar para o espelho e ser capaz de me reconhecer. Meu cabelo ondulado está meio preso e a maquiagem que uso é suave. Já o vestido escolhido é romântico, combinado com sapatos caramelos de saltos baixos.

O telefone toca na sala, anunciando que o meu acompanhante chegou.

– Oi, gata. – Victor saúda quando atendo. – Está pronta pra ir?

– Estou sim.

– Chego em cinco minutos.

– Já estou descendo.

– Ok. Te vejo daqui há pouco.

Meu coração aperta de aflição com a proximidade do encontro e eu checo o meu reflexo a última vez antes de descer. Não tenho mais tempo para trocas e retoques. Respiro fundo e busco reunir toda a confiança que há em mim. A confiança que Ravi me mostrou que eu tinha.

Então, um apito no notebook me desperta a atenção, sei que ele sinaliza que eu acabei de receber uma mensagem privada no chat da comunidade. Curiosa, me aproximo para ver de quem é e meu coração acelera novamente, mas dessa vez nada aflito.

Ele acelera feliz.

"Hey, você. – Alex diz. – *Senti sua falta hoje. Podemos conversar?"*

Uma buzina alta na rua me assusta, tirando imediatamente o sorriso do meu rosto. É o Victor anunciando sua chegada, sem dúvidas. Certa de que paciência não é o forte do garoto de ouro, eu digito apressada uma resposta no teclado e saio pela porta com um jato para não irritá-lo com um atraso justo no nosso primeiro encontro. Mas, enquanto desço os lances da escada correndo, minha consciência ralha que *"Foi mal, Alex. Não tenho tempo agora."*, seguido de um *"*Não me espere acordado."* não foi lá uma resposta apropriada para um cara tão legal como ele. E, penso em meu íntimo, que ainda vou me arrepender muito por isso.

Já em frente da entrada do meu prédio, eu sei bem que o carro preto esportivo na calçada é de Victor antes mesmo que ele mostre a cara. O veículo é o retrato da imponência, caro e luxuoso, assim como era o modelo anterior. Eu me aproximo tímida e, confirmando minhas suspeitas, Victor abaixa o vidro.

– Vamos indo, gata? – indica com a cabeça a porta do carona.

Eu dou a volta e abro a porta, entrando com dificuldade no carro de chassi baixo. Apesar da presença dos assentos de couro legítimo, tudo ali dentro cheira a um único perfume: o perfume de Victor. É inebriante o cheiro de riqueza que ele emana.

Ele me olha, da cabeça aos pés, analítico.

– O que foi? – pergunto desconfortável com aquela inspeção nada sutil.

– Nada, é só que... – ele pondera as palavras. – você é bem... discreta.

Apesar de não ser uma crítica expressa, também não parece nem de longe um elogio.

– O que quer dizer?

Ele balança a cabeça, novamente escolhendo as palavras.

— Nada. Achei que fosse fazer uma super produção ou coisa assim. – ele aponta parecendo desapontado. – Não é isso que toda mulher faz quando tem um encontro?

— Eu não sou toda a mulher. – digo um tanto ofendida.

— É verdade... – ele pondera por alguns segundos pensativo. – você parece diferente daquilo que estou acostumado. Você não tenta ser sensual como as outras mulheres.

Engulo em seco.

Apesar de suas palavras polidas, de certa forma Victor conseguiu me fazer sentir muito inadequada e nada atraente. Ali, sentada ao lado dele, que traja terno e gravata, agora me sinto deslocada com meu vestido romântico e meus sapatos baixos. Desejo poder voltar no tempo e não ter me livrado da minha superprodução. Isso seria ótimo.

Eu não estaria me sentindo tão pouco como me sinto agora.

Victor dá a partida no carro e o som automaticamente religa, tocando alto uma batida eletrônica da moda.

— Onde é esse restaurante? – pergunto erguendo um pouco a voz, pois o volume da música é alto o suficiente para não permitir uma conversa em tom normal.

— Na Gávea. – ele responde sem o olhar para mim ou abaixar o som.

— Você já foi lá? – insisto na conversa.

— Já.

— Humm...

— Você vai gostar. – ele afirma batendo de leve na minha perna, sem tirar os olhos da rua. – Eu só frequento o que há de melhor. Aprenda uma coisa, não tem erro quando se está comigo.

E, aqui estou eu, dentro de um carro incrível, do lado de um dos partidos mais cobiçados da cidade, indo para o melhor restaurante. Então, por qual razão, sinto uma angústia terrível em meu peito, como se algo estivesse errado e eu não pudesse ver, apenas sentir?

Chegamos pouco tempo depois ao restaurante luxuosíssimo na Gávea e, Victor, tomando a frente, pede logo por uma mesa mais reservada para nós. O maître indica uma bem lá no fundo, de vista para o mar e, com a aprovação de meu acompanhante, nos conduz, atravessando corredores de mesas ocupadas por clientes dos mais distintos, a nata da sociedade carioca, adornada de suas marcas e joias.

Quando chegamos à nossa mesa, Victor se acomoda e é o garçom quem puxa a cadeira gentil para que eu me sente.

— O que os senhores desejam beber?

— Acho que podemos tomar um vinho francês, o que acha? — Victor sugere, mas sequer me dá tempo para responder, se dirigindo de novo ao garçom. — Me diga, que vinho me recomenda?

O garçom se empertiga todo, tratando de dar uma boa olhada em Victor para medir o seu poder aquisitivo antes de sugerir algo. Victor sequer se abala com a análise indiscreta, sabe muito bem à que conclusão o homem chegará.

Não há dúvida alguma de que ele não é um qualquer.

— Temos o *Baron de Braze*, senhor, francês, de dois mil e cinco. Ótimo vinho, bem equilibrado, com uma mistura refinada das uvas *Cabernet Sauvignon* e *Merlot*.

— Parece bom pra mim. — Victor concorda com a cabeça. — Ah, e tragam também o couvert completo.

— Sim, senhor.

O garçom faz uma pequena reverência e se retira.

— Bonito o lugar, não? — Victor me pergunta, certamente querendo se gabar de sua escolha.

— É. — confirmo sem poder discordar. Parece até que Victor mandou a noite estar perfeita. — A vista é bem legal daqui.

— O melhor para a mais linda. — ele diz dando seu sorriso sedutor.

Eu o olho com curiosidade. Tudo na situação me parecendo estranho, artificial.

— Por que está fazendo todo esse esforço para ficar comigo? — não consigo evitar a pergunta.

Victor se faz de desentendido, se remexendo desconfortável na cadeira.

— O que quer dizer?

— Você sabe muito bem o que quero dizer. — insisto sem desviar o olhar. — Por que eu?

Ele sorri de lado.

— Tá, eu digo. — e então me olha com interesse. — Por alguma razão, ainda incompreensível para mim, você é *algo* que me interessa conquistar.

Reparo bem no termo que usa para me definir. "*Algo*."

— Eu não sou um pedaço de terra para ser conquistado.

— Não dizem que o coração é terra de ninguém? — ele se diverte e aponta em seguida para o meu peito. — Eu estou estudando a possibilidade de fincar uma bandeira bem aí.

Reparo que ele se atém na altura do meu decote e me constranjo sob seu olhar nada sutil. O garçom retorna com um assistente ao seu lado, interrompendo a conversa.

— Com licença, senhor. Aqui está o seu vinho e o couvert.

O assistente coloca a travessa de aperitivos na mesa, enquanto o garçom faz toda aquela misancene para abrir e servir a primeira dose da bebida. Meu acompanhante inclina a taça e observa o líquido em seu interior, depois cheira, gira, cheira outra vez e, só então, prova e sinaliza que está adequado para que o garçom complete a taça.

— Senhorita. — ele me chama em sequência, me servindo também.

— Obrigada.

Deixando a garrafa, ambos se retiram com discrição, nos deixando à sós de novo.

— E aí? — pergunto brincalhona a Victor, que ainda cheira o vinho todo envolvido.

— E aí o quê? — ele para e me olha sem entender por qual razão sorrio.

— Deixe-me adivinhar. — brinco com ele para quebrar o gelo. — Cheira a uva?

A brincadeira não surte o efeito que desejo, deixa tudo muito pior. Ao invés de rir, Victor me avalia com superioridade, como se eu fosse uma criança boba. Tem muita recriminação contida no olhar severo que me dá em resposta.

— Ah, vamos! — eu persisto, tentando fazê-lo rir. — Cadê o seu senso de humor?

Péssima ideia. Se existia algum humor antes, agora ele evaporou por completo.

— Isso é um *Baron de Braze* de dois mil e cinco, Vanessa. — ele fala sem paciência. — Custa mais de quinhentos reais a garrafa e, obviamente, deve cheirar como tal. É o mínimo que espero.

Fico constrangida com a dureza de sua bronca e, me encolho enquanto ele degusta o vinho caríssimo, sem fazer mais nenhuma piada. O garçom retorna alguns minutos depois e sinto até um certo alívio com sua presença ali, entre nós.

— Estão prontos para fazer o pedido? — pergunta carregando um tablet a tiracolo.

— Sim. — Victor se adianta em responder. — Me diga, qual o melhor prato da casa?

— Certamente o canelone de *foie gras*, senhor.

— Então vamos pedir esse. — anuncia fechando o menu e devolvendo-o ao garçom.

Foie gras. Só o nome já me embrulha o estômago. Fazer esse prato é uma tortura, eu não conseguiria comer isso mais nem amarrada. O garçom me lança um olhar antes de se virar e vejo que capta o desespero em meu rosto. Victor nota os olhos apreensivos do homem e, os seguindo, depara comigo totalmente aflita.

— O que foi? — pergunta impaciente. — Não gosta de *foie gras*?

— Para falar a verdade não, nem um pouco. Sinto muito.

Seu sorriso cai na mesma hora, Victor parece desconsertado com a minha resposta, como se fosse impossível alguém não gostar do que ele escolheu. O "melhor", segundo ele, não é exatamente o que me agrada.

Porque gosto, percebo, é uma questão pessoal.

– Então nada de pato para ela. – ele decide, retomando altivo o controle da situação e, antes que eu possa dizer que um peixe estaria ótimo, questiona outra vez o garçom. – Fora esse, qual o outro prato que você nos indica?

– Temos um maravilhoso medalhão de filé mignon com aspargos e arroz a piamontese, senhor.

– Você come isso? – Victor pergunta prático para mim.

– Como, mas...

– Ok, – ele não me deixa sequer terminar. – então traga esse para ela.

Com um gesto seco, Victor dispensa o garçom e fixa o olhar em mim.

– Por que não gosta de foie gras? – pergunta sem rodeios, me constrangendo pela falta de tato.

Contenho toda a minha aversão ao prato e tento responder educadamente.

– Eu só não gosto, me desculpe.

– Por quê? – ele persiste, sem tirar os olhos de mim.

– É melhor não tocarmos nesse assunto, afinal você vai comer isso. Não quero estragar o seu paladar, Victor.

– Eu não ligo. Por quê?

Se ele insiste tanto em saber, não serei eu a lhe negar a resposta.

– Você sabe como o foie gras é feito?

Inabalável, ele acena positivamente com a cabeça.

– É por essa razão que eu não como. Foie gras é feito do fígado de um animal que foi feito propositalmente doente. Os gansos são trancafiados em gaiolas minúsculas e alimentados à força, várias vezes por dia, através de um tubo enfiado em suas gargantas. Eu vi isso num documentário e agora acho meio intragável comer. É cruel.

– Ué, mas todos os bichos que comemos não morrem no final? – ele contrapõe sem ligar a mínima para o argumento. – Ou você acha que a vaca não teve que morrer para fazer seu filé mignon?

– Mas é diferente, não houve tortura nesse caso.

– Taí, – ele sorri de um jeito presunçoso. – você não sabe. É por isso que nunca discuto os meios, desde que os fins se justifiquem, por mim está tudo bem.

– Mas os meios são importantes, é através deles que chegamos aos fins. É como os produtos que ajudamos a fazer, minha chefe sempre diz que não basta fazer, temos que fazer da forma correta.

– Já vi que ela não terá muito lucro nessa indústria. – ele ri com gosto e eu não curto nem um pouco deboche. Eu sou time Isis de vestir a camisa.

– Nem tudo é sobre lucro, Victor, é preciso ter princípios para ser sustentável. Antes eu não estava nem aí para isso, mas hoje eu me importo porque vejo o ciclo por inteiro.

– Não é um ciclo, é uma pirâmide. – ele faz piada me irritando. – Só os do topo sobrevivem, é a lei da selva, mon amour.

– Falou o leão. – ironizo sem humor.

– O que há de errado em querer ser o rei da selva? Come melhor quem está no topo da cadeia alimentar. – ele implica e olha de novo para o meu decote, me secando grosseiro. – E hoje, minha cara, te digo que vou ter um banquete.

Ele lambe os lábios e me aborreço com a falta de cortesia dele. Tomo instintivamente uma postura defensiva, braços cruzados, boca cerrada e testa vincada. Parece que a noite está perdida. Me preparo para levantar e ir embora, mas então Victor sorri, como se apreciasse o surgimento da minha raiva.

– Fica. – ele comanda e segura o meu pulso, me olhando com aquele sorriso galanteador nos lábios. Sem saber o porquê, eu acabo me vendo sorrindo de volta, como uma tonta.

Há algo em Victor que é capaz de deslumbrar as pessoas ao seu redor, estou plenamente ciente disso. É uma capacidade sinistra que afeta, inclusive, o meu bom senso. Sei que devo correr, mas me sento e fico.

É como uma droga, você não pensa. Não consegue.

A partir desse movimento, o restante da noite transcorre sem maiores turbulências. Nesse meio tempo, Victor é absolutamente encantador. Flerta, faz charme, discursa inteligente sobre suas conquistas e qualidades. Parece até estar encenando um galã de novela.

Tudo é perfeito até demais.

Na viagem de volta, o carro parece estar magnetizado. Assim que entramos naquele cubículo apertado, Victor passa a emanar uma enorme tensão sexual sobre mim, ainda que sem falar uma palavra. A forma como ele continua a olhar para o meu decote é desconfortável e, toda vez que paramos num sinal, ele coloca a mão na minha perna subindo um pouco o meu vestido.

Quando estacionamos na portaria do meu prédio, me apresso logo abrindo a porta.

– Bem, obrigada pela noite, Victor. – agradeço já descendo do carro.

Ele se apressa também, abrindo a sua própria porta e corre para me pegar pela mão antes que eu fuja para dentro.

– Eu te disse que te daria uma noite perfeita. – ele me fecha contra o portão.

– É, foi uma noite bem impressionante mesmo. – digo sem conseguir encará-lo, pois ele me olha com intensidade. Como um caçador olhando uma presa fácil.

Me sinto acuada.

– Concordo, mas falta algo. – ele insinua vago e, sem consentimento, me puxa para si e me beija com tudo contra o portão. Sua boca é voraz, sequer consigo reagir. Sem saída, me rendo e vejo sua mão passear por todo o meu corpo com volúpia. – Não seria perfeita sem isso. – declara quando separa os lábios satisfeitos dos meus, uma expressão convencida estampada em seu rosto. – Quero subir e te comer. Agora.

Travo estática. Ele não pode estar falando sério!

– Não. – digo enfática.

Ele ri, parecendo gostar da minha expressão de indignação. – Te vejo amanhã, garota.

E, sem me deixar protestar ou contestar, Victor vai embora me deixando completamente atordoada. O vestido desalinhado, os cabelos bagunçados, a cabeça confusa.

É, essa foi uma noite confusa.

CONTROLADOR

No dia seguinte, atualizo Magô, Isis e Soles de todos os detalhes do encontro da noite anterior. Eles ouvem atentamente o meu relato e posso notar a expressão tensa se formando na face deles com o desenrolar da história. Preocupada, Isis me aconselha mais uma vez a não deixar de me impor nesta relação.

Quando o expediente acaba, aproveito para ir devolver as minhas recentes compras impulsivas nas respectivas lojas. Chego em casa às cinco da tarde e agradeço a Deus por ter uma rotina para me ocupar, seria deprimente ficar sentada esperando uma ligação de um cara como Victor. Assim, visto meu moletom esportivo e calço meus tênis para encarar a estrada.

Quando corro me esqueço do mundo, é uma sensação maravilhosa.

Já estou quase saindo pela porta quando o telefone toca, me fazendo dar meia volta.

— Vanessa?

— Oi, Victor! — me surpreendo ao receber sua ligação tão cedo. Não passou nem um dia completo desde o nosso encontro.

— Liguei para avisar que hoje eu só saio do trabalho às sete.

— Tudo bem. — assinto sem entender a razão dele me avisar esse tipo de coisa. — É mais ou menos quando volto da rua.

— Como assim?! Você vai sair? — ele empertiga a voz como se a informação o incomodasse. — Com quem?

— Com ninguém? — eu respondo assustada com sua mudança de tom repentina. — Vou correr sozinha, faço isso todas às quartas. Por quê?

— Nada, assim pode. Chego na sua casa por volta das sete e meia.

— Você vem aqui hoje?!

— Claro. — ele responde com impaciência. — Te disse.

— Não exatamente, eu não preparei nada por aqui.

— Isso é o de menos. Te vejo a noite.

— Mas... — tento protestar, mas Victor já desligou.

Eu preciso conversar com ele sobre esse maldito hábito.

Determinada a não entrar em pânico outra vez, decido manter o plano original e saio para correr. Se Victor não se dá o trabalho de marcar com antecedência direito, eu também não tenho a obrigação de me desdobrar para recebê-lo com um tapete vermelho. Me exercito por exatas duas horas até que o meu relógio apita, avisando que falta só meia hora para Victor chegar.

E a ansiedade volta com tudo.

Repentinamente aflita, cogito continuar correndo até o shopping mais próximo ou até contratar uma decoradora de ambientes de última hora. "Victor não vai entender esse meu lance de minimalismo", penso nervosa, "vai achar que eu sou pobre mesmo". Talvez eu seja, em comparação a ele. Começo a entrar em pânico e, conhecendo bem o perigo disso, resolvo prolongar por mais dez minutos a corrida para conseguir acalmar meus nervos e refrear meus impulsos destrutivos.

Resultado óbvio: Perco a hora.

Chego em casa esbaforida às sete e vinte. Eu planejara ter pelo menos trinta minutos para poder me arrumar e agora tenho só dez. O desafio é do tipo missão impossível! Sem escolha, aceito o que tenho e corro para o banheiro para tomar pelo menos uma ducha rápida quando a campainha toca, me parando na entrada do box.

– Merda!

Dou uma conferida em meu estado no espelho que fica em cima da pia e só me desespero ainda mais. Cabelo suado, rosto todo vermelho da corrida, moletom largado. Eu estou um verdadeiro desastre! A campainha toca de novo estridente. Victor não é muito paciente, me lembro exasperada.

Me controlo e, reunindo a pouca coragem que tenho, vou abrir a porta descabelada.

– Olá! – ele me cumprimenta com aquele sorriso arrebatador encostado no portal. Ele está absolutamente lindo, como não estaria?

– Oi, Victor! Entra. – saúdo simpática, tentando arrumar o cabelo com as mãos. – Você chegou cedo, eu ia tomar um banho agora. É que acabei de voltar da rua e...

Sem o menor decoro, Victor me analisa de cima a baixo.

– Engraçado... – ele parece surpreso com o que vê. – Você até que fica sexy assim, toda bagunçada. Vai entender...

Eu o olho atônita, sem saber se encaro isso como uma crítica ou um elogio de novo. Um "v" se forma entre minhas sobrancelhas na tentativa de decifrar as intenções desse cara imprevisível.

– Ok...? – digo sem conseguir pensar em uma resposta melhor para o seu comentário. – Aceita alguma coisa para beber?

– Primeiro isso.

Ele me puxa de surpresa pelo braço e me tasca um novo beijo, tão afoito e feroz como o primeiro. Quase como se quisesse me consumir.

Ele definitivamente quer me consumir.

Quando encerra o beijo quente, Victor se afasta, levando as mãos ao joelho, ofegante. – Cacete! – ele xinga balançando a cabeça e percebo que está chocado. – Como você faz isso comigo, mulher?!

– O que foi que eu fiz?! – pergunto também tentando recuperar o fôlego. O beijo que Victor dá é tão intenso que não me deixa respirar. Sufoca.

– Essa coisa aí que você exerce em mim... eu não consigo entender! Não sei porque fico tão louco pra te ver, te beijar, te tocar. Eu não sou assim, geralmente eu fico no controle da situação.

– Sério, Victor? – eu pergunto com incredulidade. – É você que está no controle sempre, você decide tudo. Inclusive, você tem que parar de uma vez por todas com esse hábito. Você aparece sem me perguntar, me beija sem aviso, encerra as ligações quando bem entende. Eu fico fula da vida com essas coisas! Não pode ser assim, não, eu também tenho voz, sabia?

Eu olho para ele incisiva e percebo que Victor sequer me escuta. Continua ali, estático, me encarando com um sorriso atrevido no rosto. Ele parece não acreditar em algo, ao mesmo tempo em que se diverte com isso.

– Por que é que você está me olhando desse jeito? – pergunto perdendo a paciência.

– Como?! – ele se recompõe retomando a consciência do que está fazendo. – Viu, só? Você me dá bronca e eu fico hipnotizado! Há, é hilário! Eu acho que gosto de ver você puta comigo, me excita.

– Então se prepare, porque se continuar fazendo isso você vai me ver nervosa de verdade! E, prometo, não vai ser nem um pouco excitante!

Ele abaixa a cabeça, segurando um sorriso.

– Ei. – chama baixinho, só levantando o olhar para mim.

– O quê? – pergunto abruptamente, ainda irritada.

– Posso te beijar de novo agora?

Eu sou pega de surpresa com o pedido singelo. Coro sem jeito.

– Só depois do banho. – condiciono decidida, tentando ter um pouco de controle da situação.

– Posso tomar banho junto, então? – ele sugere indiscreto.

– Mas é claro que não! – respondo quase roxa, indignação e vergonha me tomando ao mesmo tempo. – Você trate de sentar aqui enquanto eu vou tomar meu banho tranquila. E nada de gracinhas! – pontuo pisando forte e saindo da sala como um furacão. Me pergunto se o excitei ainda mais com isso, porque não era mesmo a intenção.

Entro no banheiro e tomo um banho gelado, tentando acalmar meus nervos. A água batendo em minhas costas é uma excelente forma de aliviar a tensão. Relembro-me que preciso manter a compostura, não posso deixar Victor me tirar do sério dessa maneira.

Quando retorno à sala já mais apresentável, vejo que Victor me espera no sofá como um anjo. Desconfio. Definitivamente Victor não é um anjo.

— Me comportei adequadamente? — ele pergunta se fazendo de inocente quando me aproximo.

— Acho que sim. – digo sem dar muito crédito. Ele é esperto demais para se dar corda.

— Qual a minha recompensa por isso? – pergunta com um sorriso safado no rosto.

— Vou pedir pizza, pode ganhar uma fatia, caso se comporte até lá.

— Eu não quero comida, escoteira. - ele levanta e me pega de surpresa, me atirando com tudo no sofá. – É outra coisa que eu quero comer. – sobe sobre mim dominante. – Quero você e quero agora.

Victor é pesado e é muito difícil sair debaixo dele. Eu não quero gritar e causar um climão, afinal é meio que natural ele querer contato físico já que estamos saindo. Mas, a pressa e o modo impositivo com que faz isso, me deixam desconfortável, de forma alguma é lisonjeira. É agressiva, bruta.

— Hum... gostosa. – ele sopra em meu ouvido, fazendo meu cabelo arrepiar. Ele começa a me tocar de uma forma desconfortável quando o telefone apita em cima do rack, como uma salvação.

— Espera, – o afasto como posso. – me deixa atender.

— Deixa tocar! – ele ignora, me puxando de volta com força e apertando a minha bunda.

— Não, é sério! – eu insisto o empurrando. – Eu tenho que atender, pode ser importante...

— Não. – Ele me empurra de volta no sofá. Sei que não posso vencê-lo fisicamente, ele é bem mais forte que eu.

O olho nos olhos bem séria e decreto:

–Victor, eu vou atender esse telefone.

Ele para, surpreso com o meu tom severo, e me avalia por alguns segundos. Como não amoleço, ele sai de cima de mim contrariado. Me desvencilho dele o mais rápido que consigo e corro para onde deixei meu celular.

— Alô? – saúdo o meu salvador, querendo dar um abraço nele pelo alívio proporcionado.

— Fala, Nessa! Tudo bem contigo?

— Nanda! – reconheço feliz a voz do outro lado. Gosto ainda mais dessa garota hoje.

— Eu mesma. Como você tá?

— Ótima! – melhor agora, na verdade. – E você?

– Bem, essa semana estou recebendo quatro argentinos aqui em casa. Você tem quer ver, eles são hilários!

– Sério? Adoraria conhecê-los.

– Que bom! Vou fazer uma festinha aqui em casa para comemorar o meu aniversário nesta sexta e você é minha convidada especial. Nem pense em faltar, viu?

– Por mim está combinadíssimo! – olho de relance para o sofá, onde Victor me aguarda impaciente, e busco estender mais nossa conversa para fugir dele. – O Bruno vai estar aí também?

– Claro! – ela confirma o óbvio. – Eu lá sou louca de perder a chance de passar essa data especial com ele? E vai ter mais uma galerinha, uns amigos da comunidade, uns primos meus de Curitiba que estão aqui pelo Rio... Falando nisso, tenho que desligar agora para poder ligar para eles também.

E lá se vai a chance de esticar a conversa até Victor se entediar e ir embora.

– Beleza, – aceito a derrota, foi bom enquanto durou. – nos vemos na sexta.

– Isso, te espero aqui. Um beijo, Nessa.

– Beijo, Nanda.

Desligo o telefone e percebo que Victor me encara sério. Não parece mais excitado, pelo contrário, parece irritado.

– O que foi?

– Quem é Bruno? – ele pergunta de mau humor.

– O namorado da Nanda.

Victor relaxa um pouco com a resposta, mas ainda está tenso quando prossegue com o interrogatório.

– Certo, e quem é Nanda?

– Uma amiga minha.

– Da... – ele instiga para saber.

– Da vida. – respondo suscita. Que diferença isso faz?

– Não é do trabalho, da faculdade?

– Não, de nenhum desses lugares. Nos conhecemos por acaso na Lapa e somos amigas desde então. Algum problema com isso?

– Humm... – ele parece assimilar a informação e passa para o novo tópico sem se incomodar em me responder. – E quem são "eles"?

– Os atuais hóspedes dela. – revelo sem dar maiores detalhes. Por acaso eu estou sendo investigada por algum crime e ninguém me contou?

– Hóspedes? Ela tem um hotel ou coisa assim?

— Não, ela faz parte de uma comunidade de viajantes e costuma receber pessoas de fora em sua casa. Eu também faço parte dela.

— Como assim?! — Victor parece com um vulcão prestes a explodir. — Você recebe outras pessoas aqui, na sua casa?!

— Sim. — respondo casual, tentando não focar na raiva que vejo nascer em seu rosto porque ela é realmente assustadora. — É bem legal, você dever...

— Me deixa ser mais claro. — ele me interrompe sem qualquer cerimônia. — Você recebe outros caras aqui?

— É, mas não é como você está pensa...

— É exatamente como eu estou pensando, porra! — ele grita agora fulo da vida, cerrando os punhos e socando o ar. — Mas que merda é essa, Vanessa? Eu odeio a ideia de outro cara dormindo no mesmo apartamento que você! Isso é inaceitável! Ninguém quer estar com a garota rodada!

— Escuta aqui, essa sua reação é que é inaceitável, Victor! E ridícula. Não é como se todo o visitante fosse ter algum interesse romântico por mim, a prova do quanto isso é absurdo é que já recebi quatro homens aqui e não tive nada com nenhum deles, se tornaram bons amigos e só.

— Caralho! Quatro homens já estiveram aqui? — ele repete furioso minhas palavras. — Puta merda, Vanessa! Eu não quero que você faça mais parte dessa comunidade! Isso não é um ponto a se discutir!

— Isso não é uma decisão sua! — eu contraponha igualmente determinada. Como assim eu não tenho mais o direito de discutir sobre a minha própria vida?

— Ah, te garanto que é! — ele afirma, cruzando os braços frente ao peito.

— Ah, mas não é mesmo! — eu rebato na mesma intensidade.

— E você também não vai nesse aniversário! — ele vocifera como se desse uma sentença final, colocando o dedo bem na minha cara.

— Ah, mas eu vou com certeza! — não arredo nem um milímetro, o encarando com firmeza.

— Ah, você não vai! Você não vai senão...

Ele arma a ameaça, me olhando com advertência.

— Senão o quê? — o enfrento sem medo.

— Senão eu termino isso agora. — ele cospe as palavras grosseiro. — Não vai ter mais nós pra contar história. Eu não preciso desse drama imbecil!

Dessa vez, sou eu quem cruza os braços com força. Se ele quer fazer esse jogo, vai se ferrar.

— Ok, então! Foi um prazer te conhecer, Victor. Pode ir agora.

Abro a porta resoluta, esperando que saia. Ele me olha em completo choque.

— O quê? Você está me mandando embora?

– Não, – eu o corrijo. – você se mandou embora sozinho. Foi você quem resolveu tudo afinal. Agora vai. Fora.

– Mas não foi isso que eu queria dizer de verdade. – ele argumenta confuso. O truque virando contra o feiticeiro.

– Então está me dizendo que só queria me ameaçar para eu fazer exatamente o que você queria?

– Mais ou menos isso. – ele assente como se fosse óbvio e perfeitamente razoável.

– Pois fique sabendo que isso não vai funcionar comigo. Eu não vou ser manipulada desse jeito, Victor! Nem por você nem por ninguém! Vaza.

Ele urra nervoso. – Agh!!! Você me irrita, Vanessa! Você me tira do sério!

– Se eu te irrito tanto então pode ir embora, não precisa mais me aturar!

– Merda! Você não entende! – ele joga os braços para cima frustrado. – Não dá pra fazer o que estou pedindo?

– O problema é que você não pede, Victor, você manda.

– E se eu pedir agora, você faz? – ele finge alguma doçura ao sugerir a mudança. Não compro nem por um segundo.

– Agora é tarde.

– Mas eu não gosto da ideia de você recebendo...

– Ninguém te pediu para gostar, essa é uma decisão minha. Só minha. Você não pode decidir com quem eu saio ou deixo de sair, quem eu recebo ou deixo de receber. Se liga, você não é nada meu, cara!

– Claro que sou! Eu sou seu namorado! – ele dispara e eu congelo no lugar.

– Heim?! – O que esse louco está falando agora?

– Por que a surpresa?

– Acho que você se esqueceu de me mandar um memorando. – dou a dica.

– Pensei que isso era óbvio. Se eu estou correndo atrás de você é claro que eu estou interessado em namorar, Vanessa! Eu não levo mulheres para jantar, eu geralmente como elas antes.

Ele dá um sorriso presunçoso e entendo o que diz. Eu deveria me sentir privilegiada com isso? Nossa, que lisonjeiro.

– Ah, claro! – não posso evitar a ironia. – Se você está interessado, é óbvio que já estamos oficialmente namorando, eu nem preciso ser comunicada ou aceitar, né, Victor? Agora se sou eu, que fiquei cinco anos apaixonada pela sua sombra, aí é só platônico, certo?

– Você não quer ser minha namorada? – Victor questiona na defensiva.

– Acho que a questão é mais que eu gostaria de ser consultada primeiro.

– Você quer namorar comigo, então? – ele pergunta já irritado com o rumo da discussão. Um rumo que ele não determinou.

– Óbvio que não! – me ensandeço com a postura sem noção dele. – Não assim! Esse foi o pedido de namoro menos romântico que eu já vi na vida, Victor!

– Ok, estou indo. – ele anuncia farto, pegando o terno jogado no sofá e passando pela porta como um raio. – Te vejo amanhã.

– Ãh?! – eu tento contestar, mas ele já bateu a porta atrás de si.

Ah, mas não dessa vez. Ele não vai sair daqui dando a palavra final de jeito nenhum.

Abro a porta o mais rápido que posso e grito rumo ao elevador.

– Eu já disse que essa sua mania é muito irritante! Não existe amanhã pra você, Victor. Me esquece porque já te esqueci.

Satisfeita, volto para dentro batendo a porta atrás de mim.

Penso que dona Josefa parecia bem assustada ao ouvir meus gritos em sua volta da lixeira.

Eu a tranquilizarei amanhã.

Essa noite preciso acalmar a mim mesma.

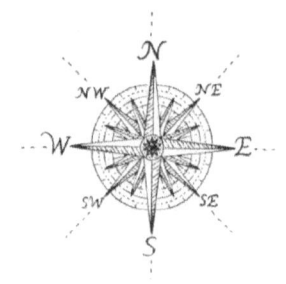

GATO ARREPENDIDO

De manhã, sigo para o escritório me sentindo como se tivesse sido atropelada por um caminhão, um caminhão desgovernado e louco chamado Victor Diniz. Minha cabeça dói e meus nervos estão em frangalhos por causa desse cara e tudo que quero é um descanso. Mas qual não é minha surpresa ao ver que lá está ele de novo, parado justamente em frente à porta do meu trabalho?

– Pedaço de mau caminho na área. – alerta Magô chegando atrás de mim e vendo o mesmo que eu.

– É, eu sei. – digo sem animação. Qual é desse cara, heim?

– Não vai falar com ele?

– Ontem ele me aprontou uma... – revelo, a irritação crescendo com a lembrança.

– Ihh... Depois você me conta. – ela me interrompe e indica significativa à nossa frente. – O gato temperamental acabou de te ver.

Magô sai de fininho e Victor caminha lentamente até onde eu estou.

– Olá. – ele fala com a cabeça baixa.

– Olá. – respondo friamente

– Eu não quero terminar. – Ele vai direto ao assunto. Victor levanta o cabeça e percebo que não dormiu bem essa noite pelas sombras escuras que repousam embaixo dos seus olhos verdes.

– Não dá para terminar o que nem começou.

Ele me olha com súplica.

– Me dá outra chance?

Percebo o quanto é difícil para alguém como Victor pedir por algo. Ele está tão acostumado a mandar e ganhar sempre, que deve estar muito determinado para vir aqui e se submeter a isso.

– Eu não sei... sinto que a gente é meio incompatível.

– Posso provar que está errada.

– E que, consequentemente, você está certo? – adivinho logo o seu ponto.

Ele sorri ao ser pego. – Eu sempre estou.

Eu o olho sem sorrir de volta. Ele não entende que o problema aqui é justamente esse?

– Por favor? – percebe aflito que deu outro tiro n'água e eu o observo com atenção.

Olhando assim, Victor aparenta mesmo arrependido pelo que fez. E ele está pedindo, algo que nunca faz, isso tem que ser considerado um grande avanço. Quem sabe o garoto de ouro só precise de outra chance para fazer as coisas direito dessa vez? Talvez ele seja novo nisso de estar com alguém, cogito em seu favor, mas descarto a hipótese na mesma hora. Muitas mulheres já passaram por sua vida, disso não tenho dúvida.

Mas eu sou diferente, ele mesmo disse.

Ele pode estar mudando; mudando por minha causa.

– Olha, tudo bem, eu posso te dar outra chance. – decido. – Mas – acrescento bem séria. – eu tenho algumas condições.

– Sou todo ouvidos. – ele permite sem hesitar, contendo muito mal o sorriso de vitória em seu rosto.

– Primeiro, você não manda, você pede, tá entendido? Eu gosto de ter meu livre arbítrio.

– Certo. – ele assente com cautela.

Eu prossigo.

– Segundo, você não é o centro do meu universo, então se você não gosta de algo ou de alguém você pode até falar, mas não tente, por nada desse mundo, me proibir como se tivesse esse direito sobre mim, ok?

Victor aparentemente não gosta muito dessa condição, mas solta um "ok" resignado.

– E terceiro... – eu continuo e ele fica atônito.

– Ainda tem mais?!

– Claro. – não me inibo com sua reação injuriada e repito, continuando. – Terceiro, não tome mais, em hipótese alguma, decisões por mim. Eu sei que você acredita que sempre tem razão, mas, acredite, é perfeitamente possível que nós tenhamos ideias diferentes sobre o que é certo, o que é bom, o que é melhor.

– E quando foi que fiz algo assim? – pergunta indignado e tenho que rir do seu cinismo.

– Toda hora, foie gras, vinho, quem frequenta ou não meu apartamento, encontros na hora que você bem entende. – enumero com facilidade os exemplos. – O máximo foi quando você decidiu que estávamos namorando sem ter me consultado antes. E tudo isso em apenas dois dias!

– Sobre isso... – ele levanta um dedo e adivinho a pergunta que tem em mente.

– Não, não estamos namorando. Só saindo.

– Mas nada impede...

– Não, nada impede. – ele balança a cabeça em sinal de entendimento. – Desde que ambos tenhamos aceitado, acho que deixei isso bem claro na regra três.

— Ok, ok. — ele assente, retornando as mãos aos bolsos e então me olha como se estivesse em dúvida sobre algo.

— O que foi?

— Estou confuso, — diz incerto. — eu tenho que pedir para te beijar agora ou...

— Não... — amoleço um pouco. — não precisa pedir agora.

E, assim, ele me beija satisfeito. É só um selinho dessa vez, que dura pelo menos uns dez segundos, como se para ter absoluta certeza de que mudei mesmo de ideia.

— Ótimo! — declara com um sorriso vitorioso ao separar a boca da minha. — Agora que estamos acertados eu já posso ter um bom dia. Te vejo à noite!

— Hã hã. — eu coço a garganta quando ele já se prepara para ir embora.

Victor dá meia volta, me olhando sem compreender.

— Regra dois. — o ajudo a lembrar.

Ele me olha confuso por alguns segundos.

— Ahhhh! — exclama quando entende a indireta e acrescenta a inflexão na frase. — Te vejo à noite?

Eu aceno de acordo. — Sim, Victor, nos vemos à noite.

Ele sorri para si mesmo.

— Até que foi fácil. — conclui satisfeito enquanto vai embora todo contente.

Eu o vejo se afastar até que seu efeito de fascínio tenha ido embora junto com ele. Quando finalmente me vejo sozinha, me vem a dúvida. Essa foi mesmo uma decisão sensata? Entro no escritório pensando no que acabou de acontecer. Da certeza absoluta de que essa página tinha sido virada para reatar já no dia seguinte parece um enorme salto. Como foi que Victor me convenceu assim tão fácil?

Ele tem esse efeito, me lembro. É quase que impossível dizer não ao cara perfeito.

— Conta tudo!! — Magô já está debruçada na minha mesa esperando as últimas notícias.

— Ah, Magô! — rio com pena de mim. — Em que roubada fui me meter?

Ela me olha com incredulidade.

— Vanessinha, se esse cara é roubada, eu tô precisando de um assalto!

Eu não posso evitar cair na gargalhada.

Isis chega logo depois e, animada, nos convida para o aniversário do seu filho no domingo à tarde, uma reunião bem intimista em sua casa. Fico feliz pelo convite, pois finalmente vou conhecer a família da qual ela tanto fala.

O dia de trabalho corre agitado. Às três e meia, eu estou na sala de Isis tratando com ela da questão da precificação de lançamento, quando Magô irrompe porta adentro agitada.

– Para tudo! Vocês não vão acreditar!! – ela fala eufórica, sacudindo as mãos no ar.

– O que foi, menina?! – Isis olha assustada para ela, assim como eu. – Desembucha!

Ela se recompõe e, fazendo uma pausa bem dramática, nos conta a notícia do século:

– A Andrea Volpe quer fazer uma entrevista sobre a Isis Co!!!

– A Andrea Volpe? – eu repito chocada. A mulher é a colunista mais conhecida do universo da moda no país. – Da Fashion Portrait?

– A própria! – Magô confirma com um sorriso gigantesco estampado no rosto. – Ela viu o bafafá nas mídias sociais por conta dos nossos teasers com os nomes da coleção e decidiu fazer a perspectiva para o site e a para a revista da Portrait. Vamos sair na capa!! – revela empolgadíssima.

– Jura?!? – Isis mal consegue acreditar na notícia. Ela se levanta e nos envolve num abraço apertado. – Vocês arrasaram, garotas!!!

– Fala sério, Isis! Quem assina a marca que é a maior responsável pelo seu sucesso.

– É, quem manda fazer sapatos tão bons! – Magô concorda comigo.

Nossa chefe apenas sacode a cabeça em negativa.

– Meninas, meus sapatos nunca ganhariam essa visibilidade sem essa equipe incrível que tenho. Ou vocês já se esqueceram que me ajudaram a nomear a linha e a botar essa ideia para frente?

– Ah, isso não foi nada! – eu e Magô fazemos um coro modesto.

– Ahã! Até parece! Os nomes estão bombando na internet e casaram direitinho com o conceito. Me perdoem, mas vocês vão ter que aceitar esse crédito, vocês também fizeram isso acontecer.

Eu sorrio contente.

Reconhecimento é algo tão bom que emociona.

⬅ ♡ ➡

Quando o expediente termina, estou serena de tanta alegria. Desta vez, não me desespero com a expectativa de outro encontro, vou para casa, tomo um banho, visto uma roupa casual, janto e depois ligo a TV para assistir minhas séries tranquila.

Às oito horas, pontualmente, Victor toca a campainha.

– Bem-vindo! – o recebo com um sorriso e um beijo.

Estou me esforçando bastante para deixar toda aquela confusão para trás. Concordei em dar uma chance a ele, então eu realmente a darei sem guardar rancor.

– Gostei dessa recepção. – ele aprova encostado no portal.

– Vem, entra.

– Não dá. – Victor olha para o relógio. – Vai se vestir rápido, que o filme que vamos ver vai começar em meia hora.

Eu faço uma cara de surpresa e ele apenas acrescenta impaciente um "Vamos logo!".

Me resumo a olhar para ele, parada, em silêncio.

Esperando.

Conto cinco segundos em que Victor me encara com os olhos confusos até que entenda finalmente o que acabou de fazer.

O que acabou de fazer *de novo,* diga-se de passagem.

– Ahhh... Deixa eu tentar mais uma vez. – ele refraseia então, quase como se a flexão de um pedido fosse completamente estranha a sua boca. – Vamos ao cinema?

Agora sim estamos falando a mesma língua.

– Hum... quinta normalmente eu gosto de ficar em casa e assistir umas séries na TV, mas acho que um filme também soa bem... – delibero, fazendo certo suspense em retaliação à sua autoridade anterior. – Tá, eu topo.

– Ótimo! Vamos?

– Vamos! – confirmo pegando minha bolsa no sofá e colocando-a no ombro para sair.

Ele para e me olha significativo.

– O que foi agora?

– Não vai se vestir? – insinua me avaliando.

Eu me olho e considero objetivamente a roupa que estou usando. Uma calça cargo cáqui e uma regata preta canelada. Nos pés uma sandália de salto baixo. O que há de errado em sair assim?

– Eu estou bem. – decido, não dando muita trela para o seu lado controlador. – Só vou pegar um casaco lá dentro.

– Se você diz. – ele aceita contrariado, mas é esperto o suficiente para não discutir a questão comigo.

Gosto do seu novo bom senso.

Talvez Victor esteja mudando afinal.

Ao chegar no cinema, Victor me deixa escolher o filme, mas não deixa de fazer uma careta mal-humorada quando opto por um de aventura ao invés do de guerra que ele deseja assistir. Tenho certeza que, quando me deu o poder da decisão, meu acompanhante contava que eu fosse querer agradá-lo, mas nossos gostos são bem diferentes e o tiro saiu pela culatra. Conformado, ele compra os ingressos e faz questão de pegar a caríssima cadeira de casal para nós, pedindo de complemento uma pipoca metida à besta com algo chique por cima.

Juntos, nos sentamos confortáveis na cabine e, quando as luzes se apagam, percebo tarde demais que a enorme cadeira de casal foi uma péssima ideia. Ou ótima, do ponto de vista de Victor. Basicamente, passo toda a longa sessão tentando lembrar ao meu efusivo acompanhante que tem pessoas ali à nossa volta, porque, aparentemente, ele não está nem aí para isso enquanto me agarra de forma inapropriada em público.

Em suma, quase não vejo o filme, Victor não permite. São tantos amassos que, quando saio do cinema duas horas depois, eu não faço ideia da história que passara na tela diante de nós. Em minha lembrança, resta apenas um conjunto de partes soltas e desconexas.

– Gostou do filme? – Victor pergunta falsamente inocente quando deixamos a sala.

– Não é como se você tivesse me deixado vê-lo.

Ele se diverte com a resposta, totalmente ciente do mal feito.

– Reformulando... gostou do cinema?

– É, a poltrona era mesmo confortável. – o implico não chegando ao ponto que ele quer saber. O ponto em que ele é enaltecido de alguma forma.

– Sei, a poltrona... – ele instiga ainda não satisfeito. – É tudo que tem a dizer?

– Tinha um carinha interessante lá também.

– Ah, é? – ele entra na pilha quando provoco.

– É. – confirmo sem dar detalhes.

– Fale-me mais, como ele é.

– Não dá.

– Posso saber por quê? – ele pergunta já começando a sair do clima. Descubro com isso que Victor é ciumento, e muito.

– É que estava escuro. – antecipo a piada para aplacar o desconfiômetro dele.

Victor entende que é uma brincadeira, mas não ri como seria o esperado. Me olha com luxúria, ao invés.

— Certo, entendi. Você é do tipo safada, né? Curte luzes acesas. — diz me secando com o olhar. — Vou me lembrar disso mais tarde, não quero que você perca nada do que vou fazer com você, garota.

Fico sem jeito com a declaração. Victor está contando que vai se dar bem hoje? Esse é só o nosso terceiro encontro, caramba! Por que tanta pressa? É o toque do celular que me salva mais uma vez. Mas dessa vez, não é o meu, é o dele. Victor solta a minha mão apressado para pegar o aparelho e ler a mensagem que acabara de receber.

— Merda.

— O que foi? — pergunto preocupada de ter ocorrido algo grave por sua expressão.

— Mensagem do trabalho. — ele me informa irritado. — Newton está me pedindo um relatório urgente para amanhã cedo.

Eu me mantenho calada. Já passei por isso e sei muito bem como é essa sensação de obrigação misturada com conformismo. Eu não posso simplesmente falar para ele ignorar a mensagem fora de hora e não fazer, eu sei bem como as coisas na Sahanna funcionam. E Victor não me pediu opinião, para começo de conversa.

— Vamos ter que terminar a noite mais cedo. — ele comunica decepcionado.

— Bem, já assistimos o filme. Parcialmente. — eu brinco tentando aliviar sua tensão. — Não é como se tivéssemos deixado de fazer algo.

Ele me dá um olhar intenso que parece querer me despir.

— Isso porque você não sabe o que eu tinha em mente para hoje. — responde mal-humorado e, assim, arfa frustrado até conseguir recuperar a postura. — Vem, vou deixar você em casa.

— Ok, para casa então. — concordo um tanto aliviada de que não será hoje que o Victor vai fazer aquilo que tem em mente. Eu ainda não estou pronta para ter esse nível de intimidade com ele.

Entro no carro e seguimos de volta para o meu apartamento, Victor visivelmente irritado com a situação. Já tenho uma boa ciência de como ele fica transtornado quando as coisas não saem do seu jeito, logo sou esperta o bastante para me manter em silêncio por todo o trajeto.

Não quero cutucar o leão com vara curta.

Chegamos em frente ao meu prédio e Victor bate no volante nervoso quando para o carro, me assustando.

— Aghh, que merda! Odeio ter que ir embora tão cedo!

 Calma, temos outros dias...

— Amanhã. — ele decide se conformando e lança o corpo para trás do banco, irritado. As mãos cobrindo o rosto, as pernas balançando inquietas.

Fico assustada ao pensar em quanta expectativa ele tinha sobre esta noite.

– Sobre amanhã, – o relembro com cuidado, para não irritá-lo ainda mais. – eu vou no aniversário da Nanda, aquele do qual falamos antes.

O termo correto seria discutimos, mas deixo esse detalhe de lado. Sei que independente do termo usado, Victor, ainda assim, vai fechar a cara. Não é uma possibilidade, é uma certeza.

E ele fecha, seu semblante tomado de nuvens e raios, anunciando uma tempestade.

– Sério isso? – pergunta incrédulo e eu vejo a irritação aflorar na veia em sua testa.

– Olha, eu entendo que você esteja frustrado, mas pense muito bem nas suas próximas palavras. Essa já é sua segunda chance.

Victor respira fundo, soltando o ar devagar para se controlar.

– Então eu vou junto. – decreta resoluto.

– Hã hã. – eu coço a garganta esperando a retificação.

– Aghhh! – ele joga os braços para cima puto e, respirando fundo de novo, muda a inflexão da frase. – Eu posso ir junto?

Eu sorrio satisfeita com a mudança, ainda que ciente da hostilidade que permanece latente debaixo da superfície.

– Acho que não tem nenhum problema. – concordo após avaliar objetivamente a questão. Não há nada de errado dele querer conhecer meus amigos. – Você pode ir.

– Certo, a que horas te pego? – ele saca o celular para marcar o compromisso em sua agenda.

– Às nove.

– Ok. – assente digitando rápido no aparelho. – Até amanhã às nove.

Com isso, ele me dá um beijo sedento e, em seguida, destrava a porta do carro, se contendo com olhos fechados contra o banco.

– Boa sorte com o relatório! – desejo com certo alívio ao abrir a porta do carro. A vontade dominante de Victor é meio opressora nesse momento. – Tente não dormir muito tarde. – me despeço e trato de sair apressada quando percebo que ele reabre os olhos intenso.

– Até parece. – ele ri sarcástico, plenamente ciente de que eu fujo dele. – Vou revirar muito na cama essa noite.

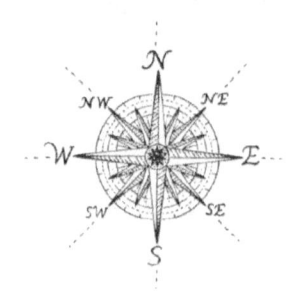

DESCONFORTO

Na sexta, estou meio chateada porque fui comprar o presente de aniversário de Nanda pela internet e a safada da loja não me entregou no prazo. Odeio a ideia de chegar em um aniversário de mãos vazias, mas paciência, agora não tinha mais jeito.

Estou acabando de me arrumar, quando Victor chega.

– O que é tudo isso? – pergunto espantada ao atender a porta e notar que ele carrega diversas sacolas nas mãos.

– Trouxe uns presentes pra você.

– Não precisava se...

– Faço questão. – ele me refreia, sorrindo orgulhoso.

– O que é que tem aí?

– Veja você mesma. – me entrega pelo menos sete bolsas. Percebo a logo estampada nelas, uma marca que conheço bem.

Sahanna Fashion Store.

Curiosa, espio o interior das sacolas e descubro que tem várias peças ali.

– Caramba, Victor! Isso tudo deve ter custado uma fortuna.

– Nada, – ele dá de ombros indiferente. – eu vivo ganhando essas coisas. Achei que seria uma boa trazer umas peças para você, já que seu guarda-roupa está meio... *vazio*.

Percebo o tom de reprovação no "vazio". Já reparei como Victor olha torto para as minhas roupas. Apesar delas serem boas, sei que não fazem o estilo sexy que ele curte.

– Obrigada. – agradeço, pois o que vale é a intenção.

– Você pode ir, inclusive, com o vestido azul hoje. – ele aponta sugestivo para uma das sacolas.

– Mas eu já estou vestida. – contraponho indignada. Deu um trabalhão me arrumar toda e ele nem percebeu? Estou usando um dos meus melhores vestidos, caramba!

– Ah, por favor? – ele insiste puxando meu corpo para junto do seu. – Eu quero ver como fica, vai? Por mim.

Ele me encara, persistente. Ele não vai desistir da ideia nem a pau.

Cedo à sua vontade e sigo para o quarto para colocar o tal vestido. Quando viro o conteúdo das sacolas na cama, consigo ver com mais detalhes as peças que ganhei. Fico mesmo impressionada, mas não é no bom sentido. À minha frente, está uma seleção de vestidos colados, sapatos de salto agulha, saias curtas, fendas, decotes generosos e lingeries, muitas delas! Algumas ousadas de formas que nunca imaginei usar nessa vida ou em qualquer outra.

Será que Victor não reparou que nada disso tem a ver comigo?

Nesse fuzuê de coisas, encontro uma nota fiscal perdida no fundo da bolsa, descobrindo assim que Vitor não ganhou as roupas como disse, ele comprou. Deve estar mesmo muito incomodado com o meu jeito de vestir para gastar essa nota.

Pego o vestido azul que ele mencionara e visto em consideração a ele. Lacrador é a primeira palavra que me vem à mente, me sinto como um pedaço de carne embalada à vácuo. Fora a cor, que é um tom bonito de azul petróleo, eu não gosto de mais nada nele. O modelo é muito curto, justo e decotado, tornando impossível a tarefa de sentar ou respirar. Talvez até andar usando essa roupa seja um enorme desafio.

– Ah, Vanessa! – Victor grita da sala. – Vai ficar bom com o sapato preto.

Eu olho para cama já esperando o pior e estou absolutamente certa! O sapato em questão é de camurça, com inúmeras tiras apertadas e tem um salto doze finíssimo, sádico como um perfeito instrumento de tortura deve parecer.

O calço, já prevendo o que vai acontecer com os meus pés até o final da noite. Montada, vou até o espelho e fico chocada com o resultado dessa produção by Victor. Estou assustadoramente parecida com as garotas que costumava ver na noite, super sensuais e produzidas. Como a garota do estacionamento da Tumps.

É estranho me ver assim. Me sinto artificial, desconfortável.

Não sou eu.

Nada à vontade, amarro o cabelo em um rabo de cavalo para tentar parecer um pouco mais esportiva e menos sexy. Não adianta muito, mas acho que nada adiantaria, considerando o todo. Com esse vestido não tem como não parecer provocante. Volto para a sala já pensando em como dizer que não vai rolar sair assim, mas quando apareço no campo de visão de Victor, ele assovia alto em aprovação.

– Agora sim, você está uma gata! – ele decreta impressionado. – Nem parece com você.

Victor tem mesmo uma forma estranha e babaca de elogiar.

– Eu não acho que seja apropriad... – eu tento dizer, mas ele me ignora totalmente, me puxando para mais perto de si.

– Vem cá, deixa eu te ver melhor. – me faz dar uma voltinha. – Está sexy demais agora. Mas pera aí... – considera um pouco em dúvida e, erguendo a mão, solta meu cabelo. – Agora sim, nem dá vontade de sair com você vestida desse jeito! Tem certeza de que não podemos ficar? Tô ansioso para fazer uma festinha particular, só eu e você.

— Não, Victor! – bato o pé irritada. De novo isso? – Nem vem! Já fiz suas vontades, botei o vestido, os sapatos e até o meu cabelo está solto. Nem tente me enrolar que já confirmei com a Nanda e vou de qualquer maneira.

Cruzo os braços contra o peito e ele solta o ar pesado.

— Tá bom, tá bom. Vamos. Mas aviso logo, – acrescenta com um sorriso perigoso. – hoje você não vai dormir cedo de jeito nenhum.

Eu engulo em seco com o aviso nada sutil. Victor pode ser bem incisivo quando quer algo.

Ainda que esse algo seja uma pessoa.

◄——— ♡ ———►

Chegamos ao apartamento da Nanda com uma hora de atraso por conta da troca de roupa imprevista. A festa rola animada no apartamento. São no mínimo quarenta pessoas ali, o que prova que Nanda tem muitos amigos para celebrar com ela o seu dia tão especial.

— Oi, Nanda!! – a localizo ao fundo da sala de estar assim que entramos pela porta. Ela está tão linda de pantalona e cropped estampado!

Vejo quando ela se vira e procura ansiosa pela voz que a chama, mas percebo que fica confusa quando me encontra, como se não me reconhecesse à primeira vista.

— Oi, Nessa!! – ela se aproxima incerta e me abraça com carinho. – Que bom que você veio!

— Claro que eu vim. Tinha que te dar os parabéns pessoalmente.

— E quem é o Senhor Perfeição aí do lado? – ela sussurra curiosa em meu ouvido.

Eu separo o abraço e puxo Victor para frente.

— Nanda, esse é o Victor. Victor essa é a Nanda, a aniversariante do dia.

— Parabéns. – ele diz formal, a avaliando de cima a baixo com desconfiança.

— Prazer em te conhecer, Victor. – ela responde simpática, ignorando a falta de cortesia dele. – Este é o Bruno, meu namorado.

— Opa, tudo bem, Nessa? Victor? – Bruno o cumprimenta com seu jeito tranquilo, estendendo a mão para o meu acompanhante.

— Tudo ótimo. – Victor responde seco e olha para a mão de Bruno parada no ar, como se decidindo se a aperta ou não. Disfarçadamente, dou um pisão em seu pé e ele cede, contrariado, ao cumprimento. Ele pediu para vir, será pelo menos educado.

Meus amigos percebem a situação. O silêncio entre nós é algo desconfortável.

— Homens apresentados, me deixa roubar minha amiga um pouquinho. — Nanda resolve antes que Victor possa contestar, me puxando com ela para o outro lado da sala.

— Desculpa pelo climão... — peço envergonhada quando nos afastamos dali o suficiente para Victor não nos ouvir. — Victor é um tanto ciumento.

— Tá tranquilo, não fiquei chateada. Você não me contou que estava namorando.

— Porque eu não estou.

Ela me olha confusa. — Aloooou? Cara anúncio de revista de terno caro ali atrás?

— Só estamos saindo. Ele é meio... complicado.

— Acho que percebi isso há uns segundos atrás. Agora me conta, qual é a dessa roupa, Vanessa? Nem te reconheci vestida assim!

Eu não quero piorar mais a imagem de Victor do que ele mesmo já fez. Se contar a ela que foi ele que escolheu minha roupa, Nanda com certeza vai falar alguma coisa, por isso omito a informação.

— Quis dar uma mudada hoje, gostou?

— Vanessa, você é linda até vestida com um saco de batatas. Mas isso está longe de ser um saco de batatas. Me pergunto se está confortável aí dentro.

— Não é a roupa mais aconchegante do mundo, mas você sabe o que dizem. A beleza dói.

Ela dá um sorriso, mas vejo que o humor não atinge seus olhos com a minha tentativa de piada. Nanda parece estar preocupada comigo.

— E você e o Bruno? — tento levar sua atenção para outro assunto, um assunto que ela ama muito. — Como estão?

— Ótimos! O que eu tenho de agitada ele tem de tranquilo. O Bruno me equilibra e me deixa em uma vibe tão boa, sabe, Nessa? É muito bom estar com aquele baiano. Estou super feliz!

— Que maravilha, Nanda! Você merecia mesmo encontrar alguém muito especial porque você é uma garota muito, mas muito especial, sabia?

— São seus olhos. — ela disfarça tímida, fazendo como se não fosse nada com as mãos. — Ih, quase me esqueci! Deixa eu te apresentar aos meus novos hóspedes. — sou puxada para outro lado da sala, onde três rapazes conversam animados. — Pablo, Diego e Damian, essa é Vanessa, uma amiga que também faz parte da comunidade.

— ¡Hola! ¡Mucho gusto! — eles me saúdam simultaneamente.

— ¡Hola! — meu espanhol é péssimo. — ¿Como estan?

— ¡Bien! — o mais forte deles responde com simpatia e eu já me preparo para engatar uma conversa animada em portunhol, quando sinto um braço opressor envolver minha cintura, uma sombra escura recaindo sobre nós. Victor está bem atrás de mim e tem uma cara de poucos amigos para os convidados de Nanda, claramente demarcando o seu território.

— Rapazes, deixem que lhes apresente Victor. — tento fazer a atitude ciumenta parecer menos embaraçosa.

— O namorado dela. — Victor acrescenta de forma possessiva.

Nanda arqueia a sobrancelha para mim.

Ah, Victor! Sempre os mesmos erros.

— Nós estamos nos conhecendo. — o corrijo de forma sutil, pois não quero constrangê-lo em público, mas também não posso deixar o erro passar em branco. Eu já fui bem explícita com ele sobre não declarar que estamos namorando até que eu concorde expressamente com isso. Ele precisa entender que estou falando sério.

Victor, claro, se irrita com a correção, cruzando os braços sobre o peito.

— Mero detalhe... — desdenha contrariado.

Os demais presentes acompanham o climão tensos. Putz, ninguém merece estar bem no meio de uma briga de casal.

— O que vocês fazem da vida? — pergunto aos argentinos querendo sair dessa situação e iniciar uma conversa meramente agradável.

— Somos jogadores de futebol. — o moreno responde e eu respiro aliviada de que nem tudo está perdido, ainda dá para salvar a noite se Victor se contiver um pouco.

— Que máximo! De qual time?

— De um time menor da Argentina, você não deve conhecer.

— Sendo sincera, eu não conheço quase nada de futebol, meu conhecimento nem chega à definição de pênalti para você ter ideia de como a coisa é feia. — admito arrancando risadas do grupo e fico feliz por ter conseguido aliviar o clima. — Mas admiro muito quem trabalha com esporte, é uma vida emocionante. Deve exigir muita garra e dedicação.

— E como! — Damian concorda. — Estou todo ferrado de tantas lesões do esforço, já até operei o joelho, mas não paro de jeito nenhum. Amo isso.

— Ih, eu também já operei! — Nanda bate as mãos com ele, em cumplicidade de atleta. — Duas vezes, a primeira aos dezesseis e a segunda aos vinte. Aí foi game over mesmo, não teve jeito! Tomo remédio de dor até hoje.

Rio com eles, só Nanda mesmo para tratar duas cirurgias sérias de joelho e um remédio de dor diário com esse bom humor todo.

— Falando nisso, lembrei de algo que me deixou encucada outro dia, Nanda. Até hoje, todos os hóspedes seus que conheci tinham o esporte em comum. Primeiro o sueco do le pakour, depois os americanos do basquete e agora nossos hermanos aqui do futebol. Isso é mesmo uma baita coincidência ou o quê?

Ela se diverte com a pergunta. – Não, não é uma coincidência, Nessa. No meu perfil da comunidade, eu conto que sou ex-campeã feminina de skate e que tenho interesse em todos os esportes, inclusive que trabalho com isso, como fisioterapeuta. Justamente por isso, acabo recebendo bastante gente porque temos essa afinidade.

– Ahhhh, faz todo sentido agora! Mas, nessa linha de raciocínio, por que você acha que as pessoas chegam ao meu perfil?

– Porque você é linda! – ela brinca sem hesitar e vejo Victor enrijecer atrás de mim. – Brincadeira. – emenda rápido, ao notar a reação nada amistosa dele. – É difícil saber, Nessa, mas chuto que as pessoas são atraídas porque se conectam com a sua busca por significado de vida, pelo fato de você se abrir a novas oportunidades, por querer encontrar algo que vale a pena. Isso tudo inspira muito. Todo o seu perfil é muito passional porque mostra alguém que está tentando, pelo menos essa foi uma das coisas que mais me encantou em você e me fez querer ser sua amiga. Eu simplesmente fiquei admirada com como você estava disposta a descobrir novas formas de ser feliz.

– Que bonito! – falo meio emocionada com essa revelação de Nanda.

– Há, até parece! Isso tudo é uma grande baboseira. – Victor corta rasgante, chamando a atenção de novo para si. – É claro que estão querendo é outra coisa quando te adicionam. Sexo fácil.

Nanda trava todo corpo. Os argentinos, por sua vez, constrangidos, olham para os lados sem saber se intervém ou não, uma vez que o ogro que falou tal impropério está comigo. Veio comigo.

– Não é nada disso, Victor. - tento mais uma vez apaziguar a situação quando vejo que Nanda quer pular no pescoço dele, tamanha a raiva em seu olhar. – A maioria das pessoas na comunidade só busca mesmo uma boa amizade. Não que não possa acontecer algo mais se os dois quiserem, mas isso é exceção, não a regra. A comunidade é uma forma de abrir o seu mundo aos outros, de conhecer os deles. Não tem a ver com sexo fácil, tem a ver com expandir seus relacionamentos, fazer amigos não importa onde.

– Tá bom, Alice. – ele rebate cético, fazendo piada de mim. Não gosto dele insinuar que vivo em um mundo de fantasia. Isso me irrita muito, aliás, me tira mesmo do sério.

Nanda me olha com advertência. Se Victor falar mais alguma coisa desse nível, posso afirmar que ela vai tratar de chutar ele porta afora pessoalmente, joelho ferrado ou não. Assim, frustrada, desisto de continuar na festa. A presença de Victor torna as coisas muito tensas e eu não quero estragar com isso o aniversário de Nanda.

Como a ótima pessoa que é, ela merece, no mínimo, uma comemoração maravilhosa.

Disfarçando mal o embaraço, comunico que já estou de partida e minha amiga parece triste por eu sair tão cedo, porém entende minhas razões, ainda que não as verbalize. Ela está plenamente ciente do quão difícil está sendo a tarefa de manter Victor sob controle.

– Beleza, nos vemos depois, linda. – ela me dá um abraço apertado.

– É, tenho que te dar seu presente ainda. – relembro chateada. – Foi uma péssima ideia ter comprado pela internet.

– Relaxa, você não precisa me dar nada. Só sua presença aqui já foi um presente.

– Mas é claro que preciso! A droga é que a loja atrasou a entrega e agora ele só vai chegar na terça. Taí, – tenho uma ideia. – porque você não passa lá no trabalho para pegar? Podemos aproveitar e ver um filme juntas no shopping depois! O que me diz?

– Gosto da ideia. Às quatro na terça?

– Maravilha! Combinadíssimo! Um beijo e até terça então, Nandinha.

– Beijo, Nessa, fica direitinho. Qualquer coisa, me liga, viu? – e, acrescenta em tom formal. – Victor.

Eles fazem um aceno seco um para outro e assim vamos embora da festa.

Vamos embora cedo demais.

A viagem de volta é marcada por um silêncio mórbido, meu acompanhante não fala nada e eu também não, já me irritei o suficiente hoje para ter outra discussão. Decido calar e deixar isso para outro momento, quando minha cabeça doer um pouco menos. Victor está tão aborrecido com a chamada de atenção que dei nele lá na casa de Nanda que sequer se lembra de tentar cumprir sua ameaça de mais cedo, o que pelo menos é algo bom, porque sexo não iria rolar nem a pau.

Não quero nem cogitar ser tocada por ele hoje.

Calado e com uma frieza cortante no olhar, ele me deixa na portaria do prédio e, quando desço do carro, acelera com tudo, indo embora. Nem uma palavra de despedida, nem um gesto. Apenas o silêncio mórbido. O vazio.

Nessa noite, me deito na cama enrolada no lençol e agradeço a Deus por estar sozinha ali. E, a estranheza de agradecer esse tipo de coisa, me deixa confusa quanto ao que estou fazendo com o meu coração. Por que diabos eu estou saindo com um cara tão complicado?

A resposta é óbvia: Porque esse não é qualquer cara. Esse é Victor Diniz.

O cara que toda garota quer ter.

Por que seria diferente comigo?

Sem sono, ligo o meu celular no escuro e checo decepcionada que não recebi nenhuma mensagem nova no chat da comunidade desde aquele dia. Descubro, todavia que recebi um novo pedido de hospedagem, mas é de um casal de idosos, não de quem eu quero.

Eu quero algo de Alex, o inglês misterioso inteligente e com um bom humor admirável, mas não há nada dele lá para mim. Como poderia haver depois da grosseria da minha última resposta? Eu realmente sinto falta de conversar com ele. Como se pode sentir saudades de alguém que está tão longe e se sentir aliviada por se despedir de alguém que está tão perto?

Envergonhada por minha indelicadeza anterior, resolvo tomar coragem e escrever para ele. Eu não quero ser uma estranha para Alex, gosto de tê-lo como amigo. Não desejo que minha idiotice afaste uma pessoa que parece ser tão especial.

Engulo o orgulho e ajo com o meu coração.

"Hey, você está aí?" – escrevo as palavras com ansiedade e dou enter para postá-las.

Passa-se um minuto inteiro em que fico encarando a tela ansiosa, mas sem nenhuma resposta. Eu sei que perdi alguém muito importante, posso sentir isso. Eu soube que me arrependeria daquela resposta imbecil no momento em que a dei. Triste, me preparo para sair do site.

Então o alerta pisca.

Meu coração bombeia como se tivesse voltado à vida, não, mais do que como se voltasse à vida. Como se nunca tivesse vivido de fato e batesse pela primeira vez.

A primeira batida tem um som tão lindo!

Soa como Alex.

"Hey, você. Estou sim." Leio agitada a mensagem dele.

"Como você está?" – são tantas perguntas em minha mente que é difícil organizar o pensamento. Eu tenho tanto para contar, tanto para ouvir. – *"Não nos falamos há algum tempo."*

"Eu não queria atrapalhar..."

"Você não atrapalha" – afasto a ideia com remorso. – *"Senti falta de conversar com você."*

"Eu também senti."

"É bom ouvir isso."

"E o tal encontro? Como foi?"

Fecho os olhos, sentindo a sensação de peso retornar.

"Estou vendo no que dá..."

"Você não me parece muito animada."

"É complicado. Acho que ele não é a pessoa certa para mim."

"Bem, a solução para isso é fácil, você sabe."

"Eu sei, mas vamos falar de assuntos mais felizes... E você? Tem novidades?"

"Só que meu irmão talvez passe as férias na casa de uma tia na cidade. Quem sabe assim posso ter alguns dias de férias só para mim? Um garoto pode sonhar afinal."

O peso em meu peito se dissolve e meu sorriso se abre.

"Isso são ótimas notícias, Alex. Já resolveu o que vai fazer em sua folga?"

"Talvez eu viaje. Mas é algo que eu ainda tenho que pensar a respeito, é uma decisão grande."

"Se vier para o Rio, terei prazer em recebê-lo em meu sofá."

"Aviso que eu ronco como um trator. Você pode se arrepender do convite..."

"Sei... Relaxa, o meu quarto é longe o suficiente da sala e tem porta."

"Não subestime o poder do meu ronco. Ele atravessa paredes."

"Por acaso você está tentando me assustar para eu mudar de ideia, é?"

"Apenas testando sua tolerância como anfitriã. ; P"

"Como estou me saindo?"

"De forma realmente imprudente..."

"Engraçadinho." – E, então, me lembro. – *"Ah, esqueci de te contar. Conseguimos uma entrevista com uma colunista de moda super famosa. A Isis Co pode virar assunto nacional daqui a alguns dias, se tudo correr como o planejado."*

"WOW, que maravilha! Meus parabéns!"

"Obrigada! Estou muito feliz mesmo com isso."

"Você vai continuar falando comigo depois que se tornar famosa?"

"Fica tranquilo, Alex, eu sou só uma empregada da marca, a estrela é a Isis. Eu não vou deixar o sucesso me subir à cabeça."

"Isso é bom, gosto da classe trabalhadora, assim como eu."

"Você? Da classe trabalhadora? Pff!! Fala sério, Alex, você tem um haras!

"Ei, não é tão glamouroso como parece. Você já viu a sujeira que um cavalo faz?"

"Aposto que não é você quem limpa..."

"Ah, mas sou eu mesmo! Eu que limpo, alimento, faço parto, aplico o remédio..."

"O que uma pessoa não diz para se enturmar..."

"Você está me provocando, Vanessa Zandrine?" – ele percebe finalmente meu lance.

"Um pouco, Alex Summers."

"Eu não faria isso se fosse você." – adverte e fico curiosa.

"Por que não?"

"Porque eu posso gostar."

A simples mensagem acelera o meu coração. Eu fico olhando como boba para a tela e, só nesse instante, atino para um fato que até então tinha ignorado.

"Meu Deus! São onze horas aqui! Isso significa que já é uma hora da manhã aí, certo?"

"Isso mesmo, senhorita de hábitos noturnos."

"Mil desculpas! Eu te acordei."

"Não se desculpe... eu realmente gostei de ser acordado já que o motivo era para ter notícias suas."

"..." – fico sem jeito com a sinceridade. – *"Eu também gostei de falar com você, Alex. Senti sua falta. De verdade."*

"Eu também" – sorrio ao ler sua confissão. – *"Então trate de não sumir mais, madame."*

"Pode deixar."

"Boa noite, Vanessa."

"*Durma bem, Alex."*

Desligo o computador com um sorriso incontrolável no rosto e, sentindo o cansaço desse longo dia finalmente me derrubar, vou dormir. Mas, nessa noite, sonho com um cara sem rosto que me leva para cavalgar em um vasto e desconhecido campo de trigo.

Abraçada junto a ele fico até o sol raiar.

◁——— ♡ ———▷

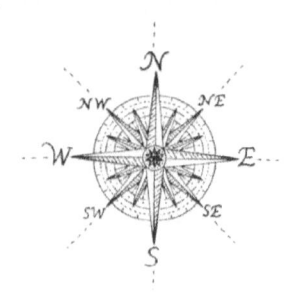

DESLUMBRADA

No sábado, desperto com o telefone tocando insistente ao meu lado. Sem conseguir abrir os olhos de tão cansada, tateio à sua procura na cabeceira até achá-lo.

— Onde você está? — Victor pergunta impaciente assim que pego a ligação.

— Em casa, dormindo. — bocejo entre as palavras. — Por quê?

— Então desce.

— Como assim? — pergunto ainda zonza de sono, sem entender direito o que está acontecendo.

— Estou aqui embaixo.

Instantaneamente fico desperta. Victor está aqui?

— Sério isso? — me levanto da cama e corro até a janela. Vejo o carro de luxo dele estacionado na calçada. Victor está de pé, apoiado nele e olhando para cima. Noto que carrega o maior buquê de peônias que já vi na vida. — Eu ainda estou de pijama, Victor.

— Vista qualquer coisa, não tem problema, gata. Só desça logo, tenho uma surpresa para você hoje.

Victor está sorrindo e o sorriso perfeito dele me quebra. Quero argumentar sobre o nosso acordo de não decidir nada por mim, mas como ele diz que se trata de uma surpresa, não falo nada. Não quero ser a estraga-prazer que vai censurar suas boas intenções. Enfio o primeiro vestido que encontro pela cabeça, calço uma rasteirinha e me ajeito o mais rápido que consigo para descer.

Eu adoro surpresas.

Quando piso na rua, reparo que Victor está com um visual um pouco diferente do que estou acostumada. Hoje, ele não está de terno e, sim, de camisa polo de marca e calça jeans. Ainda assim, parece distinto, caro. O cara tem mesmo uma aura da riqueza em torno de si.

— Foi mal por ter sido um babaca ontem. — ele diz com uma expressão suave me entregando o buquê. — Prometo compensar hoje com a minha surpresa.

Eu aceito o buquê e cheiro as flores que têm um aroma divino.

— E qual é a surpresa? — pergunto me aproximando com cautela.

Ele aponta a porta do carona. — Entre no carro e saberá.

— Para onde vamos?

— Só entra. — ele insiste se divertindo com o meu receio. — Confia em mim.

É um pedido difícil. Eu não confio em Victor.

— Eu não sei se estou vestida de acordo. — titubeio, dando um passo para trás.

Frente a esse argumento, Victor me ovalia e parece concordar comigo.

— É... não é a melhor roupa para sair comigo. Mas entra aí que damos um jeito nisso depois, temos muito tempo.

— Tenho um aniversário para ir amanhã.

— Eu te trago antes.

Sem mais argumentos, subo em casa, pego minha bolsa e cedo entrando no carro.

Mas fico apreensiva imaginando para onde é que estou sendo levada.

◁——— ♡ ———▷

Pegamos a estrada e, depois de algum tempo, percebo que estamos a caminho da região serrana da cidade. O suspense do que Victor pretende vai aumentando minha angustia e me deixando mais e mais ansiosa. Passo o trajeto esfregando as mãos que não param de suar.

Victor apenas mantém um sorriso no rosto, como quem está satisfeito com o rumo das coisas. Dirige calado, a mais de cem por hora, uma música de boate enjoativa embalando a viagem. Eu olho pela janela e vejo a paisagem borrada pela velocidade. Ele com certeza vai ganhar algumas multas, mas com certeza Victor não liga para isso.

Poucas coisas no mundo preocupam um cara como ele.

— Chegamos. — avisa quando entramos na Estrada de Santa Rita, localizada em um bairro chique de Teresópolis, sofisticado até no nome. Colônia Alpina.

— Onde estamos? — pergunto impressionada com a opulência do local.

— Em uma das casas de férias da minha família. — ele revela fazendo a curva e entrando pelos portões duplos de uma gigantesca propriedade. — Ninguém vai nos incomodar aqui.

Ok, tenho que admitir que estou realmente impressionada com a dimensão da mansão cinematográfica estilo europeu que desponta à minha frente. Se essa é só "uma das casas de férias de sua família", o cara ao meu lado está longe de ser apenas bem de vida. Victor é rico, podre de rico.

Milionário para ser mais exata.

Ele estaciona e saltamos do carro, quando uma golden retrivier exuberante vem correndo pelo gramado e me dá uma lambida.

— Ei, bonita! Qual é seu nome? — brinco abaixando e fazendo festa com ela.

– Kara, senta! – Victor dá o comando e a cachorra obedece na hora, como um robô. – Isso, boa menina. – ele põe a mão sobre sua cabeça dando dois tapinhas de leve. – E aí, gostou da casa?

– É linda. – digo sincera olhando para a construção espetacular. – Realmente incrível.

Ele dá um sorriso, satisfeito com a minha resposta.

– Vem, quero te mostrar a melhor parte.

Sem cerimônia, sou puxada para dentro da imensa casa. Noto que o pé direito tem no mínimo oito metros de altura. A sensação é entrar numa igreja, faz imediatamente você se sentir pequeno. A sala de estar em si é fenomenal, ampla e luxuosa. Não dá tempo de ver mais detalhes porque Victor me leva apressado pelos longos corredores, finamente decorados com quadros e esculturas que devem custar uma verdadeira fortuna, até chegarmos à parte de trás da casa, onde um vasto gramado abriga uma piscina do tipo *infinity* que dá vista para as montanhas. A paisagem é surreal de linda e a integração entre a construção e o cenário é absolutamente perfeita.

É algo que eu só veria igual na TV.

– Isso é divino. – abro a boca extasiada.

Victor fica todo convencido ao ver minha reação e, no instante seguinte, tira a camisa, revelando seus músculos perfeitos de academia. – Tem uns biquínis lá no quarto de visita. – insinua dando uma piscadela e aponta com um movimento de cabeça para dentro da casa. – Terceira porta à esquerda do segundo piso.

Entendo a indireta, Victor deseja nadar e requer a minha companhia.

Retorno para o interior da mansão e subo às escadas como ele me instruiu, num misto de deslumbramento e insegurança. Por um lado, tudo aqui é como um sonho, quem não mataria para ter um namorado como esse? Ridiculamente rico, bem-sucedido e lindo? Eu tenho muita sorte de Victor Diniz ter me escolhido para dar toda essa atenção. Mas, por outro, aquela voz insistente continua gritando em minha cabeça de que não é bem assim. Que devo ficar alerta, que algo está errado.

Voz burra que não sabe o que está falando. Você deu uma olhada na piscina lá embaixo?

Chego à porta indicada e entro no cômodo. Boquiaberta, constato que não é um quarto, é uma suíte, a maior suíte que já vi na vida e, sequer, é a suíte principal dessa casa, é apenas um dos muitos quartos de visitas.

Abro a porta do armário de mogno esculpido à mão e vejo que dezenas de biquínis lotam as suas gavetas, todos bem sensuais e de tamanhos minúsculos, pelo que identifico. "Quem guarda tantos biquínis novos no seu armário de visitas?", não posso evitar o pensamento. A sensação de que não sou a primeira garota a ser trazida aqui me angustia.

É como se eu fizesse parte de uma coleção de conquistas.

Limpo a mente e decido apenas aproveitar o momento. Tento não pensar enquanto escolho o biquíni menos cavado e sigo para o banheiro para me trocar. Quando entro, quase choro de desgosto, pois descubro que só esse cômodo é maior do que o meu apartamento inteiro.

Ao terminar de me trocar, confiro o visual no espelho e desejo muito a existência de uma canga para não ter que descer assim, toda descoberta. Checo de novo o armário e confirmo que só contém biquínis. Montes deles, relembro insegura.

"Não pense nisso. Não pense nisso agora.", repito mentalmente. "Eu sou uma garota de sorte, Victor Diniz gosta de mim. Victor Diniz me trouxe aqui. Ele disse que eu sou diferente. Eu devo mesmo ser diferente. Eu sou uma garota de sorte."

Eu desço às escadas me munindo de coragem e retorno à parte externa da propriedade. Quando me aproximo, Victor está fazendo flexões, mas ele se levanta num pulo e assobia extasiado ao me ver chegar junto à piscina.

– Agora sim estamos falando a mesma língua! – ele bate palmas em aprovação. Percebo nervosa que está só de sunga agora e, Deus, ele é todo trabalhado. Cada centímetro do seu corpo é perfeitamente esculpido pela musculação.

Ele deve malhar por horas para ficar assim!

– Assim você me deixa sem graça. – cruzo os braços frente ao corpo.

– Para de bobeira. Vem cá, me deixa olhar direito. – ele puxa minhas mãos para longe e curioso dá uma volta em torno de mim para poder conferir cada centímetro. – E não é que você tem um corpo bonito por baixo daquela sua roupa esquisita?

– Você sempre elogia desse jeito estranho?

– Que jeito?

– Esse. Criticando algo junto.

Ele sorri olhando para minha cara. Se divertindo.

Eu não suavizo.

– Adoro você irritada. – confessa me puxando para si e me beija excitado. Realmente excitado.

– Ei, calma aí. – eu peço entre os beijos. Ele me ignora e se joga comigo com tudo dentro da piscina. – Ai, seu louco!! A água tá fria! – arfo quando emerjo tremendo.

– Eu te esquento. – propõe com malícia, beijando meu pescoço e me prensando contra a borda – Vou te fazer suar um pouco agora, gostosa.

– Victor... – ele não escuta e continua me beijando. – Victor! – falo mais forte e o empurro para trás. Ele finalmente para pra me olhar.

– O que foi? – pergunta irritado quando corto o seu clima.

– Não assim.

— Então como?! – rebate impaciente.

— Com romantismo...

— Pfff! – ele dá uma risada de deboche e eu reviro os olhos.

Claro que ele não entende esse pedido.

— Me diz algo legal... – sou mais explícita no que quero. – Me diz um dos motivos para você gostar de mim, por exemplo.

— Ué, eu acabei de dizer, mulher! – argumenta exasperado. – Você é muito gostosa! – repete apertando minha bunda outra vez e me puxando de novo para si com força.

— Não, não isso... – eu esclareço afastando sua mão determinada. Decido que não vou transar com ele sem que o diga. Eu preciso ouvir uma razão além do meu corpo para ele estar comigo. Uma das razões certas. – Algo mais... pessoal?

Ele passa as mãos no rosto exasperado e ri.

— O que você quer que eu diga, heim? – pergunta na lata e, então, me sorri sedutor. – Me diz que eu falo tudo o que você quiser escutar. É só dizer que eu repito.

— Eu quero mais... – confesso decepcionada ao perceber que ele não entende o que estou pedindo. – Eu quero algo especial.

— Mais especial do que eu? Tenho que admitir, você é bem exigente, garota.

— É Vanessa. – o corrijo calejada.

— Eu sei. – ele brinca com a fita do meu biquíni. – Eu quero ter você, Vanessa. Te fazer minha.

— Eu não sou um objeto, você não pode me ter, Victor.

— Não? – ele me olha em tom de desafio.

— Não, eu sou dona de mim mesma.

— Tem certeza? – ele me beija novamente e eu resisto.

— Tenho.

Victor desce os lábios para o meu pescoço.

— Ainda? – pergunta roçando os lábios provocante ali.

— Sim. – respondo, mas vacilo um pouco pelo estímulo do toque. Eu não sou tocada assim há algum tempo.

— Verdade? – ele desce mais as mãos.

— É... – prendo a respiração.

— Eu não acho que seja. – ele conclui me pegando com força e vejo que perdi.

Afinal, quem precisa de palavras para o coração quando se tem Victor Diniz aos seus pés?

No dia seguinte, acordo com o sol forte batendo na minha cara. Estou na suíte principal, ridiculamente imensa e opulenta em todos os seus detalhes. Cortinas de voal sopram agitadas para dentro do quarto e Victor está apagado do meu lado, enrolado em seus lençóis de seda. Ele quase parece um cara normal dormindo.

Quase.

Meu corpo está doído, muito doído, percebo ao me mexer. Victor é bruto quando excitado. Ele não para enquanto não se satisfaz, o que não é tão bom quanto parece. Chega uma hora que machuca na verdade. Viro sem fazer barulho e procuro por meu celular na mesinha de cabeceira. Ligo o aparelho e descubro chocada que já são quase duas da tarde.

Droga, eu vou me atrasar!

Saio da cama, sem fazer barulho, e começo a pegar minha roupa, me vestindo apressada.

– Ei, volta aqui. – Victor me pega pela lingerie meio sonolento.

– Eu tenho que ir. – respondo tentando me soltar dele sem sucesso.

– Vem pra cama!

Ele me puxa com força e caio de bunda ao seu lado. Que cena tosca.

– Hoje não posso. – me levanto novamente e retorno a vestir minha roupa.

Victor finalmente abre os olhos.

– Posso saber o porquê? – pergunta com irritação.

– Tenho a festa do filho da minha chefe. – o relembro. – Eu te disse que tinha um aniversário para ir.

– Porra, por que tantas festas? – ele reclama colocando o travesseiro sobre a cabeça.

– Eu lá tenho culpa se duas pessoas que conheço fazem aniversário tão próximo uma da outra? Acontece, Victor!

Ele suspira pesado e se senta na cama, com evidente má vontade.

– Tá. – aceita vestindo a blusa resignado. – Então eu vou junto.

Me alarmo com o comunicado. Depois do constrangimento que Victor me fez passar na casa de Nanda, não tenho certeza se essa é mesmo uma boa ideia. Isis é minha chefe e não quero dar a chance dele fazer uma outra cena de ciúmes bem na casa dela.

Na verdade, conhecendo Victor, é quase certo que algo assim vá rolar.

– Não vai dar. – eu corto seu barato, mas uso a verdade para justificar o veto. – A festa é só para o pessoal do trabalho, Isis disse que vai ser bem intimista.

– Então não vá. – ele sugere, me derrubando mais uma vez sobre a cama e pegando meus pulsos ao se deitar sobre mim. – Diz que não pode, que agora você é só minha.

– Mas eu quero ir... – tento dizer isso sem magoá-lo, meus pulsos imobilizados sob seu aperto forte.

– Mais do que ficar comigo?

Ele me olha nos olhos, querendo me fazer sentir culpada por não ficar.

– São duas coisas diferentes, Victor. Não é como se eu precisasse escolher uma.

Ele me encara sério e, resmungando algo incompreensível, se levantando da cama. Veste a bermuda, calça os sapatos e pega as chaves do carro em cima do móvel.

– Vamos então, estraga prazer. – cospe, sem me dirigir o olhar, saindo porta afora.

– Ok. – assinto obediente, notando a sua súbita mudança de humor.

Victor dirige quieto por todo o caminho de volta ao Rio, sinto sua irritação impregnada no interior do carro como uma névoa pesada. Ele sequer liga o som dessa vez, o que torna o silêncio mórbido ainda mais insuportável. Que final de semana intenso, tivemos nossa primeira vez juntos e já estamos nos estranhando desse jeito no dia seguinte.

Com Victor é sempre assim. Oito ou oitenta.

Não existe meio termo.

Ele, enfim, chega ao endereço de Isis e estaciona na calçada, puxando o freio de mão.

– Última chance. – anuncia com expectativa de que eu vá trocar de ideia.

– Victor, eu... – busco argumentar sobre isso, mas essas meras palavras são o suficiente para que ele entenda que a minha resposta é negativa e se feche outra vez.

Veste a armadura de gelo. Intransponível de novo.

– Tchau. – conclui seco, destravando a minha porta e mantendo o olhar à frente, indiferente à nossa despedida. Ressentido.

– Tchau. – aceito, abrindo a porta do carro e descendo devagar, com o desejo interno de que ele, por milagre, mude de atitude e veja que está exagerando.

Ele não muda. Mal fecho a porta e Victor acelera, sumindo rápido de vista.

Victor definitivamente tem problemas sérios de temperamento a resolver.

Então olho a propriedade à minha frente com curiosidade. A casa de Isis é tão parecida com a ideia que se tem de um lar que chega a dar vontade de suspirar.

Numa rua bucólica, uma construção simples, precedida por um jardim bem cuidado, cheio de plantas lindas e exóticas, um balanço de corda na árvore e uma namoradeira alojada na varanda. Em comparação de valor com a casa da serra de Victor, ela é insignificante. Medíocre. Mas tem algo nela que me faz preferi-la em relação à outra. A casa de Isis parece tirada de um sonho.

Parece um lugar onde as pessoas são felizes.

Toco a campainha.

– Vanessa, seja bem-vinda! – Isis me saúda com um abraço caloroso. Ela usa um vestido amarelo que realça ainda mais a sua linda pele cor de ébano. – Vamos, entre! O restante do pessoal já chegou, estão todos lá na sala.

– Com licença. – peço entrando com timidez. Constato que o interior da casa é tão aconchegante quanto o exterior. Os móveis, sua disposição, o cheiro e as cores são tão orgânicos e convidativos que chegam a cativar. Relaxo, me sentindo à vontade.

– Vanessa! – Magô grita, erguendo a taça no sofá. – Estamos aqui!

– Oi, gente! Boa noite. – cumprimento simpática ao chegar onde todos estão reunidos. Eu fiz bem em não ter trazido Victor, essa é de fato uma reunião bem íntima. Pelo que posso perceber só tem umas dez pessoas da família de Isis e nós três do trabalho.

– Bem, deixa eu te apresentar aos dois homens mais importantes da minha vida. Este é Henrique, meu marido. – Isis aponta para o homem negro, de rosto forte e sorriso perfeito com covinhas e o cumprimento com dois beijinhos no rosto. – E, este, é o famoso Teo, – ela continua pegando orgulhosa o menino de cabelos cacheados como um leão. – meu filho.

– Oi! – ele saúda com um sorriso e não posso deixar de notar as belas covinhas, claramente puxadas do pai.

– Que fofo esse aniversariante!! – me apaixono de imediato, segurando a mãozinha que ele estica para mim. – É um prazer conhecê-los.

– É um prazer conhecer você também, Vanessa. – Henrique sorri em resposta e eu só posso imaginar que ele também poderia ser modelo se não tivesse escolhido a carreira de fotógrafo. – A Isis fala bastante em você aqui em casa, sabia?

– Bem, espero. – brinco um tanto receosa.

– Evidente! – Isis afirma do meu lado. – Por que seria diferente? Você é ótima, Vanessa! Vive me surpreendendo.

Eu fico sem jeito com o elogio rasgado.

– Sente-se, por favor. – ela oferece e Magô abre logo um espaço para que eu fique ao seu lado. – Aceita uma bebida? Temos vinho, refrigerante, suco...

Inspeciono que todos estão com uma taça nas mãos.

– Aceito um vinho.

– Eu pego, amor. – Henrique se adianta prestativo e vai até o mini-bar servir a bebida. – Aqui está, Vanessa.

– Obrigada. – aceito a taça que ele me entrega e Isis aponta para a mesa de apoio.

– Deixei uns queijos, frutas e pãezinhos bem gostosos aqui para beliscar. Na mesa, ali, tem mais coisas, doces, salgadinhos, fique à vontade para se servir com o que quiser.

– Hum... muito bom! – comento provando um queijo com gosto.

– Estávamos sentindo a sua falta aqui. – Soles conta, se servindo de uma torrada.

– Demorei um pouquinho mais do que o previsto. Estava com o Victor.

– Ah... – parece que o muxoxo é geral e penso se há algo mais rolando que não sei.

– E seus hóspedes, Vanessa? – Henrique troca de assunto antes que eu possa encucar com o fato. – Magô estava agora mesmo me contando sobre suas peripécias. Qual foi o último caso que vocês contaram mesmo?

– Os indianos! – Magô lembra entusiasmada. – Os fofuxos são tão divertidos!

– Ô! – Soles fala ao seu lado e dou risada. Kantu e Fareed aprontaram tanto com Magô naquela noite que ele, certinho do jeito que era, deve ter passado por um bocado para segurá-los.

– E quem é o próximo? – Henrique pergunta curioso.

– É? Quem vai chegar na sua casa essa semana, Vanessa? Um árabe? – Isis brinca.

– Não, um grupo de chinesinhas parecidas com bonequinhas de porcelana! – chuta Soles.

– Melhor! Um peruano sensual! – arrisca Magô, arrancando gargalhadas de todos, exceto de Soles, que faz bico. Ai, esses dois que não se resolvem!

– Vocês acham que a minha casa é uma caixinha mágica, né? – acho graça das suposições. – Na verdade, – puxo o celular do bolso e leio. – o último pedido que recebi foi de um casal de idosos, um italiano e uma francesa. Eles resolveram embarcar em uma aventura, dando uma volta ao mundo na terceira idade, e estão fazendo isso de sofá em sofá. Aparentemente o meu é a próxima parada.

– Que máximo! Você já aceitou? – Isis pergunta curiosa.

– Estou aceitando agora. – revelo, mandando a confirmação a eles. Com certeza vou gostar de conhecer um casal assim tão aventureiro. – Acho que vou adorá-los, eles me lembram tanto os meus avós.

– Acho isso muito legal, sabia? – Soles comenta pensativo. – Às vezes eu olho para minha vida e penso: passam-se dias, semanas, meses até que eu encontre algo que seja emocionante, algo que me impacte de verdade. É como se eu ficasse esperando finais de semanas e férias para viver. Mas, sabe, eu estou vivo o tempo todo! Então vejo o que você está fazendo e percebo que estar cercada de gente que trata esse lugar e esse momento como algo especial, te faz lembrar que também pode ser especial pra você, basta querer.

– Viver é para todos, agora o como é questão de escolha. – Isis diz sabiamente e nós tomos concordamos, fazendo um brinde às boas escolhas da vida.

A tarde transcorre toda assim, agradável e tranquila. Conversamos por horas, brinco um pouco com Teo, tiramos fotos juntos, cantamos parabéns e comemos um delicioso bolo de chocolate. Durante essa reunião intimista, sinto que as pessoas ali querem realmente fazer parte da minha vida. Há um interesse e uma vontade legítima de ambas as partes em criar laços e assim os formamos.

Quando anoitece e me despeço de todos, me sinto infinitamente feliz por ter vindo. Isis é mais do que uma chefe, se tornou uma verdadeira amiga. Saio da aconchegante casa e pego o celular para chamar um taxi, quando vejo que recebi uma mensagem de Alex.

"Hey, você." – ele me saúda característico. – *"E aí, terminou com o cara difícil?"*

Eu sorrio e reviro os olhos, mas, nesse simples gesto, avisto Victor encostado no capô de seu carro, que está estacionado frente à calçada da casa de Isis.

Ele parece abatido.

Quero evitar mais estresse e me teletransportar daqui, indo direto para minha casa num piscar de olhos, mas não vejo como conseguir fugir de uma conversa com ele. Ele veio aqui atrás de mim e sabe muito bem onde trabalho e moro.

Sem saída, abaixo o celular e me aproximo.

– O que faz aqui? – pergunto melindrada.

– Você não me ligou.

– Você também não.

– Eu não gostei de ficar longe de você hoje.

– Não precisava ser assim. – cruzo os braços na defensiva. – Você ficou muito alterado por nada.

Ele levanta os ombros, assentindo a culpa. – Foi mal, é que não gosto muito de ser a segunda opção.

Suavizo um pouco ao perceber como é irônico o fato de que o garoto de ouro é tão inseguro por dentro. Ele considerou o que houve como se tivesse sido trocado.

– Você e meus amigos são coisas completamente diferentes, Victor. Ninguém está competindo.

– Eu estou. – ele me dá um sorriso angustiado. – Eu estou sempre competindo, desde cedo fui ensinado a não aceitar nada menos do que ganhar. Por isso é tão importante pra mim saber que você é só minha, Vanessa.

– Victor... isso é errado. Já te disse que você não pode me ter. Não desse jeito.

– Mas eu tive...

– Não, nós fizemos sexo. – explico paciente a diferença. – Eu continuo dona do meu nariz.

– Por enquanto. – diz tocando a ponta dele e, então, se ajoelha, segurando uma caixinha preta à minha frente. – Vanessa, me desculpa ser um completo idiota hoje, eu prometo que vou tentar melhorar. Por você. Com você. – ele abre a caixa, revelando um lindo anel de ouro rose cravejado de brilhantes. – Quer namorar comigo?

Eu amoleço sob seu olhar frágil, nunca o vi parecer tão indefeso assim. Victor Diniz não está só arrependido, está me pedindo em namoro de joelhos e com um anel majestoso nas mãos. Talvez ele não seja um babaca, talvez só precise de um pouco mais de paciência da minha parte. Eu posso ajudá-lo com seus problemas.

Ele vai melhorar com o tempo.

Esperançosa, balanço a cabeça, concordando. Com ímpeto, ele se levanta para me beijar, feliz da vida. – Dorme lá em casa hoje, namorada? – pede incisivo quando nossas bocas se separam.

Eu sorrio com a nova forma como ele me chama, mas hesito por questões práticas.

– Eu tenho trabalho amanhã. – digo com cautela. – É um dia importante, vai ser a entrevista da Isis com a Andrea Volpe da qual te falei.

– Eu também trabalho. – ele contra-argumenta. – Prometo não te cansar muito.

Victor pisca para mim, dando seu sorriso convencido e segura em meus pulsos, me puxando para mais perto. Olho para o lado, tentando fugir de seu olhar insistente, e meu coração, de repente, começa a bater no peito fora do ritmo, assustado.

– Eu acordo cedo.

– Tenho despertador.

– Eu não tenho roupas.

– Se esse é o problema, já estamos resolvidos. – ele decide satisfeito, indicando a porta do carona enquanto segue para o seu lado.

Concordo e, já vou entrando no carro, quando o meu celular vibra. Vejo que é Alex.

Meu coração se aperta ainda mais.

"Ei, ainda tá aí?"

"Estou..." – digito rápido. Não sei o que dizer, fiz tudo diferente do que achei que faria.

"Está triste por ter terminado?" – ele se preocupa pelo meu silêncio e me sinto ainda pior.

"Na verdade, eu acabei aceitando o pedido de namoro dele." – conto sem jeito. Sei que, apesar de ter mudado de ideia, não estou fazendo nada errado. Então, porque será que me sinto como se estivesse traindo alguém com essa decisão?

Me angustio quando ele demora para responder.

"Meus parabéns." – Alex enfim digita e meu coração quase para de tanta dor. – *"Eu realmente espero que você seja muito feliz."*

"Obrigada, Alex."

– Vamos logo! – Victor grita e buzina impaciente. Dou uma última olhada para a tela.

"Obrigado a você, Vanessa. Por tudo."

Eu respiro fundo e, aceitando a escolha que fiz, embarco nessa de vez.

E, no caminho desconhecido, rezo para não acabar machucada de novo.

◁——— ♡ ———▷

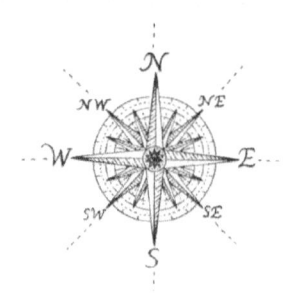

SUBMISSA

Estamos todos ansiosos, quando às nove, ela chega. Chiquérrima, com uma bolsa caríssima de couro marrom à tiracolo e um cardigã bege, combinado com leggings justas, ela para em frente à porta de dupla de vidro checando o endereço no celular.

O sapato é um espetáculo à parte, uma meia-pata altíssima com argolas douradas. A antiga eu correria para ela e perguntaria onde é que conseguiu comprar essa obra de arte; a nova eu, por outro lado, está plenamente satisfeita com as sapatilhas pretas em seus pés.

Magô corre entusiasmada para abrir a porta.

— Olá, seja bem-vinda! — saúda profissional, mas sem perder o carisma que lhe é característico. — Eu sou Magali Gouveia, da Comunicação da Isis. Tratei contigo pelo telefone sobre a entrevista de hoje.

— Oh, prazer! — a jornalista acena blasé a mão cheia de pulseiras e anéis de ouro. — Andrea Volpe, da Fashion Portrait. — em seguida, ela lança um olhar para mim com curiosidade, me avaliando de cima a baixo. Com exceção dos sapatos, eu estou toda vestida com as roupas que Victor providenciou hoje de manhã. — E você, quem é?

— Vanessa Zandrine. — me apresento simpática, estendendo a mão para ela.

Andrea olha para o meu anel quando retribui o cumprimento.

— É um belo anel esse.

— Meu namorado que me deu.

Magô se vira para mim, surpresa com a notícia. Eu ainda não tinha atualizado ela dos últimos acontecimentos da minha vida pessoal.

— Você é uma moça de sorte, seu namorado definitivamente não é um qualquer. — Andrea comenta impressionada. — Esse anel aí custa uma verdadeira fortuna.

Olho espantada para o anel. Ele foi tão caro assim?

— E onde está nossa designer? — Andrea pergunta, retomando o foco de sua agenda.

— Está lá no escritório te aguardando. — Magô informa solícita, indicando o caminho.

— Certo. Vamos, Cris.

Um rapaz jovem, carregando uma potente câmera, segue Andrea até a porta de Isis. Eles entram e ficamos logo atrás para conferir a entrevista de perto. Soles chega um pouco atrasado e se junta a nós no portal para espiar.

— E aí, o que foi que eu perdi?

– Nada, vai começar agora. – cochicho para ele e volto a prestar atenção no interior da sala.

– Olá, bom dia! – Isis cumprimenta simpática, estendendo a mão. – Eu sou Isis Toledo.

– Olá, Isis. – a jornalista retribui o aperto. – Andrea Volpe, da Fashion Portrait. Pronta para a nossa entrevista?

– Sim, ansiosa. – nossa chefe confirma, apertando a mão do fotógrafo e se sentando em seguida. – Por favor, fiquem à vontade.

– Bem, eu não tenho muito tempo hoje, se importa de começarmos logo?

Isis assente em concordância e Andrea tira o gravador da bolsa, o ligando sobre a mesa.

– Me fale mais sobre você, Isis. Como começou seu envolvimento com a moda?

– Eu trabalho com moda desde os dezesseis anos. Comecei como modelo e me apaixonei pelo universo dos sapatos.

– Então foi amor à primeira vista pelos calçados?

– Sim, e ódio à primeira pisada. – ela ri e se explica melhor. – Como modelo é bem comum termos que vestir inúmeros sapatos altamente desconfortáveis, menores do que o meu pé ou que me machucavam. Diversas vezes, me peguei questionando porque algo tão bonito podia causar tanto desconforto.

– Então você começou sua marca pensado em melhorar o conforto dos calçados?

– Também, mas não foi só por isso. – Isis pondera, entrelaçando as mãos sobre a mesa. – Eu comecei a ler muito sobre moda sustentável de uns tempos para cá. Nossos avós não tinham essa infinidade de sapatos que temos hoje, eles tinham poucos pares, mas eram pares de alta qualidade. Se você olhar os sapatos da minha avó, verá que todos ainda estão perfeitos, porque havia uma preocupação em fazê-los bem. As coisas de antigamente duravam mais e eram melhor acabadas. Hoje, com esse lance de priorizar a quantidade antes da qualidade, acumulamos um monte de coisa que não é boa, que não dura. É a tal da obsolescência programada, o fabricante já fazendo algo com a intenção de que dure pouco para que você tenha que comprar logo um novo, a nova temporada dizendo que todo o resto está ultrapassado a partir de agora. Tudo assim vira descartável muito rápido e isso não me parece certo, nem para o consumidor, nem para o ambiente. Porque isso gera um custo. Um custo muito alto.

– Bem, esse é o modelo da sociedade de consumo. – a jornalista rebate na defensiva, como se fosse um fato intransponível. – É a nossa realidade.

– Mas me incomoda ninguém questionar isso, ninguém desafiar esse modelo. – Isis contra-argumenta sólida. – Eu não gosto de comprar uma batedeira e ela estragar dois anos depois quando eu sei que a minha mãe teve a dela por quase vinte anos e, que só deixou de ter, porque não fabricam mais as peças de reposição.

Eu gosto de aplicar o meu dinheiro em bens de qualidade, pois considero o fato de que estamos em um planeta cheio demais de coisas descartáveis e que isso não é saudável. O próprio modelo de produção desses bens de consumo é caótico, não se paga devidamente aos produtores pelas matérias primas, nem a mão de obra pelo serviço. Não há sequer respeito entre as partes muitas das vezes. É exploração pura.

— Mas a indústria necessita movimentar o mercado para não estagnar, não? — Andrea se empertiga na cadeira. — E baixos custos permitem oferecer preços ainda menores.

— Sim, mas estão fazendo isso da forma errada. Sem responsabilidade, sem respeito.

— Então qual é a proposta da sua linha para mudar isso? — a jornalista pergunta meio prepotente.

Isis sorri, porque essa é sua pergunta favorita e, confesso, é a resposta dela que mais gosto também.

— Eu quero mudar um pouco essa mentalidade imediatista. — ela diz. — Incentivar o consumo consciente, sustentável. Sapatos bonitos, confortáveis, de qualidade e que você sabe que o modelo de produção é correto e oferece dignidade a todos os envolvidos na cadeia de valor. A minha ideia é provar ao meu cliente que é possível comprar um sapato ao invés de cinquenta, desde que esse ofereça tudo aquilo que ele precisa. Quero desmistificar essa ilusão da quantidade, estimular que o consumidor passe a buscar e se comprometer com as coisas certas, aquelas que valem realmente a pena, porque elas existem por aí, é só procurar. Essa linha, por exemplo, foi cuidadosamente pensada para ser versátil, moderna e confortável, e é confeccionada com os melhores materiais, pagando de forma justa a todos os envolvidos.

— Então você acredita que as pessoas devem comprar menos variedade e se concentrar em ter poucos pares de qualidade para toda a vida?

— Eu gostaria disso, claro, mas cada um tem sua cabeça e faz o que quer. — Isis avalia com prudência, pois ela não faz o tipo radical, faz o tipo sensata. — Não quero ser dogmática, faça isso, não faça aquilo, porque não acho ruim que, uma vez ou outra, alguém queira um modismo em sua sapateira, isso é totalmente natural, não precisamos ser radicais ao extremo. Mas, o importante, aquilo que quero passar para o consumidor, é que tem modelos clássicos que podem nos acompanhar pela vida, evitando assim o desperdício, as trocas sucessivas pelo desgaste rápido de um produto ruim. Nesse caso, é bom investir em qualidade. Talvez você possa comprar mais sapatos descartáveis ou da moda com o preço de um dos meus, mas se decidir pela minha marca, saiba que vai ter um par para vida inteira.

— Falando sobre essa linha, vocês têm promovido alguns teasers que fizeram sucesso nas redes sociais. O nome vai muito nessa ideia, "Coringas eternos". Fale-me mais sobre ela.

— Coringas eternos nasceu da ideia de que são modelos que nunca saem de moda, são peças-chaves atemporais, como o próprio nome diz. Tanto que os nomes da linha que minha equipe genial e eu bolamos brincam com isso: o pretinho básico, a madrinha de casamento exemplar, bota num dia de chuva, o primeiro encontro perfeito e por aí vai. – ela enumera os conhecidos nomes que sugerimos e fico feliz com a menção explícita de nossa colaboração na entrevista. – O pretinho básico, por exemplo, é uma sapatilha atemporal, clássica, de couro com recortes vazados em cima, totalmente anatômica. Tem ideia de quantas sapatilhas pretas já passaram por sua sapateira até hoje?

"Dezenas", eu penso nos bastidores, admirando a inteligência e perspicácia de Isis.

– Várias. – A jornalista meneia a cabeça, sem querer dar muita ênfase ao fato.

Isis já esperava por essa resposta.

– Minha proposta é por que não uma? – explica com brilho nos olhos. – Uma que você possa ter certeza que não vai te machucar, que não vai estragar depois de pouco tempo de uso. Um sapato que vai te acompanhar pela vida e que pode também ser versátil, porque temos acessórios de encaixe para isso, vendidos separadamente. Laços, tiras metálicas, fivelas... a customização ao alcance da sua mão e sem o desperdício, sem gerar um alto custo para o ambiente.

Chego a bater no peito, como tenho orgulho da minha chefe. Ela é tão articulada, com ideias tão para frente. Ravi tem razão quando diz que Isis é uma boa influência na minha vida. Eu teria orgulho de ser como ela um dia.

Quando a entrevista acaba, o fotógrafo tira as fotos que precisa dos sapatos da nova coleção e depois de Isis e da equipe. Assim, ele e Andrea vão embora, deixando-nos a sós ali.

– E aí, gente? – Isis pergunta nervosa.

– Você foi ótima! – eu levanto os polegares confiante para ela– Arrasou!

– Causou legal, chefinha! – Magô confirma minhas palavras.

– Fiquei até orgulhoso! – Soles comenta também, enquanto deixamos o escritório. – Você falava e eu ficava como? Vai, chefinha, detona!

– Ah, vocês são demais, até torcida fazem! Vou cruzar os dedos para dar tudo certo.

– Com certeza vai dar, Isis. – Soles a acalma. – Relaxa que agora falta muito pouco para você mudar esse mercado doido.

– É, e pode.... Ihhh, olha só quem tá aí. – Magô corta o papo, olhando para frente inexpressiva.

Olho na mesma direção e vejo que Victor está encostado na pilastra em frente à saída do escritório, me aguardando.

– Ué, não combinamos nada hoje. – penso alto comigo mesma. – Se bem que agora estamos namorando, então...

Isis fica estática quando falo isso. Ela também ainda não sabia dessa informação.

– Olha, tenho que correr para pegar o Teo agora, mas, Vanessa, me prometa que não vai esquecer daquilo que te falei? – ela pede apreensiva.

– Claro, vai lá! Eu tô bem, pode acreditar, Isis.

— Eu também tenho que ir, garotas, tenho exame agora. — Soles avisa se despedindo em seguida. — Mas vou deixar meu celular ligado. Qualquer coisa me liga, tá, Vanessa?

— Ihh, gente! Relaxa! — dou risada. — Tá tudo tranquilo.

Ele me avalia mais uma vez e se despede, dando um olhar incerto para Victor quando passa por ele. Me aproximo do meu namorado que encara Soles com ar de afronta.

— Vim te pegar para a premiação. — Victor comunica quando meu amigo some de vista.

— Premiação?

— É, todo o ano ganho esse prêmio de melhor profissional do ramo. — ele conta indiferente. — A cerimônia é hoje à noite e você é a minha acompanhante da vez.

Ignoro "o da vez" e olho para minha roupa preocupada.

— Que legal o convite, mas eu não estou...

Ele nem espera eu terminar e levanta uma sacola de marca.

— Já cuidei de tudo. Vamos.

— Tudo bem. — me conformo com a ideia, afinal apoiar o namorado é mesmo algo importante. Me viro para Magô para me despedir dela. — Vou lá, tá, gatona?

— Está tudo bem? — ela pergunta com algo diferente no olhar.

— Aff, vocês se preocupam demais comigo. Fica tranquila, eu estou bem.

— Ok, mas qualquer coisa me liga. — ela pede apreensiva. —. Victor. — ela dá um aceno de cabeça frio e segue em frente. De esguelha, Victor a acompanha ir embora como se estivesse se divertindo com uma piada interna.

— Sem noção essa sua amiga, cabelo roxo nessa idade! — ele caçoa assim que ela está longe o suficiente para nos ouvir. — Quem vai levar uma profissional a sério desse jeito?

— A Magô é muito inteligente! — a defendo, acompanhando seu passo até o estacionamento. — O cabelo dela não influencia em nada nisso. E, honestamente, acho bem legal.

— Claro que acha. — ele fala em tom de deboche. — Legal como aquele vestido que você estava usando ontem.

— O que tem o meu vestido? — pergunto confusa.

— Ah, nada! É lindo, — e então emenda maldoso. — para uma garota de oito anos.

— É tão ruim assim?

— Por que você acha que eu já trouxe outra roupa? Não dá para levar você num evento de verdade com aquelas suas roupas.

Esse comentário me deixa completamente constrangida. Nunca imaginei na vida que alguém fosse dizer que me visto mal, eu me orgulho tanto de minhas roupas, principalmente das que ficaram após a arrumação. Eu as amo, elas me representam tão bem. Mas, por outro lado, considero que Victor é chefe de operações da Sahanna e, definitivamente, alguém que se veste de forma impecável. Se ele está dizendo isso, deve mesmo ter razão. Victor tem muito mais conhecimento de moda do que eu, ele com certeza só está falando isso para o meu próprio bem.

Para que eu melhore.

Sem rebater, entro no carro e seguimos em direção à zona sul. Já estamos quase chegando ao pedágio da Linha Amarela quando me lembro.

– Ei, espera! – dou um pulo do assento.

– O que foi?! – Victor dá uma freada repentina.

– Faz o retorno ali, preciso passar no meu apartamento antes de ir.

– Ah, mas não vai mesmo! – nega intransigente, voltando a acelerar. – Passa depois.

– Não! É sério, Victor! Eu combinei com a dona Josefa de levá-la ao mercado toda a segunda e hoje é segunda. Ela deve estar me esperando agorinha mesmo na portaria.

– Dona Josefa? A velha das entregas?

– Não chama ela assim!

– Sempre que chego no seu prédio essa maluca tá parando alguma vítima no elevador, no corredor, na portaria...

– Não é isso... – argumento em favor da minha adorável vizinha. – Ela é apenas gentil.

– Ah, tá bom! Me desculpa que não vai dar para parar, não. Não quero me atrasar. Você ainda tem que se arrumar e sabemos como isso demora.

– Eu posso me arrumar rápido.

– Não dá muito certo, não?

Me constranjo com a indireta. Vencida, apelo ao último recurso, o olhar de súplica.

– Por favor, Victor? É rapidinho...

– Afff! Toda hora essa merda de hoje é dia disso, hoje é dia daquilo! Que rotina mais imbecil essa que você foi inventar. Eu quero que você esteja disponível para mim, porra! É pedir demais? Já não estou namorando contigo, você quer mais o quê, cacete?

– Só dessa vez? – faço um biquinho pidão.

– Então você fica na minha casa amanhã também. – negocia inflexível.

Oito ou oitenta.

– Ok, eu durmo lá.

– Ah, dormir é a última coisa que eu quero que você faça, meu bem... – ironiza fazendo o retorno satisfeito e sei bem o que tem em mente. – E vê se avisa rápido, que eu não tenho o dia inteiro a perder.

Me vendi bonito, já imagino que não vou dormir de novo e que vou ficar mais dolorida do que já estou. Me concentro no fato de que minha vizinha vale essa consideração. Não posso cometer o descaso de deixá-la esperando lá plantada à toa, já é horrível ter que desmarcar assim, em cima da hora.

Quando chegamos ao meu prédio, eu abro a porta do carro e corro para a portaria, onde minha querida vizinha me aguarda sentada no sofá. Ela está tão bonitinha de cabelo feito e maquiagem.

– Dona Josefa! – eu a chamo, me aproximando apressada de onde ela está.

– Ô, menina! – ela abre um sorriso enorme ao me ver. – Tô aqui te esperando.

Ela está tão animada, eu nem sei como começar. De repente, me sinto mal de novo.

– Dona Josefa... – gaguejo sem jeito. – Eu... eu sinto muito, mas... meu namorado... ele quer...

Ela olha para frente e nota Victor me esperando encostado no carro. Meu coração fica apertado quando vejo que seu sorriso cai por um segundo, desapontado.

– Ah... – ela compreende rápido aonde quero chegar com o discurso. – Eu entendo, não se aperreie com isso não. Hoje tá um dia danado de bom pra poder exercitar meus gambitos. Vou é andando mesmo.

– Não, não precisa. Espera um pouco... – culpada, tento achar alguma solução para isso. – nós podemos ir juntas amanhã.

– Hã hã! – Victor coça a garganta ruidosamente em atenção à nossa conversa. – Amanhã você vai ficar lá em casa, esqueceu?

Eu simplesmente não sei o que fazer.

– Deixa disso, menina, tá tudo bem. – dona Josefa tenta amenizar a coisa. – Não se aperreie com isso não, vai lá com o teu galalau galego curtir tua vida.

– Mas...

– Vamos logo, Vanessa! – Victor chama impaciente. – Ela já disse que está tudo bem, quer mais o quê?

Dona Josefa dá um aceno confirmando. – Pode ir, menina. Tá tudo nos conformes, visse?

Ela me sorri com doçura e isso me corta o coração.

– Sinto muito... – "Eu não queria te deixar na mão", quero dizer, mas não consigo. Eu sei que, por detrás desse sorriso complacente que me dá, esconde sua tristeza. Para ela, esse compromisso é mais que uma simples ida ao mercado, é o nosso passeio.

Eu volto arrasada na direção do carro, maquinando em minha mente outra alternativa, mas só cogito uma, que já imagino que não vai dar muito certo. Como tentar não custa nada, arrisco logo de uma vez.

— Ei, Victor, nós podemos convidá-la? — sugiro em voz baixa quando me aproximo dele.

— Tá maluca, Vanessa? — responde enérgico, em alto e bom som. — A mulher não sabe nem falar direito! O que essa velha vai fazer num evento desses? Fofoca da vida alheia? Era só o que me faltava!

— Victor! — eu chamo sua atenção exasperada, sem conseguir saber se dona Josefa ouviu ou não dessa distância. Tenho quase certeza que ouviu.

Me encolho ainda mais constrangida.

— Ah, vai falar que não é verdade? — ele continua grosseiro. — Vai falar que essa história de entregar encomendas não é desculpa para fuxicar a vida dos outros? Deve abrir as correspondências de todo mundo, a velha safada.

Victor entra no carro dando uma risada debochada e meu sangue ferve.

— Não é nada disso! — contesto aborrecida, cruzando os braços com força ao entrar também. — Você não sabe de nada, Victor! Para começar, ela fala direito sim, nordestinos falam português perfeitamente, se você não sabe. Isso se chama regionalismo, não é porque existe a sua forma de falar que a de todo o restante do país está errada. E a dona Josefa não faz entregas para fofocar, ela faz isso para conhecer as pessoas, para criar relações.

Lançando um olhar pela janela do carro, vejo dona Josefa ir rumo ao elevador cabisbaixa. Isso me corta o coração. Falhei com minha vizinha, a magoei sem querer.

— Ah sei! Tipo você e aquela comunidade maluca. — Victor insinua com ironia.

— É, tipo isso sim! — confirmo com intensidade, mesmo nunca parado para fazer essa correlação. Se ele quer me comparar com a dona Josefa, eu é que não vou me ofender, vou fazer disso um motivo de muito orgulho.

— Fantástico! Minha namorada acha legal ter os mesmos hábitos de uma velha caquética solteirona. Você devia ter me alertado que era louca antes de eu te pedir em namoro. Por acaso, você tem dezenas de gatos escondidos debaixo da sua cama também?

— Ela não é solteirona! Ela é viúva! — eu o corrijo agora muito irritada. — E não, Victor! Não tem gato nenhum embaixo da minha cama e, se um dia tiver, vai ter um metro e oitenta e muitos músculos, só para você saber!

Victor freia bruscamente dando um solavanco no carro e irado levanta a mão que estava antes no volante com tudo na direção do meu rosto. Me encolho, com medo do golpe, mas ele para a centímetros de distância da minha pele, os olhos escuros de raiva.

Sinto mais que medo nesse instante. Sinto pânico. Nunca, nem um homem na vida, me bateu. Nem mesmo o meu pai.

— Viu o que quase me fez fazer? — ele recua transtornado e eu tremo com o tom colérico da sua voz. — Você me deixa louco, Vanessa! Louco! Por que tem que ser sempre assim, por que não me dá um pouco de paz? Tem que ficar sempre me provocando? Me atiçando? Mas que porra!

– Desculpa. – respondo num sussurro. Acuada.

Ele levanta a mão de novo e eu me encolho em antecipação.

Ele percebe o meu medo.

– Eu não vou bater em você, tá? – diz chegando mais perto e meu corpo estremece todo quando ele toca meu cabelo. – Mas você tem que parar com esse seu jeito, assim não tá dando. Quer morrer velha e sozinha, é? Porque ninguém te atura desse jeito, não.

– Desculpa. – repito de novo, abaixando ainda mais a cabeça.

– Promete que não vai fazer de novo? – Victor pergunta de forma tão piedosa que apenas aceno em afirmativa, não quero passar por isso de novo, eu vou me comportar daqui para frente. – Tudo bem, então. Vamos esquecer que toda essa merda aconteceu. – resolve, retomando o seu ar confiante. – Vamos para essa premiação, vamos beber, vamos dançar. E, a noite, pode deixar que eu vou cuidar direitinho de você, do jeito que eu sei que você gosta.

– Tá. – concordo assustada, sem tirar os olhos do porta-luvas, tenho medo de me mexer. Tenho medo até de falar.

– Cadê o meu sorriso? – ele pergunta me encarando quando nota minha reação letárgica.

Eu forço um sorriso, os músculos do meu rosto retesados tornam o movimento um grande desafio.

– Isso. – ele aprova satisfeito quando consigo e bota a mão sobre a minha cabeça dando tapinhas de leve. – Boa menina.

Ele tem razão, eu serei uma boa menina daqui para frente. Prometo a mim mesma que não vou irritar Victor novamente com a minha infantilidade, eu fui longe demais falando assim com ele. Tive sorte dele não me bater. Eu merecia. Fui idiota.

Desse jeito vou acabar sozinha.

E eu não quero mesmo ficar sozinha de novo.

◁——— ♡ ———▷

No dia seguinte, sigo como uma zumbi para o escritório. Estou de pé à base de uma mistura indigesta de café e energético. A cerimônia de ontem foi incrivelmente chata, Victor ganhou o prêmio, mas nem deu importância. Já sabia que ganharia antes mesmo de subir ao palco.

Na festa, mais aporrinhação. O vestido preto muito justo e curto que Victor escolheu para eu ir não dava muita liberdade nos movimentos, tive que ficar como uma estátua, parada a noite inteira. Ainda assim, todas as garotas do lugar me secaram com inveja mortal, todas elas querendo ser eu.

Evidentemente elas não estavam calçando os meus sapatos para saber a verdade.

Meus pés ainda estão esfolados das feridas de ontem, a sandália alta de pedrarias que Victor me deu era uma verdadeira assassina. Voltamos para o apartamento do meu namorado quase às duas da manhã e descobri desapontada que ele não estava com nem um pouco de sono, só me deixando dormir depois que ficou plenamente satisfeito.

Eu quase não dormi, Victor nunca está satisfeito.

É difícil fazer as coisas com o baixo nível de concentração que estou hoje. Tudo o que desejo é que o expediente acabe logo para que eu possa ir para casa dormir. Tenho apenas duas horas para isso, antes de Victor passar para me buscar. Graças a Deus, ele vai se atrasar um pouco por conta de uma demanda de última hora.

Sahanna, quem diria que um dia eu te agradeceria por ser uma sanguessuga?

Quando, finalmente, dão quatro horas da tarde, eu pego rápido as minhas coisas na mesa e deixo o escritório com alívio. Quero minha cama mais do que tudo no mundo. Todavia, é só dar alguns passos para fora, que ouço uma voz conhecida me chamar.

– Ei, Vanessa! Peraí! – Nanda corre ao meu encalço. Ué, o que Nanda está fazendo aqui na porta do escritório em que trabalho?

– Oi, Nanda. – respondo bocejando. – O que houve?

Ela me olha perplexa, como se estivesse vendo um fantasma em sua frente e não eu.

– Você não se lembra? – pergunta preocupada. – Fiquei de passar aqui hoje para pegar meu presente e vermos um filme. Combinamos isso no meu aniversário. Foi você inclusive que marcou.

– Ahhhhh, é mesmo. – recordo do fato só então. Parece que anos se passaram desde aquela conversa. – Desculpa aí, me esqueci totalmente disso, Nanda.

Remexo na bolsa e pego o pacote que recebi dos Correios hoje, entregando para ela.

– Desculpa a falta de embrulho... É uma lycra, para você usar quando surfar com o Bruno.

Ela para e me olha em choque. Completamente abismada.

– Vanessa, o que está acontecendo contigo?

– Comigo? – estranho a pergunta. – Nada, ué. Tô bem, só não dormi direito hoje...

– Não, Vanessa, não hoje. Você. O que está havendo com você?

– Como assim? – pergunto confusa, os pensamentos ainda embaralhados das noites mal dormidas.

– Você está diferente. Parece até outra pessoa.

Eu dou uma olhada, procurando o que tem de diferente em mim.

– Ah, deve ser essa roupa, o Victor que escolheu. Você não gosta?

– Ah, claro. O Victor. – ela parece entender alguma coisa, pois sua postura fica tensa. – Vanessa, por que o Victor anda escolhendo suas roupas?

– Ele gosta que eu fique bonita. – dou de ombros. Que mal há em um namorado querer isso?

– Vanessa, você é bonita. – ela afirma com seriedade. – Não precisa de uma transformação ou coisa assim para ficar.

– É que o meu estilo não...

– Seu estilo é ótimo, não tem nada de errado com ele. Ou com você.

Ela me olha com seriedade e, de repente, não sei mais o que falar. Fico encarando meus pés nos saltos altamente desconfortáveis, mas lindos, que Victor me deu. Eu estou tão na moda com eles.

– Vanessa, quando eu te conheci você estava bem perdida sobre o que queria da vida, mas estava feliz. Desde que você começou a sair com esse cara, eu te vejo mais triste, minguada e insegura. Eu não sei se tenho o direito de falar isso, mas dane-se, eu não ligo, vou dizer mesmo assim. Repense esse seu namoro. Esse tal Victor Diniz, por mais incrível que seja aos olhos de todo mundo, te faz mal. Muito mal. Não tem nada errado com você. – ela repete colocando uma mão solidária em meu ombro.

Lágrimas querem me vir aos olhos. Estou exausta.

Eu simplesmente não posso lidar com isso agora.

– Eu não me sinto bem, Nanda. Me desculpe, eu preciso ir, preciso muito dormir.

Ela não argumenta ao contrário.

– Isso, vai para casa, descansa e aproveita para repensar bem aonde está se metendo, Vanessa. Esse relacionamento me parece abusivo e quer você tenha ou não ciência disso, eu não vou ficar calada assistindo você se afundar. Eu estou aqui, – ela me olha nos olhos com firmeza. – para o que você precisar, tá me ouvindo?

Eu assinto com um movimento de cabeça, me segurando como posso e, sem dizer mais nada, vou para casa com as palavras de Nanda ecoando intensas em minha cabeça. Como vim de carona com Victor, tomo um ônibus, o que é muito bom, pois não tenho a menor condição de prestar atenção no trânsito, já é muito conseguir manter meus olhos abertos.

Quando chego em casa, não quero saber que hoje é dia de francês, não quero saber de dona Josefa, não quero saber de mais nada. Desabo no sofá mesmo e durmo como estou, mas sei que ainda assim não será tempo o bastante. Em duas horas, tenho que estar linda e pronta para sair. Namorar Victor Diniz é glamouroso, mas dá muito trabalho. É uma tarefa de dedicação integral.

Tenho que provar todo dia que mereço estar com ele.

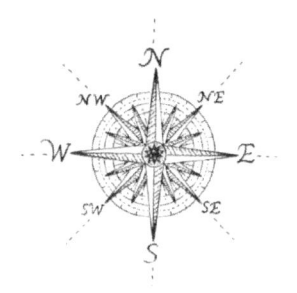

CONFRONTO

Com o passar dos dias, a minha relação com Victor vai ficando mais séria e eu me percebo cada vez mais distante dos meus amigos. Como se namorar com ele tivesse me transformado em uma princesa no topo da torre mais alta, inacessível a qualquer um que não seja ele, o príncipe encantado que toda mulher sonha.

Quando comento essa impressão com Victor, ele rebate que os outros estão com inveja da vida que estou levando ao seu lado, que não vou negar é cheia de status. Meus amigos, por sua vez, falam constantemente que eu estou apática e reclusa, mas não acho que seja de todo verdade. Victor é bom para mim da sua maneira, é só que a maneira dele é um pouco diferente do convencional. Mas com o tempo você se acostuma.

Eu me adaptei.

Na sexta-feira, Victor me busca no trabalho e, após se satisfazer como deseja, se joga em meu sofá com uma cerveja cara na mão para assistir ao jogo.

— Eu vou ter que viajar na semana que vem por uns dias. — ele me comunica indiferente, sem dar maiores explicações sobre o assunto.

— Tudo bem. — não me abalo, pelo contrário, acho o momento bem conveniente. Vejo nisso a chance perfeita para contar algo que tinha me esquecido ou, que mais provavelmente, estava com medo de falar até então. — Semana que vem eu vou receber uns hóspedes aqui em casa.

Ele se empertiga no sofá de imediato, assumindo uma postura agressiva.

— Não.

Eu ergo uma sobrancelha para ele em desafio.

— Devo te lembrar que você não me manda? — alerto séria. As palavras de Nanda ressoando em minha mente. Quero mostrar para ela que eu não estou sendo controlada. Estou cansada de todos insinuarem que eu estou perdendo a voz para Victor.

Ele me olha intenso e eu não alivio dessa vez. Com frustração, Victor joga as mãos para cima exasperado.

— Cacete! Por que você é tão teimosa?

— Eu não sou teimosa. — decido ser firme. — Eu só tenho que ter uma vida além de você, Victor. Você não pode ser tudo pra mim, eu tenho outras necessidades, como família, amigos... você sabe qual foi a última vez que vi os meus pais ou saí com meus amigos desde que começamos a namorar? Não teve nenhuma, porque não aconteceu.

Ele estala o pescoço, sentindo irritação. Meu namorado perfeito não gosta que o confrontem e, para ser bem sincera, eu não gosto de confrontá-lo também, me lembro sentindo o medo dele crescer dentro de mim. Agora não é hora de deixá-lo vencer.

— Sabe, eu tento gostar de você desse jeito aí que você é, mas você é uma pessoa difícil, Vanessa. Não é qualquer um que aguenta um relacionamento complicado assim.

— O que você quer dizer com isso? — pergunto incomodada com a forma depreciativa com que fala de mim.

— Que você não dá o devido valor ao que eu faço, você vive me aporrinhando por conta dessas coisinhas...

— Coisinhas? — eu repito fula da vida. Ele só pode estar me zoando!

— É. Esses detalhezinhos bobos, mais que comuns em toda e qualquer relação...

Ah, não! Ele não vai fazer isso.

— E, desde quando, virou comum em toda e qualquer relação ter esse tipo de controle sobre o outro? Decidir o que posso ou não fazer? Quem posso ou não ver? — pergunto sentindo a irritação crescer dentro de mim, vencendo até mesmo o medo. O espírito de uma nativa em Áries, até então adormecido, despertando como fúria total.

Ele balança a cabeça impaciente.

— Eu não te controlo... eu te oriento, Vanessa! As vezes, vejo você fazendo besteira e quero te botar no caminho certo de novo. Eu faço isso porque gosto de você, merda, mais até do que deveria gostar!

— Se gostasse mesmo de mim, deixaria eu aprender com as minhas próprias escolhas ao invés de fazê-las em meu lugar!

Ele me olha como quem tem sérias dúvidas a esse respeito.

— Venhamos e convenhamos, Vanessa. - fala com cinismo descarado, me provocando. - Você não escolhe bem. Sabe disso.

Essa me tira do sério de vez. Beleza, se ele quer briga vai ter.

— Como pode dizer algo tão babaca assim? Com base em que você se acha no direito de me diminuir desse jeito, Victor?

— Sério? — ele faz pouco da minha cara de espanto, faz pouco de mim. — Vou ter que ser mais específico? Receber estranhos em sua casa, por exemplo. Em que mundo isso parece sensato?

— Parece sensato pra mim!

— E, é justamente isso, que me preocupa nessa sua cabecinha oca! Você acha mesmo que é normal fazer isso. Há! O que você tem de gostosa não tem de esperta.

Um elogio e uma crítica, com Victor é sempre assim.

— Pois pode achar o que você quiser, Victor. Eu vou recebê-los, ponto final. — decido cruzando os braços firme fronte ao peito.

— Nenhum cara vai ficar aqui, tá me ouvindo, cacete?! Nem que eu tenha que ficar para colocar ele para fora pessoalmente à base da porrada!

— Para de bobeira! Não é cara nenhum, é só um casal de idosos, eles têm idade para serem meus avós.

— Humm... menos mal. Mas ainda assim não. Ninguém mais entra aqui a não ser eu.

— Vai acontecer Victor, eu já confirmei com eles.

— Você o quê?! – a veia em seu pescoço chega a saltar. Ele está irado, sem dúvidas está.

— Eu confirmei, já está tudo combinado. – comunico. Não arredo agora, apesar do medo que volto a sentir. – Nesse momento eles já devem até estar embarcando para cá, não tem mais como voltar atrás. E, eu não iria, mesmo se pudesse, ouviu? Aceita logo isso, você não manda em mim.

Ele me dá um olhar enfurecido, querendo me intimidar e, urra irritado, quando não cedo. O encaro de volta obstinada, sem sequer piscar. Arianas podem ser terríveis quando querem, me relembro a força do meu signo.

— Beleza então, que se foda! – ele diz esmagando com raiva a lata em sua mão e a jogando com toda a força contra a parede da minha sala. – Só depois não me diga que não te avisei quando der merda, tá? Eu não vou estar por perto para te acudir! E escuta bem, se um estranho te estuprar, eu não te quero mais, tá ouvindo?! Não vou ficar com uma puta estragada!

E, dizendo isso, vai embora batendo a porta furioso. Respiro fundo.

Eu estou por minha conta agora.

E, espero mesmo, ser mais esperta do que Victor julga que eu seja.

◁——— ♡ ———▷

Na semana seguinte, eu estou aflita olhando para a porta do meu apartamento de cinco em cinco minutos, sequer tenho mais unhas para roer. Me sinto mais tensa e apreensiva em receber esse casal de idosos, do que me senti quando recebi meu primeiro visitante, há pouco tempo atrás. As palavras da ameaça de Victor vêm ressoando em minha mente desde aquele dia, fazendo com que me pergunte se estou mesmo sendo burra em continuar com essa ideia maluca.

Meu Deus, eu não quero ficar estragada.

Victor tem essa sinistra habilidade de conseguir me fazer sentir estúpida, me convencer de que não sou boa o suficiente para escolher sozinha, me deixar com medo. E, tenho que admitir, ele é muito bom nisso, porque estou apavorada agora. Talvez seja mesmo loucura dar um voto de confiança a desconhecidos. São estranhos, no final das contas.

Quem confia em um estranho hoje em dia?

A campainha toca, me sobressaltando e minhas mãos suam, meu corpo inteiro tornando-se tenso. "Eu devia ter escutado meu namorado.", penso nervosa. Victor estava certo. Eu não pareço muito esperta agora. Talvez o serial killer finalmente tenho vindo bater na minha porta.

Um novo toque me tira da minha síncope de pânico. Percebo, aflita, que não dá para fugir da situação. Eu não posso simplesmente deixar essas pessoas do lado de fora, após ter dado minha palavra que as receberia.

Isso seria errado, para dizer o mínimo.

Meu senso de justiça me dá a coragem necessária para conseguir me levantar e ir abrir a porta. Intimamente, estou rezando para não ser nenhum assassino ou estuprador do outro lado, minha mente sádica revisitando todos os filmes de terror que já vi até hoje na vida só para me apavorar. Estou me tremendo inteira quando giro a maçaneta.

– O...Olá! – saúdo com alívio ao deparar com o simpático casal de idosos à minha frente. Eles são tão fofos!

Vicenzo, o italiano, é alto e robusto, maxilar quadrado e fartos cabelos brancos. Já Marie, a francesa, é pequena e delicada, o cabelo grisalho em um corte chanel clássico e os dedos longos e finos cheio de anéis. O medo se dissipa por completo. O casal à minha frente é o mesmo das fotos do perfil e parece, graças a Deus, ser totalmente inofensivo.

– *Ciao!* – o homem brada abrindo os braços com um sorriso enorme no rosto. – *Siamo arrivati!*

Eu não entendo nada do que ele disse, mas contagiada por sua animação abro os braços em resposta e digo em português.

– Sejam bem-vindos à minha casa!

– *Bem venutti!* – ele repete em italiano e vejo que o termo é parecido em nossas línguas. – *Io sono Vicenzo, lei é Marie, Il mio amore.*

– Muito prazer! – entendo que se apresentam. – Eu sou Vanessa.

– *Piacere mio!* – ele responde com outra expressão parecida em nossas línguas. O prazer é meu.

– *Bonjour, parlez-vous français?* – Marie pergunta educada se falo seu idioma.

– *Un peu. J'apprends les bases, mais je suis mieux de parler anglais.* – arrisco a frase, dizendo que ainda estou aprendendo o básico, mas que sou melhor em inglês e passo a falar nesse idioma. – Por favor, entrem. Se acomodem. Aceitam beber algo?

– Sim, *un bicchiere d'acqua, per favore.* – Vicenzo responde e, intuitivamente, entendo que aceita água. Vou até a cozinha, retornando com dois copos enquanto eles se acomodam no sofá.

– Então você é italiano e ela é francesa? – puxo conversa, me sentando de frente para eles no rack.

— Isso! — Vicenzo confirma orgulhoso. Seu inglês não é muito bom, percebo, mas ele tem uma presença enorme ao falar que ajuda para que se faça entender.

— E como se conheceram? — pergunto curiosa.

É Marie quem toma a dianteira nessa resposta.

— A minha família fugiu para a Itália já no final da guerra, em quarenta e quatro. — ela me conta saudosa, cruzando as pernas longas. — Eu tinha apenas quinze anos na época e Vicenzo era o vizinho da casa ao lado da nossa. Eram tempos muito difíceis aqueles, ninguém confiava em ninguém, só vivendo para saber. Ainda me lembro da voz da minha mãe dizendo "Cuidado com este italiano, ele não tira o olho daqui. Talvez seja um espião fascista."

Os dois gargalham ao mesmo tempo, em perfeita sintonia, revisitando suas boas lembranças e, rio junto com eles, encantada. É como ver um filme de época de camarote, estou completamente deslumbrada com os meus novos visitantes.

— Eu devia parecer mesmo um espião, porque depois que vi essa *ragazza* de cabelos loiros foi difícil pensar em outra coisa. — Vicenzo confessa apaixonado. — Veja bem, minha jovem. Eu era um adolescente, um italiano de sangue quente como manda o figurino. *Ero innamorato* a prima vista. Ninguém podia me conter!

Marie olha para o marido, como uma mocinha olha para um galã de novela, completamente fascinada.

— Então você a cortejou? — busco a palavra adequada para a situação.

— Não, eu a conquistei! — ele corrige orgulhoso. — Um pouquinho por vez. Você sabe como as francesas são difíceis, não é coisa para uma viagem só! É preciso paciência.

— Ele me trazia *ricciarellis* da padaria em que era aprendiz todos os dias. — Marie conta com completa adoração ao marido.

Vicenzo ri, expansivo.

— Sabe como é, ragazza, o caminho mais rápido para o coração é pelo estômago. — diz arqueando as costas com as mãos e dando um sorriso enorme.

— E dá para seduzir uma francesa com a culinária italiana? — arrisco a pergunta polêmica.

Ele fez um gesto engraçado, beijando os dedos polegar e indicador unidos. — *Facilíssimo!*

— Ele é um bom cozinheiro, — Marie reconhece. — mas não melhor que eu.

Vicenzo a implica, fazendo um gesto de cabeça sutil de que não é verdade atrás dela. Que casal hilário! Essa dupla é realmente especial.

— Vejo que ainda tem uma certa rivalidade no ar... — provoco, entrando na brincadeira. — Não conseguiram resolver essa questão ainda? Qual a melhor comida afinal, francesa ou italiana?

— "Italiana"/ "Francesa". – eles dizem ao mesmo tempo, cada um defendendo a sua gastronomia com vigor.

Dou risada.

– Desse jeito não sei em qual dos dois acredito!

– *Allora* tenho uma ideia, vamos fazer assim! – Vicenzo propõe gesticulando animado. – Eu faço um prato italiano e ela um francês e você decide quem está falando *la veritá*.

– *D'acoor!* – Marie aprova a ideia do seu lado e ambos olham para mim com expectativa. – Vanessa?

– Por mim, está combinado! – concordo sem sombra de dúvidas de que será divertidíssimo presenciar essa disputa. – Ser júri vai ser bem vantajoso para mim.

– Mas tome cuidado com o vinho, – Marie alerta brincalhona. – não deixe ele te levar o senso embora com os encantos da uva.

Vicenzo gargalha com a provocação. – *É vero, é vero!*

– Ei, como assim? Está planejando me embebedar para ganhar o título? Nananinanão. Serei uma juíza incorruptível! Desde que não envolva chocolate, claro!

– As trufas de chocolate francesas são incríveis! – Marie pisca para mim e rimos de novo.

– Então é nessa belezinha aqui que vamos dormir? – Vicenzo pergunta, batendo de leve no sofá do meu avô. – *Belíssimo!*

Eu dou de ombros, um sorriso de quem vai aprontar em meu rosto.

– Esse era o plano. Mas...

– *Cosa sucesso?* – Vicenzo fica instantaneamente preocupado ao me ver titubear.

Calorosa, conto para eles a minha mais recente decisão.

– Bem, eu gostaria de oferecer o meu quarto para vocês ficarem, certamente vão ficar muito mais confortáveis dormindo nele.

– Não, de jeito nenhum! – os dois se apressam em negar minha gentileza, Vicenzo de jeito muito mais enfático, obviamente. O sangue italiano fala mais alto.

– Eu insisto. – ignoro os protestos.– Vou ficar feliz em saber que estão bem acomodados e confortáveis.

– Mas seu sofá é ótimo! *Guarda!* – Vicenzo demonstra o sofá orgulhoso, como ele fosse uma prova irrefutável do seu argumento. – *Meraviglioso.*

– Sim, – concordo achando graça. – meu sofá é realmente maravilhoso, eu sei! Mas vocês estão rodando o mundo, passando de sofá em sofá por aí, e eu ficaria feliz em saber que durante o tempo em que estiverem no Rio, pelo menos, vão poder ter noites bem dormidas. Meu colchão é ortopédico e vai ajudar muito a aliviar as dores na sua coluna, Vicenzo.

— Como sabe que estou com dor na coluna? — ele se surpreende com o palpite peculiar.

Eu rio e revelo meu truque.

— Meu avô tinha o mesmo hábito, arqueava a coluna com as mãos na lombar quando estava com dor de tanto carregar malas.

— *Mio Dio, tu sei una ragazza in gamba!* — ele fica vermelho por ter sido pego no flagra. — Mas não precisa se preocupar, eu sou forte como um tanque.

— Por favor, aceitem. É de coração. Deixem-me ser uma boa anfitriã para vocês. Não é incomodo nenhum. Amo dormir nesse sofá também.

Vicenzo olha para Marie, que sorri suave para ele.

— *Va bene,* Vanessa! *Vá bene!* — ele aceita vermelho e me dá um abraço de urso que me tira do chão. — *Grazie mille, raggazzina.*

Sou eu quem agradece, penso feliz. Não me divertia desse jeito há tempos.

Durante essa semana, descubro que, apesar da idade, meus visitantes têm disposição de sobra. Durante o dia, eles frequentam diversos pontos turísticos, restaurantes e atrações pela cidade. Já à noite, bebemos uma boa taça de vinho e eles me atualizam acerca de tudo o que viram em suas andanças e a conversa segue animada noite afora.

A casa com eles parece tão cheia de vida, tão alegre.

Com o amor no ar, os nossos dias juntos passam voando.

Na terça à noite, Marie vem me avisar cheia de entusiasmo que vai fazer o jantar dela amanhã e, Vicenzo, na sexta. Noto que os dois estão mesmo empenhados em fazer essa disputa, eles querem defender à comida de suas bandeiras com unhas e dentes.

— Então me digam os ingredientes que vocês vão precisar que eu trago do mercado. — sugiro em contrapartida.

— De forma alguma! — Marie recusa educada. — Deixe tudo por nossa conta. Nós fazemos questão de retribuir essa maravilhosa estadia que nos proporcionou aqui em sua casa.

— Mas vocês não precisam se incomodar...

— *Senza discussione,* fazemos questão de te oferecer esses jantares! — Vicenzo interpõe, como sempre altivo, ao chegar na sala após sua ducha. — Se bem que o prato francês talvez não tenha o mesmo impacto que o italiano. — ele pisca implicante para a esposa.

— Veremos, carcamano! — ela brinca de volta fazendo careta. — Veremos.

Eu me pego admirada observando a interação dos dois, eles fazem um relacionamento parecer tão fácil. É incrível ver um casal feliz assim depois de tantos anos de casados. Lembra um pouco a relação dos meus avós, duas pessoas companheiras, completando a frase um do outro como se pensassem igual. Uma relação perfeitamente saudável.

– Qual o segredo para viver tão felizes juntos? – pergunto espontânea, sem sequer pensar na indiscrição que é fazer esse tipo de pergunta para pessoas que mal conheço.

Marie responde com simplicidade.

– Casar com quem se ama, imagino. Isso torna tudo mais fácil.

– Mas nem sempre é fácil achar um amor como esse.

– É *vero*. – Vicenzo concorda comigo e, cúmplice, coloca o braço sobre meus ombros. – Por isso, Vanessa, quando *Il ragazzo della tua vita* aparecer, você não hesite, tem que agarrar forte e não deixar escapar, *capisci?* – me divertindo, eu concordo com um aceno. – Se eu tivesse duvidado por um instante, essa bela Marie aqui, agora viveria com um francês com cheiro de queijo em Marselha.

– E ele ainda estaria morando com *la mamma*! – ela completa ligeira, fazendo todos nós cairmos na risada.

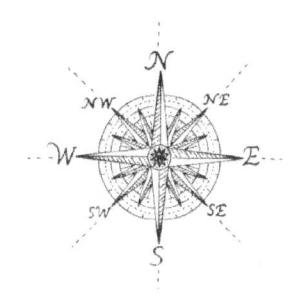

PAZ E GUERRA

Antes de ir para o apartamento na quarta, decido passar em uma loja de bugigangas e comprar um troféu: um garfo e uma faca cruzados em cima de um pedestal. Escrevo uma etiqueta, onde se lê: "A batalha gastronômica: França x Itália" e colo nele com um sorriso.

Aposto que os meus convidados vão adorar esse mimo!

Quando chego em casa, já encontro Marie na cozinha a todo o vapor.

— *Bienvenue, ma cherry!* — ela acena para mim animada. — Estou deixando tudo organizado aqui para o desafio de mais tarde.

Eu me aproximo dela e vejo seu trabalho. Ela está cortando tudo em pedacinhos perfeitos e organizando os ingredientes em uma fila de potinhos na bancada da pia.

— Marie, que incrível! — exclamo embasbacada. — Haja capricho! Pensei que esse tipo de organização só existia na televisão.

Vicenzo ri do outro lado da sala.

— *Questa donna è la organizzazione* em pessoa, Vanessa! Minhas camisas são penduradas em degradê de cores.

— Se dependesse dele seriam organizadas pela ordem de saída da máquina. — ela implica de volta e me divirto mais uma vez com a cumplicidade dos dois.

— E como vocês dividem as tarefas de casa? — pergunto curiosa, jogando a bolsa de lado e me sentando no banco.

— Beh, lá em *nostra* casa *io* lavo a louça, corto a grama e limpo a casa. *Lei* lava e passa roupa, e *noi due cocinamos*, uma volta *io*, outra volta *lei*.

— Ah, então vocês dividem direitinho! — entendo o *italinglês* de Vicenzo com facilidade, já totalmente acostumada com ele depois desses dias todos.

— *Oui!* — Marie se manifesta de acordo da cozinha. — O Vince é bem prestativo. A sua *mamma* era dura, não era como as outras *mammas* italianas que deixam tudo, não é, *amore mio*? — ele concorda respeitosamente com a cabeça. — Ela o ensinou a fazer de tudo, a ter responsabilidade desde cedo. Ele não é como esses *ragazzos* de hoje em dia que não sabem nem fritar um ovo.

Eu encabulo, pois era desse tipo de jovem até pouco tempo atrás. Graças a dona Josefa, me tornei um pouco mais autossuficiente no assunto. Já sei fritar um ovo e até outras coisas mais sofisticadas, meus experimentos indo de vento em popa.

— *Mia mamma* sempre *parlava*, — Vicenzo continua. — Uma mulher é para ser venerada *tutto giorno*.

— Bom ensinamento. Espero que um dia o Victor aprenda isso.

— Victor é *il tuo ragazzo?* — ele me pergunta interessado.

Eu confirmo, entendendo que pergunta se ele é o meu namorado.

— E onde ele está?

— Viajando à trabalho. — respondo sem dar muitos detalhes.

— Ahh, que pena! Se estivesse aqui, comeria a comida de minha mulher e ficaria encantado!

— Quem sabe na próxima? — sugiro já sabendo que não haverá essa próxima. Victor jamais participaria de nada relacionado à essa comunidade. Ele simplesmente a odeia.

— Você está há quanto tempo namorando com ele? — Marie pergunta enquanto trabalha na preparação de seus ingredientes.

— Há poucas semanas.

— E ele é o certo? — averigua com expectativa. Expectativa de quem já encontrou isso e sabe bem do que está falando.

— Bem, ... — engasgo e dou de ombros. — eu acho que sim, ele é o homem perfeito, é o que todo mundo diz. Victor Diniz é o cara que toda mulher quer ter na vida.

— Mas é quem você quer? — Marie frisa o "você" da frase e entendo exatamente o que quer dizer.

— Ah... eu acho que dei sorte. — dou um sorriso que não atinge os olhos. Ela nota isso.

Vicenzo balança a cabeça. — *No, no, no,* Vanessa! — corrige impetuoso. — Victor que é um *ragazzo* de muita sorte.

— É verdade, é ele que tem muita sorte. — Marie concorda. — Uma garota como você não se encontra todo dia.

Fico sem jeito, eles são generosos de pensar assim. Eu, perto de Victor, não sou ninguém.

Eu que dei muita sorte dele me olhar, essa é a verdade.

— Estou com fome, Marie. — Vicenzo brinca de forma teatral. — Quer ajuda aí na cozinha, *mon amour?*

— E deixar você falar depois que me ajudou com a vitória, *carcamano?* — faz uma cara de desconfiada hilária. — Jamais! Estou pronta, podemos começar a competição?

Me vem à cabeça uma ideia. Uma excelente ideia, diga-se de passagem.

— Posso chamar minha vizinha?!

— A Dona Josefa? — Marie pergunta e nem me surpreendo por já terem a conhecido. — *Oui!* Claro!

– *Chiama-la, chiama-la! Va presto!* – Vicenzo me coloca porta afora.

Eu corro para o apartamento da minha adorável vizinha e toco a campainha pulando de pé em pé, enquanto espero que atenda. Isso vai ser tão mais legal com ela lá.

– Oxente, menina! – ela sorri ao abrir a porta. – Que arte tu tá aprontando para estar pulando assim que nem grilo?

– Oi, dona Josefa. Vim ver se a senhora não gostaria de ser jurada de uma competição lá em casa. Meus hóspedes vão fazer uma disputa entre culinária da França e da Itália e hoje é a francesa que vai para o ringue!

– A Marie e o italianão? – ela pergunta e me divirto ao ver que ela já está por dentro de tudo.

– Eles mesmos! Você vem?

Não precisa nem de um milésimo de segundo para ela se decidir.

– Vambora que isso vai ser do porreta, garota! – aceita vestindo um casaquinho por cima do vestido e, saindo pela porta a todo vapor, com suas pantufinhas ligeiras.

Eu senti tanta falta dessa figura.

– Estamos de volta! – anuncio fechando a porta atrás de nós.

– *Ciao*, Josefa! – saúda Vicenzo, levantando os braços para recepcioná-la.

– Tchau? Mas que homem doido! Eu acabei de chegar, não viu, não, é?

Dou risada.

– *Ciao* em italiano quer dizer olá. – explico a ela, que assente com um sonoro "Ahhh!".

– Língua mais esquisita essa! – ela dá de ombros assimilando a ideia. – Então tchau pra tu também, italianão.

Ele, muito educado, dá um aceno de cabeça e oferece o braço para guiá-la até o sofá.

– Agradecida. – se senta.

– *Prego*. – ele responde e, do nada, minha vizinha se invoca e já levanta pronta para o combate com Vicenzo.

– Arre! Escuta aqui, prego é tu, seu filho de uma égua, carcamano de uma figa!

– Dona Josefa, – a seguro e não consigo sequer falar direito de tanto que rio da cena. – *Prego* em italiano significa só 'de nada'.

– Ah, é? Ops... – ela arfa sem jeito parando e dá um sorriso amarelo para Vicenzo que a observa chocado. Se senta de novo como se nada tivesse acontecido. – Desculpa aí, visse?

Essa vai ser uma noite memorável.

Depois de algum papo, Marie se posiciona altiva atrás da bancada da cozinha, dá uma última conferida nos ingredientes e começa o desafio. Do sofá, nós três a observamos trabalhar concentrada numa receita que parece extremamente complicada, cheia de medidas exatas e técnicas sofisticadas. Ela mistura, aquece, bate as gemas, adiciona queijo, frango e legumes e, por último, incorpora claras em neve perfeitamente airadas.

– Que francesinha arretada essa, heim! – dona Josefa exclama impressionada com sua destreza, cutucando Vicenzo nas costelas, toda íntima.

– È *una* donna *molto preziosa*. – ele concorda orgulhoso.

– É mesmo. – admito boquiaberta. – Ela tá mandando ver.

Com a elegância de uma chefe, Marie finaliza o preparo, enchendo quatro tigelas com a mistura e levando-as ao forno, após ter regulado a temperatura com precisão.

No tempo em que assam, nós aproveitamos para bebermos um vinho e batermos um papo, até o timer do fogão apitar e a francesa sair correndo para tirar sua exuberante criação do forno. Reconheço a receita assim que ela coloca as travessas em cima do balcão: Suflê. Os de Marie são os mais bonitos dos que eu já vi até hoje. Parecem perfeitamente assados, bem crescidos e com um tom douradinho no topo.

Ela coloca as tigelas quentes sobre pratos no balcão e pega colheres para nós.

– *Voilà!* – anuncia nos entregando sua obra prima. – *Bon apetite!*

Juntos, nós provamos o prato e constamos que o suflê está um primor, suave, airado e delicado. Cada garfada parece com um pedaço de nuvem derretendo na boca.

– Caramba, Marie! Arrasou, está perfeito!

– Arre égua, parece até comida de grã-fino! – Dona Josefa comenta, arrancando risadas. – Acho que o italianão aí vai ter muito trabalho em te passar, visse?

– *Aspetta*, Dona Josefa! – Vicenzo adverte divertido. – *Aspetta* e verá!

E eu mal posso esperar por isso.

◄——— ♡ ———►

No dia seguinte, chego em casa e noto que o balcão da cozinha está abastecido de vários ingredientes de cores vibrantes. Vicenzo nem começou oficialmente o desafio e o cheiro no ar já é incrível. Percebo, porém, que, ao contrário de Marie, o italiano não se importa nem um pouco com a organização, a camisa que veste já está toda suja de molho, assim como a bancada de trabalho está repleta de farinha.

– *Benvenutta* a casa, Vanessa! – ele abre os braços animado em saudação, levantando uma nuvem branca de farinha com isso.

– *Bienvenue, ma cherry!* – Marie me cumprimenta do sofá, visivelmente ansiosa. Ela é, com certeza, a fã número um do marido.

– Está tudo pronto para darmos início. – ele me avisa animado. – Já cozinhei as batatas e o molho.

– Posso chamar a outra juíza?

– Dona Josefa? Ma claro! *Chiama-la!*

Eu corro até o apartamento ao lado e puxo minha vizinha, correndo com ela de volta para o meu. A batalha hoje vai pegar fogo!

– As juízas estão prontas! – aviso me sentando com dona Josefa e Marie no sofá.

– Então toca a tarantela! – Vicenzo brinca, abrindo os braços expansivo.

Tentada pela ideia, eu digito rápido no celular e, instantaneamente, a famosa música italiana começa a tocar, enchendo a pequena sala.

– Bravo!!! – Vicenzo comemora surpreso com a minha sagacidade e começa a cantar o que está fazendo no ritmo da música, arrancando nossas gargalhadas.

"I giudici sono arrivati

Le patate sono già cotti

Adesso andiamo a schiacciare

Farò un gnocchi per mio amore"

– Hul! – Nós gritamos animadas entre as estrofes acompanhando o ritmo.

"Una montagnetta di farina

Per Impastare e lavorare

Faccio strisce con la pasta

Formato perfetto per Staccare"

– Hul!

"Gli gnocchi sono pronti

Lessarli tutti in acqua bollente

quando sono venuti a galla

Pesca veloce e asciugateli bene"

– Hul!

Não tem como não se divertir com esse espetáculo. Vicenzo está absolutamente hilário! Marie olha apaixonada para o marido vivaz que domina a cozinha como um astro de TV. Os olhinhos de dona Josefa sequer piscam, assim como os meus. É impossível resistir à magia desse cozinheiro efusivo.

— Marie!!! — ele brada erguendo a travessa quando já cheia de nhoques recém cozidos. — *La cena è* pronta!

Ela balança a cabeça, dando uma risada gostosa, e nos repassa a informação.

— Senhoras, a janta está na mesa.

Ansiosas, nos preparamos para a degustação, o cheiro no ar é tão delicioso que chega a me fazer salivar em antecipação. Vicenzo nos serve o nhoque na forma italiana, farta, com um mar de molho sugo afogando-o e folhas frescas de manjericão salpicadas por cima. Vejo reunidas ali as cores da bandeira da Itália. A aparência do prato não poderia ser mais propícia para disputa.

Quando ele finaliza a apresentação e provo a comida, sinto a alegria invadir meu corpo.

É tão quente, é tão bom!

— É bom de chorar! — confesso emocionada. Que sabor inesquecível!

— Êta bolinhas danadas de boas! — dona Josefa exclama ao meu lado, não descansando sequer o talher entre uma garfada e outra.

— *Il est magnifique.* — Marie concorda orgulhosa.

— *Grazie! Grazie!* — Vicenzo agradece orgulhoso, se curvando. — *Grazie Mille, signore.*

Nós continuamos comendo, saboreando intensamente a refeição. Tirando o escondidinho de camarão da minha mãe, que é fantástico, essa é a comida mais gostosa que já provei na vida. E Vicenzo fez parecer tão simples fazê-la! Ele estava tão animado com o desafio de cozinhar que nem parecia um trabalho, parecia uma arte.

A forma como você encara as coisas importa.

A atitude certa torna tudo mais gostoso.

— Bem, está na hora da decisão final. — comunico botando os três pratos vazios e totalmente raspados sobre a bancada. Vicenzo põe as mãos na cintura altivo e Marie leva as palmas para cobrir o nariz e a boca, cheia de ansiedade. — As juízas vão se reunir e tomar uma decisão.

— *Giusto.*

Vicenzo segura a mão da esposa enquanto me afasto deles, levando dona Josefa comigo.

— E aí, dona Josefa? O que me diz?

— O italianão é porreta! Ô mão pra cozinhar danada de boa essa a dele!

— É de matar o guarda?

— Matar é pouco! Essa comida mata e ressuscita o homem de uma vez só.

— Mas a Marie também é uma artista, o suflê dela estava perfeito. — tento dar uma chance a ela, apesar de saber a verdade. Por melhor que a francesa tenha se saído, a comida de Vicenzo tem algo que não se vê todo o dia, a comida dele tem alma.

– É verdade. – Dona Josefa encolhe os ombros. – Mas...

– É... eu sei. – aceito o argumento sem poder discordar. – A decisão está tomada?

Dona Josefa levanta o polegar confiante. – Ah, se tá! Pode mandar brasa, menina!

– Então, vamos ao veredicto! – concordo com ela e, nos viramos ao mesmo tempo para encarar os competidores, que aguardam ansiosos. – Marie e Vicenzo, o júri considerou os pratos da disputa excelentes e, por isso, damos uma salva de palmas em reconhecimento ao trabalho de ambos. – eu e dona Josefa aplaudimos e eles ficam todos encabulados. – Mas, como somente um vai poder levar o título de vencedor na Batalha França x Itália, – continuo com suspense. – que rufem os tambores...

Dona Josefa, astuta que só, bate com os talheres na bancada da cozinha, fazendo a sonoplastia. Sacudo a cabeça, segurando o riso, essa velhinha é mesmo o máximo!

– ... o vencedor é... – olho para Vicenzo para dar a notícia, mas vejo que ele inclina sutilmente a cabeça em direção a uma focada Marie. Dona Josefa, ao meu lado, também percebe o gesto. Em uma comunicação silenciosa, nós duas concordamos com uma mudança de planos de última hora e anuncio com entusiasmo. – ... Marie!

Marie torna-se a alegria em pessoa. A francesa pula radiante, batendo palmas com o anúncio de sua vitória. Parece ter rejuvenescido uns quarenta anos em segundos.

– *È* uma *principessa*! – Vicenzo diz orgulhoso, tascando um beijo apaixonado nela e a deixando vermelha como um tomate. – *La mia principessa*!

– Aqui está o seu prêmio. – entrego o troféu que comprei e ela se surpreende, sorrindo como uma criança ao ganhar um presente de Natal inesperado.

– *Merci!* – agradece toda encabulada. – *Merci*, Vanessa! *Merci*, Josefa.

Enquanto minha vizinha a abraça para parabenizá-la, Vicenzo aproveita a chance para vir ao meu lado.

– *Grazie Mille*, Vanessa. *Grazie Mille*. – ele diz num sussurro e noto que tem um sorriso nos lábios, contente de ver a esposa tão radiante assim. – Isso valeu toda a viagem.

– *Prego*, Vincenzo. – respondo de volta, dizendo que não foi nada, feliz por saber que esse marido valoriza tanto assim a felicidade de sua esposa.

Porque o verdadeiro amor é despido de orgulho.

O verdadeiro amor dispensa qualquer vaidade.

Estamos todos conversando animados na sala após a vitória de Marie quando meu celular toca.

— Olha só quem está de volta. — reconheço de imediato a voz presunçosa de Victor e me endireito automaticamente no sofá. — Já vai abrindo a porta aí que tô saindo do carro, gata.

— Eu estou com hóspedes, você quer conhecê-los? — sugiro esperançosa dele ter voltado bem-humorado.

— Não, só quero ir direto para o seu quarto e matar a saudade. Estou louco de saudade.

Se essa é a intenção dele, esse não será um bom reencontro. Minha cabeça já dói em antecipação. — Espera, vou descer.

— Descer? Como as... — já escuto ele começar a reclamar, mas sou mais rápida, desligo o telefone antes.

Peço licença aos meus convidados para sair rapidinho. Eles estão tão entretidos na comemoração que nem se incomodam com a minha rápida ausência. Isso é estranho, foram eles que batalharam então por que sou eu que me sinto indo para uma zona de guerra? Pego o elevador e desço sentindo a ansiedade me dominar. Isso vai dar merda, tenho certeza que vai. Victor vai ficar muito irritado quando souber das boas novas.

Tento vestir o meu melhor sorriso para dar a notícia, mas é só eu chegar na portaria que Victor lê minha mente.

— Ihhh... — ele sibila ressabiado. — Que droga você fez agora?

— Não vai dar para você ir pro meu quarto. — digo sem jeito.

Ele cruza os braços com impaciência. — Por quê?

Eu recuo um passo, já prevendo o efeito das próximas palavras.

— Eu meio que emprestei o quarto para os meus hóspedes.

— Você o quê?! — ele grita incrédulo e lá está a raiva que eu previa se formando em seu semblante. Estremeço.

— Victor, eles são idosos. — argumento rápido em minha defesa. — Eu não podia deixá-los dormir no sofá. Por mais confortável que seja, o corpo deles é bem menos resistente que o nosso. Eles estão viajando há meses, achei que mereciam algumas boas noites de sono e me senti feliz por poder oferecer isso. E tá tudo bem, não me incomodei nem um pouco em dormir na sala nesses dias, amo dormir no sofá do meu avô.

— Ahhh, Vanessa! — ele arfa irritado. — Eu te disse, eu te disse. Você só faz merda!

Ok, talvez ele tenha alguma razão para estar irritado, eu devo mesmo ter exagerado dessa vez. Abaixo a cabeça e me preparo para escutar calada o sermão, mas, para a minha surpresa, ele não fala mais nada.

– Tá certo, vamos para minha casa. – ele decide depois de pensar um pouco. Me confunde a abstração repentina do estresse, mas entendo logo o porquê. Victor quer garantir sua noitada, ainda que isso signifique ter que deixar essa discussão para depois. Se brigar comigo agora, não poderá se satisfazer como planeja.

E o prazer dele vem sempre em primeiro lugar.

– E deixar eles sozinhos? – pergunto preocupada.

Victor dá de ombros, não se importando nem um pouco com isso. – Pelo menos não tem nada que preste mesmo na sua casa. Amanhã você volta e abre a porta pra eles, eu reponho o que roubarem.

– Victor! – o censuro por dizer algo tão insensível. – Eles não são ladrões e, muito menos, animais para eu trancá-los lá e liberá-los só no dia seguinte. E esse nem seria o problema em questão porque eles têm a chave da minha casa para ir e vir à vontade, se preciso.

– Eles têm o quê? – ele pergunta colérico. – Cacete, Vanessa! Eu não vou nem discutir isso contigo agora, só entra no carro, vai! – aponta a porta agressivo, sem a menor indicação de que isso é algo a se discutir.

Se Victor chegou com algum bom humor, ele foi embora de vez. Não é uma boa hora para contrariá-lo ou isso vai acabar em briga, uma briga feia, com certeza. Vai me estressar, vai me irritar. É um desgaste que não vale a pena.

E meu astral estava tão bom.

– Espera aqui, – aceito resignada. – vou subir para avisá-los.

– Cinco minutos. – me alerta, entrando no carro e batendo a porta.

Subo de volta ao apartamento, já sentindo vergonha pelo que vou fazer.

– Vanessa! – Vicenzo brada contente quando retorno à sala. – *Vieni qua*!

Eu me aproximo, agora tensa, do grupo que conversa empolgado.

– Tá tudo bem, menina? – é dona Josefa quem pergunta, notando certeira algo errado. – Tu tá branca igual vela, parece até que viu assombração!

Vicenzo e Marie param a conversa e, me olhando direito, percebem a mudança em meu semblante.

– Queridos, eu estou tão constrangida em dar a notícia que quero enfiar a cabeça num buraco. – meu namorado voltou de viagem e quer que eu fique com ele essa noite. Ele insiste, sinto muito.

Dona Josefa me dá um olhar apreensivo. Ela conhece Victor e já sabe que ele não é lá muito amigável com desconhecidos, pelo contrário. O galalau galego é um baita grosso.

— Ah, claro querida! Entendemos perfeitamente. — Marie se adianta ao ver meu acanhamento. — Vamos, Vicenzo, pegue nossas coisas lá no quarto e traga para sala...

— Não, não. — percebo o mal-entendido, ficando ainda mais envergonhada pelo que estou fazendo. — De forma alguma, Marie. Vocês continuam onde estão. Só vim avisar que eu vou dormir na casa dele hoje, se não se incomodarem.

— Ah, entendi... — ela se senta novamente. — Mas tem certeza que se sente à vontade com isso? Nós ficarmos aqui em seu apartamento sem você?

— Claro, claro. Vocês são de casa. E qualquer coisa dona Josefa mora bem aqui ao lado. É só avisá-la que ela me liga, né, Dona Josefa?

— É só chamar, que eu mesma resolvo tudinho! — ela confirma prestativa e quero chorar.

— Se você diz que está tudo bem... — Vicenzo aceita meio desconfortável. — Mas ele vem aqui te buscar? Vamos conhecer finalmente *Il tuo ragazzo*?

— Arr... — gaguejo sem jeito. Não tenho a menor dúvida que Victor se recusaria a conhecê-los se eu pedisse de novo, ou pior, subiria aqui só para ser grosseiro com eles. — Ele está com pressa, Vince, não vai dar tempo de subir. Sinto muito, fica pra próxima.

Marie me olha especulativa quando minto, mas Vicenzo aceita minha desculpa esfarrapada com naturalidade.

— Deve estar com sangue quente de saudades! — ele deduz, me fazendo corar.

— É por aí. — confirmo sem hesitar. Que bom que Vicenzo acredita que a falta de cortesia de Victor é puramente por seu apetite sexual e, não, porque ele odeia a ideia de estranhos em minha casa. Nesse caso, a meia verdade, ainda que constrangedora, é melhor que a verdade inteira. Fico com ela de bom grado.

— Está tudo bem mesmo, querida? — Marie pergunta mais uma vez e eu vejo sua preocupação estampada no rosto delicado. A expressão tensa não combina em nada com ela.

Dona Josefa, ao seu lado, apenas olha quieta, sem tecer nenhum comentário a respeito. Victor diz que ela é uma enxerida, mas é justamente o contrário. Mesmo ela não gostando do meu namorado, é elegante o bastante para não falar nada a respeito.

— Sim, está, Marie. Pode ficar tranquila. Meus queridos, adorei os jantares, foi divertidíssimo, muito obrigada.

— Tu volta amanhã? — é dona Josefa quem pergunta.

— Sim, amanhã depois do trabalho estarei aqui. Obrigada mais uma vez, dona Josefa.

— Não se aperreie não que eu dou conta do recado.

E não há dúvidas de quanto amo minha vizinha. Tasco um beijo em sua bochecha e me despeço de todos, já sentindo saudades desse ambiente tão descontraído e leve. O ambiente em que vou entrar agora não será nada disso. Será tenso e caótico.

Pego minha bolsa e desço para encarar meu namorado de sangue quente.

– Meus Deus! – ele reclama com impaciência assim que entro no carro. – Eu achei que você tinha morrido lá em cima! Precisava demorar tanto assim?

– Deixa eu pensar, estava abandonando meus hóspedes na calada da noite depois de um jantar maravilhoso que me prepararam. Sim, Victor, precisava.

– Se me ouvisse não estaria nessa situação idiota.

Eu quero rebater, como eu quero, mas acabo optando por me calar. Até a zona sul é um caminho longo e eu não estou a fim de ir discutindo o trajeto todo. Brigar com Victor me exaure, física e emocionalmente.

E ele nem se importa com o meu silêncio.

O que quer fazer não exige muita conversa mesmo.

SUFOCADA

— Olá, bonita! – Victor me surpreende na manhã seguinte com um copo de café na altura dos meus olhos. Café gelado, noto desanimada, eu odeio essas modinhas.

– Olá, – saúdo de volta, pegando o café e me virando na cama para olhá-lo. Victor já está pronto, de terno, gravata e sapatos caros. Sei que ele acorda bem cedo durante a semana para malhar em sua academia privativa. – A que devo a essa surpresa?

– Eu gosto de ver seu rosto de manhã antes de ir trabalhar, faz o meu dia parecer melhor.

– Você se sente melhor? – pergunto curiosa

– Acho que dá para melhorar. – ele insinua e me puxa pelo cabelo para um beijo surpreendentemente calmo. Estranho porque Victor não é nada calmo.

Ele se afasta e me encara calado.

– O que foi? – pergunto tentando ler sua expressão enigmática.

Ele inspira pesado.

– Por que você não volta a trabalhar na Sahanna? Eu gostaria de ter você por perto.

– Bem, eu estive lá por cinco anos e isso, claramente, não deu certo para nós. – o relembro com humor.

– É diferente. Eu não te via ainda.

Eu me viro na cama.

– E agora vê?

– Cada milímetro. – afirma correndo a mão pelo meu corpo com desejo. – Eu só tenho olhos pra você. Fiquei louco nessa viagem com saudade disso aqui.

Ele me vira e me morde. Eu deveria me sentir lisonjeada com essa confissão dele, mas algo em mim sempre tem receio de tudo o que Victor diz e faz, como se minha consciência tivesse criado uma tela de proteção para que eu não me machuque com ele. Uma rede para que eu não pule de cabeça.

– Você vai se atrasar... – o aviso casualmente para desviar o seu foco, que já é outro.

– Eu não ligo. – ignora me puxando pelo quadril e me beijando outra vez, bem mais intenso agora.

– Bem, então terei que ser a responsável por nós dois. – decido me levantando. – Eu tenho que ir, a Isis precisa de mim lá no escritório.

– Ok, ok. – ele concorda, levantando as mãos em rendição e se joga na cama. – Você pode só pegar uma caixa lá na sala antes?

– Claro.

Estranho o pedido, porque Victor não é do tipo que pede, mas me levanto e vou até lá, onde localizo uma enorme caixa branca, com um elegante laço vermelho no topo, em cima da mesa de jantar. Claramente é um presente. Um presente caro, muito caro.

– O que é isso? – pergunto alto, mas, quando me viro, vejo que Victor já está no portal do quarto, me observando com curiosidade.

– Abra. – ele dá de ombros.

Eu pego a caixa no colo e cuidadosamente desamarro a fita. Forrado com um papel de seda caro, lá dentro, está guardado um poderoso vestido vermelho em seda pura.

– Isso é pra mim? – pergunto chocada.

– Sim. – ele confirma com um aceno de cabeça e um sorriso convencido. – Você gosta?

Eu tiro o vestido da caixa e o olho bem. Ele é de excelente material e acabamento, mas é extremamente justo e decotado, com costas nuas e uma fenda que vai até bem alto na lateral da perna. Victor adora que eu me vista desse jeito.

– Acho que sim, – minto porque não quero magoá-lo. – mas você não deveria me dar presentes caros assim. Eu sequer tenho onde usar uma roupa dessa.

– Bem, na verdade, você tem. – ele revela de um jeito travesso e acho que não vou gostar do que vai vir em seguida. – Tem uma festa lá do trabalho hoje...

– Da Sahanna? – pergunto, esperando muito não estar certa.

– Sim. – ele confirma culpado. – E eu quero que você vá comigo.

Me sento na cadeira, já sentindo ansiedade revirar dentro do meu estômago. Um gosto amargo me sobe a garganta e quero um saco de papel para respirar dentro dele.

– Eu não sei se gosto da ideia.

Ele se apressa em se sentar ao meu lado, já preparado para me convencer como sempre faz. – Por que não? – dá de ombros presunçoso. – Você vai matar o pessoal de lá de inveja. Não tinha umas garotas que te odiavam? Vai poder mostrar que está por cima agora.

– E por que exatamente você acha que eu estarei por cima? – pergunto curiosa com a lógica da sua frase.

– Bem, você estará incrivelmente linda e comigo.

– Como uma garota troféu?

Ele percebe que desaprovo o argumento e se adianta em remediar. – Você sabe que eu te vejo como mais que isso, Vanessa. Sim, você é incrivelmente sexy, – diz se aproximando e passa a mão no meu rosto para puxá-lo em direção ao seu. – mas você é mais que isso.

Ele fecha os olhos para me beijar, mas eu faço uma pergunta, fazendo-o parar no meio do caminho. – O que mais eu sou pra você, Victor?

Ele hesita em responder.

– Ah, você sabe. – coça a cabeça sem jeito. – Você é bonita, muito gostosa, sensual...

Eu me levanto decepcionada com a resposta. – Parece que sempre voltamos a isso.

– O que posso fazer? – ele se levanta rápido e vai atrás de mim. – Você é mesmo muito sexy. O que há de errado nisso? Eu adoro! Por favor, Vanessa! Eu quero muito você lá.

– Você sabe que eu não quero ir? Que eu vou me sentir muito mal?

– Sei.

– Mesmo assim quer que eu vá?

– Quero. Na verdade, faço questão. Você é minha namorada, tem que estar lá comigo. É seu dever me acompanhar em tudo que faço.

– Nesse caso, acho que você não me dá muita escolha.

– Nenhuma. – ele concorda com um sorriso glorioso no rosto. – Te vejo mais tarde.

Não é uma pergunta. Victor não pergunta.

E eu já desisti de tentar mudar isso nele.

◁――― ♡ ―――▷

No trabalho, todos estão na expectativa da publicação da entrevista de Isis na Fashion Portrait no sábado. Andrea Volpe prometeu que a matéria sairia com destaque, o que é ótimo. Nem consigo imaginar como isso vai afetar a demanda, o portal tem uma influência enorme no mercado da moda.

Volto para casa carregando o fardo de mais tarde. A enorme caixa do vestido que ganhei de Victor é um lembrete claro do compromisso desta noite. Um compromisso do qual eu não posso fugir, pelo menos não sem uma briga e eu não quero brigar, não mais. Por mim, está tudo bem, desde que meu namorado não se irrite. Eu não aguento mais tanto desgaste, isso está acabando comigo.

Eu só quero paz.

— Dona Josefa! — cruzo com a minha vizinha, voltando da lixeira, quando chego. — Foi tudo bem com Vince e Marie ontem à noite? Fiquei tão preocupada com eles.

— Arre, mas foi tudo nos conformes por aqui. — ela me tranquiliza despachada. — Hoje eles até almoçaram comigo! Fiz uma carne seca com macaxeira para eles, ó! Os gringos lamberam os beiços!

— Ai, dona Josefa, você é de ouro! Não precisava ter se dado o trabalho de cozinhar para eles.

— Oxe, não foi trabalho nenhum, menina! Eu ri foi um bocado com aqueles dois cabras. A francesa até que queria me dar o troféu dela depois que provou a comida do meu Nordeste. E o italianão? Quase apanhou de novo! Foi chamar minha comida de "*squisita*". Tu sabia que na terra deles esquisito é gostoso?

Dou risada, imaginando a cena e penso que Vicenzo deu sorte de conseguir se explicar rápido, dona Josefa guarda uma peixeira em casa.

— Que louco, eu não sabia! — e, então, entro no assunto chato. — Olha, me desculpe ter que pedir isso, mas hoje eu vou ter que sair de novo, tem uma festa...

Nem preciso terminar a frase, pois ela já se voluntaria prestativa. — Pode ir pianinha, visse, te aviso se algo se assuceder por aqui.

Dou um olhar grato a ela. — Você é o máximo, dona Josefa. — a abraço apertado. — Me lembra de te recompensar por isso depois.

— Você já fez isso, menina. — ela sorri doce enquanto abro a porta do meu apartamento. — Desde o dia em que se mudou pra cá.

E quando fecho a porta tenho um sorriso imenso no rosto e o coração quentinho.

Tenho tanta sorte de ter uma pessoa querida assim, justo na porta ao lado.

Vicenzo e Marie ainda não retornaram de seu passeio do dia, o que me dá bastante tempo para tomar um banho, me maquiar e escovar o cabelo. Se é para enfrentar meu maior pesadelo, quero estar impecável.

Ninguém poderá questionar que eu mereço o que tenho essa noite.

Depois de três horas de arrumação, estou finalmente pronta. Confiro no espelho, o resultado da combinação do vestido vermelho que Victor me deu e as sandálias de tiras finas que ele me instruiu a usar é perfeito. Claro que é, Victor nunca erra nessas coisas, exceto o fato de que eu mal consigo respirar usando isso. É tão apertado.

Mas acho que, até isso, é intencional.

Não existe perfeição sem dor.

Palavras dele.

— *Mio dio! Questa ragazza* está um incêndio! — Vicenzo arfa impressionado ao entrar e dar de cara comigo já pronta na sala. Marie ao seu lado dá um assobio elogioso.

— Vocês gostam? — pergunto insegura, ainda analisando se consigo mesmo sair vestida assim. Me sinto como se estivesse nua com essa fenda.

— Está bem provocante. — Marie avalia sincera. — Com certeza você conseguirá surpreender seu namorado.

— Na verdade, foi ele quem escolheu a roupa.

— Ah, então tá explicado... Bem, não se parece muito com o seu estilo, mas se seu desejo é agradá-lo, acho que vai conseguir em cheio!

Meu telefone vibra e sei que é Victor avisando que chegou lá embaixo.

— Tenho que ir. — informo a eles com dó, porque, no fundo, eu quero ficar e lhes fazer companhia noite afora. Quisera eu poder escolher não ir a essa festa.

— Vai, lá! Boa festa, querida. — Marie me dá um beijo carinhoso no rosto. — Você está linda, *cherry*.

— *Si, si! Noi staremo bene qui.* — Vicenzo complementa com entusiasmo. — Se divirta com *il tuo ragazzo*!

Eu sorrio para a ingenuidade deles. Eles não sabem a amarga verdade.

Diversão é tudo o que não vai rolar essa noite.

◁─── ♡ ───▷

Quando chego à portaria, Victor me olha satisfeito, aprovando sua própria escolha. Ele está absolutamente lindo em um smoking preto e gravata borboleta, os cabelos loiros penteados para trás e abotoaduras de ouro cravejadas.

Pela primeira vez desde que começamos a ficar, ele abre a porta do carro para mim. — Vamos?

E, penso, o que pode dar de errado com um príncipe desse ao meu lado?

Eu sou uma garota de sorte. Victor Diniz me escolheu, afinal.

Me encho de esperança e, confiante, entro em seu carro.

Quem sabe essa noite não é completamente diferente do que espero?

Mal chegamos ao local e a sensação já não é das melhores, meu coração salta contra as costelas quando vamos nos aproximando da entrada da festa. O lugar é luxuoso, um espaço aberto no topo do edifício mais elegante da cidade, ladeado de jardins lindamente planejados, luminárias pendentes de velas, arranjos de flores e garçons de fraque e luvas brancas. É como estar em um sonho.

Fora o fato que é um pesadelo.

— Para com isso, você vai ficar bem. — Victor fala no meu ouvido, tentando me acalmar quando descemos do carro. — Com esse vestido e esse acompanhante você já está acima de qualquer pessoa aqui. A verdade, Vanessa, é que todos querem ser como nós. Nos invejam.

Eu quero respirar fundo, mas não consigo. O vestido é apertado demais para isso e penso será que as pessoas invejam isso também?

Mas Victor está certo quanto ao ponto da atenção que recebemos. É só pisarmos no terraço, que os outros convidados olham automaticamente para nós, o casal sensação da festa. Sinto que devo estar parecendo um artigo de luxo, porque vários homens me olham com cobiça, enquanto mulheres me fuzilam com despeito.

Desejo estar trajando algo menos revelador, porque nesse momento me sinto exposta demais.

Me encolho.

Indiferente ao meu desconforto, Victor me apresenta com entusiasmo aos seus conhecidos como a sua "nova namorada". O "nova" me incomoda, como se ele tivesse descartado a antiga para trocá-la por um modelo mais atual, no caso, eu. Sorrio mesmo assim, para não desagradá-lo na frente aos seus amigos. Para Victor manter as aparências com a elite é algo muito importante.

Em pouco tempo estou exausta, minhas bochechas doem de tantos sorrisos forçados.

Em um determinado momento da festa, Victor se encontra com dois figurões e se afasta para falar de negócios, me deixando totalmente sozinha no covil de cobras. Finjo me distrair com a suntuosa mesa de comes e bebes e praguejo por Flavinha não estar por aqui para que eu não me sentisse assim, tão deslocada.

Pego um canapé metido a besta e o empurro goela abaixo com uma taça de champanhe. Eu odeio ovas, não importa quão caras sejam, a textura é nojenta, o cheiro idem. Quando desço a taça, dou de cara justamente com ela.

Mônica.

Fecho os olhos. Essa noite não pode piorar mais que isso.

— Vanessa! — ela me cumprimenta falsa, me medindo de cima a baixo.

— Olá, Monica, tudo bem? — abro os olhos e respondo polida, sem dar muita brecha a ela, já me afastando da mesa. Ela me impede, porém, parando bem na minha frente.

— Ah, comigo está tudo ótimo. Você certamente já soube das boas novas, né? Depois que você deu piti... digo, saiu da empresa, me deram uma promoção. Você está olhando para a nova analista da equipe do Victor.

Essa é exatamente a falsa promoção que tinham me oferecido antes de eu sair, noto. A mesma sobre a qual ela tinha feito piada naquela noite na Tumps de que não era uma real promoção. Engraçado como as pessoas mudam de ideia quando são elas que ganham algo.

– Parabéns, – a congratulo com cortesia, deixando a rivalidade inútil para trás. – fico feliz em saber que conquistou o que queria, Mônica. – quero parar por aí, mas não aguento quando ela faz uma careta de deboche e murmura "Ahã". – Uma pena que não cheguei a ouvir a boa notícia lá de Vancouver.

Ela se remexe desconfortável, desmascarada na lata. Não tenho nenhuma dúvida de que ela foi a autora dessa mentira descarada. Mônica assume uma expressão cínica.

– Veio tarde, sabe. Eu merecia isso bem antes. Sempre fui a mais dedicada dessa empresa mesmo. É horrível o que puxa-sacos podem fazer com a meritocracia...

Sinto o tom de desafio ali, mas não quero tocar na ferida. Eu realmente não me importo mais com nada relativo à essa empresa, virei de vez a página. Quer ficar com o osso, fique. Decido ser elegante.

– Então a justiça tardou, mas não falhou. – digo e ela ergue a sobrancelha surpresa. – Desejo sucesso a você, que alcance tudo o que desejar.

– E, por falar em sucesso, o que diabos houve com você? – ela questiona maldosa se recuperando do choque. – Digo, não me leve a mal, mas dizem por aí que você não saiu daqui para uma melhor. Uma empresinha hiponga lá na zona oeste, é o que ouvi... Que descida de nível, não, Vanessa? Logo você que se achava a última bolacha do pacote.

Eu rio. Monica continua tão sutil como sempre.

– Isso depende do ponto de vista. A Isis é exatamente o que eu precisava e estou muito feliz lá, sinto te decepcionar.

– Ahã... – ela me olha com incredulidade. – então vai me dizer que a sua intenção era ser rebaixada? Fala sério, né, Vanessa! Tá tranquilo, pode mandar a real, ninguém está te ouvindo, além de mim, agora. Admita! O mercado de trabalho tá foda e não deu para você, né? Culpa da chefinha Constança que te mimava muito e você acabou acreditando que era o máximo. Acorda para vida, você não é!

Ela ri debochada. Respiro fundo, decido que essa pobre criatura não merece minha ira, é digna apenas de pena por se concentrar tanto na minha vida e tão pouco na dela. Que vida triste ela deve ter para carregar tanta frustração em si e ficar distribuindo assim, gratuitamente.

–Eu não saí da Sahanna porque estava insatisfeita com o salário ou cargo. Eu saí por razões mais pessoais.

– O que quer dizer? – ela cruza os braços, presunçosa.

– A Sahanna é um lugar cheio de pessoas que vivem em guerra, eu quero viver em paz.

Ela bufa. – Até parece! Logo você, a mais competitiva de todas.

– É verdade, eu era competitiva, mas meu método sempre foi diferente do seu. Eu nunca senti necessidade de derrubar ninguém para sobressair, eu buscava me esforçar mais, o que é bem diferente. Minha competição sempre foi comigo mesma.

Só depois de muito tempo, eu entendi a razão de todos os ataques dela. Mônica me odiava pelo tanto que eu me esforçava, pois ela não estava disposta a fazer o mesmo. O ódio pelo sucesso do outro é sempre mais fácil do que a tentativa de atingi-lo por si próprio.

Ela se eriça para mais um ataque. – Você é uma falsa, uma cobra! Está muito enganada se acha que, por um segundo, eu vou acreditar nesse papinho. Você só chegou aonde chegou derrubando todo mundo.

– Sabe o que eu acho mais engraçado, Mônica? Nem você deve acreditar nisso, só fala para abalar. Me minar. Só tem um problema nisso, minha cara, eu decidi não te dar esse poder. Suas palavras não me afetam, são vazias, apenas o discurso de uma pessoa cheia de ódio. E eu não vou remexer nesse ódio, vou deixá-lo dentro de você, mas te aviso, com o tempo, ele não vai te fazer nada bem.

– Ah, vai se ferrar! Volta para o seu empreguinho de merda. Você sempre gostou de lamber sapatos mesmo, nada mais providencial do que trabalhar num lugar cheio deles.

Eu rio. – Talvez você não entenda a minha nova opção de vida, Mônica, mas saiba que estou muito feliz com ela. Isso é tudo o que você precisa saber de mim, ok?

Finalizo a conversa assim, cordial, percebendo que não preciso provar nada a ela. Essa garota não quer o meu bem, só quer ter o que falar para me magoar, me diminuir, me destruir. A opinião de Mônica sobre minha pessoa não é importante, Ravi me ensinou isso. Eu sei a verdade sobre quem sou e isso me basta.

Tenho certeza que ela também sabe quem é.

– Ou isso é tudo que você quer aparentar! – ela dispara em acusação quando eu já viro às costas para sair. – Para ver se alguém da Sahanna cai nesse papinho e te chama para trabalhar aqui de novo. Não vai acontecer! Não adianta fazer esse tipo "alternativa feliz"! Isso não vai mascarar a verdade de que você saiu daqui e se ferrou lá fora. Você vai ter que admitir isso, Vanessa, vai ter que baixar a cabeça e implorar para voltar, porque ninguém ligou para a sua ausência aqui. Você não fez falta! Ninguém vai correr atrás de você depois de tudo que rolou, porque eu não só te substituí, como te superei. Meu novo e amado chefinho não vive mais sem mim, ele reconhece o meu valor, Victor vê como eu sou importante para empresa agora. Logo verá que para ele também. Seu tempo aqui acabou, seu reinado injusto chegou ao fim. Não adianta vir com esse teatro, sua sonsa nojenta!

Por um segundo, meu rosto fica quente e penso em responder com toda a categoria, mas me contenho a tempo. Eu não vou descer ao nível dela. Estou determinada a ser melhor que isso.

Inspiro fundo e um sorriso calmo nasce em meus lábios.

— Você tem toda a razão, Mônica. Esse lugar é seu agora, não meu. — falo de boa concedendo-lhe a vitória que tanto quer, que tanto precisa. — Não posso dizer que você seja insubstituível para Victor, pois isso só o tempo dirá. Mas, por favor, aceite um conselho de alguém que, ao contrário do que você imagina, nunca te desejou mal, apesar de tudo. Busque o que te faz feliz e faça, pare de viver em função da raiva do sucesso dos outros e construa o seu. Nosso tempo é muito curto e temos que fazer valer. Te desejo toda a sorte do mundo.

— Eu não preciso de sorte, ao contrário de você, eu tenho talento.

— Adeus, Monica. — me retiro, concluindo que fiz tudo o que estava ao meu alcance para ser educada com ela. Mas no final, as pessoas só dão de volta aquilo que são capazes de dar.

— Mande lembranças para o meu insaciável amante. — ela, porém, alfineta em alto e bom som quando me afasto, fazendo meu sangue, enfim, ferver. Me viro possessa, eu quero socá-la, derrubá-la no chão e fazê-la engolir...

— Onde você estava, porra?! — no momento em que vou partir pro ataque, Victor reaparece e me arrasta com ele pelo terraço. Sequer tenho tempo de rebater a desaforada. Meu punho ainda está coçando, querendo achar o nariz dela, quando me vejo correndo nos meus saltos para acompanhar Victor.

— Exatamente onde você me deixou. — respondo ácida, irritada com o comentário cretino de Mônica que o envolvia, mas Victor sequer presta atenção nisso e continua me levando obstinado ao outro lado da festa.

Quando chegamos ao lugar, ele dá uma última conferida em mim, me ajeitando, antes de bater a mão no ombro de um homem baixo, que se vira entusiasmado para nos encarar.

— Vanessa, quero que conheça Newton Cortez. — ele me apresenta afoito a um senhor de cabelos brancos, traje caríssimo e cigarro na mão, que reconheço das capas de revista. — Newton é CEO da Sahanna no Brasil. Newton essa é Vanessa, a garota da qual lhe falei.

— Muito prazer. — estendo a mão inibida a ele. Newton é a pessoa que ocupa o cargo mais alto nessa empresa, o homem que tem um campo de golfe em sua sala. Eu nunca o vi pessoalmente durante o tempo todo que trabalhei na Sahanna. O cara é um mito.

— Bem, posso ver que tem um excelente gosto, rapaz. — ele bate no ombro de Victor e, percebo que me olha inapropriadamente, como se eu fosse um objeto de conquista e não uma pessoa, quando beija a minha mão ao invés de apertá-la. Seus olhos cravam na fenda do meu vestido e ele sorri afetado para mim e depois para o Victor. Mito ou não, decido que não gosto dele de jeito nenhum.

— Não é? — Victor concorda presunçoso. — E ela também é uma ótima profissional, eu já te disse que ganhou a promoção para ir para a minha equipe antes de decidir ir embora?

– Sim, você já disse isso um milhão de vezes. – ele balança a cabeça, se divertindo. – Esse rapaz sabe mesmo como fazer um jabá quando quer. – acrescenta piscando insinuantemente para mim.

– Verdade? – a informação me pega de surpresa. Victor falando de mim para o seu chefe?

– Sim, ele está há semanas tentando me convencer a te dar um cargo de volta na equipe dele. Agora posso entender o porquê quer tanto assim você como assistente pessoal. Quem não gostaria de te ter à disposição só para si!

Ele me seca mais uma vez, mas não é isso o que mais me incomoda no momento. Tenho problemas maiores com outra pessoa.

Meu namorado especificamente.

– Sério? Eu não sabia disso. – digo olhando para Victor, me sentindo traída por ele.

Por que diabos ele está fazendo coisas que eu não pedi pelas minhas costas? Eu disse a ele que estou feliz no meu trabalho, eu disse a ele que não quero voltar para a Sahanna.

– Eu te digo uma coisa, – o velho continua, se divertindo com a minha expressão chocada. – esse rapaz pode ser bem persistente quando quer algo. Não duvido que ele te pagaria do próprio bolso, só para te ter com exclusividade.

– Não me diga. – eu não tiro o olhar de Victor, que o evita de propósito. Por acaso, ele acha que eu sou algum tipo de prostituta de luxo?

– Devo confessar que nem seria necessário, com todo o currículo que ele citou, você é claramente bem-vinda de volta. Certamente foi só um lapso. Como Victor mesmo disse, você passou por uma fase pessoal ruim e agiu de forma inapropriada no trabalho em compensação. Que mortal nunca surtou um dia e se arrependeu na manhã seguinte? – ele faz piada com prepotência de quem se acha superior a todos. – Podemos deixar isso tudo de lado e prosseguir daqui. É uma pena, porém, que Victor não vá me deixar te pedir emprestada de vez em quando... ou será que vai?

Ele ri. Sei que está me ofendendo com essa insinuação, mas estou tão irada que nem foco nisso. – Uma fase ruim? – eu repito, meus olhos cravados em Victor, se antes eles estavam confusos agora eles queimam furiosos. – Que *eu* agi inapropriadamente?

– É, – Newton ignora o clima tenso entre nós e continua tagarelando, possivelmente gostando de me ver irritada, se distraindo comigo, como se eu fosse um brinquedo. – Constança chegou a mencionar o seu caso na época, que você ficava pedindo benefícios pessoais frequentemente e, quando ela colocou um basta, você ficou descontrolada e falou umas besteiras agressivas pra ela. Tinha que ver, ela ficou realmente furiosa! – ele se deleita com a lembrança, dando uma risada alta. – Mas, o bom Victor aqui, explicou para mim que você tinha acabado de perder seu avô e que estava emocionalmente abalada, de forma que seu chilique, no final das contas, não passou de um mal-entendido. Um surto, digamos assim.

Ele pisca para mim, como quem está sendo gentil e me dando uma colher de chá.

Colher de chá é o caramba!

– Victor lhe disse isso? – pergunto olhando para ele decepcionada. – Que dei "chilique" porque estava "emocionalmente abalada"? Que eu "agi inapropriadamente"?

Meu namorado sacana entende na hora que está em maus lençóis e, se apressa em se justificar, me alcançando rápido quando saio andando nervosa. – Vanessa, eu estava tentando...

– Tentando o que, Victor? Me ajudar? – eu rio sem humor me afastando dali, dele, de tudo. – Você faz ideia de como eu me sinto com isso? Você faz alguma ideia de como eu me sentia trabalhando aqui? Quem é você para achar que tem algum direito de controlar a minha vida desse jeito?

– Não é isso, – ele se exaspera. – eu não estava tentando...

– Sim, estava! – eu paro e o encaro ofendida, cansada, farta de suas desculpas. – Você estava tentando me colocar de volta aos eixos, nos seus eixos! Você quer uma namorada troféu, a garota perfeita para exibir por aí ao seu lado. Mas deixa eu te contar uma coisa, Victor. Eu não sou perfeita e nem quero ser! Eu já tentei ser quem eu não era por muito tempo, mas eu finalmente me encontrei. E eu gosto de ser quem sou agora, não quero mudar para me encaixar aos moldes de ninguém. Inclusive aos seus! Olha pra mim, eu nem pareço comigo mesma! – aponto frustrada e me viro de novo para ir embora.

Ele me segue desesperado. – É, não parece, você parece melhor. Eu te deixei melhor!

– Isso é ridículo! Eu sou como um fantoche em suas mãos, Victor! Você acha que pode me mover como quiser, me vestir como quiser, que a minha vontade não existe! Mas ela existe, eu existo! E sei o que quero. Respeita isso!

Volto a andar, contendo o sentimento terrível que reverbera em mim, me consumindo.

– Vanessa... – sinto dor quando ele segura meu braço com muita força para me fazer parar. – Você não pode estar considerando mesmo esse trabalho na Isis. Fala sério, aquilo é uma piada! Eu encontrei com a Andrea Volpe nessa viagem, ela vai destruir a marca de vocês na matéria deste sábado. Você não vê? Eu estou tentando te safar!

Eu não posso acreditar no que eu estou ouvindo.

– Apenas não, Victor! – tiro o meu braço de seu domínio controlador e olho decidida para ele. – Por que não me falou disso antes? Por que me trata sempre como se eu fosse muito idiota para agir por mim mesma? Toda essa festa, você armou pra mim. – lágrimas de mágoa me vêm aos olhos com a decepção que sinto, mas não permito que caiam. – Me deixe ir, eu não quero ter que lidar com você agora.

Percebendo-se sob o olhar atento das pessoas ao redor, Victor afrouxa o aperto em meu braço e, inconformado, me deixa ir. Ele não quer um escândalo em público senão eu estaria ferrada agora, sei que não me soltaria de jeito algum.

Enquanto me afasto, porém, ouço Newton Cortez fazer piada ao meu respeito.
— A sua garota tem uma personalidade explosiva, Victor. Imagina só que loucura ter essa fera sob os lençóis...

Victor não o recrimina, apenas ri. Então eu paro furiosa.

Quero sair com classe, juro que quero, mas não posso ouvir essa calada.

Me viro pela última vez.

— Para o seu governo, seu riquinho prepotente de merda, eu não sou a garota dele. Eu sou uma pessoa, não sou uma propriedade. — o CEO da Sahanna me olha surpreso quando avanço em sua direção e o confronto destemida. — E não, eu não estava passando por uma crise, eu nunca estive tão lúcida até o dia em que pedi para sair dessa droga de empresa. E não me arrependo nem por um segundo do que fiz e não voltaria para cá nem amarrada! Agradeço a Deus todos os dias por não precisar lidar mais com pessoas insuportáveis e arrogantes como você! Passar bem!

Satisfeita, dou as costas a ele e corro em direção a saída sob os olhares chocados dos convidados. Desço o lance de escadas o mais rápido que posso, mas o vestido incrivelmente apertado atrapalha até para respirar. De repente, me sinto sufocada nele.

E, então, me pergunto aflita:

É só ele que me sufoca?

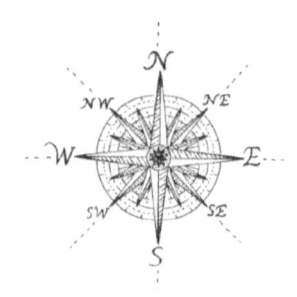

APRENDENDO A LIÇÃO

Carregando mais de quinze sacolas do shopping, eu salto do táxi em frente ao meu prédio às onze horas da noite. Olho para o meu braço e vejo as marcas dos dedos de Victor impressas nele, mas sei que não é só na pele que elas estão gravadas em mim, atingiram muito mais fundo dessa vez.

Atingiram o meu orgulho. O feriram.

Dilaceraram ele.

Quando chego ao meu andar, percebo o quanto me sinto triste com tudo que passei nessa noite. Eu quero conversar sobre isso. Na verdade, eu preciso conversar sobre isso e só uma pessoa vem a minha mente.

Eu sento na escada de incêndio sozinha e digito no celular.

"Alex, você está aí?"

Eu espero uns segundos, o coração batendo ansioso.

Nada. Claro que não. Eu parei de procurá-lo quando comecei a namorar com Victor e Alex entendeu o recado, respeitou meu espaço. Fora isso, já é mais de uma hora da manhã em terras britânicas, ele já deve estar dormindo. Foi uma ideia idiota enviar a mensagem.

Me preparo para pegar as sacolas e ir para o meu apartamento derrotada quando o aparelho vibra em minhas mãos. Para a minha surpresa, Alex não está respondendo à mensagem, está ligando.

— Hey, você. — meu coração dispara quando escuto a voz de Alex pela primeira vez. A voz dele é tão aconchegante, o sotaque, o timbre, gosto de tudo nela. — Está tudo bem contigo?

— Hey, você. Não muito. Tive uma noite difícil.

— Quer falar sobre isso?

— Foi o meu namorado, ele meio que armou para mim hoje. Foi horrível.

— Como assim?

— Ele me levou para uma festa da minha antiga empresa para me apresentar ao seu chefe e conseguir fazer com que eu fosse readmitida lá para ser sua assistente pessoal.

— Você diz naquela empresa que você era explorada todo dia?

— Exato. E, o pior, é como ele fez isso. Fez parecer que eu tinha tido uma crise nervosa ou algo assim, como se eu tivesse surtado, como se a culpa de tudo fosse minha. Ele ignorou tudo o que contei pra ele. Estava decidindo minha vida por mim, se justificando por mim. Isso não é errado?

– É, isso não foi nada legal da parte dele. Eu sinto muito por você ter passado por isso.

– Eu me senti tão irritada, tão frustrada e, ao mesmo tempo, sufocada. Eu estou exagerando?

– Não, claro que não. Você não precisa fazer o que ele quer, você deve decidir as coisas da sua vida por você mesma. Ninguém pode te obrigar a fazer nada contra a sua vontade, isso não é cuidar, é tomar posse. É desmerecer o valor das suas decisões.

– Eu sei... Mas o Victor sempre faz parecer que tem o controle de tudo, como se ele soubesse o que é melhor para mim, mais do que eu mesma possa saber. Ele me faz sentir que sou incapaz de fazer minhas próprias escolhas. E percebo que tenho começado a acreditar nisso cada vez mais... E isso me assusta, Alex. Muito.

– Algumas pessoas têm esse estranho hábito de querer consertar a gente, mas não tem nada errado com você, Vanessa, não que eu veja. Pelo contrário. Pelo que sei da sua história, você era uma pessoa triste que mudou de hábitos e passou a ser uma pessoa mais feliz. E, foi justamente por sua versão feliz que esse tal de Victor se interessou, então qual o propósito de tentar mudá-la?

– Mas e se ele não estiver errado sobre mim? Eu encontrei uma garota que costumava trabalhar comigo e ela me disse tantas coisas, tentou me fazer sentir tão pouco, tão perdedora. Talvez Victor tenha razão, talvez eu tenha mesmo me acomodado.

– Vanessa, a gente acredita muito que tem que superar alguém para se reafirmar, que tem que se vingar para dar o troco. Mas, às vezes, temos que nos dar conta que ser feliz é também uma forma de vencer. E, provavelmente, a melhor delas.

Eu sorrio, porque eu pensei da mesma forma na hora. Alex é tão parecido comigo.

– Você não tem que provar para ninguém que deu a volta por cima, só para você mesma.

– Obrigada por conversar comigo. Me sinto melhor agora.

– Não precisa agradecer, estou aqui para o que precisar. Isso é meio louco, mas eu realmente me importo com você, Vanessa.

– Alex...

Eu quero confessar a ele que algo balançou em mim nesse instante. Que de alguma forma ele tocou mais fundo do que qualquer outro cara já tocou.

Alex me viu, realmente me viu.

E eu o vi também, por dentro.

Ele é lindo.

– O quê?

– Deixa pra lá. – eu perco a coragem, como sempre tão covarde. – Obrigada por ter ligado, eu adorei ouvir sua voz, me acalmou de verdade. E desculpa ter sido uma idiota...

– Você nunca será uma idiota. Eu estou aqui para o que precisar.

Eu sorrio contente.

– Boa noite, Alex.

– Durma bem, Vanessa.

A porta da escada de incêndio se abre e dona Josefa se assusta ao me encontrar sozinha nesse lugar estranho à essa hora da noite.

– Arre égua, é festa no mato e ninguém me avisou?

– Desculpe, eu não queria incomodar...

– Arre, deixa de besteira, menina! – ela coloca as mãos nos quadris. – Desembucha, o que foi que aconteceu? Eu pensei que tu ia a uma festa, de onde vieram essas mochilas todas?

– Você me conhece, dona Josefa. – eu arfo com culpa. – Eu sou uma shopaholic depressiva, é só eu ficar triste que tenho uma recaída.

– Menina, "guentaí". – ela se senta ao meu lado na escada. – Tu tá falando coisa com coisa! Por que diacho tu ficou assim toda jururu?

– Ah, tanta coisa... – balanço a cabeça, tentando clarear as ideias. – Eu tô tão confusa.

– Armaram uma arapuca pra tu nessa festa, num foi? Me fala que cato a peixeira é agora!

– Não. Na verdade, sim. O que o Victor fez hoje não foi nada legal.

– O galalau galego? – ela pergunta apreensiva e confirmo com um gesto.

– Eu descobri finalmente o que ele pensa sobre mim de verdade.

– E que diacho aquele cabra amostrado pensa?

Eu encolho os ombros.

– Que meu trabalho é uma piada, que minha saída da antiga empresa foi por conta de um surto. Como se não fossem válidos os fatos de que eu estava sendo sugada de canudinho na veia, que a minha chefe era uma sacana e que eu estava super infeliz lá.

Dona Josefa sorri compreensiva.

– O peste disse isso, foi?

Eu confirmo com um gesto de cabeça e ela me puxa para o seu ombro, me confortando.

— Isso é tão confuso, sabe? – desabafo derramando lágrimas de frustração. – Todo mundo me diz que Victor é o cara perfeito, até eu acreditava nisso. Só que quanto mais eu me envolvo com ele, menos eu confio em mim mesma. É como se ele me fizesse questionar tudo que eu estou fazendo, tudo que mudei em mim e que estava me deixando tão bem. E, do nada, eu já não sei mais como me sinto sobre coisa alguma, não sei mais o que eu quero, não sei mais do que preciso. Eu estou tão perdida, mas eu não quero ter que dar o último tiro na macaca, dona Josefa!

Não sei se choro ou se rio quando falo isso, provavelmente os dois. É triste, mas essa é a verdade. Eu tenho um medo gigante de ficar sozinha. Eu sinto meu peito doer com toda essa aflição, quase como se eu estivesse sufocando. Mas eu não quero mais sofrer assim.

Dona Josefa dá uma risada, balançando cabeça.

— Menina, se achegue aqui que vou contar um segredo. – ela afaga meus cabelos com seus dedos calejados. – Tu é a mulher mais determinada que eu já conheci em toda a minha vida, e ela foi bem longa, visse? É isso que eu tenho pensado desde o dia em que te conheci. Uma menina que abre sua porta para estranhos, aprende com eles, dá seu tempo, se importa. Que abre mão até da própria cama para o conforto dos outros, que vive para a vida e não para as coisas. Tu num tá sem rumo não, menina, tu tá é livre pra ir aonde quiser. – o sorriso que ela me dá aquece todo o meu coração encolhido. – Tem gente nesse mundo que encasqueta com uma meta na cabeça e resolve ser feliz só quando chegar lá, e aí chega e arranja outra joça pra botar no lugar. Fica nessa busca a vida inteira, sempre colocando a felicidade longe do próprio alcance. Mas tu não, tu é diferente, menina. Tu é especial. Me mostrou que dá para ser feliz no caminho todo.

Eu sorrio emocionada para ela.

— É bonita a forma como você me vê.

— Porque é bonita a forma como tu se apresenta.

— Não aos olhos do Victor, – eu murcho com a lembrança dolorosa. – segundo meu namorado, eu estou desperdiçando o meu tempo.

— Mas tá mesmo. Com ele. – ela acusa certeira. – Tá na hora de achar olhos que te apreciem melhor como tu é, menina. Esse galalau galego amostrado aí já deu o que tinha que dar. Levanta essa cabeça e vamos tocar o bode para andar!

Eu sorrio com isso.

— Você tem toda a razão.

— Você é coisa rara, cabrita. – dona Josefa bagunça o meu cabelo carinhosa. – Num deixe um galalau amostrado te fazer acreditar que tem que mudar para estar do lado dele.

Eu sorrio para ela que, então, se levanta com dificuldade do degrau.

– Vou é me deitar agora que os ossos aqui são danados de velhos e tão tudo moído. Mas eu não quero ver tu derramar mais nenhuma lágrima por aquele cabra que não te merece, tá me ouvindo?

Eu assinto sorrindo e faço uma promessa. Para ela e para mim mesma.

– Pode deixar, eu não vou mais chorar por ele.

– Muito bem, bichinha. – ela sorri satisfeita. – Vá dormir também que já tá tarde.

– Obrigada, dona Josefa, pode deixar que eu vou sim.

Vejo ela se afastar pelo corredor com seu vestidinho de bolinhas e pantufas de tecido, parecendo tão desatenta, tão desavisada. Ledo engano, aprendi nessa noite que dona Josefa é pra lá de astuta.

E eu nunca, nunca, vou me esquecer dessa nossa conversa.

◁──── ♡ ────▷

Na manhã seguinte, a primeira coisa que faço é ligar o computador para ver o site da Fashion Portrait. Constato que Victor não mentiu. Andrea Volpe realmente detonou de forma espetacular a imagem da Isis no maior portal de moda do país. A matéria em si é uma grande provocação, ela conseguiu deturpar tudo o que a Isis falou naquela entrevista.

A conclusão é das mais sacanas:

"A qualidade vale o preço? Vale, de fato parecem os sapatos mais confortáveis e multiusos que já vi até hoje, mas a ideia em si é um desafôro ao que significa o universo da moda. Qual a graça de usar sempre as mesmas coisas durante anos, qual o impacto de chegar naquela super festa com o sapato de ontem? Isis Toledo, seus sapatos são ótimos, mas já chegam com a proposta de casamento e monogamia. Old fashion, total, darling.

Me desculpe, não vai rolar.

Meus pés são polígamos."

Pego o celular para ligar para Isis e ignoro o fato de que o visor sinaliza várias ligações perdidas de Victor. Lidarei com ele depois, isso é mais importante agora.

– Isis? – confirmo quando a ligação é atendida.

– Oi, Vanessa.

– Você já...?

– Já. – ela assente derrotada e me sinto triste por ela. – Caramba, eu não acredito que isso está acontecendo... Logo agora, tão perto do lançamento.

– Fica calma, nós vamos dar um jeito. – tento passar otimismo, mas sei bem como a situação é ruim. Uma palavra de Andrea Volpe tem um impacto enorme para uma marca iniciante como a dela.

— Eu cheguei tão perto de realizar esse sonho... — ela comenta e sua voz é de cortar o coração.

Isis não merece passar por isso.

— Me escuta, confia em mim, nós vamos virar esse jogo. Só espere um pouco e verá.

Ela, sempre tão otimista, parece destruída agora. É perturbador como algumas pessoas ruins têm o poder de minar a confiança de pessoas incríveis como ela. Onde há uma luz, sempre existe muita sombra invejosa ao redor querendo apagá-la.

Mas não vão ofuscá-la dessa vez, vão torná-la mais forte. Eu mesma cuidarei disso.

Eu desligo o telefone e decidida ligo para Magô.

— Estou tão fula! — ela xinga irritada do outro lado da linha quando me atende. — Aquela cobra falsa da Andrea Volpe, não acredito que fez uma sacanagem dessas! Que vontade de chutar aquela bunda magra dela em cheio!

— Sei bem como se sente, a ariana aqui também está a ponto de soltar os cachorros.

— Isso mesmo! Libere o Kraken do zodíaco, será por uma boa causa.

— Não posso, sejamos sinceras, a Isis não gostaria nada disso. Ela está completamente arrasada, Magô. Não podemos deixar isso ficar assim, precisamos fazer alguma coisa. Por ela.

— Por Isis. — ela concorda comigo. — Ela merece uma retaliação. E, então, o que faremos, Nessa?

— Liga para o Soles e peça que ele traga a câmera, preciso de vocês dois aqui comigo. Eu tenho uma ideia e acho que essa é das boas!

Por Isis e por todo o trabalho que fizemos até agora, eu espero que seja mesmo.

Quando Soles e Magô chegam, aproveito que meus hóspedes saíram para um passeio de manhã e transformamos a minha sala em um pequeno estúdio improvisado.

— E aí? — Soles pergunta ansioso. — Qual o plano, Vanessa?

— Minha ideia é gravar um vídeo em resposta à essa matéria idiota. — explico a eles otimista. — Eu sei o que falar, mas preciso que você grave e edite e que Magô faça a mágica dela para transformar isso em um viral. Vocês conseguem me ajudar com isso?

– Pode contar com a gente! – Magô assente determinada. – Vou fazer o meu melhor.

– Pode crer. – Soles confirma. – Vamos colocar essa cobra da Volpe no lugar dela!

Nós preparamos tudo para a filmagem e, com tudo armado, me sento no sofá de meu avô, de costa para a minha amada vidraça que traz luz e calor inspiradores para o enquadramento. Eu, que sempre me considerei uma pessoa tímida, penso que tenho um bom motivo para ser corajosa e seguir em frente com essa ideia quando a câmera é ligada. Minha coragem vem de um entendimento novo do conceito de amizade. Não se trata de mim, se trata de alguém que precisa de mim.

Alguém que merece que eu interceda por ela, mesmo que não tenha me pedido por isso.

Alguém que se fez merecedora.

– Quando quiser. – Soles me dá o sinal verde.

Eu respiro fundo e começo a falar o meu depoimento. O entendimento que demorei tanto a atingir, mas que agora é claro como água. Lágrimas muitas vezes são necessárias para limpar os nossos olhos e nos fazer enxergar melhor.

Eu posso ver claramente agora.

– Meu nome é Vanessa Zandrine e você provavelmente não me conhece. Eu costumava ser uma shopaholic de pés polígamos, assim como os de Andrea Volpe, e achava que a pior coisa do mundo era ser alguém irrelevante. Então, minha vida deu uma virada enorme e acabei indo trabalhar na Isis, onde ela me apresentou a proposta de sua marca e, confesso, eu não entendi direito da primeira vez que me foi explicado.

"Ela, muito paciente e visionária, fez um acordo comigo. Disse apenas "Não minta para mim, Vanessa, só diga que entendeu meu conceito, quando realmente entender.". E só agora, depois de meses, eu finalmente o entendo. E quero dividir esse entendimento com vocês."

"Hoje em dia damos tanto valor a estar na moda, a estar namorando, a ser bem-sucedida e todas essas inúmeras preocupações sociais que existem por aí, que muitas vezes esquecemos que a prioridade deveria ser estar bem consigo mesmo. Nossa forma irracional de consumir se alastrou para outras esferas de nossa vida, de modo que me assustei quando percebi que nós tratamos hoje até nossos relacionamentos como tratamos nossas escolhas por sapatos."

"Superficialmente."

"No dia a dia, nós vivemos cercadas de vitrines, anúncios na TV, chamarizes do cinema. Tem tanta pressão para se estar na moda, que só pensamos em nos encaixar nela. Dessa forma, muitas vezes calçamos sapatos que são maiores do que nossos pés e vivem saindo deles, assim como namorados que sabemos que sempre vão nos largar no meio do caminho porque não nos servem bem. Sapatos menores que nos sufocam, lindos, mas que nos machucam, sapatos altos demais que nos deixam longe do nosso chão, sapatos que não gostamos, mas que guardamos com pena de abrir mão pelo preço que já pagamos por eles, sapatos que fogem ao nosso estilo, mas que insistimos que valem a pena, pois são o auge da estação. Os colecionamos, assim, aos montes durante a vida, ainda que saibamos que nenhum deles nos seja adequado, porque nos gabamos de ter nosso closet cheio."

"Cheio para mostrar aos outros."

"Não queremos ser vistas com sapatos sem graça, feios ou fora de moda, logo focamos naquilo que todo mundo quer, no que é tendência. Investimos mais e mais dos nossos recursos nisso. Se o sapato bom e confortável dura por muito tempo, ele deixa de ser bom o bastante porque passamos a crer que ele ficou ultrapassado, que de alguma forma já não reluz mais."

"A insatisfação retorna porque o impacto social já não é o mesmo e vivemos por ele."

"Respiramos por ele."

"Assim, deixamos de escolher aquilo que nos serve, que nos é confortável e nos faz sentir bem para continuar insistindo em calçar algo que não foi feito pra nós, repetidas e repetidas vezes. O problema é que compramos sapatos para os outros e não para gente. Mas somos nós que os usaremos durante o dia."

"E continuamos tentando calçar aquilo que não nos serve. E nos machucamos. E dói andar."

"E, quando isso acontece e nós percebemos que a promessa de compra dos sonhos não nos trouxe a felicidade esperada, não aceitamos e começamos a achar que, de alguma forma, nós é que somos culpadas por aquela relação não ter dado certo. Que não é o sapato que nos machuca, que nos deixa na mão, que nos sufoca, mas, sim, nosso pé que é muito sensível, muito gordo, grande ou pequeno demais. Que ele não é o problema, nós é que somos inadequadas."

"E pagamos para ver mais uma vez, iludidas com novas promessas. É um ciclo e isso nunca acaba. A verdade é que a gente se diminui para negar o óbvio. E, na maioria das vezes, mentimos tanto para nós mesmas que acabamos acreditando nisso."

"Hoje, depois de tudo o que aprendi nessa vida, eu não me importo nem um pouco se eu repetir o meu sapato todos os dias, nem que não seja o auge da moda e que ninguém se impressione com ele quando eu chegar à festa, porque a festa está em mim, está na minha própria alegria e satisfação. Essa é a festa que vale. Eu prefiro me importar mais comigo mesma do que com o que os outros acham, porque, uma vez que minhas escolhas forem honestas e me servirem perfeitamente, eu sei que elas poderão me levar muito mais longe."

"E eu quero ir muito mais longe. O mundo é enorme e maravilhoso e não cabe numa caixa de sapatos, esqueçam essa ideia, ela só te aprisiona. Nós realmente precisamos começar a fazer escolhas mais conscientes. Para os nossos pés e para nossa vida. Nós precisamos nos calçar como achamos que merecemos."

"E eu realmente acho que mereço algo especial. Todos nós merecemos porque, ao contrário do que todo dia somos convidados a acreditar, nós não somos irrelevantes. Juntos, nós fazemos uma mudança. Uma bela mudança."

"Obrigada Isis, eu de verdade aprendi a lição."

– Corta, – Soles dá o sinal para mim encerrando a filmagem.

– Cara, amiga! – Magô me abraça emocionada. – Você realmente se superou dessa vez! Isso vai bombar!

Eu sorrio feliz.

Eu realmente espero que ela esteja certa.

Eu coloquei nisso não só meus pés, mas meu coração inteiro.

Terminada a minha parte, deixo com confiança a finalização nas mãos habilidosas de Soles e Magô. Eu sei que eles não vão me decepcionar nesse ponto, os dois estão tão empenhados a reverter a imagem negativa que Andrea propagou quanto eu. E, se a sorte estiver a nosso favor, nós conseguiremos.

Torço pelos melhores ventos.

Inspiro e me muno de coragem para partir para a mais difícil das missões na agenda agora: lidar com Victor. Sei que ele está completamente louco atrás de mim desde ontem e não posso adiar isso por mais tempo. Ele já está ameaçando vir até aqui caso eu não o atenda e, conhecendo ele, não duvido nem um pouco que o faça. Digito uma mensagem no celular e pego o carro para fazer o que eu sei que é preciso. Não será uma tarefa fácil, eu sei, mas coragem é fazer algo apesar do medo, relembro a mim mesma pelo caminho.

Nos encontramos numa praça no centro da cidade, um local neutro, minha escolha. Pelo que posso notar, Victor está com olheiras enormes, barba por fazer e roupa amassada. Parece destruído. Eu também estou, por dentro principalmente.

As marcas que ele deixou em mim são profundas.

– Vanessa. – esperançoso, ele se apressa ao meu encontro.

– Victor. – cumprimento-o seca, tentando ser forte. Ele nota isso.

– Porra, você é minha namorada, não pode fugir assim e me deixar de lado! – ele tenta me intimidar subindo o tom como imaginei que faria. – Você tá querendo me irritar?! Eu fico louco quando você faz isso!

– Pensasse nisso antes de me fazer o que fez. Você merece o meu silêncio já que não se importou em me consultar em momento algum. Se minha voz não importa em nada porque sente falta dela quando te convém?

– Me desculpe. Eu só estava tentando te fazer lembrar quem você era...

— Mas eu não quero esquecer quem eu fui, Victor, eu só não quero voltar a ser aquela pessoa. Eu mudei, as pessoas mudam. E eu estou feliz como sou agora. Por que é tão difícil para você aceitar isso?

— Por que você era boa. — ele tenta me convencer relutante. — Não era assim.

— Está mesmo dizendo que agora eu não sou boa?

— Não, não é isso. – ele percebe a mancada atrasado. — Mas, fala sério, você sabe o que eu quero dizer. Seu trabalho com a Isis é ok, mas já está fadado ao fracasso antes mesmo do lançamento.

— Você podia ter me avisado sobre a matéria quando soube, não precisava ter feito tudo pelas minhas costas. Você deduziu que sabia o que seria melhor e fez. Você não pensou no que era importante pra mim, ignorou completamente como eu me sentiria.

— Tá, mas aonde esse emprego vai te levar? — ele questiona presunçoso. — Profissionalmente, sabe? Você era ambiciosa e agora sentiu vontade de fazer uma pausa, eu entendo isso. Mas você não pode se enganar, você sabe que isso não é o bastante, não para pessoas como nós. Você é mais do que aquela Isis pode te fazer ser. Eu estou apenas fazendo o que é melhor pra você.

— Melhor pra mim? — eu repito incrédula. Victor tem ideias tão destorcidas da realidade que me abismo. — Você faz alguma ideia de como aquele lugar me fez sentir vazia sem que eu sequer me desse conta? Eu era uma sombra do que eu sou hoje, apenas uma sombra triste, Victor. Eu era trabalho, minha vida era trabalho, meu mundo era trabalho. E eu sou mais que isso, hoje sei, e não quero me esquecer. Se você não é capaz de entender isso, eu simplesmente não sei mais o que te dizer.

— Ah, por favor! — ele arfa com descaso. — Para de drama, você não era uma sombra!

— Então por que você não me via?

Ele titubeia, sem saber como responder.

— Eu não devia parecer tão brilhante quanto você diz que eu sou agora, certo? — chuto a resposta que meu coração grita. — Sabe o porquê? Eu era infeliz, Victor. Eu era infeliz pra caramba.

— Tá, — ele fica irritado com o rumo que isso está tomando. — eu não via, mas agora você já me tem, podemos parar com isso. O problema está resolvido.

— O que quer dizer?

— Que você não precisa mais se preocupar em ficar brilhando por aí, Vanessa. Já deu, já conseguiu o que queria. Você me tem, eu tô aqui. Isso não basta?

Eu o olho perplexa. Meu pensamento dá uma risada irônica, debochando de mim mesma. O que foi mesmo que eu vi nesse cara?

— Então você acha que a única razão pela qual eu deveria ficar feliz era para atrair alguém como você? — o questiono, assumindo um tom perigoso. — Que a minha felicidade não tem nenhuma outra utilidade? Que ela, por si só, não me importa?

– Não foi isso que eu quis dizer... – ele novamente percebe a bobagem que falou e se esquiva como pode. Victor está tão acostumado a falar coisas assim e ninguém ter coragem de confrontá-lo, que imagino que sequer faz ideia de quão babaca soa.

– Mas foi isso que você disse. Pior, é isso que você pensa, Victor.

Ele me olha exasperado e vejo como não compreende de fato o que está acontecendo. Existe um conflito sério de pontos de vista entre nós: eu não posso me subordinar à forma como ele quer que eu seja e ele realmente pensa que o mundo gira só em torno dele. O mundo e eu.

É um beco sem saída. Chegamos ao momento chave da questão.

– Eu acho que devemos acabar por aqui, Victor. – anuncio já cansada estendendo o anel que ele me deu em sua direção. – Isso, nós dois, não vai funcionar.

– Não, espera...

– Nós não combinamos, Victor. – o interrompo antes que ele faça uma cena. – Você pode ver isso, tenho certeza. Queremos coisas completamente diferentes. Pega.

– Mas eu não quero terminar. – ele toma minha mão, implorando, e a fecha em torno do anel.

– E o que adianta continuar se não vamos longe assim?

– Eu posso mudar... – ele insiste inconformado.

– Eu não pediria isso.

– Você não precisa pedir, eu peço demissão amanhã, se você voltar comigo. – propõe em total desespero.

– Você entende como falar isso é loucura? Você ama o seu emprego, você ama o que faz!

– Amo, mas eu amo você também, sua idiota! – ele dispara agressivo.

Me surpreendo. É a primeira vez que ele me diz essas palavras.

De um jeito estranho e torto o garoto de ouro me ama.

Ou não?

Será que a ideia de perder é apenas difícil demais para quem está sempre acostumado a ganhar? Ele mesmo já me disse que foi acostumado desde cedo a não aceitar menos que isso. Victor não foi ensinado a lidar com a rejeição. Por que deveria? Ele é Victor Diniz, o homem que toda a garota quer ter.

Não, não toda. Não mais.

Essa garota aqui quer algo totalmente diferente agora.

Entendendo agora, rio e falo com carinho. – Não, Victor, você não me ama, você só não quer me perder. Você sempre faz isso, é seu jeito. Você se joga de cabeça em tudo que quer, não importa quão perigoso seja, você gosta do risco, do tudo ou nada, do limite. Mas, depois que consegue, sempre tem outra coisa além a buscar, você sempre vai ter outra meta, outro objetivo pelo qual se jogará de novo e fará outras apostas *all in*, apostas que vão me incluir ocasionalmente. Eu gostava de você, Victor, realmente tentei fazer isso dar certo, mas eu não posso ser quem você quer que eu seja, tenho que ser quem sou e como eu sou parece não ser o bastante para você. Eu posso ver isso claramente agora e sei que você também pode. Eu gosto de você, Victor, mas amo mais a mim mesma. Eu tenho que amar.

– Por que você tem que fazer parecer tão complicado? – ele pergunta frustrado quando deixo o anel cair em sua mão.

– Porque você tenta fazer parecer fácil colocar um elefante num armário.

– Sutil. – ele sorri convencido. – Se eu conseguir isso você muda de ideia?

Ainda o deboche, como se tudo não passasse de uma grande brincadeira.

Não é. Eu dou uma última olhada para ele e estou pronta para o encerramento.

– Bem, acho que já fui clara sobre tudo. É isso, Victor, acabou. Vou embora agora.

– Espera! – ele segura o meu braço com força. O aperto dói, porque o local ainda está machucado de ontem, as marcas de seus dedos ainda impressas na pele. – Escuta bem o que eu vou te falar antes.

Eu me viro relutante para encará-lo, afinal tudo que era preciso já fora dito. Pra que tentar alongar mais o inevitável? Ele parece discordar disso, todavia, quer ter a palavra final.

Sempre quer.

– Eu quero que você saiba que quando mudar de ideia, você vai ter que implorar para voltar. – Victor ameaça, olhando em meus olhos como uma sentença.

– Por que você acha que eu vou mudar de ideia?

– Porque geralmente eu estou certo. – ele responde convencido, os ombros erguidos em sua pose de onipotente.

Eu rio sem humor.

– É claro. Isso.

Ele ignora a minha reação irônica e prossegue incisivo. – Você sabe muito bem que eu sou o melhor que você pode ter e uma hora vai perceber a merda que fez, Vanessa. Vai ver que eu tinha razão em tudo e vai querer voltar atrás, vai querer voltar para mim, ah se vai! Só te digo que não demore muito, eu meio que tenho uma fila de espera longa, você sabe bem... Mas não se preocupe. Eu estou te dando um passe vip por um tempo para quando se arrepender. E você vai se arrepender. Você vai voltar se arrastando quando perceber tudo aquilo que está perdendo. Você se acha mais do que deveria se pensa mesmo que vai encontrar alguém melhor que eu por aí, pois você não vai. Você deu sorte, eu nem sei porque cismei contigo. Você não está com essa bola toda para se fazer de gostosa.

Após me rebaixar o suficiente, ele sorri todo dono da razão, como está acostumado a sorrir. Olhando-o agora, cheio de si, nem parece que estava desesperado há alguns momentos atrás. Victor tem sua própria máscara de orgulho para esconder a derrota.

– Devo dizer obrigada? – pergunto irônica.

– Não é que eu goste de estar certo, mas a vida é assim, eu sempre ganho no final. A sua ficha vai cair uma hora ou outra. Sei que vai.

– Ok, vou me lembrar disso. – confirmo, desistindo de tentar fazê-lo ver claramente e me virando para ir embora.

– E disso também. – Victor me puxa de novo pelo braço e me dá um beijo forçado.

Eu me afasto assustada quando ele me solta rindo e força o anel de volta na minha mão.

– Você sabe onde me encontrar. – ele pisca convencido enquanto me recupero do choque.

– Eu não quero isso. – tento devolver o anel com indignação.

– Fica. – responde sarcástico, se virando para ir. – Como pagamento pelos seus serviços.

Abro a boca chocada, não consigo acreditar que fui apaixonada por esse babaca.

– Adeus, Victor. – digo com mais certeza do que nunca. Sem olhar para trás, vou embora.

E com isso desejo aprender de vez a lição:

Jamais amar alguém mais do que amo a mim mesma de novo.

◁——— ♡ ———▷

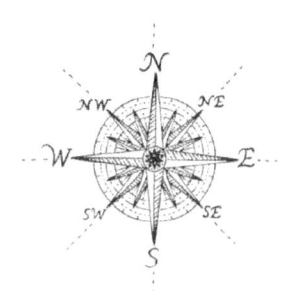

PIRILAMPO

No domingo de manhã, acordo me sentindo mais leve novamente, quase como se tivesse tirado um peso insuportável de cima dos meus ombros. Nanda me avisou sobre isso, a relação com Victor estava sugando toda a minha vitalidade sem que eu sequer percebesse. Agora que coloquei um ponto final nela, posso sentir como é respirar tranquila de novo.

Há um preço a pagar no nosso bem-estar quando se nega a verdade em nosso coração.

Bem-disposta, me ofereço a levar os meus hóspedes a um passeio no Cristo Redentor e aproveito para convidar dona Josefa para vir conosco. Por mais incrível que seja, ela, em todos esses anos morando no Rio, nunca teve a chance de visitar o monumento mais famoso da cidade. Depois de tudo o que fez por mim nos últimos dias, faço questão de sua companhia.

Hoje e sempre.

O dia está lindo quando saímos. Ligo a música e abaixo os vidros do carro. O céu está azul, o sol brilha quente e um vento fresco e revigorante corta o ar e sopra a copa das árvores, balançando suas folhas numa melodia que provoca uma indescritível sensação de liberdade. Eu me sinto tão viva de novo. Não imaginava que um término pudesse causar tantas sensações assim, mas causa. Me sinto tão melhor agora.

Nós chegamos à bilheteria da praça, compramos nossos ingressos e embarcamos em um charmoso trem vermelho que nos leva morro acima. Vemos extasiados a linda e exótica vegetação da Mata Atlântica pertencente ao Parque Nacional da Tijuca, a maior floresta urbana do mundo, correr num borrão verde pelos gigantescos janelões da composição.

Chegando à parada final no alto do Corcovado, optamos por continuar a subida usando o elevador panorâmico. Fico tão feliz ao ver o deslumbramento e alegria dos meus visitantes e de dona Josefa com a vista fabulosa que se descortina a frente dos seus olhos que vale todo o dia.

Os momentos especiais que compartilhamos são tudo nessa vida.

O Cristo magnânimo surge acima de nós e parece querer abraçar a cidade inteira com seus gigantescos braços de pedra. A estátua de mais de trinta metros de altura posicionada em um pedestal no alto da montanha não é considerada à toa uma das sete maravilhas do mundo. Tem algo único ali, uma mensagem silenciosa de um anfitrião milenar que recebe a todos de braços abertos. Se ele passou essa mensagem tão linda, por que insistimos em ficar de braços cruzados para vida e para todos? Eu não estava errada em abrir minha porta para estranhos, decidi acreditar na gentileza da humanidade e, desde então, tive diversas provas de sua existência.

Ter fé no outro pode se revelar algo surpreendente. Pode te mostrar que existe, sim, generosidade nesse mundo e ela está justamente no inesperado. Estranhos têm entrado na minha vida e me mostrado que o Deus que habita em mim também habita neles.

Há uma beleza inestimável em descobrir a vastidão desse Deus.

Quando terminamos a visita, convido a todos para um delicioso chá da tarde. Nos sentamos em uma das belas cafeterias retrôs do Largo do Machado e pedimos pães, chás, sucos, bolos e geleias para saborear juntos nesse lindo fim de tarde.

— Quero primeiro pedir desculpas pela minha ausência nos últimos dias, — começo a dizer quando estamos todos acomodados. — eu realmente sinto muito por todo o drama.

Dona Josefa coloca a mão carinhosamente sobre meu ombro e Vicenzo balança a cabeça, em total desacordo de que há algo pelo que me desculpar para começo de conversa.

— Você passou por muita coisa, querida. — Marie fala compreensiva, já a par dos fatos. — Só esperamos que esteja bem agora.

— Obrigada, eu já me sinto bem melhor, Marie. E gostaria de agradecer a vocês pelos jantares, pelo carinho, por tudo. Vocês foram convidados maravilhosos e eu realmente gostei muito de ter o privilégio de conhecê-los e ter feito parte de sua emocionante viagem.

— Ah, Vanessa, não precisa agradecer! — Marie fica toda inibida. — Tudo o que fizemos foi de coração, assim como tudo o que fez por nós. Você foi tão atenciosa conosco!

— *Ho dormito come un angelo grazie a te*, Vanessa! — Vicenzo comenta imensamente agradecido por eu ter cedido minha cama a eles. Ele mostra a coluna, que agora está alinhada e saudável e eu sorrio satisfeita. Victor estava errado, minha ideia não foi idiota.

Foi apenas gentil.

— Fico feliz em ouvir isso. Quero que saibam que sempre que quiserem voltar, serão mais que bem-vindos à minha casa.

— *Anche* tu sará sempre *benvenuta alla nostra* casa, Vanessa! *Non è vero*, Marie? — Vicenzo pergunta à sua adorável esposa, que concorda com ele alegremente.

Sorrio agradecida pela consideração e retribuo o abraçando. De certa forma, Vicenzo lembra algo do meu avô, o seu jeito de fazer com que as pessoas se sintam tão à vontade o faz alguém memorável como ele.

Então, me volto para ela, minha adorável e sabida vizinha.

— Dona Josefa, também tenho muito a te agradecer, minha amiga arretada. Você me deu coragem quando eu parecia estar no fundo do poço. Eu nunca vou me esquecer das palavras que me disse naquela noite, elas me libertaram, me deram a coragem necessária para terminar um relacionamento destrutivo e começar a cuidar outra vez de mim.

– Oxe... Num fala assim se não eu me desmonto toda, menina.

– Pois não se aperreie, não, visse? – eu a imito brincalhona quando ela se acanha tímida. – Que se tu desmontar eu te monto de novo! Ah, se monto!

A abraço com carinho e ela surrupia um guardanapo na tentativa de secar as lágrimas que lhe transbordam os olhos. Marie e Vicenzo partirão daqui a algumas horas deixando saudades, mas dona Josefa e eu não nos separaremos mais de novo.

Eu não faltarei mais à essa pessoa tão preciosa em minha vida.

Após deixar meus convidados no aeroporto e minha vizinha em casa, entro em meu apartamento e a primeira coisa que faço é ligar o computador. Ansiosa, conto para Alex sobre a reviravolta em minha vida, a matéria esdrúxula de Andrea Volpe, a minha ideia de fazer um vídeo em resposta para levantar a imagem da Isis e, claro, o fim inevitável do meu relacionamento com Victor.

Alex então me liga de novo. Quando acha que não estou bem, não bastar teclar comigo, ele precisa ouvir minha voz. E existe algo curioso sobre o efeito da voz dele sobre mim, ela me cicatriza e cura como um verdadeiro bálsamo.

Alex trata das minhas feridas do melhor jeito que alguém pode fazer.

Por dentro.

◁——— ♡ ———▷

Chego ao trabalho no dia seguinte me sentindo tão bem como não me sinto em semanas. A primeira pessoa que vejo quando entro no escritório é Magô, que vem correndo eufórica em minha direção, balançando os braços como louca.

– Dois milhões!! Dois milhões de visualizações em menos de vinte e quatro horas! – ela repete a mil por hora. – O nosso vídeo tá bombando na internet, Nessa! Tá todo mundo compartilhando, é a febre do momento!

– Sério?! – eu fico maravilhada com a notícia. – Acha que conseguimos recuperar a imagem da Isis com isso?

– Recuperar?! – ela dá uma risada exagerada. – Nós a mandamos para as estrelas, garota! Milhares de pessoas já curtiram a Isis nas redes sociais desde que o vídeo foi divulgado e muitas delas já confirmaram presença no nosso evento de lançamento. Acredita no que estou falando, vai ser um estouro! Três jornalistas já ligaram para agendar entrevista com a chefinha. Estamos causando, Vanessa! O vídeo funcionou de verdade. A Isis está nos trends!

– Ai, Magô! – sinto subitamente lágrimas quentes de alívio nascerem em meus olhos. – Eu estou tão feliz que isso deu certo...

– Pois prepare-se para ser famosa, bonita, você é um hit nacional agora!

Eu balanço a cabeça sorrindo.

– Eu não dou a mínima para isso. Tudo o que eu quero é que ela alcance seus sonhos.

A porta de vidro se abre e Isis e Soles adentram o escritório.

– Oi, meninas... – ela nos saúda meio muxoxa, ainda abalada pela matéria. Com certeza não faz ideia da reviravolta causada pelos últimos acontecimentos.

– Isis Toledo! – Magô a chama imponente, fazendo-a parar onde está pelo susto ao ouvir o tom incomum da garota de cabelos azuis. – Pode passando uma maquiagem nessas olheiras urgente que você tem três entrevistas essa tarde e mais de mil e setecentas confirmações de presença para o seu lançamento!

– Como assim? – Isis balança a cabeça sem entender bulhufas. – Do que você está falando, Magô?

– Isso mesmo que ouviu. – ela confirma categórica, entregando um relatório. – O trio dinâmico aqui resolveu salvar o dia e, tcharam, aí estão os resultados.

– Mas... como... – Isis mal consegue falar ao ver os dados do documento. – Como vocês fizeram isso da noite para o dia?!

– Foi tudo ideia da Vanessa, nós produzimos. – conta modesta. – Olha só que maneiro!

Magô vira a tela de seu computador e dá o play. Compenetrada, Isis assiste o vídeo que fizemos em segredo, lágrimas escorrendo de seus olhos enquanto faço meu depoimento completamente sincero frente à câmera. Quando o vídeo termina, ela não consegue se segurar e cai no choro, soluçando. Nós a abraçamos com carinho.

– Obrigada, muito obrigada... Sinto muito por te pedir algo tão pessoal, Vanessa.

– Você não pediu, – a relembro cúmplice. – nós fizemos por vontade própria. Fizemos porque você merece Isis. Você merece isso e muito mais.

Isis merece tudo de bom que houver nessa vida.

◁ ────── ♡ ────── ▷

Volto para casa após um dia muito louco. Perco a conta de quantas vezes sou chamada de garota do vídeo na rua, até foto comigo alguns pedem para tirar. Meus amigos não param de me mandar mensagens, inclusive meus pais e minha tia ligaram para se declarar muito orgulhosos com o meu famoso depoimento.

Sou a espécie de sensação do momento.

Isso, em outra época, teria me subido a cabeça, eu estaria completamente obcecada com meu próprio sucesso. Mas quando me jogo no sofá do meu avô e abro o computador, não tenho qualquer interesse em vasculhar a internet para me deleitar com os milhares de comentários sobre mim. Nada disso importa, tenho interesse em ouvir apenas um, o da pessoa com a qual tenho uma ligação inexplicável.

Uma ligação especial.

"Hey, você." – escrevo nossa tradicional saudação no chat.

"Hey, você!" – Alex responde no segundo seguinte avivando minha felicidade. – *"Até que enfim você entrou, estava ansioso para saber. A sua ideia deu certo?"*

Copio o link do vídeo que, neste momento, já faz tanto sucesso na internet que já tem até legendas em inglês e envio para ele.

"Deu e muito! Olha só."

O vídeo que fizemos tem mais de quatro milhões de visualizações até o momento. A Isis é um absoluto sucesso como nunca devia ter deixado de ser.

"É você!!" – ele constata chocado ao abrir a página e ver meu rosto. – *"Foi você mesma que falou no vídeo?"*

"Fui eu sim." – confirmo envergonhada. O fato de saber que Alex está me vendo falar algo tão pessoal e despida de filtros me deixa nervosa. Nervosa de um jeito bom. Gosto que ele esteja conhecendo essa parte importante de mim. Uma parte real.

Passam-se cerca de quatro minutos de completo silêncio em que, deduzo, que ele esteja assistindo o depoimento. Não o interrompo, mas meu coração bate acelerado enquanto aguardo por sua opinião.

"Nossa..." – ele finalmente fala e eu congelo no lugar.

"O quê?"

"Você é incrível." – ele diz e me derreto por dentro. – *"Realmente incrível."*

Um elogio de Alex sempre mexe comigo de forma curiosa. É como o efeito de algo caindo no fundo do mar, levanta toda a areia, remexe as bases. Transforma.

"São seus olhos." – brinco sem jeito.

"Não." – ele discorda na hora. – *"É o seu coração. Você é uma pessoa muito bonita, Vanessa. Bonita por dentro. E, por fora também, mas isso você já deve estar cansada de saber."*

Meu coração acelera ainda mais. Alex me acha bonita.

"Isso é injusto." – argumento, porém, um tanto frustrada. – *"Você me conhece, sabe exatamente como sou, mas não posso sequer imaginar como você é. É como falar com um fantasma às vezes."*

"Por que não dá um chute?" – ele sugere, me surpreendendo com a ideia. – *"Quero saber como você me imagina."*

"Humm..." – penso um pouco sobre isso. Na minha cabeça, depois de tudo o que já me falou a seu respeito, imagino que Alex seja um cara normal ou feio,

segundo os padrões, mas não tenho uma imagem específica de suas características.
– *"Não sei dizer. Não mesmo."*

"Nenhum palpite?"

"Nop. Nadinha."

"Não senti muita animação nessa resposta."

"Quem manda me dar tão poucas dicas?"

"Eu posso estar inseguro."

"Eu não ligo se você não for bonito, Alex. De verdade, não faz a menor diferença."

"Não mesmo?"

Entendo a razão da desconfiança. É verdade que a primeira forma de atração entre pessoas costuma ser a aparência, mas a prova de que isso não é sempre a regra é o fato de que estou completamente interessada por um cara o qual nunca vi na vida.

"Não mesmo." – e penso sobre Victor ao afirmar isso com tanta convicção. – *"Beleza já não é mais um critério relevante para mim. Pessoas muito bonitas, na verdade, me assustam um pouco, nunca se sabe o que escondem por detrás da sua aparência."*

"Interessante. Então você não vai se assustar se eu for um velhinho, típico inglês que toma chá com dedinho levantado?"

Eu gargalho alto.

"Há, mas isso eu duvido que você seja!"

"Por quê?"

"Seria bom demais para ser verdade!" – o provoco só para deixá-lo intrigado. – *"E eu sei que você tem vinte e oito anos. Pelo menos essa informação consta no seu perfil."*

"É verdade. ;)" – ele atina. – *"Mas me fale mais sobre esse outro lance aí, quer dizer que você gosta de velhinhos?"* – chacoalho de rir sozinha ao ler isso. – *"Interessante esses seus gostos, Vanessa."*

"Eu adoro mesmo." – confirmo orgulhosa e trato de explicar melhor para que ele não pense besteira a respeito. – *"Recentemente ando cercada deles. Tem a fofa da minha vizinha, sobre a qual já te contei, e acabei de hospedar um casal, uma francesa e um italiano de oitenta e cinco anos, excelentes pessoas. Estavam rodando o mundo todo juntos na terceira idade."*

"Sério? Isso é o máximo!"

"Nunca é tarde demais para se fazer uma loucura, né? Ainda mais uma loucura de amor."

Ele demora pelo menos um minuto inteiro para responder.

"É verdade. Sonhos assim não morrem com o tempo, só ficam mais fortes."

Divido com ele a história do casal que me fascinou nos últimos dias, a cumplicidade que tinham, o gesto altruísta de Vicenzo em ceder a vitória para esposa só para ver o sorriso estampado em seu rosto, o bom humor com que eles se tratavam. Depois, é a vez de Alex falar um pouco mais sobre o relacionamento dos seus pais, sobre seu irmão caçula e, como não deixo de perguntar, um pouco acerca de si também.

Nossa conversa se prolonga por horas e horas, não me canso de saber mais sobre ele. É tão interessante entender o ser complexo e paradoxal que Alex é. Apesar de incrivelmente engraçado, ele não é nada raso, tem aquele tipo de maturidade que a adversidade cria na gente, aquele tipo raro que faz a gente admirar alguém. O mais bonito é que ele sequer tem consciência disso.

Alex é lindo por dentro e não sabe. Para ele, é apenas alguém ok.

Alex é mais que ok. Para mim, pelo menos, ele é único no mundo.

◁——— ♡ ———▷

A semana seguinte é cercada de muitas entrevistas, afazeres e novidades. O vídeo alcança agora a ridícula marca de doze milhões de visualizações, muitas inclusive no exterior, gerando uma repercussão fora de série. Eu nunca imaginei na vida que o meu depoimento fosse chegar tão longe, mas chegou e isso é ótimo. Isis já tem mais encomendas que o estoque antes mesmo do lançamento oficial.

Andrea Volpe deve estar pisando nas suas tamancas caras agora.

Saio do elevador, me sentindo exausta pela semana intensa de trabalho e esbarro com dona Josefa, voltando de sua tradicional rebolada no mato.

— Ixi! Lá vem a menina das estrelas! — ela fala toda orgulhosa quando me vê chegar, me dando tapinhas atrevidos no ombro. — Tá mais famosa que artista, heim!

— Ah, que isso, dona Josefa. Nem tô com essa bola toda, não...

— Arre égua, como não? — ela contesta, botando logo as mãos na cintura toda altiva. — Tu tá com a bixiga taboca! Aquele galalau galego amostrado da peste deve tá se roendo de ver que tu aí, toda pitéu, dando a volta por cima, brilhando que nem pirilampo!

Eu suspiro fundo à menção do meu ex. Por mais que eu tenha feito um esforço enorme para não pensar nele durante essa semana, a verdade é que eu ainda estou abalada com o fim do namoro meteorito com Victor. Sim, sei que o cara não presta, sei que não quero mais estar com ele, mas ainda assim é triste saber que estou sozinha de novo.

Ninguém gosta de estar sozinha.

— Ih, nem vem com esse muxoxo aí! — Dona Josefa me recrimina na hora ao perceber minha desanimação. — Num deixa a energia daquele bicho ruim pegar em tu de novo, menina. Tu trata de ficar linda amanhã e vá passear, vá pra festa, vá para farra, mas vá! Nada de ficar borocoxô em casa criando teia de aranha, visse?

— Na verdade, eu estava pensando mesmo em passar esse final de semana em casa, dona Josefa. Não estou muito no clima de sair.

Ela cruza os braços com força frente ao peito.

— Tu vai ficar chorando pitangas pelo cabra ruim, é? Tá pinéu por acaso, tá?

— É normal ficar mal após terminar. — argumento em resposta. — Ainda que seja por alguém que não merece.

— Arre! Normal nada, tua doida! Lá na minha terra a gente não fica amuada chorando a morte da bezerra não, a gente pega a peixeira e vai caçar de um boi que preste, isso sim!

Dou risada. — Eu te adoro, sabia? — ela sorri encabulada com o elogio repentino. — Obrigada por sempre me botar para cima. Você é ótima!

— Deixa disso, menina. — Agora é ela quem fica sem palavras.

— Eu vou lá descansar um pouco agora. — anuncio me sentindo cansada. — Essa foi uma semana muito cheia pra mim.

— Vá, vá sim. — me incentiva me empurrando para dentro de casa. — Amanhã tu tá novinha pra outra!

Eu balanço a cabeça divertida, acabei de dizer que não terá outra tão cedo.

Dona Josefa não desiste mesmo.

No fundo é bom ter quem não desista da gente.

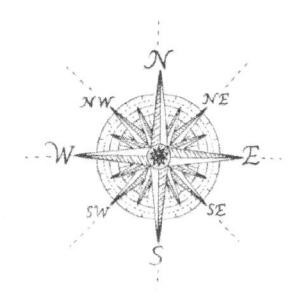

EPIFANIA

E assim chega o sábado, trazendo com ele todo o peso dos últimos acontecimentos. Acordo deprê como já era esperado. Estou plenamente ciente de que a combinação sorvete, edredom e filme romântico é piegas, mas por mais piegas que seja, é uma forma tradicional de superação de término de namoro. Minha vizinha que me perdoe, mas eu não vou me repreender por me render a isso.

Levanto da cama e, já estou me preparando para levar o cobertor comigo para o sofá, quando a campainha toca. Acho estranho, pois não estou esperando ninguém, mas sigo para atender. Meus olhos se arregalam e minha boca se abre escancarada quando abro a porta.

À minha frente está ela, dona Josefa, trajando nada menos do que um maiô dos anos quarenta vermelho de bolinhas brancas, saído direto do túnel do tempo, combinado com uma canga rosa choque amarrada no topo da cintura, óculos escuros de gatinha, bolsa de palha, viseira e uma espreguiçadeira dobrável verde limão debaixo do braço.

Definitivamente eu não estou preparada para isso.

— Vamos espantar esse quebrante, menina! — ela passa agitada por mim e tira o cobertor da minha mão o sacudindo. — Tirar esse ranço daquele alma sebosa aprumado e tocar o jegue para andar! Não quero te ver ficar amuada aí por causa daquele galalau galego amostrado, não. Vamos botar a jiripoca pra piar hoje, ah, se vamos!

— Dona Josefa! — eu exclamo chocada quando ela vai guardar a coberta toda determinada. — Pra onde a senhora pensa que vai vestida assim?

— Arre! A senhora tá no céu, já disse, e vamos é pra praia, tu mais eu. Tá achando que vou te deixar arriar debaixo das cobertas e ficar de chororô pelo peste? Vou é nada!

— Como assim praia?! — me surpreendo ainda mais. Da onde ela tira essas ideias malucas?

— Aqui ó! — ela pega um papel de dentro da bolsa de palha e me entrega. — Pedi para o guri do trezentos e cinco me ajudar, o garoto é um endiabrado, mas esperto que dói nas internet. Confere se não é aquele troço que tu queria fazer.

Eu abro o papel e, confusa, percebo que é um voucher. Descubro que dona Josefa comprou uma aula de *stand up paddle* para mim.

— Você só pode estar brincando! — tremo nas bases com a ideia, eu jamais terei coragem de pagar o mico de aprender isso em público. Eu falei para ela que não tinha essa coragem, lembro bem, estávamos assistindo ao pirata gostosão pela primeira vez. Depois ela me chama de mouca. Mouca é ela que não me escuta nunca.

– Tenho cara de quem bota maiô para mangar os outros, é? – ela pergunta falsamente indignada. – Tô falando é muito sério contigo, visse, abestada?

– Dona Josefa! A senhora não precisava...

– Num se aperreie não que foi baratinho. O menino falou que era de um site de compra adesiva.

– Coletiva. – corrijo achando graça.

– Isso aí. – ela nem dá importância para o nome certo. – Agora vai lá botar teu maiô que a gente vai pra praia!

Tenho que rir. Não dá para discutir.

– Se a senhora tá mandando...

Faço a curva e vou para o meu quarto me trocar. Não tenho maiô, é verdade, mas tenho uma vizinha maravilhosa.

Não há nenhuma dúvida quanto a isso.

◄——— ♡ ———►

Balanço a cabeça incrédula mais uma vez e olho ao redor para conferir se não é uma alucinação. Estou mesmo na praia, uma prancha enorme ao meu lado, de frente para um surfista sarado e com dona Josefa toda altiva e descolada deitada atrás de nós em sua esteira verde limão, bebendo limonada de canudinho.

Como foi exatamente que me meti nessa roubada?

– Bom dia, Vanessa! – o surfista me cumprimenta simpático pela segunda vez, quando não respondo de primeira. Daniel é seu nome, me lembro meio dispersa. – Então? Preparada para sua primeira aula?

Eu meneio a cabeça bem incerta quanto a isso. Preparada não é a palavra mais apropriada para essa situação. Na verdade, não é nada apropriada.

Eu estou tudo, menos preparada.

– Num dá moleza pra ela, não, tá ouvindo, moço? – Dona Josefa grita de sua espreguiçadeira me fazendo corar de vergonha, como se a situação já não fosse embaraçosa o suficiente. – Pode fazer ela suar que é bom, desanuvia as ideias nessa cabecinha aí!

Ele se diverte e me olha, ainda esperando a resposta.

– Já que estamos aqui. – respondo sem saída, apenas erguendo os ombros.

– Sua avó é mesmo um barato. – ele cochicha em segredo para mim.

– É sim. Mas ela não é minha vó, – revelo com um sorriso maroto. – é minha vizinha.

– Jura? Achei até que fossem parentes.

– Às vezes também acho. Seria uma honra se fosse.

– Arre égua! – dona Josefa arfa impaciente de novo, nos fazendo dar um pulo de susto. – Pode parar de conversa miúda aí, os dois, que não foi pra isso que a menina veio. A menos que o moço seja desimpedido... nesse caso até que pode papear.

– Foi mal, – ele levanta a mão rindo e fico vermelha como tomate. – já sou noivo.

– Então sebo nessas canelas e bico fechado que a hora dela tá correndo!

– Bem, você ouviu o que a vovó disse. – Dani brinca e levanta os braços acima da cabeça. – vamos começar com um alongamento básico para esticar os músculos?

Ele tira a camisa revelando um abdômen tanquinho e seguro o riso quando vejo dona Josefa abaixar os óculos escuros de gatinha atrás de nós para dar uma boa espiada em seu corpo. A expressão que ela faz é impagável.

Pelo visto, o pirata gostosão e advogado malhadão arranjaram um concorrente à altura: O surfista saradão.

Sob nosso olhar atento, Dani faz uma série de exercícios para alongar e aquecer e fico bastante orgulhosa de conseguir repetir a sequência sem grandes dificuldades. Percebo que não estou tão fora de forma como pensei, as corridas semanais e as trilhas que fiz com Marcelo melhoraram consideravelmente o meu condicionamento físico.

Me deram resistência. Me deram força.

– Corpo alongado e aquecido, tá na hora de aprender o básico do stand up paddle. – Dani dá sequência à aula. – Primeiro vou te mostrar como se rema.

Ele deita na prancha e demonstra, movendo os braços ao lado, como nadadeiras.

– Tá aprendendo, né, menina? É mole que nem manteiga, te disse. – dona Josefa dá pitaco outra vez, me fazendo revirar os olhos. – É só imitar tartaruga!

– Ah, é? Então venha aqui e faça a tartaruga a senhora!

– Vou é nada! Tá doida, é? Não quero ficar marinada hoje não, que tô ocupada tomando uns bronzes aqui.

– Sei... Muito esperta a senhora!

Ela encara isso como um elogio e apenas concorda satisfeita. E, como não tem jeito, vou lá imitar tartaruguinha sozinha na areia.

Dani passa a me ensinar como subir na prancha, me estabilizar e remar com o remo. Treino os movimentos repetidas vezes na areia até se tornar algo automático, dona Josefa me incentivando com a animação de uma líder de torcida a cada tentativa. Quando o instrutor se declara satisfeito com meu desempenho, partimos finalmente para o teste na água, a parte da qual morro de medo.

Eu com certeza vou levar uns caldos espetaculares agora.

Nós entramos juntos no mar calmo, passamos a arrebentação e, quando chegamos à parte sem ondas, me preparo para subir na prancha, mas me desequilibro toda e caio. Incrivelmente, isso não me desestimula como imaginei que faria, pelo contrário, me incentiva a subir e tentar outra vez. Apesar de ainda abalada pelo término de namoro, descubro que tenho muita energia em meu corpo e quero descarregá-la.

Preciso descarregá-la.

Tento umas oito vezes, entre tombos e desequilibradas, até conseguir me estabilizar direito na prancha. É divertido aprender, noto surpresa, inclusive nas quedas, são justamente elas que me motivam ainda mais a querer tentar ficar de pé outra vez. Assim também é a vida, um tombo pode te derrubar ou te fazer se esforçar ainda mais para poder virar o jogo.

Tudo vai depender da atitude que você resolver tomar depois dele.

Quando consigo, por fim, ficar em pé na prancha sem cair, percebo feliz que é bem mais fácil me manter ali. É uma questão de estabilização, de achar o centro e balancear o peso da forma correta. Respirando com calma, encontro o ponto de equilíbrio do meu corpo e, a partir daí, só relaxo e curto o momento.

E que momento lindo é esse.

– Ótimo, Vanessa! – Daniel aplaude se aproximando. – Sua fã está super satisfeita ali na praia.

Ele volta o rosto para a areia e acompanho curiosa o seu olhar. Dona Josefa está animadaça, batendo palmas e assoviando em festa, toda orgulhosa que consegui. Não escondo o sorriso, a verdade é que eu também estou.

Apesar de absolutamente exausta pelo esforço, tenho que reconhecer o meu progresso. Eu podia estar deitada agora em casa, chorando pitangas por estar solteira de novo, mas, ao invés disso, estou aqui em pé, no meio do mar azul, vendo trezentos e sessenta graus de pura natureza, o som das ondas quebrando calmas à minha frente, o calor do sol esquentando meu corpo, a brisa fresca soprando os meus cabelos. Recém-saída de um relacionamento doloroso, mas, ainda assim, incomparavelmente feliz.

É justamente assim que eu tenho uma das minhas maiores epifanias.

A verdade é que eu não preciso de ninguém para me fazer feliz, para me preencher. Nesse momento, eu não sinto como se uma parte de mim estivesse faltando, como se nada pudesse ser totalmente perfeito porque não tenho alguém do meu lado, porque, pela primeira vez na vida, eu entendo o que é me sentir completa. Me sentir suficiente.

Eu sou suficiente. Na verdade, eu sou mais que isso.

Eu sou surpreendente. Até para mim mesma.

Tem uma força dentro de mim que desconheço.

Em um mundo de tantas pessoas carentes de atenção alheia para se sentirem valorizadas, só pessoas muito seguras conseguem ficar satisfeitas sozinhas. É uma questão de achar alguém que faça o seu dia valer a pena. Você pode até projetar no outro, mas no fim, a real felicidade você deve encontrar por si mesma.

E eu a encontrei.

Eu envolvo meus braços ao redor do meu corpo e sinto verdadeiro amor por quem sou, pelo que estou fazendo e por tudo que eu posso ainda realizar nessa vida. E entendo, finalmente, que eu sou e sempre serei minha maior fonte de satisfação e alegria.

Abro os braços, respiro fundo fechando os olhos e salto livre para o oceano infinito.

Eu sou a minha melhor companhia.

◁——— ♡ ———▷

Chegamos em casa ainda com o coração a mil, a adrenalina da aula presente em cada célula do meu corpo. Dona Josefa se senta no meu sofá enquanto pego os pratos. Decidi pedir comida em casa para nós duas, já que são quase duas da tarde e estamos exaustas demais para encarar a cozinha. Ligo a TV para ela e o notebook para mim. Não consigo aguentar de ansiedade, quero contar a Alex a experiência incrível que vivi hoje.

Abro o computador e dou um sorriso enorme quando vejo que tem uma mensagem dele.

"Hey, você! Está aí?"

"Hey, você! Acabei de chegar." – respondo animada. – *"Tive um dia muito louco hoje."*

"Ah, é? O que você fez?"

"Você não acreditaria... Eu me superei dessa vez."

"Queria estar aí para ver... talvez em breve eu esteja."

Dona Josefa espia a tela curiosa ao meu lado.

– Ah, Alex! – ela exclama o nome em voz alta. – Então é esse o nome do sujeito das internet! Aquele que tu fica sorrindo que nem besta toda vez que fala, né?

Me surpreendo com esse conhecimento, dona Josefa é tão observadora que me assusta!

– É, é ele mesmo. – admito sem jeito.

– Engraçado. – ela comenta em um tom de quem saca algo enquanto faz pose de quem não quer nada.

– O quê? – me viro curiosa para ela, sendo fisgada de imediato pela deixa.

– Tu teve um dia bom e esse homem foi a primeira pessoa pra quem tu quis contar. Isso deve significar alguma coisa.

Ela me dá um olhar cheio de significado e eu fico toda corada.

– Arre égua! Taí a tua resposta, menina. Tu precisa mais que isso, é? – ela ri me sacando e, embaraçada, eu percebo o que quer dizer.

Eu gosto mesmo tanto assim de Alex?

Não só como um amigo, eu gosto dele de um jeito novo. Um jeito especial.

– Você tem toda a razão, dona Josefa, eu gosto mesmo do Alex. Mas, por outro lado, eu sei muito pouco sobre ele, eu nunca nem o vi. A Magô lá do trabalho acha que ele pode ser um quasimodo ou coisa assim. – rio com o pensamento.

– Mas não um cabra ruim?

– Não, – eu falo isso com segurança. – sobre isso não tenho dúvidas. As pessoas gostam mesmo dele.

– Inclusive tu?

– Inclusive eu. – confirmo sorrindo, finalmente percebendo a intensidade do que sinto.

– Então ouça bem o que vou te dizer, menina. Se tu não toma as decisões nessa vida, os outros vão decidir no teu lugar. O problema é que é tu que vai ter que viver com o resultado disso, percebe?

– Percebo. – É verdade, agora eu percebo bem o que isso significa.

– Quando eu conheci meu marido, toda a minha família ficou azucrinando nas minhas orelhas que ele não era endinheirado e que ia embora trabalhar em outro canto desse Brasil. Mas eu sabia ele era a tampa da minha panela. Ah, disso eu sabia! Então, fiz minhas trouxas e não me arrependi nem um cadinho até hoje, visse? Eu fiz minha vida.

Ela bate no peito orgulhosa enquanto sorri com saudade. Nesse instante desejo um amor bonito assim. Um amor de verdade, que não te torna fraca, mas corajosa.

Um amor que te faça forte.

– Tá esperando o quê, menina? – ela me incentiva sem paciência. – A bezerra já morreu, vai atrás do teu boi enquanto é tempo! Vá fazer tua sorte.

Eu olho para a tela do computador e, inspirada pelo incentivo de minha vizinha, tomo coragem de fazer a pergunta que tanto quero fazer há tempos.

"Sei... Você vem algum dia mesmo ou isso é só conversa fiada?" – escrevo, o coração acelerado com a expectativa.

"Você realmente quer que eu vá?" – Alex pergunta de volta, me agitando ainda mais.

Eu respiro fundo e cada célula do meu corpo grita a resposta.

"*Eu quero.*"

São cinco segundos de pura ansiedade até a próxima mensagem surgir na tela.

"*Considere a passagem comprada. Chego aí em duas semanas.*"

Meu coração dispara no peito. Eu mal posso acreditar, Alex está mesmo vindo para cá.

Por algum motivo, essa confirmação me deixa mais nervosa do que a ideia de virar minha vida toda de cabeça para baixo e eu posso falar isso agora com conhecimento de causa.

O mais irônico é que nunca pensei que essa sensação pudesse ser tão boa.

Quando chega o grande dia, percebo que eu jamais poderia imaginar a repercussão que o vídeo causou até vê-la ali, com meus próprios olhos. Tem tanta gente no evento de lançamento da Isis que nem parece que é uma marca de sapatos iniciante que está sendo lançada, mas, sim, um modelo novo de celular das marcas mais famosas do mercado.

As pessoas fazem fila na porta da loja e reconheço que Magô foi um gênio em propor uma ação solidária, convidando todos a levarem para o evento os sapatos que não são certos para os seus pés para serem doados a quem precisa.

Isso tornou tudo ainda mais bonito.

Meus pais, minha tia, Gui, Natalia, Fernanda, Bruno, Flavinha e dona Josefa, todos vieram prestigiar o momento e é maravilhoso poder dividir com eles a alegria dessa conquista tão especial. Acho uma fofura Dona Josefa ter trazido duas dúzias de pamonhas feitas por ela para servir aos nossos convidados. Ela não fazia ideia da dimensão desse evento e não a culpo, nem eu fazia até então.

Ele está totalmente além das minhas expectativas.

Isis olha orgulhosa as pessoas entrando e saindo de sua loja todas satisfeitas. Sei que, para ela, este é um sonho que se realiza. Essa mulher merece tudo o que está acontecendo, sem dúvida, ela faz jus aos holofotes que recebe porque é alguém que tem algo bom para dizer.

Quando os jornalistas dão uma brecha nas entrevistas, vou até a minha chefe.

– Obrigada. – ela diz me surpreendendo quando paro ao seu lado.

Eu olho para ela confusa e noto que seus olhos estão ligeiramente marejados.

– Obrigada por ter me ajudado. – Isis continua emocionada. – Graças a vocês isso tudo está acontecendo. Vocês amplificaram meu sonho em mil.

Eu fico encabulada com o reconhecimento tão explícito vindo dela. Alguém que admiro. É dessas pessoas quem vêm as melhores palavras.

– Que isso, eu apenas fiz o meu trabalho.

– Não, Vanessa, você fez mais que isso. Você foi minha amiga.

– Porque você foi a minha também.

Ela sorri e apenas me abraça apertado. Quando vejo, Magô e Soles estão ali também, todos juntos.

Somos um time. Um time de verdade.

– Aqui, – Isis se recompõe e entrega um envelope para cada um de nós. – isso é para vocês.

– Isso é o que eu acho que é? – Soles pergunta espantado quando abre o dele.

– Isso mesmo. – Isis confirma. – Vocês são parte da Isis, me ajudaram a fazer essa empresa o que ela é hoje, então nada mais justo do que participarem dos lucros dela.

– Caraca, chefinha! Desse jeito eu vou ficar mimada! – Magô arfa arrancando gargalhadas nossas. – Tem noção de como vou ficar metida? Agora só vou querer sentar na janela.

– Duvido muito. – Isis discorda sorrindo. – Corel jamais deixaria você pegar o lugar dela.

◁ ———— ♡ ———— ▷

Quando o evento acaba, me despeço de todos e dou carona para dona Josefa até o nosso prédio, onde devoramos as pamonhas esfomeadas em seu apartamento. Então vou para casa, tomo um banho e aproveito para checar meus recados no computador antes de ir dormir.

Radiante, vejo que Alex me mandou uma mensagem há poucos minutos.

"Hey, você. Como foi o lançamento?"

Eu me aninho na cama e digito a resposta.

"Hey, você. Foi maravilhoso! A fila de clientes dava voltas, o evento foi um sucesso. Além das vendas, arrecadamos tantas doações que lotamos alguns caminhões com elas."

"Você está muito feliz." – ele aponta perspicaz.

"É verdade, trabalhar com a Isis é incrível, ela não para de me surpreender."

"Será que eu também serei uma boa surpresa?" – ele questiona fazendo meu coração palpitar forte.

"Humm... não sei." – brinco com ele. – *"Será que vai? XD"*

"Só me recebendo para saber. =P" – ele responde fazendo suspense. – *"Ó lá, ainda dá tempo de desistir... Vai mesmo correr esse risco?"*

Eu reprimo meus dedos velozes antes que digitem a resposta sem que eu pense direito. Eu não sei o porquê, mas toda a vez que falo com Alex eu me sinto tão animada, ansiosa e instigada, tudo ao mesmo tempo, como se tivessem me ligado na tomada ou me dado uma injeção de adrenalina na veia. Alex me faz sentir inquieta.

Inquieta de um jeito ridiculamente bom.

"Vou sim." – respondo controlada, mas sincera. – *"Tenho certeza disso."*

"Por quê?" – ele instiga. Alex sempre me instiga e curto isso nele. Mexe comigo.

"Porque eu acho que vai valer a pena." – dou a ele algo em que pensar e, então, olho para o relógio que já marca meia noite. – *"Tenho que ir agora. Estou exausta e você também tem trabalho a fazer amanhã, senhor operário."*

"E eu não ganho boa noite antes? =P"

"Claro que ganha." – e sorrio ao escrever. – *"Boa noite, Alex."*

"Durma bem, Vanessa."

Com um sorriso enorme, fecho a tela do computador.

Eu mal posso esperar por sua chegada.

◁——— ♡ ———▷

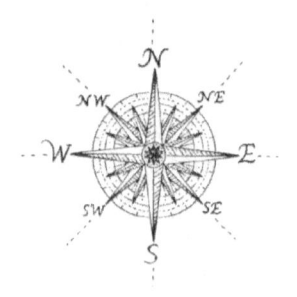

UM PROBLEMÃO

Desde o lançamento, as vendas de calçados da Isis estão absolutamente fantásticas, a repercussão do vídeo é cada vez maior e temos mais pedidos nas lojas do que somos capazes de atender. Mas nessa tarde de segunda enquanto cogito novos parceiros para atender a inesperada demanda, a frase que Isis disse para mim na semana passada ressoa em minha cabeça como um mantra.

Não basta fazer. Temos que fazer do jeito certo.

Assim, é com afinco que me debruço mais uma vez sobre as pesquisas para analisar as opções de parcerias capazes de adicionar real valor à nossa cadeia de produção. Não busco os fornecedores mais baratos, nem os mais rápidos ou descomplicados. Busco os corretos.

Se é para crescermos tão depressa, que seja sobre as bases certas.

Bases das quais possamos nos orgulhar.

Quando dá a hora do almoço e chego ao restaurante, aproveito que Soles e Isis ainda não voltaram de sua ida ao banco para contar a Magô a novidade que está me deixando a mil nos últimos dias.

— Sabe aquele cara de quem te falei há um tempo? — introduzo sutil o assunto.

Magô larga o cardápio para me encarar curiosa.

— Qual?

— O cara que eu vinha falando da comunidade... — dou a dica.

— Ah! — ela resgata na memória ligeira. — O inglês que você achou que tinha namorada, mas que era o irmão dele. Alex, certo?

— Isso! — me divirto, Magô sempre se lembra das partes mais embaraçosas das minhas histórias. — Então, tenho uma novidade a respeito.

Ela se debruça na mesa com expectativa. — Vai dizer que ele finalmente mostrou uma foto? E aí, como ele é?! Me mostra, vai!

— Não, nada disso. Vou até conhecer o seu rosto, mas vai ser a moda antiga...

Faço um suspense tamborilando os dedos na mesa para ver se ela saca o que quero dizer.

— O quê? Tá me dizendo que ele está vindo pra cá?!

Eu assinto com um movimento de cabeça e ela pira.

— Sério?! Uhh, isso vai ser divertido! — bate palmas ansiosa. — Mas, minha dúvida é, como é que você sabe que ele não é um velho tarado de, tipo, cem anos?

Eu rio.

— Bem, ele até me disse isso uma vez, mas não acreditei nem um pouco. Eu não sei explicar, Magô, mas eu sinto que o Alex é especial de alguma forma. Eu acredito mesmo nisso.

— Sim, mas você sabe o que dizem da internet, Vanessa. Nem tudo que reluz em pixels é ouro.

Eu dou de ombros, aceitando o argumento.

— Bem, ele não me prometeu nada neste sentido, logo não estou esperando que seja um deus grego ou algo do gênero, pelo contrário. Pelas coisas que Alex andou dizendo, o meu palpite é que o caso seja justamente o oposto. – ela me olha preocupada com essa informação e completo. – Mas eu não ligo, não mesmo, não mais. Eu já quebrei a cara feio porque fui só pelas aparências, você sabe bem disso. Dessa vez, eu tenho certeza que me encantei pelas coisas certas. Eu me apaixonei no escuro, me apaixonei por atitudes. Eu vou gostar de Alex pelo que ele é, independente do rosto que tenha, entende?

— Entendo... – Magô, mesmo relutante, aceita que o que sinto é genuíno. – se for assim tudo bem. É que eu já conheci caras na web e posso te dizer, por experiência própria, que tem gente legal sim, mas não tem nenhum bonitão como Victor atrás dos teclados. Não quero ver você criando expectativas nesse sentido, porque iria se decepcionar bastante.

— Não vou, acredite, eu estou de boa com esse lance de aparência. Não quero um outro Victor nem pintado de ouro. Sou mais os pixels.

— Se você diz, só tenho a te desejar boa sorte. – ela me sorri cúmplice.

Porém, essa é a primeira vez que sinto como se não precisasse de sorte. O fato é que não me importo se as pessoas acharem Alex feio ou não, porque eu já gosto dele por critérios muito mais significativos. Os meus critérios.

Alex é um bom homem.

Alex considera minhas opiniões e escolhas.

Alex me faz rir.

Tudo o que eu posso concluir é que Alex é alguém bonito.

Bonito por dentro.

Essa é a beleza mais importante.

◁─────── ♡ ───────▷

Antes de embarcar, Alex me manda mensagem avisando que vai chegar na sexta às duas da tarde no aeroporto internacional. Como eu ainda vou estar no trabalho nesse horário, recorro à minha querida vizinha para abrir a porta do apartamento para ele. Ela, claro, muito gentil como sempre, aceita na hora a missão. Posso apostar que dona Josefa está tão ansiosa quanto eu para conhecer o homem misterioso com quem eu andei falando durante todo esse tempo.

Em seguida, mando mensagem para Alex avisando do arranjo e alerto sobre o fato de que dona Josefa não fala uma palavra em inglês, mas para ele não se preocupar com isso, porque eu não vou demorar muito para chegar em casa. Alex não responde a mensagem, provavelmente porque já embarcou e isso só aumenta minha ansiedade.

Eu passo o dia todo inquieta, tamborilando os dedos nervosa em todas as superfícies à minha frente. Isis brinca que pareço estar ligada na tomada à mil volts. Meus colegas de trabalho claramente não deixam barato esse lance de visitante às escuras e me zoam o dia inteiro com suas piadas e suposições. Magô e Soles até selecionam os episódios mais constrangedores de um antigo programa de namoro onde a garota escolhia o cara sem poder vê-lo, segundo eles, para me preparar para o "susto" que seria olhar para Alex pela primeira vez.

Não me apavoro porém, levo a coisa totalmente na esportiva.

Mesmo que Alex seja um sapo isso não muda em nada a minha opinião de que ele é alguém legal e que vale a pena. "Eu beijaria, sim, o sapo", afirmo arrancando gargalhadas de meus amigos e me surpreendo com quão sincera estou sendo sobre isso.

Eu realmente me apaixonei por esse homem misterioso.

Como é possível que dois estranhos se entendam tão bem assim?

Quando o expediente acaba, eu cato minhas coisas e corro depressa para o estacionamento. Já são quatro horas da tarde e, pelos meus cálculos, com o desembarque e o táxi, Alex deveria chegar em torno desse horário à minha casa. Sem me aguentar de ansiedade, decido ligar para dona Josefa para conferir se estou certa antes de dar partida no carro. Eu não posso seguir viagem curiosa como estou sem causar um acidente.

– Oi, Dona Josefa! – saúdo quando ela atende o telefone. – Estou saindo daqui agora. O Alex já chegou aí?

– Já sim, menina. – ela confirma com a voz assustada do outro lado da linha e, então, sussurra para mim. – Tu tem que correr pra cá agora.

Eu nunca ouvi dona Josefa falar nesse tom assombrado. Algo definitivamente está acontecendo.

– Dona Josefa, o que houve? – me preocupo toda. – Está tudo bem aí?

– Eu não posso falar agora. – ela cochicha apreensiva. – Só vem ligeiro pra cá, tá me ouvindo? Corre!

Isso deixa meu coração a mil. O que será que está acontecendo? Por que ela não fala? Eu ligo o carro, sentindo um suor frio percorrer por todo o meu corpo e acelero no limite de velocidade para casa.

Meu Deus, tomara que não tenha acontecido nada de ruim.

Quando chego ao meu prédio, tiro o cinto de segurança e salto do carro às pressas. Não consigo nem esperar o elevador chegar na portaria, com o coração agitado, subo correndo pelas escadas. Assim que saio pela porta de incêndio em meu andar, vejo dona Josefa andando nervosa de um lado para o outro no corredor. Meu coração se aflige ainda mais.

Quando me vê, ela vem apressada ao meu encontro, as mãos inquietas e os olhos muito abertos.

– Menina, tu arranjou um problemão! – ela declara taxativa.

– Como assim, dona Josefa? O que houve?!

– Venha, – ela me puxa pela mão nervosa. – no seu apartamento.

Quando chego à porta e tento enfiar a chave na fechadura, minha mão treme tanto que torna a simples tarefa um verdadeiro desafio. Minha vizinha me observa com expectativa e imagino nesse meio tempo um milhão de problemas que podem ter acontecido para ela estar tão assustada. Um vazamento de gás, um incêndio? Será que meu novo hóspede resolveu levar tudo em minha ausência? Ansiosa ao extremo, eu me preparo para o pior, mas quando giro a maçaneta percebo que eu não fazia a menor ideia da dimensão do problema que eu tinha arranjado.

– Hey, você! – meus ouvidos já se enchem da conhecida voz masculina, carregada de um sotaque inglês incrivelmente sexy. Meus olhos imediatamente encontram seu locutor.

Sentado no sofá, um deus grego. O sorriso é a primeira coisa que me salta aos olhos, que sorriso, dentes brancos, perfeitamente alinhados em uma linha larga e levemente curvada mais para um lado, dando um ar de travessura.

Depois os olhos, azuis como o oceano, contrastando com cílios escuros que se confundem com uma relva de cabelos castanhos com feixes mais claros de sol bagunçados sobre sua testa e uma barba por fazer com um tom levemente acobreado.

O corpo, coberto apenas por jeans e camiseta branca, parece o de alguém que se exercita, mas não em excesso como os bombadões de academia. O porte de Alex é fruto de uma definição por esforço natural, é másculo na medida certa.

À minha frente está a beleza, simples, plena. Inacreditável.

– Nossa! – exclamo embasbacada e quando percebo já saiu, espontâneo demais para segurar, deixando minhas orelhas vermelhas.

– É menina, – Dona Josefa concorda ao meu lado, dando risada ainda e balança a cabeça espirituosa. – se isso aí não é problema...

E, dando dois tapinhas nas minhas costas, a safada sai de fininho me deixando a sós com aquele problemão. Definitivamente eu estou encrencada.

– O que é "nossa"? – Alex pergunta em inglês, curioso com o significado da exclamação, seus olhos intensos sobre mim. Eu agradeço a Deus por ele não falar nadica em português porque, nesse instante, estou morrendo de vergonha.

– Er... – busco rapidamente em minha mente uma desculpa minimamente crível. – nossa é uma... é um cumprimento em português... – minto tentando disfarçar a cor em minhas bochechas. – tipo "olá".

– Ahh... Ok. – ele se estica para trás no sofá e assente compreendendo minha explicação. Depois, se inclina para frente e complementa com seu sorriso de lado. – Então, nossa, pra você também, Vanessa!

Quando ele fala isso, com a mesma entonação que usei, meu corpo todo se arrepia e minha vaidade vai ao extremo, apesar de eu saber que, ao contrário de mim, Alex não faz a menor ideia do que está falando.

– Obrigada. – respondo tentando disfarçar minha alegria boba em ouvir tal exclamação.

Ele para e me olha confuso. Percebo que fiz alguma merda de novo.

Caramba, meu cérebro está me traindo!

– Vocês costumam agradecer um "olá" por aqui? – pergunta intrigado.

"Burra", me recrimino na hora quando percebo a mancada que dei. Sem muita saída já emendo outra pérola. – Sim, pensando assim na tradução literal é bem estranho, né? Mas, acredite, é super típico aqui!

Faço a minha melhor cara de confiável e ele meneia a cabeça, aceitando a desculpa esfarrapada sem questionar mais. Eu me sinto uma debiloide. Em menos de dois minutos de frente para esse homem, eu já estou fazendo besteira atrás de besteira. Me repreendo internamente, tentando acalmar meus hormônios implacáveis, que estão loucos como clientes no aniversário de supermercado, com margarina sendo vendida a um real.

– Então, reconheceu fácil o seu anfitrião? – brinco apontando para o sofá e tento mudar de assunto para desviar a atenção dele de minhas bochechas, que voltam a ficar escarlates sob o olhar curioso que me dá.

Alex confirma com um aceno de cabeça e passa as mãos desinteressadamente nas almofadas. – Não erraria por nada neste mundo, – ele prende o olhar no meu. – eu estava realmente muito ansioso por esse encontro.

Ele é assim sexy o tempo todo ou é só gosta de provocar?

Porque se gosta, definitivamente essa coisa está funcionando bem demais comigo.

– Então, – desvio do assunto e tento me concentrar nas informações básicas para não pagar mais nenhum mico. – acho que você já deve ter tido uma noção do meu apartamento, é bem pequeno, não tem como errar. Aqui é a sala onde você vai ficar, do lado está a cozinha, a área de serviço, aquela porta ali é o banheiro e a outra é a do meu quarto.

Ele confere atentamente o ambiente enquanto eu indico nervosa as direções.

– Acho que não vou me perder. – conclui com um sorriso incrivelmente lindo, largando-se ainda mais relaxado no sofá e, é justamente quando ele fica assim mais à vontade, que eu fico mais agitada com sua presença. A postura tranquila dele o deixa ridiculamente lindo e seu olhar calmo sobre mim me deixa em nervos.

Sob o olhar de Alex, eu não me sinto invisível, eu me sinto totalmente vista.

É algo assustador e emocionante ao mesmo tempo.

Contra meu próprio bom senso, desembesto a falar para quebrar o silêncio que me deixa ansiosa. – Tem lanchinhos na geladeira e também toalha, lençóis e travesseiro no rack. Não precisa pedir se quiser usar a cozinha, lavar uma roupa na área, ir ao banheiro, meu quarto, ver TV...

Ele ergue a sobrancelha em meio a minha explanação e percebo que devo ter falado alguma besteira de novo sem perceber. Meu estômago revira em antecipação quando ele ri e se senta de lado para me ver melhor com aqueles incríveis olhos azuis.

– E o que eu iria querer fazer no seu quarto exatamente?

À essa altura, não tenho dúvidas, devo estar idêntica a um pimentão.

– Roupas, – respondo rápido em um impulso. – vai que você quer uma roupa emprestada? – sugiro completamente sem noção.

Ele ri, abaixando a cabeça e eu paro sem jeito, admitindo a derrota.

Qual é?! Meu cérebro só pode ter fritado!

– Acho que essa não vai rolar, Vanessa. – ele levanta só o olhar com aquele sorriso maroto e uma onda de calor me toma. Alex, então, espalma as mãos no sofá, se erguendo de supetão e tenho ideia de como ele é alto. – Mas já que você ofereceu de tão bom grado, acho que vou ser ousado e começar a tomar proveito dessas permissões.

Minha boca escancara e eu engasgo no lugar, enquanto ele caminha em minha direção como um gato.

– Ah, vai? – balbucio.

Eu só posso estar sonhando. E, se estou, ninguém me belisque para me acordar.

– Ah, se vou! – ele confirma com um sorriso arrebatador. – Eu estou louco para fazer isso desde que saí de Londres. – anuncia com o olhar intenso estalando o pescoço.

Engulo em seco ao imaginar seu corpo enroscado com o meu.

– Tá bom... – respondo nervosa demais para me mover. – Vá em frente.

Ele dá um sorriso lindo ao ouvir isso e minhas pernas tremem enquanto ele se curva para pegar algo ao meu lado, sua respiração quente muito próxima ao meu pescoço. Meu coração dispara, meus olhos se fecham em antecipação.

— Então vou lá.

Meus olhos se abrem num rompante quando percebo que, em vez de me beijar, ele se afasta.

— Vai aonde? — me assusto com a informação deslocada.

— Ué, tomar banho! — vejo Alex jogar a toalha que acabara de pegar em cima do rack sobre o ombro e seguir na direção do banheiro. — Já volto, madame.

Ele pisca maroto pra mim e não tenho mais nenhuma dúvida.

Esse inglês com certeza está me provocando.

Quando Alex fecha a porta atrás de si, demoro alguns segundos para recobrar meus sentidos. Minhas orelhas estão quentes, meus lábios secos e meu corpo inteiro queima. Me apresso em direção ao meu quarto querendo enfiar a minha cabeça num buraco de tanta vergonha. Meu Deus, que papelão! Eu estava parecendo uma adolescente fascinada há alguns segundos atrás. Eu tenho vinte e quatro anos.

Cadê minha compostura, caramba?

Me jogo na cama e me censuro severa outra vez. "Se recomponha, garota. Se recomponha!", repito tentando acalmar meus malditos hormônios que estão acabando comigo. Eu estou em pânico. Percebo a ironia nisso e explodo numa risada.

Eu falando por aí toda convicta que não ia ligar para a aparência de Alex. Tonta, mal sabia a verdade. Não sei porque ele hesitou tanto em mostrar uma foto, esse deus grego definitivamente não precisa da minha opinião para saber que é bonito, ele pode ter a garota que quiser fácil. O problema aqui é que eu ainda desejo ser essa garota.

Passam-se vários minutos em que tento recobrar o juízo, mas não consigo me acalmar. Pelo contrário. Enquanto espero que ele saia do banho, fico cada vez mais nervosa, estou fervendo. Meu Deus, como pode esse cara mexer desse jeito comigo? Resolvo ir até à cozinha tomar uma água para me acalmar.

É só com água que se apaga um incêndio.

Saio do quarto rumo à cozinha determinada a me recompor, mas trombo feio com algo antes de chegar na sala.

— Au! — pareço bater de frente com uma parede de concreto.

— Desculpe!

Eu levanto o olhar e percebo atônita que não é uma parede, é Alex. Seu cabelo está molhado, e ele tem uma toalha amarrada estrategicamente na cintura revelando belas entradas em direção à virilha. Todo o corpo dele é incrível, é possível ver o abdômen esculpido com gomos, o oblíquo marcado, os braços bem torneados. Então, reparo que um deles tem uma agressiva tatuagem de um soco com punho inglês, recoberto de sangue. Ela parece tão destoante ali.

Alex percebe que estou olhando com curiosidade para ela e a esconde com a mão.

– Desculpe, – diz envergonhado, capturando meu olhar com facilidade e levanta uma trouxa de roupas. – esqueci de levar isso para o banheiro. Maus hábitos.

– Sem problemas. – balanço a cabeça, mas provavelmente devo estar roxa de vergonha com aquela visão fantástica. – Vá em frente.

Ele assente embaraçado e segue para o banheiro. Quando vira de costas, vejo que tem uma tatuagem enorme de uma raposa ali. Essa, sim, é linda e se parece com ele. Ele fecha a porta atrás de si e volto a raciocinar de novo. Ou tento.

Estou queimando.

Eu corro para a cozinha, desejando mesmo me jogar debaixo da pia de tanto calor que sinto nesse instante. Abro a torneira e molho os pulsos. A sensação da água na pele é maravilhosa. Decido jogar um pouco na nuca também e, como isso ajuda, decido molho os cabelos de vez.

Completamente encharcada, mas me sentindo um pouco mais sob controle, resolvo voltar para o meu quarto. Porém, quando já estou no meio da sala, deparo novamente com Alex, dessa vez saindo do banheiro já vestido com um short e camiseta. Ele se joga no sofá e olha para mim com expectativa de uma conversa, tornando impossível sair dali sem dizer algo.

Fico. Na verdade, quero muito ficar.

– Vejo que já está bem à vontade. – comento o mais casual que consigo, tentando jogar conversa fora com ele.

– Não dá pra negar, não? – ele dá um sorriso de tirar o fôlego em resposta. – Me diga, Vanessa, o que você está achando dessa curiosa atração que tivemos desde o dia em que nos conhecemos?

– Como?! – a pergunta me pega totalmente de surpresa. Fico nervosa, sem voz.

Alex sorri ainda mais.

– Você sabe, eu estou nessa paquera desde Londres. – acrescenta divertido, jogando o cabelo molhado de lado e, só aí, entendo o que dizer.

– Oh, sim, claro. – olho para os meus pés envergonhada e relembro que ele está me provocando. – Você e o sofá. – ele já comentou antes que tiveram uma conexão especial.

– Claro! – ele concorda brincalhão, percebendo que saquei seu jogo e emenda num tom não tão brincalhão assim. – Posso dizer agora com total certeza que a atração também é física. Gosto muito do que vejo.

Eu não quero, mas enrubesço.

Como ele pode causar essas sensações loucas em mim assim tão fácil?

– Desculpa, – brinco também. – se eu estiver atrapalhando, posso dar licença a vocês...

– Fica tranquila, Vanessa. Ainda temos muito tempo para nós dois. Esqueceu que vamos dormir juntos esta noite?

Ele sorri provocante e eu congelo no lugar, o coração acelerado com a ideia de dormir com esse deus grego. Eu já estou a um passo de cair no erro de novo, mas, então, percebo que Alex me observa com a sobrancelha erguida, se divertindo em antecipação.

Pergunto astutamente.

– Você e o sofá, certo?

– Claro. – ele acha graça quando vê que eu já saquei sua brincadeira. – Com quem mais seria?

– Engraçadinho! – acuso fazendo careta e ele apenas ri. Que sorriso mais maravilhoso.

De repente, Alex para de sorrir e me olha com curiosidade, como quem nota algo que não havia percebido antes.

– Tem outro banheiro aqui? – pergunta confuso.

– Não, por quê?

– Porque você está toda molhada. – ele aponta perspicaz e relembro com as orelhas queimando do meu banho no tanque de minutos atrás.

– Ah, isso. – respondo constrangida com sua inconveniente percepção apurada. – É que estava com muito calor, aí pensei, por que não me molhar um pouco no tanque? E, bem... – dou de ombros como se não fosse nada demais. – como pode ver, eu meio que me empolguei demais com a coisa toda.

Ele assente com um movimento de cabeça lento, como quem analisa o fato, se divertindo.

– Percebo. – diz com humor nos lábios. – Bem, agora o banheiro está livre, madame.

Resolvo manter alguma dignidade.

– É verdade, acho que vou tomar meu banho e depois dormir. Você está confortável?

– Muito. – Alex responde, colocando o travesseiro na ponta do sofá e se deitando nele com as pernas dobradas. – O encaixe perfeito!

Dessa vez, quem ri sou eu. Ele ergue os olhos confuso, quando me divirto com a cena.

– Ele abre. – Me aproximo do sofá, ao que ele se levanta, para que eu demonstre. – Assim. – Tiro as almofadas e puxo a estrutura metálica revelando a cama embutida.

– Fantástico! E eu que pensei que era impossível te amar ainda mais.

Dessa vez nem me iludo, já sei exatamente com quem Alex está falando.

– Pelo visto não há limites para esse amor. – brinco, colocando o travesseiro no lugar para ele. – Bem, vou tomar um banho e depois dormir. É um prazer recebê-lo aqui em minha casa, Alex.

– Então você só é a dama da noite quando temos um fuso de duas horas de diferença? – ele implica. – Um pouco sádico isso, sabia?

– Você está viajando há mais de doze horas, senhor. Imagino que esteja cansado.

– Você não faz ideia da minha disposição. – ele sorri de lado, me causando arrepios maravilhosos.

– Não vou colocar isso à prova agora. Amanhã temos um longo dia pela frente.

– É verdade. Temos bastante tempo.

– Boa noite, Alex.

Ele sorri para mim, com carinho dessa vez.

– Durma bem, Vanessa.

Eu sigo para o banheiro me segurando e, assim que fecho a porta atrás de mim, arranco as roupas e me enfio debaixo d'água. Duchas quentes sempre me ajudaram a relaxar, mas dessa vez tem que ser a fria mesmo.

Meu corpo inteiro precisa ser acalmado.

Quando saio do banho vinte minutos depois, descubro que ainda há agitação o suficiente em mim para não me deixar cair no sono. Me reviro de um lado para o outro na cama diversas vezes até que desisto da ideia de tentar dormir. Como poderia, sabendo que Alex está ali, há poucos metros de distância, no meu sofá?

Meu telefone toca ao meu lado e vejo que é Nanda. Eu contei para ela sobre a chegada de Alex no dia do lançamento e ela ficou, ao mesmo tempo, intrigada e apreensiva a respeito desse visitante tão misterioso.

– E aí, o inglês já tá aí? – ela pergunta com expectativa.

– Sim, ele já está aqui em casa.

– E devo deduzir que está tudo bem? – ela busca confirmar para ficar tranquila. – Nada de serial killer, certo? Tussa uma vez se estiver com uma faca no pescoço.

– Relaxa, Nanda, minha cabeça ainda está no lugar. Ou quase.

– Como assim?!

– Ah, Nanda, nem te conto. O cara é um gato, eu definitivamente não estava preparada para isso. Coro a cada cinco minutos e da minha boca só sai abobrinha, parece até que meu cérebro fritou.

– Fala sério, não é pra tanto...

– Ahã, tá bom! Veja ele de toalha e depois me repita isso.

– O QUÊ?!!!! – ela surta do outro lado com a informação. – Você já viu ele de toalha?!! Garota, as coisas por aí estão pegando fogo! O que exatamente vocês já fizeram? Conta tudo e não me esconda nada!

– Não, não é nada disso. – me desespero só de pensar na ideia que ela está tendo da coisa. – É que ele se esqueceu de levar a roupa quando entrou no banho e saiu para buscar depois. Nós trombamos no meio do caminho e, bem..."

– Ah... saquei. – posso até imaginar a decepção em seu rosto. – E sobre o que já conversaram até agora?

– Nada em específico, acredita?

– Como assim?! Você não contou que conversavam horas pela internet?

– É, contei. – Era verdade, o assunto entre nós não acabava. Se não fosse a nossa necessidade de dormir, acho que nunca encerraríamos as conversas. – O fato é que Alex continua gostando de me provocar, mas é tão lindo que afeta meus neurônios para responder à altura. Eu simplesmente travo e não consigo pensar em nada, meu cérebro dá pane, Nanda. Não dá para fazer piada como fazia pelo computador, ao vivo as coisas são bem diferentes. Como diz a dona Josefa, acho que arranjei um problemão.

Eu sorrio ao recordar da cara da minha vizinha ao me deixar sozinha com Alex. Eu tenho que me lembrar de puxar a orelha dela depois por isso, ela podia ter me preparado bem melhor para a situação. Talvez assim, eu não pagaria um mico tão grande mandando aquele sonoro "Nossa!" ao vê-lo.

– Ah, Vanessa, eu estou tão animada por você! Espero que essa afinidade louca que vocês têm não fique só nas telas e teclados.

Eu não coloco muita fé nas expectativas dela.

– Alex está muito mais interessado no sofá do que em mim, Nanda. Tem que ver só o amor dos dois. Não tenho nem chance.

– Se você diz... – ela não discute comigo, mas sei o que pensa. – Boa noite e não se esqueça de me manter a par, viu?

– Pode deixar, Nanda. Beijo.

Com um sorriso, desligo o computador e vou dormir.

E nessa noite sonho com um inglês estonteantemente lindo dormindo em meu sofá.

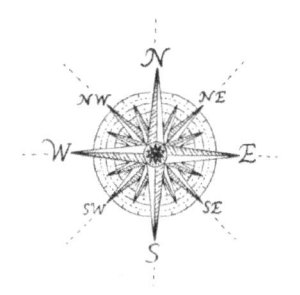

SEM PRESSA

Acordo meio zonza de sono e sigo como uma zumbi em direção à cozinha. Minha noite foi tumultuada de sonhos frenéticos, dos quais agora não me recordo direito, só sei que me fizeram despertar com uma sensação de cansaço estranhamente boa. Me sinto nas nuvens, vai entender o porquê.

Uma xícara de café é a melhor pedida, decido. Não há cansaço que café não cure.

— Hey, dorminhoca.

Eu congelo no lugar quando escuto a saudação tão próxima e, viro lentamente a cabeça para o lado, vendo que Alex me observa do sofá com um sorriso no rosto.

Como pude me esquecer completamente que ele estava aqui?

Para a minha surpresa, meu convidado já está acordado e vestido. Usa uma camiseta azul petróleo, bermuda cáqui, tênis e reparo que tem uma sacola de sarja jogada ao seu lado. O inglês parece impossivelmente lindo demais para alguém que acordou antes das sete horas da manhã.

— Bom dia! — respondo pega de surpresa, embaraçada por ainda estar usando pijamas e sequer ter penteado o cabelo. Caramba, eu não penteei o cabelo!! — Dormiu bem?

— A melhor noite de todas. — ele declara, se espreguiçando no sofá.

Decido levar as coisas na esportiva a partir de agora.

— Não adianta fazer campanha, Alex, não vou te dar esse sofá. Foi herança do meu avô.

— Bem, — ele dá de ombros, sorrindo inocente. — um rapaz sempre pode sonhar...

Eu acho graça do argumento e sigo até a cozinha, ligando o fogo.

— Ok, senhor sonhador. Já tomou café?

— Estava te esperando. — ele se levanta e vai até o balcão onde estou. — Você vem comigo hoje?

— Pode ser. — contenho minha animação com o convite, fingindo estar muito entretida colocando a leiteira com água no fogo. — Qual o plano?

— Parque Laje e Jardim Botânico. — ele lê os nomes com dificuldade no celular. — Falei certo?

— Sim. — o encorajo com um sorriso. — Quase um nativo!

— Também não precisa zoar. — ele sorri tímido, brincando distraidamente com meu chaveiro de dados em cima do balcão.

– O que você costuma comer de café da manhã?

– Eu realmente como muito no café.

– Muito tipo o quê?

– Ovos, bacon, pão, tomate, feijão, salsicha... – ele vai listando exaustivamente e eu arregalo os olhos pela quantidade e tipologia dos alimentos que cita.

– Até feijão?! – questiono chocada.

– É. – ele confirma confuso pelo meu tom de surpresa. – É normal comer feijão no café da manhã na Inglaterra. Aqui não?

– Não, – nego veementemente. – isso é comida de almoço aqui. É meio pesado comer feijão tão cedo, não acha?

Ele dá de ombros.

– Você conhece o ditado: Tome o café da manhã como um rei, almoce como um príncipe e jante como um plebeu. Nós ingleses levamos o nosso café da manhã muito à sério!

– Putz, ferrou, então! – checo a geladeira aflita. – O máximo que eu tenho aqui são ovos e duvido que em algum lugar vamos encontrar feijão para vender à essa hora.

– Relaxa. – Alex coloca os braços atrás da cabeça, achando graça da minha preocupação. – Não faz mal, eu não esperava que tivesse exatamente o que eu como em casa. Eu estou aqui para experimentar coisas novas, certo? Me diz, qual a coisa mais nutritiva e típica que vende nas padarias brasileiras?

Eu reviso minha seleção mental.

– Bem, tem pão de queijo, salada de frutas, tapioca, bolo de fubá... – cito as opções mais convencionais. – E açaí. – lembro, de repente, da tigela maravilhosa que comi aqui perto outro dia.

– Açaí? – ele repete curioso.

– É, é uma fruta bem calórica daqui. Fazem tipo um sorvete dela e adicionam de tudo por cima, granola, frutas picadas, cereal, o céu é o limite no que diz respeito aos complementos.

– Eu gosto dessa ideia. – Alex se entusiasma e faz um movimento de cabeça em direção à porta. – Vamos, Vanessa, eu te levo pra comer açaí.

Dou risada.

– Se eu comer açaí de café da manhã, vou virar uma bola.

Ao contrário dele, eu não tenho uma lombriga alienígena no meu estômago para manter minha barriga sarada depois de um café da manhã de rei.

– Ah, para! – ele debruça de novo no balcão e faz aquele olhar irresistível. – Você gosta de açaí?

– Gosto. – admito sincera.

Eu realmente amo açaí, apesar dos efeitos indesejados dele na minha cintura.

Por que coisas gostosas sempre engordam?

– Então, – ele sorri ainda mais abertamente. – vai, aceita o convite! Eu prometo que vou te fazer queimar todas essas calorias até o final do dia.

Alex sustenta o olhar e é impossível não sorrir de volta quando ele sorri desse jeito.

– Ok, você me convenceu. – declaro tomando o café que recém coei em um gole e indo direto rumo ao banheiro. – Me dê só vinte minutos.

Depois de escovar os dentes, me pentear. – sim, meu cabelo estava mesmo uma verdadeira juba. – e me vestir com algo mais adequado do que um pijama, rumamos para a padaria mais próxima da minha casa para tomarmos o nosso café da manhã.

Juntos, nos sentamos de frente ao balcão e faço o pedido de dois açaís completos.

– Bem, esse é o açaí. – apresento quando o atendente coloca as tigelas vistosas a nossa frente e lhe estendo uma colher. – Preparado para provar?

– Sempre. Juntos?

Eu concordo e comemos ao mesmo tempo uma colherada do creme com tudo mesmo o que tem direito por cima, fazendo um verdadeiro montinho no pote.

– Cara, isso é ridiculamente bom! – Alex arfa surpreso. – Como eu nunca ouvi falar nisso na vida?!

– Açaí é um fruto típico da floresta amazônica. – explico a ele, gostando de ver sua alegria por comer algo tão bobo. – Provavelmente é por isso que não é muito comum encontrar em outros países.

Ele balança a cabeça inconformado.

– Ah, me desculpe, mas eu vou ter que mudar isso! Vou sequestrar uma muda dessa planta para levar para a Inglaterra durante essa viagem.

– Eu acho que isso é contrabando de flora. – acuso cômica.

– Talvez você tenha razão, mas, agora que conheci isso, não quero saber de outra coisa na vida.

Dou risada, Alex tem um humor maravilhoso, inclusive pela manhã. Adoro as pequenas linhas que se formam nas laterais de seus olhos quando sorri assim. São rugas de quem sorri bastante.

São marcas de alguém feliz.

Quando terminamos a refeição, nos levantamos satisfeitos e deixamos a padaria, indo em direção à estação do metrô. Mas é só nos afastarmos alguns metros do local, que Alex anuncia que precisa voltar para pegar uma coisa que esqueceu por lá. Tranquila, eu o aguardo em frente a um jornaleiro. Quando ele retorna dez minutos depois, noto que a sacola que carrega em seu ombro está visivelmente mais cheia. Torço internamente que o inglês seja esperto o suficiente para não estar tentando contrabandear o açaí já pronto.

Isso resultaria numa lambança danada.

Quando chegamos à estação Jardim Oceânico e as portas do metrô se abrem, eu e Alex entramos calmamente e nos sentamos um ao lado do outro num dos bancos compridos disponíveis do vagão. De imediato, percebo que ficar tão próxima dele me deixa ainda mais inquieta por dentro. Minhas mãos parecem formigar e suam nervosas.

É incrível a quantidade de reações intensas que me tomam.

O caminho segue tranquilo até que, em uma parada mais brusca do metrô, sou impulsionada para o lado e nossos dedos se encostam no assento, provocando uma rajada de eletricidade em todo meu corpo. Então, sem mais nem menos, Alex se levanta no instante seguinte, se afastando de mim.

Me assusto com isso.

Estou sendo rejeitada por ele sem nem ao menos ter tentado algo intencionalmente? Foi o metrô que freou, não fui eu que o ataquei, me defendo mentalmente.

– Madame. – ouço ele dizer e ergo meu olhar ainda envergonhada para ver o que está acontecendo.

Uma senhora de idade se senta ao meu lado enquanto Alex se posiciona de pé à nossa frente. Para o meu alívio, entendo que ele apenas cedera o lugar para ela, seu afastamento não tem nada a ver com nosso toque acidental.

Além de tudo que já amo nele, descubro, assim, que Alex é gentil também.

– Obrigada, rapaz. – ela agradece, ajeitando a bolsa no colo ao se acomodar no banco ao meu lado.

Alex olha para mim, esperando que eu o ajude com a tradução.

– Ela agradeceu. – explico solidária.

– O prazer é meu. – ele responde em inglês com seu sorriso cavalheiro lindo e eu traduzo para a senhora, que fica deslumbrada com sua gentileza.

Quem não ficaria?

– Seu namorado é muito educado. – ela comenta simpática comigo, me pegando de surpresa.

– Na verdade...

– É difícil achar um cavalheiro assim nos dias de hoje. – emenda logo em seguida, antes que eu possa desfazer o mal-entendido. – Ainda mais bonito desse jeito.

Percebo por cima dos cílios que Alex observa atentamente a nossa conversa. Apesar de saber que ele não está entendendo nada do que falamos, eu coro.

– É verdade, ele é como um sonho, mas não é meu namorado.

– Não? – ela se admira com a informação.

– Não. – confirmo ainda mais vermelha. – Eu não acho que ele me veja desse jeito.

– Como não? – a senhora me cutuca com o cotovelo e lança um olhar rápido para Alex. – Veja como ele te olha, sua boba! Você deve ter feito alguma coisa muito certa nessa vida, porque esse garoto é um presentão dos bons. De tanto sapo por aí, você encontrou logo um príncipe desses.

Eu me divirto porque, na real, foi Alex que me achou e não o contrário. E eu nem imaginava que ele era um príncipe, para início de conversa. Magô e Soles não podiam estar mais erradas ao seu respeito. Alex está bem longe de ser um sapo.

– Bem, eu desço aqui. – ela comunica, botando a bolsa no ombro e se levantando. – Boa sorte com o bonitão!

Eu sorrio sem graça. "Eu vou precisar de muito mais do que sorte se meu cérebro continuar travando desse jeito perto dele", penso irônica.

Alex retorna ao seu lugar e, em silêncio, me estuda com os olhos.

– Sobre o que vocês estavam falando? – pergunta curioso.

– Humm... Sobre o clima. – minto como quem não dá muita importância à questão. Minha mãe sempre disse que sou uma péssima mentirosa.

– Não parecia ser sobre o clima. – ele adivinha com astúcia, e ponto para a minha mãe de novo, que sempre está certa.

Provavelmente, Alex percebeu os olhares furtivos para ele durante a conversa. Esperta, eu refaço o discurso, incluindo agora ele para ficar mais crível.

– Ela achou que você talvez não se acostumasse com o clima quente daqui.

– Ah, – exclama, aceitando essa reposta, mas parece um pouco decepcionado ou é só impressão minha? – faz sentido. Mas não, gosto do calor. Eu sou um cara quente.

Reviro os olhos, concordando. Alex é mesmo quente de muitas maneiras.

Aproveitando que ele engole a mentira, me mantenho quieta até chegarmos à estação para não falar mais nenhuma besteira. Em seguida, nós pegamos o ônibus do metrô na superfície e, no trajeto, fico pensando sobre o que a senhora comentara em relação à forma que Alex olhava para mim. Será que ela estava falando sério ou só queria me dar alguma esperança?

De repente, ouço Alex falar ao meu lado, me tirando de meus devaneios.

– Você é mais falante na internet. – aponta divertido.

"Claro. Na internet não dava para ficar nervosa desse jeito com você perto de mim", eu penso. – Não acho que isso seja verdade. – eu nego cínica, ao invés.

Alex sorri e pega o celular, digitando algo. Meu aparelho vibra e olho o que é.

Uma mensagem dele.

O inglês está me zoando, de novo para variar.

Leio.

"Oi, você. Cheguei ontem ao Brasil e conheci uma garota por aqui. Ela não fala muito, mas parece legal. Vamos ver."

Eu rio, lançando um olhar maroto para ele e digito rápido em resposta.

"Vai ver você está inibindo ela com seus gracejos."

"Sério? Gracejos" – ele caçoa minha escolha de palavra. – *"Quem fala assim, Vanessa?"*

"Eu falo. Gracejos." – reafirmo a escolha com convicção. – *"Gosto de ampliar meu vocabulário em inglês, sabia?".*

"Ok." – ele dá o ponto e rebate sem demora. – *"Então, como eu dizia, ela não parecia ficar inibida assim com os meus 'gracejos' na internet."*

"Talvez ela ficasse, você apenas não via."

"Ok, vou tentar ser mais sério, então. Depois te conto como foi."

"Tá."

Eu rio e fico quieta olhando para frente enquanto ele guarda o celular no bolso de forma teatral.

– Olá! – me saúda com a voz formal, estendendo a mão em minha direção. – Muito prazer, eu me chamo Alex.

Eu dou uma gargalhada alta, fazendo com que os passageiros do banco ao nosso lado olhem curiosos para nós. Me recomponho como posso e entro na brincadeira retribuindo o aperto.

– Oi, eu sou Vanessa. Um prazer em te conhecer, Alex.

– O prazer é todo meu. – ele diz cavalheiro. – Você vem sempre aqui?

Eu não aguento e explodo em outra risada.

– Sério que você vai mandar logo esse clichê?

– Qual é?! – ele reclama falsamente indignado. – Eu estou tentando puxar assunto aqui, madame!

– Eu sei. É só que isso tudo é muito estranho... Foi mal, eu não estava preparada para isso.

– Eu não sou o que você esperava? – ele tenta ler nas entrelinhas.

– Você é definitivamente diferente do que eu esperava. – confirmo sua suspeita.

– O que, afinal, você esperava, mulher? – ele pergunta achando graça.

– Alguém menos... alto? – chuto sem nada mais inteligente para falar, sem ser a embaraçosa verdade. Que ele me desconserta por completo, que me vira a cabeça.

– Minha altura incomoda você? – Alex questiona de forma divertida.

– Não, – eu admito o blefe. – é só que é meio inesperada.

– Entendo: Vanessa tem problemas com hóspedes altos. – ele repete fazendo uma nota mental com humor. – Qual seria mesmo a altura ideal, madame?

– Ah, não é isso, Alex! – confesso rindo e bato de leve em seu braço. – É só que demora um tempo para se acostumar com você. Você é meio intimidante, sabe? Assusta um pouco te conhecer pessoalmente.

– Entendo. – ele assente agora mais sério e percebo que puxa um pouco a manga da camisa antes de se recostar de volta no banco.

– Olha, é o nosso ponto! – anuncio me levantando e o puxo comigo pelo corredor a caminho da porta de saída. – Vamos!

Saltamos do ônibus e, poucos passos depois, estamos na entrada do Parque Laje. Adentramos pelo portão principal e caminhamos por uma estradinha de terra cercada por verde de todos os lados. Ali, vemos o belo casarão que abriga a Escola de Artes Visuais e uma área de piscina com vista para o Cristo Redentor.

Viramos à esquerda em seguida, admirando as várias palmeiras imperiais com suas dezenas de metros de altura que se estendem ladeando o caminho.

– Essas árvores são gigantescas! – Alex assovia absorto.

– São palmeiras imperiais. Algumas têm mais de cem anos e até quarenta metros de altura.

– Quarenta metros? – ele repete com assombro. – Então ultrapassam fácil um prédio de dez andares... É fantástico! Ainda mais considerando que estão aqui, no meio da cidade.

– É verdade. No Rio de Janeiro temos vários parques urbanos, a Floresta da Tijuca, o Parque Estadual Pedra Branca, o Jardim Botânico, o Parque Laje...

– Deve ser incrível morar aqui. Eu viria a lugares assim todos os dias.

– É, a natureza tem me surpreendido bastante. Eu tive experiências fantásticas me aventurando nela recentemente.

Alex para no meio do caminho.

– Slack line?

Olho ao redor e vejo que ele lê uma placa posta em cima de um tronco gigantesco, derrubado sobre as águas de um lago, como se fosse uma ponte natural.

– Eu não tenho certeza se isso é uma placa da administração ou se alguém colocou de brincadeira, Alex.

Ele me dá seu sorriso de lado. – Parece divertido!

– Com o lago cheio de lodo assim, eu não sei se é uma boa ideia tentar passar por aí... Você não quer que eu caia e vire o monstro do pântano, quer?

– Você não acabou de dizer que teve experiências fantásticas se aventurando na natureza selvagem? – ele relembra meu discurso, demonstrando que estava prestando atenção. – Viva essa comigo, Vanessa.

– Estamos dentro de um parque, a aventura não é tão selvagem assim, Alex.

– Falou a rainha da selva. – ele me implica. – E aí, o que me diz? Sim ou não?

Olhando para os olhos azuis tão intensos que me convidam é impossível dizer não.

Eu quero ir com Alex para onde quer que ele queira me levar.

– Eu digo sim. – aceito a mão que me oferece. – Mas vou na frente, só por garantia.E, se eu cair, te levo junto comigo, tá me entendendo, senhor?

Ele dá uma risada concordando e me impulsiona com facilidade para cima do tronco. – Relaxa, eu não vou te deixar cair, Vanessa.

Enquanto atravesso, torço internamente para que não estejamos burlando nenhuma regra, não gostaria de levar bronca dos funcionários do parque por isso. O tronco em que nos equilibramos pé ante pé é bem irregular e está cheio de musgo, o que torna caminhar sobre ele um desafio considerável para mim, que sou naturalmente desastrada.

Quando chegamos na metade do caminho, Alex se abaixa para sentar.

– Junta-se a mim? – convida simpático.

– Deve ter sido maravilhoso morar aqui. – comento encantada e, me equilibrando, me abaixo para me sentar ao seu lado. – Imagina só ter toda essa vista pra si.

– Você ia gostar da fazenda onde eu moro. Nem se compara com essa vista, claro, mas tem bastante verde e você sempre pode ouvir os pássaros cantando.

– Tem um mirante estiloso assim? – pergunto o provocando.

– Não, – ele ri sem jeito olhando para baixo. – mas eu posso colocar uma cadeira de balanço na varanda para você, se isso te deixar satisfeita.

– Acho que isso seria aceitável. – aceito me divertindo.

– Fico feliz em te servir. – ele brinca de volta e sorrio. Gosto tanto de conversar com ele.

Relaxada, fecho os olhos para poder escutar a natureza ao nosso redor. Os sons do vento, cigarras, grilos e pássaros invadem meus ouvidos como se eu estivesse no meio de uma floresta e não no meio da cidade. É como uma sinfonia viva. Minutos se passam em que permanecemos calados lado a lado, apenas imersos no ambiente maravilhoso, curtindo o momento. O silêncio é confortável com Alex.

Não incomoda, é natural.

– Pronta para ir, madame? – Alex pergunta gentil, me despertando do transe algum tempo depois.

Aceno concordando e ele me ajuda a levantar, me segurando atencioso pela cintura para que eu me estabilize. Percebo nervosa o quão próximos estamos, a sensação do meu corpo junto ao dele é eletrizante. Eletrizante de um jeito intenso.

Eu enrubesço.

— Vem, — ele percebe meu embaraço cavalheiro e pisca maroto. — vamos dar o fora daqui, madame.

E, me dando a mão de novo, me ajuda na travessia até a outra margem em segurança. Me sinto segura com Alex, ele me passa uma confiança incrível. Me dá coragem, não medo. Eu quase não quero soltar sua mão quando chegamos do outro lado.

Mas solto. Ainda não sou tão confiante assim.

Continuamos o nosso passeio seguindo por um caminho arborizado cheio de jambos e outros espécimes, até encontrar uma pequena gruta na pedra com troncos ao redor e porta arredondada.

— O que é isso aqui? — Alex pergunta confuso, inspecionando a entrada. — A casa dos sete anões ou de um dos caras de pés peludos daquele filme?

— Nenhuma das duas, engraçadinho. — aponto para a placa. — Aqui diz aquário.

— Um aquário dentro da pedra?

Dou de ombros. — É o que parece. Vamos conferir?

Ele concorda, me seguindo de perto para dentro da gruta.

O interior do local, noto de cara, é apertado, escuro e úmido. Tem vários nichos escavados na rocha onde foram instalados aquários com diferentes espécimes dentro: tubarões siameses, piranhas, peixes japoneses, matogrosso e outros tantos.

— Isso é muito maneiro! — Alex exclama, observando fascinado os pequenos tubarões no tanque.

— É sim, e pelo que li no folheto do parque essas grutas são artificiais. Foram construídas por um paisagista inglês à pedido do dono da chácara no século dezenove.

Alex faz uma pose convencida, me provocando.

— Eu sabia que meu povo estava envolvido nessa obra-prima de alguma forma.

— Não se esqueça de que se não fosse a nossa fantástica fauna e flora esse lugar não teria a menor graça. — rebato astuta.

— Ok, tenho que admitir. Nós ingleses e brasileiros formamos uma bela parceria mesmo.

"Arquitetura e paisagismo", repito em minha mente quando meu coração dispara todo bobo no peito com a frase. Ele está falando apenas sobre arquitetura e paisagismo, Vanessa.

Nós saímos da gruta e caminhamos mais pelo parque, passando por buracos de pedra e degraus irregulares, até encontrarmos uma torre. Tiramos algumas fotos ali e continuamos subindo a estrada de terra, avistando micos, pássaros, flores e muitas jaqueiras pelo caminho até chegarmos ao chamado Lago dos Patos, que curiosamente não tem pato algum, somente carpas. Acima dele, uma bonita queda d'água nas pedras.

Alex avalia o local com interesse. É um lugar bem tranquilo e bonito.

– Podemos fazer nosso piquenique aqui, o que acha?

– Piquenique? – eu o olho confusa. – Mas nós não trouxemos nada para...

Eu paro de falar quando vejo que ele dá um sorriso levado para mim. Alex abre a sua sacola, revelando uma toalha de mesa branca muito bonita, a qual estende no gramado.

– Que linda! – exclamo admirada com os bordados delicados feitos nas pontas do tecido.

– Você gosta? – pergunta satisfeito com a minha expressão encantada.

– Muito. Você a trouxe de Londres pra cá?

Alex confirma com um aceno de cabeça sem jeito.

– Eu li que este era um bom lugar para se fazer um piquenique, então pensei, por que não? Sou um rapaz precavido.

Eu reviro os olhos e ele, sorrindo, continua a me surpreender, tirando da sacola diversas embalagens com pãezinhos, bolos, sucos e biscoitos.

– Ah! – compreendo enfim. – Então foi por isso que você voltou na padaria.

– O que você pensou que era esse volume na minha bolsa?

– Que você estava tentando contrabandear açaí?

– Caramba, você me pegou! – ele brinca, levantando as mãos para cima com um sorriso travesso nos lábios. – Isso tudo aqui é só um disfarce para o meu plano maligno.

Eu rio.

– Suspeitei desde o princípio.

Ele pisca para mim e, colocando as últimas coisas na toalha, anuncia:

– O brunch está na mesa, madame.

– Nossa! – eu admiro impressionada a grande variedade de guloseimas que Alex providenciou para esse lanche: palmiers que eu amo, pães doces e salgados, brioches, bolo mesclado, salada de frutas e sucos variados.

Alex fica repentinamente quieto, o que é estranho porque ele sempre tem um comentário espirituoso a fazer, então, ergo a cabeça para ver o que está acontecendo e percebo que ele está me observando curioso, uma sobrancelha arqueada novamente.

— O quê? – pergunto confusa sob o seu olhar.

— Por que você está cumprimentando a nossa comida, Vanessa?

E só aí eu que me lembro corando da minha tosca tradução do "nossa" logo que o vi pela primeira vez. "Nossa. É tipo um oi", eu disse. "Um cumprimento."

Burra! Definitivamente tenho que aprender a mentir direito.

— Outro hábito local. – minto escrachada e me amaldiçoo por ferrar cada vez mais o conhecimento de Alex acerca da cultura do meu país.

— Estranho esses costumes brasileiros. – ele comenta confuso, mas aceita. – Ok, então. Nossa! – Alex exclama, levando um pãozinho à boca. – Obrigado! – ele imita a vozinha do pão antes de mordê-lo e eu tenho vontade de bater na testa quando me lembro que o ensinei que costumávamos agradecer o "nossa" por aqui.

Imagina o mico que ele vai pagar nos restaurantes da cidade por minha causa!

Comemos olhando a vista, cercados pela natureza, sem barulhos de máquinas e sem a dureza da visão do concreto cinza por toda a parte. Aproveito o momento casual para suavizar a minha mentira e explico a Alex que só pessoas agradecem ao "nossa", comida e coisas estão dispensadas da regra. Bem, dos males o menor, né?

Com um pouco de preguiça depois de comer, resolvo me deitar na toalha para admirar o céu.

— Aqui. – Alex oferece a sua sacola dobrada e a coloca onde planejo deitar minha cabeça. – Para você ficar mais confortável.

— Obrigada.

Me deito, olhando para cima. O céu tem hoje a mesma cor linda dos olhos do homem ao meu lado. Sorrio com isso. Inspirado pela minha iniciativa, Alex faz movimentação de quem vai se deitar também.

— Você quer a ...? – sugiro tocando a sacola embaixo da minha cabeça para devolvê-la.

— Não, não. – ele nega cavalheiro. – De forma alguma, fique com ela. Mantenha-se confortável.

— Você pode apoiar a cabeça na minha barriga, se quiser. – ofereço espontaneamente demais para ver qualquer maldade nisso. – Está bem fofa e roliça graças aquele açaí todo, sabe?

Alex dá risada. – Se está boa assim, acho que vou aceitar a oferta.

Se virando na perpendicular, Alex deita, então, a cabeça com gentileza sobre meu estômago. A sensação é boa, mas não fico nervosa com a proximidade dessa vez, é tudo é bem natural. Parece até que nós já fizemos isso centenas de vezes.

— Eu gosto da natureza. – digo feliz pelo privilégio de respirar um ar tão puro em um lugar lindo.

— Combina com você. – Alex opina, o movimento dele falando fazendo cócegas em minha barriga.

— Você não diria isso se tivesse me conhecido há alguns meses. Eu era cem por cento cidade, zero por cento verde.

— Sempre há um peixe que insiste em nadar fora d'água.

— Então você acha que eu sou uma pessoa da natureza?

— Acho que te cai bem. Mas o que você é, é só contigo. Não cabe a mim decidir.

É uma boa resposta. Mostra que Alex valoriza minha opinião.

— Você gosta bastante desses. — ele comenta distraído olhando um palmier que segura entre os dedos. — Me diz, qual é a sua comida favorita?

— Sem dúvidas o escondidinho de camarão da minha mãe.

— Escondidinho? — ele repete a palavra sem entender o significado.

— É um prato feito com purê de aipim.

— Aipim?

Pelo visto a coisa é mais complicada do que pensei. Me esforço para explicar melhor.

— É, é uma raiz. Comemos cozida com manteiga, como purê, frita. É bem gostosa!

— Vou ter que acreditar em você assim? Eu exijo provas concretas.

— Está tentando conseguir filar o escondidinho da minha mãe, seu espertinho?

— Não sei, deu certo?

— Se esforce um pouco mais. — implico dando risada. — E a sua comida preferida, qual é, inglês?

— Scouse! — ele nem hesita em responder essa.

— Nunca ouvi falar. O que é isso?

— É tipo um guisado com carne, batata e cenoura, meu pai fazia um ótimo. Se come acompanhado de pão e repolho, mas eu dispenso o repolho.

— Ok, então scouse sem repolho?

— Isso! — ele sorri. — Meu scouse é sem repolho, por favor. E, se você pudesse ser um animal, qual seria? — emenda outra pergunta.

— Um pássaro, com certeza. — sorrio com a ideia. — Seria incrível poder voar por aí.

— Você ficaria bem com asas.

— Você é a segunda pessoa que me diz isso.

— Pode começar a acreditar que é verdade. — ele brinca me fazendo corar.

— E você, Alex, me diz. — desvio do assunto sem jeito. — Que bicho seria?

— Um cavalo, certamente.

— Você ama cavalos, né? Não é só uma profissão, você gosta mesmo do que faz.

—Sim, você está certa. – ele afirma com a voz cheia de orgulho. – Eu amo mesmo.

– E o que você gosta neles tanto assim?

– Sei lá, acho que eles são como os pássaros da terra. Correm por aí, selvagens e livres pelos campos. Sinto certa inveja disso.

– Logo devo entender que, no fundo, você deseja ser como um garanhão, correndo livre, sem amarras por aí? – o implico bagunçando seu cabelo com os dedos. A maciez de seus fios castanhos me surpreende.

– Sim, a parte do livre sim. – ele confessa rindo. – Eu considero a liberdade fundamental em tudo.

Ouvir isso me dá um certo aperto, me sento.

– Você não se vê numa relação séria, então? – pergunto com estranha naturalidade.

– Claro que vejo! – ele nega achando graça de minha dedução. – Não foi isso que quis dizer, Vanessa. Liberdade não significa solidão necessariamente, não para mim pelo menos. Você pode se sentir muito livre estando com alguém e muito preso até sozinho. Liberdade tem a ver com como a gente se sente.

Sorrio. Tem algo interessante nas opiniões de Alex, parecem rasas à princípio, mas na verdade são profundas. É só conversar um pouco com ele para descobrir que esse inglês vai muito além da superfície.

– Verdade. Gosto mais de cavalos agora. – eu brinco e ele dá risada. – Mesmo que nossas interações tenham sido somente à distância.

– Você nunca montou?!

– Não. – confesso embaraçada. Eu fugi como louca quando meus pais tentaram me colocar sentada num pônei há uns quinze anos num hotel fazenda, mas omito esse fato dele. Para que me embaraçar tanto?

– Eu te ensino a montar quando for me visitar na Inglaterra. – Alex oferece, virando o rosto para mim com um sorriso lindo.

– Eu não sei se vou ter dinheiro para visitar a Inglaterra tão cedo, mocinho. O valor da libra também não ajuda, é quatro vezes o real. Sério, Alex, vocês britânicos são sempre tão exagerados!

Ele se diverte.

– Você pode ficar lá em casa, na fazenda. – sugere casual.

– Não sei não... Parece que estou só no lucro até agora. Já ganhei piquenique, oferta de hospedagem e até curso de montaria de graça. Estou começando a desconfiar.

Ele olha para o céu com um sorriso maroto no rosto.

– Terá um preço, claro.

– Ah, é? Qual?

Ele dá de ombros como se não fosse nada.

– Você vai ter que me ajudar a contrabandear aquele açaí.

Caio na risada.

– Ah, nem vem que eu não quero ser presa!

– O que eu posso fazer... Você me criou um vício, minha cara, agora se vira.

– Ah, a culpa é minha, malandro?! – bagunço seu cabelo em retaliação de novo.

– E qual o livro que você mais gosta? – ele continua a perguntar.

– Orgulho e preconceito. – respondo sem hesitar.

Alex vira novamente o rosto para mim com uma sobrancelha erguida.

– Sr. Darcy? – questiona provocante. – Você curte esse tipo, Vanessa? Ele é tão inglês e... alto!

Não posso evitar rir da piada interna e da forma que ele acentua o sotaque para reforçar seu ponto. *Touché!*

– Eu acho interessante. – admito, mesmo que encabulada, a verdade. – Elisabeth era uma mulher avançada para época, mas também muito orgulhosa, e o senhor Darcy preconceituoso com aqueles que não conhecia bem. Acho que o mais gosto na história é o fato de que ambos têm que perceber e superar suas falhas para ficarem juntos. Na vida também é assim, você tem que abrir mão de estar certo muitas vezes se quiser ser feliz.

– Ok, então devo deduzir que você curte o tal tipo britânico, alto, convencido, desde que arrependido no final? – ele sorri implicante. – Interessante...

– Bobo! – o recrimino bagunçando seu cabelo outra vez. – E você, qual o seu livro preferido?

– O pequeno príncipe.

– Sério? – a resposta parece inusitada para mim. – Por que logo esse?

– Você se lembra da parte da raposa?

– Não exatamente. – me lembro de ter lido esse livro na infância, e de que tinha bonitas mensagens nele, mas não recordo de nada com detalhes. – Acho que eles viram amigos, certo?

Ele confirma com um movimento de cabeça.

– A raposa ensina ao príncipe a importância de ser cativado e como isso muda tudo.

– "Você se torna eternamente responsável por aquilo que cativa." – eu me lembro da famosa citação de Antoine de Saint-Exupéry.

– Sim, – ele assente. – ela diz isso para o príncipe. Mas de toda a obra essa é a única frase com a qual eu não concordo.

Isso me surpreende.

– Ué, por que não?

– Porque faz parecer que você é responsável por todo aquele que se apaixonar por você, como se devesse algo por alguém te amar, mas isso não é certo. O amor de verdade é altruísta, aprendi isso com os meus pais. Quem ama esperando algo em troca, não ama realmente.

– Quem ama não aprisiona?

– Isso. – ele sorri satisfeito com minha compreensão. – Amor e liberdade andam juntos, eu não te disse?

Eu sorrio. É ele disse sim.

– Então de qual parte você gosta da raposa? – retomo a questão que não ficou clara.

– A parte sobre ser cativado em si. – ele conta. – A raposa é um animal, por isso acho que o autor usou a palavra cativar, porque era assim que ela compreendia a relação com um humano. Mas eu leio como amor. É uma mensagem bonita sobre relacionamentos em si.

– Acho que tenho que ler esse livro de novo, não me lembro direito das coisas.

– É um ótimo livro. – ele afirma e posso sentir alguma tristeza escondida por detrás de seu sorriso. – E seu filme predileto? – emenda antes que eu possa dizer algo a respeito.

– O mesmo do livro. – admito. Orgulho e preconceito é vida. – E o seu?

– Você vai rir. – ele sacode a cabeça, me negando a resposta.

– Fala, Alex!

– Sério, você vai me zoar. – com a mão, ele tira os cabelos dos olhos e toca sem querer nos meus dedos que pairam sobre seus cabelos.

– Prometo que não vou.

– Ok. – ele assente deixando seus dedos distraidamente permanecer sobre os meus. – Meu filme favorito é o Rei leão.

Eu sei que prometi, sei mesmo, mas é mais forte que eu. Sem poder evitar, estouro em uma gargalhada, me contorcendo quando caio para trás na toalha.

– Você prometeu que não iria rir, sua mentirosa! – ele reclama falsamente indignado.

– Desculpa, – peço entre risos. – em minha defesa eu não esperava por isso nem em um milhão de anos!

– Eu sabia que você iria zoar! – ele acusa traído. – Eu podia dizer algo intelectual, mas qual seria o ponto? Vou com a verdade mesmo.

– Desculpa, mas por que logo Rei Leão, Alex?

– É óbvio. – ele diz girando os olhos. – *Hakuna Matata*.

Eu não me aguento e começo a rir de novo.

– Hey! – ele me cutuca. – Pare com isso traidora!

– Desculpa, desculpa! Eu estou tentando parar. Juro que estou!

– Mentirosa.

– Ok, ok. – me concentro para ficar séria mesmo com lágrimas rolando ainda dos meus olhos. – *Hakuna matata*, então. Prossiga, por favor, senhor.

– Sim, – ele confirma com orgulho, se divertindo também. – *Hakuna matata* é uma filosofia muito interessante, não foi a Disney que criou, a expressão vem do idioma suaíle, uma língua falada na África oriental, e significa "sem problemas", "não se preocupe".

– Ahã! – eu provoco nada convencida desse papo intelectual. Estamos falando de Rei Leão, poxa vida!

– É sério! Tem a ver com se preocupar menos e aproveitar o momento, a beleza da vida, as oportunidades. É uma filosofia e tanto!

– Entendo. – assinto implicante. – Então você está me dizendo que gosta do filme porque ele prega a filosofia do bon vivant?

– Engraçadinha! – ele faz uma careta para mim. – Mas é mais ou menos isso aí, gosto dessa ideia de se preocupar menos e aproveitar a vida. E tem o Pumba, claro, eu adoro o Pumba. Perturbei muito o meu pai que queria um javali depois de ver esse filme.

– E ele te deu um?

– Mas é claro que não, Vanessa! Você já viu, por acaso, os chifres de um javali africano de verdade, sua doida?!

– Ué, ele te deu cavalo! Vai que...

Nós sorrimos juntos e, nesse momento, um casal passa por nós de mãos dadas, trocando beijos apaixonados. Observamos em silêncio enquanto eles sobem em direção à cachoeira.

– Aqui no Brasil vejo muitos casais assim, de mãos dadas. – Alex comenta rompendo o silêncio. – Isso não é uma coisa que se vê muito na Inglaterra. Em geral, ingleses costumam ser mais reservados em relação às demonstrações de afeto em público.

– Mas você gosta de ser mais reservado? – questiono curiosa.

– Não sei, a verdade é que nunca pensei muito sobre isso. É só uma conduta social típica, sabe? – ele dá de ombros. – Você acaba se acostumando à ela.

– Eu acho legal isso de poder dar e receber carinho onde for. Ter vergonha ou constrangimento por isso não faria sentido para a grande maioria dos brasileiros, é algo bem natural por aqui. É claro, ninguém precisa ser obsceno, aí seria atentando ao pudor, – brinco com ele dando risada. – mas acredito que pequenos gestos românticos não deveriam ser restritos a quatro paredes. É bom poder expressar o que se sente com espontaneidade.

— Eu não discordo. — Alex sorri caloroso e olha para mim. — Na verdade, neste instante, eu sou imensamente grato que pense assim.

— Por quê? — fico confusa com a revelação.

— Porque, graças a isso, eu estou ganhando uma das coisas que eu mais gosto no mundo e da qual quase havia me esquecido.

Eu o olho com um ruga na testa, sem entender a que se refere.

— Isso. — ele trança os dedos nos meus me fazendo perceber que eu estava fazendo carinho em seus cabelos distraída por quase toda a conversa. — Cafuné. Minha mãe costumava fazer isso em mim quando eu era pequeno.

— Desculpa, — me justifico sem jeito e tento puxar a mão para me levantar. — foi instintivo.

— Por favor, não peça desculpas. — ele segura minha mão gentilmente, antes que eu posso retirá-la, e brinca carinhoso com os meus dedos. — Isso me fez feliz de formas que você nem poderia imaginar. — e, assim, a leva até seus lábios, dando um beijo gentil no dorso. — Obrigado.

— Disponha. — respondo corando e relaxo me deitando novamente. Mais consciente do gesto, volto a fazer carinho em seus cabelos. — Já vai começar a escurecer. — aviso olhando para o céu. — Você não queria ir também ao Jardim Botânico hoje?

Está tudo bem. — ele sorri tranquilo. — Eu não tenho nenhuma pressa.

Me alegra ouvir isso, pois eu também não tenho.

Parados no tempo, ficamos vendo à paisagem e nos esquecendo do resto do mundo.

◁ —— ♡ —— ▷

CUIDADO

No dia seguinte, acordo com o celular apitando às seis da manhã. Pulo da cama cheia de disposição. Eu estou tão ansiosa por hoje! Como um raio, corro para o banheiro, tomo um banho, escovo os dentes, visto um short, uma regata dry fit e calço um tênis.

Já pronta, sigo rumo à cozinha para tomar um café da manhã reforçado.

– Opa, bom dia! – Alex se surpreende quando entro na sala como um furacão. – Você acordou cedo para um final de semana.

– Sim, acontece às vezes. Só às vezes! – eu brinco, abrindo a geladeira. Estou faminta!

– Você vai sair? – ele se aproxima de mim, com repentina curiosidade.

– Vou, hoje é dia de trilha. – respondo com um sorriso enorme no rosto e pego um iogurte. – Aceita?

Ele assente e atiro a garrafinha em sua direção, pegando outra para mim.

– Obrigado. – ele tira a tampa e bebe um gole. – Dia de trilha? Fale-me mais sobre isso.

– Sim, é um dos novos hábitos saudáveis que adquiri recentemente. Eu entrei para um grupo de trilheiros há pouco tempo, costumo fazer pelo menos duas por mês. Hoje é uma delas.

– Maneiro! Aqui. – ele pega em cima do balcão a sacola que ainda está cheia de guloseimas que sobraram de ontem e empurra para mim. – Come alguma coisa.

– Valeu. – pego os palmiers que ficaram, e constato feliz, que ainda estão deliciosos.

– Para onde vocês vão dessa vez? – ele se interessa em saber, se debruçando no balcão.

– Dá só uma olhada!

Pego o celular e digito rápido nele, virando a tela para que Alex possa ver as fotos de pessoas posando sobre uma pedra à beira de um precipício extraordinário.

– Wow! – ele se surpreende verdadeiramente com a imagem. – Isso é fantástico!

– Chama-se Pedra do Telégrafo.

– Mas parece perigoso, não? Tipo, é um abismo. E se você escorregar dali?

Eu sorrio convencida diante da preocupação dele. Tão inocente esse inglês.

– Tem um segredo para se ter coragem de subir ali. – digo misteriosa.

– Ah, é? – ele questiona interessado. – Qual?

Eu faço um gesto para ele se aproximar e, então, sussurro baixinho em seu ouvido.

— Chama-se segredo por um motivo, sabidão.

Ele ri disso e bagunço seu cabelo implicante.

— Você não vai me contar mesmo?

— Não. — o provoco de propósito. — Se quiser saber o segredo vai ter que ir lá um dia para descobrir por si só.

— Ah, é? — ele se empertiga, achando graça no desafio. — Por acaso eu posso ir com você hoje, madame?

— Claro, — consinto, fingindo desinteresse. — não há nenhuma restrição para mais participantes que eu saiba. Mas você tem certeza que quer ir? Tá com essa coragem mesmo, inglês? Como você mesmo disse, é um abismo. E se você escorrega?

— Eu? Pff! Até parece! Aguarde e verá meu desempenho, madame.

— Ok, então, senhor corajoso! — dou uma olhada no relógio. — Você tem vinte minutos para se aprontar.

— Fácil! — ele aceita o desafio na hora e caminha em direção ao banheiro.

Alex não precisa de muito tempo para ficar pronto.

<---- ♡ ---->

Chegamos às sete em ponto na praia Grande, em Barra de Guaratiba. Vejo que o pessoal que vai fazer a trilha hoje já está todo reunido no ponto de encontro, aguardando à saída. Seis pessoas vão conosco pelo que conto, além do guia, claro.

— Vanessa, você veio! — Marcelo vem em minha direção e me dá um forte abraço.

— Claro, não perderia essa por nada! — respondo e faço as devidas apresentações. — Marcelo, este é Alex, Alex, Marcelo.

Eles apertam a mão um do outro com desembaraço.

— Eu repassei por alto as regras de segurança com ele na vinda. — acrescento.

— Ah, então ele vai ficar bem. — Marcelo declara confiante e, com um inglês enferrujado, instrui pausadamente para Alex. — Não. Desgruda. Da. Vanessa. Ok?

— Sem problemas, sir. — Alex responde, batendo uma continência e me agarra apertado de brincadeira.

— Ótimo! Partiu, então, galera? — Marcelo puxa o bonde animado. — Agora vamos subir por aqui para pegar a trilha da Pedra do Telegráfo, que é uma trilha de dificuldade baixa, bem tranquila, só tem uma inclinação mais trabalhosa no início, no Caminho dos Pescadores. Costuma ser muito procurada por conta das fotos no precipício, por isso, começamos mais cedo, para evitar muita fila na pedra. Vamos lá?

Concordo e me viro para Alex para explicar o que foi falado, mas noto que o inglês está com a atenção bem distante dali, olhando esquisito para um ponto da praia à nossa frente.

— O que foi? — pergunto curiosa acerca do que pode ter lhe despertado tanto estranhamento.

— Nada não. — ele se recompõe depressa e abre seu sorriso. — Vamos nessa?

Começamos, assim, o percurso da trilha. A primeira etapa do caminho é composta de ruas asfaltadas bem inclinadas, como Marcelo nos avisou, depois se desdobra em rampas mais abertas de terra, seguidas por outras mais fechadas e sinuosas, tudo com a vegetação da montanha nos rodeando.

No meio do caminho, encontramos uma pedra enorme arredondada. É o primeiro mirante, de onde é possível ver toda Restinga de Marambaia. A vista daqui já é maravilhosa, mas o melhor ainda está por vir. Retomamos o percurso pelo Morro de Guaratiba, quando finalmente vemos uma estreita trilha que leva ao conhecido mirante chamado de Pedra do Telégrafo, a trezentos e cinquenta metros de altura.

— Olha, ali está ela! — aponto para Alex animada a famosa pedra das fotos.

— Ainda parece bem alto daqui.

— E é. Mas olhe bem. — o puxo de lado e, só então, ele percebe o truque. Abaixo da pedra, destaca-se um pequeno platô natural de pedra. Quem sabe ali não corre tanto risco de cair no abismo como parece, tem chão embaixo, é pura ilusão de ótica.

— Ah, então esse é o segredo! Muito maneiro isso. Você me enganou direitinho!

— Já te disse que sou terrível?

— Eu já deveria ter desconfiado quando vi sua lista de *boy bands* favoritas. — ele rebate implicante e dou língua para ele.

Descubro que tem uma fila considerável de pessoas para bater fotos na pedra, que segundo Marcelo é até curta, pois chegamos bem cedo. Enquanto alguns focam em reclamar da demora enquanto aguardam, praguejando irritados repetidas e repetidas vezes, eu e Alex nos desligamos do tempo e ficamos olhando maravilhados à paisagem ao nosso redor, aproveitando para comer um lanchinho e repor toda a água perdida na trilha.

As pessoas se esquecem que o barato não é só a foto, o melhor da trilha é curtir o lugar. Curtir o momento.

Distraídos, nós quase não sentimos a espera. Quando damos conta, já é nossa vez.

— Vamos lá, subam os dois! — Marcelo sinaliza, ansioso para que tomemos nossas posições em cima da pedra.

Alex pega minha mão animado e segue na direção que Marcelo nos indica. Gentilmente, ele me ajuda a subir na pedra e sobe logo em seguida, num salto habilidoso.

– E aí? – pergunto a Alex meio sem saber o que fazer. – Qual vai ser a nossa pose?

– Que tal algo estilo Rei Leão?

– Quer dizer você me erguendo do chão num abismo à essa altura? Ah, até parece!

Ele me olha divertido.

– Confia em mim, Vanessa?

O observo por um instante.

– Sim. – respondo certa, o coração acelerado. Eu confio muito nele.

Com essa confirmação, Alex suavemente me puxa para perto de si, me pega pela cintura e me ergue bem alto, fazendo meus joelhos se dobrarem. Eu me seguro nele com força.

– Agora abra os braços. – ele instrui gentil. – Fica tranquila, eu não vou te deixar cair.

Ele pisca para mim e eu faço o que pede, me sentindo como uma bailarina ao jogar todo o corpo para trás. Sem medo. Sem hesitação.

Confiando plenamente nele.

Nesse instante, sinto como se eu pudesse voar de verdade, como se as borboletas não estivessem só em meu estômago, mas como se eu fosse a verdadeira borboleta. Alex olha para mim com um sorriso encantado e eu sorrio também, plena. Feliz.

– Ótimo! Ficou ótimo! – a voz de Marcelo nos traz de volta à realidade. É hora de dar a vez para o próximo da fila.

Eu ponho meus braços nos ombros de Alex para me apoiar nele na descida. Nossos olhares fixam um no outro, meu coração batendo acelerado. Eu quero beijá-lo, aqui e agora e, nesse instante, quase posso apostar que Alex também quer o mesmo, porque ele me sorri como se eu fosse o seu mundo.

Radiante, fecho os olhos.

– Ei, não é para namorar aí em cima não! Tem gente esperando aqui, sabia? – alguém grita grosseiro na fila me desconcertando.

Abro os olhos assustada. Isso corta totalmente o clima, o momento indo embora, se perdendo para sempre. Sem graça, eu enrubesço e recolho minhas mãos, colocando-as escondidas atrás do meu corpo. Alex não entende o meu repentino incômodo, mas também não se abala. Cavalheiro, ele sorri e me oferece a mão para me ajudar a descer.

Ele é mesmo um príncipe que, para a minha sorte, não entende nada de português.

Envergonhada, acelero propositalmente quando partimos para a descida. Alex tem que se apressar para conseguir acompanhar meu ritmo. Eu quero manter uma distância segura entre nós para que ele não veja o quanto estou mexida com o que quase acabou de rolar. Nós quase nos beijamos, ou pelo menos, eu quase o beijei. Eu ia mesmo beijá-lo? Da onde veio essa súbita coragem? Eu nunca fui ousada assim para tomar a iniciativa de beijar um cara.

Em um desnível da trilha, eu me dou mal e meu tênis derrapa na areia seca, me fazendo desequilibrar e deslizar alguns centímetros adiante. Ao perceber que escorrego, Alex se apressa em jogar o próprio corpo para frente na tentativa de me segurar antes que eu me estabaque de cara no chão.

– Te peguei! – ele grita, segurando meu braço com sucesso.

– Eu estou bem, foi só um deslize bobo. – o tranquilizo ao me estabilizar e, então, noto que seu pé está preso de mau jeito em uma rocha posicionada no meio do caminho. – Você se machucou?!

– Nada, tô bem. – ele declara sem jeito, soltando o tênis com rapidez. – Fiquei com tanto medo de você se machucar que me joguei. Foi estúpido, nem olhei para frente.

– Mas eu não escorreguei. – argumento na defensiva. – Foi tudo friamente calculado.

– Sei... – ele faz uma careta incrédulo. – Até parece!

– É verdade! Eu sou a rainha da selva, esqueceu? – provoco divertida. – Você é que foi criado vendo Rei Leão e fica achando que sabe das coisas.

– Eu moro numa fazenda! Sou muito mais acostumado com a natureza do que você.

– Ahã! – implico de propósito. – Haras não conta. Maior mauricinho querendo pagar de aventureiro...

– Mauricinho? – ele repete achando graça da minha implicância e emenda com um sorriso perigoso. – Você vai ver só! Essa vai ter troco.

– Até parece que eu vou ter medinho de você!

– Aguarde e verá. – ele avisa descendo ao meu encalço. – Aguarde e verá, Vanessa Zandrine.

Sei que é uma ameaça, mas, nesse caso, eu mal posso esperar para vê-lo cumpri-la.

◁———— ♡ ————▷

Quando chegamos ao fim da descida e despedimos da galera, já são mais de duas da tarde. Famintos, resolvemos ir a um dos restaurantes das tias, pequenas pensões locais uma comida praiana bem simples, farta e gostosa. Pegamos o carro e seguimos para o local indicado. Quando entramos no modesto restaurante, o garçom nos guia até uma mesa e Alex se adianta em puxar a cadeira gentilmente para mim.

– Madame. – oferece sorrindo.

– Obrigada. – me sento e ele contorna a mesa para ficar de frente.

– O cardápio. – o garçom nos entrega educado. – Qualquer coisa, é só me chamar.

– Obrigada. Olha, Alex! Tem escondidinho de camarão. Você não queria experimentar?

– Claro!

– Não é o da minha mãe, mas já dá para você ter alguma ideia de como é...

– Por acaso, algum dia eu vou ter a honra de conseguir provar o da sua mãe? – ele pergunta brincalhão.

– Não sei. – dou de ombros rindo. – Como você disse, um garoto sempre pode sonhar.

– Engraçadinha. – ele aponta para o cardápio. – E você, vai pedir o quê?

– Hummm... Acho que vou ficar com a moqueca baiana com os acompanhamentos.

Ele não faz ideia do que é isso, mas aguarda para ver.

Chamo o garçom e faço os nossos pedidos. Tudo no ambiente em que estamos é bem simples e informal, o que é bom, me faz sentir à vontade. Quando o garçom se afasta para levar os pedidos à cozinha, retorno o olhar para Alex e percebo que ele observa inquieto algo na mesa ao lado. Sua expressão é de total aversão.

– O que foi? Já é a segunda vez que te vejo fazer essa cara de nojo hoje.

Alex hesita em contar à princípio mas, incapaz de se conter, abre o jogo de uma vez.

– Qual é a dessa areia? – pergunta indignado.

– Areia? – repito sem entender.

– Que todo mundo tá botando na comida! Lá na praia, vi um cara com um espetinho de carne todo coberto de areia, tipo aquilo caiu no chão e ele comeu sem nem ligar! Agora aqui tem mais um monte de gente fazendo o mesmo. Eu não entendo, é normal servir areia como acompanhamento nos restaurantes daqui?

Caio na gargalhada.

– Isso não é areia, Alex! – explico entre risos ao ver sua cara hilária. – É farofa!

– Farofa? – ele tenta repetir a palavra e soa engraçado pelo sotaque me fazendo rir ainda mais. – O que diabos é farofa?

– É uma comida. Deixa eu ver como te explicar isso... É farinha de mandioca... lembra que lhe falei da mandioca? – ele assente com um movimento de cabeça concentrado. – Então, fazem uma farinha dela e essa farinha é dourada na manteiga e acrescentam um monte de coisas a ela, tipo bacon, cebola, alho, banana, azeite de dendê, enfim, vai do gosto do freguês. O negócio é que, no final, fica uma delícia e é um ótimo acompanhamento.

Alex faz uma cara desconfiada, de quem não acredita nem um pouco nisso. Bem, eu também não acreditaria se nunca tivesse comido farofa na vida e tivesse associado ela à ideia de comer areia. Nossa comida chega à mesa em bom momento e aproveito que um dos meus acompanhamentos é farofa de dendê com bacon para quebrar os preconceitos desse inglês.

Ergo o pote para Alex, que o olha com total aversão.

– Nem pense nisso.

– Para de ser cético e prova antes de fazer julgamentos. – desafio, estendendo a cumbuca em sua direção.

– Mas nem sonhando...

– Está com medo? – provoco.

– Claro que não. É só questão de bom senso.

– Você confia em mim?

É uma pergunta capciosa, porque eu confiei nele me segurando à beira de um precipício de olhos fechados. O que estou pedindo é bem menos arriscado que isso.

– Tá, – ele aceita contrariado. – mas eu não gosto da ideia de jogar isso em cima da minha comida. Posso comer separado?

– Pode, peraí. – satisfeita, pego uma colher e coloco um pouquinho da farofa nela. – Toma.

Ele segura a colher e me olha mais uma vez, como se medisse o perigo em que está se metendo. Enfim, abre a boca fazendo careta e come.

– E aí? – pergunto enquanto ele mastiga compenetrado.

– Caramba, – ele exclama surpreso. – isso é bom pra caramba!

Sorrio satisfeita. Claro que ele ia amar farofa! Quem não ama farofa?

– Eu te disse, viu? E o escondidinho, que tal?

Ele prova uma garfada do próprio prato e mastiga, analisando como um crítico de *reality show*. – É gostoso, mas meio decepcionante, ao mesmo tempo. Mandioca tem gosto de batata.

Eu estranho a afirmação. O gosto de batata e mandioca não é nada parecido.

– Posso? – questiono levantando o meu garfo.

– Claro. – ele empurra o prato para frente para que eu me sirva.

Eu provo um pedaço do creme e logo entendo o que ele quer dizer.

– Não parece, Alex, isso é batata. A receita do escondidinho daqui é diferente da minha mãe.

Reparo que ele parece curtir essa notícia, porque sorri como um gato. – Ahhh! Então você é prova viva que tentei de outras formas, mas não teve jeito. Vai ter que me arranjar o escondidinho da sua mãe para eu ter a experiência gastronômica certa.

– Veremos. – brinco. Eu planejo mesmo pedir para minha mãe fazer uma travessa para gente, apenas faço jogo duro para instigá-lo um pouco mais.

– Você vai comer o que sobrou disso aí? – ele pergunta interessado na farofa que deixei no pote.

– Não, já me servi. Fique à vontade.

Empurro a cumbuca para ele que, por sua vez, derrama todo o conteúdo em cima da própria comida.

Dou risada.

– Pelo menos agora sei que você não é do tipo que tem vergonha de mudar de opinião. Estava aí todo cheio de careta para a farofa e agora já tá aterrando a própria comida com ela!

– A gente tem que saber reconhecer o valor das coisas boas da vida. Orgulho é uma droga.

– Verdade, Sr. Darcy. Coma feliz aí a sua farofa. Só cuidado para não se engasgar, viu?

– Beleza, vou tentar. – ele ri maroto e, então, acrescenta pensativo entre uma garfada e outra. – Eu posso levar farofa para Londres?

Esse inglês tem cada ideia!

– Cara, você gostaria de, por gentileza, tentar deixar um pouquinho do meu país aqui? Você está querendo levar tudo que encontra de bom!

Ele dá de ombros, brincalhão.

– Eu te levo junto, aí não tem problema.

Coro de imediato.

– E quem disse que isso resolve a questão do seu contrabando? – eu me recupero rápido do embaraço. – A alfândega não vai curtir nadinha o conteúdo dessa sua mala!

– É, você tem razão. – brinca, jogando os ombros em desistência. – Então eu fico.

A ideia me paralisa. Eu gosto demais dela.

– Você moraria em um país diferente?

Vendo que minha pergunta não faz mais parte da brincadeira, ele fala sério agora.

– Eu adoraria, mas ao mesmo tempo é complicado.

Vejo que tem alguma tristeza nele em admitir isso.

– Seu irmão. – me lembro na hora. Desde a morte do pai, Alex tornou-se o tutor de Blake. O garoto depende dele, não dá para simplesmente pegar a mala e partir. Alex é melhor que isso.

Como seu pai mesmo disse, ele é um bom homem.

– Isso. – confirma pesaroso. – E tem também a fazenda em si. É difícil abandonar aquele lugar, porque é ali que eu tenho a memória mais forte dos meus pais. A fazenda é para mim o que o sofá do seu avô representa pra você.

— Eu entendo. – solidária eu coloco a mão sobre a dele. As feridas de Alex são profundas, porque apesar de seus pais já terem ido há muito tempo, como eles foram ficou marcado nele. Alex precisa daquela casa, porque precisa das lembranças que ficaram nela. – Mas é uma pena, porque não tem chance do açaí embarcar na sua mala. – emendo brincalhona e ele abre um sorriso, desanuviando a tristeza.

— Veremos, Vanessa. Veremos.

◁——— ♡ ———▷

Depois de um dia cheio de emoções, chegamos em casa e meu convidado se esparrama no sofá. Aproveito para levar uma quentinha do restaurante que trouxe para a dona Josefa e quando volto ao apartamento, percebo que Alex tira o tênis com uma expressão de dor no rosto.

— Meus Deus! – arfo chocada quando vejo o corte todo esfolado em seu tornozelo. – Você se machucou, Alex!

— Ah, isso? – ele se apressa em esconder a ferida. – Isso não foi nada.

— Claro que foi, deixa de ser orgulhoso! – ignoro sua tentativa de fingir desimportância porque o corte que está longe de ser desimportante. – Deixa-me ver isso direito.

Ele se curva, tentando esconder o próprio pé.

— Não há nada aqui para se preocupar, é só um cortezinho de nada, eu me viro. E eu não sou orgulhoso nada, você que é.

Eu estreito os olhos. Além de orgulhoso, Alex é teimoso.

Teimoso assim como eu. Temos um impasse.

— Sei muito bem que você pode se virar sozinho, Alex. A questão é que eu estou aqui. E eu quero e posso ajudar, você me permite isso?

Ele me encara, surpreso pelas palavras, e então me mostra o pé machucado, a boca ligeiramente aberta e a cabeça tombada de lado enquanto me observa abaixar e examiná-lo. Eu seguro o seu pé e avalio bem o estado da ferida nele. É bem feia, é verdade, mas não funda o suficiente para precisar de pontos, graças a Deus.

— Eu vou pegar umas coisas no banheiro, fique paradinho aí. Vamos limpar isso, medicar e manter protegido para não infeccionar, certo?

Alex assente com um movimento de cabeça quieto e sigo para o armário em cima da pia do banheiro, onde guardo meu kit de primeiros socorros. Volto com tudo o que preciso e, me ajoelhando outra vez, umedeço a gaze com álcool setenta.

— Me avise se doer.

Enquanto desinfeto o ferimento e coloco o remédio cicatrizante, percebo que Alex me observa com fascínio. Há alguma dor em seus olhos, mas ao mesmo tempo, há também alegria. Como pode alguém ficar feliz com um machucado desse em si?

— Pronto! — informo concluindo o meu trabalho e coloco o curativo por cima para proteger o corte. — Você vai ficar bem agora.

— Obrigado. — ele diz com a voz baixa. — Não só pelo curativo, mas pelo cuidado comigo.

Olho para ele e, pela primeira vez, acho que vejo Alex corar.

Suas palavras me fazem finalmente entender o porquê essa situação mexeu tanto assim com ele. A mãe de Alex morrera muito cedo e ele foi criado por um pai mais reservado, até que nem mais esse tivesse para lhe dar carinho e atenção. Ele teve que encarar desde cedo à dureza do mundo sozinho.

Alex teve que cuidar de alguém, mas não havia por perto quem cuidasse dele.

— Não precisa agradecer. — sorrio cálida. — Pode contar comigo sempre que precisar.

Ele abaixa os olhos sem jeito. De repente, o espirituoso ficou sem palavras.

— Bem, tenho que dormir agora. — comunico me levantando, pois não quero embaraçá-lo com a minha presença ali. — Amanhã eu trabalho cedo.

Alex me para no meio do movimento, segurando gentilmente em meu braço. Percebo que o toque dele em mim é sempre gentil, até quando tentou me impedir de cair, ele o fez com sutileza. Como se eu fosse delicada.

Como se eu fosse preciosa.

— Se eu estiver dormindo amanhã, você me acorda? — ele pede com os olhos fixos nos meus.

— Não é melhor você colocar o despertador para a hora em que você quiser sair? Eu saio bem cedo.

— Não, não é isso, — ele desvia o olhar. — é só que eu quero poder me despedir antes de você ir.

— Ah, tá. — fico encabulada com o pedido inesperado e dou um aceno tímido concordando. — Beleza, acordo sim. Durma bem, Alex.

Ele sorri feliz

— Durma bem, Vanessa.

E pode acreditar que eu, sem dúvidas, vou dormir maravilhosamente bem.

INTERPRETAÇÕES

Na segunda, acordo bem cedo e me arrumo em silêncio para o trabalho. Quando entro na sala, vejo que Alex ainda está dormindo no sofá, ele parece cansado, o rosto todo afundado no travesseiro. Fico com pena em acordá-lo, mas como ele me pediu com tanta doçura, me abaixo ao seu lado antes de sair.

— Ei. — o chamo suavemente para não assustá-lo.

Alex abre os olhos, aqueles incríveis olhos azuis, ainda sonolentos para mim.

— Hey, você. — ele sorri de forma tão espontânea quando me vê que me faz sorrir de volta.

— Sim, eu. — respondo carinhosa. — Bom dia. Você me pediu para te acordar antes de ir.

— Ah, você já vai? — pergunta enquanto se esforça para se sentar direito no sofá. — À que horas você volta?

— Por volta de umas quatro e meia.

— Beleza. — ele assente, ainda meio lento. — Tenha um bom dia no trabalho.

— Pode deixar, — eu pisco marota pra ele. — tenha um bom dia turistando você também. Já sabe aonde vai hoje?

— No Cristo, acho.

— Boa escolha, lá é muito lindo.

Ele concorda com um aceno de cabeça fraco, com tanto sono que chega a ser engraçado. Então, seu olhar atinge o meu rosto e ele simplesmente o mantém ali, curioso, sem parecer se dar conta do que está fazendo.

— O que está olhando? — pergunto inibida com a repentina atenção.

O questionamento faz Alex voltar a si. — Nada... — ele coça a cabeça sem jeito. — É só que você não usa maquiagem.

Ah, então é isso.

Victor vivia reclamando desse detalhe. Dizia que parecia que eu estava sempre com cara de quem acabou de acordar. Não era um elogio, claro, era uma crítica velada como tantas outras que me fazia. Talvez ele estivesse certo, talvez eu devesse voltar a me maquiar se chamava tanta atenção a ponto de me encararem por aí.

— É verdade. — admito envergonhada, insegura quanto à minha própria aparência. Meu tom é quase que o de uma justificativa. — Eu ainda uso protetor solar com cor, mas é bem suave. Quase não tampa nada.

Alex parece ignorar o que eu falo, assim como o meu constrangimento, porque simplesmente se aproxima um pouco mais. – Dá pra ver suas sardas. – ele nota com o rosto a menos de um palmo do meu nariz. – Eu não sabia que você tinha sardas.

Ele está tão perto agora que até perco a cor.

– Tenho. Eu costumava escondê-las, mas meio que desisti há algum tempo.

– Escondê-las? – Alex repete confuso e levanta o dedo instintivamente, tocando de leve a pele do meu nariz. – Mas eu gosto. – diz fascinado. – São lindas.

Minha expressão é de absoluto choque. Eu estou completamente estática, vermelha como um pimentão, sem conseguir balbuciar nem uma sílaba, seu rosto a centímetros do meu.

Ele disse "lindas"?

Ao ver minha expressão de espanto, Alex parece finalmente se dar conta do que está fazendo, ou pelo menos é o que parece. Por um minuto penso que ele vai corar também, mas então tudo acontece muito rápido. Ele dá um grito de ataque me surpreendendo e, em um rompante, gira meu corpo em um golpe ágil rumo ao sofá-cama.

Eu voo como uma pluma.

– Eu disse que me vingaria! – ele relembra a promessa de ontem, fazendo cócegas em minhas costelas e me arrancando gargalhadas nervosas. – Eu disse que me vingaria das suas implicâncias na trilha, rainha da selva!

– Não! – eu peço entre risos, me contorcendo para tentar fugir. – Por favor, pare!

– Ok, ok. – ele cessa o ataque de cócegas, dando uma trégua, e levanta os braços em sinal de paz. – Acho que já deixei bem claro agora com quem você está lidando.

– Você vai ver só... – ameaço rabugenta quando me livro de seu enlace, me ajeitando toscamente no sofá.

– Isso é uma ameaça? – o inglês pergunta em tom de desafio, tremulando os dedos das mãos erguidas para mim de novo. Engulo em seco.

Tenho autopreservação o suficiente para evitar um novo ataque de cosquinhas.

– Não, não. – esperta, eu retiro o que disse, me afastando devagar dali. – Bem, eu tenho que ir agora, tá? Te vejo mais tarde!

Alex ri da minha esquiva covarde.

– Você pode fugir, Vanessa, mas não pode se esconder. – ameaça implicante quando corro em direção à porta.

"Ah, sim, eu posso me esconder", eu penso enquanto saio o mais rápido que posso dali para que ele não note o forte efeito que tem sobre mim e corro descendo as escadas, incapaz de aguardar o elevador. Meu corpo inteiro está elétrico, como se eu pudesse correr uma maratona nesse instante com toda a energia que me toma. Como se mil terminações nervosas tivessem sido ativadas e eu precisasse descarregá-las.

"Eu já escondo tanta coisa do que sinto e você nem desconfia."

◁ ─── ♡ ─── ▷

Eu estou na minha mesa, ligando ainda meu computador, quando Magô entra no escritório super agitada e, como um raio, vem em minha direção.

– E aí?! Me fala! Como ele é? – dispara as perguntas com ansiedade, os olhos curiosos.

Isis sai da sala dela neste instante e, dando uma olhadela de menos de dois segundos em mim, chuta certeira:

– Pelo sorriso que a Vanessa está no rosto, aposto cem reais que o cara é gato.

Magô volta o olhar para mim incrédula, estudando meu rosto em busca de uma confirmação. Meu sorriso se abre ainda mais involuntariamente. Alex é mesmo lindo, por dentro e, quem diria, também por fora.

– O quê? Sério? – ela pergunta chocada, batendo as mãos na mesa. – De quão gato estamos falando aqui?

– Realmente muito gato. – avalio sem mentir. – Tipo um deus grego.

– Caramba! – ela arfa inconformada, arremessando as mãos para o alto e se joga na cadeira. – Uns com tanto e outros com tão pouco! Eu definitivamente preciso fazer um perfil... Soles, – ela grita quando vê o colega acabar de passar pela entrada do escritório. – me faz um perfil pra ontem, por favor?

– Heim?! – ele questiona confuso e eu faço um aceno para que ele não se preocupe. Isis encosta na minha mesa, com a leveza de uma garça elegante.

– Quando vamos poder conhecê-lo?

– Não pensei nisso ainda.

– Talvez ele queira ir ao nosso encontro de sexta na Lapa. – Soles sugere, agora já sentado, girando sua cadeira em direção à nossa conversa.

– Uhh, isso seria ótimo! – Magô dá pulinhos. – Vai, Vanessa, leva ele! Diz que leva?!!

Ela me olha com aqueles imensos olhos pidões. É quase como olhar para um filhote de unicórnio. Meu coração fraco amolece como manteiga.

– Não posso garantir, mas prometo que vou tentar.

Isso é o suficiente para Magô ficar feliz da vida e fazer festa pela sala. – Ahhh! Eu estou tão ansiosa!!! Mal posso esperar!

– Não se esqueça que o cara é da Vanessa, viu, Magô?! – Soles a censura, meio rabugento.

Ela bufa impaciente para ele, revirando os olhos sob as pálpebras.

— Eu sei, seu mané! É só que eu estou muito animada pela Vanessa. Depois daquele Victor baixo astral, ela tá precisando mesmo de um príncipe encantado.

— A Vanessa não precisa de príncipe, Magô. – é Isis quem retifica. – Não que eu não vá ficar muito feliz se ela encontrar um cara especial, mas é questão de vontade e oportunidade, não de necessidade. A Vanessa já é completa em si mesma.

Eu fico comovida com essas palavras e sorrio.

Sim, Isis está certa, é muito bom me sentir suficiente outra vez.

⟵ ♡ ⟶

Na hora do almoço, minha mãe me liga para contar que as férias com meu pai em Iguaba melaram por conta de um imprevisto: O carro deles quebrou e, aparentemente, vai demorar a ser entregue pela oficina, pois depende de uma peça que está em falta na fábrica.

Eles partiriam nesse sábado e ficariam lá até o dia vinte e um. Solidária a eles que quase nunca viajam juntos, julgo que posso muito bem ficar sem meu carro por dez dias e ofereço o meu. Se pensar bem, é pouco sacrifício, considerando tudo o que já fizeram por mim até hoje.

Minha mãe fica toda feliz com a notícia, ela combina de passar lá em casa antes da viagem para pegar o carro e, claro, aproveita para perguntar sobre o meu atual visitante, o inglês misterioso do qual todos estão falando.

Ao sair do trabalho, sigo até o meu prédio para o compromisso mais importante de toda semana: o tradicional passeio de segunda. Quando estaciono, dona Josefa já me aguarda, toda linda e fofa, na frente da portaria com uma sombrinha aberta para se proteger do sol. Apesar de querer muito subir e ver Alex novamente, eu seguro o ímpeto, pego minha companheira de compras e parto direto rumo ao mercado. Dona Josefa tem prioridade e não é só por conta de sua idade.

É por conta de todo o resto.

— E aí? Como tu lidou com o problema? – ela pergunta cheia de risinhos durante o trajeto.

— Ah, muito engraçada a senhora! Tu viu a enrascada e nem me preparou antes pra ela, não é, sua danada? Não podia ser mais específica? "Tu arranjou um problemão"? Isso lá é dica que se dê?

— Arre égua, desembucha logo! – pede agitada, ignorando minha bronca. – O bonitão e tu tão de chamego já, é?

— Não... – E tem, sim, uma ponta de frustração na minha voz ao dizer isso. – não rolou nada até agora, dona Josefa. E ele é meu hóspede, né. Não vou dizer, nem fazer nada a respeito, não quero que ele fique sem graça se não estiver a fim de mim.

Ela revira os olhos, como se eu fosse uma tonta falando bobagens. — Não estar a fim de tu, menina? Tu é um pitéu, o morango mais vistoso do sertão, a toda famosa das internet! Ai dele se não quiser nada contigo, cato logo a minha peixeira e faço o cabra tomar tenência!

— Dona Josefa! — eu dou risada, sem me aguentar séria com ela. — Você é mesmo impossível! Ora você ameaça um hóspede se ele encostar em mim, ora diz que vai pegar o outro se ele não encostar. Tá doida, é?

— Fazer o quê? — ela se justifica, falsamente inocente. — Aquele homão é de me fazer perder a cabeça! E não reclama não, que tô tentando arrumar pra tu, visse, mal-agradecida?

Eu dou gargalhadas e tento seguir a conversa apelando para o meu lado racional.

— Olha, dona Josefa, eu não quero nada forçado, então vamos deixar rolar naturalmente, tá bom? Pode ir guardando essa sua peixeira que, se for para ser, será. Se não for, pelo menos já valeu o colírio.

Geniosa, ela não se convence nem um pouquinho do argumento e lança logo outra pérola.

— Na farmácia tem colírio aos montes, menina! Aquele garoto tá mais é pra cirurgia de catarata!

Não tem jeito. Me entrego ao riso mais uma vez

— Só você para dizer essas coisas, dona Josefa. Só você!

— Ah, mas digo é mesmo! Eu que num vou deixar tu dar bobeira com esse homem. Tá achando que cabra assim dá em pé igual chuchu, é? Dá não, minha filha!

Eu tenho que concordar com ela. Eu definitivamente não quero dar bobeira com Alex.

Um homem como ele só aparece mesmo uma vez na vida.

Quando retorno ao apartamento duas horas mais tarde, estou cheia de sacolas. Eu e minha parceira meio que exageramos nas compras, a danada cismou que já estava na hora de eu passar para o próximo nível das receitas, insistindo até eu concordar em tentar fazer a minha primeira lasanha de verdade.

Veja só, eu e uma lasanha de verdade!

Ela bota tanta fé em mim que chega a ser engraçado.

— Nossa! Você trabalha numa feira, por acaso? — Alex se espanta, vindo depressa me acudir, quando passo pela porta toda atrapalhada com as bolsas.

— Não, é que hoje é segunda, dia de ir ao mercado. — explico dando algumas sacolas para ele.

— Você faz compras toda a semana? — ele indaga, levando as bolsas com facilidade para a bancada da cozinha. Com esses braços, até eu!

— Sim, se fizer compras só uma vez por mês essas coisas verdes e naturebas aí murcham e estragam. Dona Josefa que me disse...

— Se ela disse, então não se discute.

Eu rio, não é que ele aprendeu bem rápido?

— E você, como foi seu dia hoje? Foi ao Cristo?

— Fui. É realmente algo para nunca esquecer. — ele aponta para as compras. — Quer ajuda para guardar tudo isso?

— Seria bom, se não te atrapalhar. — Alex assente prestativo e prosseguimos o papo enquanto esvaziamos as sacolas. — O lugar é lindo, não?

— É, é bem bonito. Seu país guarda as maiores belezas do mundo.

— Finalmente você reconhece isso! — brinco, colocando as frutas que ele lava em uma travessa. — Pensei que seu orgulho inglês nunca te deixaria admitir a verdade.

Ele sorri maroto.

— Admita, você ama o meu orgulho inglês! É o meu maior charme... — ele provoca, me fazendo sorrir. — Mas confesso que o dia podia ser melhor. Eu senti mesmo sua falta por lá.

A confissão simples e casual mexe comigo. É como colorir um coração, ele ganha vida.

— Desculpa, — peço sem jeito, o rosto tomado pelo embaraço. — é que eu tenho que trabalhar durante a semana e não pude...

— Não, eu sei disso. Não foi o que eu quis dizer, eu sei que você é ocupada e ama o que faz. E admiro isso, mesmo! O que eu quis dizer... é que, bem, — ele dá de ombros. — a verdade é que é bem mais divertido quando você está junto.

Eu sorrio feliz com a declaração.

— Obrigada.

— E o seu dia, como foi? — ele pergunta casual outra vez, pegando os legumes para guardar na gaveta da geladeira.

— Bem, — abro o armário para guardar os biscoitos. — hoje fomos visitar uma cooperativa lá na favela Santa Marta, uma comunidade daqui da cidade. A nossa demanda tem sido bem alta desde o lançamento, então acabamos tendo que procurar novos parceiros e adorei ter conhecido pessoalmente o trabalho dos artesãos locais. Essa parceria me dá muito orgulho, vai gerar renda e emprego para essa gente que têm muito talento, só precisava de oportunidade.

— Isso é muito legal mesmo.

— Tudo por conta da Isis. Sério Alex, ela é fantástica. Eu a admiro tanto. Ela me faz olhar as coisas por outro prisma, me faz pensar no que estou fazendo, em como isso afeta os outros. Sabe, ela vai lá, senta com as pessoas, conversa, tenta fazer aquilo dar certo ainda que dê mais trabalho, mesmo que dê mais custo. Eu amo como ela faz as coisas. Porque, como ela mesma me ensinou, não basta só fazer, temos que fazer do jeito certo. Eu tenho muito orgulho de ter aprendido isso com ela.

– Você deve se orgulhar de si também. – Alex aponta significativo. – Você faz parte dessa mudança que estão propondo.

– Imagina, Alex, de forma alguma. Nem é como se eu tivesse essas ideias sozinha, a Isis que é a mentora, ela que me inspira a pensar grande.

– Acredito que ela é incrível, mas é claro que você também faz parte da mudança. Eu vi o seu vídeo, ouvi tudo aquilo que falou. Você definitivamente ajudou a fazer dessa marca o que ela é hoje. Você fez com que as ideias da Isis fossem ainda mais longe, você fez com que elas atingissem as pessoas. Milhões delas.

O fato de Alex enaltecer com tanta naturalidade minhas capacidades e ficar orgulhoso com minhas conquistas é algo tão legal que me deixa sem palavras. Victor também costumava me deixar sem saber o que dizer, mas era de um jeito completamente diferente. Eu ficava muda por constrangimento, por vergonha, por me sentir diminuída e incapaz. Alex me faz sentir importante como eu sou, como nunca devia ter deixado de acreditar ser.

– Pronto. – ele diz esfregando as mãos em expectativa quando terminamos de guardar tudo. – E agora, madame?

– Bem, agora eu vou tomar um banho e vestir algo confortável. – informo me esticando um pouco. – Depois eu vou encarar a minha lição de culinária da semana.

– Você faz aula de culinária? – ele franze o cenho, sem entender direito a brincadeira.

– Não, não é aula de verdade, eu faço uns testes por aqui. Dona Josefa me ensinou o básico e eu acabei me interessando em aprender mais. Nem sempre os experimentos saem incríveis, mas acredite, ficam muito melhor do antes. Sessenta por cento das vezes, pelo menos.

Ele ri cúmplice.

– Eu sei bem o que quer dizer...

– Até parece! Aposto que você é fantástico na cozinha.

– Ah, mas não mesmo. Eu sou uma completa catástrofe.

Eu o olho com total desconfiança.

– Você sempre vem com essa sua falsa modéstia quando quer me impressionar... – acuso ressabiada. Não me esqueço dele ter me contado que a aparência dele atrapalhava. Se a aparência de Alex faz isso, imagine a nossa?

– Sério. Eu não estou sendo nem um pouco modesto nesse caso. Eu sou absolutamente terrível na cozinha. Minha comida é pior que a de hospital.

– Duvido.

— Pergunte ao Blake, então. – ele propõe cruzando os braços.

— Parente não vale. Ele bem pode estar de conluio com você.

— Você já ouviu falar que a comida inglesa é a pior comida do mundo?

— Já, mas nós dois sabemos das inverdades desses estereótipos generalistas.

— Tá, você tem razão. Mas vai por mim, no meu caso é real. Acho que criaram até esse estereótipo por minha causa. Coitados dos ingleses! Estão sofrendo há tempos por isso, dá pra acreditar?

— Nem um pouco, você é um exagerado. Você não pode ser tão ruim assim.

— Você não faz ideia.

— Prove, – o desafio. – cozinhe alguma coisa hoje e darei o veredicto. Sou uma boa juíza, tenho até experiência no cargo. Lembra da competição que te contei do casal de idosos?

— Lembro sim. E, se me recordo bem, você contou que trapaceou no resultado, não foi?

— Só porque Vicenzo me pediu. – me defendo orgulhosa. Eu e minha boca grande.

— Sei... Nada corruptível você.

— Vamos, Alex, não me enrola com esse lenga-lenga! Você come a comida que faz todo dia na sua casa, se fosse tão horrorosa assim garanto que não estaria tão bem nutrido.

— Ei, você está me chamando de gordo?! – ele pergunta com falso choque e eu contenho a risada.

— Não, nada a ver. Você não é... – eu começo a dar explicações, mas percebo o que ele está fazendo. – Peraí, você está me enrolando de novo, seu malandro!

Ele sorri ao ser pego e dá de ombros. – Bom, valeu a tentativa.

— Por favor? – insisto, fazendo meus olhos pidões infalíveis. – Só um pequeno experimento, vai?

— Nem pensar. Eu é que não vou quebrar a imagem que você tem de mim te fazendo comer a minha gororoba. Sem chance! E outra: Se minha anfitriã sofrer uma intoxicação alimentar e for parar no hospital, não vou ter onde dormir. É uma questão de sobrevivência. Mais que isso. Já imaginou o horror de ter que ficar longe do meu amor por causa disso? Nunquinha, pode ir tirando o cavalinho da chuva, Vanessa. Não vai rolar mesmo.

Eu disfarço o sorriso. Ele e sua paixão desmedida pelo meu sofá de novo.

— Você é um mentiroso, Alex. Simplesmente não dá pra acreditar que seja tão ruim assim.

— Vai por mim, sou bem ruim sim.

— Um dia eu vou querer experimentar... – insinuo com expectativa.

— Eu realmente não quero que você fique doente... — ele rebate no mesmo tom, me fazendo gargalhar.

— Poxa, caramba! O que diabos você faz nessa comida para ela ficar tão assustadora assim, homem?

Ele apenas dá de ombros com um sorriso inocente. — Eu não sei, mas que ela fica abominável, ah, isso fica!

Meu olhar de desconfiança permanece. Sim, eu sou uma cabeça-dura irredutível quando cismo com alguma coisa. É quase impossível Alex me convencer de que ele é ainda mais desastroso do que eu era na cozinha antes. Eu tostei um peru com apito, tenho quase certeza que não dá para ser pior que isso.

— Não adianta fazer essa cara. — ele aponta para o meu beicinho inconformado e sorri. — Esse é um fato imutável, Vanessa, aceite. Por outro lado, confesso que sou bom em fazer outras coisas, tipo lavar louça, tirar o lixo, cuidar de cavalos... Vamos fazer assim: Para você não dizer que fugi completamente do desafio, eu te ajudo hoje. Posso ser seu auxiliar de cozinha, o que me diz?

Eu levo uma mão ao queixo. — Nunca tive isso, mas parece interessante... — analiso, fazendo suspense. — O que inclui exatamente na descrição do cargo?

— Ah, muitas coisas. Eu corto, descasco, amasso, jogo o lixo fora, lavo a louça, inclusive as panelas...

— As panelas? Eu odeio lavar as panelas. Feito! — Estendo a mão animada para ele, que retribuiu o aperto, selando o acordo. Em seguida, Alex dá um sorrisinho maroto, o canto esquerdo do lábio puxado para cima.

— Você só se esqueceu de perguntar o meu salário...

— Oh, não! — bato a mão na testa de forma teatral, arrancando risadas dele. — Que burrice a minha! Não acredito que cai nessa...

— Calma, relaxa aí que eu não sou caro. Eu só quero em troca a honra de poder provar a comida que você fizer.

Eu olho para ele considerando a proposta e, claro, ele me encara de volta sem sequer piscar, o sorriso torto ainda lá me atordoando. Como sempre, eu sou a primeira a desistir nessa disputa, é totalmente desconcertante barganhar com Alex assim. Aquela profundeza azul de sua íris me deixa agitada, é como entrar num mar revolto sem proteção. O estranho é que nesse caso eu não quero fugir.

Eu quero mesmo é me afogar de vez.

— Ok, parece justo. — assinto, concedendo a vitória a ele. — Vou lá tomar banho e daqui a pouco estou de volta para te botar para trabalhar, assistente. E não pense que vou te dar moleza, heim!

— Eu mal posso esperar, chefe! — ele diz espirituoso, me fazendo corar mais uma vez.

A verdade é que eu também não.

No banho, eu sorrio com a água caindo sobre meu corpo. Como é possível que Alex, estando há apenas quatro dias aqui, consiga me provocar esse turbilhão de sensações? Tá certo que mesmo antes de nos conhecermos pessoalmente eu já tinha notado que havia uma conexão louca entre nós. Mas agora, com ele em minha casa, em carne, ossos, músculos e um belo par de olhos azuis, é impossível negar que há uma tensão no ar toda vez que nos falamos, olhamos ou o que quer que seja que façamos juntos. É uma tensão peculiar, diferente de tudo o que eu já senti antes.

Uma mistura de ansiedade, desejo, reconhecimento. Tantas coisas juntas, tão intenso e novo.

Mas então me repreendo e me lembro mais uma vez que ele é meu visitante e eu sou sua anfitriã, apenas isso, nada mais. A comunidade é de viajantes, não de namoro. Eu não posso me permitir criar expectativas onde não existem provas concretas. Tenho que admitir que, apesar das constantes insinuações e brincadeiras que fazíamos online, Alex nunca foi direto sobre o que sentia por mim.

Logo, nada de supor coisas e esperar algo dele nesse sentido.

Colocando isso na cabeça, pego a toalha e sigo para o quarto. Já vestida, prendo o meu cabelo rebelde num coque bagunçado e volto para a sala, onde Alex me aguarda paciente no sofá que tanto ama.

— Nossa! — exclama boquiaberto quando me vê. — Você definitivamente está tentando me seduzir.

Eu gelo com medo de que, de alguma forma, ele tenha lido meus pensamentos de momentos atrás. Isso é humanamente possível? Me desespero por um segundo, mas então relaxo ao olhar para baixo. Percebo rindo que estou usando meu moletom mais largado, cinza, enorme e medonho, combinado com minha legging de estampa militar e polainas.

— Conforto é o último sexy, não sabia? — eu rebato a zoação dele com bom humor.

— Vou anotar no meu caderninho. — ele responde sorrindo e se levanta. — Pronta pro seu treino, garota sexy?

— Eu nasci pronta.

— WOW! É disso que eu estou falando! Essa garota está em chamas.

Reviro os olhos e pego o livro de receitas em cima do rack. A publicação em questão foi indicação de Vicenzo e lembrar disso me faz sorrir com a memória do espetáculo inesquecível que ele deu nessa cozinha.

Reúno os ingredientes dos pratos que planejo fazer hoje em cima da pia e, quando termino de pegar tudo o que preciso, noto que Alex está do outro lado da bancada, olhando distraído os temperos que ganhei há pouco tempo.

— São temperos indianos — eu explico, me aproximando de onde ele está.

— Ah, eu sei. — ele abaixa o vidro e olha para mim. — Tenho temperos também lá em casa, mas nunca os usei. Como disse, sou uma total negação na cozinha, só uso sal e olha lá.

Eu rio, porque me reconheço perfeitamente na descrição. Sal e tempero de macarrão instantâneo eram tudo que eu conhecia antes de tantas pessoas incríveis aparecerem em minha vida e me ensinarem coisas novas.

Principalmente, me inspiraram a *gostar* de coisas novas.

— Sei bem como é, mas acho que você devia dar uma chance aos temperos. Eles dão um toque especial na comida, vai ver é justamente isso que está faltando na sua.

— Sério, Vanessa, não é tempero que está faltando na minha comida. — ele argumenta significativo e acrescenta me fazendo gargalhar. — É gosto.

— Você realmente está começando a me assustar com essa sua comida...

— É bom mesmo. Assim você não corre o risco de provar e morrer por acidente. — ele implica e se aproxima. — O que vamos preparar, chefe?

— Bem, eu tinha pensado em fazer uma torta de legumes, mas aí a dona Josefa hoje me incentivou a fazer minha primeira lasanha... Sei lá, parece meio difícil, não sei se estou sendo muito ousada com isso, então não crie muitas expectativas com o resultado final.

— Ah, vamos! Se a dona Josefa falou que você consegue, com certeza você dá conta. E eu vou ajudar. Tá que isso conta pouco numa cozinha, mas serve para alguma coisa. Por que não piramos de vez e fazemos as duas coisas?

— Ambicioso você, heim! — implico, mas gosto da confiança. — Ok, eu topo o desafio. Vamos ao trabalho?

— Só se for agora!

Eu abro o livro na primeira página com marcador e mostro para ele.

— Vamos as receitas. Primeiro, lasanha aos quatro queijos.

— Uhh... — ele gosta da ideia sem dúvidas.

— E... — viro para a próxima receita marcada. — torta caponata.

Alex balança a cabeça impressionado e estica os dedos em preparação.

— Me convenceu, patroa! Vamos nessa, me dê suas ordens.

Eu assumo a postura de chefe. É tão legal ser a manda-chuva da parada só para variar.

— Bem, para começar, vamos picando em quadradinhos esses legumes. Aqui, — entrego a ele a tábua. — abobrinha, berinjela, tomate, cebola...

— Como quiser, madame.

Ele pega a faca e começa a cortar com desenvoltura. Percebo que Alex tem força e destreza nas mãos, o que torna a tarefa infinitamente mais fácil para ele do que é para mim. Gosto do fato dele se ocupar voluntariamente da cebola. Quando ele a pega, eu o observo com interesse.

— Por que está me olhando desse jeito? — ele pergunta divertido, percebendo minha repentina atenção ao seu trabalho.

— Eu odeio essa aí, ela me faz chorar todas as vezes.

— Quer que eu me vingue por você?

— Por favor! — eu rio. — Faça a maldita em pedaços!

— Sinto muito, colega. Ordens da chefe. — ele explica para a cebola antes de empunhar a faca e fatiá-la em mil pedaços como eu faço. Gosto ainda mais de Alex depois disso. Essa é sem dúvida uma característica importante para se acrescentar à lista de requisitos do meu futuro marido.

Pego os ingredientes para a massa: ovos, manteiga, farinha e sal e coloco tudo numa tigela, botando literalmente a mão na massa para incorporá-los como manda a receita.

— Você quer ajuda para mexer aí?

— Não, obrigada, tô de boa. Acho que já está quase no ponto.

— Beleza. — ele assente, abaixando a faca. — Eu já terminei aqui, patroa.

— Rapidinho você, heim!

— Não em tudo. — ele provoca e eu abaixo o rosto, corando.

Pensamentos impróprios, Vanessa. Pensamentos impróprios.

Segurando um sorriso, eu vou até a tábua de picar onde jaz a minha maior inimiga fatiada e a despejo na panela para dourar, ou arder na fogueira, como gosto de pensar para dar mais dramaticidade a coisa.

— Enquanto refogo aqui, você pode ir forrando a massa que preparei na travessa. Só tem que lembrar de reservar uma parte dela para poder tampar o refratário.

— Eu sei como. — Alex comunica pegando a travessa e começando a fazer a tarefa com impressionante agilidade. — Minha mãe costumava fazer muitas tortas doces lá em casa, ela sempre me pedia ajuda para forrar as travessas. Sou quase um especialista nisso.

— Há, eu sabia que estava escondendo suas habilidades desde o princípio!

— Não, nada perto, sério mesmo! Eu só forrava as formas, admito que dessa parte eu gostava muito, era como brincar de massinha. Mas o resto era tudo com ela.

— Sei. Vou fingir que acredito. — faço jogo duro.

Quando o refogado está no ponto, separo uma quantidade dele para a outra receita e adiciono na panela os legumes picados do recheio da torta, o creme de leite e os temperos. O aroma que levanta dessa mistura é uma delícia.

— Isso cheira mesmo bem. — Alex elogia chegando mais perto da panela e, consequentemente, de mim.

O cheiro dele também é delicioso, noto na hora. Como sabonete de verbena. Todos os pelos de meu corpo se eriçam com sua presença tão próxima. Estremeço.

— Vamos ver se fica tão gostoso quanto cheira. — proponho rápido desligando o fogo e me desvencilhando de perto dele para não acabar perdendo o foco e queimando tudo outra vez. — Bem, o recheio está pronto, mas temos que deixar esfriar antes de jogar na travessa que você forrou. Enquanto isso, vou começar a fazer o tal molho branco.

— E eu? Faço o quê? — Alex pergunta com um sorriso divertido agora estampado no rosto. Não consigo desvendar a razão dele estar sorrindo tão satisfeito assim, mas só de olhar para ele de novo meu estômago remexe inquieto e não é de fome.

— Pode picar o presunto em tiras e lavar as folhas de manjericão. — instruo impassível, tratando de me manter ocupada para não pensar muito em outras coisas. Minha imaginação anda incontrolável e agora não está voltada à cebola.

Coloco o restante da minha inimiga que reservei em outra panela e junto manteiga, farinha e leite. Vou mexendo até a atingir a consistência certa do tradicional molho branco e depois tempero com sal, pimenta e noz moscada. Que orgulho, eu sei usar noz moscada agora!

— Pronto. — anuncio desligando o fogo e colocando o forno para esquentar. — Agora vem a montagem.

Pego o livro e confiro a ordem.

— Molho, massa de lasanha, presunto, muçarela, molho de novo e tudo outra vez. — repito para mim mesma, montando a sequência na travessa enquanto Alex me passa os ingredientes, com a agilidade de um instrumentador. — Agora me passa aquela embalagem ali, Alex.

Ele pega a caixa redonda com curiosidade e me entrega. —O que é isso?

— É catupiry, é tipo um queijo cremoso daqui. — explico. — Achei que poderia ficar incrível se eu colocasse catupiry na última camada da lasanha antes do queijo. O que acha?

— Nunca comi catupiry, mas se você diz... Vai lá, chefe, confio em você.

Ele me entrega o pote e eu abro a embalagem, espalhando o catupiry generosamente sobre a superfície da massa. Depois cubro-o de grossas fatias de queijo muçarela e está pronta.

— Voilà! — anuncio imitando Marie e Alex verifica impressionado. — Agora vamos para a torta. Assistente, me passa aí a travessa que você forrou, por favor?

Alex bota à minha frente a travessa com massa e eu despejo nela o recheio de legumes já frio. Ela fica linda. Nós realmente nos superamos nessa receita.

– Agora é só tampar com a massa. – aviso a Alex, que se adianta na tarefa.

– Pode deixar isso comigo.

Enquanto ele faz essa parte, coloco a lasanha no forno que já está aquecido. Quando me levanto para pegar a torta, reparo que Alex colocou uma bolinha perfeita de massa equilibrada em cima dela.

– O que é isso? – pergunto achando graça da decoração inusitada.

– Eu sei lá! – ele dá de ombros rindo ao se justificar. – Minha mãe me ensinou assim, o que posso fazer? Acho que acostumei.

– Então não se discute, vai com bolinha mesmo! – decido dando risada e pego com cuidado a travessa das mãos dele para colocar no forno também. – Agora deixa só eu ligar o timer e pronto! Conseguimos!

Nós batemos as mãos em comemoração.

– E não é que foi divertido? – Alex admite surpreso.

– Eu não te disse? – provoco dando uma cotovelada de leve nele e, em seguida, começo a guardar as coisas no armário. – É bom experimentar coisas diferentes, Alex. No início, pode parecer meio assustador, mas quando a gente muda a atitude e passa a se entregar a novas experiências, pode realmente se apaixonar...

– Sim, – eu o escuto responder, ainda ocupada guardando as coisas. – eu entendo perfeitamente o que quer dizer, Vanessa, porque estou perdidamente apaixonado agora e a responsável por isso é você.

A frase é simples e direta e me faz paralisar no lugar, olhando para dentro do armário, incapaz de me virar para encará-lo. Meu rosto queima e agradeço a Deus pela porta do gabinete estar escondendo dele a minha expressão de absoluto choque.

Alex está mesmo se declarando para mim? Meu sorriso se abre largo.

– Quer que eu te passe o pacote de massa para guardar aí? – ele oferece, então, como se não tivesse dito nada demais há segundos atrás.

Eu apenas respondo "Hum hum.", sem me mover um centímetro.

Ele me passa o pacote e, enquanto eu o guardo, ele fala mais uma vez abismado. – Meu Deus, é sério! Eu vou me casar com essa coisa.

Torço o nariz porque a frase é estranha, pelo que eu saiba eu não sou uma coisa, sou uma pessoa. Curiosa, eu jogo a cabeça um pouco para trás e espio. Alex está com uma colher na boca, se deliciando com algo.

Não, não é por mim que ele está apaixonado. É pelo catupiry.

– Alex! – arfo brincalhona.

– Desculpe! – ele se justifica contendo o riso e abaixando a colher. – Mas o que eu posso fazer, Vanessa, isso é incrível!

Reviro os olhos. – Cara, você é terrível!

– Te avisei que era. – ele brinca e, dando a última lambida na colher, pergunta. – O que fazemos agora, chefe?

– Bem, eu geralmente uso o tempo que sobra depois de cozinhar para relaxar ou pesquisar outras receitas. Sento no sofá e folheio uns livros, fuço na internet...

– Ihh... – Alex balança a cabeça pensativo, como se estivesse em desacordo com algo.

– O que foi agora?

– Não sei não... – ele diz hesitante, mas com um toque de sarcasmo. – Não gosto da ideia de ter que dividir meu amado sofá, ainda que seja com você.

– Como é que é?! – minha cara é de total surpresa e revolta. – Aquele sofá é meu, seu malandro! – atiro o pano de prato nele.

– Ok, ok! – ele assente rindo quando ameaço jogar mais coisas. – Não precisa ficar nervosinha, mulher, só por hoje eu vou deixar passar. Pode sentar aqui do meu ladinho.

– Abusado! – dou a língua para ele revoltada.

– Temperamental. – ele rebate, se divertindo com o meu gênio.

Marcho em direção à sala cheia de atitude, carregando a minha pilha de seis livros debaixo do braço. Alex acompanha a cena, achando graça quando me jogo no sofá do meu avô e espalho os livros, ocupando boa parte do assento.

– São em português. – aponta para a capa do livro frustrado já na primeira olhada.

– Porque eu sou brasileira. – respondo implicante.

– Sério? Nem tinha percebido isso! Ah, peraí, percebi sim, quando você jogou areia na sua comida. Estranheza típica de brasileiro...

– Fala a pessoa que soterrou a comida com farofa.

– Tenho que dar o braço a torcer nesse aspecto. A areia brasileira é mesmo a melhor areia que já comi no mundo!

– Eu bem que sabia que você não batia bem. Quer dizer que andou comendo areia de outros lugares, é?

– Boa. – ele admite, fui mais sagaz nesse *round*.

– Aqui. – entrego os marcadores de livro a ele. – Pode marcar se gostar de algo, eu te mando a receita depois.

– Já pronta?

– Há há há! Mas é claro que não, seu abusado! Se eu posso aprender a cozinhar, você pode tentar também melhorar a tua gororoba.

– Sejamos sinceros, Vanessa. Uma gororoba nunca será uma lasanha.

— Coloca catupiry. — sugiro irônica e, secretamente, com uma ponta de ciúmes — Já que você está tão apaixonado por ele talvez faça toda a diferença.

— Taí. Isso até que poderia funcionar! Lembrar de levar catupiry para a Inglaterra. — ele faz uma nota mental e, então, prossegue a lista. — Mais o açaí e a farofa... — e abaixa um pouco a voz e completa. — e o meu sofá, claro.

— Nem se atreva! — o alerto, de repente bem atenta.

— O quê? – ele se faz de desentendido. – Eu não disse nada...

Pelo visto não posso mais ficar tão despreocupada com a ideia de alguém roubar o meu sofá. Se eu der bobeira, é capaz de Alex fugir com ele e se casarem em segredo. Tenho que abrir meu olho com esse inglês malandro.

Passamos um bom tempo tranquilos, olhando livros e sites de culinária lado a lado. Alex me mostra algumas fotos de receitas típicas de seu país, como pudim yorkshire, molho gravy, fish and chips e scouse, o tal prato que seu pai fazia nos feriados e que era o seu favorito.

Quando o primeiro timer finalmente apita, retornamos à cozinha para checar se a nossa lasanha está pronta. Abro o forno rezando para não passar vergonha na frente de Alex e sorrio quando o cheiro delicioso nos atinge em cheio. O queijo tostado e crocante por cima, a porção generosa de catupiry derretida em um creme suculento, as camadas borbulhantes de molho visíveis pelo refratário de vidro e a cor linda e vívida do presunto cozido são indicativos claros do sucesso.

Comemoro internamente. É a minha primeira lasanha de verdade da vida!

Com cuidado, tiro o pirex do forno usando as luvas de proteção e nos sirvo pedaços generosos. Ansiosos, nós dois nos sentamos no sofá para a degustação de nossa obra prima.

— Bonita está, agora vamos ver o gosto.

Alex leva uma garfada à boca.

— WOW! – ele exclama se contorcendo e assoprando porque está quente. – Isso está ridiculamente bom!

Eu provo em seguida e devo dizer que é a mais pura verdade, está de matar o guarda, como diz minha vizinha. Eu nunca imaginei na vida que poderia cozinhar algo tão saboroso.

— Catupiry foi uma ideia perfeita! – Alex aprova levando outra garfada cheia à boca. – Combinou perfeitamente.

— Não é? Fez toda a diferença mesmo. Queijo com mais queijo, eu sabia que não tinha como isso dar errado. Queijo nunca é demais.

— Eu tenho que admitir, – Alex me lança um olhar significativo. – foi realmente muito legal cozinhar contigo. Eu sempre achei um saco, mais uma obrigação do que qualquer outra coisa, mas você fez parecer tão fácil que acho que vou passar a me esforçar um pouco mais como sugeriu para melhorar. Por Blake.

— E por você também, não se esqueça. – acrescento cúmplice e ele sorri. – E não se esqueça de todos os ingleses, claro. – implico dessa vez. – Talvez ainda dê tempo para se redimir e acabar com essa terrível fama que você andou causando por aí.

— Bem, acho difícil reverter isso sem você lá para me ajudar. A menos que eu me especialize em crudivorismo...

— O que é isso?

— A arte da culinária crua. – ele explica, me fazendo rir. – Afinal, ninguém pode negar que eu sei picar, cortar e forrar travessas como ninguém.

— Você é um malandro, Alex Summers, já está fugindo da raia de novo...

Ele me encara com um sorriso nos lábios. – Você quer que eu não fuja mais, Vanessa?

Eu fico toda sem jeito.

— Deixa eu lavar essa louça... – me levanto encabulada e tento pegar o prato dele sem o olhar nos olhos, mas sou impedida no meio da tentativa.

— De jeito nenhum. – Alex nega gentil e pega o prato da minha mão. – Pode deixar que eu lavo tudo.

— Tem certeza?

— Faz parte da minha função de assistente, se esqueceu, chefe?

Com nossos pratos e talheres nas mãos, Alex vai em direção à pia. Eu fico ali, assistindo ele lavar a bagunça que fizemos com um sorriso satisfeito no rosto e penso em como deve ser bom casar com alguém assim. Alguém que faça com que pequenas tarefas se tornem eventos memoráveis e agradáveis. Alguém que consiga te fazer sentir confortável ao seu lado como um amigo de anos e, ao mesmo tempo, também seja capaz de te tirar o ar com apenas um sorriso.

Alguém que faça tudo ainda melhor.

Eu sei. Eu estou perdida e irrevogavelmente apaixonada.

E, no meu caso, não é só pelo catupiry.

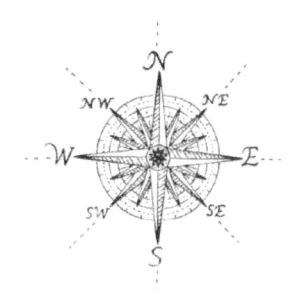

À MODA INGLESA

Na manhã seguinte, eu já estou saindo pela porta, quando sou pega no flagra.

— Hey, fujona!

Viro-me rápido e vejo que Alex ainda está deitado no sofá, mas tem um olho aberto me encarando. Cara, que ouvidos impressionantes esse homem tem!

— Opa, desculpe eu não ter te acordado, Alex. Você parecia tão cansado... — me justifico pela trapaça, me virando em sua direção.

— Eu não estou cansado. — ele alega sentando, mas um bocejo lhe entrega fazendo com que eu erga uma sobrancelha. — Ok, talvez só um pouco.

— Dorme um pouco mais. — sugiro atenciosa. — Você tem muita coisa para visitar hoje, tem que estar com disposição. Fora que você está de férias, é seu descanso merecido do trabalho no haras. Aqui não precisa acordar todo o dia junto com as galinhas.

Alex pensa um pouco, avaliando a sugestão.

— Você volta no mesmo horário?

— Sim.

— Então nos vemos às cinco?

— Combinado. — Ele assente satisfeito com a minha resposta e emendo. — Desculpa, mas tenho mesmo que ir agora, Alex. Estou um pouco atrasada para...

— Claro! — ele se apressa em dizer. — Até mais tarde, Vanessa. E bom trabalho.

— Bom passeio pra você também, Alex.

O dia no trabalho é bem tranquilo, exceto a parte que Magô me enche com mil perguntas sobre Alex na hora do almoço, Soles dando suspiros frustrados a cada pergunta que ela faz. É de cortar o coração assistir o sofrimento desse cara. Sério! Magô definitivamente tem que começar a parar de acompanhar as minhas relações e perceber as coisas que acontecem ao seu redor. A cada dia fica mais óbvio para mim que Soles é completamente vidrado na dela e a garota de cabelos azuis nem nota.

Mas quem sabe isso se resolva logo? Talvez na saída dessa sexta, Soles finalmente tome coragem para fazer uma investida mais explícita e se declare para ela. Seria legal ver os dois felizes numa tacada só.

Quando o relógio marca quatro horas, saio do trabalho apressada e sigo direto para casa, sentindo meu coração palpitar pela simples consciência de que Alex está me esperando. Subo pelo elevador com ansiedade e já estou com a chave engatada na porta para abri-la, quando ouço risadas vindas do outro lado do corredor.

São risadas conhecidas, noto.

Curiosa, eu tiro a chave da fechadura e sigo na direção oposta. Quando chego ao local onde os risos são mais altos, toco a campainha.

– Vanessa! – dona Josefa se surpreende ao abrir a porta de seu apartamento e me ver ali. Por detrás dela, vejo boquiaberta Alex sentado no sofá, com um pratinho e uma xícara nas mãos na maior tranquilidade do mundo. Super íntimo da minha vizinha, sabe-se lá como!

– Alex? – me concentro na figura deslocada no cenário. – Como é que você veio parar aqui?

Ele apenas dá de ombros, completamente relaxado.

– Dona Josefa me achou no corredor quando eu estava voltando para casa e me convidou para tomar um café.

Tenho que rir. Só Alex mesmo para dar uma resposta tão polida de lorde inglês dessa! Pelo que posso imaginar da cena, dona Josefa deve ter arrastado ele até aqui sem dar chance alguma dele argumentar o contrário, exatamente como ela fez comigo quando me mudei.

– Você sequestrou o pobre coitado, não foi? – pergunto para minha adorável e terrível vizinha em português já sorrindo.

– Arre, não me censure! – ela diz falsamente inocente. – Tô velha, mas não tô morta, né! Quem não quer a companhia de um garoto bonito e bem-apessoado desse? Não sou boba, não, menina.

– Relaxa, Vanessa! Tá tudo bem, – Alex se pronuncia todo à vontade do sofá. – eu e sua vizinha estamos nos entendendo perfeitamente aqui até você chegar.

Eu não me aguento e coloco as mãos na cintura rindo. – Alex, a dona Josefa não fala uma palavra em inglês, como por Deus vocês podem estar se entendendo?

– Não sei, é meio que mágico. Dona Josefa e eu devemos ter aquele tipo de conexão louca, porque é quase como se falássemos a mesma língua!

– Ah, é? – eu estreito os olhos sem conseguir acreditar nem por um instante nisso e, então, me volto para a outra parte envolvida no caso, perguntando em português. – Dona Josefa, você por acaso entendeu alguma coisa do que o Alex falou até agora?

– Oxe, mas num faço é a menor ideia do que o gringo diz, menina! Mas que o homem é bonito, é! Dá gosto de olhar até sem entender! Ô, saúde!

– Você é uma figura, dona Josefa! Só a senhora pra falar essas coisas...

Ela ri e me puxa em direção ao sofá. – Venha, menina, deixa de história e senta aqui para comer um pedaço de bolo com a gente. Tá quentinho, acabou de sair do forno.

– Hummm... – sinto o cheiro tentador de longe. – É de fubá?

– Arretada tu, heim! – ela acusa me dando um tapinha maroto na perna. – Acertou na mosca! Venha, coma pra engordar esses gambitos.

Ela corta uma fatia grossa do bolo e serve num prato de sobremesa para mim. Eu espeto um pedaço e levo à boca. – Humm, tá uma delícia, Dona Josefa!

Ela aprecia o elogio e continuo comendo com gosto, até que percebo que minha vizinha está fazendo algo muito estranho enquanto socializamos ali. Percebo que ela, vez ou outra, dá uma bebericada à contragosto na caneca que segura, fazendo depois uma careta engraçada e finalizando com um sorriso extremamente forçado e um sonoro "Hummm".

Não tem nenhuma chance disso ser normal.

— Dona Josefa, o que diabos tem aí nessa bebida? Você está fazendo caretas hilárias toda vez que toma esse troço. Tá estragado, é?

Os olhos de dona Josefa ficam enormes de vergonha.

— Num fala isso, menina! — chama minha atenção tentando, sem nenhum sucesso, ser discreta ao fazê-lo. — O bonitão aí vai sacar a treta...

Noto que Alex, mesmo sem entender o que falamos, acha graça na nossa interação, mas disfarça muito bem, tomando um gole da própria caneca para esconder os lábios que se erguem.

— Ele não entende português, dona Josefa. Pode me falar. Que treta é essa?

Ela olha de rabo de olho para Alex de novo e penso que discrição não é nem de longe o forte da minha adorável vizinha, mas seguro a risada como posso. Alex, claramente percebe que está sendo avaliado por ela, mas abaixa os olhos para o prato e faz uma perfeita cara de paisagem, como quem não desconfia de nada. Isso é o suficiente para dona Josefa aceitar que ele não está prestando atenção.

Convencida, ela abaixa a voz e relata o que aconteceu: — Quando entramos aqui em casa para comer o bolo, o bonitão aí se ofereceu de fazer um negócio de beber. Ele fez o gesto de glup-glup e eu entendi direitinho, visse? — emenda bonitinha. — Só que pensei que ele tava falando de café, mas aí o cabra tirou da sacola dele um chá. Até aí até dava, o problema, menina, é que ou esse garoto sabe menos de cozinha do que tu sabia ou não bate nada bem das ideias.

— Por que diz isso, dona Josefa? — eu pergunto já rindo em antecipação.

Ela bota a mão para cochichar no meu ouvido. — O coitado em vez de botar água não botou foi é leite no chá?!

É o bastante, eu caio na risada de forma incontrolável.

— Menina, modos! — dona Josefa me censura toda embaraçada me dando tapinhas no braço. — O moço aí vai desconfiar da gente se tu ficar se escangalhado de rir desse jeito! — ela, então, bebe novamente um gole do tal chá com leite e dá outro sorriso forçado para Alex para disfarçar, me fazendo rir ainda mais. — Hummm, tá danado de bom! — ela diz e faz um sinal de positivo com o polegar, literalmente, para inglês ver.

Não me aguento. Essa é a cena do ano! Alex falou da nossa farofa, mas aí está revanche com o seu chá-leite. Aqui se faz, aqui se paga, penso enquanto me contorço de tanto que rir.

— Olha, essa foi realmente ótima, dona Josefa! Mas ó, vou te contar uma coisa que tu não vai acreditar. Não é costume só dele não, o país todo do cara faz isso, bota leite no chá!

— Arre! — ela arregala os olhos chocada. — Que povo porreta de estranho esse aí, menina! O que tem de bonito, tem de esquisito.

— Pra você ver. — confirmo incapaz de falar sério e me levanto, seguida por Alex. — Bem, vou indo lá, dona Josefa. Muito obrigada pelo bolo, estava ótimo.

— Oxente, que isso! Quando tiver tempo, passa aqui de novo. Tu também, visse, bonitão?

Ela abraça Alex com força e, aproveitando que ele não vê, cheira o seu cangote e levanta o polegar pra mim em aprovação. Eu balanço a cabeça, sem conseguir acreditar nessa figura e, assim, eu e meu hóspede saímos pela porta. Aposto que minha hilária vizinha está correndo nesse segundo para se livrar do resto do chá-leite da caneca de uma vez por todas.

— Do que vocês estavam rindo? — Alex pergunta quando nos afastamos o suficiente no corredor.

— Segredo. — faço sinal de zíper nos lábios.

— Eu aposto que posso adivinhar sobre o que era. — ele sugere com um sorriso nos lábios. — Era do chá, né? — eu não me aguento e deixo escapar uma risada sonora, me entregando na hora. — Cara, ela parecia que ia ter um AVC quando me viu botar o leite no chá. — ele comenta rindo também. — Eu nunca vi alguém arregalar os olhos daquele jeito! Parecia até desenho animado!

— E mesmo assim você fez a coitada beber, é?

— Ei! Eu tentei pegar de volta, ela que insistiu em beber por educação. — ele se defende, levantando as mãos. — Mas a cada gole que ela tentava tomar, era uma careta diferente, eu nunca ri tanto! Eu quase me engasguei tentado esconder as risadas!

— Você é mesmo um gênio do mal, Alex Summers! Fique longe de minha doce e gentil vizinha.

Ele cruza os dedos os beijando em jura. — Ok, eu prometo não cozinhar nunca mais nada para ela. Eu te disse que eu era um terror na cozinha, você que não quis acreditar em mim.

— Não imaginei que você era praticamente um serial killer do chá. — brinco, abrindo a porta do meu apartamento.

— Quase isso. — ele responde com bom-humor. — E hoje, o que você normalmente faz quando chega em casa?

— Às terças? Às terças eu aprendo um idioma novo. Comecei pelo francês.

— Ei, eu falo alguma coisa em francês. Posso te ajudar com isso.

— Sério? — me animo com a ideia de ter Alex como professor. É um tanto sexy até.

— *Oui*, madame. — ele confirma. — Onde você está?

— Bem, eu ainda estou bem no começo mesmo, aprendi o básico de vocabulário e da gramática. Estou nesse lance meio autodidata, com vídeos, aplicativos de idiomas, apostilas. Demora um pouco, mas funciona.

— Ok, podemos fazer assim, a gente assiste a uns vídeos aleatórios de diálogo em inglês na internet e tenta reproduzir a conversa em francês. O que acha?

— Beleza! Mas eu sou iniciante, então vê se pega leve comigo.

— Ora, Vanessa, como se você não soubesse! — Alex dá o seu sorriso confiante, me fazendo arrepiar. — Eu não sou do tipo de homem que pega leve.

É, ele não é mesmo.

Café com leite que nada, querida, Alex é ousado à moda inglesa.

Ou seja, com chá.

⬅ ♡ ➡

Na manhã de quarta, Alex acorda quando já estou terminando de beber o meu café.

— Bom dia, trabalhadora. — ele pisca animado para mim.

— Bom dia, Alex. — respondo simpática vendo ele se esticar todo preguiçoso no sofá-cama de meu avô. — Dormiu bem?

— Nesse sofá? — ele pergunta irônico. — Você sabe bem a resposta, *ma chérie*.

— É sério, esse sofá é meu, Alex.

— É o que você diz... E aí? Qual a atividade que teremos hoje mais tarde?

— Surpresa.

— Ah, vai! Dá uma dica? — ele insiste, ameaçando se levantar.

Jogo a toalha mais rápido do que realmente gostaria. A verdade é que não posso lidar com isso tão cedo. Alex de manhã é quentinho e cheira bem, bagunça meus sentidos que ainda nem estão totalmente despertos. Chega a ser injusto enfrentá-lo assim.

— Aqui. — eu tiro o imã da geladeira e entrego a ele meu planejamento semanal.

Ele olha o papel curioso e franze a testa.

— Isso não vale! — reclama me devolvendo o papel. — Eu não sei ler português.

— Então é melhor fazer um dia de idioma pra você também e começar a aprender. — sugiro sem pegar o papel de volta, fazendo ele me dar língua. — Eu deixei a chaleira do lado de fora para você fazer seu chá.

— Chá com leite. — ele corrige com ar de importância. — Eu sou inglês, esqueceu?

— Como esqueceria com esse sotaque todo pomposo aí? — provoco e trato de sair e fechar a porta antes que ele jogue o travesseiro em mim.

Quando chego do trabalho, Alex já está sentado no sofá me esperando. Reparo que o vestuário que usa é um tanto incomum. Traja short e camisa de exercício e tem um tênis esportivo nos pés.

— Ô, de casa! — saúdo entrando e, então, pergunto intrigada. — Posso saber por que está vestido assim?

— Ué, hoje não é o dia da corrida?

Ele me olha convencido e fico totalmente surpresa. De jeito algum eu esperava que Alex fosse conseguir ler o que estava escrito no meu planejamento.

— Como você conseguiu?! — pergunto chocada.

— Tecnologia. — ele esclarece com um sorriso presunçoso, mostrando o celular. — Achou que só você podia recorrer aos aplicativos para te ajudar? Baixei um aqui que traduz placas em mais de trinta idiomas.

— Muito espertinho você! Só tem um problema.

— Qual? — ele faz uma expressão confusa e me sinto realmente culpada pelo que vou dizer.

— Esse aí é cronograma antigo, Alex. A atividade de quarta continua sendo um exercício, mas precisa de um vestuário totalmente diferente para ela. — dou um sorriso amarelo quando emendo. — Eu meio que me esqueci de te dizer isso.

— Ei, assim não vale, Vanessa! — ele protesta. — Você me enganou!

— Eu sei! Foi mal! Em minha defesa eu nunca imaginei na vida que você iria conseguir traduzir isso.

Ele balança a cabeça, falsamente indignado.

— Você sempre me subestimando. Vai, me conta, qual é o esporte de hoje afinal?

— *Stand up paddle*. — revelo entusiasmada.

— Aquele esporte no mar que dona Josefa te levou para aprender um tempo atrás?

— Isso aí. Gostei tanto que não parei mais, faço toda quarta agora.

— E é difícil?

— Quer tentar? — eu o desafio.

— Claro! Mas e o equipamento? Eu não tenho nada.

— Isso é tranquilo. Quando você paga a aula, o instrutor já te empresta a prancha e o remo. Não é caro, eu ligo para o Dani avisando, se você estiver afim de ir. É super legal, você vai curtir!

— Ok, tô dentro! Só me aguarde um minuto. — e acrescenta irônico. — Sabe como é, vou ter que me trocar...

— Quem mandou ser apressadinho?

— É? Quem mandou dar dica errada? — ele rebate astuto.

Tenho que dar o braço a torcer, eu confundi mesmo o cara. Bem feito, ele também vive me confundindo com outras coisas.

Nós partimos para a aula e descubro nela como Alex tem um condicionamento físico invejável. Seus músculos são trabalhados e respondem bem a necessidade de esforço, assim como seus reflexos são rápidos e eficazes. Com facilidade, o inglês pega as instruções de Dani e, depois de alguns minutos, já remando tranquilo como se fizesse isso há anos.

— Você até que foi bem. — admito quando me aproximo dele no mar. — Para um iniciante. — acrescento, só para não perder o costume implicante entre nós.

— Ah, é? — Alex tem no rosto um sorriso zombador. — Eu não vejo muita diferença do que eu estou fazendo para o que você está fazendo não, madame.

— É claro que não vê, — provoco bancando a convencida. — você é muito novo nisso para sacar esses detalhes, Alex. Mas vai por mim, estou mostrando muita técnica avançada aqui nessa remada!

Dou uma piscadinha irreverente para ele, enquanto me sento cansada na prancha.

— Sei... Nem vem me dar dica errada de novo, Vanessa. Não caio mais nessa tua lábia.

Ele se senta ao meu lado e ambos, devidamente voltados para o horizonte, então assistimos ao pôr do sol majestoso de dentro d'água. Vemos hipnotizados a gigantesca bola de fogo laranja descer no céu, cortando a bela tela que mistura tons de rosa, vermelho e amarelo e, assim, devagar, mergulhar na imensidão do mar azul cristalino. Um espetáculo da natureza, algo que acontece todo o dia, mas que a gente nem sempre dá o devido valor.

Como é bom saber dar valor à uma benção.

Nós acompanhamos sem piscar até o último feixe laranja sumir de vista, perdendo-se de vez na linha d'água. Nossas pranchas uma ao lado da outra, pernas na água balançando suavemente ao ritmo calmo da maré, embalados pelo barulho constante e relaxante das ondas quebrando atrás de nós.

— Você sempre me proporciona belas vistas. —Alex fala olhando para frente. — Obrigado por me trazer aqui hoje.

— Você é sempre bem-vindo. — respondo encarando o horizonte.

Então, sem querer, meu pé que balança suave debaixo d'água se prende ao dele, mas dessa vez Alex não se afasta, deixa assim. Com os pés enroscados, ficamos ali, em silêncio, até a hora acabar.

E eu não poderia pedir fim de tarde mais perfeito que esse.

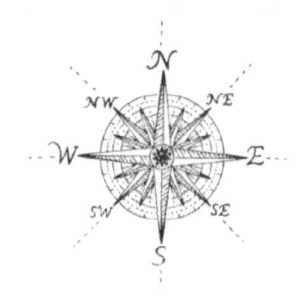

INFINITOS COMEÇOS

Eu já estou quase virando a chave para ir embora para o trabalho, quando Alex acorda e sua voz grave me faz dar um pulo no lugar de tanto susto. Ele está mesmo ficando cada vez melhor nisso.

– Ei, trapaceira! – ele chama me pegando no ato. Eu me viro e noto que sua expressão é uma mistura de cansaço e desconfiança, o rosto um pouco vermelho do sol que pegou ontem. – O restante do cronograma está correto?

– Sim. – confirmo contendo o riso. Reconheço que mereço mesmo esse tipo de desconfiança depois da gafe de ontem.

– Mesmo? – ele insiste cabreiro.

– Mesmo, – beijo os dedos em cruz. – eu juro!

Alex sopra entre os dentes aceitando e volta a cabeça para o travesseiro.

– Ok, então até mais tarde. Bom trabalho para você!

– Obrigada! – respondo saindo pela porta na ponta dos pés. – Bons sonhos.

– Eu terei.

Quisera eu saber com o que ele sonha quando fecha os olhos.

Quando retorno ao meu prédio dez horas depois, a chuva cai gelada e fina sobre a cidade do Rio. O clima esfriou de repente e a blusa leve com a qual saí de casa de manhã parece não ser mais o bastante para suportar a baixa temperatura. Tudo o que eu quero é tomar um banho fumegante, vestir meu amado moletom e me enfiar debaixo de um edredom quentinho.

Parecendo adivinhar o que estou pensando, lá está Alex quando abro à porta: deitado à vontade no sofá aberto, com um grosso edredom e um tentador balde de pipoca nas mãos. Tudo parece tão aconchegante.

– Uhhh! Vejo que alguém já está pronto!

– Devidamente pronto, eu espero. – Alex confirma com ironia.

– Na verdade... – ameaço contradizer e ele ergue a sobrancelha em antecipação.

– Brincadeirinha! – Melhor não forçar demais a sorte, afinal não quero morrer de tanto sofrer cócegas outra vez. – Você está adequadíssimo, hoje é dia de ver TV mesmo.

– Acho bom, madame! – ele se satisfaz e levanta a coberta. – Junta-se a mim?

– Será um prazer, mas primeiro vou tomar um banho e vestir algo confortável.

– Ah, é? – ele ri e puxa o edredom. – Tipo isso?

Alex balança os pés antes escondidos sob o tecido. Adornando eles estão meias que imitam moranguinhos, vermelhas de sementinhas amarelas e com as dobras verdes todas espetadinhas como as folhas que recobrem o fruto.

– Eu não acredito que você achou isso! – eu arfo surpresa e minhas orelham queimam de alegria e embaraço. – Ai meu Deus, que vergonha!

Ali estão justamente as minhas paixões da infância. Eu não tirava essas meias de moranguinho por nada desse mundo, era tipo minha marca registrada, até que um dia elas sumiram e nunca mais as vi. É surreal que elas estejam aqui, mais de uma década depois, nos pés do cara que gosto.

Essas meias são realmente mágicas!

– Achei elas no fundo do sofá, debaixo da estrutura metálica, quando fui abri-la agora há pouco. – Alex conta se divertindo com a minha reação passional. – Pareciam estar perdidas ali há muito tempo!

– Caramba! Nem consigo acreditar... – balanço a cabeça ridiculamente feliz por uma bobagem dessas. – Eu devo tê-las deixadas cair no vão do sofá em alguma das minhas idas à casa do meu avô. Quem poderia adivinhar que foi justo aí que elas foram se esconder?

– Bem, eu poderia, como pode ver. – ele argumenta convencido, balançando os pés de propósito à minha frente para me fazer ciúme. – Fiquei bem com elas?

"Você fica bem com qualquer coisa, ainda que essa coisa seja absolutamente ridícula como as minhas meias de moranguinho de infância", eu penso, mas o que sai da minha boca é:

– Você já se apossou do meu sofá, nem pense que vai ganhar essas meias, Alex Summers!

– Não, nem vem! – ele encolhe os pés em defesa. – Eu não quero devolvê-las. Gostei delas.

– Mas vai devolver, sim, senhor!

Eu vou até ele e agarro o seu pé para puxar a meia, Alex se debate em protesto todo desengonçado como um peixe fora d'água. Eu não desisto da luta fácil, fazendo com que o inglês se contorça de tanto rir enquanto eu faço investidas frustradas para tomar dele meus amados pertences.

Quando tento alcançá-las numa tentativa mais voraz, Alex se desvencilha bem a tempo e eu tombo ridiculamente sobre a cama ao seu lado, caindo ambos na gargalhada. Então, viramos e nos encontramos olhando nos olhos um do outro, sua mão sobre meu quadril, a minha aparada em seu peito. Reparo que Alex me observa com um sorriso nos lábios e percebo que também sorrio para ele em resposta.

É um momento único, é um momento perfeito. Meu coração palpita forte dentro do peito, quase posso senti-lo pulsar em meus lábios. Mas, por algum motivo que não entendo, Alex não age como eu quero que haja.

Eu quero que ele se aproxime ainda mais e me beije. Simples assim.

Eu quero que ele me queira, assim como eu o quero.

No meu íntimo, sinto até que existe esta possibilidade, mas se ele me deseja, parece hesitar em relação a isso. Por alguma razão louca, intuo que duas pessoas aqui se gostam e muito, mas se seguram, se contêm.

É coisa da minha cabeça ou Alex parece estar esperando que eu faça algo?

Que eu tome atitude?

Eu quero. Definitivamente eu quero.

Mas não estou pronta para dar o primeiro passo.

– Ok, você ganhou esse round. – assumo a derrota, me sentando e ajeitando minha roupa que está toda bagunçada pela briga. – Vou tomar um banho e já volto, tá?

Alex se ajeita também no sofá e, fazendo pose de vitorioso, me alfineta. – Beleza. Eu e minhas meias estaremos aqui te esperando, madame.

– Não se apegue muito. – aconselho, apertando os olhos na direção dele antes de me virar para ir em direção ao banheiro.

– Há, até parece! – ele debocha implicante. – Você não pode impedir um amor de verdade. – retruca quando dou as costas e eu mordo os lábios para não mostrar que sorrio.

É, ele está absolutamente certo. Eu não posso.

E a prova irrefutável é que estou apaixonada por esse inglês que teve o disparate de roubar o meu sofá, minhas meias de infância e, de quebra, o meu coração.

◁──── ♡ ────▷

Quando saio do banho trinta minutos depois, já estou vestida com meu moletom, *leggings* e polainas de guerra.

– Estou de volta! – anuncio prendendo o cabelo como costumo fazer quando me visto assim.

Alex pega o controle na mão, ligando a TV.

– Então, garota sexy, qual série você está assistindo?

– Eu vejo muitas séries. – confesso com um sorriso. – Mas acho que talvez seja melhor assistirmos a um filme, assim não tem problema de você pegar um programa já pela metade.

– Ou podemos começar algo novo juntos, se estiver afim... – Alex sugere, lançando um olhar significativo para mim, que me desconcerta por completo. Um sorriso bobo surge em meu rosto em resposta. Eu não sei como ele consegue fazer isso de criar duplos sentidos com tanta facilidade, mas faz e mexe comigo.

"Uma série", me relembro ao que Alex se refere quando o meu coração acelera sem aviso. "Podemos começar uma série juntos", é o que ele quer dizer. Eu me contenho como posso e concordo com a sua proposta.

Me sento ao seu lado na cama de estrutura metálica aberta e Alex divide comigo o edredom que eu havia lhe emprestado logo no dia em que chegou de viagem. Ambos devidamente confortáveis, repassamos as opções de programação até decidirmos juntos qual a série eleita para iniciarmos.

Fico feliz quando descubro que nós dois temos um gosto bem parecido nesse assunto, o consenso na escolha é rápido e certeiro. Enquanto assisto aconchegada sob o edredom quentinho as tramas da aventura de um caçador de tesouros que se desenrolam na tela, torço secretamente para que esse seja apenas um de muitos começos que nós ainda teremos juntos.

Eu quero infinitos começos com Alex Summers.

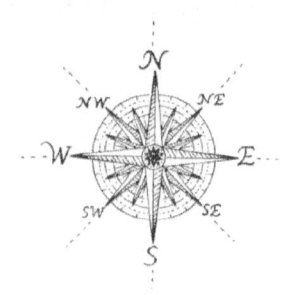

INDISCRIÇÃO

Antes de ir para o trabalho na sexta, relembro a Alex sobre a saída com o pessoal do meu trabalho mais tarde. Na noite anterior, comentei com ele sobre isso e ele ficou bem animado com a ideia de conhecer a galera do escritório e dar uma volta à noite pela cidade. Combinamos que eu retornaria para casa depois do expediente e seguiríamos juntos depois para lá.

Assim, quando retorno ao apartamento uma hora mais tarde do que o combinado, pois fui arrastada por Magô para comprar uma roupa nova para ela antes, encontro Alex vestido de forma, digamos, no mínimo inusitada para se sair à noite. Bermuda tactel floral, regata preta e chinelo.

Fico imediatamente confusa com essa escolha peculiar.

Começando a ficar aflita, me pergunto internamente se eu falei mesmo balada para ele ou dei a entender, por algum erro de tradução, que iríamos a um lual. Se eu passei a atividade errada de novo, Alex com certeza vai querer me esganar.

– Oi... – saúdo com ressalva, fechando a porta ao entrar. – planejando ir à praia ou coisa assim?

– Nop. – ele nega com um sorriso divertido no rosto e respiro um pouco mais aliviada

– Ok. Então qual é a desse visual praiano aí?

Ele me olha com falso ar de reprovação.

– Esqueceu de sua própria rotina, Vanessa? Hoje é dia da organização. – ele aponta para o meu planejamento semanal com ênfase. – Esse é meu visual característico para lavar banheiro, não sabia?

Eu olho para ele sem conseguir evitar sorrir. É possível alguém ser assim tão surpreendente?

– Eu não esperava que você quisesse me ajudar nesse tipo de coisa. Você não precisa, de verdade, Alex. Isso é tarefa minha.

Ele dá de ombros. – Eu insisto. Na alegria e na tristeza, certo?

Em geral esses são votos de casamento, mas ele os usa como votos de cumplicidade.

– Certo. – eu assinto sorrindo.

Ele se levanta do sofá e vejo que segura um pano. – Para começar devo lhe dizer que a sua casa é a mais fácil de tirar pó do mundo, sério mesmo. Você só tem dois móveis para limpar, é fantástico!

— É, eu sei. — rio colocando as mãos nos bolsos encabulada. — Eu não tenho muitas coisas, mas tem essa vantagem, né! Confesso que não sou uma pessoa muito organizada, então o minimalismo meio que funciona muito bem pra mim.

— Taí, talvez adote esse lance minimalista também lá em casa. Blake vai surtar quando eu chegar de viagem colocando todos móveis para fora. — ele brinca, me fazendo rir. — Agora o mesmo elogio eu não posso fazer ao seu banheiro, Vanessa! Eu não estava nem um pouco ansioso para entrar naquele lugar sozinho...

— Ei, meu banheiro não é tão ruim assim! Só tem a saboneteira e o porta escova na bancada, o resto fica tudo guardadinho nas gavetas. Não é essa bagunça toda que você tá pintando, não!

— Eu sei, mas não é a isso que eu me refiro. Essa parte aí inclusive eu já fiz. — ele me olha com expectativa e meu rosto gradualmente vai perdendo a cor com a compreensão de onde ele quer chegar. — Eu estava te esperando para outra parte, a molhada.

Putz grila! Ele está falando do meu box, com certeza! Eu sei que vivo entupindo o ralo com meus cabelos. É uma sina eterna de quem tem fios longos. Alex sorri vendo que entendi sua indireta.

— Bem, madame, ponha suas roupas mais confortáveis porque isso vai ser punk. — ele sugere piadista e eu, consciente da minha bagunça, acato indo para o quarto me trocar. — Você cultivou um inimigo em potencial naquele ralo.

Cinco minutos depois, volto já devidamente preparada. Visto um similar feminino do vestuário de Alex: Short tactel, blusa de alcinhas e chinelo nos pés.

— Vanessa se apresentando ao serviço, senhor!

Alex assente em aprovação ao figurino e passa a me dar as orientações com humor.

— Certo, eu fico com a privada e a pia e você com o box, entendido, soldado?

— Entendido, senhor. — aceito sabendo estar bem no lucro com essa divisão que ele fez.

Alex fecha o registro e dá descarga.

— Mãos à obra! — declara estalando a luva ao colocá-la.

Enquanto limpo a mármore onde ficam os xampus e cremes, ele passa o desinfetante e esfrega com a escova a bacia sanitária. Qualquer pessoa ficaria tudo menos bonita fazendo isso, mas quando espio Alex ali, compenetrado na tarefa nada glamourosa, vejo beleza além de seus olhos azuis e braços fortes. Vejo beleza de alma, de espírito. Veja simplicidade e humildade, algo que nunca fui capaz de ver em Victor. Eu gosto que Alex seja simples. Me fascinam as pequenas coisas que ele faz, como essa, porque essas pequenas coisas são importantes. Mostram que ele se importa, que não deixa alguém na mão só porque pode.

Eu posso contar com Alex e sei disso.

É uma sensação muito boa saber que tem alguém em quem confiar.

Dou sequência a limpeza e parto para limpar o ralo. Realmente, apesar de na superfície parecer que há apenas uma pequena teia de cabelo, descubro que tenho quase que um bolo do tamanho de uma ratazana escondido sob a grade. É mesmo assustadora a quantidade de cabelo que tem ali. Como eu não estou careca se perco tantos fios em apenas uma semana?

– Eu te disse. – Alex brinca quando vê minha cara de espanto ao erguer a gigantesca bola de cabelos. – Esse negócio ia acabar criando vida!

– Foi mal! Eu não sabia que eu tinha um Primo Itt escondido no meu banheiro.

– Praticamente te salvei, sabe? Um dia a coisa ia despertar e te encurralar no box igual ao filme Psicose. – me zoa cantarolando a musiquinha de suspense.

– Obrigada pela imagem mental absolutamente desnecessária, senhor.

– Ao seu completo dispor, madame.

Alex termina de limpar a pia e o espelho, dá descarga para tirar o desinfetante do vaso e religa o registro de água. Já eu continuo ocupada esfregando os azulejos, a tarefa não é tão fácil como pensei que seria.

– Tá difícil aí? – ele se interessa, espiando meu trabalho do lado de fora do box.

– Deu mofo nos rejuntes, estou tendo que esfregar bem aqui...

– Eu te ajudo! – Alex se voluntaria, já entrando no box sem que eu tenha sequer tempo de negar a oferta. – Opa, é apertado aqui dentro. – percebe o óbvio, pois ficamos quase que colados um no outro no pequeno espaço de menos de um metro quadrado.

Ele dá uma olhada no mofo na parede que esfrego. O fato é que o apartamento é antigo e o rejunte já está meio poroso, o que facilita bastante esse tipo de coisa acontecer.

– Bem, eu esfrego aqui, nessa parede e você cuida do vidro. – ele decide, pegando uma esponja para si e já se empenhando na execução da própria tarefa.

– Deixa isso aí, Alex, você já fez demais! – eu tento tirar a esponja da mão dele sem sucesso. – Não precisa se preocupar tanto, eu cuido dessa parte sozinha.

Ele ergue a mão com a esponja para longe do meu alcance com facilidade em seu um metro e oitenta e seis de altura. Não tenho a menor chance com meu um metro e setenta.

– Eu não recebi esse tipo de educação, sabia? – ele argumenta continuando a tarefa. – Minha mãe sempre falou que um bom rapaz tem que ser prestativo. Eu moro sozinho com um irmão adolescente, tenho que fazer essas coisas sempre, Vanessa. Apesar de você achar que eu sou um mauricinho, estou mais que acostumado a lavar um banheiro.

– Um garoto prendado, então? – eu brinco desistindo de tomar a esponja dele.
– Eu meio que gosto disso. Você tem um avental, por acaso, senhor?

– Tá, me zoando é? – ele pergunta, levantando a sobrancelha.

– Um pouco. – admito com um sorriso crescente nos lábios.

E tudo acontece muito rápido de novo. Em um movimento ágil, Alex me puxa para junto de si e abre o jato do chuveiro em cima de nós, bloqueando a minha saída. É como chuva de verão.

– Nãoo!! – grito sentindo a água gelada me acertar com roupa e tudo.

– Quem está rindo agora, rainha da selva? – ele implica me empurrando mais para debaixo d'água enquanto eu me debato inutilmente para tentar fugir de seu enlace.

Fico feliz por pelo menos conseguir molhá-lo bastante no processo.

– Na alegria e na tristeza, lembra, meu amigo? – eu digo o puxando para debaixo d'água comigo. – Se você me molha, eu te molho junto.

Ele me abraça parecendo gostar disso e estou começando a curtir também quando o som da campainha ressoa alto, nos pegando de surpresa.

Alex para assustado e me olha confuso.

– Você está esperando alguém?

– Não. – respondo igualmente surpreendida. – Mas é melhor ver o que é.

Aproveito a deixa e, me enrolando na toalha, saio do box apertado, me secando pelo caminho. Eu estava prestes a cometer uma loucura se continuasse perto assim de Alex. O contato entre nós torna tudo mais difícil, é como enviar adrenalina para todo o meu corpo, ele meio que se move sozinho. Se liberta.

A campainha toca de novo impaciente e eu abro a porta num rompante. Quem é que ousa nos interromper assim?

– Mãe!? – constato chocada ao dar de cara com minha progenitora parada ali no portal.

– Vanessa! – ela arfa perplexa. – Por que você está toda ensopada desse jeito?!

– Eu... – me preparo para tentar explicar meu estado deplorável, mas percebo em pânico que ela passa a olhar fixamente para um ponto atrás de mim.

Sentindo as minhas orelhas queimarem, me viro lentamente na mesma direção, já prevendo o pior. Vermelha como um semáforo, vejo Alex congelado no corredor, sem camisa e com uma toalha enrolada no quadril, cabelo pingando e o rosto mais branco e desesperado que eu já vi ele exibindo até hoje.

Retorno o olhar para minha mãe e ela, boquiaberta, parecer ter milhões de questões nos olhos. Ela sem dúvida tem milhões de perguntas na ponta da língua também.

– Eu... nós... – me enrolo ao tentar explicar. Eu sequer consigo raciocinar de tão nervosa que estou.

– Vocês...?!? – ela faz a inflexão com uma expressão de espanto e entendo exatamente o que está pensando.

— Não, não... — nego constrangida. — Não é nada disso, mãe! Nós só estávamos no banheiro juntos e...

— No banheiro... — ela repete passada, os olhos totalmente abertos — Juntos?

— Aff!!! — eu pego fôlego. Por que é tão difícil assim conseguir me explicar? Não estávamos fazendo nada de mais. — É que nós estávamos limpando o banheiro e então... — Sob o olhar de suspeita de minha mãe, eu vou me encolhendo. — ... então o chuveiro abriu...

Minha mãe revira os olhos, apenas ignorando minha explicação idiota, e passa o foco de novo para Alex, agora com maior curiosidade. — Não vai me apresentar seu amigo, Vanessa?

Eu quero morrer! Isso está mesmo acontecendo comigo?

— Mãe, este é Alex. — eu o apresento em português e falo em inglês para ele, que ainda está em estado de choque. — Alex, essa é Beth. Minha mãe.

O rosto de Alex fica ainda mais lívido do que já estava antes ao saber quem é a mulher à sua frente. O provocador está mesmo em pânico agora. Será que ele pensa que minha mãe vai obrigá-lo a casar comigo por conta dessa indiscrição? Rio contida.

Alex finalmente encontrou alguém que curte provocar à sua altura.

Ele se aproxima de nós duas com embaraço.

— Prazer em conhecê-la, madame. — cumprimenta com seu charme natural ainda que completamente constrangido pelas atuais circunstâncias. — Eu peço sinceras desculpas pelo meu estado. Tivemos um incidente no banheiro.

Eu traduzo para minha mãe e Alex nos olha com expectativa, esperando maiores informações sobre o nível de encrenca em que, de fato, está metido.

Minha mãe cruza os braços desconfiada.

— Um incidente que o fez perder as roupas... — ela dá um risinho irônico. — Curioso isso. Limpo o banheiro lá de casa há uns trinta anos e ainda não tive a sorte de um incidente assim, Vanessa.

Ela me olha com sarcasmo e uma pitadinha de diversão.

— O que ela disse? — Alex murmura sem mover os lábios ao meu lado.

— Ela está se divertindo às minhas custas. — respondo em inglês com um sorriso forçado.

— Ele sabe que eu não sei inglês, mas que sei ver que ele está movendo os lábios, né? — minha mãe pergunta irônica.

— Acho que nesse momento ele está assustado demais para pensar nisso.

— Bem, vamos ao que interessa. — minha mãe propõe, ganhando o dia com tudo isso. — Eu passei aqui para pegar o seu carro emprestado como combinamos.

"Droga", eu me esqueci completamente disso. Ela falou mesmo que vinha hoje.

Culpada pelo meu esquecimento, entrego a chave à ela, que começa a perguntar curiosa.

– Como se diz prazer em te conhecer em inglês?

– *Nice to meet you.*

– Certo. – ela se vira para Alex, que a olha alarmado e ergue a mão em sua direção repetindo as palavras em inglês. – *Nice to meet you*, Alex.

Ele, pego de surpresa pelo gesto, joga a toalha no ombro e retribui o cumprimento com cordialidade, dando um beijo educado no dorso da mão da minha mãe.

– Peço mil desculpas mais uma vez por minha indiscrição, madame.

Minha mãe olha para mim, esperando a tradução.

– Ele pede desculpas novamente pela indiscrição.

Ela sorri satisfeita.

– Diga a ele que está tudo bem. E que aguardo a data do casamento. – acrescenta sendo maldosa. Eu sabia que minha mãe não ia perder a oportunidade de tirar uma com a cara dele.

Eu traduzo a intimação e me divirto internamente quando Alex fica gelado ao meu lado, me olhando com olhos esbugalhados. Ela ri discreta ao ver que conseguiu atingir seu intuito de pregar uma peça no inglês e, dando uma última olhada ao redor, anuncia. – Bem, já fiz o que vim fazer e muito mais, já posso ir satisfeita para casa.

– Tchau, mãe. – eu a abraço e balanço a cabeça em censura quando vejo que ela se diverte, rindo escrachadamente da minha situação embaraçosa.

– Tchau, Vanessa. – ele se despede e volta o abraço na direção de Alex. – Tchau, Alex. – Ele se prepara para retribuir, mas então hesita, lembrando que está só de toalha. – Relaxa, – ela diz sorrindo quando percebe a razão da reação tímida dele. – Tá tudo em família, rapaz. – E dá um abraço apertado nele. – Até a próxima, genrão!

Assim que o solta, minha mãe trata de dar uma palmada em seu bumbum, o pegando totalmente desprevenido com essa. Nossa, minha mãe é uma mulher terrível. Dou risada, mordendo os lábios para conseguir parar, mas não consigo.

Quando finalmente ela sai e fecho a porta, Alex está cor de vinho.

– Oh, Deus! – ele arfa se jogando no sofá atônito. – Isso foi completamente horrível! Eu não queria que logo a sua mãe me conhecesse desse jeito...

– Relaxa, – eu o acalmo, achando graça agora que já acabou. – sei que ela gostou de você apesar de tudo.

– Sério? Como poderia gostar nessa situação bizarra?

– Bem, porque ela é minha mãe. Isso significa que ela não bate muito bem, assim como eu. É genético, sabe?

Alex fica um pouco mais aliviado com essas palavras. O que eu não conto é que eu sei que ela gostou dele, porque não poderia ser diferente. Tenho certeza que minha mãe conhece mais meu coração do que eu mesma e que todos aqueles sorrisos e olhares acusadores que se divertiu em nos dar eram mais do que uma insinuação ou repreensão à nossa indiscrição. Minha mãe se divertia porque era capaz de dizer pela cor de minhas orelhas e o rubro em minhas bochechas que tinha algo diferente rolando ali.

Ela com certeza sabe que eu sinto algo a mais por Alex.

– Ok, o pior já passou! Vou terminar de tomar um banho e me vestir para sairmos. Ou você por acaso quer uma revanche, senhor?

– Chega de guerra por hoje. – Alex recusa com veemência. – Foram emoções o bastante para um final de tarde. Temos um compromisso hoje ainda, lembra?

– Se você diz. – dou risada enquanto sigo pelo corredor.

Eu entro no banheiro e fecho a porta atrás de mim.

Dona Josefa estava certa.

Eu nunca estive tão encrencada em toda a minha vida.

◁──── ♡ ────▷

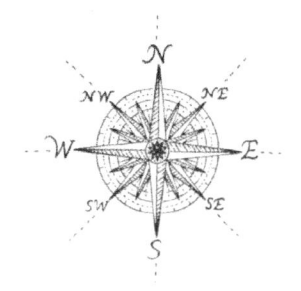

CINDERALA ÀS AVESSAS

De banho tomado e já no meu quarto, visto uma calça jeans escura e minha regata preta de alças. Escuto o barulho da porta do banheiro se fechando pouco tempo depois e sei que agora é a vez de Alex se banhar. Opto por usar o mínimo de maquiagem, somente rímel e hidratante labial. Coloco os meus brincos de prata e um cordão do mesmo material com uma pedra turquesa de pingente e, nos pés, calço a sapatilha que minha querida chefe me deu.

O meu pretinho básico favorito para dar sorte.

Terminada a rapidíssima produção, miro o espelho para conferir o resultado: estou extremamente básica, é verdade, mas me sinto linda, me sinto bem. Pela primeira vez em muito tempo, olho para as minhas sardas na minha pele corada de sol das tardes de SUP e vejo beleza nelas. Elas sempre foram assim tão legais? São minúsculas pintinhas salpicadas que me deixam única e me pergunto porque sempre quis tanto apagá-las.

E percebo que sei a resposta para isso.

Eu queria ser como todo mundo. As sardas são uma das coisas que me fazem diferente, me fazem fora do padrão. Que coisa idiota querer ser como outra pessoa. A melhor coisa do mundo é ser você mesma.

É ter algo só seu.

Quando Alex sai do banheiro e me vê aguardando por ele já pronta na sala, sorri.

— Combinamos. — ele aponta nossas roupas e, dessa forma, percebo com humor que ele, assim como eu, veste calça jeans escura e camiseta preta.

—É verdade. — confirmo com um sorriso bobo tomando o rosto.

— Você está bem bonita. — ele comenta me pegando de surpresa pelo elogio direto que me faz. É incrível como Alex consegue dizer esse tipo de coisa assim, tão naturalmente, sem qualquer constrangimento.

— Você... — eu tento adotar a mesma naturalidade, mas minhas orelhas esquentam de vergonha e mudo de ideia rápido. — está pronto pra ir?

— Damas na frente. — oferece gentil, abrindo a porta para mim.

— Obrigada. — Vou saindo, mas então me lembro. — Ei, espera só um segundo.

Corro apressada e coloco a roupa na máquina de lavar, ligando depois o robô aspirador para dar um jeito na casa enquanto estamos fora.

— Pronto. Agora sim, tudo certo.

Alex mantém a porta aberta para que eu passe e sai em seguida.

Então juntos e combinando vamos curtir a noite carioca.

—— ♡ ——

Chegamos ao casarão que abriga o mais famoso gastrobar da Lapa e, logo da entrada, avisto a mesa onde Isis, Magô e Soles estão. Conduzo Alex comigo, costurando pelo monte de gente que tem em nosso no caminho, a mão dele segurando a minha para não se perder. A música já toca alto na casa, embalando o público no primeiro andar com uma apresentação animada de samba-rock.

Quando chegamos perto da onde o pessoal está, decido fazer uma surpresa e, sem fazer alarde, damos a volta na mesa para que eu possa tampar os olhos de Magô antes que me veja.

— Uhhhh... — ela arfa com a surpresa e se concentra empolgada em adivinhar quem é. — Vanessa? É a Vanessa?!! Soles é a Vanessa?! Diz que é ela, diz!!

— Eu mesma! — Desvendo seus olhos e dou um forte abraço nela. — Magô, quero que conheça alguém. Te apresento o Alex.

Movo o corpo para a direita para que ela possa vê-lo atrás de mim. De todos os tipos de reação que poderia esperar dela, a que adota me diverte ainda mais. A minha amiga de cabelos azuis fica simplesmente sem palavras quando dá de cara com o homem estonteante de um metro e oitenta e seis parado ali, o seu queixo caí, os olhos arregalam no mais perfeito choque.

— Eu sei, — digo com falso ar de decepção. — você bem que me avisou a respeito.

Ela olha para mim, completamente chocada, e, em seguida, cai na gargalhada, entendendo a ironia da coisa. Eu não resisto a nossa piada interna e a acompanho nessa.

— Avisou o quê? — Soles pergunta curioso e meio enciumado com a presença de Alex.

— Nada não, — disfarço sem jeito o riso. — é uma coisa nossa, Soles. Gente, deixe eu aproveitar e apresentar a todos, esse é o Alex, meu convidado. Alex esse é o pessoal do meu trabalho, Isis, Magô, Soles e mais uma galera que trabalha nas lojas.

— Prazer. — ele arrisca um português com muito sotaque. — Madame. — ele se curva para Isis educado e ela faz uma cara de impressionada por suas boas maneiras.

— Ai, que fofo ele tentando falar português! — uma garota loira afetada grita eufórica do outro lado da mesa, se metendo. — Fala mais pra gente!

Eu não a conheço, mas de cara não gosto dela. Chame de sexto sentido, sei lá, mas é forte.

— Elas estão pedindo para você falar mais. — eu explico, no entanto, a contragosto para Alex que olha para a garota sem entender o que quer de si.

— Eu não sei muita coisa. — ele se desculpa em inglês. — Apenas "obrigado", "por favor", "Rio de Janeiro" e "café".

– Café? – Soles acha graça. – Por que de todas as palavras você foi aprender justamente café, cara?

Alex ri, dando de ombros.

– Vanessa adora essa palavra. Ela a usa muito. "Acabou o café!", por exemplo, – ele imita a frase que falei no domingo com perfeição para o meu total espanto. – é usada só para momentos de muita crise.

Todos caem na gargalhada e, até eu, sou obrigada a admitir que ele mandou bem.

– Engraçadinho! – o cutuco. Pelo visto Alex é bem mais perceptivo do que eu imaginava.

– Alex, lindo, senta aqui do meu lado que eu vou te ensinar mais algumas coisas. – A garota afetada fala novamente com ele, mas agora em inglês, e sinto uma pontada de irritação com o atrevimento. Será que ela não considera o fato de que chegamos aqui juntos, não? – Para começar meu nome. Juliana.

Ela puxa a cadeira ao seu lado, praticamente o intimando a se sentar ali. Alex me olha sem saber o que fazer e eu, não vendo muita saída, apenas faço gesto de "vá em frente" para ele, me corroendo por dentro. Alex me olha incerto, mas assente e dá a volta na mesa para se sentar no lugar que ela oferece insistentemente para a completa felicidade dela. Meu estômago revira inquieto.

Sentindo-me o suficiente enciumada, me jogo no lugar vago ao lado de Magô e Isis.

– Alerta periguete na área. – Magô sussurra para mim assim que me acomodo na cadeira.

– Quem é ela? – pergunto curiosa, fazendo um gesto sutil em direção à oferecida que está próxima demais de Alex agora.

– É a Juliana, vendedora nova da loja da Barra. – Magô conta entre cochichos. – O Soles falou que ela é bem atirada, já tentou até dar em cima dele, menos de uma semana após ser contratada. – ela acrescenta significativa.

– Não brinca! E o Soles?

– Claro que não fez nada! – Magô afirma emburrada como se isso fosse algo evidente. Porque é algo assim tão óbvio para ela eu não sei. Soles é solteiro e jovem, e a garota, apesar de meio sem noção, não é nada feia. Se fosse consensual, não imagino que a Isis se oporia a algum envolvimento dos dois. Mas resolvo deixar quieta essa questão por hora. Não sou eu quem deve falar de Soles para ela. É ele mesmo.

– E aí? – pergunto trocando de assunto. – O que acharam de Alex?

– Amiga, você é a prova viva que se ex fosse bom Deus não mandava amar o próximo. –Magô diz o bordão me fazendo rir. – Me manda o endereço desse brejo urgente que eu vou correndo lá beijar uns sapos para ver se viram príncipes também.

– Eu sei... Eu definitivamente não esperava por essa parte.

– É, Vanessa, tenho que reconhecer que você estava mesmo preparada para receber até um tribufu e amá-lo. Mas o cara é o maior gato.

– E um perfeito cavalheiro. – acrescenta Isis, entrando na conversa.

– Ele é, não? – confirmo meio babona. Adoro mais essa característica nele do que a beleza, é tão charmoso um homem gentil e educado.

– E ele te serve bem? – Isis faz a pergunta que mais importa, em referência ao meu famoso depoimento já consagrado nas redes sociais.

– Perfeitamente. – confirmo sem nem pestanejar. Disso eu não tenho nenhuma dúvida. Estar com Alex é fácil como respirar. Não machuca, não sufoca. Liberta.

– Então o que você está esperando? – ela pergunta como se fosse simples fazer algo a respeito.

– Um pouco mais de certeza? – chuto, a insegurança saltando em minha voz.

– Para que mais certeza, Vanessa? Você já não estava certa de que estava afim antes mesmo dele vir? Você não disse que tinham uma espécie de conexão? – Magô intervém inconformada.

– É, é verdade... Mas aí desembarca esse homem lindo de morrer e agora não sei de mais nada. Alex meio que gosta de me provocar, não sei se é só comigo ou se é algo dele. Antes eu encarava suas indiretas com mais seriedade, porque achava que ele era um cara tímido se arriscando. Mas olha para Alex, – eu o aponto com a cabeça desolada. – não há nenhum risco! Ele é lindo, super legal, educado, inteligente, pode ter a mulher que quiser. Já deve estar mais do que acostumado com toda garota achando que teve uma conexão especial com ele. A própria Juliana ali, por exemplo, deve estar agora mesmo achando que encontrou o cara da sua vida.

– Seria mais fácil se ele não fosse tão bonito? – Isis pergunta compreendendo meu argumento.

– Com certeza. A graça é que eu ficava pensando que eu gostaria dele independente de como fosse, que sua aparência não mudaria em nada minha opinião sobre ele. Mal sabia eu não era a aparência dele que estava em questão, mas sim a minha.

– Não se subestime, Nessinha! Você é uma gata. – Magô me repreende.

– E também é muito mais que isso. – Isis acrescenta, me botando para cima. – É inteligente, legal, educada e uma excelente pessoa. Se Alex não for capaz de perceber isso, então ele não te merece.

– Ele percebe, Isis. – confesso enrubescendo. – Alex sempre me elogia com sinceridade. Minha opção de vida, meu trabalho, minha dedicação. Mas só essas coisas são o bastante para que alguém goste de mim?

– Você é o bastante, lembra, Vanessa? Nunca se esqueça disso.

– É verdade.

— Só cuidado para não dar bobeira, que hoje as feras estão à solta. — Magô indica com um movimento discreto de cabeça a garota à nossa frente que praticamente está se jogando em cima de Alex.

Com o alerta ligado, passo a prestar atenção na conversa que os dois travam.

— E aí, o que você faz na Inglaterra? — Juliana pergunta se aproximando cada vez mais dele. A visão dessa aproximação faz meu sangue ferver lentamente e viro muito rápido a cerveja que Magô me oferece, pousando o copo vazio na mesa com barulho.

— Eu vivo numa fazenda. — Alex responde educado, sendo agora o centro das atenções das garotas da mesa. — Trabalho com cavalos, mas também cuido de uma pequena plantação por lá.

— Ah, por isso tem esses braços fortes! — atrevida, Juliana toca em seus bíceps. — Tá explicado porque são tão bem definidos!

Alex cora sem jeito e eu também fico vermelha, mas no meu caso é de pura raiva.

— Aposto que tem um abdômen matador também. — ela continua o exame e minha sobrancelha se ergue ao som dessa ousadia. Viro o segundo copo sobtensão. — Mostra pra gente! — ela pede quase tocando sua barriga.

Alex se remexe na cadeira desconfortável e, então, dá de cara com meu olhar, que deve estar, no mínimo, chocado. Ele parece corar sob os cílios.

— Alex, — Soles o chama de repente, pegando Juliana e eu de surpresa. — Vanessa, contou que você é veterinário. É verdade?

— É, — ele se ajeita na cadeira de novo. — é sim.

— Que bom, estou com uns problemas com o meu cachorro. Se importaria de vir aqui e me dar umas dicas? De graça, é claro.

— Claro, sem problemas! — Alex aceita de bom grado e eu agradeço internamente quando vejo ele se levantar e vir para o meu lado da mesa.

Magô rapidamente levanta cedendo o lugar para ele com a desculpa de que vai pegar mais um balde de cervejas no bar. Bem, talvez não seja uma desculpa, pois percebo que, sozinha, eu já bebi pelo menos três garrafas da leva anterior.

Sentando-se entre Soles e eu, Alex começa a explicar a ele detalhes sobre a dieta de cães, tosagem e outras informações que meu amigo questiona curioso. Ver Alex assim, tão à vontade, falando da profissão que ama, me faz até esquecer o porquê eu estava tão nervosa há minutos atrás e, relaxada, me percebo sorrindo outra vez.

Mas, é só me distrair e virar para o lado, que reparo que Juliana não tirara os olhos dele nem por um segundo, ela está lá, de frente para Alex, arrumando o decote e olhando para ele, encarando-o. Fico oficialmente irritada de novo.

— Hey, você. — Alex brinca ao parar a conversa com Soles e voltar sua atenção para mim, tocando na ponta do meu nariz para me tirar do transe. Estou altamente empenhada em fazer a garota siliconada à minha frente desaparecer com a força do meu pensamento.

– Hey, você. – respondo sem muita empolgação para o lado dele. – Vejo que está fazendo um sucesso tremendo hoje. – alfineto com uma ponta clara de ciúmes.

– Sério? – ele pergunta como quem não notou nada e se debruça mais próximo a mim. – Quer me dizer com quem para ver se me interesso?

– Com elas. – eu jogo a cabeça indiferente para o outro lado da mesa, indicando a massa de mulheres que o secam com os olhos. – Principalmente ela. – acrescento amarga. – A tal Juliana. Ela está olhando pra você desde que chegou aqui.

– Está? – Alex ri jogando os ombros com o seu sorriso torto. – Nem percebi... Na verdade, nem entendo porque ela resolveu gastar o tempo dela comigo.

– Ah, nem vem com esse papinho besta, Alex! Você sabe que é bonito.

– Wow! – ele exclama surpreso e ajeita a postura na cadeira, sorrindo mais ainda. – Então é isso que você acha, Vanessa? Que eu sou bonito?

Percebo tarde demais que Alex se diverte com esse conhecimento. Eu e minha maldita boca grande.

– Não estava falando de mim especificamente. É o senso comum. – disfarço orgulhosa demais para admitir. – Você tem boa ossatura, sabe, o lance lá de simetria. Sobrancelha direita igual à esquerda, essas coisas.

– Devo presumir que você gosta das minhas sobrancelhas simétricas? – ele instiga se divertindo.

– Você realmente gosta de me provocar...

– É engraçado ver seu rosto ficar vermelho. Ressalta suas sardas.

Magô finalmente retorna à mesa, carregando consigo um pesado balde com mais cervejas. Eu aproveito a oportunidade ideal para fazer minha deixa.

– Que bom que eu te divirto, senhor. – digo dando uma irônica reverência e me levanto da mesa. – Mas não vou poder ficar te entretendo à noite toda, vou dançar que é o melhor que faço. Vamos, Magô!

Com uma mão, eu pego o braço dela e, com a outra, apanho uma garrafa de cerveja no balde.

– Se você diz. – ela concorda sem protestar, sendo arrastada na direção onde a banda toca.

– Como ele pode ser tão presunçoso? – resmungo irritada enquanto nos afastamos dali. – Presumindo que eu o acho bonito! Há! – viro um grande gole de cerveja no caminho. – Quem disse isso?!

Eu me viro para Magô, que muito sensata não se pronuncia, mas me olha significativa.

– Aghh! Tá, eu disse. – confesso. – Mas ele bem que podia disfarçar, ficar tímido e tal. Nãoooo! Ficou lá se divertindo todo às minhas custas...

Olho de novo para Magô, que nem ousa tentar me contrariar.

— Vem, vamos dançar, que hoje eu quero é me divertir!

Dando o último gole na bebida, entro na pista de dança para me acabar ao som da banda que toca ao vivo na casa. Juntas, eu e Magô dançamos a música totalmente livres. Percebo que a bebida me deixa ainda mais solta e desinibida, nem noto se alguém me olha e, mesmo se notasse, não me importaria mais, passei dessa fase há muito tempo. Me divirto como se não houvesse amanhã, como se todos estivessem nus ao redor. Como se meu coração não doesse de ciúmes por um certo inglês que é incrível demais para ser só meu.

Completamente suada de tanto dançar e rodopiar, já devo estar na oitava garrafa de cerveja, quando Magô sussurra apreensiva perto do meu ouvido.

— Nessa, tem um monte de caras rodeando a gente. Acho melhor a gente ir se sentar...

Abro os olhos meio zonza e percebo, só então, que somos intensamente observadas pelos caras no local. Noto que eles olham para nós não com análise, mas com desejo, como se fôssemos a picanha da vez. Eu não gosto de ser a picanha da vez.

— Você tem razão, vamos sentar. — concordo com ela. — Eu estou mesmo com muito calor aqui.

Saímos da pista de dança que fervilha à essa hora e voltamos em direção à nossa mesa. Magô corre para falar algo com Isis e fico feliz ao me aproximar e ver que Alex ainda está ao lado de Soles. Mas esse alívio não dura muito porque logo em seguida vejo que Juliana está sentada onde eu estava antes e, claramente, ainda investe pesado no seu alvo.

Que audácia a dela!

Quando Alex me vê chegar, ele sorri abertamente e, por um momento, fico feliz achando que é porque sentiu minha falta. Então, Juliana se vira e, ao me notar, dá uma gargalhada.

— Vanessa, — ela fala segurando o riso. — é melhor você correr urgente para o banheiro, seu cabelo está muito engraçado!

— Sério?! — Surpresa levo a mão à cabeça, mas fico desconfiada. — Engraçado como?

— Muito engraçado! — ela reafirma, parecendo olhar para algo realmente hilário.

Eu me viro para Alex e ele está com um sorriso tão grande no rosto que só posso concluir que acha o meu cabelo motivo de piada também. Ou será que os dois só querem uma desculpa para se livrar de mim e continuar o que quer que estavam fazendo antes de eu chegar?

— Ok. — dou de ombros, pegando outra cerveja em cima da mesa e dou meia volta. Se Alex quer jogar esse jogo, eu é que não vou me estressar com isso. Se me deseja fora da mesa para azarar a garota afetada, seria muito mais legal se ele fosse honesto e me mandasse a real, do que fazer esse joguinho idiota de jardim de infância.

Viro a garrafa com tudo e sigo pisando forte rumo ao banheiro, desvencilhando no caminho dos rapazes que inconvenientemente insistem em falar gracinhas e tentar me segurar. Ai de algum deles se me segurar nesse momento, eu estou uma fera.

Entro no banheiro mal-humorada e olho direto para o espelho.

É fato que meu cabelo não está o sinônimo da perfeição, mas também não está esse caos todo para merecer a graça que fizeram comigo. Ele está apenas selvagem por ter sido lançado de um lado para o outro na dança de momentos atrás. Algo natural, penso eu, considerando que estou numa boate e que, desde a última vez que conferi, não sou um robô.

Começo a ajeitar os fios rebeldes, mas paro. Percebo que não me importo com eles. Para mim não tem nada de errado em ficar assim, então para que tentar ser perfeita para o agrado dos outros? Eu prometi a mim mesma que não faria isso de novo e não farei.

Me recuso a voltar aquele nível de insegurança.

Determinada, deixo o banheiro em busca de algo melhor para fazer do que tentar atender às expectativas dos outros, quando, do nada, sou puxada pela cintura de forma mais incisiva por alguém e prensada de jeito contra a parede de uma reentrância.

– Ei, tá maluc... – eu começo a me debater e protestar fula da vida, mas fico sem palavras quando dou de cara com Alex, seu braço apoiado acima do ombro me fechando. Um pequeno espaço somente entre nós.

– Hey, você. – ele diz com seu sorriso divertido no rosto.

– O que você acha que está fazendo? – pergunto ainda irritada por sua atitude lá na mesa.

– Fugindo. – explica com uma risada e joga o cabelo para longe da testa suada. – Você meio que me abandonou lá por um tempão.

– Você bem que parecia estar gostando. – acuso enciumada.

– Sou um rapaz educado.

– Agghhh! Não é isso, é que você... você é tão... lindo! – Não soa como um elogio, mas como uma reclamação porque é exatamente o que estou fazendo agora. Estou morrendo de ciúmes. Penso que se Alex fosse mais feio, tudo seria bem mais fácil. Tudo seria mais simples, porque eu sei que gosto dele pelas razões certas.

– Ok, – Alex acha graça do meu argumento. – Vanessa tem problemas com caras altos e lindos.

– Você é um convencido, isso sim!

– E você é uma grande cabeça-dura, sabia?

Ele ri e meu sangue ferve.

– Então você debocha do meu cabelo, me despacha para o banheiro, depois resolve me dar um susto e me jogar contra a parede e eu que sou cabeça-dura? Engraçado seu raciocínio!

De repente, a cara de Alex se transforma, sua expressão agora é de total confusão.

– Do que é que você está falando, Vanessa?! – Ele balança a cabeça aturdido e chega os lábios bem próximos à minha orelha, seu hálito quente causando ondas de calor em mim. – Eu amo o seu cabelo, não tem nada de errado com ele.

Ele toca uma mecha ondulada com carinho e, com isso, a ficha cai.

É verdade, Alex não me falou nada que provasse o contrário. Talvez ele estivesse mesmo só feliz em me ver naquela hora que voltei da pista de dança. Juliana falou aquilo sobre o meu cabelo em português. Alex provavelmente não fazia ideia do que ela estava falando.

A safada se aproveitou disso para me tirar dali, sem dúvidas.

– E por que é que veio atrás de mim agora? – pergunto ainda temperamental, entretanto.

Orgulho.

Alex vira a cabeça de lado e me olha com interesse.

– Porque eu senti...

Meu corpo todo se arrepia com a voz rouca com que ele diz isso, quase como se sofresse. Olho dentro dos seus olhos, sempre tão intensos e levanto o queixo num ato corajoso, sentindo a eletricidade me percorrer com mil volts.

– Sentiu o quê? – repito com os sentidos ficando meio turvos, a bebida fazendo minha cabeça mais leve. Estou claramente permitindo que me beije.

Alex abaixa o olhar para os meus lábios e, então, engole em seco. Angustiado, parece estar vivendo um difícil dilema. Olho debilmente para o seu pomo de Adão subir e descer num movimento viril, que me excita como nunca imaginei.

Entreabro os lábios.

Eu encaro Alex e, por um minuto, ele também me encara de volta com suas íris incrivelmente azuis. Nenhum de nós pisca num jogo sério e determinado até que Alex suspira alto, fechando os olhos e bagunça o próprio cabelo com a mão displicente.

– Sede. – A palavra que ele diz não parece fazer o menor sentido ali. – Eu estou com muita sede.

– Não entendi. – estou confusa sobre o que está acontecendo.

Ele disse mesmo "sede"?

– Levantei porque preciso de uma bebida. – Alex explica, assumindo um tom mais casual. – As da mesa acabaram.

– Ah... – finalmente compreendo, meu cérebro mais lento que o normal. – E, por acaso, tenho cara de barman? – pergunto irritada com o rumo disso. Por que ele está fugindo?

– Não. Mas você sabe exatamente como pedir. – E aponta para si. – Gringo, esqueceu?

– Ah, tá! Vamos lá que eu vou te ensinar umas frases bonitinhas, gringo.

Eu o puxo pela camisa e ele ri.

– Tá louco! – nega apreensivo, notando meu tom ameaçadoramente sarcástico. – Com essa cara de psicopata que você está fazendo, se eu repetir o que quer que seja que você me ensinar hoje, é capaz de eu acordar grogue vestido de marinheiro com três homens e um espanador num barco.

Eu faço meu rosto mais rogado.

– Que isso... eu não seria tão sádica, Alex.

– Não? – ele me olha com toda a desconfiança.

– Não... – eu reafirmo e sorrio maldosa. – a parte do espanador é um completo exagero.

Ele dá uma risada gostosa e me oferece o seu braço.

– Decidido, você pede as nossas bebidas. Não quero nenhuma aula sua essa noite, madame.

Eu reluto inicialmente, mas aceito o seu braço. Juntos nós seguimos até o bar. Já íntima do garçom depois de tantos pedidos nessa noite, peço as bebidas que são trazidas com grande agilidade para nós.

Seguro a cerveja para mim e entrego a Alex o copo com o líquido translúcido.

– O que é isso? – ele pergunta confuso com o conteúdo. – Vodka?

– Não, – sorrio misteriosa. – é a bebida ideal para você, querido. Confia em mim.

Ele prova intrigado e faz uma careta de frustração.

– Putz... Isso é água, Vanessa! – descobre pousando o copo no balcão, indignado.

Eu dou risada.

– Ué? Você não queria bancar o criancão agora há pouco? Crianças só têm direito à água por aqui.

Rendido, ele aperta os olhos.

– Justo. Mas...

– Mas o quê? – pergunto desafiadora.

Alex me encara com um sorriso enigmático por alguns segundos, fazendo minha postura inabalável ruir e, lentamente, se inclina para próximo do meu ouvido, sem tirar os olhos dos meus.

– Eu posso ser adulto às vezes. – ele diz simplesmente, fazendo meu sangue inteiro borbulhar quando toca de leve o meu braço, me arrepiando toda.

Com essa mera sugestão e um sorriso de lado, Alex pega a garrafa de cerveja da minha mão e eu fico ali, bamba, sem conseguir protestar. Sem poder negar.

É, definitivamente ele pode.

– Ah, então foi aí que você se escondeu? – escuto de repente a voz estridente de Juliana atrás de nós.

Ela passa por mim, como se eu sequer existisse, e segue focada na direção de Alex. Essa garota pode ser mais inconveniente que isso? Olho para trás e vejo que Magô e Soles estão lá também. Minha amiga levanta as mãos como num pedido de desculpas.

– Sinto muito, eu tentei impedi-la! – sussurra com dó para mim.

Eu pisco para que ela não se preocupe. – Está tudo bem, a noite já está uma droga mesmo.

– Quanto você bebeu, Vanessa? – Soles pergunta apreensivo ao se aproximar mais de onde estou. – Isis está preocupada contigo, só na mesa contamos um monte de garrafas vazias suas.

– É... eu posso ter exagerado um pouco. – admito me sentindo bem tonta. – Não vou beber essa.

– Essa o quê? – Magô e Soles olham para mim totalmente confusos e, então, percebo que minha mão está vazia. Com muito esforço, lembro que Alex pegou a cerveja de mim há segundos atrás. Olho aborrecida para ele e noto que não tem mais a garrafa consigo enquanto fala sério com Juliana.

Ele tirou de mim não porque queria beber, mas porque percebeu que eu passei da conta?

– Nada, deixa pra lá. – digo dando de ombros e pego o copo com água em cima do balcão, o virando de uma vez. – Vamos apenas esquecer essa maldita noite e assistir ao show.

Magô me dá um abraço carinhoso e, em seguida, apoia a cabeça no ombro de Soles para assistir o show ao vivo, que agora é de músicas mais lentas. Concluo que finalmente esses dois se acertaram, o que já não era sem tempo. Sozinha, eu abraço o meu próprio corpo e balanço zonza ao som da música, quando percebo que braços fortes me seguram por trás. Reconheço o cheiro que vem deles, é o melhor cheiro do mundo.

Eu fecho os olhos e sorrio, deixando a noite e Alex me embalarem.

Entro no apartamento trocando os pés de bêbada e cansaço. Eu não teria conseguido chegar sozinha, mas Alex me guiou até em casa como um legítimo cavalheiro. Não sei exatamente como foi que a tal Juliana sumiu, mas, desde que a música lenta começou a tocar, Alex não saiu mais de perto de mim. Assistimos ao show inteiro juntos e foi lindo. Foi especial.

Eu só queria ter bebido menos porque agora minha cabeça pesa uma tonelada.

– Estou exausta. – digo me jogando trôpega no sofá.

– Mas você ficou até o final. – Alex aponta o fato orgulhoso.

– É verdade. – sorrio ao notar que estou usando os sapatos que minha chefe me deu. – Bons sapatos.

Alex apenas ri e se ajoelha à minha frente. – Deixe-me ajudá-la a tirá-los então, Cinderela. O baile acabou.

Eu faço um muxoxo enquanto ele retira gentilmente minhas sapatilhas.

– Mas o príncipe não deveria ajudar a colocar o sapatinho ao invés de tirá-lo? – resmungo contrariada e percebo que devo ter bebido um pouco demais para ter dito essa frase cafona. Minhas orelhas queimam de vergonha.

Alex não liga e apenas faz graça da situação.

– Não quando a tal Cinderela bebeu nove garrafas de cerveja e está claramente quase apagando na minha cama.

– Ei, é sofá, não cama! – reclamo com os olhos quase fechando de sono. – E ele é meu, não seu!

– Já disse que tenho uma conexão com ele, então nem tente cortar o meu barato, a noite já não foi exatamente como eu esperava. Vamos. – ele resolve, por fim, me pegando no colo enquanto protesto moribunda. – Você vai para sua cama agora.

– Não, não! – eu murmuro bêbada. – Eu quero dormir no sofá!

– Não adianta reclamar. – ele corta determinado enquanto me carrega até o meu quarto e, com cuidado, me coloca sobre o colchão, me cobrindo em seguida.

Eu quero me queixar mais com ele, mas a cama é quentinha e eu, instintivamente, me viro de lado, me encolhendo e me envolvendo no edredom macio e confortável. A sensação é a melhor do mundo. O cansaço me vence, eu não posso mais discutir. Fecho os olhos e me entrego ao sono quase que no mesmo instante.

E porque tudo em minha mente se embaralha nesse momento, não sei se é sonho ou se é realidade, quando escuto a voz de Alex dizendo "Boa noite, minha Cinderela.".

Sonho com meu príncipe, que é real.

RESSACA

— Bom dia, dorminhoca!

Eu tento abrir os olhos, mas é mais difícil do que parece. Eu estou um trapo. Meu corpo não me obedece, mãos, pés, cabeça. Acho que bebi demais. Game over. Perda total.

— Humpnhum... – eu gemo sem sentido na minha tentativa sonolenta de responder.

Alex dá risada.

— Eu não sei que língua é essa aí, mas certamente não é nem inglês, nem português. – ele brinca e eu reviro os olhos sob as pálpebras fechadas. Ele está mesmo fazendo piada da minha situação deplorável? – Me diz, como você se sente?

Noto que há preocupação na pergunta e carinho em sua voz e, é só por isso, que me forço a abrir um dos olhos. Mesmo com a visão ainda embaçada, vejo o vulto de Alex parado frente à minha cama. É incrível como até o vulto de Alex consegue ser especial. Um borrão azul, azul como o céu.

— Acho que eu dormi demais. – balbucio com dificuldade. – Que horas são?

— Meio dia. – ele responde se divertindo com isso e me surpreendo. Definitivamente dormi demais. – Trouxe café da manhã para você.

Saber disso me faz relaxar e abrir um sorriso. Uma caneca fumegante de café é uma ótima ideia, café sempre melhora tudo. Com essa esperança, abro os olhos e me sento na cama.

— Obrig... – me preparo para agradecer, quando vejo que Alex se aproxima de mim com um copo cheio de um líquido verde viscoso, nada atraente. Tenho certeza de que isso não é café. –Tá louco, Alex! Que troço nojento é esse aí?

Ele apenas ri.

— É suco verde, comprei na lanchonete lá embaixo. Ouvi que é ótimo para desintoxicar o organismo. Tem couve, maçã, água de coco...

— Eca! – faço cara de nojo e recuso o copo, balançando a cabeça, com ânsia.

— Para de bobeira! – Alex me recrimina, achando graça. – Quando eu costumava beber e voltar para casa com ressaca, meu pai sempre me fazia um parecido com esse. Não é gostoso, mas funciona, pode acreditar. Dá uma chance, vai?

Eu olho para ele desconfiada e pego o copo sem vontade. Alex fica feliz com isso.

— Como você está? – ele pergunta novamente, cheio de zelo na voz, se sentando ao meu lado.

— A cabeça dói um pouco. – amenizo a realidade, porque, na verdade, tudo dói, é como se tivessem explodido uma bomba no meu cérebro. – Acho que bebi demais mesmo. Desculpa por ter te dado o maior trabalho ontem à noite, Alex. Eu meio que atrapalhei seus planos, né?

Vagamente me lembro dele ter mencionado que a noite não tinha sido como ele esperava. Claro que não fora, Alex teve que ficar bancando a minha babá ao invés de curtir a balada.

— É, você beber daquele jeito dificultou um pouco as coisas pra mim. – ele confirma, mas sem rancor, apenas com alguma frustração na voz.

Eu me envergonho de verdade do meu comportamento inapropriado. Minha bebedeira atrasou as coisas para Alex. Penso no que seriam as coisas, provavelmente Juliana. Ele teria ficado com ela se não tivesse ficado de babá pra mim?

— Relaxa, – Ele dá de ombros tranquilo ao notar a preocupação estampada em uma ruga na minha testa. – está tudo bem, Vanessa. Está sentindo náuseas?

— Um pouco. – admito embaraçada. O tom de verde esquisito da bebida que seguro não ajuda em nada, mas não acrescento esse detalhe para não magoá-lo.

— Imaginei que estaria. Vamos pegar leve hoje então.

— Não, nada a ver! Eu não quero atrapalhar ainda mais seus planos. – me agito, me sentindo culpada e isso faz minha cabeça rodar ainda mais. Maldita ressaca.

— Você não atrapalha. – ele afasta a ideia com naturalidade e se vira para mim, tocando meu nariz com implicância. – Só atrasa um pouquinho.

Me ajeito na cama.

— O que você tinha programado para hoje?

— Assistir a um jogo no Maracanã. – revela, esperando a minha reação. Só de pensar no barulho da torcida e na vibração do estádio minha cabeça dói e meu estômago revira.

Alex se diverte.

— Fica tranquila, eu já mudei de planos.

Nesse momento, me sinto um estorvo. Eu definitivamente devia ter bebido menos.

— Ei, eu não quero que você mude de planos por minha causa!

— Mas eu não estou mudando por sua causa. – ele nega com um sorriso.

— Não? – É meio difícil um homem simplesmente desistir de ir ao Maracanã assim do nada.

— Não. – ele confirma com toda convicção e acrescenta. – Eu estou mudando porque eu prefiro fazer algo em sua companhia hoje do que outra coisa sozinho.

Viu? – me encara implicante. – Porque eu prefiro. – diz ressaltando o eu da frase só para me provocar.

Orgulhosa, eu não dou o braço a torcer.

– Mas está claro que eu acabo influenciando nessa sua escolha de certa forma. Porque se eu não estivesse indisposta e fosse ao Maracanã também, você ainda iria.

– Há! – ele me zoa. – Como se você pudesse me influenciar!

– O que quer dizer com isso? – eu bato nele de brincadeira, fingindo irritação.

– Sério, Vanessa! Olha o seu estado. – adverte brincalhão. – Você não quer brincar comigo agora, quer?

Alex apenas tremula os dedos em ameaça e meu estômago revira de novo em antecipação.

– Não. – engulo seco. – Não quero mesmo.

– Então bebe logo esse suco para melhorar.

Faço careta e olho para ele como quem pede por clemência.

– Para de ser boba, você nem provou! Dá uma chance, eu não dei para a farofa quando você pediu?

É, tenho que admitir que ele fez isso. Ele confiou em mim à contragosto e provou a areia.

– Ok, ok. Você tem razão, eu provo. Mas só um golinho, tá?

Alex concorda e fica esperando com expectativa eu dar o tal golinho. É claro que para isso faço toda uma cena antes. Olho com nojo para o copo, depois para ele, respiro fundo, tampo o nariz e dou uma golada fazendo careta.

– E aí? – ele pergunta ansioso, esperando o meu veredicto.

– Não é tão ruim quanto eu imaginava.

– Viu? Eu te disse que não era ruim.

– Mas também não chega a ser bom... – acrescento para não me dar totalmente por vencida.

– Não é para ser bom, tá achando que isso é um prêmio, é? Quem mandou você ficar com ressaca? – aponta irônico e sou obrigada a concordar com ele.

– É verdade. – visto a carapuça e dou outra golada no suco verde esquisito para mostrar que estou de acordo com seu ponto. Me arrependo de imediato, o gosto é horrível mesmo. – O que vamos fazer hoje então?

– Podemos continuar assistindo aquela série. – Alex sugere jogando seu corpo para trás, as mãos apoiadas sobre cama. – Estava ficando boa onde paramos.

Eu olho para ele com censura. Depois ele me vem com esse papo de que eu não o influencio. Há, até parece!

– Alex, você está no Brasil, de férias, com um monte de coisas maneiras para fazer por aí! Não faz o menor sentido você ficar um sábado lindo desse trancafiado em casa assistindo TV comigo.

– É uma série brasileira. – ele argumenta como se isso fizesse toda a diferença. – Logo é cultura local.

– Espertinho... Quer cultura local, pode também ir a um museu. Temos aos montes e é muito mais dinâmico.

– Eu gosto de apoiar o audiovisual. – insiste irredutível. – E tem a vantagem que eu posso passar mais tempo com o meu amor. Você sabe que sou um homem muito apaixonado.

– Você nunca desiste! – Jogo os braços para cima com um sorriso. – Ok, você venceu. Vamos ver essa série então. Mas aviso logo que eu não vou segurar vela para você e o meu sofá, tá me ouvindo? Trate de se comportar, seu inglês assanhado!

– Bem, se eu receber condições não vou me segurar mais. – Alex brinca. – Sinto muito, mas não poderia responder por mim nesse caso. O amor é mais forte que eu, Vanessa.

– Aff! Você não existe, Alex!

– Eu evidentemente existo, Vanessa. – ele diz com aparente seriedade e emenda com um sorriso de lado. – Posso provar quando quiser.

Eu olho para ele em dúvida do que quer dizer com isso, mas me lembro logo que gosta de me zoar.

– Você vai me fazer cócegas de novo, não vai? – pergunta já calejada.

Ele estoura em uma risada, o que só confirma minhas suspeitas.

– Só se você quiser provas contundentes.

– Eu passo. – delibero essa com facilidade. – Estou ficando mais esperta com você, Alex.

– É uma pena. – diz com ar de decepcionado. – Eu realmente curto de te ver corar.

Isso é o suficiente, envergonhada, coro mais uma vez.

Como o clima meio friozinho, nós aproveitamos, assim, um perfeito dia de preguiça em casa juntos. Ficamos de pijama o dia inteiro no sofá, almoçamos pizza e assistimos entretidos à ótima série debaixo do cobertor. Apesar de não termos feito quase nada, o tempo passa rápido, mais rápido do que sou capaz de perceber e do que desejava que tivesse passado.

A realidade é que o tempo, quando bem aproveitado, voa.

Quando acordo meio entorpecida, as luzes da TV estão brilhando intensas na escuridão. Com certeza já é de noite. Eu caí no sono em algum momento e estava dormindo com a cabeça apoiada no peito de Alex durante todo esse tempo. Ele, percebo, ainda está acordado, olhando fixo para a TV e fazendo carinho distraidamente em meus cabelos.

— Desculpa, acho que apaguei. — justifico, me endireitando no sofá, embora estivesse extremamente confortável como estava.

— Não faz mal. — Alex responde me dando um olhar suave. — Você dorme bem bonitinha, sabia?

— Vou encarar como um elogio.

— Mas é um elogio. — ele reafirma, sem entender o motivo de minha desconfiança.

Eu sorrio. É claro que não entende.

Ele é Alex, não Victor.

Alex nunca elogia para criticar. Alex só faz elogios honestos.

— Obrigada por ter ficado comigo hoje. — agradeço com sinceridade. — É fácil estar com você. Me sinto tão à vontade que até apago.

— Eu sei, — ele sorri levemente para mim. — é fácil estar com você também, Vanessa. Você me traz um tipo diferente de paz.

Essas simples palavras trocadas fazem meu rosto se iluminar como se despertado por algo diferente. Algo que percebo que está crescendo dentro de mim, devagar, criando raízes. Algo que vai ser muito difícil de arrancar se for preciso. Não falta muito para Alex ir embora e eu começo a perceber que talvez doa mais do que imaginei dar esse adeus.

Meu coração ameaça acelerar, o medo e a ansiedade querendo vir à tona, mas, então, Alex passa carinhoso o braço por cima do meu ombro me fazendo deitar de novo sob seu peito quente e aconchegante e sinto uma inexplicável calma me invadir. Como ele disse, um diferente tipo de paz. Só que no meu caso, acho que essa paz tem um nome.

Um nome que é conhecido por todos, mas que raros já sentiram de verdade.

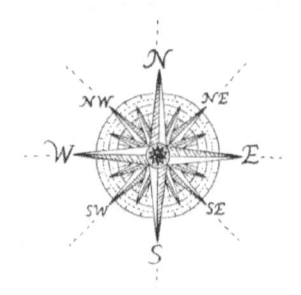

SIMPLICIDADE DAS ESTRELAS

Acordo no domingo bem-disposta, nenhum vestígio de ressaca me afligindo. Um bom dia de preguiça e um não tão saboroso suco verde podem mesmo fazer milagres, tenho que dar o braço a torcer ao Alex nesse ponto.

— Hoje eu estou cem por cento! – anuncio entrando animada na sala. – Pode mandar o que for que eu estou preparada para encarar.

— Se você diz. – O meu inglês favorito sorri ambicioso. – Vamos partir para o estádio.

Eu murcho imediatamente. Mesmo sem ressaca, continuo não sendo nada fã de futebol. Nada contra quem gosta, é só que ideia de vários homens correndo atrás de uma bola nunca me atraiu nem um pouco.

— Beleza, se é o que você quer mesmo, vamos nessa. – concordo parceira indo pegar minha bolsa. – Tô te devendo uma mesmo por ontem.

Alex dá risada, me fazendo parar no meio do caminho.

— Relaxa, eu não gosto de futebol. – ele revela me pegando totalmente de surpresa com a informação. – Só estou te provocando um pouco.

Eu aperto os olhos na direção dele.

— Já percebi que você curte fazer isso.

— Sério? – ele se faz de desentendido. – Nem tinha reparado, é algo tão natural pra mim.

— Sonso. – acuso ressabiada e ele me dá um sorriso presunçoso.

— Quer saber para onde quero ir de verdade?

— Claro, senhor. Divida comigo suas nobres intenções.

— Hoje pensei em visitar Niterói, conhece?

— Claro, é a cidade vizinha ao Rio. Tem alguma programação em mente por lá?

— Por alto. – ele responde enigmático. – Me acompanha nessa, madame?

— Pode ter certeza!

Em menos de meia hora, nós nos aprontamos e pegamos o metrô até a Carioca. De lá tomamos a barca e atravessamos à Baía de Guanabara, chegando à famosa cidade de Arariboia. Nossa primeira parada é o mercado de peixes de Niterói, chamado oficialmente de Mercado São Pedro, aonde pescados e crustáceos fresquinhos vindos da região dos lagos são anunciados dentro de uma galeria de boxes. Nesse mercado, é possível comprar e pedir para preparar o pescado já no andar de cima, onde ficam os restaurantes. Nos empolgamos com a ideia e compramos logo um quilo de camarão VG, tão grande como um lagostim, e pedimos ao cozinheiro para fazê-lo todo frito, acompanhado de molho tártaro, arroz e muita farofa, claro. Alex desde aquela prova, não quer saber de comer outra coisa que não a nossa "areia brasileira".

Satisfeitíssimos com a refeição, damos continuidade o nosso passeio. No caminho para a próxima atração, atino que Alex tem um hábito curioso. Ele sempre faz questão de andar à minha direita, ainda que tenha que me contornar para ocupar o lugar. Cheia de energia depois de alimentada e nada madura como sempre fui, decido implicá-lo um pouco e colocar sua determinação à prova. Dando uma carreira inesperada, ultrapasso à sua frente e tomo a direita.

– Espera aí! – Alex me alcança com facilidade, voltando a se colocar do lado da rua de novo. – Por que correu assim do nada, sua louca?

– Eu não posso ficar desse lado? – pergunto achando graça.

Ele sorri sem jeito, sacando que eu percebi sua mania estranha.

– Não? – Alex titubeia meio sem graça.

– Por quê? – me divirto ainda mais, querendo detalhes do que o deixa tão encabulado.

– Porque eu fui criado assim? – ele arrisca a resposta evasiva e resolvo pegar leve com ele, pois não sei se tem a ver com algo que seus pais lhe ensinaram.

– Velhos hábitos? – pergunto apenas.

– Por aí. – ele fica ainda mais inibido ao confirmar.

– Ok, eu aceito isso. – diminuo o passo. – Um velho senhor inglês tem velhos hábitos afinal.

Ele gargalha alto, botando as mãos no bolso.

– Obrigado pela compreensão, madame.

– Não há de que, senhor. Pode ficar com a direita.

Nós passamos pelo Museu de Arte Contemporânea, seguindo pelo Campo de São Bento e, depois de um tempo por lá, partimos para o nosso destino final, a famosa praia de Itacoatiara. Sendo a razão para Alex ter decidido por este passeio, estou curiosa para vê-la ao vivo.

Quando chegamos lá, noto que a praia em questão é bem diferente das outras que conheço do Rio. Ela é baixa e cercada por montanhas e vegetação da Mata Atlântica. Uma fina faixa de areia se encontra com brilhantes águas de cor verde esmeralda que batem geladas na beira, formando uma espuma branca.

Descalços sobre a areia fofa, caminhamos distraídos segurando nossos sapatos nas mãos. De repente, notamos uma pequena aglomeração de pessoas perto da água. Intrigados para saber o motivo, eu e Alex nos aproximamos e vemos, completamente encantados, um pequeno grupo de tartarugas marinhas nadando ali, na beira do mar. Um espetáculo único de se assistir na vida.

É impossível não sorrir com ele e se sentir privilegiado.

Estamos tão perto dessas fantásticas criaturas que temos a sorte de poder passar a mão no casco de uma delas. A textura é firme, lodosa e a sensação gelada. Um filhote, com certeza, As lindas criaturas mergulham na água e batem as nadadeiras agitadas até se distanciarem na linha do horizonte.

É tão lindo, é tão mágico.

Sorrimos bobos como crianças, totalmente fascinados. Quando já não é mais possível vê-las, nos sentamos para podermos assistir ao pôr do sol dali.

– Está vendo aquela montanha? – pergunto a Alex, indicando a imensa formação rochosa com forma peculiar à nossa direita.

– Sim, estou.

– Ela é chamada de Pedra do Elefante, tem mais de quatrocentos metros de altura e é o ponto mais alto da cidade de Niterói. – conto. – Dizem que o pôr do sol mais lindo dessa cidade é visto dali de cima.

– A vista deve ser maravilhosa mesmo. Mas deve ser complicado chegar lá, não?

– Existe uma trilha, o pessoal do grupo já está marcando de vir fazê-la.

– Legal! – ele se anima na hora como imaginei que faria. – Quando?!

– Semana que vem! – conto igualmente empolgada, já imaginando em como vai ser incrível nós dois juntos nessa nova aventura.

Espero que ele pergunte, "posso ir junto?" nesse instante, mas não é o que acontece.

– Ah, – Alex apenas sorri meio triste e volta a olhar para o horizonte. – trate de tirar muitas fotos.

Me sinto triste. Como assim ele não vem junto?

E, então, meu coração aperta ao entender a razão por detrás da reação contida dele. A verdade que também me assusta, a que evito tanto pensar que até me permiti esquecer por um momento de ilusão.

Em menos de dez dias Alex não vai mais estar aqui.

Nenhuma palavra, por mais bela que seja, pode mudar isso, assim ficamos apenas ali, em silêncio, olhando o sol afundar no mar esmerald. Dez dias com ele foram mais do que o suficiente para eu me apaixonar, seriam os dez dias restantes o bastante para que Alex se apaixonasse por mim?

Quem pode prever? Tem coisas que a gente têm que deixar o tempo decidir.

Ainda que ele seja pouco demais e passe voando por nós.

Com o pôr do sol visto, é chegada a hora de voltar para casa. Seguimos rumo ao centro de Niterói e de lá pegamos a barca no sentido Rio. Alex, ainda muito calado, entra na embarcação e vai logo se sentando na primeira fila de cadeiras. Desde aquele momento na praia, ele parece abatido e, confesso, eu não me sinto muito diferente disso.

Já estou quase me sentando ao seu lado e me preparando para passar mais tempo remoendo esse vazio que me aflige, quando me bate uma inspiração e decido seguir adiante pelo corredor.

– Ei, aonde você vai? – Alex pergunta, ficando alerta de novo e virando a cabeça quando passo direto por onde ele está.

Eu paro e ofereço a mão a ele. Um convite. – Vem comigo?

Ele sorri abaixando os olhos e aceita minha mão. – Estou às suas ordens, madame.

Assim, se levanta e me segue em silêncio rumo aos fundos da barca.

Apesar do modelo novo, descubro que a vista desta embarcação é exatamente como me lembro. Da grande parte aberta posterior dela é possível ver as luzes da cidade do Rio à noite se aproximando, um mar de cores cintilantes, reluzindo na escuridão.

– Não é lindo? – pergunto me debruçando encantada na grade da varanda para observar melhor. O vento frio das águas da Bahia de Guanabara soprando contra os meus cabelos, bagunçando-os como um véu.

– Sim, é. – Alex concorda olhando para mim por um segundo antes de voltar a mirar a cidade iluminada à frente. – Você sempre me proporciona as vistas mais lindas.

– São as coisas mais simples as mais bonitas. – eu digo sem jeito.

– Os verdadeiros milagres fazem pouco barulho. – Alex cita a frase de seu autor favorito com um sorriso. – Como são simples os acontecimentos essenciais.

Antoine de Saint-Exupéry era mesmo um gênio.

Milagres acontecem todos os dias diante de nossos olhos. Não precisamos de fogos de artifícios como pensamos, se olharmos para cima, sempre teremos as estrelas no céu.

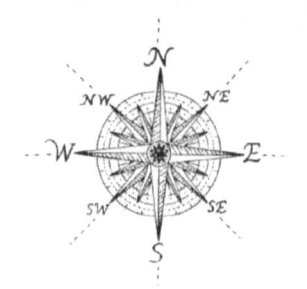

FESTA SURPRESA

Na segunda, antes de sair para o trabalho, conto a Alex sobre o aniversário de dona Josefa. Há algum tempo, quando fui ajudá-la a fazer o cadastro do serviço de streaming sua smart TV, descobri que a danada da minha vizinha era tão ariana quanto eu, só podia ser mesmo com esse gênio arretado dela! Desde esse momento, tive a ideia de fazer uma festa surpresa inesquecível quando chegasse o tal dia D.

E o tal dia D é justamente hoje!

Animada, falo com todos os vizinhos que consigo sobre a comemoração e encomendo os comes e bebes da mãe da Natalia, uma cozinheira de mão cheia. A exceção seria o bolo, eu mesma o faria, decidi ambiciosa me desafiando com a responsabilidade. Dona Josefa jamais imaginaria que me arriscaria a tanto.

E seria legal que o meu primeiro fosse para ela.

Alex informa que vai turistar pelo centro da cidade e se oferece para passar no Saara e trazer os balões que eu havia me esquecido de comprar. Ele, inclusive, se voluntaria para enchê-los depois, algo que julgo ainda mais legal, porque haja fôlego para encher todos eles sozinha.

Com tudo esquematizado, parto tranquila para o trabalho.

Quando chego ao escritório, encontro Magô mais feliz do que pinto no lixo. Ela está radiante, o sorriso enorme estampado no rosto. O entendimento com Soles pelo visto fez muito bem para minha amiga de cabelos coloridos, que agora os exibe em um bonito tom cor de rosa. A cor do amor.

Eu faço uma festinha em comemoração pelas boas novas e, em seguida, ela me avisa que a Isis pediu para falar comigo quando eu chegasse. Sigo para o escritório para falar com a patroa.

— Opa, tudo bem? — enfio a cabeça no portal sorridente.

— Oi, Vanessa, bom dia! — ela me saúda com outro sorriso. — Por favor, entre e feche a porta?

Eu faço o que ela pede, apesar de achar a situação bem estranha. Isis nunca me chamou em particular, quanto menos já pediu alguma vez para alguém fechar a sua porta. Mas, o fato de ser ela ali e não uma pessoa como Constança, me tranquiliza. Eu me sento à sua frente, sem estar nem um pouco apreensiva.

Eu não tenho medo de Isis, ela é uma boa chefe e, acima disso, é uma excelente pessoa.

— Bem, primeiro quero deixar claro que essa não é uma conversa de negócios, mas de amigas. Então, fique à vontade se não quiser responder.

— Ok? – eu concordo meio incerta, sem saber o que esperar.

— O que houve com você na sexta?

— Como assim? – a questão é totalmente inesperada e me confunde.

— Não quero ser indiscreta, mas percebi que você bebeu mais do que costuma naquela noite. Nunca te vi fazer isso.

— Eu sei. – admito embaraçada entendendo o seu ponto. – Passei mesmo dos limites lá. Tinham pessoas da empresa, eu deveria ter mantido a postura...

— O problema não é ter pessoas da empresa, Vanessa. – Isis me interrompe com gentileza. – Por favor, não é nada disso, não me entenda mal. Aquela era uma reunião informal e eu não estava ali para avaliar postura profissional sua ou de nenhum outro, naquela mesa éramos apenas um grupo de amigos saindo juntos. Minha preocupação é com você. Você não costuma beber assim, não entendi porque estava virando uma garrafa após a outra como se estivesse tentando abstrair algo dessa maneira.

Eu me desarmo. Ela tem absoluta razão, eu não faço esse tipo de coisa normalmente. Só fiz duas vezes e não tenho orgulho de nenhuma delas.

— Não ria de mim, mas a verdade é que todas aquelas garotas dando em cima do Alex me deixaram com ciúmes, insegura, Isis. Aí eu meio que enfiei o pé na jaca...

Ela me dá um sorriso compreensivo.

— Eu entendo. Mas, Vanessa, nunca use a bebida como uma armadura. Eu fiquei muito preocupada de que você fizesse algo ali que se arrependesse depois. E Alex também ficou, pode acreditar em mim. Quando você saiu para a pista de dança com Magô e começou a virar uma bebida atrás da outra, ele ficou totalmente alerta. Ele não tirou os olhos de você nem por um segundo.

Quando ela menciona isso, me recordo de como Alex se referiu as cervejas que bebi quando voltamos para o meu apartamento. Não muitas ou várias, ele disse nove. Uma quantidade precisa demais. Alex não se divertiu como deveria porque ficou boa parte da noite atento, zelando pela minha segurança.

— Você tem razão, não vou fazer isso de novo. – reconheço envergonhada minha falta de bom senso. – Não posso perder a noção e dar trabalho para os outros quando me dá na telha. Não é certo.

— Acho que o Alex não se importou em você dar trabalho para ele. – ela agora insinua divertida.

— Não foi bem isso que ele disse. A noite foi bem diferente do que ele esperava.

Isis balança a cabeça sorrindo. Ela não acha que isso seja verdade, leio bem em seus olhos.

— Espero de verdade que vocês dois se acertem, Vanessa. O Alex é um cara legal, decente e ele tem um carinho enorme por você, isso ficou bem claro para mim. Sei que você é calejada por conta de tudo o que aconteceu com o Victor, mas acho que, no caso desse rapaz, você pode baixar a guarda e simplesmente deixar acontecer. Pare de encucar com tantas coisas, Alex é mais simples do que te parece. É você quem está complicando demais.

Eu sorrio para ela.

– Obrigada pelo conselho e pela preocupação comigo, Isis. Às vezes eu sou mesmo uma cabeça dura.

– Não há de que, só não me assuste mais desse jeito, mocinha. Beber é só por diversão, não para fugir de problemas, entendeu? – ela pisca para mim e, em seguida, retoma a postura prática de chefe. – Agora, vamos voltar ao trabalho. O que me diz de fechar uns contratos hoje?

Passamos a tarde toda dando uma última analisada nas cooperativas que havíamos selecionado até que nos julgamos suficientemente seguras para dar o próximo passo. No final do dia, fico bem orgulhosa pelas escolhas que fazemos. Todos os nossos novos parceiros se encaixam perfeitamente na ideia da marca e é um prazer elaborar esses acordos que serão tão positivos para todos os envolvidos.

Depois do expediente, passo no meu prédio e pego dona Josefa na portaria. Ela hoje está ainda mais arrumada, de blush nas maçãs do rosto, a cara da riqueza. Brinco com ela assim que entra no carro, a fazendo corar toda envergonhada. Nos divertimos bastante no nosso tradicional passeio como sempre fazemos e trato de não dar nenhuma pista sobre a surpresa que estamos preparando para mais tarde, de forma que ela nem desconfia que sei que hoje é o seu aniversário.

Alex não está em casa quando retorno com as compras e aproveito para ir adiantando a preparação das receitas que planejei fazer hoje. Nesse aspecto, a surpresa será dupla: além do bolo, tive a ideia de última hora de fazer um prato em homenagem a ele, que cuidou tão bem de mim em meu momento de bebedeira e, depois, na terrível ressaca. Para o inglês vou tentar cozinhar o tal scouse que ama e torço para não fazer feio. Bem, dizem por aí que é a intenção que vale e me fio nisso.

Separo os ingredientes e começo. Selo o cordeiro em uma frigideira e o junto com os demais elementos do prato, cozinhando em uma panela grande em fogo baixo. Estou mexendo o guisado encorpado, quando a campainha toca.

– Amiga!!! – saúdo toda animada ao ver Nati na porta. – Que surpresa boa!

– Minha mãe pediu para eu te trazer essa encomenda. – ela comunica entrando abarrotada de caixas de salgadinhos e docinhos apetitosos.

– Uau! Que cheiro fantástico! Sua mãe sempre arrasa.

– Ela adorou que você se lembrou dela para isso.

– Mas é claro que lembrei! Suas festas de aniversário eram sempre as melhores, eu nem almoçava para ir com o estômago vazio. – ela dá gargalhadas com a minha confissão vergonhosa. – Acho que ela fez muito bem em investir nesse negócio agora que se aposentou.

— É, ela tá toda animada, sim. É bom porque ela fica menos deprê em casa. Para quem era subchefe em restaurante grande, ficar no marasmo é difícil. Ela ama a agitação!

— E o consultório? – mudo o foco, querendo saber agora como está a vida dela.

— De vento em popa! Já estou com um grupo bom de pacientes. Ah, e aquele quadro que você me deu já foi elogiado umas cinco vezes! Todos os pacientes o adoram.

— Sério?! Que legal! Fico muito feliz por estar tudo indo bem no seu trabalho, amiga.

— Eu também. – ela fica encabulada e trata de trocar logo de assunto. – E aqui? Como estão as coisas?

Enquanto preparo a massa do bolo, trato de atualizar minha amiga das últimas novidades e Nati dá risadas e mais risadas ouvindo minhas loucuras. Então, coloco o bolo para assar e retorno para a receita do scouse, mas antes de minha amiga poder analisar minha situação com Alex, escuto um barulho na fechadura.

— Hey, você! – Alex diz surpreso ao abrir a porta e ver que já estou em casa. – Oi! – saúda tímido ao ver que Nati também está conosco.

— Olá! Você deve ser o famoso Alex. Eu sou Natalia, muito prazer! – ela saúda simpática em inglês.

— O prazer é todo meu. – ele aperta a mão dela em retorno.

— Bem, está tudo muito bom, mas tenho que ir. – Nati anuncia, se encaminhando para a porta. – Minha entrega já foi feita e tenho que passar hoje ainda na casa da minha mãe.

— Vai lá! Muito obrigada por trazer as coisas, amiga. Fala para a sua mãe que já depositei na conta dela e que ela arrasou como sempre.

— Pode deixar que aviso sim! – Ela me manda um beijo no ar. – Tchau, Alex!

— Tchau, Natalia! – ele despede dizendo seu nome com dificuldade. – Até a próxima!

Ela dá uma piscada significativa para mim, me roubando um sorriso e fecha a porta atrás de si. Pelo que conheço de Natalia, posso afirmar que ela teve uma boa impressão dele e isso é um ótimo ponto a seu favor.

Eu confio bastante na opinião da minha melhor amiga.

— Como estamos por aqui nos preparativos? – Alex pergunta curioso, se aproximando da bancada onde estou.

— Já coloquei o bolo para assar e estou quase terminando a comida para jantarmos antes da festa.

— Você está fazendo o jantar? Pensei que tínhamos combinado de pedir algo pronto hoje. Você já está cuidando de tanta coisa...

– Fazer o quê? Me animei de última hora e resolvi testar algo diferente. – Abro um sorriso. – Estou fazendo *scouse*.

– Ei, esse é o meu prato preferido! – ele reconhece surpreso.

– Eu sei, você me disse. – dou de ombros como se não fosse nada.

Ele cruza os braços desconfiado.

– E por que está fazendo logo ele?

– Hummm.... – o implico um pouco, achando graça de sua suspeita. – Sei lá, acho que tô afim de descobrir o porquê você gosta dele tanto assim. Sou curiosa, ué!

Ele sorri para a resposta simples e, claro, mentirosa.

– Justo.

– E o que são todas essas bolsas? – é minha vez de indagá-lo, quando noto que carrega não uma, mas diversas sacolas de lojinhas do Saara. – Pensei que você só ia comprar os balões.

Alex ergue os ombros.

– Acho que exagerei um pouco. – sugere tirando um apito de língua de gato da sacola e assoprando-o.

– Quase nada! Eu já disse que vocês britânicos são muito exagerados?

– Milhares de vezes!

Se falar assim não é a prova do exagero, eu não sei mais o que é.

Alex toma uma ducha antes da janta e, vinte minutos depois, sai do banheiro já vestido de camiseta e bermuda, os cabelos castanhos jogados para o lado molhados. Anuncio orgulhosa que a comida está pronta e pego uma concha para nos servir, rezando internamente para ter acertado na receita dessa vez. A taxa de sucesso de minhas experiências gastronômicas é bem variável. A única certeza é que quando eu erro a coisa fica intragável.

Rezo para não ser este o caso.

– Olha, é só um teste... – aviso insegura, colocando o pão ao lado do guisado e lhe entregando o prato cheio.

Com expectativa, observo quando Alex prova o *scouse* que fiz.

– Oh, obrigado Deus! – agradece exultante após experimentar um pouco. Ele estava tão apreensivo assim? – Isso está maravilhoso, simplesmente incrível, Vanessa! – diz enchendo outra garfada e fechando os olhos ao saborear outra vez. – Você o fez perfeito! Perfeito!

– Que isso! Nem deve estar tão bom assim... O seu deve ficar bem melhor que esse.

– Não mesmo! Para ser sincero, eu nunca fiz essa receita.

— Por que não? – eu paro até de comer tamanha a surpresa. – Essa não é a sua comida favorita?

— É. – ele confirma com um sorriso tímido, pousando o garfo no prato. – E, exatamente por isso, eu nunca tentei fazer, não queria correr o risco de errar a receita e estragar o gosto dela na minha memória. Esse era o prato que meu pai costumava fazer lá em casa, na verdade, era o único prato que ele sabia fazer bem. E eu queria me lembrar dele da melhor forma possível.

Saber disso me faz sentir um tanto culpada. Educado como é, Alex aceitara provar a minha versão do prato sem sequer falar nada a respeito. Eu poderia ser a responsável agora por ter apagado o gosto do prato do pai dele de sua lembrança para sempre.

Imagina o trauma que eu causaria se tivesse errado?

— Desculpa, eu não sabia...

— Não, não se desculpe. – ele trata de se retificar rápido, quando percebe minha preocupação. – O seu ficou tão bom que eu me lembrei do meu pai em cada garfada! Eu só tenho a lhe agradecer, eu amei.

Meu coração se aquece ao ouvir isso.

— Fico feliz que tenha gostado.

— Fico feliz que tenha feito. – ele responde de volta com um sorriso sincero. – Obrigado, Vanessa. Muito obrigado mesmo. Você vive me surpreendendo com esses gestos.

Eu sorrio porque quem me surpreende sempre aqui é ele.

Alex é a melhor surpresa que eu já tive em toda a minha vida.

Depois dele repetir duas vezes o *scouse*, nós partimos para a divertida tarefa de decorar o meu apartamento para a festinha de dona Josefa. Penduramos a faixa de parabéns, colocamos os balões e as serpentinas, arrumamos os salgadinhos e docinhos em bandejas e enfeitamos o bolo já assado com vários confeitos coloridos e dezenas de velas, noventa no total, a idade da aniversariante.

Em seguida, os vizinhos começam a chegar e vestimos todos os chapeuzinhos e preparamos nossos apitos para a bagunça.

— Tudo pronto! – declaro satisfeita ao ver o resultado e constatar que a casa está literalmente lotada. Nenhum espaço de sobra no meu pequeno apartamento. – Posso interfonar para ela?

Alex dá o aval, confiante.

Pego o interfone e disco para o apartamento cento e um.

— É entrega? – minha vizinha favorita pergunta tão bonitinha ao atender a ligação que tenho que me segurar para me manter séria e não estragar a surpresa.

— Não, Dona Josefa, é a Vanessa. – digo já ensaiada. – Tô precisando de sua ajudinha aqui numa receita, pode ser?

— Arre, se pode! – ela concorda sem hesitar, com aquele jeitinho todo animado dela.

Ela mal imagina o que a aguarda aqui em casa.

Cinco minutos depois, minha campainha toca. Dentro do apartamento, todos tratam de fazer absoluto silêncio. Às pressas, acendemos as noventa velinhas e fico em pé, na frente da sala, segurando o bolo que mais parece um princípio de incêndio. Alex é quem se adianta para girar a chave e recepcioná-la.

— Surpresa!! – gritamos estourando nossas serpentinas e vários apitos soam festivos quando a porta se abre, revelando a festa. Juntos cantamos em uníssono o 'parabéns para você'.

Dona Josefa leva a mão à boca e seus olhos se enchem de lágrimas quando percebe o que está acontecendo ali. Em choque, fica sem conseguir falar, emocionada demais com a coisa toda.

— Feliz aniversário, dona Josefa! – eu desejo, encurtando a distância entre nós o mais rápido que posso e dou-lhe um forte abraço.

— Parabéns, dona Josefa! – Alex deseja em seguida, pronunciando cheio de sotaque a palavra que o ajudei a decorar mais cedo.

Ela fica toda encabulada quando o inglês a abraça.

— Muito, muito agradecida. A todo povo aí, visse? Obrigada mesmo! – ela diz com as mãozinhas trêmulas frente ao rosto e lágrimas rolam de seus olhos, assim como dos meus. Alex, atencioso, afaga as costas dela com carinho. Mesmo não entendendo o que ela diz, ele é capaz de perceber o quanto ela está tocada pela surpresa.

— Olha, não se anima muito não, dona Josefa, que fui eu que fiz o bolo! – não perco a piada, fazendo-a rir entre soluços. – E o Alex me ajudou a confeitar. Você nem imagina o que ele me contou dos dotes culinários dele... São ainda piores que os meus! Tu viu o tal do chá com leite...

Ela dá uma risada ainda maior, lágrimas rolando incontroláveis.

— Deixa de história, menina, que deve tá tudo danado de bom! E até se fosse pedra eu comia.

Dessa vez sou eu quem rio, assim como todos os nossos vizinhos, que agora sabem que eu sou uma tragédia na cozinha e talvez não se arrisquem mais a provar meu bolo.

— Isso que é botar fé na gente, heim, dona Josefa! Comparando nossa comida com pedra, vê se pode! – então, a levo com cuidado em direção ao rack para apoiar o bolo nele. – Aqui, vem ver. O bolo é de macaxeira com coco. Não é esse o seu preferido?

Ela assente com um único movimento de cabeça e mais lágrimas rolam de seus olhos, totalmente emocionada. O fato de termos lembrado desse detalhe, a toca ainda mais, a faz sentir de alguma forma especial.

Mas é claro que dona Josefa deve se sentir especial.

Dona Josefa é a vizinha mais especial do mundo.

– Ihh, dona Josefa! Vamos parar de chororô que eu quero é muita alegria nesse aniversário! – faço graça espirituosa, mas por dentro sou só coração.

– Mas minha menina, num faz mal chorar não. – ela diz com uma sinceridade pura que me comove. – Essas lágrimas são das mais felizes que eu derramo em muito tempo na minha vida.

– Eu sei. – digo abraçando-a com carinho. – E sinto muito por elas terem se tornado tão raras, dona Josefa. Vamos corrigir isso juntas, visse?

Ela assente com um gesto tímido, aninhada em meus braços.

– Tu vem corrigindo desde o dia em que se mudou pra cá, menina. Tu me trouxe tanta alegria quando entrou por essa porta que hoje nem me sinto mais sozinha, sabe?

A voz dela afina quando diz isso e dessa vez sou eu quem precisa de ajuda para segurar as lágrimas. Não seguro. Meus olhos queimam como brasas e meu coração fica mole como manteiga.

A gente tem um poder tão grande de tocar a vida das pessoas que me pergunto porque não fazemos mais isso. De todas as minhas conquistas, as que me trazem maior orgulho e alegria são aquelas em que percebo que pude fazer a diferença na vida de alguém. Nós podemos ser a diferença que falta no mundo. Ainda que sejamos somente uma parte bem pequena dela, essa parte tem valor.

O sorriso que ilumina o rosto de minha vizinha nesse instante é lindo e não tem preço.

As coisas mais valiosas do mundo nunca têm.

– Vamos, senta aqui no sofá. Deixa eu te servir um pedaço do bolo, o primeiro para dar sorte. – eu entrego o pratinho com uma fatia generosa à ela. – Mas seja sincera comigo, tá? Nada de puxar meu saco para ficar bem na fita!

Ela corta um pedaço do doce com o garfo e o leva a boca um tanto trêmula.

– E aí?! – pergunto e Alex me acompanha na expectativa

– Arre égua! Mas isso tá de lamber os beiços, menina! – exclama tão satisfeita quanto da vez em que comeu o nhoque espetacular de Vicenzo.

– Ela gostou!!! – comemoro com Alex, toda contente com o sucesso da experiência.

Depois de servir todos os convidados, agora mais dispostos a dar uma chance para o bolo dessa cozinheira de reputação duvidosa, pego também um pedaço para mim e outro para o Alex para saborearmos o resultado do meu primeiro bolo.

– Putz! Tá seco que dói!! – constato já na primeira garfada, dando uma boa risada e sendo seguida pelos nossos vizinhos, que também já perceberam isso, só estavam sendo educados comigo. Alex ao meu lado faz careta, mostrando que sentiu também, um desastre total. – Dona Josefa, você é terrível! Nos enganou direitinho com esse de "tá de lamber os beiços"! Tá é de quebrar os dentes, isso sim!

– Nada, menina! – ela nega sem sequer erguer a cabeça, feliz demais comendo o bolo para ver qualquer defeito. – Isso tá danado de bom! – reafirma, colocando outra garfada na boca, como se essa fosse mesmo a melhor coisa que já provou na vida.

Quem vê, poderia até jurar que é verdade.

Talvez fosse mesmo, penso depois.

Talvez os ingredientes usados ali possam ter sobressaído toda e qualquer imperfeição na receita. Porque, entre esses ingredientes, estavam admiração, carinho e amizade.

E eu os usei sem qualquer moderação.

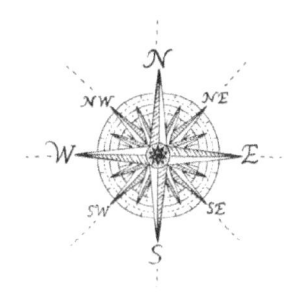

A COR DO TRIGO

Na terça, me apresso na volta depois de um longo dia de trabalho. Percebo que a cada dia vou ficando mais e mais ansiosa para chegar logo em meu apartamento e encontrar o cara por quem estou apaixonada sentando no sofá do meu avô, esperando paciente por mim. Eu nunca pedi que Alex me esperasse desse jeito, mas curiosamente ele o faz, todos os dias, por vontade própria. Me pergunto se ele fica tão ansioso quanto eu por esse encontro. Eu espero de verdade que sim.

Eu gostaria muito de poder acreditar nisso.

— Olá! — saúdo abrindo a porta procurando por Alex e sorrio ao ver que está lá me aguardando como de costume.

— Oi, você! — ele cumprimenta fechando um livro e me olha do sofá. — Como foi no trabalho hoje?

— Ótimo! O que você estava lendo aí todo compenetrado?

— Segredo. Ah! — ele se levanta num pulo, lembrando de algo. — Eu comprei uma coisa pra você hoje.

— Sério? O que é?!

Alex pega uma sacola em cima do rack e me entrega. Eu abro e dentro dela encontro uma edição ilustrada do Pequeno Príncipe em francês. É uma linda edição, noto completamente lisonjeada com o presente inesperado em minhas mãos.

— Nossa, obrigada! Eu disse que eu queria reler quando conversamos.

— Sim, lembrei. — ele sorri atencioso. — E, é em francês, para você poder praticar hoje.

— Eu percebi. Obrigada, você realmente pensou em tudo, Alex. É um presente perfeito.

— Eu posso surpreender também. — ele brinca em referência a nossa conversa de ontem.

Não há dúvidas de que ele o faz. Constantemente, aliás.

Depois de tomar meu banho e me vestir com algo mais confortável, retorno à sala para meu momento de estudo e leitura. Tenho a secreta intenção de me aproveitar da distração de Alex e espiar o que é que ele está lendo tão concentrado. Mas, é só me sentar ao seu lado que, parecendo adivinhar o que tenho em mente, Alex escorrega o seu corpo no sofá e deita com a cabeça sobre o meu colo, deixando somente a capa do livro coberta por um papel virada para mim.

— Confortável? — eu ironizo com o abuso dele.

– Muito! – ele responde com um sorriso travesso brincando em seus lábios.

Acho engraçado que Alex consiga interpretar minhas intenções tão bem assim em tão pouco tempo de convivência. Ele sabe quem sou, como realmente sou. Aceitando que não vou conseguir enganá-lo e matar a minha curiosidade dessa vez, abro o meu novo livro e me concentro na leitura.

Ou tento, pelo menos.

Alex está tão próximo nesse instante que é um tanto difícil me concentrar, sua presença, seu cheiro e calor característicos me desconcentram bastante. Isso não é ruim, na verdade é bom demais. Eu adoro o frio na barriga que sinto toda vez que fico assim tão perto dele.

O livro do Pequeno Príncipe é curto, tem menos de cinquenta páginas de texto e imagens muito bonitas, mas meu francês ainda iniciante torna o processo da leitura um tanto mais lento que o normal. Apesar disso, me impressiono bastante com o conteúdo da obra enquanto a leio. Eu não me lembrava da existência de tantas passagens lindas assim.

A verdade é que quando li pela primeira vez esse livro eu era bem pequena. O Pequeno Príncipe definitivamente não é um livro só para crianças, é um livro que nunca deveria deixar de ser revisitado, não importa a idade.

A história é a de um aviador perdido no deserto que encontra com um jovem príncipe vindo de um pequenino e distante planeta. Lá ele vivia em companhia de sua única rosa até decidir partir após uma decepção e iniciar uma grande e emocionante aventura.

Mergulho na leitura, esboçando sorrisos ao relembrar as fantásticas metáforas que o autor usa para expressar tantas verdades essenciais à vida, até que, em torno da página trinta e cinco, aparece finalmente o personagem de quem falamos outro dia e me animo de verdade.

– Olha, Alex! – aponto para o desenho, virando o livro para ele agitada. – Cheguei na parte da raposa!

Alex sorri largo com o meu entusiasmo.

– Veja o que acha então. – sugere com expectativa e aceito com prazer a proposta, seguindo com ansiedade à leitura.

Nessa parte da história, a raposa encontra o pequeno príncipe e lhe explica que não é cativada, razão pela qual não pode brincar com ele. O garoto questiona o que é isso de cativar e a raposa esclarece dizendo que significava criar laços, algo para que os humanos parecem não ter mais tempo.

– É... concordo com o ponto de vista que levantou naquele dia, Alex A raposa fala explicitamente que cativar é no sentido de criar laços, não de submissão.

– Que bom que pensamos da mesma forma a respeito.

Percebo que ele fica contente com isso e, retomo assim a leitura. A raposa explica ao jovem príncipe que, se a cativasse, ele deixaria de ser um garoto igual a milhares de outros e passaria a ser considerado único no mundo para ela. Que a sua vida, que era monótona, passaria a ser cheia de sol e que até os sons dos passos do jovem príncipe passariam a ser diferentes aos seus ouvidos, como uma melodia a convidando a sair da toca ao invés de se esconder.

E o trigo! Essa é a parte mais linda do livro pra mim.

Para a raposa, o trigo não tinha serventia alguma, ela não comia pão. Os campos de trigo eram inúteis e não tinham o menor significado ou importância para ela. Mas o pequeno príncipe tinha cabelos cor de ouro, e uma vez cativada por ele, o trigo dourado a faria se lembrar do garoto e ela passaria a amar o som do vento varrendo os vastos campos de trigo. E, percebendo como todo esse sentimento é maravilhoso, a raposa pede que ele a cative.

O príncipe diz que adoraria cativá-la, mas que infelizmente não tem muito tempo para isso. A raposa não desiste, insiste que se torne seu amigo até que ele o faça e, com isso, o jovem passa a tornar especiais para ela momentos que antes não eram.

Levando mágica e significado para os seus dias. Para a sua vida.

Mas, então, chega o momento do menino ir embora e a raposa, já verdadeiramente afeiçoada, conta-lhe que vai chorar quando ele partir. O príncipe argumenta que não tinha nenhuma intenção de lhe fazer mal, mas que ela tinha insistido que ele a cativasse mesmo sabendo que ficaria por pouco tempo e assim ele o fez. Foi ela quem procurou por isso.

A raposa não o contradiz, pelo contrário, confirma tudo. "Mas você vai chorar", ele argumenta, sem entender a lógica naquilo. "Vou", ela confirma com verdadeira aceitação e ele se exaspera ainda mais por sua conformidade. "Então, não sai lucrando nada!", dispara inconformado.

A raposa, assim, tão sábia, lhe revela a bonita verdade.

"Eu lucro." – lhe explica e eu emociono. – "Por causa da cor do trigo."

Eu sorrio com a beleza da frase, lágrimas marejando meus olhos.

A moral é que não importa o tempo que dure, todo o amor vale à pena. As transformações edificadoras que ele causa em nós, em nossas percepções e conceitos, são genuinamente preciosas e ficam. O amor dá um novo significado a coisas antes banais. O amor permite enxergar a beleza onde ela não é óbvia. Permite sorrir para um campo de trigo porque traz a lembrança de alguém que, mesmo longe, ainda é capaz de aquecer o coração e trazer alegria à alma.

– Isso é lindo! – exclamo sensibilizada quando termino a leitura algumas páginas depois e fecho o livro com um suspiro. – Eu tinha me esquecido de como essa história é bonita.

Alex sorri e, gentil, seca com o polegar a umidade presente em meus olhos.

– Fico feliz que também goste do livro.

– Eu amei. É por isso que você tem essa raposa enorme tatuada nas costas? – pergunto com curiosidade tocando à base de sua nuca.

– É, fiz pouco tempo depois que meu pai faleceu. É um lembrete de que mesmo que os tenha perdido tão cedo, o tempo que passei com eles foi importante. O irônico é que só quando me vi voltando para a fazenda da qual queria tanto me ver livre é que eu finalmente tive esse entendimento.

– Como assim?

Alex se revira no meu colo e olha para mim.

– Eu estava colocando Blake para dormir e lia justamente esse livro para ele. – conta me surpreendendo. – De repente, percebi como aquele lugar guardava memórias preciosas deles. Que ao olhar para a plantação, eu me lembrava de meu pai trabalhando. Que ao sentar no jardim, eu recordava da minha mãe cuidando das rosas. Eu não os tinha mais ali, é verdade, mas eu tinha isso. Eu achei que tinha ficado naquela fazenda por conta do meu irmão, o que eu não sabia é que quem precisava disso, mais até do que ele, era eu. Eu precisava dessas lembranças para seguir em frente.

Eu olho dentro de seus olhos, tão azuis, tão profundos. Assim é Alex, belo e perfeito à superfície, mas tumultuado e complexo por baixo. E entendo finalmente o que ele quis dizer quando falou que sua aparência atrapalhava em seus relacionamentos.

Alex sabe muito bem que quem entrar nesse mar somente por conta da sua beleza, será surpreendido e tragado sem entender o que está acontecendo. Para estar com ele, é necessário saber o que não é visível aos olhos.

É abaixo da superfície que estão as suas maiores dores e, também, suas maiores belezas.

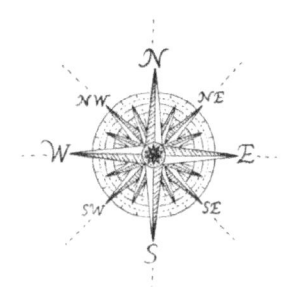

JOGO DE SEGREDOS

Na quarta, chove desde cedo na cidade e, com o alerta de chuva forte emitido pelo Centro de Operações, Isis decide nos liberar antes do fim do expediente para evitarmos o trânsito caótico e possíveis acidentes. Nem preciso dizer como a consideração sem tamanho da minha chefe é algo que ainda me surpreende.

Por essa razão, quando Alex retorna de seu passeio às quatro da tarde, eu já estou em casa, deitada no sofá-cama aberto, embaixo das cobertas, assistindo a TV de forma tão compenetrada que só percebo que ele chegou quando já é tarde demais.

— Não acredito que você começou sem mim! — ele arfa traído quando me pega no flagra. Eu estou assistindo sozinha a série que tínhamos começado a ver juntos.

— Não, não é nada disso que você está pensando! — eu minto, mal conseguindo segurar o riso, tentando desesperadamente achar o controle remoto para tirar do programa.

— Parece exatamente o que eu estou pensando. — ele acusa olhando para a TV e confirmando suas suspeitas. — Isso é desleal, Vanessa Zandrine! Vergonha de você.

Eu desisto de achar o controle, já estou ferrada mesmo.

— Foi mal, eu não consegui esperar. — admito de cabeça baixa o meu crime. — O Daniel cancelou a aula de hoje por conta da chuva e, bem, eu estava tão curiosa para saber o que ia acontecer nesse capítulo que meio que fraquejei...

Alex balança a cabeça, fingindo indignação.

— Eu não posso imaginar traição maior! — diz fazendo cena, os braços cruzados no peito em severa reprovação à minha atitude pouco admirável.

Eu faço cara de culpada e vou além na provocação, esticando meu pé para fora do edredom. — Nem isso? — pergunto segurando o riso, revelando estar usando as meias de moranguinho que ele tinha se apropriado dias atrás.

— Não! — ele exclama surpreso segurando o riso também. — Eu não posso acreditar que você fez isso! Isso é totalmente imperdoável, Vanessa!

— Pra você ver... — provoco dando de ombros com um sorriso. — Ando ousada.

— Ah, é? Vamos ver se vai estar tão ousada assim depois que eu acabar com você, sua traidora!

E, então, Alex pula em cima de mim, me atacando com suas cosquinhas de novo. Lutamos e nos embaraçamos no sofá por minutos e risadas que parecem não ter fim. Travesseiros são lançados, cobertores se embolam. Eu me sinto feliz. Boba e feliz, o melhor tipo de felicidade que conheço. A felicidade mais verdadeira é justamente aquela que a gente não entende.

Só sente.

Quando cansamos de guerrear, eu não quero me mover porque é tão bom estar próxima assim dele que não desejo correr o risco de me afastar nem um milímetro. Seu corpo é quente, seu cheiro é bom e ele é Alex. Eu amo tudo ao seu respeito.

– Como foi seu dia? – ele sussurra sem fazer menção de querer se mover também. O queixo posicionado sobre a minha cabeça, o corpo de lado, de frente para o meu.

– Bom. – eu conto distraída fazendo carinho em seu antebraço. – E o seu?

Ele inspira fundo, bem próximo aos meus cabelos e sinto sua respiração soprar meus fios gentilmente.

– Legal. – responde evasivo. – Mas é bom chegar em casa.

– Eu sei como é.

Mas talvez nossos motivos para isso sejam bem diferentes.

Eu gosto de voltar para casa porque sei que Alex vai estar lá e amo estar com ele. Mas é um amar diferente, eu não acho que Alex me completa, eu aprendi a me sentir completa em mim mesma há algum tempo. Alex me eleva, como uma potência.

É um sentimento de poder ainda mais.

Quando acontecem momentos como esse, em que nossas peles se tocam e eu posso sentir a sua respiração quente sobre mim e o meu coração acelerado, batendo contra o peito, tenho uma vontade louca de envolver meus braços em seu pescoço, me aproximar ainda mais dele e beijá-lo como se não houvesse amanhã. Parece a coisa certa a fazer, parece natural rolar.

Mas me falta coragem.

Se Alex também quer isso, porque não toma a iniciativa?

Meu cérebro, moldado dentro dessa concepção antiquada de que o homem é quem deve cumprir esse papel, me faz acreditar que isso é um claro indício de alerta vermelho. Um homem que deseja uma mulher age. Ele a beija quando tem a chance. A chance está aqui de novo e nenhum dos dois a agarra. O beijo fica só na vontade.

De novo.

Eu só queria entender o porquê disso.

– Eu tenho uma ideia. – Alex anuncia de repente, se levantando e indo até onde sua bolsa está jogada no chão.

Ele tira de dentro dela um conjunto de dois baralhos e retorna com expressão arteira.

— O que é? – pergunto me ajeitando no sofá curiosa.

— Cartas. – responde implicante.

— Dã... isso eu sei. Quero saber da ideia. O que está planejando fazer com elas?

— Jogarmos. – ele se limita a responder o óbvio, me fazendo apertar os olhos em resposta. O safado sabe bem como me tirar do sério.

— Eu não gosto de jogos. – lanço logo o balde de água fria na história. É a mais pura verdade, sou competitiva demais para lidar bem com eles. Perdi vários amigos porque não aceitava perder o jogo.

— Aposto que vai gostar desse. – ele contrapõe otimista.

— Tenho lá minhas dúvidas, senhor convencido.

— Pode me dar um voto de confiança, senhorita desconfiada? – ele pede com jeitinho e cedo, ainda que um tanto ressabiada acerca de qual é seu verdadeiro objetivo com isso.

— Desembucha então, qual é o jogo?

— Duvido. – Alex revela com um sorriso travesso nos lábios. – Mas também pode ser chamado de trapaça.

— Já não gostei dos nomes...

— Fala a trapaceira que assistiu a série sem mim.

É, ele tem um ponto.

— Tá certo. – dou o braço a torcer. – E como é que se joga isso?

Ele sopra os cabelos que caem sobre os olhos azuis e me explica cheio de entusiasmo.

— Como somos só nós dois, vou tirar a esmo metade das cartas desses dois baralhos para não sabermos o que ficou e depois distribuir o que sobrar entre a gente. O objetivo do jogo é ficar sem cartas nas mãos, simples assim. Você pode descartá-las individualmente ou em grupos do mesmo número, tipo três cartas de número oito, dois ases, sacou o esquema?

Repasso mentalmente a regra.

— Acho que deu para entender.

— Só que... – ele acrescenta sorrindo maroto e já espero uma bomba. – quero propor uma regra extra ao nosso jogo.

— Sei, claro que quer... – balanço a cabeça, achando graça de suas segundas intenções. – E qual seria essa regra, espertinho, posso saber?

Ele se ajeita no sofá se divertindo ainda mais e, então, revela seu real motivo de querer jogar.

— É simples, – ele não se contém abrindo um sorriso enorme. – cada vez que alguém for descoberto pelo outro trapaceando tem que contar um segredo seu.

Ok, agora estou realmente preocupada com essa história de jogo.

– Já vi que vou me ferrar nessa. – digo premonitória. Eu sempre fui péssima em jogos de azar.

– Não necessariamente. – Alex tenta me persuadir do contrário, me oferecendo meu bolo de cartas em desafio. – Você pode ser boa nisso, por que não?

Considero a hipótese. Eu nunca joguei esse jogo em particular, logo ele pode estar certo nesse ponto. A ideia de ter sorte de principiante e, de quebra, ainda conseguir descobrir alguns segredos de Alex é atrativa o suficiente para me fazer considerar aceitar o risco.

– Tá certo, eu topo! – decido pegando as cartas que me oferece.

Nesse instante, Alex abre um sorriso tão confiante que chega a me causar um arrepio. É como se ele estivesse escondendo o jogo antes, provavelmente deve ser muito bom nisso e eu cai como um patinho na sua conversa fiada de que eu poderia me sair bem contra ele.

Em que furada fui me meter agora?

– Ok, vamos começar. – ele anuncia e desce as suas primeiras cartas viradas para baixo. – Cinco ases.

Cinco? Dois baralhos têm oito ases, mas eu tenho dois deles em minha mão e metade das cartas foi eliminada aleatoriamente antes de começarmos. Alex só pode estar mentindo, deve pensar que eu não acreditaria que ele pudesse arriscar tão alto numa mentira logo na primeira jogada.

– Duvido. – acuso confiante. Alex gosta de correr riscos, claro que está blefando!

Ele apenas sorri enquanto vira as cartas devagar para que eu as confira pessoalmente. Perplexa, vejo cinco ases faiscarem bem à minha frente.

– Droga! Eu tenho que falar um segredo agora? – pergunto começando a me sentir ansiosa. Eu devia ter ouvido meus instintos e fugido desse jogo antes de começarmos.

– Não. – ele balança a cabeça achando graça do pânico em meus olhos e me relembra a regra. – Só se você for pega mentindo. Esse jogo é para pegar quem está escondendo o jogo, Vanessa. Por hora você só pega o monte.

Respiro aliviada, recolhendo os ases e os acrescento ao meu bolo de cartas. Dei sorte, dessa vez. A partir de agora, tenho que tomar mais cuidado para não me estrepar. Alex é bem mais imprevisível do que parece.

Pensando melhor, eu já devia saber que Alex é tudo, menos previsível.

Alex está longe de ser como o esperado.

– Sua vez, madame. – ele indica se divertindo.

– Ok.

Armo minha estratégia e decido começar blefando. Penso que Alex não vai achar que eu vou começar mentindo logo de cara, ele olha para mim como se eu fosse um cordeirinho, jamais vai achar que eu sou do tipo que arrisca. Grande engano.

Já andaram me chamando por aí até de tubarão.

– Cinco ases. – anuncio com o máximo de propriedade deixando as cartas viradas para baixo no sofá.

Com essa jogada, finjo estar devolvendo as cartas que acabei de pegar da mesa, mas, na realidade, as substituo por cartas não repetidas que tenho nas mãos. Pela lógica do jogo, essas são as mais difíceis de descartar, logo, será bom se conseguir me livrar de muitas delas de uma tacada só.

Alex me estuda com interesse e eu hiperventilo sob seu olhar analítico.

– Não minta para mim, Vanessa. – ele acusa convencido. – É feio. – e acrescenta com um sorriso. – Duvido.

E está oficialmente confirmado: minha cara de pôquer é uma bosta! Eu viro as cartas revelando os cinco tipos diferentes de carta como ele suspeitou. Eu sou mesmo uma péssima mentirosa.

– Agora... – ele insinua divertido.

– Já sei, tenho que contar algo. – adivinho emburrada.

– Exato. – ele parece exultante com a ideia. Claro que está, essa ideia foi dele!

Eu tento pensar em algo que não seja muito revelador ou humilhante para falar, deve ter algo não vergonhoso que eu possa dividir com ele.

– Não trapaceie. – Alex acrescenta em tom de advertência, parecendo ler minha mente. – Tem que ser algo interessante para mim.

– Certo. – Agora ele dificultou. – Hum... Deixa eu pensar um pouco.

– Tome seu tempo.

Paciente ele se apoia de costas nos cotovelos, como quem aprecia meu repentino embaraço. Na verdade, como quem se diverte com ele, para ser mais exata. Claro que eu não vou contar que gosto de Alex, isso está totalmente fora de questão.

Eu fuço o fundo da minha mente buscando um outro segredo, qualquer segredo que seja. É irônico como a gente esquece todo o resto em momentos como esse, parece que a única coisa que fica piscando em letras neon em nossa cabeça é justamente aquela que não queremos contar.

Já estou sentindo certo pânico, quando me recordo de um fato vergonhoso antigo e penso que, apesar de ruim, pelo menos é melhor do que a outra opção. Muito melhor, na verdade.

– Ok, lá vai. – Embaraçada, abaixo os olhos em antecipação. – Eu tive uma barata de estimação.

Alex definitivamente não esperava por essa. Por um segundo, o inglês me olha com os olhos incrédulos, mas quando percebe que falo sério, ri com vontade, mas com tanta vontade que até se engasga, num ataque de riso e tosse simultâneos.

— Na real? — pergunta chocado quando finalmente consegue falar sem tossir. — Você teve mesmo uma barata?!

— Sim, na real. — tenho que admitir, eu era uma criança muito estranha mesmo. — Achei na varanda e a botei em um pote de vidro. Dei até nome pra ela. La baratita. — com essa informação, Alex gargalha tão alto que eu fico vermelha da cabeça aos pés. — Meus pais quase tiveram um troço quando descobriram, mas foi impossível me fazer desistir da ideia. Aparentemente eu me apego rápido. E sou teimosa.

— Você teimosa?! Não me diga! — ele provoca, achando graça.

— Um pouco. — dou o braço a torcer, me divertindo também. Posso ser meio cabeça dura às vezes.

— E o que seus pais fizeram a respeito?

Eu me ajeito no sofá-cama, colocando uma almofada atrás de mim.

— Deram foi muita risada de eu levando minha barata para tudo quanto é lugar, os parentes quase morriam de tanto nojo quando eu chegava com meu pote e ficava mostrando orgulhosa para todo mundo. Minha tia, particularmente, fazia caretas horríveis, meu pai conta que eu insistia que ela segurasse o pote toda vez que eu queria ir ao banheiro. Ela ficava doida!

— Que louco isso! — Alex se diverte com a minha história inusitada. — E o que aconteceu com sua melhor amiga, La Baratita?

Eu dou ombros, fingindo ser indiferente ao seu sarcasmo.

— Um dia minha tia notou que La Baratita estava morta dentro do pote, provavelmente de tanto eu sacudi-lo por aí. Acho que ela deve ter pulado de alegria por dentro. Eu, por outro lado, chorei por noites agarrada ao pote da defunta. Sabe como é, sou bastante passional. — conto rindo muito com a lembrança. — Acho que meus pais usam isso até hoje para me chantagear. Eles têm fotos! Eu te disse que minha mãe era uma pessoa terrível.

— Por Deus, Vanessa! — Alex ri com gosto, balançando a cabeça ainda incrédulo. — Que história! Eu com certeza não esperava por algo assim, mas valeu. Esse é mesmo um bom segredo.

— Que bom que te agrada. — faço careta. Apesar de me sentir envergonhada por dividir isso, não é tão ruim como achei que seria. — Sua vez então, espertalhão.

— Ok. — Ele fica sério por um momento, avaliando suas cartas. Alex realmente assume uma expressão indecifrável quando se concentra desse jeito. Puxando duas delas, ele anuncia resoluto. — Três dois.

Eu olho para ele, tentando analisá-lo, assim como fez comigo.

Não dou muita sorte.

Sua poker face, ao contrário da minha, é muito boa. É impossível saber o que se passa por detrás desses olhos azuis. E é difícil, muito difícil, encará-lo de verdade quando ele me olha de volta com tanta intensidade, como quem faz um desafio.

"Decifra-me ou te devoro", seu olhar diz, assim como a esfinge de Tebas.

Eu tremo, pois não o decifro.

– É verdade. – chuto no escuro.

– Tem certeza? – ele instiga, provocante.

– Sim, você está muito convencido para estar mentindo.

– Ok, sabidona. – ele dá de ombros com um sorriso indecifrável. – Então é sua vez.

– Como assim?! Eu não posso ver suas cartas?

– Não, – ele nega com um sorriso. – só quando duvida.

– Ah... tudo bem. – eu aceito a regra, baixando os ombros. – Vamos seguir, então.

Resolvo não me arriscar dessa vez, não estou a fim de pegar mais cartas de novo. Puxo três valetes do meu bolo e jogo fazendo a minha melhor cara de quem está aprontando. – Três valetes.

Alex me estuda de novo e apenas ri, balançando a cabeça.

– Ok, três valetes, madame. – aceita sem hesitar. – Minha vez.

– Ei, você não vai duvidar? – pergunto chocada com a facilidade que ele teve para deliberar sobre isso.

– Não. Tenho certeza que você está falando a verdade.

Droga, eu sou bem ruim nisso de blefar pelo visto.

Alex segue o jogo e, olhando suas cartas rapidamente, abaixa duas no sofá.

– Dois oitos. – anuncia me encarando, como se me desafiasse a adivinhar o que se passa em sua mente.

Eu olho bem em seus olhos e percebo que está me testando. Se na outra rodada eu acreditei que ele falou a verdade, nessa ele parece, com certeza, estar mentindo.

– Duvido. – acuso confiante.

Ele sorri abertamente.

– Veja você mesma. – oferece indicando as cartas com um movimento de cabeça.

Eu viro as cartas no sofá e vejo desolada que ele diz a verdade. Dois oitos, exatamente como falara, se revelam para mim.

– Vai ter que pegar o monte inteiro. – ele adverte brincalhão quando apanho somente as duas últimas cartas.

Ele tem razão, a regra é que quem acusa errado ou é pego blefando leva o residual das jogadas anteriores.

– Tá bom, tá bom.

Conformada, eu pego as demais quando noto que, além das cartas dessa rodada, estão ali os dois valetes que joguei na minha vez e um quatro e um dez.

– Ei, – percebo bolada a verdade. – você mentiu na última rodada!

– Yep! – ele confirma, achando graça da minha reação traída. – Por que você acha que o nome do jogo é trapaça?

– Que safado! – fico boquiaberta com a facilidade com que ele fez isso. – Eu cai direitinho na tua.

– Acho que você fica muito confusa quando me olha nos olhos. Te desconcerto tanto assim, Vanessa? – me provoca e, por um segundo, fico sem palavras. Ele acertou em cheio.

– Isso é tipo... tipo um super poder do mal! – eu reclamo inconformada. – É injusto usar isso, devia ser proibido.

Ele balança a cabeça, olhando para baixo, claramente se divertindo com a minha revolta por ele estar na frente no jogo. É, eu disse, sou competitiva. Muito, por sinal.

– Eu não tenho culpa de que você interprete mal todas as vezes as minhas intenções. Juro por Deus que não estou nem tentando te confundir, você mesmo faz isso sozinha. O curioso é que no jogo você é uma pessoa bem transparente de se ler, sabia?

– Na vida também. – acrescento na defensiva.

– Nem sempre. – ele contesta com uma expressão agora indecifrável e, sem dar mais explicações, emenda. – Sua vez.

Nessa rodada, me vejo decidida a tentar enganá-lo. Minha cara não é um livro aberto. Decido jogar alto, Alex não vai achar que eu possa arriscar tanto depois de consecutivas derrotas. Alex não faz ideia de como sou obstinada.

Abaixo quatro cartas e anuncio:

– Quatro damas.

Ele não precisa nem me olhar por dois segundos.

– Mentira. – atira de volta, um sorriso brincando em seus lábios.

– Como é que você descobre tão fácil assim, caramba?! – reclamo bolada, jogando as cartas viradas no sofá, que revelam que ele está correto de novo.

Alex dá de ombros rindo. – Eu simplesmente sei.

Resmungo baixinho, recolhendo as cartas do monte, já me acostumando a isso.

– E não se esqueça... – ele levanta um dedo sorrindo.

– Já sei. Já sei. – repito mal-humorada. Ele quer ouvir outro segredo, claro que quer.

Eu busco em minha mente algo que dê para contar dessa vez. Eu não tenho muitos segredos, pelo que me lembre, e parece que só os piores resolveram vir à minha mente agora. Já que estou na merda mesmo, que seja.

Aceito o que tenho e abraço de vez a humilhação.

– Eu nunca... – começo sem jeito, mas me arrependo antes mesmo de concluir. Pensando melhor, esse segredo é embaraçoso demais, eu nunca falei sobre isso com ninguém. Suando frio, desisto da ideia. – Deixa para lá, vou pensar em outra coisa.

Todavia, minha hesitação em falar, surte um efeito indesejado: leva Alex a inferir por si só. Três segundos se passam até que ele arregala os olhos assustado, como se tivesse finalmente entendido.

– Você nunca?! – questiona surpreso e chocado demais com a ideia. Em pânico, entendo o que ele está pensado e fico ainda mais embaraçada. *E eu que achei que não dava para piorar a situação!*

– Não, não é isso. Eu não sou virgem! – me apresso em explicar aflita e fico ainda mais vermelha por ter anunciado isso assim, sem qualquer elegância. – O que eu quero dizer é que eu nunca... er... – desisto de fazer rodeio e chuto o balde de vez. – eu nunca cheguei lá, entende?

Meu rosto queima de vergonha. Santa mãe das mancadas! Eu não acredito que contei isso para Alex. O que deu na minha cabeça para falar logo esse segredo? Por acaso eu era imbecil para contar que nunca tive um orgasmo justamente para o cara que estou afim?

– Ahhhh! – ele fez uma cara de compreensão como quem entende o que quero insinuar, mas, então, o choque retorna ao seu rosto. – Sério? Com ninguém? Nem com o seu último namorado, como se chamava mesmo...?

– Victor. – eu o ajudo. – Nop.

– Mas eles sabiam disso? Sabiam que você não...?

– Na verdade não, sempre tive vergonha de dizer. – confesso sem jeito. – Mas não é como se eu não gostasse do ato, não é como se eu nunca sentisse sensações, é que eu nunca senti aquela sensação que todo mundo fala, sabe. As tais luzinhas. Eu acho que penso demais. É difícil para mim só sentir, às vezes é difícil sentir qualquer coisa. Tipo, com Victor, eu meio que ficava olhando para o teto até acabar, já até conhecia bem as riscas na pintura. – faço piada da situação.

Eu espero que Alex vá rir comigo, mas ele não ri. Pelo contrário, fica tocado.

– Isso é horrível. – comenta solidário.

– Ah, que isso... acontece com muita gente...

– Não deveria. Sexo envolve duas pessoas, não é justo só um aproveitar. – diz e tenciona o corpo. Parece desconfortável demais com essa revelação, o incômodo é visível em seus olhos.

— É, a vida não é justa. — corto rasante, me sentindo, de repente, exposta demais com tudo isso revelado. — Ok, vamos tocar o barco, sua vez agora. — ordeno altiva para cessar o assunto.

Eu não quero que ele sinta pena de mim por isso.

Percebendo o meu incômodo, Alex é um perfeito cavalheiro e resolve deixar quieto o assunto. Volta o olhar para suas cartas e puxa três delas.

— Três oito. — anuncia, colocando-as viradas para baixo no sofá.

Ô, vida injusta! Por que quando eu falo parece tão ridiculamente óbvio para ele, mas quando é o contrário fica tão difícil assim? Eu não faço a menor ideia do que pensar.

— Duvido. — arrisco outra vez.

— Veja. — ele vira as cartas para mim e lá estão os três oitos que falou.

Ele sorri ainda mais largo.

— Faça as honras. — me indica o monte.

A contragosto, eu recolho as cartas juntando ao meu bolo, visivelmente maior que o dele.

— Agora é você, capriche dessa vez. Mostre-me um desafio, Vanessa!

Raciocino. O sensato agora seria falar a verdade, seria o mais seguro em razão das circunstâncias, mas penso que, fazendo isso, assumo que estou com medo e só estou facilitando para Alex nesse jogo. Adiando sua vitória, mas assumindo a minha derrota.

E eu não curto essa ideia de perder por menos, eu gosto mesmo é de ganhar.

Coloco duas cartas na mesa e me fazendo de indecifrável, comunico.

–Dois noves.

E minha confiança vai toda por ralo abaixo porque não há nem um milésimo de espera antes de Alex desatar a gargalhar, se divertindo imensamente com a minha jogada. Como se eu tivesse algum tipo de telão no lugar da testa, no qual ele pudesse ver exatamente o que se passa na minha mente.

— O que foi dessa vez? — pergunto me fazendo de boba acerca do motivo da graça. Ele ainda não disse nada, cogito esperançosa que pode só estar blefando.

— Mentirosa. — ele acusa então com um sorriso, sem nenhuma sombra de dúvida no olhar, levando minhas esperanças todas por água abaixo.

Alex sorri triunfante, já sabe muito bem que está certo.

— Mas que droga, Alex! — explodo fula da vida. — O que diabos você faz para saber com tanta facilidade o que estou pensando? Está escrito na minha testa ou coisa assim para você ter tanta certeza? Que tipo de bruxaria é essa?!

— Não tem bruxaria nenhuma. — ele se defende inocente e bem-humorado. — Não seja uma má perdedora, Vanessa. Vai, pode ir me contando o próximo segredo.

Eu cruzo os braços irritada. Cansei desse jogo.

— Por que não me fala logo o que quer ouvir? — disparo agressiva.

— Por que não fala logo o que quer me contar? — Alex não hesita e me desafia de volta.

Então vai ser assim?

— Eu não quero contar nada. — me faço de desentendida, desviando o olhar.

— Tem certeza? — ele instiga incrédulo, me encarando sem sequer piscar. — Nada mesmo?

Meu sangue ferve. Eu já me humilhei o bastante nesse jogo e ele ainda me vem com essas gracinhas? O que Alex quer afinal? Que eu assuma que estou afim dele para rir de mim ou me dizer que eu interpretei tudo errado, como faço com suas jogadas?

Ah, mas isso não vai acontecer mesmo!

— Só que você consegue ser bem intimidante quando quer. — respondo cortante. — Mas isso não deve ser novidade para você, então conta como um segredo?

Alex fica mudo. Surpreso diante da força da minha resposta inesperada. Eu não queria que soasse desse jeito, mas soou. Sem rebater, ele apenas abaixa a cabeça e a balança pensativo por um momento, considerando.

— Sim, — resolve após uma curta pausa. — acho que conta sim. — e, bagunça o cabelo meio aéreo, se levantando do sofá — Bem, acho que estou cansado agora, Vanessa. Vou tomar um banho e dormir, tudo bem por você?

Eu assinto com um aceno mudo. De repente, me sinto mal.

Fui muito dura com ele?

— Está tudo bem, Alex? — pergunto preocupada do meu gênio ter ido longe demais dessa vez.

Ele sorri enquanto guarda as cartas na bolsa, mas percebo que o sorriso não atinge os olhos. — Está, só estou cansado. Vou lá, tá?

Dizendo isso, pega a toalha em cima da mala e segue calado para o banheiro. Apesar de Alex ser o rei da poker face da noite, nesse instante, eu posso apostar que estou correta em dizer que está triste.

De alguma forma, eu machuquei o coração do homem que eu amo.

E percebo o quanto isso dói em mim também.

Arrependida, vou para o meu quarto e me jogo na cama. Que garota idiota! Por que quando a gente gosta de alguém, a gente faz e fala justamente o oposto do que realmente sente? Cubro a cabeça com o travesseiro, angustiada. Às vezes desejo poder voltar no tempo.

Mas o tempo não volta, eu já deveria ter aprendido essa lição.

Meu celular toca ao meu lado. Deprimida, não saio do meu castigo auto imposto. Estico a mão, o pegando no criado mudo e o atendo ali debaixo mesmo.

– Alô? – minha voz é desanimada, abafada pelo travesseiro.

– Oi. Nessa, é a Nanda! Tudo bem contigo?

– Tudo, – ao saber de quem se trata, disfarço minha tristeza numa gavetinha no fundo da alma e saio da toca em respeito à pessoa maravilhosa do outro lado da linha. – O que você manda?

– Depende. – ela pondera com suspense. – O que você vai fazer nesse final de semana antes do feriadão? Não é seu aniversário no sábado?

– É, sim. Dia dezenove de abril. – fico feliz que ela tenha se ligado nesse detalhe. – Para ser bem sincera, eu não planejei nada ainda. Por quê? Tem algo em mente?

– Tenho sim! Eu e o Bruno pensamos em alugar uma casa em Arraial do Cabo, de sexta à segunda de manhã. Por que você não vai e leva o Alex? Podíamos rachar o valor e aproveitar para comemorar seu aniversário por lá, vai ter um show incrível daquela banda que você curte num bar local. Já pesquisei e tudo!

– Ah, Nanda, acho a ideia super legal e tal, mas não sei, não... Não fica estranho? Digo, você e o Bruno em casal e nós dois lá, avulsos? Eu não quero parecer estar forçando à barra.

– Ah, Vanessa, fala sério! Nada a ver isso! O flat tem dois quartos e um sofá-cama na sala, o Alex pode muito bem ficar nele, você fica com um dos quartos e eu e o Bruno ficamos com o outro, problema resolvido. Sem estresse, nem pressão. Te garanto que ele não vai se incomodar de trocar um sofá-cama na cidade por outro na Região dos Lagos por alguns dias.

Isso porque ela não faz ideia do amor de Alex pelo meu sofá.

– Vou ver, Nanda. Posso sondar aqui e te dizer depois?

– Claro! Se o Alex quiser, podemos inclusive dar carona para ele na sexta de manhã. Eu e o Bruno vamos sair cedinho daqui para não pegar o trânsito do feriadão.

– Beleza, vou falar com ele e te digo.

– Tá certo. E Vanessa?

– Hum?

– Falta pouco para o Alex ir embora. – meu coração se aperta quando ela me lembra disso assim, direta. – Às vezes, uma troca de ares é tudo o que vocês precisam para destravar esse rolo doido aí. Um ambiente neutro pode ser justamente o que está faltando para vocês se soltarem. Ou melhor, – ela dá uma risada. – para não se largarem de vez, o que acho bem mais provável, dados os fatos.

Tão otimista ela, suspiro. Isso é porque Nanda não sabe a merda que acabei de fazer.

Desligo o telefone e volto angustiada para debaixo do travesseiro. Depois da minha mancada de agora há pouco, minhas chances com esse inglês provavelmente estão no chão. E, no jogo, percebi como interpreto errado todos os sinais que ele dá e isso me fez pensar. Será que estou interpretando errado suas intenções também na vida real?

Muitas vezes eu posso jurar que Alex está com tanta vontade quanto eu de dar um passo maior. Que ele me deseja como o desejo, que me toca com frequência ou que sorri todo bobo de felicidade ao me ver. Mas e se essas impressões são apenas percepções distorcidas da realidade?

E se Alex é apenas carinhoso comigo e eu estou fantasiando mais do que a coisa é?

O jogo de hoje colocou outro ponto muito contundente sobre esse aspecto. Ao contrário de mim, Alex é extremamente perspicaz. Ele conseguiu me interpretar corretamente todas as vezes, parecia não ter dúvida alguma sobre o que se passava pela minha cabeça. Mas, se me lê tão bem assim, provavelmente já deveria ter sacado que eu estou a fim dele. O fato dele não fazer nada a respeito é uma dica significativa de que o que sinto não é recíproco.

Chegar à essa conclusão é como receber uma pancada. Me balança. É difícil. Dói meu ego, que já não é muito grande. Eu tenho que aceitar que é provável que eu nutra sentimentos unilaterais e isso gera em mim uma tristeza imensa. Talvez Nanda esteja certa, seria bom para gente trocar de ambiente. Quem sabe assim, sem estar sob o meu teto, Alex fique mais à vontade para me dizer o que pensa a respeito, sem hesitação.

Reúno a pouca coragem que me resta e vou até a sala para consultá-lo acerca da viagem. Quando chego lá, vejo que Alex já está deitado no sofá, cabelos molhados, lendo seu livro todo compenetrado de novo.

– Alex. – o chamo com jeito, entrando na sala. Ele vira o rosto na minha direção. – Desculpa te incomodar...

– Não incomoda. – ele contradiz. Não carinhoso como de costume, mas tampouco com raiva, o que é um alívio.

– Uns amigos meus convidaram a gente para dividir uma casa neste final de semana em Arraial do Cabo, na Região dos Lagos. O que acha da ideia?

– Por mim pode ser. – ele aceita casual, mas não noto a euforia característica em sua voz.

– Beleza. – Entendo a deixa para sair quando ele retoma a leitura segundos depois, mas, antes de me retirar, complemento. – Eles se ofereceram te dar uma carona na sexta de manhã, se quiser.

Agora confuso, ele levanta a cabeça e a vira em minha direção.

– Mas você não trabalha na sexta?

– Trabalho, por isso só vou para lá à noite depois do expediente ou na manhã de sábado.

Ele se ajeita no sofá.

– Eu posso esperar e te fazer companhia, se quiser.

– Não precisa, – me apresso em negar. Não quero prender ele mais do que já prendi. – é melhor assim. Vai se divertir. Não precisa ficar colado em mim.

Suas sobrancelhas se juntam por um instante, mas depois ele relaxa de novo.

– Ok, então vou com eles. – aceita com facilidade minha sugestão.

Isso faz meu coração se apertar no peito.

– Tá bom, vou avisar a Nanda que você vai com eles. Boa noite, Alex.

– Durma bem, Vanessa.

Com aflição, me retiro da sala e sigo para o meu quarto. Lá, ligo para Nanda e confirmo com ela a viagem, acertando os demais detalhes. Ela conta que planeja voltar na segunda, pois vai para Curitiba no feriado visitar os pais, o que me dá mais um assunto para resolver antes de partir, mas como já passa das dez da noite, resolvo deixar isso para amanhã.

Tudo o que quero hoje é dormir e poder esquecer as minhas mancadas. Nessas horas eu odeio as palavras, mas aí me lembro que quem faz os arranjos com elas somos nós mesmos.

O nome sentença não foi dado por acaso.

As vezes a gente mesmo se condena com o que diz.

◁────── ♡ ──────▷

SINTONIA

Na manhã seguinte, me levanto e vejo que Alex ainda dorme pesado no sofá. Não o acordo, não sei o que falar para ele, me sinto envergonhada desde o que aconteceu ontem entre nós. Me arrumo rápido, sem fazer barulho, e saio fechando a porta atrás de mim, com cuidado.

Antes de seguir para o trabalho, porém, faço uma parada necessária. Vou até o apartamento de dona Josefa e toco a campainha. Um minuto depois minha senhorinha predileta abre a porta.

— Eu num sei de nada! — ela vai logo dizendo ao me ver.

— Do que a senhora está falando, dona Josefa?

— Arre, nada não! — ela disfarça muito mal e não sei o que andou aprontando, mas que aprontou isso eu não tenho dúvida. — O festona de arromba aquela que tu fez pra mim, heim! Tô até agora sacudindo o esqueleto aqui! Vamos, se achegue mais! Num se avexe não que tu é de casa!

— Ih, agora eu não posso mesmo, dona Josefa. Eu só passei pra falar com a senhora rapidinho, depois tenho que correr para o trabalho.

— Tá certo! Deus ajuda quem cedo madruga. Desembucha aí, o que é que tá te aperreando, menina?

Ela se recosta no portal e sua expressão é de uma terapeuta. Rio internamente, dona Josefa é mesmo um barato.

— Então. — começo sob seu olhar atento. — meus amigos me chamaram para viajar esse final de semana, mas só vamos voltar na segunda. Aí eu pensei se...

— Arre égua, mas claro! — ela se apressa em me cortar. — Eu entendo, você é nova, vai soltar às frangas que tu merece, a gente deixa o nosso passeio pra outra semana. O mercado não vai fugir não, visse?

— Não é nada disso, dona Josefa, vim propor outra coisa. O que acha de antecíparmos nosso passeio para hoje?

Quando entende que proponho uma troca e não um cancelamento, o rosto dela se ilumina e ela sorri imensamente. Esse sim é o seu sorriso de verdade. E eu amo ele, faz todas as ruguinhas de seu rosto surgirem.

— Oxente, menina! — ela pega minhas mãos animada. — Eu adoraria!

Não é só ela. Eu também vou adorar.

Às quatro e meia chego do trabalho e pego dona Josefa na portaria para o nosso passeio antecipado. Vamos ao supermercado, passamos na farmácia para ela repor seu estoque de remédios e, até esticamos um pouco mais, resolvendo jantar num restaurante bonitinho da Barra para colocar as fofocas em dia.

— O que vai pedir, dona Josefa?

— Ih, só tem coisa chique aqui. — ela comenta, checando o cardápio com olhos arregalados. — Num sei o que são esses troços complicados aqui não.

Eu acho graça, o restaurante é italiano e os nomes dos pratos são todos nesse idioma, daí ela não entender nada. Eu me aproximo para ajudá-la.

— Olha, — vou mostrando atenciosa para ela as opções. — tem lasanha, tem macarrão, tem nhoque...

— Nhoque? — ela repete animada. — Aquela comida boa que o italianão fez pra nós?

— Isso aí! Não é o de Vicenzo, mas deve ser bem gostoso também.

— Se deve! Pode pedir esse aí mesmo, menina.

Chamo o garçom, faço o nosso pedido e jogamos mais um pouco de conversa fora enquanto aguardamos a chegada dos pratos.

— Dona Josefa, você tem comprado cada vez mais remédios. Tu quase levou a farmácia toda dessa vez! — brinco com ela, mas acrescento com preocupação. — Está tudo bem com a senhora?

— Arre, menina! Num é nada, não! A gente chega numa certa idade e toma-lhe remédio. É assim mesmo. Velho é tudo estragado.

— Se você diz... — assinto divertida e, então, toco no assunto que me corroí há dias. — E o seu filho, por acaso ligou para te dar parabéns?

Ela se empertiga toda na cadeira, querendo mostrar autossuficiência.

— Não, mas eu num me aporrinho com isso não. Sei que ele tem a vida dele pra cuidar. É verdade, cá você mais eu, que eu gostaria que ele tivesse um cadinho de espaço nela pra mim, mas se não tem, — Ela ergue os ombros fazendo aquela carinha fofa dela. — não crio ruga não, amo aquele cabrito desgarrado assim mesmo.

Eu sorrio, dona Josefa tem um jeito tão leve de ver a vida que até ameniza a raiva que sinto em meu coração desse desnaturado sem vergonha. Poxa, não ligar nem no aniversário de noventa anos da mãe? Descaso mandou lembranças.

— Agora me conta, — ela toma a vez, antes que eu me remoa com isso. — e tu e o garoto bonito? Tão devagar quase parando ainda?

Eu suspiro pesado.

— Acho que estou até pior que isso agora, dona Josefa. Estamos quase que andando para trás depois do meu último furo.

Ela abre os braços expansiva e fala cheia de propriedade.

– Menina, mas isso é muito fácil de dar jeito. Tu leva ele para um rala bucho, é tiro e queda! Vai logo acender esse homem que nem pavio de foguete!

– Rala bucho? – dou risada com o termo. Não faço ideia do que quer dizer com isso.

– É! – ela reafirma tão descolada como sempre. – Escuta só o que eu tô te falando, mulher. Tu leva ele para um forró daqueles do porreta que num tem erro! Essas músicas aí que os jovens escutam hoje em dia num prestam para dar liga não, é tudo peba. O bom mesmo é dançar agarradinho, dá até para dar um cheiro de quebra no cangote dele. E o danado do cabra cheira bem, que eu já conferi pra tu, visse? Ó! – ela bota a mão na orelha como quem diz que é um brinco.

Gargalho alto. Todo mundo do restaurante olha para mim, mas nem ligo.

– Ai, dona Josefa! – seco as lágrimas dos meus olhos. – Só você mesmo pra me fazer dar risada assim! Pra dar um cheiro no cangote de Alex eu vou precisar é de uma escada, não de um rala bucho.

– Tu faz um esforço. Tô te dizendo... é batata!

– Foi assim que você agarrou seu marido?

– Oxe, se foi! A gente já ficava de paquera no banco, mas foi só quando fomos no forró que o carretel desenrolou legal, não desgrudamos mais a partir daí. Tô te falando, menina, é porreta!

– Você fala do seu marido com um sorriso tão bonito no rosto, dona Josefa. Você sente muita falta dele?

– Todo o dia. – afirma com repentina emoção. – Ele foi mais que meu marido, ele foi meu melhor amigo.

Tocada com essa declaração, penso em como deve ser difícil continuar vivendo quando sua alma gêmea foi embora antes de você. Não sei como ela consegue. Não, na verdade sei sim.

Dona Josefa é forte. Ela me prova isso todos os dias.

Minha vizinha é uma verdadeira guerreira.

O garçom chega trazendo os pratos e, gentilmente, os coloca à nossa frente. Minha acompanhante abre um sorriso enorme ao ver as saudosas "bolinhas danadas de boas" outra vez.

– Bom apetite, amiga! É um prazer estar em sua companhia aqui hoje.

– Arre égua, menina! Para com isso que eu fico toda errada...

Ela enrubesce e rio. Como adoro essa minha vizinha! Quem poderia imaginar essa amizade? Acho que nem eu. Agradeço a Deus mais uma vez pelos presentes que não são óbvios, pois são justamente esses que nunca deixam de nos surpreender.

Nós comemos e conversamos animadas. Ficamos tão envolvidas no papo que nem nos lembramos do tempo e, quando me dou conta, já são oito da noite e está escuro lá fora. Esse não foi um passeio igual aos outros, com certeza, esse foi ainda mais especial.

– Obrigada pelo dia, menina. – minha vizinha agradece com um brilho nos olhos quando nos despedimos no corredor. – Eu tava mesmo precisando de sair um pouco para espairecer.

– Que isso, dona Josefa. É sempre um prazer passear com a senhora. Te adoro, viu?

Pisco para ela e dou um abraço apertado que a envolve toda.

– Tu curta muito tua viagem, menina. – ela deseja com carinho, segurando minhas mãos emocionada nas suas e, então, acrescenta virando minhas palmas para cima. – E trata de voltar com o bonitão na palma dessa mão, tá me escutando?

– Vou tentar, é que Alex é meio grande para caber aqui dentro, né?

Ela bota as mãos na cintura, esboçando um sorriso.

– Deixa de história, menina! Tu dobra ele. O negócio é amarrar o boi no pé da cajarana logo antes que ele fuja.

Sorrio de volta. Como gosto dela.

– Boa noite, dona Josefa.

– Boa noite, menina Vanessa. – ela diz com um aceno, fechando a porta.

Feliz, mas exausta, rumo para o meu apartamento. Entro nele e meu coração repentinamente acelera quando vejo que Alex está lá, sentado no sofá, o pé batendo agitado no chão. Sua expressão é angustiada, o que me preocupa.

Fico apreensiva de imediato, será que ainda está chateado comigo?

– Oi. – digo entrando devagar.

– Oi! – Alex alivia a expressão quando me vê e se levanta preocupado. – Foi tudo tranquilo no trabalho?

– Ah, sim, foi! – só então me lembro de que não o avisei que chegaria mais tarde. – Demorei um pouco mais porque adiantei meu passeio com a dona Josefa para hoje, não sabia se iríamos nos atrasar ou voltar muito cansados da viagem na segunda, então quis garantir que ela tivesse tudo o que precisasse.

Ele coloca as mãos no bolso e suspira aliviado.

– Você é uma boa pessoa, sabia? É muito atencioso tudo o que faz pela sua vizinha.

– Que isso, não foi nada. – eu disfarço, sem jeito com seu reconhecimento. – Eu me divirto tanto que acho até que é ela quem me presta o favor. – e acrescento mudando o foco. – E o seu dia?

– Bem tranquilo, fui ao Jardim Botânico já que não fomos naquele dia.

– E curtiu?

– É bonito.

Essa não é exatamente a resposta para a pergunta que fiz, mas deixo para lá. Não quero instigá-lo demais e acabar com o bom clima que temos aqui de novo.

– Pronta para continuar vendo a série? – ele pergunta se sentando no sofá do vovô e acrescenta implicante. – Sabe, eu te esperei.

Eu rio com a indireta.

– Obrigada, mas pode ir assistindo ao episódio que vi na sua frente antes. Enquanto isso, vou tomando um banho e adiantando a minha mala.

– Sério, Vanessa? – ele aponta falsamente chocado. – Você viu um episódio inteiro?

Dou de ombros culpada. – Se é para trapacear, eu trapaceio direito. Nada menos que isso.

Ele apenas ri, sacudindo a cabeça.

– Mas não está cedo para arrumar a mala? – pergunta curioso. – Você não disse que vai só no sábado? Ou mudou de ideia?

Quem me dera se eu pudesse mudar de ideia.

– Nada disso, é só que, você sabe como é, mulher. – aponto para mim mesma divertida. – Arrumar uma mala nunca é algo simples para nós, representantes do sexo feminino. Por experiência própria, posso afirmar que essa trivial tarefa pode levar horas ou até mesmo dias.

– Deus do céu! – ele arregala os olhos impressionado com o meu prognóstico. – Bem, se você diz, acredito. Só não posso te garantir que quando você voltar ainda estarei esperando no próximo episódio. Sabe como é, a serpente da traição pode me morder também e posso acabar indo um pouco além...

– Hummm... acho que vou arriscar. – resolvo, achando graça de sua ameaça velada, enquanto me dirijo despretensiosamente em direção ao quarto. – Me disseram uma vez que os ingleses têm palavra.

Olho para trás e Alex tem um sorriso no rosto de quem foi pego no blefe. Volto o olhar para frente e me permito abrir um sorriso. Finalmente eu estou começando a aprender a jogar esse jogo.

Depois de um banho demorado e relaxante, visto minha roupa de guerra e sigo para o quarto para encarar a missão mais tediosa do dia. Pego minha mala pequena e a abro em cima da cama. Então respiro fundo, sempre odiei fazer malas. Além de ser uma tarefa extremamente cansativa, não importa o quanto eu me esforce, nunca fico satisfeita com as minhas escolhas depois. Sempre falta alguma coisa. Ou pior, muitas.

Porém, quando o abro o armário dessa vez, atino para algo importantíssimo. Meu guarda roupa definitivamente já não é mais o mesmo. Poucas e visíveis peças saltam à minha vista, minhas roupas preferidas, todas confortáveis, bonitas e práticas. Percebo que o trabalho maior já foi feito há meses, o excesso foi eliminado, só me resta selecionar entre as roupas que ficaram aquelas que são mais adequadas a viagem.

Fazer a mala nunca foi tão fácil.

Se antes eu pensava por dias no que iria levar e, no final, ainda levava quase o guarda-roupas todo para usar só um quinto daquilo, dessa vez me surpreendo. Menos de dez minutos depois, eu já acabei e estou surpreendentemente satisfeita com o resultado.

Olho para a cama e vejo que minha seleção de peças é muito pequena para necessitar de uma mala, o pouco conteúdo é quase que engolido pelo tamanho desproporcional dela. Opto, assim, usar uma mochila e fico bem contente quando confirmo que ela consegue abrigar tudo perfeitamente, sem nenhum aperto.

Tudo guardado, fecho o zíper maravilhada com a praticidade de meu novo estilo de vida. Saio do quarto toda orgulhosa de mim mesma e retorno à sala para meu merecido momento de relaxamento.

– Ué, já? – Alex exclama surpreso ao me ver de volta tão cedo.

– Sim, tudo pronto, senhor.

– Mas eu já estava preparado para te esperar por dias! – ele reclama brincalhão mostrando uma sacola cheia de guloseimas ao seu lado. – Já tinha até me abastecido aqui com umas provisões para o inverno.

Eu faço uma careta para ele em resposta.

– Ah, já sei! Você deve estar planejando levar o guarda-roupa inteiro! É isso! Só pode! Instalou rodinhas nele?

– Nop. – Eu sorrio ao negar. – Tudo coube em uma pequena mochila para o seu governo, engraçadinho.

Ele me olha com total incredulidade. Para acabar com toda e qualquer suspeita, resolvo ir até o quarto e voltar com a prova irrefutável nas costas. Exibo, assim, a minha mochila cheia de atitude para ele.

– Viu? – Me viro para mostrá-la. - Tudinho aqui dentro.

Alex se levanta do sofá e dá uma volta de trezentos e sessenta graus ao meu redor, olhando a mochila.

– Posso tocar nela? – pergunta melindroso.

– Tocar? – repito sem entender a razão daquilo. – Por quê?

– Estou tentando descobrir o truque. – ele diz simplesmente e rio com isso.

– Mas não tem truque, cara, já te disse! Tá tudo aqui, acredite em mim.

Ele cruza os braços, falsamente desconfiado.

– Essa não é uma daquelas bolsas mágicas que parecem pequenas, mas que dentro cabe um estádio? Eu já vi isso em num filme.

– Eu não sou britânica, não preciso botar um estádio dentro da bolsa. – implico de volta, o fazendo rir também. – Exagero é característica de vocês, não nossa, lembra?

– Isso é o que você diz. – rebate e, piadista, completa. – Milhares de vezes, por sinal!

Eu reviro os olhos.

– Tá bom. Quer que eu mostre pra você acreditar? – ofereço abrindo uma fresta da mochila.

– Depende.

– Depende do quê?

Alex sorri maroto.

– De você não se importar de eu ver a roupa íntima que você está levando. Acredito que esteja aí misturada, certo?

Enrubesço de imediato. Eu escolhi a melhor, à propósito.

– Deixa quieto, então. – decido mudando rapidamente de ideia e fecho o zíper envergonhada. De jeito nenhum vou mostrar para Alex que só estou levando lingerie rendada e sensual.

– Ei, eu não me importo de ver, sério! – ele implica palhaço se aproximando só para me embaraçar ainda mais. – Passa para cá que eu vou dar uma avaliada no material que você tem aí... Sou muito bom em julgar essas coisas.

– Ah, mas nem a pau! – me esquivo depressa dele, dando risada. – De jeito nenhum você vai ver isso, seu inglês tarado!

– Vamos, Vanessa! Só uma olhadinha. Quero ver os looks que você escolheu. Posso dar a minha opinião masculina...

– Até parece! – corro dele, indo para outro lado da sala.

– Ora, mas não tem nada demais, eu só v...

– Ah, é? – a melhor defesa é o ataque, me lembro repentinamente e, esperta, me abaixo perto da sua mala. – Então deixa eu dar uma olhadinha também na sua...

– Ei, Vanessa, fique longe disso aí! – ele pula apavorado para perto quando vê que ameaço abrir o zíper de sua bagagem. – Tudo bem, trégua! – propõe sorrindo e levanta as mãos para o alto.

– Sábia decisão. Você até que sabe a hora de se render, inglês.

– Nós ingleses nunca nos rendemos. –Coloco de novo a mão no zíper em ameaça. – Talvez nunca seja uma palavra muito forte... – ele volta a trás na hora e dou risada.

–Bom, muito bom.

– Vamos ver a série então? – ele sugere em sinal de paz e me estende a mão para que eu me levante.

– Ok, mas aviso logo que vou roubar suas provisões de inverno. Eu vi que tem chocolate naquela sacola.

– Eu posso lidar com isso. – ele permite com um sorriso, me erguendo e me acompanhando até o sofá. – Vem, já preparei tudo aqui para a nossa sessão, madame.

Alex afofa o travesseiro para que eu me deite e me entrega as minhas meias de moranguinho, selando definitivamente a paz entre nós. Feliz, eu as coloco nos meus pés, que ficam bem quentinhos, e ele se deita ao meu lado, nos cobrindo com o edredom e apertando o play.

A série começa a rodar e sinto quando seu braço passa pelos meus ombros, me aproximando do seu peito, onde me aconchego como da outra vez. E penso, se essa sintonia inexplicável for tudo o que temos, já está de bom tamanho.

Isso já me faz bem demais.

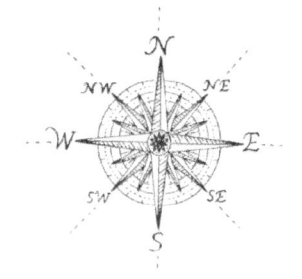

PEQUENOS PRESENTES

Na sexta, vou para o trabalho me sentindo despedaçada. Já que o meu carro ainda está com os meus pais, dependerei mesmo do ônibus para viajar. Só consegui passagem para sábado à tarde, o que me dá mais do que um dia inteiro afastada de um certo inglês.

Um dia para quem só tem mais seis com alguém que ama pode parecer uma eternidade.

Chego ao escritório e encontro Soles e Magô de namorico logo na entrada. Dou uma boa zoada neles por pegá-los no flagra e, claro, eles se divertem a veras com isso. Depois, me acomodo na cadeira e trato de ocupar minha mente com todo o trabalho que vejo pela frente, a fim de não ter tempo de pensar na ideia de chegar em casa e Alex não estar por lá.

Bem, pelo menos eu teria algo me esperando: roupa para lavar.

O que estou dizendo? Isso não é nem de perto uma forma de consolo! Enfio a cara outra vez no trabalho que é o melhor que faço.

Às nove, Isis chega carregando um monte de sacolas com ela. Soles corre depressa para ajudá-la, todo atencioso com a nossa amada chefinha.

– Oi, gente, bom dia! – ela nos cumprimenta ofegante. – Me atrasei um pouquinho. Fui pegar umas amostras de materiais para a próxima coleção.

– Que massa! – Magô se entusiasma e, curiosa, se aproxima para dar uma olhada nos materiais que ela trouxe. Eu também corro para espiar, interessada nas novidades que vêm por aí. Somos as fãs verdadeiras do trabalho de Isis.

– E aí? Me contem. Quais os planos de vocês para o feriadão?

– Ah, eu vou para a casa dos meus tios em Sampa com o mozão aqui. – Magô comunica, puxando Soles para o seu lado. – Estou doida para passar o dia na Vinte e Cinco de Março e comprar um monte de bugiganga fofa e japa! Quer programa melhor que esse, baby?

Soles revira os olhos conformado e confirma.

Com o que não concorda um homem apaixonado?

– Ihhh, o Mozão aprovou! – Isis brinca, implicando o Soles e, então, olha para mim. – E você, Vanessa? Tá quietinha aí, vai para onde no feriado?

Dou de ombros indiferente. Melhor, fingindo estar indiferente, porque por dentro eu estou me corroendo.

– Eu combinei de ir para Arraial com a Nanda, o Bruno e o Alex. Viajo amanhã para encontrar o pessoal lá.

– Ué, eles já foram? – Isis pergunta confusa com a informação. – Inclusive o Alex?

Reparo que até Magô e Soles param o que estão fazendo e olham perplexos para mim, esperando alguma explicação para isso.

– Ainda não, mas vão hoje. Daqui há pouco, às dez. Eles vão mais cedo para fugir do engarrafamento na ponte.

– E por que você não vai junto? – Isis me pergunta como se fosse algo óbvio. Totalmente possível.

– Porque eu trabalho aqui nesse horário? – a relembro com ironia.

– Ah, Vanessa! – Minha chefe me olha com um sorriso de lado, cheio de significados que não compreendo.

– O quê?

– Você não é do tipo que adia, você faz. Eu aposto que à essa altura do dia você já fez tudo o que lhe pedi para hoje, certo?

– Sim. – admito sem mentir. Eu até já adiantei coisas das próximas semanas de tão pilhada que estou.

– Dito isso, qual o sentido de te manter presa aqui?

A pergunta me pega de surpresa. Ela é a chefe aqui e não sabe isso? Não acredito que serei eu a ensinar o básico para Isis sobre as relações de trabalho.

– Carga horária? – a relembro. – Eu assinei um contrato de oito horas diárias até onde sei.

Isis ri da minha resposta, que de engraçada não tem nada. Não disse nada mais do que a mais pura verdade.

– Nós não somos mais crianças, Vanessa. – Isis diz com carinho para mim. – Você chegou aqui às sete e já cumpriu todas as suas tarefas do dia. Você sempre faz até mais do que tem que fazer porque é proativa, sei bem disso. E, se já fez tudo que precisava, não faz o menor sentido eu te pregar na cadeira até às quatro da tarde só porque tem que cumprir uma carga horária burocrática. Não sabendo que tem um lugar em que você gostaria muito mais de estar do que aqui. – e, então, sorrindo para mim, apenas diz. – Vai lá, mulher.

– Sério? – eu pergunto chocada demais para acreditar. Ela está mesmo me liberando?

Essa chefe existe? Patenteiem urgentemente e mandem fabricar em série.

– Sério. – Isis confirma sem titubear. – Quando eu contrato alguém, eu não contrato pelas suas horas, mas sim por sua disposição. Você faz mais em trinta minutos do que alguém desmotivado faz em meses.

Eu a olho boquiaberta. Penso até em me beliscar para ver se é sonho.

– Alouuuu! – Magô me desperta, impaciente. – Tá esperando o quê, Cinderela? A carruagem partir sem você? Já são nove e trinta!

— Muito obrigada, Isis! Você é demais! — dou um abraço inesperado nela e posso sentir borboletas voarem em meu estômago com a sensação de alegria que me toma.

— Considere como meu presente de aniversário adiantado. — ela brinca em resposta.

— Vê se pelo menos promete que vai fisgar aquele gato do Alex, heim! — Magô provoca enquanto eu pego a minha bolsa a todo vapor para sair. — Aproveita que vai estar de biquíni em boa parte do tempo e usa isso ao seu favor. Mostra a ele o que as brasileiras têm a mais.

Leva uma mão na testa, sacudindo a cabeça. — Ai, Magô! Passo um tempão tentando convencer os gringos que esses estereótipos são tudo furada e vem você com esse papo?

— O que posso fazer? — ela se justifica, palhaça. — Nesse sentido você é uma boa representante do estereótipo da forma brasileira. Está com tudo em cima, gatona!

— Verdade! — Soles concorda e Magô dá uma cotovelada sutil em suas costelas.

— Outch! Que foi? Eu só concordei...

-Boca fechada não entra mosca, Soles. Nem veneno de rato, só para a sua ciência...

Dou risada, esses dois são hilários juntos! Isis se adianta e abre a porta para mim.

— Manda a ver, garota! — ela brinca me dando passagem. — Quero você de volta com toda a disposição na terça, viu?

— E com muitas novidades para contar! — grita Magô ao fundo.

— Pode deixar! — assinto deixando o escritório com o maior sorriso do mundo no rosto.

Eu quero mesmo ter muita coisa para contar quando estiver de volta.

Peço um carro pelo celular e, aproveito para mandar mensagem para Nanda, avisando da minha mudança de planos de última hora. Chego ao prédio menos de quinze minutos antes das nove e, extremamente ansiosa, não consigo nem esperar o elevador chegar, subo correndo pelas escadas.

Quando entro no apartamento, estou completamente sem fôlego.

— Ei, o que você está fazendo aqui? — Alex pergunta surpreso ao me ver passar pela porta como um raio.

Corro até o quarto e apanho minha mochila em cima do banco, tirando minha carteira da bolsa e transferindo para ela. — Minha chefe me liberou. — eu grito para que ele me ouça da sala. — Vou com vocês hoje.

Quando retorno à sala esbaforida, Alex está me aguardando junto à saída com um sorriso enorme estampado no rosto e sua mochila também nas costas.

— Isso é ótimo! — diz segurando a porta para mim. — Vamos então, madame?

— Com prazer, senhor!

Passo pelo portal e olho contente para o meu relógio de pulso. Justamente na hora. Nanda e seu namorado estarão estacionando na frente do prédio daqui a um minuto. Sorrio com a beleza da vida.

Bem que me disseram uma vez que quando as coisas devem ser, elas simplesmente são.

———— ♡ ————

Ao pisarmos na portaria, Bruno está acabando de estacionar em frente ao prédio.

— Oi, bonitos! — Nanda nos cumprimenta animada, descendo o vidro da janela.

— Bom dia, Nanda! Oi, Bruno!

— Fala, Nessa! — ele responde, puxando o freio de mão e destravando as portas — Entra aí, gente!

— Com licença. — Alex pede ao abrir a porta de trás e fico boquiaberta. Para minha surpresa ele fala isso não em inglês, mas em português. Não um português perfeito, mas bom o bastante para ser entendido por todos.

Ele sorri convencido, mantendo a porta aberta para mim.

— Por favor, entre. — oferece novamente em meu idioma.

— Caraca, muito bem, Alex! Assim que se faz. — Nanda faz festa quando entramos. — Vejo que já está falando alguma coisa na nossa língua. Vanessa tá te botando na linha, é?

— Nada. Eu que comprei um livro de português para principiantes e andei estudando um pouco. — revela encabulado. — Acho errado só ela ter que se esforçar para falar comigo.

— Ah, então era isso! Era esse o livro que você estava escondendo de mim!

Alex sorri maroto, assumindo o fato..

— E o que você já aprendeu a falar até agora? — Bruno pergunta curioso.

— Além de café, Rio de Janeiro e obrigado? Aprendi também coisas como com licença, por favor, desculpa, tranquilo, quanto é, beleza, água, a conta, por favor, olá, tudo bem, bom dia, boa tarde, boa noite, os números...

— Ih, arrasou! — Nanda bate palmas para o repertório considerável que ele cita e fico de cara com como ele aprendeu tantas coisas em tão pouco tempo.

— Cheio das surpresas você, heim! — dou um soquinho impressionada em seu ombro, quando Nanda se vira para falar algo com Bruno.

— Eu me esforço. — ele sorri modesto.

— Isso aí, Alex! — Nanda incentiva, pelo visto nos ouvindo muito bem ainda. — Nesse feriado vou te ensinar também umas coisinhas importantes para adiantar o seu lado.

— Não vai me zoar e me ensinar tudo errado não, né? — ele brinca desconfiado.

– Não, isso eu deixo para Vanessa, né, amiga? – ela dá uma piscadela para mim e eu ruborizo. Nanda não sabe, mas eu já fiz isso. Comecei no dia em que Alex chegou ao Brasil, para ser mais exata. Eu realmente espero que durante essa viagem ele não resolva cumprimentar a comida na frente dela ou será a zoação da história.

Nanda nunca mais vai me deixar esquecer isso.

– Na minha primeira competição na Alemanha, a galera do apartamento que dividi lá me ensinou várias paradas erradas para me sacanear. – Bruno conta entrando na conversa.

– Sério? – me impressiono em saber.

– É. – ele confirma com bom humor sem tirar os olhos da rua. – Eu todo crente que tava dando bom dia, mas todo mundo só me olhava muito feio em resposta. Pensei logo, alemão é tudo mal-humorado! Até que uma senhora me deu um sermão enorme do qual eu não entendi absolutamente nada e fiquei encucado. Fui perguntar para o meu técnico o que era aquela frase que eles tinham me ensinado e descobri que não era nem de longe bom dia.

– E o que era? – Nanda pergunta ao seu lado.

– Eu comi sua mãe. – revela sem graça. – E eu falei isso para uma senhora, acredita?

– Ai, que maldade, bebê! – Nanda se solidariza fazendo um carinho nele. – Que galera ruim essa. Tadinho de você...

– Já foi, amor. – ele a tranquiliza, rindo do passado, que já passou afinal. – Agora me conta, Alex, você surfa?

Alex se inclina para frente no banco.

– Não, nunca tentei. Mas vi suas pranchas no teto do carro quando entrei, são iradas, cara.

– Valeu! Vanessa eu sei que tá fazendo SUP. – Bruno acrescenta, olhando pelo retrovisor para mim. Nanda já deve ter atualizado ele sobre isso.

– Isso. E, na verdade, Alex sabe alguma coisa de SUP também. Eu o levei numa aula.

– E como ele se saiu?

– Muito bem. – confesso. – O inglês aqui aprende rápido.

– Ah, então você vai pegar fácil o surf também! – Bruno prevê confiante. – E aí, topa tentar umas dropadas com a gente?

– Claro!

– E você, Vanessa?

– Sou meio estabanada, Bruno. No SUP é beleza, porque é mais calmo, não tem onda. Mas no surf não tem que ter mais agilidade?

– Ué, só tenta. Se não der para você, tranquilo. Pelo menos tentou.

– Eu levei uns sessenta caldos antes de conseguir ficar de pé. – Nanda conta arrancando risadas da gente.

— Mas ela caia lindamente todas as vezes. — Bruno acrescenta dando um beijinho no rosto dela sem largar a direção.

— Claro, claro. — ela ri corada.

O amor é mesmo tão fofo!

◁——— ♡ ———▷

Com somente uma parada para almoçar, chegamos a Arraial uma da tarde e seguimos até a casa alugada. É uma casa modesta, com um pequeno jardim e garagem na frente. Deixamos nossas malas lá, repartimos o valor do aluguel e decidimos ir surfar, ou aprender, no meu caso e de Alex. Vestimos nossas lycras de surf e, então, pegamos as pranchas no carro e seguimos para a muito frequentada Praia Grande, conhecida também por suas boas ondas.

Lá descubro que Bruno é mesmo um excelente professor. Cheio de desenvoltura e paciência, ele nos mostra na areia como remar com os braços, furar a onda e, o mais difícil de tudo, subir na prancha na posição de surf, que é bem diferente da posição de SUP, considerados à disposição dos pés, a velocidade e o tamanho reduzido da prancha.

— Preparados? — ele nos pergunta depois de sua pequena aula e eu e Alex confirmamos corajosos. — Bora partir para água!

Nós corremos entusiasmados em direção ao mar de Arraial, que é azul e lindo como nenhum outro, mas eis que Bruno grita meu nome, me fazendo parar no meio do caminho.

— Ô, haole! — brinca comigo. — Tu se esqueceu de pôr o chop.

Olho pasma para o meu pé. O chop é uma cordinha com velcro numa das pontas que liga a prancha ao surfista, um item de segurança essencial no surf. Daniel já tinha me falado que era muito importante sempre lembrar de colocá-lo, pois ele fazia com que, mesmo que o surfista caísse, sua prancha permanecesse ali, perto dele. Algo muito conveniente em caso de perigo.

— Ih, é! Foi mal. — reconheço a falha e abaixo para prender o velcro em meu tornozelo. — Valeu aí, Bruno!

— De boa.

Devidamente preparada, volto a correr para água salgada, onde Alex me espera com sua prancha na margem. E, assim, a primeira aula de surf começa oficialmente e é marcada por uma série de caldos e tombos majestosos. Ao contrário do inglês, que pega o jeito super rápido, eu demoro horas até conseguir ficar em pé numa ondinha medíocre com alguma estabilidade. Descubro assim que surf é bem diferente de SUP.

E agradeço que coloquei o chop ou teria me perdido diversas vezes da prancha no fundo.

Depois de muitas tentativas e erros, finalmente ganho confiança e começo a surfar, bem mal, é verdade, mas com otimismo de que vou melhorar com o tempo. Quando consigo pegar uma onda legal, decreto que consegui me superar e me dou por satisfeita por hoje. Exausta, voltamos todos para casa, onde comemos alguma coisa e descansamos um pouco.

Quando a noite chega, resolvemos sair novamente, desta vez rumando para a bucólica Praia dos Anjos. Bruno leva seu violão a tiracolo e nós algumas tochas, cangas, bebidas e petiscos. Animados, nos sentamos na areia, perto de uma parte iluminada da praia para o nosso próprio lual particular. O vento é calmo e o barulho das ondas quebrando é tão relaxante que é quase como uma canção de ninar.

– Hey, é uma fender! – Alex diz admirado quando Bruno empunha seu violão de madeira escura.

– Você conhece?

– Eu gosto de violões. – revela e estica a mão em direção a ele. – Posso?

– Claro, fique à vontade.

Bruno passa o instrumento e Alex o segura com certa desenvoltura, dedilhando suas cordas com suavidade. O som que sai delas é absolutamente lindo.

– Você toca? – pergunto surpresa. Alex nunca me contou sobre isso.

– Um pouco. – ele confirma com timidez.

– Ah, – grita Nanda animada. – então vai ter que toca algo pra gente, Alex!

– Mesmo? Estou meio enferrujado...

– Para de enrolar! Vamos! – ela confirma ansiosa. – Quero ver o que você sabe. Manda a ver!

– Tá bom.

Alex sorri acanhado e abriga o violão em seu colo. O dedilhar leve dá vida a uma música que eu conheço e amo. Um clássico de Van Morrison, *Someone like you*.

Eu não espero que Alex cante, mas ele canta. E é afinado, claro que é. Tem uma voz rouca e suave que mexe comigo, me arrepia dos pés à cabeça. Me desconcerta como tudo mais nele.

A letra fala de um cara que percorre o mundo para achar alguém como ela, a musa da música. Alguém que faça tudo valer a pena, alguém exatamente como ela é. Fico pensando na sorte que essa garota teve de alguém amá-la assim. Que amor bonito que faz alguém dar a volta ao mundo só para encontrar sua alma gêmea. Fico fascinada o assistindo cantar os versos tão lindos, com o coração na voz. Alex termina o último acorde com perfeição e olha para mim sorrindo.

Meu coração dá uma batida lenta, intensa. Retumbante.

Aquela que parece transformar tudo, enchendo de beleza o mundo inteiro.

Bruno puxa os aplausos, seguido de Nanda. Percebo que ela faz uma expressão de "Oh, meu Deus!" para mim. Eu desvio o olhar dela para não me entregar.

– Obrigado. – Alex agradece sem jeito já passando o violão. – Segue você agora, Bruno.

– Ahhhh! – Nanda finge estar decepcionada. – A gente estava gostando, né, Vanessa? – Ela me dá uma cotovelada nada sutil, e penso seriamente em bater nessa maluca por me deixar embaraçada assim.

– Vamos deixar com que sabe mais. – Alex brinca voltando-se para Bruno. – Mestre?

Bruno dá risada e, aceitando a sugestão, pega o violão e começa a tocar baladinhas, numa onda meio surf music. Nós cantamos junto em coro, bebemos e conversamos animados por horas nesse clima gostoso, entre amigos. Descubro que gosto de luais. Ao contrário das baladas, neles dá para realmente ouvir a música, ouvir as pessoas, o entorno. E eu gosto de ouvir.

Ter meus sentidos despertos é maravilhoso.

Depois de um tempo sentada ali, minhas pernas finalmente começam a formigar. Sinto que tenho que esticar as canelas para evitar uma câimbra mais tarde. Acima de tudo, quero aproveitar para arejar as ideias. Tem tanta coisa rolando na minha cabeça agora que é difícil me concentrar.

– Eu vou caminhar um pouquinho. – anuncio a todos, já me levantando.

– Não vá muito longe! – Nanda alerta zelosa dando uma piscadinha para mim.

Eu assinto obediente e me afasto dali, andando tranquila pela areia da praia, rente às águas que batem espumantes nela. Eu gosto da sensação da areia molhada entre meus dedos, áspera e densa. A brisa gelada que sopra perto do mar e longe do calor das tochas me faz cruzar os braços junto ao corpo arrepiada.

– Hey! – Alex me alcança rápido, me surpreendendo.

– Hey! – sorrio em resposta ao vê-lo parar ofegante ao meu lado. – O que foi, Alex?

– Você se esqueceu do casaco.

Eu o olho em dúvida, encarando o casaco que tem estirado em sua mão.

– Mas eu não trouxe um casaco. – argumento confusa.

– Eu sei. – ele sorri baixando os olhos. – Esse é o meu, se não se importar. Está frio e você veio só com essa roupa leve. Pensei que ficaria melhor com ele.

– E você? – pergunto considerando que usa somente uma camiseta e bermuda fina.

Ele sorri aberto e pisca maroto para mim.

– Eu sou quente, esqueceu?

Ele abre o casaco, o segurando assim para me ajudar a vesti-lo.

– É uma boa característica para se ter quando se mora num lugar frio. – eu admito enfiando os braços nas mangas. Noto que o agasalho é quentinho e cheira bem. Cheira a Alex e amo esse cheiro.

– Não é frio sempre. – ele alega acompanhando meu passo, pois volto a andar. – Não onde eu moro, pelo menos. Temos estações mais definidas lá. Não é como aqui, que é sempre quente e vivo, mas o velho continente também tem sua beleza, seu charme.

– Mas nem sempre é quente aqui também, Alex. Você viu isso, as vezes faz frio, chove e nos enfiamos como vocês debaixo de edredons com nossas bebidas quentes.

– Você não quer comparar o nível do frio... – ele se diverte.

– É verdade. Comparar só faz diminuir a beleza da diferença. – eu sorrio para ele e, compreendendo meu argumento, ele sorri também concordando.

Sigo caminhando em silêncio pela areia molhada. Alex caminha ao meu lado direito, como de costume, as mãos enfiadas nos bolsos.

– A lua está bonita hoje. – comenta olhando para o céu. – Está tão cheia que parece até que estamos caminhando para ela.

Vejo a luz da lua refletida no mar fazendo um caminho cintilante.

– É verdade. É uma noite linda.

– Por que resolveu sair para caminhar tão de repente? – Alex me pergunta como se a questão estivesse na sua cabeça há algum tempo.

Eu digo a verdade. Ou parte dela.

– Nada demais. É que com as corridas e trilhas eu percebi que gosto de andar, na verdade, me sinto muito melhor me movimentando. Me faz esquecer de todo o barulho. O barulho ruim, sabe? É tão bom ouvir o som da brisa oceânica, das ondas quebrando, gosto de sentir meus músculos se movendo, a sensação da areia molhada entre os dedos, a maresia no rosto.

– É mesmo algo muito bom.

– É, é maravilhoso, mas é tão fácil esquecer como isso é bom no dia a dia. Como o mundo é imenso e lindo. E como somos abençoados. Somos tão abençoados, Alex! – eu suspiro com essa consciência. – A gente dá importância para tanta porcaria nessa vida, que acaba esquecendo do que realmente é bom. Isso é bom. Isso me faz feliz. E o mais engraçado é que as melhores coisas da vida são de graça. O mar não te cobra nada para te envolver, a floresta não te endivida para te mostrar seus encantos, a trilha não te pede nada em troca para ser desbravada, a família sempre está lá para te apoiar e os amigos, os amigos de verdade não se importam com seu emprego, se sua roupa é de marca, se você tem o carro do ano. Eles te amam e estão ao seu lado, para o que der e vier.

Eu sorrio pensando na beleza dessa compreensão.

– Todas essas coisas são como presentes, a gente recebe milhões de pequenos presentes da vida todos os dias, mas não vemos porque estamos sempre ocupados demais para isso. E, assim, deixamos de ser gratos porque não sabemos reconhecer nossas bênçãos, que estão aí, na nossa cara. Eu não as enxergava antes, mas hoje eu vejo como a vida pode ser surpreendente se eu estiver disposta, que meus dias podem ser mágicos se eu sorrir para as oportunidades que me fazem feliz e não para aquelas que são "ideais de sucesso" aos olhos dos outros. É tudo uma questão de escolha, sabe? De decidir ser feliz. De se permitir a isso. Resolvi me permitir e, confesso, tem sido uma jornada fascinante que percorri desde então.

Alex não diz nada sobre isso. Olho para ele e vejo que está sorrindo para mim.

– O que foi? – pergunto sem jeito sob seu olhar intenso.

– Nada. – ele disfarça, sem todavia, conseguir fazê-lo.

– Fala.

– Você é linda. – ele diz enfim, me fazendo enrubescer. Seu olhar baixo e suas mãos enfiadas nos bolsos. – Tudo em você é lindo, Vanessa. Seu pensamento tem uma beleza que nunca vi igual.

Eu não sei o que dizer. Meu coração dispara e posso até escutá-lo pulsar em meus ouvidos. Fico em silêncio, as ondas do mar quebrando atrás de nós em uma cadência perfeita.

– Falta pouco para eu ir embora, – Alex continua, dizendo aquilo que evito lembrar e, aflito, meu coração acelera ainda mais. – Você vai sentir minha falta quando eu for?

– Claro. – assinto sem hesitar. "Mais que tudo", complemento em segredo. – Quem é que vai me fazer companhia nas minhas rotinas loucas?

Ele balança a cabeça, processando a minha resposta.

– Você vai sentir falta da minha companhia. – repete com algo meio triste na voz e sorri timidamente olhando para os próprios pés. – Você é incrível, Vanessa, me permita dizer isso. Não há ninguém como você em todo planeta, é alguém realmente diferente. Única. E eu me sinto muito feliz que de todos os sofás do mundo eu tenha decidido vir justamente parar no seu. Foi uma das escolhas mais certas que já fiz em toda a minha vida, porque essa decisão me trouxe até você. E você me ensinou tanta coisa...

– Ensinei?

Me sinto queimar sob o seu olhar, meu coração batendo feliz como as asas de um beija flor com essas palavras belas e inesperadas sendo ditas a meu respeito. Ele apenas confirma com um aceno encabulado.

– Você me ensinou o essencial. Aquilo que realmente importa.

– Que seria? – pergunto incerta, minhas mãos geladas.

Ele sorri, corando um pouco e olha acanhado para mim.

– Não é óbvio?

Meu coração parece que vai explodir no peito, Alex está finalmente se declarando?

Mas, então, me refreio, me lembro que ele gosta de me zoar com coisas assim. Sempre um duplo sentido escondido, uma piada para me fazer corar. Eu já caí nelas o bastante. Eu quero acreditar que é uma declaração mais que tudo. Ah, se quero!

Mas tenho que ter certeza de que não é mais uma das tantas provocações de Alex.

– Tem razão, – dou de ombros e, antevendo a piada, a testo antes. – eu realmente mereço mesmo uma medalha, afinal fui eu que te ensinei o mais importante. Te ensinei a cozinhar, Alex. Sabe a reputação de quantos ingleses injustiçados eu ajudei a salvar com isso?

Ele me olha sem reação, como se pego totalmente de surpresa com a minha resposta. De certo ele não esperava que eu fosse mais rápida que ele nessa. Então sorri.

– Ok, você me pegou. – assume meio embaraçado, bagunçando o próprio cabelo. – Eu tenho mesmo planos de depois dessa viagem abrir um restaurante de farofa em Londres.

– Alex, não se come farofa pura. – o censuro. – Farofa é um acompanhamento.

– De quem é o restaurante? – ele pergunta agora metido e eu rio.

– Tá bom, senhor sabe tudo. Não falo mais nada.

Faço o sinal de zíper nos lábios, os fechando.

– Farofa com açaí. – ele complementa e eu abro a boca para protestar sobre essa combinação medonha, mas ele me olha em advertência e eu fecho a boca de novo contendo o riso.

– Se você diz. – assinto dando de ombros como quem não liga.

– É, eu digo. – ele confirma se divertindo com a minha estratégia de não contrariá-lo. – E ai de você se não for à inauguração!

– Com esse cardápio? – pergunto irônica. – É possível que eu tenha uma cirurgia urgente marcada exatamente nessa data, sabe?

– Mas eu não disse a data.

– Eu não marquei a cirurgia ainda. – alego malandra em resposta, o fazendo rir.

Ficamos ali, olhando um para o outro com um sorriso bobo no rosto. É tão fácil conversar com ele, é tão bom. Eu paro e olho para trás, para o longo caminho que percorremos até ali.

– Bem, acho melhor voltarmos daqui, Nanda pediu para não me afastar muito.

Alex hesita por um segundo, olhando para frente angustiado, mas assente em seguida, retornando as mãos para os bolsos.

– Fazer o quê! Vamos, então madame. – abre um pequeno sorriso e passa o braço em torno dos meus ombros. – De volta ao mesmo lugar que viemos.

◁———— ♡ ————▷

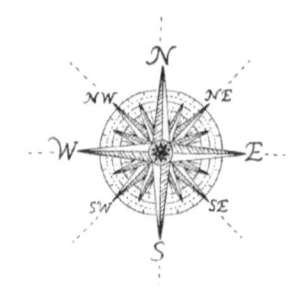

MOMENTO PERFEITO

No dia seguinte, acordo com a luz do sol batendo na minha cara, meu corpo quente enroscado no lençol fino. Eu adoro a sensação de algo me envolvendo enquanto durmo, como se eu estivesse num casulo. Quero ficar mais assim, mas encaro a realidade. Já está na hora dessa borboleta despertar.

– Hummmm! – me espreguiço ruidosamente, abrindo os braços, sentindo-os.

Um minuto depois, ouço duas batidas de leve na porta.

– Entra. – respondo sem me mover, estou tão confortável desse jeito que penso até em dormir de novo.

Alex surge no batente e parece ainda mais bonito nessa manhã. Sua pele está levemente corada do sol, o cabelo castanho com feixes um pouco mais claros e os olhos, que já eram tão azuis, parecem ainda mais incríveis por conta da claridade.

De repente, estou completamente desperta.

– Parabéns, dorminhoca. – ele brinca comigo e, só então, me lembro. Hoje é o meu aniversário.

– Obrigada, madrugador.

Alex ri. O sorriso dele é contagiante.

– Nanda e Bruno já foram fazer o passeio de escuna, eu fiquei te esperando aqui para tomarmos café juntos e irmos depois.

– O quê, eles já foram?! – me exaspero. – Que horas são?

– Dez. – Alex responde, se divertindo com a expressão de choque que faço.

– Caramba! Acho que dormi demais...

– Jura? Nem percebi. – ele provoca divertido. – Mas é o seu aniversário, madame, você pode. Hoje você pode tudo aquilo que quiser.

– Você deve estar faminto.

– Eu sempre estou faminto. – ele corrige brincalhão.

– É verdade. Para comer feijão e salsicha de manhã só tendo mesmo muita fome.

– Vai continuar me zoando ou vamos lá tomar café? – ele me estende a mão gentil. – Pensei em comermos um açaí.

– Com farofa? – pergunto desconfiada, hesitando onde estou. As ideias mais recentes de combinação alimentícias de Alex são assustadoras demais para o meu gosto.

Ele dá risada e balança a cabeça.

— Não, com o que você quiser. Hoje é o seu dia, esqueceu?

— Aí tudo bem. – confirmo aceitando a sua mão e me levanto em um impulso. – E nada de catupiry!

Ele gargalha.

— Ok, ok. Mas aviso logo que é você quem está perdendo com isso.

◁——— ♡ ———▷

Depois de comermos uma deliciosa tigela de açaí cheia de complementos e calorias, eu e Alex pegamos a escuna para fazer o tour. A bordo da embarcação repleta de música, bebidas e petiscos, nós visitamos as Prainhas do Pontal, vimos e fotografamos a famosa Pedra do Gorila, a enorme Fenda de Nossa Senhora e a belíssima Gruta Azul, para depois desembarcar na Praia do Forno, onde finalmente encontramos Fernanda e Bruno já se divertindo na água incrivelmente turquesa e límpida.

— Ei, Vanessa! – Nanda chama animada de longe. – Entra aqui com a gente!

Aceitando o convite, eu tiro o vestido leve que estou usando e o jogo na areia. Percebo que Alex prende a respiração ao meu lado e, apenas nesse instante, atino que é a primeira vez que ele me vê só de biquíni. Na aula de SUP e no treino de surf de ontem eu estava usando uma blusa de lycra de surf combinada com shorts.

— Vamos! – me viro contente ao ver a reação que provoco nele.

Magô tinha razão. Quem é que está rindo agora, bonitão?

— Parabéns, Nessa! – Nanda me dá um abraço apertado quando entro na água. – E deixa eu te falar, mulher, você tá com tudo em cima! Que corpo maravilhoso de sereia é esse?! O inglês quase teve um infarto quando você tirou o vestido.

Olho para trás e vejo que Alex ainda está na areia, tirando a camisa com um certo atraso.

— É verdade. – Bruno confirma e me sinto radiante. – O cara balançou legal, ficou estático lá, te assistindo andar até o mar.

Dou um riso nervoso. Gosto demais disso.

Alex chega onde estamos um minuto depois, parecendo um pouco menos embaraçado agora que temos água até a cintura e meu corpo não está mais tão exposto. Me divirto ao ver que ele ainda desvia o olhar sem jeito quando olha para o meu colo.

Eu também mexo com ele, comemoro com pulinhos internos.

Aproveitamos na água fresca por horas, a praia praticamente vazia, o sol morno tornando o dia ainda mais agradável.

— Vamos brincar de briga de galo? — Nanda sugere de repente, me reativando uma lembrança da infância. — Ah, era tão divertido!

— Briga de galo? — Alex repete sem entender a tradução do termo ao pé da letra em inglês. — O que é isso?

— É um jogo. — ela explica entusiasmada a ele. — Nos separamos em duplas, os homens erguem as mulheres e elas tentam derrubar uma à outra. Vence a dupla que ficar de pé no final, é diversão garantida.

— Beleza. — Alex topa e faz cadeirinha com os braços para mim. — Sobe aí, Vanessa!

Eu, Nanda e Bruno caímos na gargalhada.

— Não assim, Alex. — Bruno balança a cabeça solidário e então mergulha e passa a cabeça por entre as pernas de Nanda, a levantando. — Assim, vê? — demonstra segurando as pernas da namorada para estabilizá-la sobre os seus ombros.

Alex olha incerto para mim, provavelmente imaginando que isso é a maior das ousadias do mundo. Acho graça porque é uma brincadeira de criança, não tem maldade nenhuma nisso. O tranquilizo, autorizando-o com um aceno de cabeça. Ele mergulha e me levanta com facilidade, segurando firme em minhas pernas na altura do joelho para que eu não caia.

— Tudo bem aí em cima? — pergunta quando tento me equilibrar melhor.

— Tudo! — confirmo já estável e tiro o cabelo molhado dele que recobre seus olhos.

— Beleza! — Nanda decreta ansiosa pelo combate. — Vamos lá, um, dois, três e valendo!

Dada à largada, eu e ela nos atracamos às risadas. Estou visivelmente mais alta que Nanda, pois Alex é uns treze centímetros maior que Bruno. Os dois homens cumprem muito bem o seu papel, nos segurando com toda a força sob seus ombros. Eu e Nanda, por nossa vez, nos empurramos e estapeamos de brincadeira como verdadeiras gladiadoras de uma comédia ruim.

— Isso está parecendo briga de novela mexicana! — ela comenta entre um tapa e outro, me arrancando gargalhadas.

— Deixa de papo aí em cima. — Bruno brinca competitivo. — Pega ela, bebê!

Me preparo para um novo ataque. Nanda sem dúvida é mais forte e ágil que eu, afinal ela é uma esportista desde nova. Tenho que ser esperta, minha única vantagem é ser flexível e uso isso ao meu favor. Me contorço como posso fugindo de seus múltiplos ataques e, quando ela dá uma bobeira, se desequilibrando de uma investida frustrada, aproveito a falha e a seguro pelos ombros, empurrando-a para baixo com um golpe limpo e certeiro.

Nanda e Bruno são destronados caindo ao mar toscamente. A vitória é nossa e é inegável que eu adoro ganhar.

— Conseguimos! – grito em comemoração, erguendo os braços como uma campeã.

Solto as pernas do ombro de Alex e, dando impulso com as mãos, desço prendendo as pernas em sua cintura. Ele gira o corpo rápido e fica de frente para mim, as mãos nos meus joelhos, minha mão segurando em seu pescoço para me apoiar.

— Você conseguiu! – ele diz orgulhoso, sorrindo. – Mostrou para eles!

Eu rio junto e o movimento do nosso riso faz nossos corpos colidirem ainda mais. E assim, algo dentro de mim ferve e o riso dá lugar à outra sensação, seu peito próximo ao meu, a sua mão segurando firme na minha perna e a minha tocando o seu tórax bem definido. Meu coração está acelerado e, percebo sob minha palma, que o dele também está, o gosto de sal na boca, na ponta da minha língua que quer urgentemente encontrar a dele. Anseia por isso. Precisa disso.

— Eu nunca me senti assim antes. – não sei se falo ou murmuro, fechando os olhos.

— Assim como? – ele sussurra rouco de volta, fazendo com que todos os meus pelos se ericem. – Me diz.

— Sem ar, sem chão. – explico já meio zonza, é incrível como a proximidade com Alex bagunça os meus sentidos, eu viro totalmente instinto.

Eu nunca fui instinto antes.

— Quer que eu chame o salva-vidas? – ele brinca, me aproximando mais do seu corpo, os lábios quase encostando em minha orelha. Nesse momento, sinto que o desejo não é só meu. Na verdade, posso afirmar isso. – Claramente são sinais de afogamento.

— Seu bobo! – reviro os olhos, batendo com a mão espalmada em seu peitoral e pensando que uma respiração boca a boca não seria uma má ideia.

Minha mão fica ali, curiosa, meus dedos passeando sob sua pele, que é mesmo quente. Alex responde ao meu toque de imediato e se aproxima mais, a boca se inclinando em direção a minha. Eu elevo o rosto e fecho os olhos em antecipação.

Ele finalmente vai me beijar.

Eu esperei tanto por isso.

Meu coração acelera, posso sentir seu hálito à milímetros. Então, do nada, numa piada scm graça do Universo, uma onda maior do que as demais nos pega totalmente desprevenidos e me acerta em cheio, me desequilibrando de seu colo. Tomo um caldo. Não um caldo qualquer, tomo um caldo majestoso.

Simplesmente um mico sem precedentes na história.

— Te peguei. – Alex mergulha e me ergue do tombo com impressionante rapidez.

Desorientada, eu tusso a água que engoli, meu cabelo todo colado sobre a minha cara de forma nada atraente. Se antes estava me sentindo confiante, agora eu estou o verdadeiro ó do borogodó, como diria dona Josefa.

— Valeu, — agradeço morta de embaraço. — Vou sair da água um pouquinho, tomar um ar. — anuncio sem conseguir sequer encarar Alex de tanta vergonha, tirando o meu cabelo da cara como se fosse uma cortina ensopada.

Lá se vai minha chance. Aquele era o momento perfeito.

Nanda me acompanha para fora do mar. Quando nos afastamos um pouco e penso que ela vai ter pena de mim, percebo que não poderia estar mais enganada a respeito.

— Cacete, vocês tão muito lentos! — ela me recrimina injuriada. — Eu fico torcendo para rolar logo esse beijo e nada. Ah, qual é, Nessa?

— Não é bem assim, Nanda! — alego em minha defesa, tentando arrumar meu cabelo com as mãos. — Que culpa eu tenho se, quando finalmente Alex se mexe, a natureza parece não querer me ajudar? Aquele era o momento perfeito e, tibum, foi literalmente por água abaixo. Você mesma viu!

Ela revira os olhos impaciente.

— Não existe isso de esperar o momento perfeito, Nessa. Aprende isso! É a gente que faz o momento. Você não precisa de ajuda da natureza, tá na cara que vocês dois se gostam. Se isso não é química eu não sei mais o que é, caramba! Vocês são tipo dois imãs se atraindo, ficam orbitando um em volta do outro, só vocês que não se ligam disso! Por que não faz alguma coisa a respeito, mulher, fica aí toda passiva esperando ele agir? Cadê o sangue nessas suas veias?

— Eu tenho medo. — revelo a verdade, deixando o cabelo pra lá e afundando os ombros. — O Alex nunca foi direto quanto ao que sente por mim e te contei o que aconteceu na Lapa. Ele viu que eu queria beijá-lo e se afastou.

Nanda coloca as mãos na cintura. — Não sei o que rolou nessa festa aí porque não estava lá, mas aqui, ao vivo e à cores, vi direitinho que ele estava quase te beijando. O inglês não parecia nem um pouco em dúvida.

— Tá. Agora. — concordo porque não posso negar isso. — Mas isso foi hoje, Nanda. E se ele agiu como o Victor naquela noite no estacionamento, por mero impulso físico? Por desejo e nada mais? Alex pode muito bem estar com vontade de ficar comigo agora só porque gostou de como fico de biquíni. Você mesmo disse que ele ficou balançado, homens fazem isso, eles pensam com...

— Sério, Vanessa? — Nanda me corta sem paciência. — Esse é o Alex, não o Victor! Pelo amor de Deus, você não vê?! O cara é um puta príncipe encantado num cavalo branco, ele beija o chão que você pisa e eu só estou com vocês há um dia! Até o Bruno que vive no mundo da lua já notou que ele tá balançado por você. Quer mais o quê? Que ele mande por escrito? Precisa mesmo disso?

— O que posso fazer? É bem mais difícil do que parece, Nanda... É assustador! Eu me apaixonei por esse inglês bobo e maravilhoso. – confesso olhando para ele ainda no mar, conversando agora descontraído com Bruno.

Nanda suaviza ao ouvir isso.

— Eu sei, amiga, e é por isso que eu não posso deixar que ele pegue esse avião antes de você dizer o que sente.

— Mas não é contra as regras da comunidade se apaixonar por seu hóspede e vice-versa? – me viro incerta para ela. De repente toda a insegurança voltando de novo.

— Mas é claro que não! A comunidade não foi criada para esse fim, mas se algo especial rola e é de vontade dos dois, quem pode impedir? O amor não é programado. O amor simplesmente acontece, Nessa.

Saber disso é um alívio, eu sinto como se tirasse um peso da consciência.

— Vem, vamos pegar o barco e ir almoçar. – ela decide, me levando com ela. – Cansei de só assistir, eu e Bruno estamos assumindo o controle dessa história. Os homens vão no próximo barco, meu namorado vai dar uns bons conselhos para esse inglês lento e nós vamos à uma festa essa noite para comemorar o seu dia. A que horas você nasceu mesmo?

— Onze e cinquenta da noite.

— Quem sabe até essa hora você não receba o mais incrível presente de aniversário do mundo?

Ela me dá uma cotovelada de leve e sorrio.

Então esse seria mesmo o melhor aniversário de todos os tempos.

SORTE OU REVÉS

Depois de almoçarmos, Nanda me carrega para um dia de descontração, enquanto Alex e Bruno seguem um rumo desconhecido. Juntas, nós passeamos pela cidade, tomamos sorvete e compartilhamos confidências de nossos últimos e atuais relacionamentos. Nanda, bem mais experiente que eu, aproveita o momento para me dar várias dicas nesse aspecto.

Me pergunto que tipo de conselhos Bruno está dando para Alex enquanto isso.

Também recebo ligações de parabéns dos meus pais, Nati, Dona Josefa, Isis, Soles, Magô, minha tia e Gui, assim como mensagens do pessoal da comunidade, Ravi, Kantu e Fareed, Vicenzo e Marie e, inclusive Toshiro, que me manda um gif hilário de um pudim dançarino que me faz sorrir por horas.

Depois, aproveito para checar minhas redes sociais e vejo que Flavinha me marcou em uma festa no Rio, perguntando o que eu achava de comemorarmos o meu aniversário por lá. Respondo que estou em Arraial e que a festa será em um bar daqui, mas que assim que eu voltar prometo marcar algo parar comemorar com ela e Nati.

Quando a noite cai, Nanda se fecha no quarto comigo e começamos a nos produzir para a tal festa. Meus cabelos estão com ondas mais definidas do que o de costume, ladeado de mechas mais claras do sol. O típico cabelo praiano que, por anos, tentei imitar com o uso de vários produtos caríssimos porque era moda e agora o tenho, totalmente ao natural.

Escolho ir com o um vestido longo, com aberturas laterais e motivos praianos porque a cor de fundo azul realça o bronzeado que minha pele exibe agora. Nos pés, coloco uma rasteirinha da coleção de Isis para manter o conforto e poder ficar até o fim da festa.

Eu com certeza não quero ter que sair mais cedo dela hoje.

Me olho no espelho para decidir a maquiagem. Meu rosto tem um blush natural rosado sob as sardas agora mais evidentes pelo banho de sol. Peço à Nanda para manter o mais natural possível, de forma que ela opta por usar um leve iluminador, uma farta camada de rímel que deixa meus cílios incríveis e, por último, uma camada de brilho violeta nos lábios.

– Que sabor é esse? – pergunto ao sentir o cheiro tentador do gloss.

Ela vira o rótulo da embalagem e lê.

– Humm... é açaí.

Meus olhos brilham e eu sorrio confiante com a notícia.

Estou com sorte. Talvez esse seja mesmo o melhor aniversário de todos os tempos.

◁——— ♡ ———▷

Quando saio do quarto já totalmente pronta, descubro que só encontrarei com Alex lá, pois os garotos já saíram e foram direto sem a gente. Fico apreensiva de isso ser um mau sinal, mas Nanda me acalma, dizendo que provavelmente Bruno carregou o inglês antes para que ele já estivesse mais relaxado quando eu chegasse.

E não é que a estratégia do baiano funciona mesmo?

Quando nos encontramos no bar, é notável que Alex está visivelmente mais confiante esta noite. Pudera! Ele está lindo como um sonho, quem não seria confiante sendo lindo desse jeito?

– Você está... incrível. – ele diz quando me vê chegar. Gentilmente toca as ondas do meu cabelo que teimam em cair sobre meu rosto e meu coração acelera fora de controle.

– Obrigada. – me aqueço sobre seu olhar intenso, fascinado. É a primeira vez que vejo Alex de camisa social. Ele tem as mangas dobradas na altura dos cotovelos, que permite ver seus antebraços definidos e a cor que a tinge é um belo azul, igual ao do meu vestido. – Combinamos de novo.

Ele olha para a própria camisa e ri. – Isso está se tornando um hábito. Um bom hábito. – acrescenta me fazendo corar outra vez.

– Estávamos jogando uma partida de sinuca, – Bruno comenta, entrando na conversa. – querem se juntar a nós?

– Claro! – Nanda aceita o convite pegando logo um taco no quadro para si. – Vamos jogar em duplas? Homens contra mulheres? – sugere e seu namorado parece gostar demais da ideia.

– Regra simples, quem encaçapar mais bolas ganha. – propõe. – Se encaçapar a branca é suicídio e a outra dupla ganha dois lances, beleza?

– Beleza. – ela concorda, já apanhando um giz para polir a ponteira.

– Não quero me gabar, mas eu sou realmente bom nisso. – Alex sopra implicante em meu ouvido, passando por trás de mim antes de me entregar um taco.

– Ok, senhor bonzão. – ironizo divertida. – Me dê o que você é capaz.

Ele levanta uma sobrancelha e sussurra apertando o olhar.

– Será que você aguenta?

Eu rio nervosa e balanço a cabeça. – Convencido.

– Posso pedir algo se eu vencer? – ele pergunta ganancioso.

– Esqueceu que o aniversário é meu?

Alex dá de ombros.

– Vai que você gosta do que vou pedir?

Eu coro, baixando os olhos e dou um único aceno com a cabeça, aceitando. Nanda e Bruno tiram par ou ímpar para ver quem começa. Bruno coloca dois e Nanda um.

– Tá com a gente, Alex! – Bruno anuncia animado. – Faça às honras, meu amigo.

– Observe, madame. – me implica, passando por mim com confiança. Ele apoia o taco na mesa e, mirando por milésimos de segundos, faz a sua jogada. Com destreza, a bola branca bate nas outras posicionadas no lado oposto e, com estrondo, quatro são encaçapadas de uma só vez.

– Nossa! – Nanda arfa chocada.

Alex olha para ela confuso.

– Obrigado? – ele responde e choro de rir internamente quando Nanda olha para mim, igualmente confusa. Ela não sabe das minhas aulas criativas de português, segundo minha explicação ela acabou de dizer oi para ele e Alex, exatamente como ensinei, agradeceu por isso.

Sinto vergonha de mim mesma por ser tão sádica a ponto de achar isso engraçado.

Alex dá sequência a sua jogada e contorna a mesa para, com facilidade, encaçapar mais duas bolas. Ele olha para mim com um sorriso nos lábios antes de lançar de novo e acertar outra vez. Sete já foram no total e a vez do inglês sequer terminou. Está explicado porque Bruno gostou tanto da divisão dessas duplas.

Alex não mentiu, ele é mesmo muito bom nisso.

Na quarta jogada ele enfim erra, e penso que erra de propósito, pois sorri para mim quando o faz, como quem me passa a vez, me desafiando a fazer melhor. Eu respiro fundo, estalo o pescoço e me preparo para jogar, seja lá o que Deus quiser.

Nanda me para segundos antes de eu bater.

– Você joga bem isso? – cochicha a pergunta apreensiva para mim.

– Sou uma bosta. – murmuro em resposta com toda a sinceridade do mundo.

Ela cai na gargalhada.

– Então estamos ferradas. – Nanda meneia a cabeça pensando um pouco. – Vamos fazer assim, deixa que eu jogo na sua frente para derrota não ser tão humilhante, tudo bem?

– Beleza. – concordo, sem precisar de mais argumentos para isso e vejo que Alex se surpreende quando ela se prepara para jogar e não eu.

Nanda faz sua tacada e, para a minha felicidade, encaçapa uma.

– Boa, Nandinha! – comemoro em alto e bom som para dar moral a ela. Alex para ao meu lado, os braços cruzados observando a mesa.

– Fugiu da raia, Vanessa? – pergunta com um sorriso divertido nos lábios.

– Não, apenas adiando o espetáculo. – respondo sem acrescentar o detalhe de que seria um espetáculo bem ruim.

– Sei... Aguardo ansioso para ver. Só aviso que não tenho a menor intenção de perder dessa vez. Eu tenho um pedido importante a fazer essa noite.

Eu me arrepio toda com essa perspectiva e Nanda acerta mais uma, errando em seguida.

– Desculpe, amiga. Isso foi tudo o que consegui. – ela diz frustrada, voltando para o meu lado e me passando o taco.

– Tá ótimo, Nanda. É duas vezes mais do que eu poderia ter feito.

Ela dá risada com minha motivação nada animadora.

– Cara, você deve ser ruim mesmo para falar desse jeito!

Eu faço uma careta, confirmando às suas suspeitas, e ela apenas balança a cabeça desolada, já aceitando a nossa derrota iminente. Bruno joga em sequência e acerta mais uma bola antes de errar, porque agora o jogo está bem mais difícil. Então, não tem mais saída, é a minha vez de me humilhar. Alex me olha com interesse, ansioso do outro lado da mesa para ver meu lance. O espetáculo, como eu mesma prometi.

– Arrasa, amiga!!! – Nanda grita atrás de mim para me incentivar e eu penso que ela e Alex vão ter uma decepção muito grande. Eu realmente sou terrível, não tem chance no mundo de eu fazer isso direito.

Conformada, miro sem confiança numa bola impossível porque, à essa altura do jogo, todas elas parecem impossíveis, dispostas em ângulos estranhos sobre a mesa. Respiro fundo e, já prevendo o resultado, faço a minha tacada.

Mas o que acontece em seguida definitivamente não é o que espero.

Para a minha total surpresa, a bola branca bate numa bola azul que, por sua vez, bate no outro lado da mesa, depois no outro e no outro e em outra bola preta e ambas se encaminham lindamente juntas, direto para dentro caçapa.

Nem em meus sonhos eu conseguiria prever uma jogada incrível assim!

– Caraca, Nessa!!! Duas de uma vez! Você é incrível!! – Nanda comemora sem conseguir acreditar. Não a culpo, nem eu acredito ainda.

Levanto os olhos e vejo que Alex observa impressionado, me tendo agora como uma rival à altura. Corrijo a minha expressão surpresa na mesma hora, assumindo um ar convencido. Ele não precisa saber que foi tudo na cagada.

– Muito bom. – ele diz, reconhecendo minha suposta habilidade. – Prossiga.

Amaldiçoo as regras desse jogo. Por que diabos quem acerta deve jogar novamente? Seria tão maravilhoso terminar a partida agora sendo essa a minha contribuição. Exceto Nanda, ninguém jamais saberia que sou um verdadeiro desastre na sinuca. Mas não tem jeito, por mais que odeie, regras são regras, tenho que jogar de novo.

Foi bom enquanto durou.

Já antevendo que a sorte não baterá duas vezes à minha porta, posiciono o taco, miro e não dá outra. Para a minha completa vergonha e total desespero da minha dupla, vejo a bola branca ir direto rumo à caçapa.

— Ah, Nessa! — Nanda arfa desolada. — Você se suicidou!

— Alex ganha dois lances. — Bruno anuncia contente. Claro que ele está contente.

Embaraçada, eu quero evitar olhar para ele, mas é inevitável. Nanda está certa, é como um imã. Olho e vejo que Alex sorri, se divertindo. Ele cruza a mesa depressa até chegar ao outro lado, onde estou.

— Eu só preciso de um. — afirma confiante, passando por trás de mim e sinto de verdade que não diz só da boca para fora.

Ele recoloca a bola branca na mesa, a posiciona com total segurança e, focado, dá sua tacada. A bola dispara com força, se chocando contra as quinas e encontra com uma, que bate em outra e em outra e as três vão todas em fila, enchendo a caçapa.

— Putz! Incrível, cara! — Bruno comemora ao vê-lo fechar o jogo com perfeição. — Jogada maravilhosa!

— É, amiga, não deu para gente. — Nanda bate no meu ombro conformada e olho para Alex, que sorri para mim significativo. Meu estômago estremece, o chamado frio na barriga, sem dúvidas. Ele ganhou, tem direito ao seu pedido agora, me lembro.

Será que ele tem em mente o mesmo que eu?

— Ih, escuta, Nessa! — Fernanda se empolga ao meu lado. — Eu adoro essa música!

Ela me puxa para a pista onde um funk engraçado começa a tocar. A pista de dança se divide rápido em homens de um lado e mulheres do outro. Vejo Alex e Bruno se posicionarem do outro lado e meu coração acelera. A letra dessa música é um desafio.

De repente, o bar se tornou uma arena.

Na primeira estrofe, somos nós mulheres que andamos para frente e executamos nossas coreografias poderosas, mostrando a que viemos. Enquanto danço, vejo Bruno observando Nanda com a mão no queixo, teatral e, Alex de braços cruzados, com um sorriso no rosto e a sobrancelha erguida, quando vou até o chão, o desafiando. Então, recuamos e é a vez deles avançarem.

Os garotos vêm, andando como gatos, e não sei bem o que esperar. Mas, ao contrário de Bruno que arrasa na coreografia dando um passo incrível de hip hip no chão, Alex me quebra totalmente ao dar uma reboladinha cômica sacudindo os ombros espalhafatosamente. Tenho que dar risada. Alex é bonito a ponto de poder ser ridículo e continuar atraente. Eu realmente não entendo como, mas a dancinha tosca que ele faz me deixa excitada.

Tem coisas que nem Freud explica.

Quando chega a nossa vez de novo, revido pesado, me junto a Nanda e fazemos nossa melhor dança sensual, Alex e Bruno apenas balançam a cabeça, realmente impressionados, para não dizer outra coisa. E aí vem a vez deles de novo, e Alex me provoca com mais da sua dancinha tosca e seu sorriso maroto e, Deus, estou queimando!

Como esse cara faz isso comigo?

Após algumas interações, a música termina e todos aplaudem o duelo, voltando a se misturar no salão.

– Vem, vamos pegar uma bebida. – Nanda sugere e percebo que realmente estou morrendo de sede. Minha boca está seca, mas não acho que seja só pelo esforço da dança.

Ela me arrasta até o bar e pegamos nossas bebidas, ela uma caipirinha e eu um energético, porque não quero dar vexame hoje enchendo a cara outra vez. Já estamos voltando em direção aos rapazes, quando freio de repente. Minha expressão congela, meu estômago revira, mas dessa vez não é nada bom. Não é frio, é queimação.

A sensação é das mais terríveis e angustiantes no mundo.

– O que foi?! – Nanda pergunta preocupada com minha travada súbita. – Você está gelada, Vanessa!

Eu não consigo responder porque nesse momento estou chocada demais vendo Victor, justamente Victor Diniz, entrar no bar em que estamos. De todos os bares do mundo, ele está justamente nesse. Logo hoje, no dia do meu aniversário, que deveria ser o melhor dia de todos os tempos. Vejo que ele está com uma mulher a tiracolo. Para minha surpresa, reconheço a mulher no momento em que ela põe os olhos em mim.

Isso mesmo, ela põe os olhos em mim.

A mulher é Mônica. A própria.

Que azar, a sorte mudou completamente em um segundo.

Victor sonda desinteressado o ambiente, inclusive passando o olhar por onde nós estamos, mas parece não me notar. Ele leva sua acompanhante até o bar, de onde acabamos de sair. Quando me viro de novo os olhos de Nanda estão sobre mim, analisando minha reação.

– Aquele é o Victor? – ela confirma o que já sabe, me estudando, provavelmente com medo de eu tenha uma recaída e saia correndo para os braços dele. Tenho quase certeza que ela bateria em mim se eu apenas pensasse nisso.

– Sim, o próprio. – confirmo inexpressiva.

– E como você se sente com isso? Digo, com ele estando aqui com outra garota? – ela pergunta e noto que há preocupação em seus olhos. Percebo assim que Nanda não está me julgando fraca, pensando que eu possa ter uma recaída. Ela está preocupada de eu me sinta mal em vê-lo ali, com outra.

– Eu estou bem. – respondo. – Não me incomoda em nada ele estar com outra, eu não gosto mais dele, Nanda. Não mesmo.

– Mas você pareceu bem chocada quando o viu entrar. – ela aponta o fato perspicaz. – Eu entenderia perfeitamente se você quisesse ir embora, de boa, podemos ir, é só falar. Faz pouco tempo que vocês terminaram, é difícil mesmo essa situação.

– Não foi exatamente vê-lo acompanhado o que me chocou, foi mais a sua acompanhante. Aquela garota que está ali com ele é a Mônica, uma pessoa detestável de meu antigo trabalho, Victor sabe muito bem que nós duas não nos damos. Uma vez, antes da gente terminar, ela insinuou que já tinha dormido com ele para me provocar. Talvez ela estivesse mesmo falando a verdade, analisando bem o caráter desses dois é bem possível.

– Sei lá, tô achando isso tudo muito estranho. Parece muita coincidência para ser verdade. Vai ver ele só veio aqui trazendo ela para te causar ciúmes.

– Não, acho que seja isso. Victor só se importa consigo mesmo, Nanda. Ele nem deve mais se lembrar de mim. E, para começo de conversa, ele sequer me notou.

Ela meneia a cabeça.

– Até onde sei, Victor é bom em ignorar as pessoas quando quer. Você me disse que ele gostava de ser o centro das atenções, talvez queira mesmo se fazer notar vindo aqui justamente com ela.

– Ah, não sei. – percebo que não me importo de qualquer maneira. O que Victor faz não é mais de meu interesse. – Quer saber? Deixa eles pra lá, Nanda. Eu não tenho mais nada a ver com essa história, virei à página.

– Oi. – Alex se aproxima da gente, me pegando de surpresa. – Está tudo bem por aqui?

Essa é a deixa para Nanda, que se afasta de fininho, sem deixar de me dar uma piscadinha antes de seguir na direção de Bruno, que a espera perto da mesa de sinuca.

– Tá sim. – eu disfarço e levanto o copo com um sorriso bobo no rosto, o estômago voltando a borbulhar de um jeito bom. – Estávamos nos recuperando da derrota humilhante.

– Tem formas melhores de se fazer isso. – ele me dá um sorriso e me estende a mão. – Quer dançar?

– É esse seu pedido?

– Parte dele. – Alex sorri misterioso, fazendo meu coração palpitar inquieto. – Mas aviso que você vai ter que me ensinar. Eu te vi dançando hoje e, admito, apesar do meu esforço em fazer bonito, não estou nem perto do seu nível.

Eu largo o copo numa mesa e pego a mão dele, o puxando confiante junto comigo em direção à pista de dança.

– É fácil. – lhe dou um sorriso de lado, virando a cabeça para trás em provocação. – Apenas imagine que estão todos nus ao redor. Sempre funciona.

Pisco marota e ele fica sem jeito, baixando os olhos.

– Talvez isso só me deixe ainda mais nervoso. – ele murmura e abro um sorriso.

Quando chegamos ao meio do salão, Alex toma minha mão e a passa em torno de seu pescoço, se aproximando mais de mim, os braços entrelaçados na minha cintura.

– Estou em suas mãos, madame. – ele sorri, os olhos nos meus.

Encaro aquele azul límpido de oceano de suas íris e borboletas voam agitadas em meu estômago. Me sinto nas nuvens, me sinto corajosa. Ele dá um passo à frente e sorrio como uma adolescente. Tudo parece perfeito, tal como um sonho, mas, do nada, sou atingida por um arrepio frio que percorre por toda a minha espinha, me fazendo estremecer da cabeça aos pés, como um alerta de perigo.

Aflita, olho ao redor procurando a razão do calafrio e noto, então, que Victor me observa através de um espelho posicionado em frente ao bar. Pela cara dele, está totalmente furioso. Com sangue nos olhos, ele parte em nossa direção.

Automaticamente sinto medo.

– O que foi? – Alex pergunta ao perceber minha súbita mudança de humor.

– Nada, é só que... – tento pensar em uma explicação rápida. Não quero que eles briguem e, a meu ver, Victor não está com cara de quem vem para fazer amigos. Alex se orgulha tanto de ter parado de brigar que não quero vê-lo envolvido em confusão por minha causa. Eu quero que essa noite seja perfeita, não um completo desastre. – Você se importa se eu for resolver uma coisinha rapidinho antes?

Alex, compreensivo como sempre, assente cavalheiro. – Claro. Te espero aqui, madame.

Eu sorrio em resposta e, sem perder tempo, me afasto dali, indo a passos largos em direção ao banheiro. Pela minha visão periférica, percebo que Victor muda a rota e passa a me seguir, exatamente como imaginei que faria. Isso me faz respirar um pouco mais aliviada.

Só um pouco, porque agora estou com ainda mais medo.

Tento ir mais rápido em direção ao banheiro, porque a grande verdade é que não sei o que esperar de Victor, nunca soube. Quero escapar, mas não sou rápida o suficiente. A voz de Victor me paralisa a menos de três metros do destino e estremeço.

– Vanessa.

Eu me viro, a pulsação se fazendo sentir até nas orelhas. Vejo que meu ex-namorado está um passo atrás de mim. O rosto tenso, mascarado com ar de todo poderoso que lhe é peculiar.

– Oi, Victor. – saúdo sem emoção. – Há quanto tempo.

Ele me estuda por alguns segundos, com evidente desejo mascarado por desprezo.

– Você não me ligou de volta. – aponta sério.

– Eu disse que não ligaria.

– Por que tem que ser tão teimosa? – o tom é de irritação. Isso não é bom.

– Não é questão de teimosia, Victor, eu só segui em frente como disse que faria.

Ele ignora minha resposta e se concentra com raiva em um ponto longe de nós. Alex. Meu coração aperta instantaneamente.

– Estou vendo. – diz irônico. – Quem é o cara?

– Victor, me erra! Eu não te devo satisfação nenhuma da minha vida.

– Quem é o cara com quem estava conversando, Vanessa. – ele repete a pergunta mais uma vez, com visível tensão no rosto e na voz. É quase como se rosnasse.

– Um amigo meu. – respondo sem dar maiores detalhes.

– Eu não gosto dele.

– Não tem nada o que gostar ou desgostar, Victor! Não estamos mais juntos! E, por falar nisso, você não tinha que estar ali com a sua acompanhante ao invés de ficar fuxicando a minha vida?

Aponto o rosto para o bar e vejo que Monica me fuzila com os olhos, certamente fula da vida ao ver que foi deixada, sem qualquer cerimônia, para que ele viesse atrás de mim.

– Ciúmes, Vanessa? – Victor ironiza e o sorriso convencido que me dá confirma que curte a ideia de me atingir saindo com a minha antiga rival. Azar o dele, não atinge.

– Nenhum. – respondo com mais intensidade do que antes. – Você está livre para ter o que quiser, com quem te der na telha, Victor. Nós não temos mais nada. Acabou.

– Por que você está se fazendo de difícil?

– É engraçado que na primeira vez que você superestima minhas ações, você esteja tão redondamente enganado.

– O que quer dizer?

– Eu não posso estar me fazendo de difícil, Victor, porque sequer estou tentando. Eu não tenho raiva ou ódio de você, só não te quero mais, de forma alguma. Estou muito bem assim, muito obrigada.

– É por causa daquele cara. – ele volta os olhos furiosos para Alex que agora, vejo aflita, nos observa de longe com um vinco de preocupação marcado na testa.

– Ah, nem vem! Pode parar de botar a culpa nos outros, Victor. Você fica tentando ainda procurar um pivô para a situação, deixa de ser cego! Não é por causa de Fulano ou Ciclano. A culpa de nosso namoro não ter dado certo é só nossa e de mais ninguém!

— Fale só por você, — ele diz em tom acusatório. — eu ainda estou aqui, perdendo o meu tempo, tentando.

Isso me surpreende, mas não deveria. Eu já devia saber que Victor acharia que ele é o bom moço da história e, eu, a mulher ingrata.

— Ah, então você acha que a gente ter terminado foi só culpa minha? – pergunto irônica.

— E não foi?

Eu levo as mãos à cabeça exasperada. Minhas têmporas doem.

— Ah, claro, Victor! – desisto e jogo a toalha de vez. – Fui eu que fui até o chefe da minha antiga empresa e falei que eu tive um chilique para implorar por um emprego de volta que não queria. Fui eu que comprei um guarda-roupa novo inteiro por que não gostava da forma como me vestia. Fui eu que controlei opressivamente cada coisa da minha vida, que sempre tive a palavra final e que me ameaçava física e psicologicamente toda vez que era contrariada.

— É... — ele concorda cínico e quero socá-lo. – você sendo assim tão terrível não sei nem porque te quero de volta. — acrescenta sorrindo, como se o que acabei de dizer fosse uma piada e não a triste verdade. – Deve ser porque você é uma puta gostosa.

— Ah, claro! — bufo de raiva, perdendo a compostura de vez. – Esqueci a parte de que também sou eu quem faz com que cada elogio pareça mais com uma crítica à minha própria pessoa. Gosto mesmo de me autodepreciar!

— Ah, para de ser dramática, Vanessa! Eu estou aqui disposto a te dar toda a minha atenção e você só reclama o tempo todo!

-Verdade! Que estúpida eu sou em negar toda a sua atenção em troca da minha irrelevante independência e livre arbítrio, não, Victor?! Pra quê, se você pode estar aqui, para decidir tudo por mim?

Ele apenas me olha com luxúria e sorri. Percebo que não me escuta de verdade, Victor nunca escuta. Aquele sorriso glorioso não me parece mais nem um pouco bonito, me parece o sorriso de um babaca.

— Você me deixa excitado toda vez que faz isso. – fala ignorando tudo o que eu disse, fritando meus nervos por completo. – Você fica linda quando irritada, sabia?

Ele me toca e é o suficiente. A ariana esquentada dentro de mim explode como uma bomba.

— Então, preste muita atenção, pois você nunca vai me ver tão bonita quanto está vendo agora, ouviu bem?! — brado tirando a mão dele do meu braço com raiva, já sem um pingo de paciência ou preocupação com o tom que uso. – Eu estou cheia, Victor! Estou cheia de você, do seu controle obsessivo, do seu temperamento ruim, da sua forma de depreciar tudo e todos que não estão ao seu "nível"! Essa relação já deu! Achei que tinha deixado isso bem claro há uns meses atrás, mas se não entendeu, falo de novo. Acabou, me deixe em paz! Deu pra mim! Ponto final!

Com o coração batendo forte, viro as costas para ir embora.

– Não deu até que eu tenha dito que deu! –Victor me puxa de volta pelo braço com grosseria. Vejo pela minha visão periférica que Alex se mexe inquieto onde está. Seus olhos azuis parecem agora negros de raiva. Tenho um mau pressentimento de onde isso vai dar. Eu tento contornar a situação sozinha antes que seja tarde.

Antes que a noite toda vá por água abaixo.

– Por que você sempre quer ter a última palavra, certo? É questão de orgulho? Vai lá, fale para todo mundo que foi você quem terminou comigo, eu não ligo! Até confirmo se quiser! Agora volta para sua garota e me deixa em paz de uma vez por todas. Felicidades para os dois!

Eu dou um aceno frio e me viro outra vez para ir embora, torcendo para que, dessa vez, ele aceite minha decisão.

Ele não aceita.

– Minha garota é o caralho, Vanessa! – Victor me puxa novamente, me fazendo tropeçar. – Você sabe muito bem que eu só trouxe ela aqui para te fazer ciúmes. Eu não tô nem aí pra essa vadia, eu quero você!

Meus olhos se arregalam com a força dessas palavras. Agora tudo faz sentido. Victor não está aqui por coincidência, Nanda estava mesmo certa, ele veio porque queria ser visto. Queria aparecer aqui e me causar ciúmes, para que eu voltasse para ele correndo. Como ele descobriu que eu estaria aqui hoje é que ainda é um grande mistério. Será que ele tinha instalado um GPS em mim? Tremo. Então, a lembrança da mensagem que respondi para a Flavinha em meu perfil me vem à lembrança. Bingo, ele estava me monitorando pelo meu perfil na internet.

– Uau, Victor, que classe! – elogio cuspindo sarcasmo e o aplaudo com ironia. – Bom saber como você respeita as mulheres. Um legítimo cavalheiro!

– Sou com a mulher que importa. – ele rebate agressivo. – Isso não basta para você?

– Não, Victor, não basta. – respondo com firmeza, me virando. – Adeus.

Pela minha visão periférica, percebo que Victor vai me puxar de volta, mas ele, surpreendentemente, para o braço no meio do caminho. Levanto os olhos e vejo a razão pela qual fez isso. Alex está bem à nossa frente, a dois metros de distância no máximo, os braços cruzados com força, o rosto tenso, raivoso de uma forma que eu nunca vi igual. Percebo que ele está pronto para nocautear Victor caso ele me toque de novo. Bruno o acompanha, igualmente alerta.

Eu caminho em direção a Alex aliviada e vejo que ele não tira os olhos de Victor, definindo limites. Impondo respeito.

– Quem era o cara? – me pergunta com a expressão fechada quando chego ao seu lado.

Não acredito, até Alex está com ciúmes agora?

Esse dia está sendo bem mais difícil do que me anunciaram.

– Alguém do meu antigo trabalho. – respondo vagamente porque não quero mais falar sobre esse assunto. Falar de Victor só vai me irritar ainda mais e ele já ferrou com meu aniversário perfeito o suficiente. Eu só quero tentar salvar o que me resta dele.

– Parecia que ele estava interessado em você. – Alex insinua não me deixando encerrar o assunto. – Muito, na verdade.

Eu olho para ele confusa, esperando entender o porquê daquele comentário sem sentido.

– E daí?

– Pelo que pude ver, você deixou bem claro que não queria nada. – ele aponta desconfiado. – Por quê?

– Justamente por isso, porque eu não estou nem um pouco interessada. – declaro irritada. – Eu nunca mais quero alguém igual a ele. Victor é um imbecil!

– Ele é o tal Victor? – Alex faz a conexão com expressão chocada.

– O próprio.

– Mas ele é... apresentável. – argumenta confuso, quase que com uma pergunta implícita. Como se encarasse um paradoxo gigantesco diante de si. – Um imbecil apresentável.

– Aonde quer chegar com isso, Alex? Qual o problema em meu ex ser bonito?

– Você namorou com ele! – ele argumenta frustrado, apontando o fato como se isso devesse fazer todo o sentido por si só. – Tudo bem se você só ficasse com ele, mas você namorou com ele! É justamente o oposto do que você disse que faria.

– Não estou te entendendo. – sinto uma irritação crescente em mim. Minhas têmporas latejando de novo.

– Você disse isso! – Alex alega confuso, levando as mãos à cabeça, exasperado. – Você disse que aparência não importava para começar uma relação de verdade, mas pelo visto importa! É o que mais importa!

– O quê? Do que diabos você está falando, Alex?!

Ele me olha com intensidade e posso ver na fisionomia dele que sua mente está funcionando a mil.

– Eu não acredito que fiquei tão inseguro com isso... – ele fala consigo mesmo. Nervoso. Frustrado. Me olha de volta pensativo e passa a mão pelo cabelo que recobre a testa. Respira fundo. – Você é uma garota complexa, Vanessa Zandrine. Você é muito complexa mesmo.

– Você fala isso como se não fosse algo bom. Como se isso te incomodasse.

– Não é bem incômodo o que sinto, é... – sopra o ar frustrado. – Quer saber, deixa para lá. Eu vou dar uma volta por aí, preciso pensar um pouco. Fica perto do Bruno e da Nanda, o imbecil já foi embora.

— Tá. — respondo sem saber como reagir. Meus braços tombando junto ao meu corpo.

Vejo, atônita, Alex se afastar, sumindo no meio da multidão. Olho para o lado e Nanda e Bruno estão ali, observando tão confusos quanto eu a cena maluca que acabou de acontecer entre nós.

— O que foi isso? — Nanda pergunta perplexa.

Não sei responder.

— Eu preciso de um ar também. — comunico me sentindo tonta e com isso me afasto a passos largos dali. Como eu posso explicar para eles uma merda que nem eu entendo?

Eu estou tão fula com todo esse drama que não me contento em ir somente para à parte externa do bar, quando chego lá, decido que quero mesmo é ir embora. Eu preciso sair desse lugar, encerrar essa noite e tirá-la de vez da lembrança. Sem paciência, decido não voltar para avisar meus amigos sobre isso, eu não quero dar mais explicações a quem quer que seja hoje. Minha cabeça dói demais para palavras agora.

Caminhando pela noite fria de Arraial, eu volto sozinha rumo à casa em que estamos hospedados, chutando com irritação todas as pedras que acho pelo caminho. Aniversário perfeito é uma ova! Nem é meia noite ainda e esses homens idiotas já conseguiram me tirar do sério. Victor, tudo bem, já era esperado, mas o Alex? O que foi aquele papo maluco? Será que ele não sabe que eu gosto dele?

Sair daquele jeito foi cruel, eu não entendi absolutamente nada do que ele estava falando!

Quando finalmente chego na entrada da nossa casa, percebo que meu corpo está agitado e minha cabeça fervilhando. Se minhas têmporas já estavam latejando antes, agora elas estão explodindo. Eu não vou conseguir dormir desse jeito. Eu tenho que dar um jeito de esfriar a cabeça primeiro, mas como? Penso em dar meia volta, retornar ao bar e encher a cara, mas me lembro do que prometi à Isis e abandono a ideia, nada de usar bebida como armadura. É aí que vejo as pranchas de Nanda e Bruno jogadas no jardim da casa e me vem uma ideia.

Por que não esfriar a cabeça literalmente?

◁——— ♡ ———▷

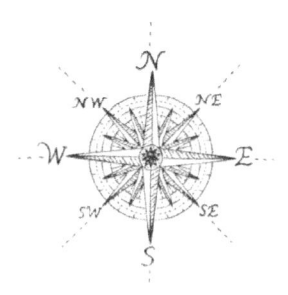

O ÚLTIMO JOGO

Na Praia Brava a maré é alta, o vento sopra forte e as ondas quebram a uma boa distância da fina faixa areia. Escolhi esse lugar com a certeza de que era o mais deserto, cercada por um paredão de pedras, a praia é bem reclusa, principalmente à noite. Checo mais uma vez se estou sozinha só por precaução e, confirmando isso, visto por debaixo da roupa o biquíni que puxei do varal, tirando o vestido longo e o jogando nas pedras. Com passos tímidos, entro na água absurdamente gelada e sinto todo o meu corpo fisgar de dor, meus dentes se chocando com tanta força que parecem poder quebrar a qualquer instante, mas não me rendo a esses avisos.

Sigo em frente obstinada.

Remo até passar a arrebentação, a escuridão da noite tornando a tarefa mais selvagem. A única fonte de iluminação que paira sobre mim é a luz da lua que, para meu azar, é minguante e não cheia. É difícil ver a formação de ondas ali, uma experiência quase impossível de sentir a vibração do mar para tentar entendê-lo.

Eu quero mesmo um desafio.

Depois de me ambientar um pouco, tomo coragem e me preparo para pegar a primeira onda de uma formação que, com sorte, consigo identificar nesse breu. Remo rápido, mas a velocidade e o tamanho da onda são maiores do que eu espero e eu, ainda inexperiente, não consigo dropá-la a tempo. Volto ao ponto anterior e aguardo a segunda série, agora mais consciente do que esperar.

Não sou do tipo que desiste fácil.

Na minha segunda tentativa, consigo pegar a onda, mas sem ficar de pé na prancha, fico apenas deitada, como um jacaré. Já é alguma coisa, mas ainda não é a sensação que busco. Preciso de mais, preciso me provar para valer. Volto para a formação, decidida a conseguir na próxima tentativa. Espero e espero. O vento aperta. Tremo na prancha, mas sou teimosa.

Sou de áries.

Quando a nova sequência inicia, eu sequer a avalio direito, impetuosa, remo o mais rápido que consigo e subo na primeira onda que se forma, erguendo o corpo com velocidade para ficar de pé. Mas, antes que eu possa sorrir confiante e cantar vitória, a onda quebra e sou derrubada com toda a força em direção ao mar.

E então tudo vira um caos.

Na escuridão absoluta, só percebo tarde demais que a onda era maior do que eu era capaz de lidar. Ela me traga como um ralo e sou arrastada pelo fundo do mar, engolido bastante água por vários metros, dentro de um turbilhão desesperador até que, de repente, estanco.

Sinto uma grande dor em minha perna que me faz ver estrelas.

Tento, em pânico, subir para tomar ar, mas minha tentativa fica no meio do caminho. Em completo horror percebo que algo me prende ao fundo. Eu estou presa. O chop que liga minha perna à prancha que boia na superfície enganchou em algo, mas, com a escuridão que está, é impossível localizar qualquer coisa. Não posso ver, as águas em torno de mim são negras.

É como se afogar em um pântano.

O meu desespero aumenta e, em consequência dele, engulo ainda mais água. Eu quebrei todas as regras de uma aventura segura que o Marcelo me ensinou. "Sempre vá acompanhada", "avise um amigo onde está", "respeite seus limites", "nunca faça nada idiota ou perigoso", "não seja arrogante em subestimar a natureza".

Lá estou eu sozinha, fazendo algo que não conheço bem, perigoso e idiota e sem ter avisado aos meus amigos aonde fui. Ninguém verá a prancha perdida no mar e dará o alarme. Eu vou morrer e não há uma alma viva aqui para poder me salvar. Garota idiota.

Eu procurei por isso.

Dizem que a vida passa como um flash diante dos nossos olhos quando estamos a instantes de morrer. Mas o que se passa pela minha mente agora não é exatamente a minha vida, mas sim um sentimento absurdo de revolta. Uma revolta insana porque eu vou morrer e deixei tanta coisa não resolvida nessa minha curta e fútil existência. Coisas que eu poderia ter resolvido com tanta facilidade. Coisas que não resolvi porque sou covarde. Insegura.

De que me vale toda essa insegurança agora?

Com vergonha da minha covardia, decido ter bravura pelo menos no final. Pegando o último vestígio de fôlego que me resta, decido lutar. Eu não vou desistir assim da minha vida tão fácil. Mesmo zonza, me forço a mergulhar ainda mais fundo e procurar o que me prende ali. Com dificuldade, acompanho a corda do chop e, pelo tato, tento descobrir onde ela está enroscada, cada vez mais meus sentidos se esvaindo.

Quando chego ao seu fim, sinto que é o meu também. Não tenho mais ar em meus pulmões. Uso toda a força que me resta para empurrar o que quer que seja aquilo que a prende no fundo, num ato desesperado.

Num ato de sobrevivência.

E, quando a coisa se move um milésimo, vem a reação da natureza. Implacável, voraz. Meu corpo é arrastado com velocidade absurda mais uma vez pelo fundo, a água inundando meus pulmões e eu não consigo mais respirar, mas agora pelo menos tenho alguma esperança. O chop se soltou e a prancha está sendo carregada pela força das ondas para frente, para a margem.

Para a segurança.

Quando paro de ser puxada e sinto que tem chão sob meus pés, faço um esforço sobre-humano para conseguir me erguer, mas não consigo ficar totalmente de pé, uma dor visceral me atinge no tornozelo, as pernas muito fracas com câimbras. Me arrasto como consigo, cambaleando pelo banco de areia e caindo de joelhos exausta, vomitando toda a água que me sufoca. Eu estou tremendo convulsivamente, não sei se por medo ou pela hipotermia.

Provavelmente pelos dois.

Percebo que se eu tivesse soltado o chop da perna ao invés de ter empurrado a pedra que o prendia como fiz, iria emergir justamente no ponto onde as ondas agora quebram ainda mais intensas pela força do vento e minha prancha estaria a metros de distância de mim. Com o meu tornozelo machucado desse jeito e cheia de câimbras, eu não conseguiria lutar contra a força da correnteza para nadar de voltar à areia.

Ou seja, eu não estaria aqui agora para contar a história.

Me deito na areia molhada do mar, o gosto amargo ainda tomando a boca e olho assustada para a noite escura. Eu subestimei o perigo. Eu quase morri essa noite. Esse quase foi o meu último ato. Que ato imbecil e covarde fugir dos problemas assim. Eu fito o relógio em meu pulso e, chocada, vejo a hora que marca. Onze e cinquenta e um, exatamente. Eu acabei de nascer de novo.

A vida é tão frágil.

Não dá tempo de bancar a idiota.

Não mais.

Aprendi a lição de uma vez por todas.

◁———— ♡ ————▷

Resolvo não contar o que aconteceu para ninguém, eu não preciso que apontem Resolvo não contar o que aconteceu para ninguém, eu definitivamente não preciso que apontem minha própria burrice, eu já aprendi com ela à duras penas. Depois de me recuperar, caminho sozinha até a casa mancando, completamente encharcada e tremendo de frio. Deixo a prancha que peguei de Bruno no jardim para evitar suspeitas e entro, me forçando a pisar no chão com o pé direito apesar da dor dilacerante.

Nanda é a primeira a me ver chegar.

— Vanessa, você enlouqueceu? Onde é que você estava? O que... — ela dispara a enxurrada de perguntas preocupada, mas então para, atônita, olhando fixamente para mim. — Por que você está toda molhada?!

— Resolvi dar um mergulho. — respondo esquiva, meu pé latejando de dor.

– Que loucura! Devia ter me dito, é perigoso entrar no mar sozinha à noite. Tem noção de que podia ter acontecido uma tragédia?

"Se tenho.", penso, mas não digo nada, só assinto calada ao seu sermão.

– Vai trocar essa roupa já antes que você fique doente! – ela ralha comigo, num misto de preocupação e decepção e, acrescenta sacando o celular do bolso. – O Alex está te procurando também. Ele está muito preocupado contigo, voltou no minuto seguinte que você saiu e está atrás de você como um doido desde então! Mandei o Bruno ir junto, para ele não fazer nenhuma besteira.

– Desculpa por isso... não era a minha intenção dar trabalho. Avisa a eles que eu estou bem, por favor. – a dor lateja em meu tornozelo e disfarço como posso. – Vou tomar um banho agora e dormir, estou muito cansada.

– Vai. – Nanda concorda. – E trate de secar esse cabelo antes de dormir, senão vai acabar doente!

– Tá, tá. – eu assinto mecânica, mas paro. Percebo que isso não é o bastante. – Nanda?

– O quê? – ela pergunta com a postura altiva.

– Obrigada.

Nanda apenas amolece e sorri para mim. Ela é uma boa amiga, está brigando comigo porque se preocupa. Eu causei essa preocupação nela. Me arrependo amargamente por isso.

– Desculpa, pelo susto. Prometo que não faço de novo.

Ela me dá um aceno grato e pego a toalha e roupas limpas no meu quarto, indo em direção ao banheiro. Mordo o interior da boca para evitar gritar de dor toda vez que meu pé direito encontra o chão. Assim que entro, fecho a porta rápido atrás de mim. Vou direto na bancada, onde sei que tem um pote de analgésicos que Nanda toma quando sente dores em seu joelho operado. Tomo alguns, rezando para que façam efeito rápido.

A dor que sinto é excruciante.

Tiro as roupas molhadas e entro no box. Debaixo d'água quente do chuveiro, respiro fundo o vapor e processo tudo aquilo que acabei de passar. Eu tenho uma sorte tão grande de estar viva. Eu tenho que fazer valer estar viva. Mais que nunca.

A vida é algo tão frágil.

As imagens do incidente ainda latentes retornam à minha mente com força total. Junto com ela, aflora o sentimento de desespero. Sinto crescer em mim uma crise de pânico, revivendo o susto, o medo, a agonia daquele momento desesperador. A falta de ar, de controle, de esperança. Eu me encolho no chão e desato em lágrimas e gritos abafados que dou contra as minhas palmas, não tento, não tenho como contê-los. Me permito soluçar e chorar o quanto for preciso agora. Depois, eu não chorarei mais por isso.

O passado vai ficar aonde pertence e eu vou seguir em frente.

De agora em diante, eu serei forte.

◁——— ♡ ———▷

Após chorar tudo o que tenho direito e conseguir respirar sem tanta dificuldade, saio do banho, visto meu pijama e entro no quarto para pentear e secar meu cabelo molhado, em cumprimento ao que Nanda pediu. Tudo feito e com os analgésicos finalmente fazendo efeito, me preparo para dormir e esquecer esse dia terrível, mas é só eu encostar a porta que escuto batidas nela.

— Vanessa? — Alex chama do outro lado.

Eu fecho os olhos e agradeço a Deus por poder ouvir o som dessa voz de novo.

Abro a porta e encaro um dos rostos que mais sentiria falta se tivesse morrido hoje. O rosto dele. Do homem que eu amo.

O rosto de Alex.

— O que houve? — ele pergunta exasperado e seu tom é de cortar o coração. — Eu te procurei a noite toda, Vanessa. Estava louco de preocupação... — confessa angustiado, mas então para.

Percebe que algo em minha expressão muda, e é intenso. De repente, tenho lágrimas cobrindo todo o meu rosto. Elas correm incontroláveis dos meus olhos, não consigo segurar.

— Você está bem? — pergunta agora visivelmente em pânico.

— Agora sim. — assinto com um aceno de cabeça que só me faz chorar mais e sorrio. — Eu pensei que nunca mais te veria de novo. Te ver... é simplesmente maravilhoso.

Alex não pensa, apenas me abraça com carinho. O calor do seu corpo quente aquecendo o meu, ainda frio, ainda trêmulo.

— Calma, eu estou aqui.

— Eu sei. — balanço a cabeça feliz, sentindo seu cheiro mais uma vez. — E é por isso que eu estou chorando. De alegria.

— Não faça mais isso... por favor. — pede com aflição contida na voz.

— Não farei.

Nos separamos. Alex pensa um pouco antes de falar de novo, parece sem jeito.

— Nanda e Bruno estão jogando cartas lá na sala para aliviar o estresse dessa noite. — ele conta, mas como se quisesse falar outra coisa. — Perguntaram se você não quer ir jogar também.

Respiro fundo, é chegada a hora de acabar com isso de uma vez por todas.

Eu dou um passo para trás e me afasto dele.

– Desculpa, Alex, mas não estou mais a fim de jogar. – declaro encarando seus olhos, direta, inflexível. Forte como a adversidade me tornou. – Eu cansei de jogos. Não quero mais ter que fazer artimanhas para saber e falar o que eu quero. Se quer falar algo, me fale, porque é assim que farei a partir de agora.

Alex engole seco, totalmente despreparado para essa minha reação. Eu não dou tempo para que ele digira, continuo sem medo. Uma coragem inédita crescendo dentro de mim, impossível de refrear. Eu não quero refreá-la.

– Eu amo você, Alex. – as palavras saem mais fácil do que eu esperava ser possível. – Não me pergunte porquê, mas eu amo. Muito. E eu não tô nem aí para se você gosta ou não de mim, se você quer algo de verdade ou se só está me zoando, eu apenas quero que você saiba como me sinto, você que lide com isso como bem entender. Eu não vou mais morrer com esse sentimento entalado na garganta.

Alex me olha petrificado, chocado demais para esboçar qualquer reação.

– Ok, tudo esclarecido, desejo uma boa noite. – emendo depois de um segundo de total silêncio, me preparando para fechar a porta, mas volto a abri-la. – Ah, e tem outra coisa. – ele engole seco outra vez, me olhando boquiaberto. – "Nossa!" não é um cumprimento. É uma interjeição. Uma interjeição de admiração. É isso, pronto, falei. Boa noite, Alex.

Fecho a porta

"Viu, até que foi fácil", penso orgulhosa de mim mesma, balançando a cabeça satisfeita com essa minha nova forma prática de lidar com o mundo. Então ouço uma nova batida atrás de mim. Imagino que a ficha de Alex deva ter finalmente caído e agora ele virá com um turbilhão de dúvidas a respeito da minha declaração inesperada.

Respiro fundo, me preparando para respondê-las e abro a porta.

– O que... – vou perguntar, mas não consigo terminar a frase porque Alex adentra no quarto com todo o ímpeto e, me jogando contra a parede, me beija com vontade. E não é qualquer beijo, é o melhor beijo do mundo. Lento, apaixonado, aflito, doído de um jeito bom.

– Eu amo você também, Vanessa. – ele confessa com a voz rouca e ofegante quando nossos lábios se separaram por um segundo. – Ah, como eu amo! Eu sou completamente apaixonado por você desde a primeira vez que te vi.

Eu tenho mil e uma perguntas na boca, mas as silencio como posso e o beijo de novo, entrelaçando meus dedos em seu cabelo enquanto ele me ergue, minhas pernas em torno de sua cintura. Meu tornozelo dói, mas não me importo. Nada importa.

Tudo o mais pode esperar. Eu esperei por isso tanto tempo.

– Eu achei que você só gostava de brincar comigo. – murmuro quando finalmente paramos o beijo, só porque somos humanos e temos que respirar. Estou ofegante e sorridente quando ele me coloca de novo no chão.

– Não, por Deus! – ele nega exasperado. – Por que eu faria isso se tudo o que eu queria no mundo quando fiz as malas era justamente você?

Alex toca a ponta do meu nariz com carinho e fascínio e beija minha bochecha.

– Como assim?

– Ah, Vanessa! – ele balança a cabeça misterioso, um sorriso brincando em seus lábios. – Você não sabe de nada, você não faz ideia. Eu não parei no seu sofá por acaso, eu vim por sua causa.

– Eu... eu não entendo...

– Vem, – chama me puxando para a cama e me fazendo sentar ao seu lado. – Eu vou te contar a parte da história que você não conhece. – sorri tímido. – A minha.

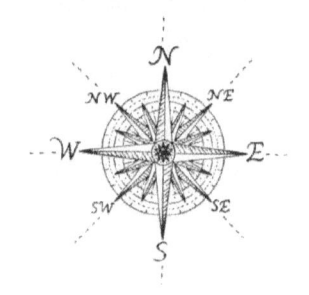

A OUTRA PARTE DA HISTÓRIA

— Uma das coisas que você nunca soube, é que temos um amigo em comum desde o início.

Alex olha para mim com expectativa e estou perdida.

– Temos? – tento puxar pela memória, mas não consigo fazer nenhuma associação de imediato. – Quem?

– Ravi.

Meu coração dispara quando escuto o nome conhecido. Alex e Ravi são amigos? Como assim? Isso não faz o menor sentido! Alex apenas confirma, vendo minha expressão de total choque e continua a sua misteriosa história.

A tal parte da história que eu não conheço.

– Eu hospedei Ravi há quatro anos lá em casa e continuamos bons amigos desde então. Você quase descobriu isso antes, mas, por ironia do destino, parou de ler os meus depoimentos antes de chegar ao dele. – revela para minha completa surpresa. De fato, eu parei na leitura do vigésimo depoimento de hóspedes dele quando fui me informar a seu respeito na comunidade. – Tínhamos combinado que, quando ele voltasse de sua viagem ao Brasil, ele ficaria hospedado lá em casa outra vez por alguns dias, antes de pegar a conexão de volta para a Índia.

Lembro que Ravi comentou comigo que faria conexão na Inglaterra antes de voltar para Índia. Na época isso não me pareceu tão relevante como parecia agora.

Isso é totalmente relevante!

– Ele chegou falando maravilhas sobre o Brasil e sua viagem e ficou me dizendo repetidas vezes que eu tinha que conhecer e tal, mas não dei muita bola na hora, nunca fui muito de viajar. Eu gosto até, mas por conta do meu irmão é difícil, você sabe. – justifica e sei bem disso. Foi uma saga até Alex confirmar sua viagem para cá. – Nessa mesma noite, porém eu entrei na sala e Ravi estava lá, sentado na mesa, concentrado enquanto escrevia o seu depoimento. Me aproximei dele e vi sua foto aberta na tela, você parecia brilhar, com um sorriso mais verdadeiro e lindo que eu já havia visto em toda a minha vida. Eu fiquei fascinado. Antes que eu pudesse raciocinar, me vi perguntando: "Quem é ela?".

Me recordo que Ravi mandou mesmo um depoimento um dia depois de sua partida e, junto a ele, me enviou a foto que tirou de mim no sambódromo. A foto que eu sorria com a maior felicidade do mundo, os olhos fechados, os braços abertos, o cabelo todo bagunçado. A foto que ele tirou de surpresa e me disse com orgulho "Agora eu te vejo.".

– O que Ravi disse? – pergunto ainda mais curiosa com o rumo dessa história.

– Acho que a primeira reação dele foi rir da minha cara de embasbacado ou coisa assim, mas depois falou com aquele jeito estranhamente premonitório dele "Eu sabia que vocês eram a metade um do outro.". Eu o olhei ainda mais confuso e, assim, ele me explicou que você foi a última anfitriã dele no Brasil e que, conforme foi te conhecendo, não conseguia parar de pensar em como nós éramos parecidos. Não, a palavra que ele usou não foi essa. Era algo como compatíveis. Isso, ele disse que nós éramos totalmente compatíveis!

Essa informação ativa minha memória de novo. É verdade, Ravi me disse aleatoriamente uma vez, na quadra da escola de samba, que eu era compatível com um amigo dele. Na hora não dei muita importância, achei que tinha sido apenas um comentário isolado, despretensioso. Nunca imaginei que justamente esse amigo estaria à minha frente hoje e seria mesmo o cara dos meus sonhos.

– Ele disse algo assim para mim também. – divido com Alex, perplexa com a junção das peças do quebra-cabeça.

Ele sorri, balançando a cabeça.

– Claro que disse.

Posso ver que Alex não se surpreende com a informação, como se isso já fosse totalmente previsível de Ravi. Entendo bem, esse indiano tem mesmo uma intuição assustadora.

– E aí? – questiono ansiosa para saber a continuação. – O que aconteceu depois?

– Aí ele me contou seu nome, Vanessa Zandrine, – repete com admiração no tom ao dizer o meu nome. – e que você era alguém realmente fantástica, impossível de descrever, só isso, exatamente essas palavras. E, acrescentou que o Rio era um lugar lindo, uma cidade maravilhosa que eu deveria visitar e que tinha certeza que o agradeceria no futuro pela sugestão. Depois se levantou do computador e, avisando que ia dormir, foi para o quarto de hóspedes. E, assim, eu me sentei ali e encarei sua foto ainda aberta na tela, completamente hipnotizado, e ele gritou lá de dentro: "Tire todas as suas fotos de perfil antes de falar com ela." Parecia até que ele já previa o que iria acontecer. Às vezes, eu penso se ele de fato não sabia. Fico pensando se Ravi não estava consciente de que eu estava por perto quando abriu sua foto, como se já esperasse que ela fosse me atrair, se ele não sabia que conversaríamos por noites até que ficasse claro quanto éramos compatíveis e que eu acabaria me rendendo e vindo aqui para te conhecer.

Meu coração bate forte contra o peito. Eu nunca imaginei que a nossa história pudesse ser tão complexa assim. Balanço a cabeça aturdida. Isso tudo é mesmo inacreditável.

– Filho da mãe! – xingo, de repente, a lembrança de Ravi rindo quando eu disse que trabalharia até numa fazenda, durante uma de nossas conversas, me aflora. Foi por isso que ele chegou a se engasgar naquela hora, sua cabecinha de guru já antevendo tudo.

Aquele indiano cheio de palpites e segredos! Eu vou esganar ele quando tiver a chance.

Alex me olha confuso.

— Você está zangada comigo?

— Não, não com você. — o tranquilizo rápido, desfazendo a confusão. — Ravi. Ele também jogou comigo, aquele safado! — revelo inconformada por ter sido passada para trás e acrescento a pergunta que me coça os lábios. — Mas por que você acha que Ravi te falou para tirar as suas fotos do perfil? Fico triste de ele achar que eu poderia me interessar por você só por causa da sua aparência, sabe? Achei que ele me considerasse melhor que isso.

Alex ri embaraçado.

— Não, ele não fez isso por você, Vanessa, foi por mim. Ravi costumava dizer que eu vivia entocado naquela fazenda com medo de ser visto, e ele tinha toda razão. Eu sempre evitei relacionamentos sérios desde a morte do meu pai. Não é que eu tenha virado monge ou coisa assim, quando Blake ia dormir na casa de um amigo, eu saía, ia para um bar, bebia, ficava com alguém. No dia seguinte, voltava para casa e seguia a vida. Ravi falava que eu vivia de noites vazias. A verdade é que eu não tinha o menor interesse em me relacionar porque eu sabia que aquelas garotas ficavam comigo por conta da minha aparência e não porque eu era uma boa pessoa. Isso me fazia me sentir meio que um impostor, sabe? Não estou falando que é horrível parecer bem aos olhos dos outros, mas, às vezes, você todo é resumido a isso. E eu comecei a acreditar no fato de que eu era só isso, de que eu só valia para isso. Então veio você e o fato de que passamos diversas noites conversando e criando tanta afinidade sem sequer você ter visto a minha aparência para te influenciar em continuar com isso, fez com que eu me sentisse realmente visto. E Ravi estava certo, eu precisava mesmo disso. Saber que alguém podia me querer não só porque sou bonito, mas por algo além disso. Eu queria alguém que realmente me visse como sou, mais complexo do que um teorema de matemática e que, ainda assim, quisesse ficar comigo. E você foi essa pessoa. Você me fez acreditar que talvez eu fosse alguém que valesse a pena conhecer a fundo afinal.

— Claro que você vale. — Eu seguro sua mão com carinho. — Você é uma pessoa maravilhosa, Alex.

— Obrigado. — ele sorri caloroso para mim e beija minha mão com doçura. — Agora eu sei disso.

— Então tudo isso começou quando você viu a minha foto? — recapitulo ainda desnorteada.

Alex balança a cabeça confirmando.

— Sim, confesso que a minha primeira atração foi pela sua foto. Você parecia um anjo. — ele ri sem jeito e eu aperto sua mão mais forte. — O mais engraçado é que eu fui sincero desde o início e você sequer percebeu. Eu te contei sobre isso quando nos falamos pela primeira vez. Lembra o que te respondi quando você me perguntou como encontrei seu perfil?

A lembrança me acerta em cheio, eu arfo segurando uma risada.

— Você disse que viu minha foto e ficou curioso!

— Isso. — ele se diverte com seu segredo sendo finalmente revelado. — E então você me perguntou se eu gostei.

— E você disse que era uma bela foto. — completo abismada com a lembrança. — Eu achava que você estava falando do meu sofá, seu safado!

— Eu sei disso. — ele se diverte com a minha cara espanto. — Com todo o respeito ao seu avô, eu gosto muito daquele sofá, mas não foi por conta dele que peguei um avião para o Brasil.

Eu o olho num misto de perplexidade e fascínio.

— Por que você não me contou isso antes?

— Você ia me achar um *stalker*.

— E você não é? — faço graça, o implicando.

— Prefiro chamar de romântico à moda antiga. E, para o seu governo, desde que cheguei aqui é você que não para de me assediar. "Nossa", certo?

Ele me encara com sobrancelha erguida e eu dou o braço a torcer. Alex está certo nesse ponto, foi uma atração recíproca, no final das contas. Eu também estava totalmente curiosa com ele desde que o conheci, sem sequer ter visto seu rosto, eu já sabia que gostava dele. Até pessoas próximas, como dona Josefa e Nanda, notaram como eu ficava feliz quando conversávamos.

Tínhamos algo especial. Na verdade, ainda temos.

— Mas você viajou da Inglaterra até aqui. — considero a realidade de forma objetiva. — Digo, ok, era uma foto legal, mas não há garotas bonitas em Londres?

— Milhares. — confirma sorrindo.

— Eu não entendo. Se podia escolher qualquer garota lá, porque foi escolher justo a mim, uma garota a milhares de quilômetros de distância?

— Os homens do seu planeta cultivam cinco mil rosas num mesmo jardim e não encontram o que procuram... — ele cita o trecho do Pequeno Príncipe, olhando para mim com expectativa.

— ... e, no entanto, aquilo que eles procuram pode ser achado numa rosa só. — completo a frase com um sorriso.

— A gente só ama aquilo que nos cativa. — Alex explica, tocando de leve minha bochecha. — E você, Vanessa, me cativou como ninguém. Primeiro com uma foto radiante, depois com longas noites de conversas, confissões e risadas sinceras, até que eu percebi que você era mesmo única no mundo para mim. Você tem que entender que eu não planejei gostar de você. Na realidade, eu estava tentando provar justamente o contrário, que Ravi estava errado, mas, admito, quebrei feio a cara. Você me quebrou, na verdade. Se fosse só a foto, ok, você era linda sim, mas não era motivo para eu fazer as malas e partir para o Brasil. Eu não teria feito isso. Foi toda essa cumplicidade que criamos e a admiração que passei a ter por você que me fez ver que isso era diferente. Que você era especial. Só então eu tive certeza.

– Certeza ao ponto de te fazer pegar um avião e vir aqui me conhecer?

Ele revira os olhos.

– Uma coisa que você não sabe é que minha mãe era completamente apaixonada por Paris. – ele conta, a lembrança tocando seus olhos. – Desde adolescente seu maior sonho era conhecer a cidade das luzes e fazer um piquenique naquele campo embaixo da Torre Eiffel. Mas naquela época não era tão fácil quanto é hoje, ainda não existia o Eurotúnel que ligava as duas cidades por trem, as opções de viagem não eram tão em conta, mais demoradas e ainda tinha hotel e tudo mais. Ela dizia que não dava, que era caro, que não tinha tempo. Anos se passaram e, às vezes, quando ia ao centro da cidade com meu pai, minha mãe voltava carregando uma toalha de mesa francesa com todos aqueles bordados delicados. Eu sabia que ela se lembrava do seu sonho outra vez e, por impulso, a comprava, imaginando como seria viver aquela ideia, reacendendo seu desejo.

"Então minha mãe morreu, jovem demais ainda, e eu e meu pai fomos arrumar as coisas dela para levar para a doação. Eu abri uma de suas gavetas e lá encontrei não algumas, mas dezenas de toalhas empilhadas. E fiquei abismado ao perceber que com o que gastou em somente algumas delas, minha mãe podia ter feito sua sonhada viagem à Paris. – ele para e me olha com intensidade. – A realidade é que a vida não espera. Eu não quero viver colocando falsas prioridades na frente dos meus sonhos. Eu não quero ser a pessoa que coleciona toalhas, eu quero ser aquele que vai a Paris. Eu poderia ficar com mil garotas em pubs e festas na Inglaterra, mas nenhuma delas seria igual a você. Porque você, Vanessa, você é minha Paris. Eu pressenti isso no instante em que te vi pela primeira vez, em um retrato, com um sorriso tão incrível que me fez querer sorrir também sem planejar. Eu soube que desejava ir até você no momento em que descobri que você existia. E eu vim."

A declaração é linda e inesperada. Me toca no fundo, choro de alegria outra vez. Nem em meus sonhos mais inspirados eu imaginei que um dia um amor assim tão intenso pudesse bater à minha porta. Eu achei que isso só acontecia em filmes e livros, não na vida real, não comigo. Mas aqui está ele, um amor que eu não esperava, mas que está vivo, pulsante. Ganhando espaço. Me surpreendendo.

Eu encosto minha testa na dele e sussurro à milímetros de seus lábios.

– Por que você não me falou nada disso antes?

– Eu nunca menti. – ele se defende divertido, a testa apoiada na minha. Sua respiração fazendo cócegas na minha boca.

– Só omitiu. – aponto significativa, levantando o olhar para ele.

— Sim, um pouco. – contesto essa avaliação, erguendo uma sobrancelha. – Ok, nos detalhes, principalmente. Dá um desconto, eu não queria te assustar ou criar expectativas.

— E nisso só você sabia no que estava se metendo.

Ele se remexe na cama. – Bem, eu não tinha certeza se ia rolar, Vanessa. Quem poderia? Sabe, podia não ser nada disso, Ravi poderia estar completamente errado. Imagina se eu tivesse aberto isso com você e chegasse aqui e não sentisse nada ou, se até sentisse, mas você por sua vez, não correspondesse? Você se sentiria confortável em me dispensar com a mesma naturalidade, sabendo que vim até aqui por sua causa? Eu me sentiria? A verdade é que não faço ideia, é uma situação muito desconfortável lidar com a expectativa do outro e eu não desejava isso para você. Não queria que pudesse se sentir pressionada a ter algo comigo só porque vim de longe para te conhecer, entende? Eu só queria se fosse de verdade. Não aceitaria menos do que isso.

— Você não queria que rolasse algo por compaixão, certo? É confuso, mas acho que entendo o que quer dizer.

Ele concorda com um aceno de cabeça.

— Eu fiz uma viagem sem garantias. Sabia muito bem disso e estava disposto a correr o risco. Se não tivéssemos química alguma ou se você demonstrasse que não queria nada comigo, eu estava disposto a não te dizer nada e voltar para casa sem que você sequer percebesse como isso era importante pra mim. Eu passaria pela frustração toda sozinho, mas na prática não foi tão fácil assim. Porque me apaixonei, Vanessa, perdidamente, e eu nunca imaginei como seria difícil me apaixonar e me ver de mãos atadas para tomar a iniciativa.

Nesse ponto tenho que contestar.

— Calma aí! Você deve ter notado que eu também queria. Eu estava visivelmente a fim de você, Alex, não era como se você estivesse sendo terrivelmente rejeitado.

Ele me olha com humor contido.

— Não sendo nada modesto, eu sei que sou um cara bonito, Vanessa. – ele ri embaraçado e eu reviro os olhos com isso. – Mas, quando deparei com você e toda a ideia de você, eu fiquei inseguro de isso não ser o suficiente. Não me leve a mal, é que sempre foi. Então eu te perguntei se aparência importava em uma das nossas conversas e você disse...

— Depende. – completo agora entendendo aquele papo louco no bar horas atrás. – Beleza conta se for para ficar por um dia, mas para namorar, para ser real, não. Um cara não ganha meu coração só por ser bonito.

Ele confirma com um aceno de cabeça.

— Você não imagina como eu fiquei com isso na cabeça. Em geral, esse era o meu trunfo, nunca nenhuma garota me conheceu de verdade, como você conheceu. Quando cheguei e vi que tinha um efeito físico sobre você, eu gostei de ter isso, não minto, mas ao mesmo tempo eu não queria ser só isso, entende? Eu não queria que me desejar fosse a única forma de envolvimento que você tivesse. Eu queria isso e queria mais ao mesmo tempo. Eu queria o pacote completo.

– Então você fez esse misancene todo para...

– Saber se seus sentimentos eram recíprocos? Sim, fiz. Eu não queria ficar contigo, eu queria que você realmente gostasse de mim pelo que sou. Eu precisava ouvir isso de você.

– Espertinho. E, assim, deixou o trabalho todo nas minhas mãos?

– E você, por sua vez, também não me ajudou muito. Eu te dei condição diversas vezes e você nada.

– Ei, eu tentei te beijar naquele dia na Lapa!

Ele nega com um aceno.

– Daquela vez não conta, você estava bêbada. Eu não ia ter meu primeiro beijo contigo bêbada, que tipo de homem eu seria se me aproveitasse disso?

O tipo Victor, penso. Compreendo que foi por isso que Alex disse que aquela noite não foi como ele esperava. Ele esperava que nos entendêssemos, mas eu bebi demais e estraguei o momento.

– E, em minha defesa, – ele continua com um sorriso crescente em seu rosto. – quando eu finalmente reuni coragem para me confessar ontem lá na praia, você me veio com aquele papo louco de que me ensinou a cozinhar, Deus, eu não sabia onde enfiar a cara! Pensei, já era, não tem mais o que fazer, vou fazer as malas e partir.

Eu rio com vontade quando escuto essa confissão, nossa, eu realmente falei isso! Mas jurava que ele estava me provocando de novo, estava só antevendo a graça, ué!

– Quem mandou me zoar tantas vezes antes? – implico. – Fiquei calejada.

– É, até que foi merecido. – ele dá de ombros, achando graça e me olha em seguida. – Isso é tudo muito estúpido, eu sei, mas a verdade é que você é diferente e eu não estava preparado para você.

– Não é estúpido, – o corrijo roçando meu nariz no seu. – é romântico. O que me contou hoje foi a história mais romântica que já ouvi na vida. A minha história de amor. Tem noção de como isso é louco?

– E o que eu ganho agora que eu parei de jogar e te mandei a real? – ele pergunta me puxando para perto de si, os braços fortes me envolvendo de novo.

Eu faço charme.

– Antes de tudo isso, eu estava pensando em te beijar, mas agora que sei de toda a sua expectativa, confesso que quem está insegura sou eu. É muita pressão num beijo...

Ele dá uma risada e nos olhamos como tolos apaixonados. Dizem que o amor faz isso com a gente e é verdade, ficamos bobos. Uma bobeira boa, inocente. Alex, carinhosamente, pega uma mecha de cabelo rebelde e a coloca atrás da minha orelha. Levanto meu rosto em direção ao dele e se aproxima me beijando, com doçura, com admiração, com amor. Um beijo que desperta todos os meus sentidos, como se fizesse florescer um jardim de rosas bem no meio do meu coração, brotando no terreno fértil que cultivei para poder nutrir um sentimento saudável.

– E então... eu me saí bem? – pergunto quando ele separa os lábios dos meus, me fitando com um sorriso no rosto.

– Eu poderia viver disso.

Eu sorrio lisonjeada com a resposta. Dizem que o amor é exagerado mesmo ou talvez sejam só os ingleses. Alex se levanta e se curva como um cavalheiro.

– Agora, madame, é melhor eu me retirar para você poder descansar. Tenha uma boa noite.

– Eu vou ter. – assinto feliz. Não quero que ele vá, mas realmente estou exausta e preciso dormir depois de tudo que passei. – E você? Terá bons sonhos?

– Terei, – ele confirma encabulado. – mas não serão melhores que a realidade.

Meu coração mal cabe dentro do peito.

– Ah, – se lembra já na porta. – eu quase me esqueci disso. – ele se aproxima e tira do bolso um pequeno objeto e o coloca sobre a minha mão. – Seu presente de aniversário.

Eu olho para o objeto e gargalho alto quando vejo o que é: Um pote de vidro com uma barata de plástico dentro.

– Hahaha! Muito engraçado, Alex. – debocho, fingindo indignação, mas por dentro estou rindo muito. Alex tem um ótimo senso de humor e adoro isso nele.

– Não vai abrir? Prometo que La Baratita não vai fugir. Garanti isso colando ela bem no fundo.

Eu olho de novo para o pote com desconfiança, tentando entender o que ele quer dizer e, não vendo nada aparente além da barata, o abro. Só então descubro que, preso embaixo da tampa de metal, há algo escondido. Um papel de seda dobrado.

– O essencial é invisível aos olhos, lembra? – Alex sorri para mim e meu coração acelera.

Eu descolo o papel dali e, intrigada, o abro com cuidado. Dentro dele encontro um bonito colar de prata com um pingente de anjo.

– É lindo.

– Você gosta? Foi a Dona Josefa que me ajudou a escolher. – revela me surpreendendo outra vez.

– Como assim? Quando isso?

– Não me pergunte exatamente como, acho que foi meio que mágica, sei lá, o fato é que ela entendeu quando bati na porta dela na quarta e tentei explicar que queria ajuda para comprar o seu presente de aniversário. Assim, nós dois fomos juntos à uma joalheria e eu vi esse pingente no mostruário. Já ia pedir à vendedora para trazer o de uma anja mulher, porque você me parece um anjo, quando a dona Josefa negou, bateu o pé toda determinada, insistindo para eu ficar com esse. Ângelo, ela falou e, só então, me lembrei que esse era o nome do seu avô. Ela estava certa, tinha que ser esse. Fico feliz que tenha mesmo gostado.

São detalhes. Apenas detalhes que fazem toda a diferença.

— Eu amei.

O beijo de novo em agradecimento.

— Esse foi o melhor aniversário de todos. Obrigada.

— Obrigado a você, por existir.

Sorrio.

— Boa noite, Alex.

— Durma bem, Vanessa.

Me dando um último olhar, Alex apaga a luz e deixa o quarto, fechando a porta atrás de si. Eu suspiro feliz e exultante e me jogo na cama, sentindo borboletas voarem livres em meu estômago.

O amor mesmo é um sentimento maravilhoso.

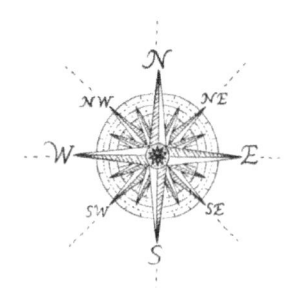

REFLEXO PARTIDO

No dia seguinte, acordo me sentindo nas nuvens, tirando o fato de que a dor em meu tornozelo é excruciante. Corro para o banheiro aos trancos e barrancos e engulo alguns analgésicos de Nanda para aliviar as pontadas. Em seguida, escovo os dentes e voo para sala como um jato.

Eu preciso confirmar que não foi só um sonho. Eu preciso vê-lo.

— Acordou cedo hoje. — Alex nota, abrindo um olho quando me vê entrar no cômodo.

Eu subo no sofá-cama em que ele ainda está deitado e, engatinhando até o centro, me sento sobre ele, inclinando meu corpo para beijá-lo. Meus lábios encontram os dele com fome e ele responde com a intensidade que desejo, subindo o dorso e puxando fortemente meu quadril para mais perto. Não, não é um sonho. Alex estava certo, isso é ainda melhor do que um sonho.

A realidade pode ser tão ridiculamente boa!

— Bom dia, dorminhoco. — brinco quando nossos lábios se separam e ele geme querendo mais.

— Bom dia, minha Paris. — responde com uma voz rouca me apertando contra si.

— Uhhhhh!! O que é isso, minha gente?!! — Nanda e Bruno entram na sala fazendo festa e saio sem jeito de cima de Alex, me sentando ao seu lado. — Demorou mas quando rolou, heim...

— Mandou bem, cara! — Bruno se diverte com a cena, dando um sinal de aprovação com o polegar para ele.

— Quem me dera ter direito aos créditos. — Alex ri embaraçado. — A pessoa de atitude aqui é ela.

— Nem me fala, sei bem como é. — Bruno insinua, olhando de lado para Nanda e relembro que foi ela quem tomou a atitude no início do relacionamento dos dois.

— Nós mulheres estamos com tudo, né, Vanessa? — ela provoca orgulhosa.

— Vocês vão acabar dominando o mundo. — Alex concorda e me beija de novo com vontade quando Nanda coça a garganta.

— Ô, apaixonados! — ela nos interrompe novamente com graça. — Eu e o Bruno vamos pegar umas ondas agora, vocês querem vir com a gente?

— Eu passo.

Não explico a razão, mas a verdade é que meu tornozelo está péssimo e o incidente ainda está muito recente na minha memória para encarar o mar assim tão cedo.

– Cacete, Vanessa! – Bruno arregala os olhos assustado em minha direção. – O que aconteceu com o teu pé?!

Percebo tarde demais que a calça do meu pijama subiu, deixando à mostra a considerável luxação causada no acidente de ontem. Olhando bem, meu tornozelo parece agora com uma beterraba gigante. Nanda encara chocada o machucado e sei que vai puxar minha orelha logo, logo, porque seu rosto está ficando num tom assustadoramente vermelho.

– O quê? – Alex se empertiga para ver também e arfa em pânico quando consegue. – Vanessa! O que aconteceu contigo?!

– É que eu cai ontem. – explico metade da verdade, porque eu cai mesmo, mas foi no mar quase me afogando, detalhe que eles claramente não precisam saber. – E roubei uns analgésicos seus também, Nanda. Foi mal, prometo que reponho assim que for à cidade.

– Sua louca, eu lá ligo se pegou alguns analgésicos! Ainda bem que fez isso, porque isso aí deve estar doendo pra caramba! Devia ter me falado ontem, dá esse pé aqui, doida, me deixa ver o estrago!

Envergonhada, estico o pé para ela, que se senta ao meu lado e examina a lesão. Nanda é fisioterapeuta esportiva, ela já deve ter visto muitos tornozelos inchados como o meu.

– Olha, não parece que quebrou não... – ela avalia profissional. – Mas luxou bastante, você vai ter que ir ao posto para o médico tirar uma chapa para ter certeza. Mas, de antemão, é colocar bastante gelo e pode continuar tomando os meus analgésicos, não se preocupa não que eu tenho outro pote.

– Vamos, eu levo você até o posto. – Bruno oferece gentil já pegando a chave do carro.

Alex nem espera eu responder se sim ou se não e já me ergue no colo.

– Ei, não precisamos ir agora. Você ainda nem escovou os dentes! – protesto.

– Escovo lá. – ele responde, pegando escova e pasta em cima da mala e botando no bolso de trás de sua calça, facilmente me segurando com um só braço enquanto faz isso.

– É, Nessa! – Nanda ri, vindo atrás de mim com uma toalha cheia de pedras de gelo. – Já te carregando no colo no primeiro dia... Isso é que é príncipe encantado.

Apesar da dor eu sorrio.

Que conto de fadas mais doido esse o meu.

Depois de muitas broncas, Nanda e Bruno finalmente nos deixam no hospital e seguem para a praia conforme o plano anterior. Tive que insistir muito para que eles fossem, mas o fiz de bom grado, afinal não queria que perdessem o dia por minha causa. A mesma estratégia, porém, não funcionou em nada com Alex. O inglês não concordou em sair do meu lado de jeito nenhum, exceto para escovar os dentes.

E nunca o vi escovar os dentes tão rápido!

Após os exames, o médico conclui que dei sorte, Nanda foi precisa no diagnóstico, eu não quebrei nada, ainda bem. Em compensação, desloquei um pouco o osso e, por isso, foi preciso me sedar para que o médico pudesse recolocá-lo de volta no lugar.

— Ninguém merece ter que usar isso. — reclamo inconformada quando deixamos o posto três horas depois. Meu pé está todo enfaixado e uso uma botinha azul horrenda por cima.

— Sério que a botinha é sua maior preocupação? — Alex balança a cabeça incrédulo.

— E não deveria? — argumento andando estranho. — Olha só, pareço até um astronauta!

Ele ri.

— Eu só queria saber como é que foi que você se machucou tão feio assim.

— Acredite, você não quer. Vamos comer?

Alex me lança um último olhar de suspeita e, vendo que não vai conseguir tirar mais nada sobre o incidente de mim, concorda com um aceno.

— Vou chamar um carro para gente. E vê se sossega essa botinha aí enquanto isso, viu?

◁ ♡ ▷

Depois de almoçarmos, nós saímos do restaurante praiano e fazemos o caminho de volta para a casa. Insisto que quero ir andando para ver a cidade e Alex, à contragosto, aceita minha vontade. Como de costume, ele anda à minha direita, seu braço em torno da minha cintura sustentando meu peso com facilidade e me ajudando a caminhar.

Aproveito que o remédio que o médico me fez tomar anestesiou legal a minha dor e uso o momento para dar uma descontraída.

— Ei, eu quero esse lado! — provoco dando uma carreira inesperada e ultrapasso à frente de Alex toda desengonçada, correndo com a minha botinha feia.

— Ei, volta aqui, sua astronauta capenga!

Ele corre atrás de mim não sabendo se briga comigo ou se dá risada com a minha bobeira. Me alcança fácil, claro, e me pega por trás, me erguendo do chão com facilidade. Sacudo os pés no ar como se ainda corresse.

— Mulher, você é louca. — ele ri, me colocando de volta à sua esquerda e me beijando no topo da cabeça. — Seu pé ainda não está bom para você correr assim, sabia?

— Sou teimosa. — faço graça e dou de ombros. — E estou colocando à prova esse seu hábito aí de querer andar sempre do mesmo lado. Isso parece suspeito, inglês, estou muito curiosa em saber o porquê disso.

— Se é para você sossegar o facho, eu te conto o porquê, mas é meio bobo, na verdade. — ele concorda embaraçado e revela o mistério. — É que o meu pai costumava dizer que um homem sempre deve ficar à direita da sua dama, porque é na esquerda que guardamos o nosso coração. — um sorriso se forma espontâneo nos meus lábios e é tão bonitinho que quero beijá-lo. — Mas, considerando que você é uma garota moderna, acho que podemos ficar no meio termo, se quiser...

— Não... — mudo rápido de ideia. — deixa assim mesmo. Eu tô de boa com essa tradição.

Alex sorri para mim e sorrio de volta. Atos simples, mas com tanto significado. Mas então, com pavor, meu sorriso cai, meu corpo todo assumindo uma postura tensa. Defensiva.

À minha frente, vejo Victor se aproximar. Para minha surpresa, Mônica está com ele, toda emperiquitada, de salto alto, vestido colado, chapéu e óculos escuros enormes, parecendo mais um acessório do que uma namorada. Eu não acredito que ela ainda está com esse canalha depois do descaso com que ele a tratou no bar ontem à noite.

— Olha só quem eu encontrei por aqui! — ele exclama com um sorriso falso, parando à nossa frente. Noto de imediato a raiva incrustada em seus olhos.

— Victor, não começa. — tento aplacar sua raiva e entro na frente de Alex, mais para impedir uma briga do que qualquer outra coisa. — Ontem já foi o suficiente. Me deixa em paz, tá? Eu só quero seguir em frente.

— Então que seja feita a sua vontade. — cínico, ele levanta as mãos como quem concorda e dá passagem. — Você pode continuar seu caminho.

Olho com ressalva. Por algum motivo, eu não acredito nele, mas, como não tenho muita opção, apenas rezo para que não seja uma armadinha. Como se também desconfiasse disso, Alex encara Victor com advertência antes de se virar de costa para prosseguir.

— Vamos, Alex. — eu o puxo comigo nervosa.

E então vem o golpe.

— Ô, gringo! — covarde como é, Victor empurra Alex pelas costas, o derrubando com tudo no chão. Alex me solta a tempo para não me levar consigo e, nisso, não se protege na queda, batendo a testa feio no chão. – Eu disse ela, você fica! Nós dois temos uma coisa para resolver, otário. Vamos decidir aqui e agora de quem ela é!

Victor o olha de cima inflado, meu coração bate agitado contra as costelas. Merda, por que saímos sem o Bruno e a Nanda logo hoje? Alex enxuga o sangue que escorre do corte aberto em sua têmpora e imagino que agora ferrou de vez quando vejo seu olhar focado, perigoso. Victor com certeza arranjou briga com a pessoa errada.

– Victor, para! – Mônica grita nervosa já antevendo o perigo. – Vamos embora daqui, deixa essa ralé para lá!

– Alex, vamos... – tento por minha vez dissuadir meu acompanhante de querer revidar. – Não vale à pena brigar com ele.

– Fica tranquila, eu não vou brigar. – Alex diz se recompondo e sinto um alívio imenso ao saber disso.

– O que você disse?! – Victor questiona indignado ao ouvir essas palavras. Seu queixo crispado, o maxilar tenso, agressivo. Ele quer briga, quer sangue.

– Você ouviu direito. Eu não vou brigar por ela. – Alex repete agora calmo, recuperado o controle. – A Vanessa é uma garota incrível e eu sei que você está desesperado porque foi um idiota e a perdeu, eu também ficaria. Mas brigar com você não faz nenhum sentido. Eu me recuso a fazer isso.

– Covarde! – Victor acusa com agressividade, o dedo em riste apontado para Alex. – Você está é com medo de levar porrada! Sabe que vou te quebrar todo!

Alex se levanta do chão, se recompondo com dignidade.

– Não, não vai. E não é medo, é só neandertal demais. Em que século você acha que estamos, cara? Lutar por ela? – ele dá ênfase a essas palavras e percebo quão ridículas elas são. – Vanessa não é um objeto inanimado que a gente resolve com quem fica com uma briga. Não é assim que funciona! No final das contas, você tem que ser o cara que ela quer. E essa escolha não está em nossas mãos, não é você ou sou eu quem decide, você já deveria saber disso. É ela. Apenas ela.

Eu sorrio entendendo seu ponto: Alex me considera. Ao contrário do ser machista Victor que quer tanto ser meu dono, Alex quer que eu esteja com ele por minha livre e espontânea vontade, como deveria ser. É minha decisão, sempre foi.

E eu faço boas decisões agora.

– Mas assim deixo claro para ela que eu sou melhor que você, otário! – Victor rebate infantil. – Eu tenho tudo! Eu sou o melhor que uma mulher pode ter!

– Você é sim, Victor! – Mônica argumenta visivelmente tensa com o desenrolar da situação tentando puxá-lo para longe. – Agora vamos, deixa isso para lá!

– Cala a boca, porra! – ele grita grosseiro com ela, puxando o braço do seu enlace.

Mônica se afasta assustada.

— Não fala assim com ela. — Alex intervém, sua postura calma agora começando a ser abalada.

— Quem é você para me dizer como eu devo ou não falar com a minha namorada?

— Só estou dizendo, não fale com ela desse jeito. Não vou tolerar esse tipo de coisa.

— Eu tô pouco me ferrando para o que você acha! — Victor vocifera, querendo briga. Os olhos intensos, selvagens. Eu ainda tenho medo desses olhos, meu corpo todo alerta do perigo.

— Vamos, Alex. — aflita, eu o puxo, prevendo o pior. — Vamos logo embora daqui.

Alex me olha com preocupação e, aliviando a raiva que sente, aceita o meu pedido. Eu me preparo para sair dali com ele o mais depressa que posso, quando Victor me segura, impedindo que eu siga adiante.

— Ei! — gemo sentindo a força com que meu braço é puxado para trás.

— Você fica! — ele ordena possessivo.

A expressão de Alex nesse momento fica tensa, exatamente como vi antes no bar.

— Sério. — ele diz em um tom sinistro de advertência. — A menos que ela queira, você não encosta nela.

— Ah, agora resolveu ser machinho! — Victor zomba me puxando mais para perto de si. — Vamos, Vanessa! Diz para ele que temos que conversar só nós dois, conta para ele que você gosta quando te pego assim com força. Que tem saudade de ser só minha!

— Me solta, Victor! — me debato inutilmente e, em desespero, sinto o cheiro de álcool vindo dele. — Você está bêbado!

— Ela disse para soltar. — Alex alerta perigoso. Eu nunca vi um olhar tão assassino nele. É de arrepiar o corpo inteiro.

— Ela não sabe o que quer... — Victor provoca ignorando minha tentativa aflita de me livrar dele. — e você não manda em m...

Dessa vez ele não consegue sequer terminar a frase. Em um piscar de olhos, Alex vai para cima dele e, numa luta fácil, o nocauteia com um soco certeiro, levando-o desacordado ao chão. Nesse momento, o inglês não tem nenhum receio no olhar. Tem apenas fúria.

Eu nunca pensei que pudesse vê-lo tão transtornado assim.

— Victor! — Mônica reage, se aproximando chorosa do namorado caído. — Sua idiota, olha só o que você fez! — ela se abaixa aflita para acudi-lo e, nesse ímpeto, sobe os enormes óculos de sol à testa para poder vê-lo melhor. — Victor, meu amor? Responde!

Em solidariedade a ela, toco o braço de Alex com carinho e me abaixo, para prestar auxílio. O traste não merece esse tipo de consideração depois de tudo o que fez, eu sei, mas não posso abandonar essa garota sozinha aqui com um homem caído na rua.

– Deixa eu te ajudar...

– Eu não quero sua ajuda! – ela vocifera agressiva, afastando minha mão e me olha com ódio mortal. Um ódio que chega a ser cortante.

É só então, quando olho para o seu rosto atentamente, que vejo.

Estampada vívida em seu olho direito, além das olheiras de noites mal dormidas características de uma workaholic, lá está ela. Uma enorme mancha azulada circunscrita em toda a sua pálpebra. Seu olho está inchado e cheio de derrames, tingido de um tom de vermelho vivo. O tom de sangue.

Isso é sangue.

– O que ele te fez? – pergunto com um fio de voz, tocada pela brutalidade da agressão gravada em sua face.

Na defensiva, Mônica abaixa rápido os óculos para cobrir os vestígios do soco no olho que com certeza levou do namorado covarde. Eu sinto ainda mais nojo desse homem.

– Victor não me fez nada, foi você quem fez! – ela berra para mim histérica. – Você estragou o nosso final de semana perfeito, sua vaca invejosa de merda! Você tinha que aparecer aqui para ferrar com tudo!

Fico em choque, simplesmente não tenho palavras para isso.

Mônica é mesmo tão incapaz de ver a realidade das coisas?

É sim, penso bem. Mergulhada de cabeça num trabalho que a suga, com inveja e raiva de todos que têm algo a mais que ela, metida numa relação abusiva com um cara que só é perfeito para os outros e sem qualquer vestígio de amor próprio para se valorizar. Essa garota é triste, vive em negação da sua própria miséria. Vestida numa fantasia de pessoa feliz e bem-sucedida, mas levando uma vida altamente destrutiva, afastando de perto quem quer que tente lhe ajudar.

Ela não quer ajuda, ela acha que merece isso.

Pior, ela acha que isso é bom.

Um arrepio gelado percorre por toda a espinha quando finalmente entendo, Mônica é o reflexo exato de quem eu seria se não tivesse me mudado a tempo. Eu poderia ser essa garota, percebo consternada. De repente, me sinto doente, olho para essa mulher que para o mundo tem tudo, mas que, na verdade, está apenas vazia. Um retrato de uma mentira. Vendendo um sol, mas vivendo como uma sombra. Eu já fui uma sombra.

Eu poderia estar no escuro agora.

– Você tem que denunciá-lo...

– Cala a boca! – ela grita ainda mais alto, me cortando furiosa. - Cala a boca, vaca, senão eu chamo a polícia! Você e esse vândalo idiota vieram nos provocar, vocês deviam ser presos! Eu te odeio! Te odeio!

Eu a olho abismada demais por sua incoerência, enquanto ela rosna feroz em minha direção. Nesse momento, minha ex-colega de empresa nem se parece com gente, parece um animal acuado, posando de agressiva porque está apavorada demais com sua frágil e feia realidade sendo exposta. Não a glamourosa e montada que está acostumada a exibir nas redes sociais e que conta todo o dia para si mesma, mas aquela que não fica bonita na foto, aquela que ninguém se preocupa em mostrar.

Aquela que a gente vive, todo o dia, em segredo.

– Ser chamada de vaca não me ofende mais, Mônica, pelo contrário. – respondo calma, me lembrando de Ravi e sua bela perspectiva sobre esse nobre animal. – Mas se você quiser ajuda, pode contar comigo. Você não precisa dele, não precisa mesmo.

– Você não sabe do que eu preciso! – ela grita para mim com ódio. – Você não sabe de nada, sua fracassada!

Tem tanta raiva emanando dela nesse momento que chega a pesar o ar, carregando-o de uma energia ruim. Tornando o ambiente nocivo, insuportável.

Tóxico.

– É verdade, eu não sei de tudo. – confesso diante dela, com toda humildade do mundo. – Mas de uma coisa eu sei, posso lhe dizer por experiência própria, Mônica. Se amar é a coisa mais importante que você pode fazer por si mesma. Ninguém pode fazer isso por você, está nas suas mãos. – eu, então, me levanto sob o seu olhar desconfiado e concluo sem hesitação o que quero dizer. – Um cara não pode ser perfeito se te faz mal. Quem te ama não te machuca, sabe? Isso é uma desculpa que a gente se dá para negar a verdade que está bem diante dos nossos olhos.

Ou até estampada neles, penso encarando as bordas do hematoma brutal em seu rosto e sentindo um arrepio gelado me atingir o pescoço. Victor também já tinha me deixado marcas; foi por pouco, me lembro agora, por muito pouco mesmo, que essas não estiveram desfigurando minha face também. Eu saí a tempo dessa enrascada.

Tive sorte de ter quem me abrisse os olhos.

Ela não.

Pelo menos não até agora.

Atônita, Mônica não rebate o que falei, nem aceita tampouco, apenas larga a cabeça de Victor no colo e encara com o olhar vazio o chão à sua frente. Talvez ela tenha percebido o problema, talvez não, não dá para saber. Como eu disse, só ela mesma pode se tirar dessa situação e eu espero mesmo que ela saia enquanto pode, enquanto as feridas ainda são tratáveis.

Aceno respeitosamente, desejando-lhe sorte, antes de me retirar e seguir adiante com Alex, que me aguarda com expectativa há poucos passos de distância.

– Você está bem? – ele me pergunta preocupado, passando o braço pelas minhas costas enquanto nos afastamos dali.

Penso sobre isso, um turbilhão de emoções e pensamentos confusos vindo à tona, me atordoando.

– Eu estou. – respondo sentindo um súbito e gigantesco alívio no peito ao perceber isso. Não só por conta da briga, mas por todo o resto, por tudo aquilo de que me livrei e que podia estar acontecendo comigo agora mesmo. Eu me sinto grata mais uma vez à vida. – Eu estou sim, graças a Deus, Alex. Eu acho que fiz as escolhas certas no final das contas. Eu me escolhi, me dei o devido valor.

– Sim, – ele pega minha mão orgulhoso. – você fez isso. E você vale muito, Vanessa. Vale o meu mundo. E, aproveitando o momento, quero te pedir desculpas por ter visto o que viu. – ele complementa embaraçado e com culpa. – Eu realmente falei sério quando te disse que mudei, eu não gosto mais de brigar, não quero que pense que sou assim. Eu não sou, não mais. Juro.

Olho para ele confusa e, só então, percebo que está profundamente envergonhado.

– Você não estava brigando por gosto Alex. – o acalmo, tocando em seu rosto machucado com carinho. – Você estava me defendendo quando eu mesma não pude fazê-lo. E isso, Alex, não é errado, nem feio. Isso... – envolvo meus braços em torno do pescoço dele. – isso é corajoso e te veste perfeitamente.

Ele sorri encabulado e, com facilidade, me ergue para me beijar. Seus braços fortes na minha cintura fazem meus pés flutuarem sobre o chão. Eu o beijo de volta, apaixonada, feliz, plena. Alex, tão satisfeito quanto eu, me gira contente no ar, nossos corpos juntos rodopiando pela calçada, minha botinha ridícula levantada no ar como uma bandeira.

E me lembro.

Os calçados certos são os mais poderosos.

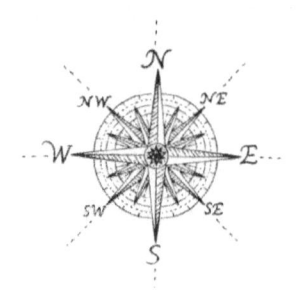

UMA CANÇÃO INESQUECÍVEL

No dia seguinte, sei que é chegada a hora da nossa despedida de Arraial do Cabo. Apesar de todos os acontecimentos intensos que ocorreram nesta cidade, sinto certa melancolia em deixá-la, eu estava realmente gostando dessa troca de ares. Tanta coisa mudou nos últimos três dias que tenho certeza que já não sou a mesma garota que chegou aqui.

Estou mais sábia, mais segura e, o mais emocionante, estou amando.

– Vamos dar um pulinho na praia antes de irmos. – Nanda avisa logo pela manhã, passando pela sala e me flagrando de namoro com Alex no sofá.

É incrível como manhãs e Alex combinam perfeitamente, melhor até do que com café.

– Nós já vamos. – comunico embaraçada, me ajeitando no sofá. – Eu só vou... arrumar a mala...

– Sei... – Bruno brinca dando um sorriso safado e uma piscadela. – Vanessa, nem tenta disfarçar. Sabemos que vocês vão ficar se pegando. Tá tranquilo, dou a maior força!

– Valeu aí pela discrição, Bruno. Vou virar um avestruz e enfiar minha cabeça num buraco e já volto, tá? – rio morrendo de vergonha.

– Não sei se o cara aí vai concordar em perder mais todo esse tempo, não. – ele contrapõe espirituoso. – O inglês é amarradão na sua, sabia?

Lembro que Bruno e Alex conversaram bastante naquele dia. Foi isso que Alex contou para ele? Que era amarradão em mim?

– O que ele disse? – Alex pergunta curioso porque nós conversamos em português.

– Que você me ama. – eu conto bancando a convencida.

– Verdade. – ele sorri apertando os olhos e me beija a linha da mandíbula. – Eu amo mesmo.

– Opa, opa, estamos indo. – Nanda declara abrindo a porta e saindo com Bruno para nos dar mais privacidade. – Juízo os dois! Ou não. – acrescenta marota arrancando risadas.

– Ou não? – Alex pergunta divertido quando ela fecha a porta.

– Mas é claro que não! – concordo, voltando a beijá-lo e caindo no sofá.

Sem a menor chance de termos juízo agora.

Mais ou menos uma hora da tarde, nós saímos da Região dos Lagos de volta ao Rio. Nanda planejara ficar apenas o final de semana, pois seguiria com Bruno hoje para Curitiba para apresentá-lo aos seus pais no feriado de Tiradentes.

Bruno, sempre tão calmo, está nitidamente em pânico agora com a perspectiva de encontrar os futuros sogros, como se houvesse a possibilidade dos pais de Nanda não o aprovarem. Bruno é sem sombra de dúvidas o cara certo para ela.

Sem trânsito na estrada, chegamos ao Rio bem mais cedo do que esperávamos e penso logo em surpreender dona Josefa com a boa notícia. A minha vizinha favorita vai ficar completamente enlouquecida quando eu contar que eu e Alex finalmente nos acertamos. Imagine só a cara dela quando me ver chegar de mãos dadas com o garoto bonito?

Vai ser festa à moda nordestina, com direito a rala-bucho até o sol raiar!

Ainda me divirto com o pensamento quando Bruno estaciona em frente ao meu prédio, anunciando a nossa chegada. Eu e Alex descemos do carro, nos despedimos de nossos amigos e desejamos boa sorte a eles em sua empreitada. Tenho certeza de que sequer precisam disso.

Eles têm amor e não tem sorte maior que essa na vida.

Em seguida, nós entramos na portaria do meu prédio, carregando cansados nossas mochilas nos ombros, quando cruzo com Marcos, o corretor que mostrou meu apartamento, saindo do elevador todo atribulado.

– Oi, Vanessa! – ele me cumprimenta simpático ao me reconhecer.

– Oi, Marcos! Tudo bem contigo?

– Ah, tudo! Vim mostrar um apartamento aqui. – ele se justifica exibindo um molho de chaves. – E soube da notícia. É uma pena mesmo o que aconteceu com a dona Josefa.

Meu corpo todo enrijece.

– O que foi que aconteceu com a dona Josefa?! – pergunto atônita, os músculos do meu rosto tensos, mais duros do que jamais foram.

Marcos claramente não esperava por esse tipo de reação da minha parte, porque de repente fica desconcertado em me dar a reposta. Seu nervosismo me deixa ainda mais aflita. "Por favor Deus", eu imploro na minha cabeça, "que não tenha acontecido o pior."

– Err... Você não sabe? – ele quica de um lado para o outro inquieto. – Ela sofreu um infarto hoje, levaram ela para o hospital...

– Ela está viva? – vou direto ao ponto. Não posso lidar com essa dúvida por nem mais um segundo.

— Está, mas...

— Em que hospital? — eu o corto ansiosa, pois preciso estar lá com ela imediatamente. Dona Josefa não pode passar por isso sozinha.

— No ali da orla, foi o que me disseram. — ele responde sem ter muita certeza, mas emenda de um jeito pessimista. — Mas acho que nem vale a pena você ir, disseram que ela saiu daqui tão mal que à essa hora...

Ele para o quer que tenha pensado em falar sob o peso massivo do meu olhar. Ele é mais intenso e severo do que jamais fora.

— Sempre vale a pena. — eu rebato, as palavras saem cortantes como navalhas, pois conheço a verdade contida nelas de perto. — Nunca, nem por um segundo, ache o contrário.

Ele silencia envergonhado, concordando com o argumento e sigo às pressas até a garagem. Respiro aliviada ao ver que minha mãe já devolveu o meu carro. A sorte está ao meu favor, pelo menos.

— O que houve? — Alex pergunta apreensivo, me acompanhando a passos largos.

— Dona Josefa teve um infarto.

Meu estômago revira ao falar isso em voz alta. É como se o pesadelo se tornasse ainda mais real.

— Caramba! — ele abre a porta do carona e joga sua mochila lá dentro, entrando. — Vamos então. Rápido!

Com ele ao meu lado, dirijo no limite da velocidade até o hospital que Marcos mencionou. Chegando ao local, me encaminho nervosa e trêmula até a recepção e pergunto se posso vê-la. Sou informada pela atendente que dona Josefa está na UTI, mas que está acordada e consciente, podendo receber visitas. Respiro aliviada e lágrimas me vêm quentes aos olhos.

Graças a Deus eu cheguei a tempo.

Meu corpo quer desabar sob o estresse, mas não posso ainda me permitir isso. Vencendo minha fraqueza, acelero.

Preciso vê-la.

Quando entramos no leito indicado, percebo com o coração apertado o quanto minha velha amiga, sempre tão altiva e falante, parece frágil e pequena agora. Cheia de tubos e aparelhos amontoados ao seu redor, ela tem um semblante abatido.

Eu nunca vi dona Josefa parecer assim tão cansada.

— Dona Josefa. — me ajoelho ao seu lado na cama, segurando sua mãozinha calejada. Ela está assustadoramente fria. — Sou eu, Vanessa. — digo da forma mais acolhedora que posso e sinto meus olhos marejarem. — Eu vim, eu estou aqui, tá?

Ela não responde. Meu peito sufoca com medo de que não me ouça mais. Preciso que ela escute, preciso que saiba que não está sozinha aqui. Que não está mais sozinha no mundo.

Para o meu imenso alívio e alegria, em câmera lenta, dona Josefa abre os olhos. Extremamente devagar, como se essa tarefa simples representasse um esforço descomunal agora. Isso me comove, porque mesmo sendo difícil, ela o faz. Claro que o faz, ela é dona Josefa.

A vizinha mais forte e incrível que alguém pode ter.

— Menina, Vanessa... — ela sussurra feliz ao me ver e, então olha para o meu lado surpresa. — Garoto bonito...

— Sim, somos nós. — eu balanço a cabeça enfática, muito contente dela conseguir nos reconhecer nesse estado, pois percebo que o excesso de medicação a deixou meio grogue. — Nós viemos ficar com você.

Ela sorri emocionada, os lábios trêmulos. Lágrimas vertem de seus olhos pequenos como rios.

— Agradecida. — ela diz num fio de voz, querendo levantar a mão para tocar meu rosto.

— Shh, tá tudo bem. — tento evitar que ela faça qualquer esforço. — Não tem o que agradecer. Somos amigas, esqueceu? É para isso que amigas servem.

Ela nota a mão de Alex no meu ombro, me amparando.

— Vocês dois... tão enrabichados, é? — pergunta com dificuldade, tentando reencontrar aos poucos a própria voz.

Eu confirmo com um aceno de cabeça e um sorriso nasce em seu rosto, como se a notícia lhe trouxesse um novo ânimo. Safada, ela pisca marota para Alex, levantando com dificuldade o polegar da mão cheia de tubos para ele. Não tem como não rir, até nessas horas dona Josefa é extraordinariamente extraordinária.

A porta do quarto se abre e uma enfermeira entra para verificar o monitor.

— E aí, dona Josefa, como estamos?

— Agora eu já posso ir desapertada, doutora. — ela comunica com a fala arrastada. — A menina de quem te falei já desencalhou.

Eu arfo surpresa pela audácia e pela repentina verborragia dela, e até a enfermeira tem que segurar o riso. Balanço a cabeça, só dona Josefa mesmo para falar pérolas assim, à beira da morte.

— Você quer que eu ligue para alguém para avisar que a senhora está aqui? — pergunto fazendo carinho em sua mão.

— Eu já liguei para o filho dela. — a enfermeira informa após trocar o remédio, se voltando para mim. — Ele disse que está muito ocupado no trabalho, mas que vai ligar mais tarde para ver como as coisas estão.

A cara dela é significativa. Mais tarde nesse caso é um conceito incerto. Eu não me aguento e levanto cheia de atitude, disposta a arrastar o meliante pela orelha até o hospital, se for necessário. — Ah, mas eu vou buscar esse desnaturado é agora!

É dona Josefa quem toca meu antebraço, me impedindo.

– Por favor, menina. Fica aqui um cadinho mais.

Ao som de pedido tão frágil, me desarmo.

Me sento novamente.

– É claro que fico, minha linda, ficarei todo o tempo do mundo. Só trate de melhorar, tá? Me prometa que vai ficar bem logo.

Ela me olha, um misto de carinho e tristeza inundando seus olhos. Carinho de quem gosta de mim demais para me dar a notícia. Tristeza de quem não pode fazer tal promessa.

Uma pontada dolorosa me atinge com o entendimento.

Essa é uma vitória que dona Josefa não pode prometer.

– Desculpa, eu... – ela tenta se justificar com remorso, mas não é preciso. Eu sei o que quer contar. Tem certas coisas que não precisam ser ditas em voz alta.

– Shhh, – contenho as lágrimas que passam a borrar minha visão para que não se preocupe comigo e, sim, consigo mesma. – Está tudo bem. Apenas segure minha mão e deixa eu cuidar de você, tá bom assim?

Com um tímido movimento de cabeça ela concorda e, com isso, me sento ao seu lado na cama. A simpática enfermeira deixa o quarto e ficamos os três, eu, Alex e uma pequenina e debilitada dona Josefa, no claustrofóbico recinto da UTI, o som dos aparelhos causando aflição pelo lembrete claro de sua condição. Afagando seus cabelos ralos com doçura, eu começo a cantarolar com a voz trêmula e imperfeita a música que minha vizinha tanto ama ouvir na vitrola nas tardes de sábado. Dindi, de Tom Jobim.

Ao reconhecer os primeiros versos, ela sorri emocionada.

– Que bom que antecipamos nosso passeio... – ela relembra com alegria, a voz já embargada. O remédio que a enfermeira colocou começando a fazer efeito nela.

Concordo com um aceno.

Se tivéssemos deixado para hoje, como de costume, não haveria mais passeio. Depois é um conceito incerto, relembro a mim mesma com uma pontada de dor no peito de quem não pode mudar a realidade.

– Ah, que saudade do meu marido! – exclama nostálgica, seus olhinhos agora anuviados.

Essa música, ela me contou durante nosso jantar de semana passada, tocava bastante na rádio na década de oitenta e seu marido adorava cantar para ela, porque sempre a chamou carinhosamente de "minha Dindi", uma diminuição de seu segundo nome, Diná.

Parecendo contente com essa atenção especial, minha querida vizinha vai fechando os olhos cansada e eu continuo cantando doce para ela, sem me deixar abalar, grata por Alex estar ali comigo, me dando apoio nesse momento difícil. E, então, o aparelho que a monitora dá um bip agudo e, com o coração aflito, eu sinto na hora que algo está acontecendo, meus instintos se alarmam com o prelúdio, mas eu não paro de cantar. Nem por um segundo solto sua mão. Dona Josefa não está mais sozinha nessa vida. Enquanto ela durar, estarei bem aqui ao seu lado. Como uma verdadeira amiga faria.

Eu sou sua amiga e ela é minha. Estamos juntas nessa para o que der e vier.

Em instantes, a equipe médica adentra o leito agitada e nos afastam dali com determinação, tentando agir depressa para reanimar a paciente já sem pulsação. Mas não há mais nada o que se possa fazer, eu sei.

Dona Josefa foi embora, o rosto plácido exibindo o sorriso mais sereno que já vi até hoje. Soluço desolada, contorcendo meu corpo. Essa fora a despedida de minha adorável e inesquecível vizinha.

Que saudade imensa essa mulher vai deixar no mundo.

A funerária cuida de todos os trâmites com agilidade. O velório e o enterro são marcados e Alex e eu saímos do hospital direto rumo à capela onde o corpo de dona Josefa vai ser velado. Quando chegamos ao local, fico emocionada ao ver que vários dos condôminos responderam ao chamado mesmo no feriado e estão ali presentes para prestar essa última homenagem à nossa saudosa e carismática vizinha. Eles trazem flores, me comovo ao notar.

Dona Josefa tocou o coração de muita gente nessa longa estrada que percorreu até aqui.

O padre faz uma bonita oração e toco pela última vez a mãozinha da minha amiga que repousa serena no caixão. Depois, circulo um pouco para tomar um ar e converso com alguns conhecidos, como Alcides e seu namorado, que me contam ótimas histórias sobre a nossa vizinha. Relembro da intenção de dona Josefa em nos unir à princípio e sorrio.

Nós duas passamos por tanta coisa juntas.

Transcorridos quase trinta minutos de despedidas individuais, o cerimonialista se aproxima de mim meio impaciente.

– Ei, com licença.

– Pois não?

– Não chegou nenhum familiar da falecida e temos só mais cinco minutos na capela. Alguém quer dizer algumas palavras ou já podemos fechar o caixão para começar o enterro?

Eu olho para Alex, que está ao meu lado me dando total apoio. Sei que não sou uma parente de sangue, mas Dona Josefa merece que digam coisas boas sobre ela em sua despedida. Ela merece uma homenagem à altura.

– Eu quero sim. Alex?

Com carinho, solto a mão dele e me posiciono ao lado do caixão, me dirigindo a todos os presentes, mas principalmente à ela. Porque eu sei que, onde quer que esteja, minha adorável vizinha me escuta com atenção agora.

Respiro fundo e, mais uma vez na vida, deixo o meu coração falar por mim.

– Primeiro, gostaria de agradecer a todos pela presença, sei que ela deve apreciar muito esse carinho, onde quer que esteja. Eu conheci a dona Josefa logo quando me mudei para o nosso prédio. – conto com timidez. – Ela bateu à minha porta e, obstinada, me arrastou até o seu apartamento para um almoço. Eu estava no meio de uma mudança, mas não teve jeito, vocês sabem bem. Se dona Josefa encasquetasse com alguma coisa, não adiantava discutir com ela. Eu fui e, graças a Deus, desde esse dia, ela não parou mais de encasquetar comigo."

"Hoje eu tenho um imenso orgulho em poder dizer que descobri uma verdadeira amiga na porta ao lado. Porque geralmente é assim na vida, as coisas mais importantes estão bem na nossa cara, justo ao nosso alcance. Basta a gente abrir a porta que encontra, parada ali, com os bracinhos estendidos, chamando para fora. Assim como ela fez comigo. Ela me tirou do casulo."

"Confesso que dói muito saber que o apartamento ao lado a partir de agora vai estar vazio. Que ninguém vai tocar minha campainha vestida de maiô de bolinhas e óculos de gatinha às sete horas da manhã de um dia que tem tudo para ser ruim, mas que acaba não sendo. Que não vou encontrar minha vizinha favorita voltando de suas tradicionais reboladas do mato sempre com uma tirada divertida para me surpreender, nem ser chamada para merendar um manguzá que ela preparou com tanto carinho pra nós duas no seu cafofo."

"Mas aí eu me lembro: Eu tive tudo isso. E sorrio. Percebo que Deus não me tirou alguém, na verdade ele me deu. Gratidão significa exatamente saber essa diferença. Do instante em que apareceu na minha porta ao que soltei sua mãozinha frágil naquele hospital, Deus me agraciou com a companhia de uma pessoa fantástica, que podia nunca ter cruzado meu caminho, mas que cruzou e andou ao meu lado enquanto pôde. Tem uma mágica nisso, percebem? Existem bilhões de chances de não encontrarmos alguém nessa vida, mas encontramos. O acaso é uma loteria e somos sorteados nela muito mais vezes do que temos ciência. Que sorte temos de conhecermos essas pessoas que nos fazem sentir sua falta tanto assim, porque só sentimos saudade daquilo que é bom, daqueles que nos marcam com boas lembranças. E dona Josefa, sem dúvidas, é alguém que vai deixar muitas lembranças. Ah, se vai. Eu nunca, nunca mesmo, vou me esquecer dela, porque uma parte dessa pessoa incrível hoje mora em mim."

Minha voz vacila. Meu coração sufoca atingido com sua lembrança ainda tão vívida. Recente demais, cálida demais. Me concentro com muito esforço e luto para engolir o choro, a ameaça de lágrimas que querem extravasar dos meus olhos, sufocar minha voz. Meu queixo treme nervoso, mas o contenho, eu devo prosseguir, eu quero prosseguir.

Eu preciso concluir isso *por ela*.

— Perdê-la me machuca muito, não vou mentir, mas eu não quero desabar, pelo menos não agora. Esse é o momento de prestar uma bonita homenagem e sei que, se minha vizinha me visse me debulhando em lágrimas aqui, com certeza iria botar as mãos nas cadeiras, me olhar altiva e dizer para parar de chorar a morte da bezerra, pegar a peixeira e ir à luta."

Todos caem na risada, me dando forças para prosseguir com isso.

— Há algum tempo, um amigo me ensinou a todo dia listar pelo menos dez coisas pelas quais sou grata, isso nos ensina a reconhecer as bênçãos que a vida nos dá, nos tornando menos mal-agradecidos. Assim, hoje, é com muita satisfação que eu agradeço a dona Josefa por ter batido na minha porta aquele dia. Também por ter me livrado de um mico gigante quando praticamente incinerei o peru no Natal. Por me fazer rever meus hábitos de consumo, porque quem aqui nunca teve a orelha puxada por ela quando comprou demais? — as risadas irrompem no salão de novo, alegrando meu coração. — Por me ensinar a cozinhar e a descascar uma cebola sem chorar. Por me fazer começar a prestar atenção nas necessidades dos outros e não somente nas minhas. Por me apresentar à milhares de expressões nordestinas maravilhosas. Por ter me dado coragem para sair de um relacionamento abusivo. Por acreditar em mim quando me faltou fé para isso, ter me incentivado a fazer coisas novas das quais tinha vergonha e me inspirar a ir atrás de um grande amor que, quem diria, encontrei."

Olho para Alex que me sorri de volta.

— A verdade é que todos nós aqui temos muito a agradecer por essa senhora excepcional ter cruzado o nosso caminho. Pouco a pouco, a pessoa que entregava nossas encomendas se tornou mais importante que isso. Passamos a ter carinho por ela, a nos preocupar com ela, a amá-la. Como uma verdadeira família. Hoje, sei que perdemos uma vizinha exemplar aqui na Terra, mas um anjo arretado ganha suas asas no céu. E que anjo mais lindo vai nos guardar lá de cima agora.

Com a emoção à flor da pele e trêmula, finalizo o discurso. Percebo com alegria que não sou a única quem tem lágrimas nos olhos, todos nós compartilhamos juntos a mesma perda, a mesma saudade. Até Alex, que não sabe exatamente o que eu disse, sente.

Essa é a maior prova de como Dona Josefa se fez especial. Ela habitou corações.

Vários.

Os cerimonialistas fecham o caixão e, só então, noto o último convidado que chega ofegante ao local. Atrasado, suado, descompensado. Um homem gordinho de uns sessenta anos, de terno e gravata apertada, o rosto vermelho, inchado. Ele parece completamente aturdido ao olhar ao redor, visivelmente surpreso por tantas pessoas estarem ali.

Esse, concluo desapontada, é o filho ausente de dona Josefa.

Nem para o velório da própria mãe ele conseguira chegar a tempo.

— Aqui é o velório de Josefa Diná do Carmo? — ele pergunta confuso quando me afasto do caixão.

— Isso mesmo.

— E eu te conheço? — me olha com desconfiança. — Não conheço nenhuma das pessoas que estão aqui, para falar a verdade.

— Não, você não me conhece. Mas eu conheci sua mãe, todos nós aqui conhecemos. — respondo refreando minha vontade de lhe dar um baita sermão. — Éramos vizinhas. E amigas. — completo com orgulho. — Nós duas éramos grandes amigas.

Ele me olha de cima a baixo, parecendo cético com essa informação. Posso ler exatamente o que se passa em sua mente. Pensa: "O que essa garota e minha mãe poderiam ter a ver uma com a outra?".

Mal sabe ele que a resposta poderia surpreendê-lo ainda mais.

— Sua mãe era alguém muito gentil, sabe? — eu continuo incapaz de me conter. — Ela era uma pessoa maravilhosa.

— Ela... — ele balbucia em um conflito de emoções pungentes. — ela era, não?

— Sim, era. E sempre falava de você com carinho. — conto e lágrimas rolam por seu rosto em choque com essa revelação. — Ela não guardou nenhuma mágoa, acho que gostaria que você soubesse disso.

Eu faço um aceno sutil com a cabeça, pegando a mão de Alex, e vou embora. O homem fica ali, desnorteado, vendo o caixão ser levado, mas sem conseguir se aproximar dele. Sem coragem de participar, sem coragem de admitir. Ele está em negação.

É difícil mesmo aceitar que fazemos as escolhas erradas, mas fazemos.

O difícil é lidar com elas depois.

◁——— ♡ ———▷

Quando chegamos em casa, eu e Alex estamos fatigados. Esse foi um dia totalmente louco, intenso e imprevisível. A morte tem mesmo disso, não costuma deixar recado, simplesmente acontece. Doa a quem doer.

Doa o quanto doer.

Depois de tomar um banho e jantar, me deito no sofá aberto com Alex e coloco os fones no ouvido, buscando ouvir um pouco de música para relaxar. Perdi hoje uma grande amiga e isso é difícil de muitas maneiras.

— Posso ver seu playlist? — Alex pede curioso ao meu lado e lhe entrego meu celular sem problemas.

Ele confere a minha pasta de músicas impressionado.

— Tem muita coisa aqui que eu nunca ouvi falar. – e então indica os fones. – Posso?

— Claro. – entrego um deles a ele, que faz uma cara surpresa quando o coloca no ouvido e escuta o que ouço.

— A música de dona Josefa? – ele pergunta recordando da melodia que cantei no hospital.

— É. – confirmo saudosa, meu coração comprimido. – Era a preferida dela.

— É linda. Você tem uma coletânea bem intrigante aqui, sabe.

— Eu sei. – confesso orgulhosa. – Eu pedi a todo mundo que conheço que me falasse sobre suas músicas preferidas e fui adicionando cada uma delas aí neste playlist. Todas essas faixas têm um significado especial pra mim, elas me lembram das pessoas, dos momentos e das lições que aprendi com elas.

— E do que será que você vai se lembrar quando escutar a minha música? – Alex pergunta com expectativa, me fazendo olhar para ele.

Eu encaro seus incríveis olhos azuis por um momento. Esse homem não saiu do meu lado nem por um segundo, desde que recebi a notícia de que dona Josefa estava no hospital, até a hora que colocaram as flores em cima da sua lápide.

Ele me amparou e me apoiou incondicionalmente.

Eu o amo.

Muito.

— Algo especial. – respondo com total convicção e toco seu rosto com carinho. Como no mundo poderia ser diferente? Alex é o homem mais especial do mundo.

Ele sorri, feliz com a resposta, e beija a palma da minha mão.

— Então me permita fazer com que nunca se esqueça dela.

Ele puxa o próprio celular do bolso, digita rápido algo e o coloca sobre o sofá. Em seguida, se levanta e uma batida lenta começa a tocar.

— Me concede essa dança? – se inclina num gesto cavalheiro e um suave som preenche a sala. Um rock inglês, identifico em minha memória. *Stop crying your heart out*, do *Oasis*.

Eu aceito sua mão hesitante porque não estou exatamente no clima para dançar.

— Esta é sua música preferida? – pergunto acompanhando seus passos timidamente.

— Até se não fosse antes passaria a ser agora. – ele brinca me arrancando um sorriso. Taí uma coisa curiosa. Eu estou triste e Alex me fez sorrir.

Tem que ser alguém muito especial para fazer algo assim.

Alex me ergue com facilidade e coloca seu braço gentilmente em torno de minha cintura enquanto eu apoio a minha mão em suas costas numa dança contida, dura, que vai se soltando, ganhando corpo assim como a música. Ele me gira sem jeito, me convidando a sair da melancolia quando o ritmo acelera e, assim, nos deixamos levar, rindo de nós mesmos enquanto pulamos completamente ridículos entre rodopios sem fim e passos bobos. A dança funciona como uma catarse, entendo finalmente.

Me permito extravasar nela a dor contida em mim, a liberto, a transformo.

A aceito.

A melodia acalma outra vez e voltamos a diminuir o ritmo de nossos passos junto com ela. Ficamos ali, os dois dançando colados, sem quase nos mover, quase como num abraço apertado. Na sala, não se escuta outro som que não o de nossas próprias respirações.

– A música acabou. – eu sussurro em seu ouvido e, com o fim da euforia, lágrimas me vêm aos olhos, o sentimento de antes retornando agora com força total. Intenso, avassalador, incontrolável.

Alex me abraça forte quando abafo um soluço em seu ombro.

– Isso, pode chorar. Deixa essa tristeza sair de dentro do seu peito, você vai se sentir melhor, acredite.

Sem conseguir mais me conter, faço o que diz e deixo o choro explodir em mim, encharcando de lágrimas sua camisa, enquanto ele me ampara, como um verdadeiro companheiro faria.

– Vou sentir muita falta dela. – confesso triste.

– Se não sentisse ela viria pessoalmente atrás de você com sua peixeira. – ele rebate espirituoso e rio outra vez. Como é mágico esse dom dele.

– Obrigada mesmo, Alex. Por tudo. Você foi incrível hoje.

– Eu estou sempre ao seu dispor, madame. – deposita um beijo no topo da minha cabeça com ternura. – Você vai salvar a música no seu playlist?

Eu levanto o queixo e olho no fundo dos olhos dele com fascínio.

– Já salvei num lugar muito mais importante.

Salvei essa bem no meu coração.

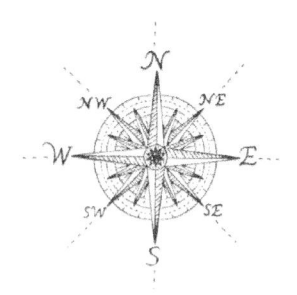

INCÊNDIO

Na terça eu saio para o trabalho, mas deixo meu coração em casa, dormindo exausto no sofá de meu avô. Alex precisa desse descanso, eu sei, por isso não o acordo apesar de ter dito que o faria. Depois de ter aguentado ontem como uma rocha ao meu lado, ele precisa atender às suas próprias necessidades.

Quando chego ao escritório, Magô, Isis e Soles vivem uma montanha russa de emoções ao saber dos acontecimentos dos últimos dias: o reencontro com Victor, o meu quase afogamento, a declaração à Alex, o outro lado da história, a briga na rua, a descoberta sobre Mônica e o falecimento de minha querida e amada dona Josefa. Parece que uma vida inteira aconteceu nas últimas quarenta e oito horas.

De fato, foram quarenta e oito horas bem intensas.

Inesquecíveis, para dizer o mínimo.

Quando o expediente termina e retorno para casa, meu coração palpita forte ao colocar a chave na fechadura. Sei exatamente quem me aguarda do outro lado e mal posso esperar para vê-lo. Abro a porta e lá está ele:

O homem que mais amo no mundo.

– Hey, você! – Alex se levanta e, vencendo a distância com passos largos, me toma pela cintura e me beija repleto de saudade.

– Desculpe não te acordar hoje. Sei que me pediu, mas você parecia exausto.

– Está tudo bem, eu sonhei contigo boa parte dessa manhã.

Percebo que ele não está irritado, pelo contrário, está feliz. Feliz porque eu cheguei. Feliz porque pode me beijar e abraçar agora. Alex beija a minha testa e pega a minha mão para me levar com ele até o sofá.

– Como foi seu dia? – pergunta de forma atenciosa quando nos sentamos. Eu deito a cabeça cansada no encosto.

– Foi bom, mas senti sua falta... – confesso com vergonha e ele sorri.

– Eu também, – admite colocando uma mecha de cabelo atrás da minha orelha. – não via a hora de você chegar.

Ele esfrega o seu nariz no meu me fazendo cócegas e eu entreabro os lábios, roçando-os de leve nos dele. Alex encara esse gesto como um convite para me beijar e vem com tudo mas, ao invés disso, eu o provoco, deslizando o corpo e me deitando no sofá, deixando-o a ver estrelas.

Rio alto da sua reação surpresa e ele aproveita que minha barriga fica um tanto descoberta da blusa para revidar a provocação e assoprá-la com força, me arrancando risadas. Em seguida, se acalma e apoia a cabeça em meu peito, me dando um beijo apaixonado que faz borboletas revoarem em meu estômago mais uma vez.

— Eu gosto quando você me toca. — confesso ao pé de sua orelha e vejo os pelinhos da sua nuca se eriçarem ao som dessa revelação. Alex suspira fundo.

— Você sabe que você vira a minha cabeça, né, Vanessa?

— Eu pensei que os ingleses fossem capazes de manter sua postura no lugar por horas... — argumento me fingindo de inocente enquanto faço carinho com os dedos em seu pescoço lhe arrancando outros suspiros contidos.

— Eu não sou da guarda inglesa, engraçadinha. — me olha provocador. — E, por favor, me diga que você é daquelas turistas que fica tentando fazer gracinhas para eles se mexerem. É mais constrangedor do que gostar de *boy bands*!

— Teria funcionado? — eu ergo a sobrancelha, repentinamente interessada no tópico.

— Bem, depende... — ele brinca correndo o dedo de forma em minha pele, me provocando arrepios por onde passa.

— De quê?

— De que tipo de gracinha estamos falando. — ele responde, me olhando com uma expressão divertida. — Vamos lá, teste-me.

Ele se senta e cruza os braços, fazendo sua melhor expressão de inabalável. Sei que espera que eu faça palhaçadas para tentar fazê-lo rir, mas tenho uma ideia bem melhor para que ele se mova.

— Bem, — sugiro me levantando e, despretensiosa, pego na barra da minha camiseta enquanto me afasto de costas dali. — Eu pensei em algo deste tipo.

Em um movimento lento e sensual, tiro a blusa pela cabeça e a largo no chão, olhando de volta para ele, o provocando. Alex não esperava de forma alguma por esse tipo de brincadeira, pois seu queixo cai completamente de surpresa.

Quem está rindo agora, inglês?

Ele me olha fascinado, encarando meu dorso somente coberto por um sutiã preto de renda fina e um sorriso nervoso se desenha em seu rosto. Alex tira o cabelo da testa com a mão e posso ver que está tenso com isso, suando, se segurando.

— Vanessa... — ele diz com dificuldade e seu tom soa grave e sexy. — eu estou me esforçando para me manter um cavalheiro, mas se eu levantar daqui não há volta. Eu não sei se vou conseguir me controlar... mesmo.

Eu sorrio de lado.

— Então é agora que finalmente vamos saber se você está mais afim de mim ou desse sofá.

Ele abre um sorriso para o meu desafio e estremeço. Nossos olhos queimam como fogo e eu sinto meu corpo arder em chamas. Alex se levanta, olhando para baixo, tentando se concentrar, se controlar. Meu coração quase pula pela boca com a visão dele nesse momento.

Ele é tão intenso.

Jogando o cabelo para longe da testa de novo e colocando as mãos nos bolsos, ele vem andando como um gato em minha direção, seus incríveis olhos azuis presos diretamente nos meus. O sorriso de lado em seu rosto me faz desejá-lo ainda mais e ele não disfarça que o faço sentir da mesma forma. Ele sem dúvidas também me quer muito.

Isso me faz sentir tão poderosa.

Me alcançando, Alex encosta as mãos quentes na pele nua da minha cintura e sinto um arrepio percorrer todo o meu corpo quando ele olha para parte descoberta do meu dorso e sussurra com desejo em meu ouvido.

– Me lembre de nunca deixar você sozinha perto da guarda inglesa, você é perigosa, mulher.

Eu rio nervosa com o toque dele e seu hálito tão próximo e, quando percebo, ele já está me beijando. Primeiro um beijo quente no pescoço, depois em meu ombro, na clavícula...

Minhas pernas bambeiam e meu corpo inteiro vibra em resposta ao contato. E, nesse instante, eu não sou mais a garota controlada, metódica e analítica que sempre fui nessas circunstâncias. Eu sou fogo, sou instinto. Meus dedos se movem para o seu cabelo e o prendem entre suas juntas, o corpo dele se enlaça ao meu como se fosse um só e eu posso realmente sentir o quanto ele me deseja.

Nos beijamos intensamente, sua barba por fazer roçando em minha pele e me causando sensações selvagens, que reverberam em ondas. Eu o puxo pelo cós da calça para mais perto, querendo mais, e ele dá um gemido rouco. Animalesco. Vibro com aquela reação, me sentindo ousada, e sem tirar os olhos dos dele, abro o botão do seu jeans.

– Você tem certeza? – ele ofega as palavras com dificuldade, seus olhos quase reviram quando eu toco com as pontas dos dedos o seu oblíquo e vou deslizando para baixo. – Eu não quero que faça nada que se arrepen...

– Shhii... – eu coloco um dedo em seus lábios, calando-o e o beijo de forma que ele não tenha dúvidas de que falo sério. Intensa, molhada. Sinto o corpo controlado dele ceder.

– Você está brincando com fogo, Vanessa... – ele alerta já sem forças, suas mãos descendo e apertando forte meu quadril contra o seu.

– Talvez eu queira me queimar. – faço a provocação final, levantando o rosto para ele, os lábios entreabertos de desejo roçando de leve nos seus. Chamando-o.

Esse é o estopim, Alex joga a toalha.

–Ok, você pediu por isso, senhorita.

Se entregando totalmente ao instinto, com um movimento másculo e decidido, Alex me ergue do chão e, então, me carrega no colo até o meu quarto.

Eu sequer precisava ser erguida.

Em minha cabeça, já me sinto flutuando.

◁———— ♡ ————▷

— Nossa! — Alex exclama rolando na cama ofegante depois que acabamos. Os cabelos dele chegam a estar molhados.

— O quê? — pergunto achando graça dele ter usado tão bem esse termo, do qual só recentemente descobriu o verdadeiro significado.

— Isso... isso foi... absolutamente fantástico. — ele consegue dizer ainda atordoado do esforço que fez. — Quero dizer, pelo menos para mim.

— Você está me perguntando ocultamente o que achei? – o implico de propósito.

— Não, ... — ele fica todo sem jeito. — eu não perguntaria isso para você, se bem que eu gostaria de saber caso eu precise me esfo...

— Eu amei. — o interrompo feliz. — Foi perfeito, Alex. Com tudo o que tenho direito. — acrescento e ele, entende bem o que quero dizer, abrindo um sorriso maior ainda no rosto.

Alex me beija com vontade e me derreto mais uma vez. Ele foi o primeiro homem a me levar a esse estado maravilhoso. Ele se esforçou mesmo para me agradar, para me satisfazer.

— Eu estou perdidamente apaixonado por você. — Alex revela fascinado, sem tirar os olhos azuis dos meus.

— O que uma garota não precisa fazer para ganhar de um sofá? – brinco de volta.

Ele dá uma risada grave e, em seguida, rola na cama, ficando sobre mim de novo.

— Ele nunca esteve realmente na disputa. — confessa beijando a minha bochecha. — Foi sempre você, — beija do outro lado. — desde o início. — me morde o lábio inferior, provocando espasmos no ventre.

— É. Agora eu sei disso. – admito roçando meu rosto no dele em resposta. Gosto da sensação da barba por fazer contra a minha pele. É estimulante de diferentes maneiras.

Alex sobe o braço para tocar meu cabelo e, então, eu a vejo ao meu lado. Sua tatuagem agressiva de punho inglês sangrento. Outro mistério a seu respeito que eu ainda não consegui desvendar. Eu corro os dedos pelas linhas duras gravadas em sua pele.

— O que ela significa? – pergunto olhando para o desenho bruto tão diferente de Alex.

Ele suspira Eu já tinha o forte palpite de que ele não gostava de falar sobre ela.

– A fiz na minha fase rebelde. – ele conta não muito orgulhoso de si. – Quando eu achava que sabia tudo e meu pai não sabia nada. Eu queria mostrar a ele que eu sabia quem era e fiz isso aí, crente que estava abafando. Na verdade, é bem idiota.

– Se você não gosta por que não tira ou faz outra por cima? Hoje existem meios para se fazer isso, uma tatuagem não é mais algo irreversível.

– Porque eu gosto de tê-la. – Alex revela, só me confundindo ainda mais. – Me lembra de que, quando a gente está muito cheio de si, muito prepotente, acredita que está revolucionando o mundo quando na realidade só está fazendo merda.

– Você é alguém muito curioso, Alex Summers. – o implico tocando a ponta de seu nariz com humor.

– Não mais do que você, Vanessa Zandrine. – ele acusa provocando de volta e me tasca outro beijo apaixonado.

Como faísca em palha, isso é o suficiente para nos reacender.

Agarro seu cabelo, o trazendo para mais perto, sua boca devorando a minha, meus dentes mordiscando seu lábio com desejo. E não tem saída. Esse beijo faminto e selvagem gera outro e outro e, de repente, já estamos rolando na cama, a eletricidade no ar de novo, tudo tão intenso e extremo.

Tão louco, tão bom.

Movimentamos nossos corpos entrelaçados com vigor, tomados de um desejo ímpar que só aumenta mais e mais e uma sensação de euforia me toma por completo quando, após um tempo nessa dança, Alex atinge o seu clímax e atinjo o meu, cravando minhas unhas em suas costas.

Ele desaba sobre meu peito ofegante, exausto pela segunda rodada totalmente insana. Eu também estou devastada, mas é de um jeito bom. Muito bom mesmo. Sinto-me anestesiada, meus cabelos suados, minha pele quente tomada de sensações que não param de ir e vir, fazendo meu corpo contorcer ainda aflito de prazer.

O teto que se dane, isso é mil vezes melhor!

A campainha toca, interrompendo o nosso momento íntimo.

Eu olho para Alex ainda ofegante. Não tenho a menor condição de atender a porta agora, ainda estou completamente em êxtase, o rosto tingido de um rubro dos mais belos. Não imaginava que essa sensação podia durar tanto, mas dura e é maravilhosa. Sem exageros, é fantástica!

– Deixa comigo. – ele nota minha situação com orgulho e, muito cavalheiro, se enrola em um lençol para ir atender. – Deve ser a pizza que pedi para gente.

Eu sorrio, sentindo uma nova onda de prazer me estremecer quando ele me beija apaixonado antes de ir. Pizza cairia muito bem agora, considero. Todo esse exercício me deixou faminta. Desabo na cama de novo, um sorriso persistente brincando em meus lábios. Estou tão perdida em meu brilhante novo mundo que demora alguns segundos para eu perceber a besteira que acabei de fazer. Um barulho alto de vidro estilhaçando no chão, seguido de um grito de susto vindo da sala, me trazem de volta à Terra.

Na verdade, me fazem pular em pânico de volta nela.

Com um gélido arrepio descendo a espinha, eu reconheço a voz e salto da cama, me metendo rápido num roupão. Corro aos tropeços pelo corredor para dar de cara com a cena do século: Cacos de vidro que já foram um pirex melados de creme de aipim e camarões estão espalhados por toda a parte da sala, Alex em pânico, segurando a porta aberta com apenas um lençol fino e meio transparente amarrado na cintura, de frente para uma mulher igualmente perplexa.

A minha mãe, para ser mais exata.

– Vanessa Zandrine! – ela grita ao me ver, vermelha como um pimentão.

Me encolho envergonhada.

É possível ter mais azar que isso?

───── ♡ ─────

Passado o susto inicial e, após nos vestirmos adequadamente, lá estamos os três de volta ao sofá. Impossível algo ser mais constrangedor ou embaraçoso que isso. Bem-vindo à minha vida, "um mico fenomenal nunca é o bastante" deveria ser o meu lema.

– Bem, acho que você tem algo para me contar, mocinha. – minha mãe insinua, recobrando lentamente a sua cor.

– Não precisa ser nenhum gênio para descobrir, mãe. – argumento corando por minha vez, totalmente sem graça. – Como deve ter notado, rolou algo a mais entre eu e o Alex nesses últimos dias.

Ela olha significativa para Alex que, apreensivo, não entende nada da nossa conversa em português.

– Bem a mais, heim!?

Eu balanço a cabeça, querendo morrer de vergonha e Alex fica ainda mais tenso ao meu lado, esperando ansioso por alguma tradução de nossa conversa.

– A que devo a honra de sua visita? – vou direto ao ponto, querendo acabar logo com isso para poder me matar de tanta vergonha.

– Vim trazer o meu escondidinho de camarão em agradecimento por ter nos emprestado o carro. – ela conta apontando para o que sobrou da travessa espatifada no chão. – Você me disse que seu "amigo" estava louco para prová-lo mas, pelo visto, não era só isso que o inglês aí estava querendo experimentar... – insinua olhando de relance para Alex, que se encolhe ainda mais, todo constrangido.

– Mãe! – a censuro constrangida. Minha coroa pode ser bem indiscreta quando quer.

– O que foi? – ela se faz de desentendida. – Só estou falando a verdade.

– Eu sei, mas... pega leve com as olhadas acusatórias para ele, poxa. Alex deve estar uma pilha de nervos agora.

– Depois do que quer que vocês tenham feito? Duvido. Esse rapaz está é nas nuvens!

Eu reviro os olhos. Ela está mesmo se deleitando com a nossa situação embaraçosa.

– É bom ele não falar português, assim não vai fazer ideia do que vamos falar agora. – ela continua se voltando para mim.

– Isso é maldade, mãe. Ele está nitidamente desesperado.

– Deveria estar mesmo, afinal eu o peguei de safadeza com a minha filha. Vamos então com isso, – ela fala sério agora. – me responda, ele é um bom rapaz?

– Sim, ele é. – confirmo sem sequer hesitar. Alex é um ótimo homem.

– E você gosta dele? – continua objetiva.

– Muito. – confirmo com um aceno e um sorriso feliz se abre em meu rosto.

– Imagino que isso foi de comum acordo?

Fico da cor de um pimentão.

– Claro.

– Mas ele vai embora? – relembra em seguida.

– Vai.

– Em breve?

Percebo que ela não pergunta essas coisas para confirmar, mas sim para se assegurar de que estou ciente dos fatos.

– Sim. – confirmo, pois estou muito ciente disso. – Amanhã.

– E você não vai se machucar com isso, minha filha?

– Não. – a resposta sai limpa e sincera. – Eu estou apaixonada por esse homem, mãe. Não tem porque eu me arrepender de nada.

– Eu espero que você tenha certeza disso. Nada contra o Alex, não mesmo, ele parece ser um bom rapaz, apesar de ser muito azarado com a sogra aqui. – faz piada, dando risada que faz o inglês levar um baita susto ao meu lado. – Eu só não quero te ver triste, Vanessa. Não agora que você parece tão bem.

– Eu não vou ficar, mãe, prometo. Aprendi a amar direito. Eu mudei, estou mais forte agora.

– Sim. – ela reconhece orgulhosa. – Você está mesmo, minha filha. Avise ao bonitão aí que o escondidinho vai ficar para a próxima vez.

— Eu aviso sim.

Ela me sorri calorosa e se ajeita para se levantar.

— E diga também que eu estou de olho nele. Se magoar minha filha vou até a Inglaterra chutar sua bunda branca.

Eu rio do seu gênio. Tal mãe, tal filha.

— Pode deixar que eu dou o recado sim, poderosa chefona.

— Tchau, Alex. — ela, então, estende a mão para ele com cordialidade. — É sempre memorável te rever.

Reviro os olhos de novo, que mãe mais sádica eu tenho.

— Foi um prazer, madame. — ele responde em português, a surpreendendo.

— Uhh! Garoto esperto! — assovia, se virando novamente para mim. — Meus netos vão ser inteligentes desse jeito?

Ainda bem que o conhecimento de Alex sobre o nosso idioma é limitado, caso contrário ele estaria bem desesperado agora com a perspectiva da sogra de termos filhos tão rápido.

— Até logo, mãe.

— Até, minha filha. E, cá entre nós, — ela cochicha animada. — mandou bem, o inglês aí é um pão!

— Mãe!! — arfo constrangida, a colocando para fora. Escuto sua risada escandalosa no corredor e balanço a cabeça me divertindo. Ela ganhou o dia de novo, sem dúvidas.

— Caramba! — Alex suspira exasperado quando fecho a porta. — Eu não dou uma dentro com a sua mãe.

— É, você está com problemas sérios quanto a isso, rapaz, as notícias não são das melhores para você no reino de dona Beth. Talvez ela te force a ficar comigo por ter me desvirtuado.

— Essa é a sentença? — ele pergunta me envolvendo caloroso em seus braços. — Bem, se for assim, talvez eu tenha que fazer sua mãe quebrar mais travessas nessa vida.

Quem sabe alguns copos também só por garantia.

◁ ♡ ▷

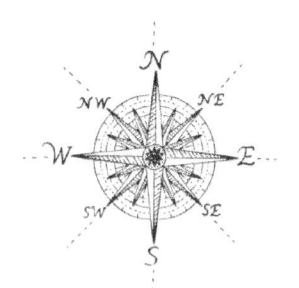

OS TRÊS DESEJOS

Quando amanhece, eu me espreguiço sentindo todo o meu corpo acordar com uma sensação de bem-estar. Ao contrário de ter relações com Victor, que era tedioso e me machucava, com Alex a sensação é maravilhosa, me revigora.

É como estar nas nuvens.

– Hey, você. – ouço o cumprimento quando abro os olhos. Alex está deitado ao meu lado, me observando despertar com um sorriso no rosto.

– Hey, você. – sorrio de volta e ele me dá um beijo suave de bom dia. – Está acordado há muito tempo? – pergunto esfregando o rosto e subindo o corpo para ficar como ele.

– Algum. – ele confessa um pouco embaraçado. – Não sabia se te acordava ou não. Você estava tão linda dormindo...

Olho confusa para o relógio, não passam sequer das sete horas da manhã.

– E por qual motivo me acordaria tão cedo? – pergunto com suspeita e aproveito para fazer uma graça. – Oh, meu Deus, Alex! Você é mesmo insaciável, homem.

– Não... – ri, negando o que insinuo, mas, percebendo que estou zoando ele, decide me provocar de volta. – Apesar de que não seria má ideia. – considera divertido. – Já que você propôs... – ameaça se colocando sobre mim e beija o meu pescoço, me arrancando risadas.

– Ei, foco aí, rapaz! – brinco chamando sua atenção e ele para, risonho. A cabeça apoiada em meu peito, me fitando como um garoto travesso.

– Você não tem que trabalhar hoje? – ele explica. – É quarta-feira.

Eu abro um sorriso.

– Não, hoje não.

– Sério?

– Sim. Hoje é feriado na cidade.

– Feriado de quê?

– De São Jorge. – revelo contente. – Ele é o santo padroeiro do Rio.

– Depois dessa vou ter que virar devoto! – ele brinca dando mais um beijo em meu pescoço.

– Engraçadinho! – reviro os olhos e faço carinho em seu braço com os dedos.

– Você sabia que São Jorge já foi o santo padroeiro da Inglaterra também?

– Não, não fazia ideia.

– Sabe a cruz vermelha que você vê na nossa bandeira? – eu dou um aceno confirmando. – Então, aquela é a cruz de São Jorge. O rei Ricardo começou a usá-la no uniforme do exército britânico no século doze. Depois o nosso padroeiro mudou para São Bento, mas em alguns lugares na Inglaterra ainda fazem comemorações no dia vinte três de abril.

– O dia é o mesmo? – pergunto surpresa e ele assente. – Que legal, temos isso em comum.

– Só isso, Vanessa? – ele provoca ameaçando fazer cócegas na minha barriga com a boca. – Sério mesmo?

– Mas é claro que não, Alex. Se esqueceu do que o Ravi disse? Eu e você somos perfeitamente compatíveis.

Ele não resiste ao meu charme.

– Ravi é um homem sábio. – admite sorrindo e me beija a boca apaixonado. – Muito sábio!

Não posso discordar, o danado do indiano é certeiro mesmo.

Após mais uma rodada intensa e animada na cama, levantamos, enfim, para dar sequência ao fatídico dia. Alex começa a juntar suas coisas e eu o ajudo a arrumar a mala para partir. Isso é difícil para mim de muitas maneiras, mas seguro a onda, ainda não é momento de despedidas. Temos algum tempo pela frente e quero aproveitar ao máximo sua presença até a hora do inevitável embarque.

Quando terminamos a arrumação, optamos por ir assistir à missa na Igreja São Gonçalo Garcia e São Jorge, na Praça da República, pois o lugar é conhecido por realizar a comemoração mais famosa do feriado na cidade. Decido ir de carro para poder levar conosco a bagagem de Alex, assim não precisamos voltar para casa para buscá-la depois.

Podemos aproveitar o dia inteiro juntos.

Chegando ao centro, a igreja já está lotada de milhares de fiéis, católicos e umbandistas se aglomerando aos montes para homenagear juntos o santo símbolo do sincretismo no Brasil. É humanamente impossível entrar no local de tão cheio que está, assim ficamos da rua mesmo, ouvindo a missa e fazendo nossas orações em silêncio.

Quando termina a cerimônia, nós seguimos olhando curiosos as festividades que acontecem pelo em torno, um mar de gente trajando as cores vermelho e branco toma o lugar, pessoas acendendo velas em homenagem ao santo guerreiro e carregando suas imagens com grande orgulho em procissão.

– O que é isso? – Alex me pergunta intrigado, apontando para uma ambulante que balança no ar diversas fitas coloridas.

– São fitas de São Jorge. – explico reconhecendo as famosas pulseirinhas religiosas. – Tem de diversos santos, mas o princípio é mais ou menos o mesmo. Você dá duas voltas com ela no pulso e faz três nós, a cada nó se faz um pedido ao santo. Quando a fita arrebentar, quer dizer que chegou a hora dos seus pedidos acontecerem.

Alex balança a cabeça interessado e, para minha surpresa, segue na direção da mulher.

– Uma, por favor. – pede numa tentativa admirável de português. Ele está ficando cada vez melhor nisso.

A mulher prontamente dá a fita a ele, que a paga, dando uma generosa gorjeta a ela, que segue feliz o seu caminho, as fitas esvoaçando multicoloridas no ar. Alex se volta para mim com um sorriso.

– Posso? – pergunta cavalheiro, segurando a fita estendida à minha frente.

– Pode. – consinto, estendendo-lhe a mão esquerda. A do lado do coração, para não perder o costume.

Ele delicadamente dá duas voltas da fita vermelha em meu pulso.

– O meu primeiro desejo é que você seja muito feliz. – ele revela atando o nó e prepara o próximo, me fazendo sorrir como uma boba. – O segundo é que nos vejamos de novo, em breve. – ele continua e outra amarração é feita. E, em completo silêncio, Alex dá o terceiro nó, concluindo o rito.

– E o terceiro? – pergunto cheia de expectativa.

– O terceiro é segredo. – ele responde virando a minha mão e dando um beijo cavalheiro nela antes de abaixá-la.

– Opa, como assim?! Você não pode amarrar uma fita de desejos no meu pulso e não querer me contar no que estou me metendo, espertinho!

Ele ri, dando de ombros.

– Você vai ter que lidar com isso, madame. Ou... – sugere como quem não quer nada. – pode tirar a fita, claro, e pôr tudo a perder. É você quem sabe...

Eu o encaro, avaliativa, e ele me olha de volta, implicante. Alex sempre cede, mas não vai ceder dessa vez. Sua expressão é como na sinuca, extremamente determinada.

– Mas como é que eu vou saber quando o pedido acontecer se nem sei o que é? – argumento ainda inconformada. Isso vai me matar de curiosidade. Ah, se vai!

Alex apenas sorri e, me tomando pela mão para seguirmos caminho, responde.

– Acredite em mim, Vanessa. Se acontecer, você, sem dúvidas, vai ser a primeira a saber.

◁──── ♡ ────▷

Nós pegamos o VLT e visitamos em sequência o Aquário da Cidade e o Museu do Amanhã. Como o dia está absolutamente lindo, resolvemos parar e fazer um novo piquenique, desta vez na área verde ao redor do Museu, que tem uma linda vista para a Bahia de Guanabara.

Sentamos à vontade na grama e mordo feliz um pedaço do sanduíche que comprei num trailer ali perto. Ficamos os dois ali, saboreando nossas singelas refeições, olhando a bela paisagem emoldurada pelas estruturas da construção moderna à nossa frente.

Quando terminamos de comer, Alex deita em meu colo e beija outra vez a minha mão.

– É uma pena que não trouxemos a toalha. – comento distraída, mexendo em seus cabelos. – Peraí, aquela é uma das toalhas de Paris que sua mãe colecionava?!

Alex sorri confirmando.

– Quando li sobre os lugares que gostaria de visitar no Rio, vi que era comum fazer piqueniques no Parque Lage, então tive a ideia de trazer uma das toalhas dela comigo.

– Sério? Por quê?

– Sei lá, – ele dá de ombros sem jeito. – achei que assim ela estaria presente de alguma forma se aquele fosse mesmo o primeiro encontro com a mulher da minha vida. Então, você começou a fazer isso. – ele toca em minhas mãos e sei que está falando do carinho que faço em seus cabelos. – Ela costumava fazer cafuné em mim, sabe? Essa é uma das poucas memórias que tenho dela. Uma das minhas preferidas, na verdade.

Eu sorrio carinhosa para ele, sei bem o que quer dizer. É justamente o que aconteceu comigo e com o sofá do meu avô. Quando decidi usar a foto dele ao invés da minha em meu perfil da comunidade, as coisas simplesmente começaram a acontecer e senti que ele estava agindo de alguma forma para isso.

Me mostrando o caminho. Me guiando por ele.

– Acho que ela iria gostar daqui... – suspiro feliz. – Não é a Torre Eiffel, mas ainda assim é bem bonito.

– É, sim. Eu até prefiro. – ele pisca cúmplice e passa a encarar a estrela de vinte pontas erguida sob um espelho d'água à nossa frente. – Esse é o Museu do Amanhã, então me diga, Vanessa Zandrine, como você imagina sua vida daqui há dez anos?

Eu olho para a escultura futurística e penso a respeito.

– Eu não sei, – digo sincera. – não consigo nem imaginar como ela vai ser amanhã. Desde que resolvi mudar minha forma de ver a vida, cada dia tem sido uma surpresa e eu realmente espero que continue assim.

Ele levanta a sobrancelha, insinuando algo.

– O que foi dessa vez?

— Já está esperando que eu lhe surpreenda de novo, Vanessa? — insinua me fazendo chacoalhar de rir. — Depois você diz que eu sou o insaciável dessa relação. Até parece!

— Não é isso, seu bobo! — bato nele de brincadeira. — É só que eu me desprendi de tanta coisa ultimamente que eu já não sei mais se quero me prender a algo, se quero viver por uma meta de novo.

Eu sinto o vinco se formar em sua testa lisa.

— Mas por que algo tem que necessariamente te prender para você querer? — ele pergunta sem entender.

É claro que soa confuso para ele, soa confuso até para mim mesma.

— Porque é como as metas e planos são. — explico. — A gente fixa eles na cabeça para não esquecer ou desviar do caminho e acaba preso a eles. E eu não quero mais essa sensação de estar presa, não quero me prender nunca mais.

— A nada? — ele pergunta de um jeito apreensivo e emenda falsamente indignado. — Por acaso não está me dizendo que se aproveitou de mim e vai cair fora agora, é?

— Claro que não, sou uma moça séria, Alex. De família. — asseguro, arrancando um sorriso largo dele.

— Ainda bem. Pensei que ia ter que ligar para sua mãe e pedir urgente outra travessa de escondidinho.

— Para ela nos pegar de alguma forma extremamente constrangedora de novo e te forçar a casar comigo?

— Elementar, meu caro Watson.

— Você é mesmo um gênio do mal, Alex. — rio gostoso. — Agora me diga você, qual é o seu plano brilhante para o futuro?

— Ah, você sabe... — ele brinca, bancando o metido. — Eu sou um rapaz ambicioso.

Acho graça, Alex não é nem de longe a melhor definição de alguém ambicioso.

Alex é bem simples na verdade.

— Divida comigo seus planos então, senhor ambição.

— Bem, minha ideia é levar uma vida assim, sem luxo, mas com significado. Fazendo o que gosto, vendo meu irmão se encaminhar e, se possível, vivendo ao lado de alguém que eu ame de verdade.

— Só isso? — implico o olhando com desconfiança. — Cadê as mansões, os iates, os jatinhos? Pensei que você disse que tinha ambição.

— E quer ambição maior que essa? — ele pergunta me lançando um olhar de desafio. — Ser feliz?

Sorrio. Nesse instante, fico perdida, contemplando os seus olhos. Amo o tom de azul oceano que eles têm. São tão profundos e aconchegantes, eu realmente posso ver a verdadeira beleza por detrás deles agora. A beleza que só se entende quando se conhece a pessoa que os possui, a beleza desse homem-garoto que já passou por tanta coisa, que se lapidou como pôde, se transformando num verdadeiro diamante sem se dar conta disso.

O coração de Alex é como uma joia rara.

Único no mundo. Único para mim.

– É, sou obrigada a concordar, você é de fato um rapaz muito ganancioso, Alex Summers. Eu não sei onde eu estava com a cabeça quando me meti com você.

Ele se diverte com essa declaração e beijo a ponta do seu nariz.

– Você é muito especial. – as palavras saem da minha boca em um tom diferente, cheias de admiração e verdade.

– Não mais que você é para mim, minha Paris. – ele diz em resposta, colocando a mecha cacheada que pende de meu cabelo atrás da minha orelha de novo e, dessa vez é ele quem se ergue para me beijar, me derrubando na grama e me arrancando risos ao salpicar diversos beijos em todo meu rosto. Risos felizes.

Risos de amor.

Alex tem razão.

Minhas metas só me aprisionavam antes porque eram as metas erradas, eu que me iludi apostando tudo nelas cegamente. A ironia do ser humano é que a gente é arrogante e sempre acha que sabe bem o que quer. Desejamos ardentemente trocar de carro, um apartamento maior, uma promoção no trabalho ou, quem sabe, mais sapatos novos. Poucas pessoas sabem de fato o que devemos valorizar nessa vida.

Mas agora eu sou uma delas, agora eu finalmente entendo.

Não se trata de uma casa maior, mas sim de um lar. Não de um carro, mas um destino. Não de status, mas satisfação. Não de um namorado, mas amor. Não de uma promoção, mas tempo. Tempo para usar naquilo que nos faz feliz. As coisas mais simples da vida na verdade são as mais essenciais dela.

A felicidade não é complicada, a gente é que é. E quando percebe isso, passa a dar valor aquilo que nunca deu de verdade.

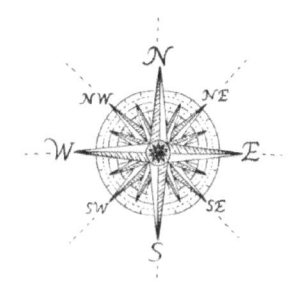

DESPEDIDA

O sol se põe finalmente no horizonte e isso anuncia que o momento de Alex partir se aproxima. Existe algo cruel no conceito de tempo, ele pode se arrastar infinitamente quando fazemos algo tedioso ou ruim, mas escorre como areia fina das nossas mãos se tentamos contê-lo. É o preço a se pagar quando se é feliz demais, a vida voa.

Voltamos calados ao lugar em que tínhamos estacionado o carro de manhã.

– Eu sei que é tarde, mas antes de irmos para o aeroporto eu queria te levar a um lugar. – Alex sugere misterioso quando abrimos as portas. – Você topa vir comigo?

– Claro. Para onde vamos? – pergunto girando a chave e dando a partida.

– É surpresa.

– Você vai ter que me dar mais do que isso, bonitão! Eu sou a motorista aqui, se esqueceu?

– Você está certa. – ele concorda achando graça, mas ao invés de me dizer para onde vamos, saca o celular do bolso, o posicionando no suporte. – Siga o caminho que a voz aí está indicando e chegaremos lá, pilota.

– Espertinho! – faço careta, mas não trapaceio. Faço conforme ele diz.

Secretamente eu sempre gostei de surpresas e Alex não cansa de me surpreender positivamente. Ravi é mesmo terrível.

O homem certo literalmente bateu à minha porta.

◄——— ♡ ———►

Quando chegamos ao local indicado pelo GPS, percebo intrigada que estamos na base do Morro da Urca. Alex desce do carro e, se adiantando, entrega uns tickets para a mulher na cabine que libera o nosso acesso ao bondinho.

Fico ainda mais curiosa.

Alex realmente quer ver o Pão de Açúcar à essa hora da noite, no dia de sua partida?

Subimos o morro à bordo do teleférico e eu fico encantada, observando a incrível vista panorâmica da Baía de Guanabara à noite, o Corcovado e alguns bairros famosos da zona sul todos iluminados lá embaixo, como milhares de vagalumes acesos na escuridão. Certamente essa é a vista mais incrível que já vi na vida, um dos mais belos cartões postais da cidade visto sob uma luz totalmente diferente.

– Por quê logo aqui? – pergunto não me aguentando mais com o suspense.

– Aguarde um pouco e verá com seus próprios olhos.

O percurso do bondinho chega ao fim, e as portas automáticas se abrem para descermos. Alex me dá a mão e me leva até um lugar que eu não havia notado antes que existia ali. Um lindo restaurante no topo do Morro da Urca, a duzentos metros acima do nível do mar.

– Uau! – eu me surpreendo com a descoberta. – Que lindo isso.

Alex sorri e, gentil, oferece o braço para mim.

– Madame?

Aceito com alegria e ele me guia até uma das mesas da varanda, puxando a cadeira com cavalheirismo para que eu me sente primeiro.

– Como descobriu esse lugar? – pergunto impressionada.

– Li sobre ele antes de vir. – ele revela tímido. – Se tudo desse certo, eu queria poder te trazer aqui comigo.

– Fico feliz que tudo deu certo.

– Eu também. – ele fica sem jeito. – Muito.

Uma brisa fresca me atinge e uma sensação de bem-estar me toma.

– Você está com frio? – Alex repara no meu leve tremor. – Prefere jantar lá dentro?

– Não. – o tranquilizo com um sorriso. – Aqui está perfeito. Absolutamente perfeito.

Ele fica satisfeito com a informação.

– Eu achei que você gostaria mais aqui de fora. Você combina com a natureza.

Eu sorrio lembrando que essa foi uma das primeiras coisas que Alex supôs sobre mim quando fizemos o passeio no Parque Lage.

– Começo a achar que você tinha mesmo razão nesse ponto.

Ele toca o local onde minhas sardas se espalham em meu rosto.

– Eu não preciso de razão. – diz carinhoso. – Eu preciso de você.

As pontas dos meus lábios se erguem ao som dessas palavras, tão simples e significativas ao mesmo tempo. Este movimento me faz derramar uma única lágrima, uma lágrima da mais pura felicidade.

– Eu te amo muito, Alexander Summers. – retribuo a declaração e, sem me importar com o decoro, me inclino sobre a mesa para beijá-lo.

Quem liga para formalidades quando se ama?

O jantar é absolutamente encantador do início ao fim. Alex escolhe seu pedido, eu escolho o meu, nós roubamos provinhas da comida um do outro, conversamos, damos risadas, trocamos mais beijos, dividimos a sobremesa. Até quando ele lambuza meu nariz com sorvete de creme é um momento maravilhoso. Mágico.

Dizem que as coisas têm mais cor quando se está amando e definitivamente têm.

Meu mundo todo reluz como um vitral iluminado.

— Obrigada por me trazer aqui. — agradeço quando o garçom leva embora a conta após Alex fechá-la. — É realmente incrível.

— Obrigado a você, — ele retruca com os olhos brilhando. — por ter me recebido na sua casa, em sua vida, no seu coração. Ter te conhecido, Vanessa, foi à coisa mais louca e fantástica que aconteceu em toda minha vida.

Meu rosto se ilumina e ele se levanta, dando a volta na mesa para me ajudar.

— Mais louca ou mais fantástica? — pergunto fazendo charme antes de dar minha mão a ele.

— Um pouco de cada. — ele avalia pensativo. — A combinação ideal dos dois, se me permite dizer.

— Eu permito sim.

Seguro feliz a mão dele, que me levanta e, carinhoso, me abraça em seguida, beijando o topo da minha cabeça. Eu sorrio me aconchegando ainda mais nele e, colocando minhas mãos em torno de seu pescoço, o beijo outra vez. Quando nossos lábios se separam, percebo que Alex tem um sorriso largo estampado no rosto.

— O que foi? — pergunto sem saber o que o entretém assim.

— Tem uma coisa curiosa quanto a isso. — ele aponta para nós dois. — Já reparou que sempre que nos beijamos terminamos sorrindo?

Eu não tinha me dado conta disso até ele falar, mas é a mais pura verdade. Um sorriso bobo sempre brota em meus lábios nessas horas.

— Vai ver é felicidade transbordando. — sugiro romântica.

— É. — ele me olha apaixonado. — Vai ver é exatamente isso.

E me beija outra vez, me arrancando mais um sorriso.

Caminhamos de mãos dadas até o ponto de espera do teleférico e, enquanto aguardamos pela chegada do bondinho, ficamos calados. Alex me abraça mais forte, subitamente assumindo uma postura protecionista.

— Está chegando a hora, né? — adivinho a razão da reação.

Ele apenas confirma com um aceno mudo, fazendo carinho em minhas costas. Alex não quer me magoar e, nesse momento, percebo que ele é o pequeno príncipe da história e eu a raposa. No final da história, ele parte e eu fico.

— Nós vamos nos ver de novo? — pergunto ficando apreensiva.

— Claro! — Alex sequer hesita um segundo para responder isso. — E vai ser muito em breve, quando você for me visitar. — acrescenta otimista. — Lembra, eu te ofereci hospedagem, aulas de montaria e estou adicionando no pacote turístico mais uma coisa de brinde: meu coração.

Eu sorrio. Que garota de sorte eu sou em receber um brinde desses!

— Então isso é um convite oficial?

— Na verdade, é mais uma intimação.

Eu seguro suas mãos e me aproximo mais dele.

— Eu irei com prazer.

Ele entrelaça os dedos nos meus.

— Nas suas próximas férias?

Eu balanço a cabeça concordando. Alex sobe nossas mãos juntas e beija o dorso das minhas, me olhando com intensidade.

— Na real?

— Na real. — confirmo outra vez, achando graça de sua repentina insegurança.

Ele acha mesmo que vou dar um perdido nele depois de tudo o que vivemos? Não há dúvida de que vou entrar num avião assim que puder. Estou completamente apaixonada por ele, daria até a volta ao mundo só para poder vê-lo de novo.

— Se você não vier vou ser obrigado a vir aqui te buscar, está me entendendo, madame?

Acho graça no seu tom. Quase me dá vontade de desafiá-lo.

— Você está me ameaçando, senhor?

— Não exatamente, mas nós ingleses levamos muito a sério o cumprimento de nossas promessas. É bom você ter isso em mente.

— Ok, ok. — levanto as mãos em rendição. — Eu irei, não precisa colocar a Interpol atrás de mim, homem.

— Bom! — ele aprova sorrindo.

E lembro de que não verei mais esse sorriso ao vivo por um bom tempo.

— Alex... — sussurro sentindo meu coração, de repente, apertar com a compreensão. — Por que você tinha que nascer tão longe?

Ele me olha e vejo a tristeza transbordar em seus incríveis olhos azuis.

— Você não gostaria de mim sem o sotaque. — justifica após um instante. Não posso evitar sorrir por ele ter encontrado uma resposta tão espirituosa para algo tão difícil.

— É verdade, — suspiro mais leve. — isso faria toda a diferença.

O bondinho chega para nos buscar e Alex, relutante, aceita o fato de que temos que ir.

–Vamos, madame? – me oferece o braço cavalheiro.

Olho para ele, memorizando seu rosto tão familiar mais uma vez e passo o braço pelo dele. – Vamos, senhor. De volta à realidade.

Juntos entramos no bondinho e, em silêncio, observamos a paisagem absurdamente linda do Rio crescer grandiosa em nossa descida de volta à pista. Aprendo nesse dia que, assim como é bela, a realidade pode ser igualmente esmagadora.

◁——— ♡ ———▷

Chegamos ao aeroporto quinze minutos antes do horário de embarque. Esse é o tempo de nossa despedida. Apenas quinze minutos. Como se diz a um coração que ele tem só quinze minutos para dizer adeus? Eu não sei. Realmente ainda não faço ideia.

Eu achei que estaria preparada, mas a verdade é que não estou nem um pouco.

Seria impossível estar.

– Alex... – começo sentindo um nó desconfortável se formar em minha garganta.

– Espera, – ele me interrompe, colocando um dedo suavemente sobre meus lábios – permita-me falar uma coisa antes, por favor?

Eu assinto com um aceno de cabeça e fico observando esse homem completamente fantástico agir como um garoto assustado. Porque é assim que homens agem quando apaixonados.

Como garotos.

– Vanessa Zandrine. – ele, então, pronuncia meu nome apaixonado, entrelaçando seus dedos aos meus. – Você é a pessoa mais incrível e fantástica que eu já conheci em toda a minha vida. Quero que saiba que isso aqui não é uma despedida, é só um até logo, porque eu atravessaria mil vezes quantos continentes e oceanos fossem precisos só para poder estar contigo outra vez. Porque você vale a pena. – ele me beija a mão com doçura. – Você vale a distância. Eu agradeço todos os dias por ter vindo ficar no seu sofá. Eu deixei meu coração naquela mala, eu o deixei para você porque ele te pertence agora. Vai pertencer para sempre.

Essas palavras tão lindas mexem com o meu emocional já fragilizado e lágrimas rolam quentes dos meus olhos, cruzando meu rosto. Eu tenho que respirar fundo para conseguir pará-las, meu corpo inteiro batalhando contra esse momento, querendo lutar contra o inevitável. Querendo parar o tempo.

Mas o tempo não para.

Nem para quem ama.

O tempo tem pressa e não espera por ninguém.

Eu quero apenas dizer "fica", chorar e implorar para que ele não entre nesse avião, mas isso não é justo. Alex tem um irmão menor que depende dele, não posso ser tão egoísta assim, ele não merece lidar com isso e, o mais importante e que me fez refrear meus impulsos, eu preciso ser melhor que isso.

Depois de tudo o que a vida me ensinou, tenho que mostrar que aprendi alguma coisa.

Subitamente as palavras que meu avô me disse reacendem em minha mente como uma luz no meio da escuridão. "Quem ama liberta", eu recordo, tendo agora a real compreensão do que ele queria dizer na época. "Por mais difícil que seja, quem ama deixa o outro ir embora sem deixá-lo ver derrubar as lágrimas de sua dor. Ele sorri e diz "adeus, vá em paz, eu te amo e nos encontraremos de novo, se Deus quiser"."

É perfeito. Vovô sempre foi um homem tão sábio.

Guiada pelas palavras dele, percebo que sou capaz de reunir as forças necessárias para fazer aquilo que é certo, aquilo que é justo. Assim, por mais que doa nesse momento, eu sorrio.

– Vai com Deus. – desejo dando um abraço apertado no homem que amo e quero bem. – Eu espero que nos vejamos de novo. Em breve.

Entendendo o que eu estou fazendo, Alex me abraça de volta com força e me beija com todo o amor do mundo, me apertando contra si, suas mãos ao redor da minha cintura, meu coração disparado e frágil como o de um beija flor contra o seu peito. É o melhor beijo do mundo esse em que despejamos tudo o que sentimos de uma só vez. É o mais intenso e o mais difícil de terminar. Ninguém quer terminar um beijo como esse.

Eu não quero.

Mas o tempo não espera. O tempo urge.

Alex, então, afunda seu rosto em meu cabelo e respira pesado, mantendo-nos assim, juntos, conectados por mais alguns minutos. Os minutos que temos. Os minutos que vou levar comigo na lembrança. São esses minutos que fazem toda a diferença.

São por minutos assim que vivemos.

– Eu não queria... – ele sussurra em meu ouvido com voz embargada, mas não consegue sequer concluir aquilo que sei que quer dizer. Que ele não quer ir, assim como eu não quero que ele vá.

Perceber esse paradoxo faz meu coração dar a mais dolorosa das batidas.

– Eu sei. – e como sei bem. Afasto carinhosamente os cabelos que caem sobre a sua testa, escondendo seus tristes olhos azuis, que parecem um mar sob tempestade agora. – Mas você tem que ir, eu entendo.

Seu olhar cálido, num misto de angústia e admiração, recai sobre mim.

— Eu realmente te amo. — diz, a mão quente em minha bochecha, traçando contornos em minha pele que me fazem queimar como lava sob seu toque.

— Eu também te amo, Alex. — viro o rosto e beijo sua palma, me apoiando nela. — Muito.

Nós olhamos um para o outro, transmitindo através desse olhar todas as palavras que não conseguiremos proferir nesse instante. Não precisamos delas, eu sou capaz de ler todos os sentimentos desse homem em suas íris agora, claros como um livro aberto.

O meu livro preferido. Tem histórias em nossa vida que a gente jamais esquece.

Então, respirando fundo e tomando coragem, Alex dá um último beijo em minha testa e, de forma firme e determinada, se vira caminhando em direção ao portão de embarque. Meu coração dói quando nossas mãos se desconectam e a minha pende sozinha no ar.

Sinto no peito um enorme vazio. Uma aflição urgente que me consome e engole.

Eu acompanho Alex se distanciar pelo saguão, lutando para manter o melhor sorriso em meu rosto, sem chorar, sem gritar, sem desabar por dentro, apesar de meu corpo inteiro querer desmoronar. E eu até que vou bem nessa intenção, mas no momento em que Alex se vira para me dar um último olhar, meu coração bate tão forte contra as costelas que acho que ele vai sair dali arrebentando tudo, rasgando de uma vez o meu peito. Lágrimas me sobem aos olhos como correntezas selvagens, querendo irromper a barragem que impus. Me estilhaçando por dentro.

Me quebrando.

Mas é nesse segundo que acontece justamente o inesperado. Ainda que seus olhos sejam tristes, ao encontrar os meus, Alex suaviza a sua expressão e retribui o árduo sorriso que dou, sorrindo de volta, não com um sorriso qualquer, mas com seu sorriso mais incrível, capaz de iluminar o mais triste dos rostos. E, percebo nesse instante, como ambos tentamos ser fortes ali. Assim como eu, ele também não quer me decepcionar, a força de um inspirando o outro a ser mais forte. Estamos juntos nessa até o fim, encontrando conforto no olhar um do outro, nesse momento infinito.

Na cena que, não importa quanto tempo passe, verei toda a vez que fechar os olhos.

E então, me deixando a mesmíssima sensação de quando acordo na melhor parte de um sonho bom, ele se vai. Passa pelo portão de embarque, sumindo da minha vista. Indo para longe. Tão longe. A Inglaterra é distante demais.

Sinto o peso da distância esmagadora que nos separa e meu peito desmonta.

Lágrimas pesadas turvam minha visão e meu corpo ameaça tremer convulsivamente, mas me mantenho forte, sem me permitir desabar. Eu não estou triste, não posso me julgar triste, não depois de ter recebido um presente tão incrível da vida como Alex. Chorar faria parecer que nada do que eu vivi com esse encontro valeu a pena, e valeu. Valeu muito.

Nunca valera tanto assim.

Eu não serei mais uma pessoa ingrata, decido. É preciso apreciar o que a vida te traz de bom, ainda que ela te tire isso tão pouco tempo depois. O valor não está no tempo em si, está naquilo que fazemos com ele. E nós dois fizemos tanta coisa! Fomos tolos e orgulhosos à princípio, eu sei, mas então nos entregamos e falamos verdades um para o outro. E nos descobrimos nelas. E nos apaixonamos.

Eu amo o homem que embarcou nesse avião.

Eu amo Alex Summers como nunca amei outra pessoa.

Dou um olhar perdido para o enorme e movimentado saguão do aeroporto e minha mente viaja nesse mar de gente que vai e vem eu não sei para onde. E, por um momento, me apavoro em pensar em tudo o que há no mundo que eu desconheço, em tudo que pode acontecer nesse meio tempo em que nós dois ficaremos separados e em todos os "se" que podem se colocar em nosso caminho. O mundo é tão grande e dá tantas voltas.

De repente, me sinto tonta.

Desesperada, levo as mãos ao rosto e me encolho assustada. E, é justamente nesse gesto, que meus olhos encontram de relance algo que traz a exata mensagem que preciso para acalmar o meu coração aflito. A noção de que não importa que nossos caminhos tenham se separado repentinamente, não importa se não houver um até breve como prometemos. Eu não preciso da segurança de certezas futuras, porque eu já ganhei. Sorrio para mim mesma olhando a fita vermelha amarrada em meu pulso.

Independente do desfecho, eu lucro, como disse a raposa.

Por causa da cor do trigo.

EPÍLOGO

EPITÁFIO

Já faz quase um mês desde que Alex partiu. Durante esse tempo, nós conversamos todos os dias por mensagem, sobre tudo e nada, como nos acostumamos a fazer desde o dia em que nos conhecemos. É verdade que eu sinto muita falta dele, mas só de saber que está vivo, bem, já me sinto imensamente feliz. Vez ou outra, quando a saudade aperta muito, eu visto minhas meias e me sento em frente à janela para tomar uma xícara de chá com leite fumegante. A memória de duas pessoas queridas que amo tanto me preenche e me faz sorrir com ela.

Lembranças são o rastro mais importante que deixamos na estrada da vida.

Atendendo ao convite de seu filho, compareço à missa de um mês de falecimento de dona Josefa. Lá, o encontro outra vez, agora visivelmente arrependido por ter feito pouco caso no último chamado da mãe. Eu ainda quero sentir raiva dele, mas me percebo solidária à sua dor. Eu sei exatamente como ele se sente, afinal, eu já passei por isso. A verdade é que esse homem não precisa do meu sermão, assim como eu, ele aprendeu da forma mais dura. A forma que não tem mais volta.

Você apenas tem que lidar com os fatos.

No caminho de volta para casa, me lembro com imensa saudade da alegria daquela senhorinha que iluminou tanto os meus dias desde que me mudei, dessa amizade que podia parecer improvável, mas que aconteceu e foi sincera. Real. Paro em frente ao portão do meu prédio, já segurando a chave para abri-lo, quando me pego fitando o pequeno pedaço de papel colocado na lista do interfone.

"Entregas", sorrio ao localizar a letra garranchada de dona Josefa no lugar onde deveria estar o número cento e um. Foi assim que ouvi falar sobre ela a primeira vez.

Dona Josefa era a prova inegável de que a felicidade depende de nós em primeiro lugar. Se não estamos satisfeitos com a nossa situação atual, sempre podemos fazer algo para revertê-la, ainda que esse algo seja se voluntariar através de uma palavra escrita à mão num simples pedaço de papel. Ficar dentro de um apartamento, trancada em si mesma, amargurada e ranzinza, não levaria dona Josefa aonde levou. Da mesma forma, também não me levaria aonde eu cheguei.

É preciso agir se queremos alguma coisa da vida.

É preciso se comprometer na busca pela própria felicidade.

Eu tenho plena consciência de que tive muito o que mudar nesse tempo para alcançar a minha. Precisei parar de correr atrás daquilo que todo mundo almeja e começar a pensar naquilo que tem real valor para mim, tive que me permitir confiar nos outros para que amizades valiosas surgissem, me aventurar a errar para poder aprender, me amar primeiro para entender como o verdadeiro amor deve ser.

O amor deve ser belo. Agora sim eu sei disso.

Amar é querer fazer feliz, porque o amor é algo que se dá de peito aberto. Uma vez que você entende isso, não vê mais risco em se entregar. A capacidade de poder oferecer esse sentimento a alguém é uma das mais lindas e altruístas no mundo.

Aquece o coração de uma forma única.

Com cuidado, eu removo o papelzinho da lista de apartamentos e o guardo carinhosamente em minha carteira, como uma lembrança preciosa. É engraçado como coisas tão simples como essa podem adquirir um significado tão especial em nossas vidas. Porque são essas pequenas coisas que nos tocam. São os pequenos e preciosos detalhes que alimentam nossa alma com alegria e, por certas vezes, com saudade.

Saudade do que foi bom.

É só então, olhando para esse pequeno pedaço de papel agora encapsulado em minha carteira, que finalmente percebo que ainda falta fazer uma coisa para encerrar esse ciclo e dar lugar a um novo. Algo que eu havia me esquecido, mas que não posso de forma alguma deixar passar em branco. Eu volto para o carro e giro a chave na ignição.

Eu sei exatamente aonde meu coração quer me levar.

◁──── ♡ ────▷

Nessa tarde cinzenta, me ajoelho na grama fria recém-capinada. A chuva de ontem ainda se faz sentir na umidade da terra e no cheiro peculiar no ar. Eu inspiro profundamente, reunindo a coragem e a inspiração necessárias para aquilo que tenho que fazer. O cheiro de chuva sempre me trouxe uma sensação de paz, de que algo bom virá quando as águas levarem a tristeza embora.

Sorrio, porém, ao perceber que não há mais tristeza no meu coração. Ou mágoa. Ou culpa. A vida tem uma forma sábia de dar voltas e voltas e então te trazer no momento certo, no lugar certo, para fazer exatamente aquilo que tem que ser feito. É como um desafio e só agora estou preparada para encará-lo. Eu finalmente aprendi a lição que precisava aprender para fazer isso da forma correta. Da forma apropriada.

Da forma como *ele* gostaria.

Essa é a hora do nosso adeus.

-Olá, vovô. Há quanto tempo.

Eu fito seu retrato recém-colado na lápide e fico feliz ao ver que escolheram uma foto dele sorrindo. Porque esse era meu avô, alguém que sorria.

– Me desculpa por ter demorado tanto para vir aqui. Eu estava tão perdida, mas você sabe disso, vovô, porque, no final das contas, foi você quem me ajudou a me reencontrar.

"Obrigada pelo sofá que me deixou e por tudo o que ele trouxe à minha vida, você faz as coisas certas até mesmo depois da morte. Sua lembrança continua agindo, me trazendo alegria, coragem e, principalmente, significado. Quanto significado eu tenho encontrado desde que você me fez abrir os olhos para a realidade."

"Vô, é com grande orgulho que te digo que hoje eu sou feliz. Não desse jeito que costumam dizer por aí, da boca para fora. Eu sou feliz mesmo. Eu olho para minha vida e para as minhas escolhas e eu gosto do que vejo. Eu me livrei de tanta coisa nesse tempo, um trabalho ruim, pessoas tóxicas, montanhas de acúmulos e hábitos destrutivos que eu nem sabia que tinha, de forma que agora, vô, eu sei: Hoje eu tenho menos, mas eu tenho mais."

"Porque eu finalmente tenho aquilo que realmente importa."

"Eu não sei como é aí do outro lado, mas espero, de verdade, que tenha reencontrado a vovó. Mande lembranças a ela por mim, diga que sinto falta do seu sorriso doce. E saiba que sinto falta do senhor também, muita por sinal. Sempre que fecho os olhos e penso em vocês, gosto de imaginar que embarcaram em uma nova e emocionante viagem. Que aventura nos reservam depois dessa? Ainda não é o momento de descobrir, eu sei."

"Ainda tenho muito chão pela frente aqui, na minha própria jornada da vida."

"Por hora, quero que saiba que minha mãe está bem, sente bastante a sua falta, mas está levando. Posso dizer que ela recuperou a filha e eu reencontrei o caminho de volta para a minha família. Você acreditaria se te contasse que agora fazemos almoços mensais?" – eu rio imaginando a cara de surpresa dele com a notícia. – "E fui eu quem deu a ideia."

"É, vô, que mundo mais louco esse o nosso."

"Neste meio tempo, também redescobri meus amigos e fiz outros novos. Gente daqui mesmo que foi aparecendo na minha vida ou ficando de vez, como a Nati, Flavinha, Isis, Magô, Soles, Nanda, Bruno e, claro, a minha querida e amada dona Josefa, que se o senhor encontrar por aí desse lado, por favor, dê um abraço muito apertado por mim porque essa senhorinha é danada de arretada e merece! Diga também que não me esqueci dela, nunca poderia."

"Amigos de verdade a gente leva para sempre conosco."

"Sei que você vai ficar muito satisfeito em saber também que, graças ao seu sofá-viajante, fiz amigos fantásticos. Pessoas de fora que, a princípio podiam parecer tão distantes e diferentes de mim, mas que se tornaram próximas, queridas. E, entre elas, conheci alguém ainda mais especial, vô, alguém de quem você iria gostar. O nome dele é Alex e eu sinto que ele é diferente de tudo o que eu já encontrei nessa vida. Ele é companheiro, gentil, romântico e engraçado."

"E, talvez, ficar com ele faça meu mundo virar de cabeça para baixo de novo."

"Mas não se preocupe, eu não estou com medo disso, vô, pelo menos, não mais. A verdade é que nunca estive tão preparada para mudanças. Aprendi que, se não estiver disposta a encarar as coisas que me assustam, eu nunca irei conseguir descobrir o verdadeiro significado por detrás delas e nem tudo aquilo de que sou capaz de fazer. Porque, na maioria das vezes, o que te apavora é também o que te fortalece. Te perder me deu muito medo, vô, mas também me fez mais forte. E grata. E viva."

"E eu realmente te amo, mais do que eu era capaz de notar. Sei que vou sentir sua falta por todos os dias da minha vida, mas te prometo que, de agora em diante, vou sorrir quando me lembrar de você e não mais chorar. Porque a sua memória só traz alegria ao meu coração e é sorrindo que quero que você também se lembre de mim."

"Porque quando sorrirmos, cada qual em seu lado, talvez nos encontremos juntos no mesmo lugar."

"É no nosso coração que guardamos os tesouros mais preciosos."

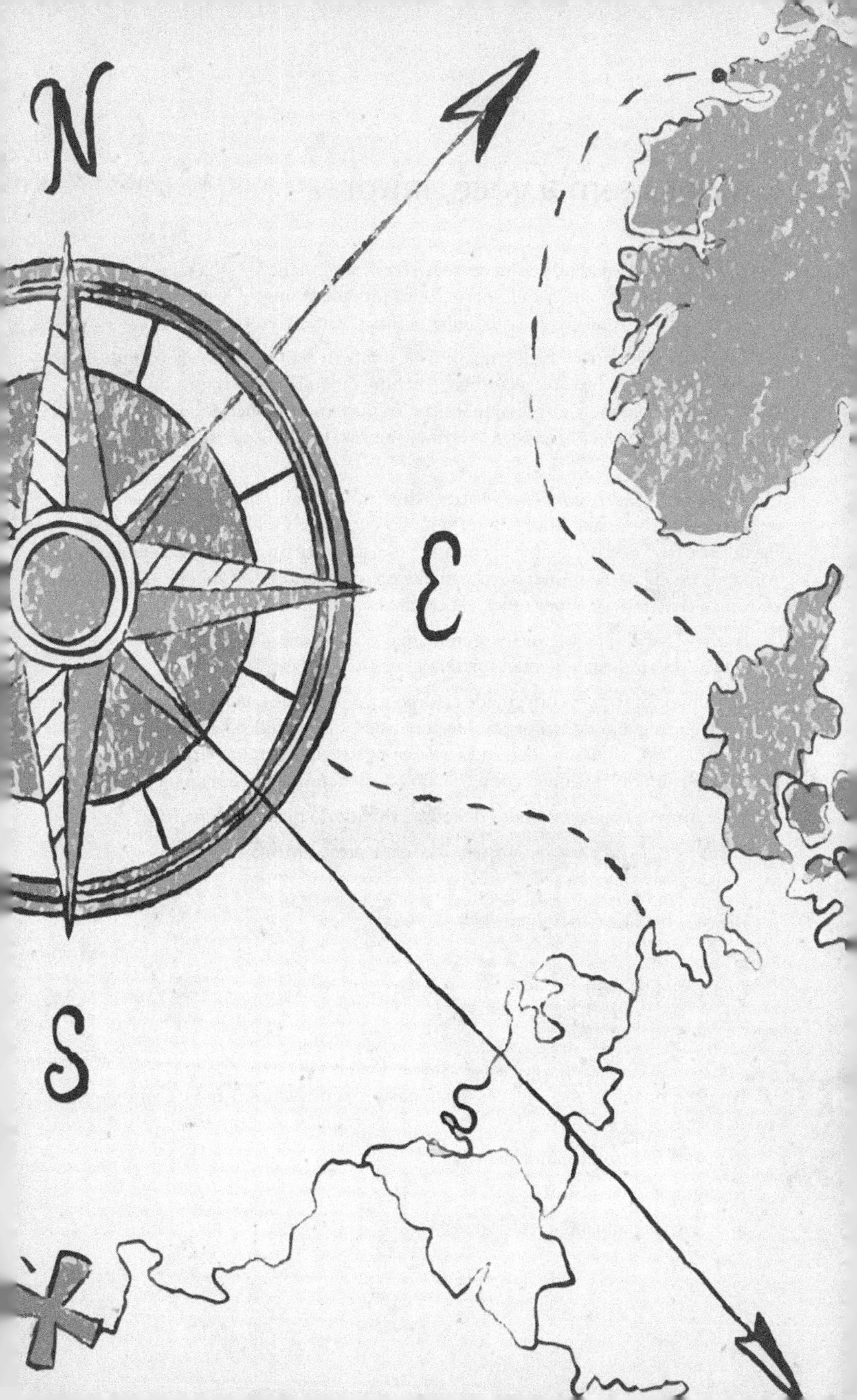
N
E
S

mensagem a você, leitor.

Oi, meu nome é Carol, autora desse livro que acabou de ler. =) Quero agradecer imensamente por ter embarcado nessa louca jornada comigo e Vanessa, fico muito contente toda vez que alguém mergulha nessas páginas conosco.

Recentemente lancei Fadas madrinhas também vão ao baile, a continuação emocionante dessa história além-mar, em um mochilão que trará muitas outras reviravoltas, cenários, viajantes, aprendizados e, claro, romance à vida de Vanessa. Se animou com a ideia?! Então já prepara as malas, faz o check in e vambora viajar juntos outra vez!! \o/

Ah, e se quiser conhecer outros dos meus trabalhos, saiba que ficarei extremamente honrada! Minha outra série do coração é Golden Boys, que narra os bastidores da Midas, a maior agência de músicos do país. Fora isso, tenho um romance de época bem diferente e envolvente chamado Red Quinn e uma ficção distópica eletrizante e super reflexiva, chamada A Melhor Idade.

E é isso! Sabe, uma vez me perguntaram o que eu queria fazer da vida e eu disse "escrever". A resposta que ouvi foi "Não, mas de verdade."

Esse livro foi fruto de um grande esforço e é a prova de que não devemos nunca permitir que alguém defina quem devemos ser e quão válidos são nossos sonhos. Se gostou dele, ajude-me deixando sua opinião, divulgando para seus amigos. Quem sabe um dia o sonho acontece e nós nos encontramos em uma livraria?

Seria mesmo como um conto de fadas. Melhor do que isso, seria real.

E não há nada mais mágico nesse mundo do que a própria realidade...

Beijos, obrigada e muitas cócegas,

Carol Nan Bianchi

Para acompanhar as novidades dos meus próximos lançamentos, é só seguir as redes sociais e site:

Fanpage: @autorac.nanbianchi
Instagram: @cnanbianchi
Site: www.cnanbianchi.wordpress.com

Made in United States
North Haven, CT
31 May 2024